Kül Kelebek

Kül Kelebek
Beyza Aksoy

Yayın Yönetmeni: Aslı Tunç
Editör: Özlem Kalabalıkoğlu
Kapak Tasarım: Dilan Kaya
Sayfa Tasarım: Ceyda Çakıcı Baş

3. Baskı: Kasım 2021
ISBN: 978-625-414-018-1

Baskı ve Cilt:
Yıldız Mücellit Matbaacılık ve Yayıncılık San. ve Tic. A.Ş.
Maltepe Mah., Gümüşsuyu Cad.,
Dalgıç Çarşısı, No: 3/4
Zeytinburnu/İstanbul
Tel: (212) 613 17 33 Faks: (212) 501 31 17

Yayımlayan:
Epsilon Yayınevi Ticaret ve Sanayi A.Ş.
Osmanlı Sok., No: 18/4-5 Taksim/İstanbul
Tel: (212) 252 38 21 Faks: (212) 252 63 98
İnternet Adresi: www.epsilonyayinevi.com
E-posta: epsilon@epsilonyayinevi.com
Sertifika No: 49067

Kül Kelebek

BEYZA AKSOY

epsilon®

SERİ*

Onun Şeytanları
Kelebeği Öldürmek I
Kül Kelebek II
Matem Çiçekleri III

* Yukarıda bahsedildiği sıra ile okunması tavsiye olunur. Zira *Onun Şeytanları* ve *Kelebeği Öldürmek* birbirleriyle bağlantılı kitaplardır. *Kül Kelebek* ve *Matem Çiçekleri*, *Kelebeği Öldürmek*'in devamı niteliğindedir. (ed.n.)

Çalma Listesi

Redd, *Tam Bi Delilik*
Faouzia & John Legend, *Minefields*
Mehro, *Hideous*
Mehro, *Perfume*
Madrigal, *Kelebekler*
Manuş Baba, *Bu Havada Gidilmez*
Yüzyüzeyken Konuşuruz, *Ölsem Yeridir*
Sertab Erener, *Gitsem*
Sertab Erener, *Karbeyaz*
The Fishermen Three, *Those Kisses*
Taylor Swift, *The Lakes*
Taylor Swift, *Seven*
Cihan Mürtezaoğlu & Pinhâni, *Bir Beyaz Orkide*
Sabrina Claudio, *Orion's Belt*
Dolu Kadehi Ters Tut, *Gitme*
SMNM, *Everything*
Ghostly Kisses, *Where Do Lovers Go*
Ghostly Kisses, *Never Let Me Go (Acoustic)*
Paramore, *All I Wanted*
Mor ve Ötesi, *Küçük Sevgilim*

"Ölene dek sorumlusun, gönül bağı kurduğun her şeyden."
-Küçük Prens-
Antoine de Saint-Exupéry

Yaş Yedi

"Halının üzerine yine çikolatalı süt döktük," dedi küçük kız, bahçe mobilyasına otururken. Giydiği pantolon sürekli belinden düşüyordu çünkü onun pantolonu değildi, büyük geliyordu. Kendi pantolonları her zaman beyaz, toz pembe ya da başka açık renklerde oluyordu, küçük kız bu renklerden nefret etmeye başlamıştı artık. Üstelik istediği zaman pantolon giyemiyordu da. Annesi hiçbir zaman istediği kıyafetleri de almıyordu ona. Masaya konan yemeklerin hepsinden yemesine bile izin vermiyordu bazen. Bale sınıfındaki öğretmeni bacak açabildiğini annesine söylemeden kızarmış patates ve makarna yiyemeyecekti mesela. Ya da waffle. Ya da hamburger. Ya da pizza. Ya da kurabiye. Keşke bir an önce yılbaşı olsaydı. Bir tek o akşam, bütün ev akrabalarıyla dolu olduğu ve yemek masası herkesin kendi tabağını istediği kadar doldurabileceği yemeklerle donatıldığı zaman tabaklarına her şeyi koyup masanın altına saklanabiliyorlardı.

"Babam seni öldürecek," dedi ablası, çimenlerin arasında gözlerini gezdirirken. Muhtemelen taş arıyordu yine ama göle gitmeden buralarda taş bulmak çok zordu.

"Neden sadece beni?" Küçük kız mızmızlanarak kollarını göğsünde birleştirdi. "Sen de girdin o odaya."

"Fikir senden çıktı koca kafalı. Her zaman babamın çalışma odasına girip eşyalarını yürütmek isteyen sensin." Ablası suçlayıcı bir tavırla, işaret parmağını küçük kıza doğrultarak konuşmuştu.

"Çikolatalı sütü sen getirdin ama!" Küçük kız bahçe mobilyasından atlayarak ablasının karşısına dikildiğinde, ne söylerse söylesin onu alt edemeyeceğini biliyordu. "Ben sıcak çikolata severim ve her zaman dadımın sözünü

dinleyip masada içiyorum. Sense elinde dolaştırıp her yere döküyorsun." Ablası kavgalarda da hep güçlü olan taraftı. Birinci sınıf olduğu için kreşteki gıcık kız arkadaşlarını bile korkutabiliyordu. Küçük kız o zamanlar ablasının çok havalı olduğunu düşünüyordu.

"Yani?" Ablası havalı bir şekilde tek ayak üstünde dikilerek kollarını göğsünde birleştirdiğinde, açıkça küçük kız kardeşine meydan okuyordu. "Ben olmasam girmemizin yasaklı olduğu odalara girebileceğimizi mi zannediyorsun?"

"Sen ne yapıyorsun ki? Biz içerideyken dışarıyı gözetleyen kişi Aral."

"Aral bir bebek." Söylediği şeyi, küçük kız kardeşinin kafasına sokmak istercesine yüzüne eğilerek söyledi. "Kimseyi gözetlediği falan yok. Kapının önünde dikilip şeker emikliyor. Annemlerin odasına sızıp anahtarları getiren benim."

"Ben de getirebilirim."

"Sen nerede olduklarını bilmiyorsun."

"Sen nereden biliyorsun?"

Sarışın dalgaları olan güzel kız, ifadesinden ödün vermeyerek gözlerini uzağa çevirdi. Biliyordu. Çünkü bir keresinde annesinin makyaj malzemelerinden birkaçını aşırmak için gizlice ebeveyn odasına girdiğinde babası sinirli bir şekilde telefonda konuşarak içeri dalmıştı. O da mücevher dolabının altına saklanıp ses çıkarmamaya çalışırken her şeyi izlemişti. Babası evin bütün odalarının anahtarını giysi dolabının içinde, başka şeylerin de olduğu bir kasada saklıyordu. Kasanın şifresi ise annesinin doğum tarihiydi.

Küçük kız daha fazla tartışmak istemedi. Ablası biliyorsa biliyordu işte, ona söyleyecek değildi. Ne zaman üstünlük taslayacak bir şey olsa elinde, onu kaybetmemek için her şeyi yapardı çünkü.

"Taş sektirelim biraz," dedi ablası bir anda, kendi de uzatmak istemediğini belirterek. "Burada hiç taş kalmamış. Getirdiklerimizi bahçeyle ilgilenen amca toplayıp göle atmış."

"Varis'i de çağıralım." Küçük kız el çırptı bir kez. "O da kitap okuyordu burada."

"O, çirkin kuzeniyle televizyona bağladıkları şu savaş oyununu oynuyor."

Birlikte göle doğru yürümeye başladılar. Küçük kız, ablasının neden Varis'in kuzenine çirkin dediğini anlamıyordu. Varis'in kuzeninin parlak yeşil gözleri ve sarı saçları vardı. Saçları güneşte altın sarısı gibi parlıyordu. Ablasınınki gibi.

Varis öyle değildi. Varis'in saçları çok, çok koyuydu. Gece gibi. Karanlık. Gözleri ise daha önce hiçbir insanda görmediği bir tondaydı. Gri. Varis'in renkleri yoktu. Annesinin, küçük kızın giymesine izin vermediği renkleri giyiyordu hep. Kreşteyken, serbest vakitlerinde bahçedeki salıncağa uzanıp gökyüzünü izliyordu. Boyama derslerinde çiçekleri simsiyah boyuyordu. Bazen yemek yemiyordu. Etkinliğe gideceğimiz zaman herkesin ortasında değiştirmiyordu tişörtünü, tuvalete gidiyordu. Sanki utanıyordu tenini göstermeye. Dolabında sadece kitap ve basketbol topu vardı. Babası onu kreşten almaya geldiğinde çok büyük, çok parlak, çok pahalı arabalarla geliyordu ama Varis bazen hep aynı siyah kazağı giyiyordu. Sanki hem çok zengin hem de çok fakirlerdi.

"Yine Aral'ın kıyafetlerini mi çaldın sen?" diye sordu ablası, gölün yakınındayken durup taş toplamak için eğildiğinde. Sektirmek için en güzel taşlara bakınıyordu. En güzellerini hep küçük kız getirirdi ablasına, ablasının yüzündeki gülümsemeyi görmek için beli ve bacakları ağrıyana kadar taş topluyordu bazen.

"Elbisem kirlendi. Değiştirmek istedim ama odamızda ablalar vardı, çarşafları değiştiriyorlardı. Anneme ispiyonlarlar diye giremedim." Eğilip taşlara bakınmaya başladı hemen. En çok taş göle en yakın yerde birikiyordu, dolayısıyla en güzel taşlar da orada oluyordu hep. "Aral'ın pantolonları çok rahat. Bir sürü eşofmanı da var." Şapkasını da almıştı

küçük kız. Saçlarını içine sıkıştırmıştı. Gömleği de pantolonunun içine. Tam bir erkek çocuğu olmuştu.

"O çirkin ördek yavrusuna güzel görünmek istiyorsan elbiselerini kirletme bir daha."

"Varis, çirkin ördek yavrusu falan değil!"

"Öyle. İkisi de öyle. Kuzeni de o da!"

"Milas çok tatlı bir çocuk."

Küçük kız, kafasına yediği küçük taş yüzünden acıyla yere devrildi ve kafasını ovalayarak doğrulmaya çalıştı. "Ahh... Off... Niye taş attın bana ya?"

Kafasını kaldırdığı an, ablası ellerini beline koymuş hesap sorar bir ifadeyle başında dikiliyordu. "Sana ne Milas tatlıysa?"

Sinirlenerek ayağa kalktı küçük kız, üzerini silkeledi ve ablasından uzağa gitti. Ablası hep Milas'a çirkin diyordu ama küçük kız ne zaman Milas'tan bahsetse, onunla oynasa, yemek masasında onun yanına otursa ablasından işkence görüyordu. Bir keresinde sırf Milas'ın boyadığı kitabı ödünç aldığı için sıcak çikolatasını lavaboya dökmüştü. Sonra da kitabı alıp yastığının altında saklamış, ne küçük kıza ne de Milas'a geri vermemişti. O günden sonra bir şeyler çizip boya yapmaya daha çok vakit ayırmaya başlamıştı.

"Abla!" diye bağırdı küçük kız, göle biraz daha yaklaşıp mükemmel taş için eğilerek. İşte, bulmuştu. "Burada daha çok taş var. Bunlarla daha çok sektireceksin, söz."

Ablası önce umursamadı, elbisesi küçük kardeşininki gibi beyazdı ve eğilirken kenarı toz olmuştu ve onu silkelemekle meşguldü. Eğer lekesi geçmezse ve annesi fark ederse çok kızardı.

"Şuna bak! Mükemmel taşı buldum!" Hevesle ablasına seslendi küçük kız. Sadece biraz daha eğilmesi gerekiyordu ama taşlar çok kaygandı.

"Düşeceksin!" diye bağırdı ablası, küçük kız duymadı.

Çünkü çoktan suyun içindeydi kafası.

BİRİNCİ BÖLÜM

"Kozası yırtık kelebek büyüyemez."

Akışına bıraktığınız hayatınız, elinize konulan pimi çekilmiş bir bombaya dönüştüğünde "*Geriye dönebilsem yine aynı yollarda geçer miydim?*" diye soruyorsunuz kendinize. Yere düşerken, çıplak dizlerinizin üzerine; kanayabildiğinizi, yine kanarsanız nasıl tedavi edeceğinizi öğrendiniz. Takıldığınız taşı görmeyi öğrendiniz, aşağı bakmayı öğrendiniz, temkinli olmayı öğrendiniz. Buna *tecrübe* diyorlar.

Hayat zor yoldan öğretiyor. Hep zor yolu seçti. Hep seçecek.

Yaşamak bir mağazadan aldığınız araç gereç değil; her ne kadar size bedava verilse de kullanma kılavuzu yok. Bunun yerine herkes kendi kullanma kılavuzunu kendi yazıyor.

En zoru muhtemelen insanları kaybetmek. Öldüklerinde kaybetmek, gittiklerinde kaybetmek, vazgeçtiklerinde kaybetmek...

Bir hastane koridorunda kaybetmek.

Etrafında çok az insan olunca, kaybedebileceklerinin sayısı da bir hayli az oluyor. Babam, aileden saydığımız Pamuk Hala ve Mustafa Abi olmasa kaybedebilecek kadar sahip olduğum sadece iki arkadaşım vardı: Çisemve Hazal.

Aral'la daha yeni tanışmışken birden yabancı olmuştuk birbirimize, o yüzden onu daha yolun başında kaybetmiştim sanırım. Başka da kimsem yoktu.

En azından öyle sanıyordum.

Orada, hastane koridorunda duvarın dibine çömelmiş, kurumuş kanla kaplı ellerime bakarken "*Ya ameliyat ters giderse,*" diye düşünmeden edemiyordum, sedye ameliyathaneye girdiğinden beri. Panik anlarında beyniniz gerçekten çok farklı çalışıyordu ve olabilecek her türlü kötü senaryo zihninizde cirit atıyordu. Kendimi karanlık bir sokakta gecenin bir yarısı eve ulaşmaya çalışırken takip ediliyor gibi hissediyordum ve beni takip eden kişinin kafasındaki kapüşonlu düşse, göreceğim şey yalnızca korkularımdı.

Felaket senaryoları da böyledir. Korkularınızdan ibarettir. Şiddetini azaltabilirseniz, senaryoların çoğunluğu kendiliğinden elenir ve önünüzü görürsünüz. Ama düşünmek zaten mümkün değilken, doğru düşünmek ne kadar mümkündü ki?

Ya bir sabah olur da okuldaki sırası boş kalırsa? Mesaj atarsam ama mesajım ona ulaşmazsa? Defalarca ararsam ama hiç açmazsa? Diklense okuldan biri Begonya'da, kafa tutmak için orada olmazsa? Çözemesem bir matematik sorusunu ama soramazsam ona? Düşsem yine suya, arkamdan atlamasa? Çünkü *yok* olsa.

"Vizyonsuz orospu çocuğu okla vurmuş ulan! Okla!"

Yaslandığım duvar titrediğinde kafamı çevirip kaldırdım ve gözyaşlarımdan seçemediğim siyah bir silüet gördüm. Reha, telefonu çaldığında yanımda konuşmamak için özellikle gitmişti. Alper'i geldiğimden beri görmemiştim. Öyleyse bu uzun boylu bulanık görüntünün içindeki öfkeli silüet kime aitti?

"Elin kanıyor geri zekâlı!"

Bir bağrış yankılandı ameliyathanenin önündeki boş koridorda. Bir kıza aitti bu ses. Alena'ya aitti. Gözlerimi kazağımın kenarıyla silebildiğimde görüntü netleşti. Alena, o an, Milas'ı öyle sert itti ki dağ gibi çocuğun sırtı duvara çarptı. "Yapma şunu! Yapma!"

Milas gözlerini kapatıp başını koridorun sonuna çevirdi. Sakin kalmak onun için dolambaçlı bir labirentti ve ben onu böyle bir labirentte çabasız görüyordum ilk defa. Öfkesini dindirmek istediğini düşünmüyordum, dindirmesini de istemiyordum. Ben öfkelenemiyordum, bir duvarın dibine sinmiş sessizce nefes alıp veriyordum sadece; benim yerime de alevlensin istiyordum kimin göğsü bu gece yangın yeriyse.

"A... Ada?"

Alena'nın beni fark ettiğini gördüm, adımı seslenişini de. Muhtemelen görüntüm onu korkutmuştu.

Milas, koridorun sonundan bize doğru gelen Reha'yı göz hapsine aldığında onunla konuşacağını mırıldanarak aksi yöne yürümeye başladı; Alena ise yanıma.

Hırkasını çıkarttığını fark ettiğimde gözlerimi önüme, yere çevirdim ve koridora uzattığım dizlerimi kendime çektim. Önümde eğilerek hırkasını omuzlarıma bıraktığını hissettim. Dürüst olmak gerekirse ne söylemem gerektiğini bilmiyordum. Ne yapmam gerektiğini de bilmiyordum. Kahretsin, nereye bakmam gerektiğini bile bilmiyordum.

Alena sanki bakışlarımın yerde olmasından hiçbir şey konuşmak istemediğimi anlamış gibi yanıma oturduğunda benim gibi dizlerini kendine çekerek gözlerini üzerime çevirdi. Etraf çok sessizdi. Duvardaki saatin akrebi beni sokmuş, yelkovanı da boğazıma dolanmış gibiydi.

Başımı geriye yaslayarak gözlerimi kapattım.

Yine aynı sahne geliyordu aklıma.

Önce mutluluk vardı. Zafer. *Güven*. Sıcaklık. Çünkü tam zamanında çekip çıkarmıştı beni suyun içinden, kollarımı boynuna sarmıştım sırtını havuz duvarına yasladığında. Hâlâ suyun içindeydik, kalbim deli gibi atıyordu korkudan ama odak noktam farklıydı. Boğulmuyordum, boğulmayacağımı biliyordum. *Bu gece değil.*

Daha sonra gözlerinin kapandığını, bilincini yitirdiğini, belimdeki kollarının güçsüzleştiğini fark etmiştim. Dünya durmuştu. Ne etrafımdaki onlarca küp su, ne deli gibi üzerimize yağmaya başlayan yağmur, ne ambulans sesi, ne polis sireni... Hiçbiri delip geçemiyordu etrafıma örülen kör kalkanı. Karnının kenarına saplı okun etrafından sızan kanı engellemek için ellerimi bastırıyordum, ona tutunmayı bıraktığım için batıp çıkıyordum suya. O da battığında...

Ölebilirdim orada. Bunu düşünmüştüm. Ölebilirdim ve sorun olmazdı.

Reha, Toprak'ın titreyen elindeki yayı fırlatıp çocuğun üzerine atlamıştı arka planda. Sağlık görevlileri bizi havuzdan çıkarıyordu, biri üzerime battaniye vermişti ve bir beden sedyeyle ambulansa taşınıyordu. Polis, Toprak'ı arabaya sokarken Reha'nın arabaya atlayıp ismimi bağrışını bile net duyamamıştım, öyle boğuktu sesler. Arabadan çıkıp beni yanındaki koltuğa bindirişini, emniyet kemerimi takıp kapıyı kapatışını bile zar zor hatırlıyordum.

Bir süredir de buradaydım. Soğuk beton üstünde, aynı kasedi defalarca kez aklımda oynatıyordum.

Sessiz koridorda, asansörün kapılarının açılırken çıkardığı tok ses yankılandığında gözkapaklarım açıldı. Gözlerim acıyordu.

Alena'nın yavaşça ayağa kalktığını fark ettim, onun ardından bu tarafa doğru telaşla koşturan kabarık saçlı kızı da hemen ardından. *Çisem.*

"Ada!" diye bağırdı gür sesiyle, çizmeleri zeminde gürlerken koşmaya devam ettiği sırada. Sanki arabadan indiğinden beri koşuşturma hâlindeydi, asansörde bile dinlenememişti ki hâlâ nefes nefeseydi.

Başımı kaldırıp ona baktım. Artık bulanık görmüyordum ama ben hepten görmek istemiyordum aslında.

Duymak da istemiyordum.

O ameliyathanenin kapısının açıldığını ne görmek ne de duymak istiyordum. Doktorun maske, bone ve ameliyat kıyafetiyle çıkıp konuşmasını istemiyordum. Dudaklarını birbirine dikmek istiyordum sadece, sırf kötü sözler ağzından çıkmasın diye.

Benim yüzümden.

"Ada, ne yapıyorsun burada bu hâlde?" Çisem dizlerinin üzerine çömelerek ellerini kollarımın üzerine koyduğunda bomboş ifademi koruyarak yüzüne bakmayı sürdürdüm. "Kalk, lavaboya gidiyoruz."

Kollarımdan tutup beni yukarı kaldıracağı sırada isteksizce hareket eden kollarımı kendime çekip bulunduğum pozisyonu korudum. Kalkmak falan istemiyordum, gitmek istemiyordum.

"Ada..."

Alena'nın çatlayan sesinden adımı duyduğunda gözlerimi tekrar yere çevirdim. "Bence de Çisem'le gitmen iyi olur," diye mırıldandı. "Hem ellerini yıkamış olursun. Yüzünü de yıka bir, ha? Böyle ıslak kıyafetlerle betona oturmanın bir faydası yok. Ameliyat kimbilir ne kadar sürecek daha."

Bir şey söylemedim. Çisem oflayarak, ellerini saçlarına geçirdiğinde doğrulmuş, başını ameliyathane kapısına çevirmişti. Sanki biri çıkacakmış gibi ben de korkuyla başımı oraya çevirdim ama kimse gelmedi.

Asansör kapıları tekrar açıldı.

Gökay.

"Reha'yla Alper nerede? Onları gördün mü?"

Çisem benimle konuşmuyordu, doğrudan Alena'ya bakıyordu. Sanki sözlerinin bana ulaşmadığını düşünüyordu. Sanki gözlerim açık komadaydım.

"Milas, Reha'yla konuşmaya gitti," diye cevapladı Alena onu. "Alper... Alper'in burada olduğunu düşünmüyorum. Önce Reha'yla konuşsan iyi olur."

Başımı yavaşça Alena'ya çevirdim. Biliyordu. Alper'in annesine ne olduğunu da biliyor muydu? Ben bile görmemiştim evden çıkışını. Sedyeyle mi çıkmıştı yoksa ceset torbasıyla mı?

Çisem bilmiyordu. Muhtemelen sadece hastaneye gelmesini söylemişti Reha. Oya Hanım'dan bahsetmemişti.

Oya Hanım'a ne olmuştu?

Gökay yaklaştığında Çisem'in yanında durdu. "Ada," dedi tok bir sesle. "Hadi kalk bir elini yüzünü yıka," diye devam etti. "Sonra gel kafeteryada konuşalım bir seninle. Tamam mı?"

Benim yüzümden, Gökay, demek istedim kuru sesimle. Şimdiye ses denen şey kaldıysa tabii bende. *Benim yüzümden.*

"Hadi Ada." Bu sefer yerinde durmadı. Çisem'in arkasından geçip yanıma gelerek eğildi ve kollarımdan tutup benim aksi kuvvet uygulamama kalmadan kaldırdı bedenimi. Çisem bir yanımda Alena diğer bir yanımda koridorda ilerlerken asıl Ada'yı o koridorda, duvar kenarında bırakmıştım sanki.

Tuvalet büyük, temiz ve boştu. Alena kapıyı kapattıktan sonra Çisem büyük çantasının içinden kâğıt bir torbayı çıkartıp elime tutuşturdu ve "Üzerini değiştirmen için temiz kıyafet ve iç çamaşırı getirdim. Islak ıslak duramazsın," diye mırıldandı. Her zamanki gibi her şeyi düşünmüştü.

Paketle birlikte kabinlerden birine yürüdüm, önce kapıyı sonra da klozetin kapağını kapatıp soyunmaya başladım. Eğer çabucak üzerimi değiştirirsem Gökay'la konuşabileceğimi düşünüyordum. Her ne kadar konuşma yetimi kaybettiğimi düşünsem de aklım yerine gelmeye başlamıştı. Ne olursa olsun Toprak'ın ne derdi olduğunu öğrenmeliydim, ona göre ifademi verip tekrar ameliyathanenin önüne gidecektim. Reha gitmeden önce benimle konuşmak isteyen iki üniformalı polisi, şokta olduğum gerekçesiyle bahçeye yollamıştı, tekrar döneceklerinden emindim.

Paketin içinde bir çift beyaz spor ayakkabı, çorap, iç çamaşırı, pantolon ve sweatshirt vardı. Alena'nın hırkasını kabinin arkasına asıp çıkardığım kıyafetleri katlayarak kenara koydum ve kuru olanları giyindim. Islak kıyafetlerim neredeyse üzerimde kurumuştu.

Kabinden çıktıktan sonra çıkardıklarımla dolu olan torbayı kenara koyup ellerimi yıkamak için musluğu açtım.

Daha önce hiç doğrudan bakmamıştım ellerime.

Kan.

Kurumuştu.

Musluk akmaya devam ediyordu.

Ellerim, Varis Adin'in kanıyla kaplıydı.

Kan.

Onun kanı.

Bir el uzanıp boşa akan musluğu kapattığında aynadan Alena'yla göz göze geldim. Daha sonra derin bir nefes alıp sabuna uzandım ve elime iki pompa sıktıktan sonra tekrar musluğu açıp kanı çıkarmaya çalıştım.

Yıkadım. Köpürttüm. Duruladım. Çıkmadı. Sabun aldım, köpürttüm, duruladım, çıkmadı. Tekrar sabuna uzandım, hızlıca her bir köşesini neredeyse tırnaklarımla çizerek yıkadım ellerimi. Duruladım. Çıkmadı. Çıkmıyordu. *Lanet olsun.* Çıkmıyordu.

"Ada yapma." Çisem elindeki çantasını da kâğıt torbayı da kenara koyup ellerime uzandı ama ondan uzaklaşıp yan taraftaki muslukta yıkamaya başladım ellerimi.

"Ada yapma lütfen," dedi Çisem tekrar. "Çoktan geçti."

"Çıkmıyor değil mi?"

Daha sonra, ben tekrar köpürtürken elimdeki sabunu, Alena'nın sorusu yankılandı boş tuvaletin duvarlarında. Agresifçe sabunu köpürttüğüm ellerim istemsizce durdular, nasıl devam edeceğini daha net duymak için başımı kaldırdığımda yeniden aynadan göz göze geldik. Floresanlardan mıydı bilmiyordum, Alena'nın gözleri ve dudakları kızarmıştı.

"Sabunluyorsun ellerini defalarca ama çıkmıyor. Kirli."

Çıkmıyor. Kirli.

Duruladım ellerimi. Musluğu kapattım ve avuçlarımı açıp dikkatlice baktım. Çıkmamıştı işte. Kirliydi. Çisem neyden bahsediyordu? Alena bile görmüştü. Ellerim kirliydi.

Kirli değildi.

Ama kirliydi.

"Bir kez daha yıkamanı kaldıramam Ada," diye mırıldandı Çisem lavaboyla önüme geçerek. Uzanıp iki dal peçete kopardı ve ellerimi kurulamaya başladı. Islaklığını iyice aldığına emin olduğunda peçeteyi çöpe atmıştı.

Bunu neden yaptığımı bilmiyordum ama en azından birinin beni anladığını görmek iyi hissettirmişti. Belki de sandığımdan daha çok insan aynı düşüncelerle, aynı şeyle savaşıyordu. Aynı *şeytanlarla* kafasındaki.

Boğazımı temizleyerek, kısıldığını fark etmediğim sesimle "Teşekkür ederim," diye mırıldandım Alena'ya hırkasını geri verirken.

"Önemli değil." Buruk bir tebessümle hırkasını alıp üzerine geçirdi.

"Gökay kapıda bekliyor." Çisem çantasını ve kâğıt torbayı aldıktan sonra Alena'yla yanımızda dikilerek bana döndü ve elini koluma koydu. "Konuşmak için hazır mısın?"

Kafamı salladım.

"Biz ameliyathanenin önünde olacağız." Çisem, Alena'ya bakarak onaylaması için bekledi. Alena çok geçmeden kafasını salladı ve "Bir şey olursa seni ararız," diye devam etti.

Telefonum. Yutkunarak dudaklarımı birbirine bastırdım. "Telefonum... O, çantamda kaldı. Varis'in arabasında." Çisem'e baktım.

"Tamam. Gökay'ı ararım ben. Söz."

Kapıyı açıp dışarı çıkarken düşündüğüm tek şey o ameliyathane kapısı, dönmek istediğim tek yer o soğuk koridor betonuydu ama her nasılsa kendimi Gökay'la asansörde buldum. Aramızda bir metre vardı, ben biraz daha geride, kollarımı gevşekçe göğsümde birleştirmiş ve asansör duvarına yaslanmıştım. Floresanlar gözlerimi yoruyordu ama yorgun değildim. Gökay'ın telefonu şu dakika çalsa ve asansörler meşgul olsa koşa koşa merdivenlerden çıkacak gibi bir enerji biriktirmiştim yedekte, düşük güç modunda çalışıyordu bedenim sadece. Daha uzun dayanabilmek için. O ameliyathaneden çıktığını görmeden, gözünü açtığını görmeden rahatça nefes alamayacaktım.

Kafeteryanın yarısı hasta ve hasta yakınlarıyla doluydu. Gökay "Çay mı kahve mi?" diye sorduğunda önce bir şey istemediğimi söylemeyi düşündüm ama enerji kazanıp ayakta kalmam açısından zehir gibi bir kahve içmem gerektiğini biliyordum. "Sade kahve."

Cam kenarına oturdum, yeşil bahçenin ortasındaki su havuzunu buradan görebiliyordum. Küçük bir çocuk bulduğu taşları havuza atıyordu. Doğrudan atıyor değil de sektirmeye çalışıyor gibi bir havası vardı. Annesi olduğunu düşündüğüm kadın biraz ilerisinde telefonla konuşarak ağlıyordu. Çocuğa sırtını dönmüştü ama benim tarafıma yüzü dönüktü. Sesi çıkmasın diye elini ağzına kapatışını görebiliyordum.

Böyle bir telefon almak istemiyordum hiçbir zaman.

Ne yapmam gerekiyordu bunun için?

Ne yapmam gerekiyordu zamanı geriye alarak, Toprak'ın okunu Varis'ten önce yemek için?

Boğularak değil, nefes alarak ölmek istiyorum demiştim. Oku hayati bir organıma yesem de nefes alarak ölürdüm değil mi? Neden yapmamıştım? İşlerin bu noktaya gelebileceğini nasıl düşünememiştim? Nasıl bu kadar aptal olabilmiştim? Nasıl Toprak'ın varlığını önceden fark edememiştim? Nasıl o ok ve yayı duvardan almadan önce çığlık atmayı akıl edememiştim?

Aptalın tekiydim.

Aptal Ada.

Aptal!

Aptal...

Senin yüzünden.

Masaya bırakılan karton kahve bardağıyla dikkatim dağıldı. Biraz soğusun diye kapağını açıp kenara bıraktım ve geriye yaslanıp gözlerimi karşıma oturan Gökay'a çevirdim. Kahvesini önüne bırakıp kollarını masanın üzerine koymuştu.

Bomboş bir ifadeyle suratına baktım. Gökay'ın aklı doluydu, biliyordum; anlatacağı her neyse nereden başlayacağını bile bilmiyordu.

"Toprak'la ne oldu geçmişte?" diye sordum pat diye, daha fazla beklemek istemeyerek. Oturduğum sandalyeyi ısıtmak istemiyordum, kahvem bile soğumadan kalkıp gitmek istiyordum yukarı. Burası çok uzaktı. Çok uzaktı ameliyathaneye. Koridorda yanıma çöküp otursa da konuşabilirdik.

Ameliyathanenin önünde oturacak koltuk yoktu, koltuklar koridorun sonunda pencere kenarındaydı ama orası bile çok uzaktı. Bir görevli, ameliyathanenin önünde yığılma olmasın, beklenilmesin diye oraya koltuk konulmadığını söylemişti. Ne acımasızlardı ama.

Gözlerini kapattı Gökay, sanki uzun zamandır görmediği birinin yüzünü gözlerinin önüne getirmeye çalışır gibi.

Yutkundu. Kurumuş dudaklarını ıslattı. "Bir kız vardı," diye mırıldandı gözlerini açarak. "Gördüğüm an kafamdan vurulmuşa döndüğüm."

Bir kız *vardı.*

"Birlikteydik. Bir kaza oldu, baraja yuvarlandık arabayla." Elini saçlarına götürüp sıkıntıyla ensesini ovaladı. "O geç çıkarıldı, bana zamanında müdahale edilmişti. Ona geç kalındığı için böbrek yetmezliği gelişti. Böbreklerinden birini ameliyatla aldılar, diğerini de almaları için çok fazla zamanı yoktu. Makineye bağlı yaşıyordu. Böbrek nakli olması gerekiyordu. Bir arkadaşım..." Duraklayarak derin bir nefes aldı. Onun için anlatması zor olduğunu anlayabiliyordum. "Eski bir arkadaşım böbrek nakli için gönüllü oldu, önceden test yaptırmıştı uyuşuyorlardı. Ameliyat iyi geçti. Ama daha sonradan sorunlar oldu..." Gökay'ın gözleri masayı sıyırmış, sabit bir noktaya; yere bakıyordu artık. "Böbreğini veren arkadaşımın babası bela bir tipti, sorun çıkardı. Zaten Irmak fazla dayanamadı. Benim yüzümden."

Benim yüzümden.

Irmak.

Toprak'ın bahsettiği Irmak.

"Senin yüzünden mi?" Yutkunarak, zorla sordum bu soruyu. Tek istediğim dalıp gittiği yerden bu ana dönmesiydi bir an önce. Aklında türlü türlü işkenceler ediyordu kendine, belliydi.

Odak noktası birkaç saniye sonra değiştiğinde bana döndü. Gözleri kanlanmıştı. Burnunu çekip gözlerini ovaladıktan sonra devam etti. "Irmak hastaydı. Nakilden sonra bile diyalize devam etti. Hastalıktan saçları döküldü, bir deri bir kemik kaldı. Kalbi zayıfladı. Kalbi çok... Çok zayıfladı Ada."

Başımı başka bir yere çevirdim, ifademi kontrol edemiyordum ve görsün istemiyordum. Elim istemsizce ağzıma kapanmıştı ve başımı eğmiştim. *Irmak fazla dayanamadı. Benim yüzünden.*

Gökay, yaptıkları kaza yüzünden kendini suçluyordu. Eğer kaza yapmasalardı Irmak'ta böbrek yetmezliği gelişmeyecekti. Tüm sorun orada başlamıştı değil mi? Gökay kendini suçluyordu.

Gökay kendini *lanetlemişti.*

Toprak ne demişti? Gökay yanında kimseyi barındırmıyordu. Kendini yalnız bırakıyordu. Kendine ceza çektiriyordu. Kendi hapishanesini inşa etmişti zihninde, parmaklıklar ardına tıkmıştı benliğini.

"Toprak..."

Ben tahminde bulunmaya çalışmadan hemen önce Gökay lafı devraldı. "Toprak'ın ilkokuldan beri arkadaşıydı Irmak. Onu kaybettiğinde delirdi. Zaten en başından beri ilişkimize karşıydı, olanlardan sonra iyice öfkelendi. Irmak'ı kaybedeli bir yıl oluyor, o zamanlar sadece kullanıyordu ama şimdilerde torbacı oldu. Satıyor da. Okulu bıraktı. Zaten okula devam etmesinin tek sebebi Irmak'tı. Oya Teyze'ye satarken kendini eve gizlemesi, kafayı bulup sana işkence etmesi, Varis'i vurması... Hepsi kendi paranoyasından. Hepsi benim yüzümden Ada." Başını eğdikten sonra baş ve işaret parmaklarıyla kapattığı gözkapaklarına baskı yapmaya başladı. "Ne diyeceğimi bilmiyorum. Özür dilerim..."

"Gökay, saçmalama." Daha fazla kendisini suçlamasına izin veremezdim. "Toprak'ın hareketlerinden yalnızca kendisi sorumlu. Irmak'ı kaybeden bir tek o değil, o bir dost kaybettiyse sen de sevgilini kaybettin. Böyle düşünüp kendine eziyet etmen doğru değil."

"Bilmediğin şeyler var Ada..."

"Anlat da bileyim o zaman Gökay." Sert bir tavırla gözlerinin içine baktım. "Bu ne ya? Herkes bir laf tutturmuş bilmediğin şeyler var Ada. Anlatın o zaman! Anlatın da bilelim!"

Sesim o kadar yükselmişti ki sonlara doğru, etraftaki masalarda oturan insanlar sessizleşip bizim masaya dönmüşlerdi birkaç saniyeliğine. Normalde olsa utanır önüme dönerdim ama kimseyle uğraşacak hâlim de sabrım da kalmamıştı.

Doğruca Gökay'a dönüp devam etmesi için bekledim ama bir şey anlatacak gibi değildi, sonunda ayaklandığımda kafeteryanın kapısından içeri yürüyen tanıdık yüzü gördüm. *Alper.* Doğruca ona çevrildi adımlarım, onun da bizi gördüğü için buraya geldiğini düşünüyordum. Suratı hayalet görmüş gibi bembeyazdı ve saçları dağılmış, gözleri kızarmıştı.

"Alper." Kafeteryanın kapısının önünde karşısına dikildiğimde doğru kelimeleri birleştirmem gerektiğini biliyordum. "Ne oldu?"

"Bunun ne işi var burada?"

Alper bir anda, arkamdan beni takip eden ve sonunda yanımıza ulaşan Gökay'a dik dik bakmaya başladığında aralarındaki gerginliğe anlam veremeyerek aralarına girdim. "Gökay'ın bir suçu yok. Orada değildi bile."

Alper sağ omzumdan eliyle beni yana ittirerek Gökay'ın dibine girdiğinde ortamın gerginliğinden nabzım hızlanmıştı. "Ne kadarını anlattın kıza?"

Gökay soğukkanlılıkla, sakin tuttuğu ifadesini bana çevirerek "Ben şimdi gideyim Ada," diye mırıldandı. "Sonra konuşuruz."

Hafifçe kafamı aşağı yukarı salladım. Gökay geçmek için hareketlendi ama Alper gitmesine henüz izin vermeyecek gibiydi. Elini, Gökay'ın koluna koyup onu durdurduğunda Gökay'ın sabır dilenir gibi gözlerini kapattığına şahit oldum. Sabır dilenir gibi mi? Aslında daha çok... *Bırak da gideyim* gibi... *Gitmeme bile izin vermiyorsun*, gibi.

"Dur orada."

"Alper cidden mi?" Gökay sertçe kolunu çekerek ona döndü. "Varis ameliyattayken mi? Burada mı? Hastanede mi?"

Alper, damarına basılmış gibi geri çekilip başını çevirerek seslice nefes verirken ikisi arasında gezdirdiğim gözlerimle bir bağlantı kurmaya çalışıyordum ama hiçbir sonuca varamamıştım. Daha önce, Çisem'le Alper'in arasında bir şeylerin olduğunu fark edemediğim gibi, Alper'le Gökay'ın arasında da bir sorun olduğunu fark edememiştim.

Gökay dönüp arkasına bile bakmadan bahçe kapısından dışarı çıktığında, parmaklarını geçirerek çekiştirdiği saçlarının arasından Alper'le göz göze geldim. Sormam gerekiyordu. "Gökay'la ne oldu?"

"Ne olmadı ki Ada, asıl onu sor sen," diye mırıldandı Alper. Başıyla asansörü işaret ediyordu. Kafamı sallayarak onu takip ettiğimde boş asansöre bindik.

"Annem iyi, odaya aldılar," diye devam etti birkaç saniyelik sessizliğin ardından, benim gibi asansörün bir ucunda duvara yaslanarak.

Rahat bir nefes verdim sonunda. Hâlâ göğsüme kaçmış, orada ağrı yapan bir soluk daha vardı içimde salınmayı bekleyen ama bir süre daha bana eşlik edecekti göğüs kafesimde.

"Anneni orada öyle görünce..." Dudaklarımı birbirine bastırdım. Niye açmıştım zaten ağzımı? "Özür dilerim. Öyle demek istemedim. Sadece... Bir şey oldu sandım. Çok korkmuştum."

"Benim gibi bir annen olsaydı her gece başını yastığa korkuyla koyardın."

Asansörün kapıları açıldı. Aynı anda gözüm dalmıştı, hareket etmemiştim. Alper ne dediğini fark ederek suratında bir pişmanlık ifadesiyle yüzüme baktığında başımı kaldırdım. "Öyle demek istemedim." Sesi çatlamıştı. "Ben..."

Tabii... Okuldaki herkes gibi, o da üvey olduğumu ve annemin olmadığını biliyordu. Annemin hiç olmadığını da biliyordu. "Önemli değil," diye mırıldandım birlikte asansörden çıkarken. "Konumuz senin annen. Ben alınmam, merak etme."

Hafifçe kafasını sallayarak önüne döndü. Farklı bir asansöre bindiğimiz için ameliyathaneye kadar yürümek zorundaydık. Alper burnunu çekerek başını kaldırdığında gözlerini önümüzdeki pencerelere ve yeşil koltuklara çevirmişti. "Gökay sana ne kadarını anlattı?"

Şüpheli bir bakış attım ona, ardından önüme döndüm. Alper ne kadarını biliyordu peki? "Ne anlattığını nereden biliyorsun?"

"Ada," diye mırıldandı Alper, biz koridorun başını dönerken. Sonunda ameliyathaneye ulaşmıştık ve herkes kapının önündeydi. "Irmak benim kız kardeşimdi."

Tanımadığım, uzun boylu, jilet gibi siyah bir takım elbise içerisindeki adamı Milas'la konuşurken gördüm. Yanlarında Alena da vardı, kollarını göğsünde birleştirmiş ve omzunu duvara yaslamıştı. Çisem ve Reha birkaç adım ileride birlikte dikiliyorlardı. Başka bir adam daha vardı, ellilerinde, bembeyaz saçlarının arasında iki misket gibi duran masmavi gözlerini cebinden sarkan köstekli cep saatine çevirmiş, sırtını duvara yaslamış, kahverengi bir takım içerisinde olan bir adam.

Ama, her ne kadar gözlerim ileride takılı kalsa da, aklım önümdeki taşı göremediğimden yere serilmişti bir anda. Şimşekler karanlık zihnimi aydınlatmıştı.

Irmak, Alper'in kız kardeşiydi. Toprak ve Oya Hanım'ın tanışıklığı buradan geliyordu. Ve Oya Hanım'ın delirmesi, belli ki yalnızca yurtdışına kaçan kocasıyla alakalı değildi.

Burnumun direği farkındalıktan sızlarken başımı yavaşça Alper'e döndürdüm. Ellerini cebine sokmuş, öylece dikiliyor ve karşısındaki manzarayı izliyordu. "Ben, bilmiyordum," diye mırıldandım iki kelimelik cümlede iki kere yutkunarak. "Alper, ne diyeceğimi bilmiyorum..."

"Önemli değil, boş ver. Toprak'ın neden kafayı bozduğunu anlamış olmalısın artık. Şu an önemli olan o piçin bir an önce ameliyathaneden çıkıp gözlerini açması. Gözlerini açıp bir sik beceremiyorsunuz diye bağırıp çağırması. Şu an önemli olan tek şey bu."

Ağırca kafamı salladım ve önüme döndüm. Bir saniye önce annem olmadığı için hiçbir art niyeti olmadan ettiği lafın özrünü dileyen Alper, bir saniye sonra kaybettiği kardeşinin şu an için önemli bir konu olmadığını söyleyebilecek kadar anlayışlıydı.

O, koridorda yürümeye başladığında ben de birkaç saniye gecikmeli olarak arkasından yürümeye devam ettim. Çisem beni gördüğü gibi Reha'yla sohbeti kesmiş, elimden tutup yanına çekmişti. Ellerini kollarımda aşağı yukarı sürterek beni ısıtmaya çalışırken "Konuştunuz mu?" diye sordu. Kafamı salladım. Çisem o an Alper'le göz göze geldi, daha sonra herkesin bakışları ameliyathane kapısından gelen sese çevrildi.

Birkaç saattir içeriden çıkan olmamıştı.

Çıkarken maskesini çıkartan bir kadın doktor bize bakarak hiçbir şey söylemeden yanımızdan geçip gittiğinde kalbimin duracağını düşünmüştüm.

Kadın doktorun ardından çökmüş omuzlarımla bakarken otomatik kapı tekrar açıldığında bu sefer yaşlı erkek bir doktor, iki kadının önünde çıkmıştı ve sorumlu kişi olduğu belli oluyordu. Milas'la konuşan, kırklarının sonundaki uzun boylu adam direkt doktorun önüne dikildiğinde Çisem'le Reha'nın arasından çıkıp yanlarına yürüdüm.

"Tevfik Bey, yeğenimin durumu nasıl?"

Tevfik Bey. Yeğen. Bu uzun boylu adam, Milas'ın babası olmalıydı. Doktorla tanıştıkları belli oluyordu. O mu ayarlamıştı bu durumda bile Varis'in ameliyatına girecek doktoru? Hatta belki direkt hastaneyi ayarlamışlardı. Burası yeni inşa edilmiş, lüks, büyük ve temiz bir yerdi.

Tevfik Bey'in yanındaki doktorlar aramızdan çekilerek gittiler. "Yeğeninizin karın boşluğuna saplanan ok, on altı milimetre çapında ucu çelikten yapılma antika bir gereç. Sanıyorum ki uzun süre temizlenmemiş, paslıymış. Dolayısıyla enfeksiyon riski yüksek." Adam derin bir nefes vererek kafasını salladı. "Çok fazla kanaması oldu, hastanemize gelene kadar da yaklaşık iki litre kan kaybetmiş. İç kanamayı durdurduk. Enfeksiyon kapma ihtimali için ilaç tedavisi altında tutacağız. Birazdan arkadaşlar odaya alacak, şimdilik durumu stabil."

Tevfik Bey, lafını bitirdikten sonra eliyle ileriyi işaret etti. "Buyurun Alparslan Bey, isterseniz odamda konuşalım."

Alparslan Bey. *Alparslan Adin.*

Milas'ın babası kafasını sallayarak Tevfik Bey'le birlikte ilerlemeye başladığında bakışlarımı yere çevirmiş, dudaklarımı kemiriyordum. Ağzıma gelen metalik tatla birlikte dönüp duvar dibine ilerlemeye başladığımda herkes kapının önünde toplanmıştı ama ben ayakta durabilecek gücü bulamıyordum kendimde. *Karın boşluğuna saplanan ok on altı milimetre çapında. Paslı. Enfeksiyon riski yüksek. Çok fazla kanaması oldu. İç kanama. Durumu stabil.*

Benim yüzümden.

Sırtım duvarda kayarak beni yavaşça yerle buluşturduğunda bacaklarımı kendime çekerek kollarımı etrafına sardım. Bu, o iyi demekti değil mi? Zaten çok sağlıklı bir insandı. Değil mi? Bu ameliyat onun için sorun değildi. Sabaha uyanırdı, değil mi?

Ya değilse?

Ameliyathane kapısının açılma sesini, tekerleklerin gidişini duydum ama başımı gömdüğüm dizlerimden kaldıracak gücü bulamadım kendimde. Çisem birkaç dakika sonra fark etmişti beni, zorla kaldırıp boş odalardan birine götürmeye çalıştığında gitmek istemedim. Daha sonra Alparslan Bey, doktorun odasından geri döndüğünde birlikte asansörle hastanenin en üst katına çıktık. Varis'in odasının kapısının üzerinde VIP 01 yazıyordu ve karşısında koltuklar vardı.

Camdan içeriye bakmadım.

Bir süre sonra Milas, Alena'yı eve bırakmak istedi. Alper çantamı getirmiş, daha sonra ortalıktan kaybolmuştu. Alparslan Bey de öyle.

Doktor en son geldiğinde ve durumunu kontrol edip yarın sabaha anca uyanabileceğini söylediğinde, Çisem daha fazla dayanamayarak hemşirelerden biriyle konuşup boş bir oda ayarladı. Alena sabah geleceğini söyledi, Milas onu götürdü. Reha biz kalktıktan sonra koltuğa oturdu. Odasının önünde kalan tek kişiydi artık.

Tüm gece nasıl geçti bilmiyordum. Geniş, karşılıklı iki yatağı olan boş bir odaya götürmüştü Çisem beni. İki kat aşağıdaydık. Birine o yatmış, ayaklarını uzatıp kollarını başının altına almış tavanı izlemeye başlamıştı. Diğerine ben... Bacaklarımı kendime çekip ellerimi yastığın altına sokmuştum. Gözlerim kapanmamıştı, ben uyumak istememiş değildim.

Bir iki saat sonra, sabahın beşinde hava daha yeni aydınlanırken odadan çıktığımda Çisem horul horul uyuyordu. Uyumasam da, daha iyi ayılabilmek için kafeteryaya inip sert bir kahve aldım ve en üst kata çıktım asansörle. Katın önünde iki tane ızbandut gibi herif dikiliyordu ve nedense geçmeme izin vermeyeceklermiş gibi geliyordu.

Yürümeye devam ettim, neredeyse kapıdan geçecektim ama iki koruma da önceden sözleşmiş gibi aynı anda bir adım yana, birbirlerine yaklaşarak girişi kapattılar. "Bu kata giremezsiniz."

Kesik bir nefes alarak gözlerimi kaldırdım ve yüzlerine baktım. Suratıma bakmıyorlardı bile. "Siz kimsiniz? Kim oluyorsunuz da girişime engel oluyorsunuz? Burası bir hastane."

"Üzgünüm hanımefendi, bu kata giriş yasaklandı." Biri, gözlerini bir saniyeliğine yüzüme indirerek konuştuktan sonra önüne döndü.

Her şeyden öte, neden buradalardı ki? Kimi kimden koruyorlardı? Varis'in bir suikaste falan uğrayacağını mı düşünüyorlardı? Belki de mümkündü. Büyük iş adamlarının ne çeşit düşmanları olduğunu bilemezdiniz değil mi? O gün holdingteki konferanstan yaka paça çıkardığı gazeteci aklıma gelmişti. Sırf o adam bile tehditkâr konuşmuştu Varis'e karşı. Bir şeyler biliyordu ya da bildiğini düşünüyordu.

"Nasıl girebilirim içeri?"

"Üzgünüz, giremezsiniz."

Derin bir nefesle sabır dilenircesine sweatshirtün cebine sıkıştırdığım telefonumu çıkartıp Reha'yı aradım. Birkaç saat önce burada kalacağını söylemişti değil mi? Korumaları geçebilecek biri varsa bu ya Milas'tı, ya Reha ya da Alper. Milas ortalıkta yoktu, Alper de geceden beri görünürde yoktu. Ama Reha içeride kalmıştı. Odasının karşısındaki koltukta kalmıştı.

"Ada?"

Reha'nın sesi içeriden eko yaptığında "Kapının önündeyim, korumalar girmeme izin vermiyor," diye söylendim telefona doğru, doğrudan korumalara bakarak.

"Bir dakika."

Reha telefonu kapattı. Yalnızca birkaç saniye sonra kapının önüne gelmişti. Korumalar kenara çekilip Reha'ya baktıklar. Reha aynı görünüyordu. Biraz saçları dağılmıştı ve muhtemelen uykusuzluktan gözleri kızarmıştı o kadar. "Varis'in odasına Ada'yı mı sokmuyorsunuz siz? İşinizden olmaya bu kadar istekli misiniz?"

"Reha Bey, Alparslan Bey'in emirleri kesindi. O gelene kadar kimseyi içeri sokmamamız gerektiği söylendi."

"Ya bırak Allah aşkına, Alparslan Bey'iniz mi ödüyor sizin maaşınızı? Başınızdaki adamın oğlundan bahsediyoruz." Reha onlara bir bakış attıktan sonra korumalar geçmeme izin verdiklerinde "Gel sen Ada," diye devam etti Reha. Kapıdan geçip onunla birlikte koridora girdim.

"Korumalar gerekli miydi gerçekten? Bu kadar sıkı bir denetim?"

"Bazı Adin problemleri," diye mırıldandı Reha kafasını sallayarak. "Takma. Bunları daha çok göreceksin sen."

Ne zaman kapının önüne geldiğimizi fark edememiştim, bir anda odanın içini görebildiğimiz büyük camın önüne gelmiştik. Bakmamıştım gece, o buraya ilk geldiğinde ama şimdi istemsizce kafamı kaldırdığımda görmüştüm içeriyi. Odaya duman üfleyen bir cihazın yanındaydı yatağı, başında serum bağlıydı ve birkaç makine görebiliyordum küçük. Yatağın içinde, üzerine beyaz bir örtü örtülüydü beline kadar. Göğsü çıplaktı. Parmağına kıskaç gibi bir şey, koluna da iğne takılmıştı. Ağzında solunum cihazı vardı. Yanında tek kişilik ve çift kişilik olmak üzere iki koltuk, masa, bir dolap... Ve koca şehir ayaklarının altındaydı penceresinden görebildiğim kadarıyla. Yağmur yağıyordu. Duyabiliyor muydu acaba pencereyi döven yağmur seslerini?

"Doktor en son geldiğinde gayet iyi olduğunu söyledi. Normalde sabaha uyanırmış ama sanırım akşamı bulacak, uykusuzluk çekiyormuş. İşimize geldi vurulması vallahi, uyu deyince uyumuyordu şerefsiz. Şimdi yatsın aşağı." Reha söylenerek kollarını göğsünde birleştirip karşıma geçtiğinde, omzunu duvara yaslayıp yüzümü süzmeye başlamıştı. "Sen uyudun mu bu arada? Hiç dinlenmiş gibi görünmüyorsun."

"Dürüst olabilirsin."

"Berbat görünüyorsun."

Varis'in uyku sorunları olduğunu biliyordum. Uyumayı gereksiz gördüğü gibi saçma bir teorisi vardı hatta, kendimce asıl nedenini saklamak için uydurduğunu düşündüğüm. Peki asıl nedeni ne olabilirdi?

Alper, Toprak, Gökay, Çisem... Normal görünen dört genç. Neler çıkmıştı suratlarına takındıkları umursamaz maskelerinin ardından. Kimbilir Varis'in nasıl bir hikâyesi vardı?

Kahvemden bir yudum aldım.

"Bence sen Çisem'le birlikte eve dön," diye mırıldandı Reha. Hemen itiraz edeceğimi belli ettiğim suratımı kaldırıp ona baktığımda ise lafı devralmama izin vermeden devam etti. "Orada kal demiyorum. Sadece bir git, bir duş al, yemek ye. Üzerini değiştir. Ne bileyim, dinlen biraz. Akşama doğru gelirsin. O zaman kadar uyanmayacağını söyledi doktor nasıl olsa. Bedeni yorgun olduğu için uyutuyorlar, onun da elinde değil uyanmak."

Saat 8'e doğru Çisem'in kapıdaki korumalarla kavga edişini duyana kadar Reha'yla sohbet ettik. Daha sonra birlikte kafeteryaya indik, Çisem hastane poğaçalarını beğenmediğini söyleyip eve gitmekte ısrarcı olmaya başlamıştı. Üstelik Reha da destekçisiydi.

Saat 11 gibi sonunda beni ikna edebildiklerinde Alper de gelmişti. Bana kokarca muamelesi yapmaya başladığı için huylanmıştım iyice saçlarımdan, o zaman kabul etmiştim Çisem'le kısa süreliğine eve gitmeyi.

Göğsüme sıkışmış ağrı gittiğinden midir nedir, esniyordum sürekli. Uykum vardı.

Hızlıca duş aldım, giyindim, mutfakta hazırladığım sandviçlerden birini iki dakikalık bir rekorla mideme indirdim ve geri dönebileceğimizi söyledim ama Çisem'i annesi aradığında ve iki saniyeliğine yatağımın üzerine oturduğumda, ne zaman başımı yumuşak çarşafıma yerleştirdiğimin farkında bile olmaksızın uykuya dalmıştım.

Rüyamda küçük Varis'le kreşteydim. Uyku vaktiydi ve biri yastığımı çaldığı için nereye kıvrılacağımı ya da başımı nereye koyacağımı bilmeden dolanıyordum etrafta. Varis yastığına yatmış, başını kaldırmış tavanı izliyordu açık gözleriyle. Hatırlayamadığım bir şeyler söyledim, daha sonra yanına oturup ellerimle ittirdim onu. Yastığının yarısı benimdi, başımı üzerine koyduğum gibi uykuya dalmıştım.

Belki de uyanmıştı. Belki de uyanmıştı ve ben hâlâ aptal yatağımda uyuyordum.

Uyandığımda hava kararmıştı. Odayı terk ettiğimde etrafa bakındım ama Çisem hiçbir yerde yoktu. Telefonumu bulup tam onu arayacağım sırada kapı açıldığında hafif ıslanmış bir şekilde içeri girdiğini gördüm. "Çisem? Ne zaman çıktın sen?"

Belli ki bir süre önce çıkmıştı. Üzerini değiştirmişti... Eve uğramıştı.

"Anahtarını araklayıp eve gittim bir iki saatliğine, yeni mi uyandın?" Çisem içeri girerken anahtarlarımı bana attı beklemeden. Havada yakaladım. "Hazırsan çıkalım."

Sessizce kafamı salladım ona bakarken. Açık renk bir kot ve siyah, ince bir kazak geçirdim üzerime. Hava soğuktu. Montumu ve çantamı aldım, ardından birlikte çıktık.

Çisem gelene kadar yolda iki kere durmuştu. Birincisinde benzin almıştık, ikincisinde de kahve. Hızlı olmak için arabada beklemiştim ben. O sürdüğü için vazgeçirip doğruca hastaneye sürmesini isteyemiyordum, takside değildim ki. Aklımdan geçmemiş de değildi gerçi kahve almak için durduğunda, daha durur mu düşüncesiyle inip taksi çevirmek...

Sonunda hastaneye vardığımızda Çisem arabayı otoparka sürüp boş bir yer bakınırken Reha'yı aradım, ikinci çalışta açtı. "Alo, Reha? Geldik biz."

"Biz yukarıdayız," diyişini duydum, arkadan sesler geliyordu. "Uyandı."

Uyandı. Birden kanıma karışan aşırı adrenalin hissettim, daha fazla ön koltukta oturur duruyor olamazdım. Çisem o sırada park ediyordu, çizgilerin arasına girip durduğu ilk an emniyet kemerimi çözüp dışarı attım kendimi. Çisem'in "Ada beni bekle!" seslenişine karşılık vermek için dönmeksizin. Ne yapacağımı, ne söyleyeceğimi düşünmemiştim hiç onun o çelikten gri gözlerinin içine yeniden bakabildiğimde ama o an çok önemi yoktu. Sadece bilincinin yerine geldiğini görmek yeterli olacaktı ve ben saniyeleri halatın üzerine dizmiş var gücümle kendime çekiyordum.

Asansöre tam kapılar kapanırken yetiştim, benimle kabinde olan aile dördüncü katta inmişti. En üst kata tıklayıp ağırlığımı tek ayağımın üzerine vererek ritim tuttum, saniyeler geçmek bilmiyordu. Sonunda kapı açıldığında VIP katının önünde yine o korumalar bekliyordu ama ben içeri koşarken bir şey yapmadılar. Nefes nefese kendimi kapısı açık odadan içeri attığımda, yatağın yanında duranlardan birine tutunarak durdurabildim kendimi. Doktor konuşuyordu.

Nefesimi tuttum. Kalbim ritmini çoktan kaybetmişti ve geri kazanmak biraz sürecekti, tıpkı nefes alış verişim gibi. O an beni gören herkes dakikalardır koştuğumu söyleyebilirdi. Bir anda içeri girdiğimde duruma aydınlanıp durdurabilmiştim kendimi anca. Zaten ne yapmayı düşünüyordum ki? Üzerine mi atlayacaktım?

Suçluluk hissediyordum. Onun başına gelen şeyin suçlusu bendim. Belki Gökay'a kendisini suçlamaması gerektiğini, sorumlu kişinin Toprak olduğunu söylüyordum ve aynı şeklide kendimi suçluyordum ama duygularım konusunda dürüsttüm ve oturup kendimle konuşarak dahi olsa düzeltebileceğimi, değiştirebileceğimi içimde bir şeyleri; düşünmüyordum. Toprak'ı gördüğümde ona seslenmeyen bendim. Beni bahçeye sürüklemesine izin vermiş ve boş havuza düştükten sonra duruma aydınlanınca bile bir şey yapamamıştım. Boğmuştu beni suyun içinde, boğulmakla kalmıştım. Alper gelmeseydi ölmüş olurdum. Varis yetişmeseydi ölmüştüm.

Şimdi Varis o uçurumun kıyısından dönen taraftı. Benim yüzümden.

Ona neleri borçlu olduğumu düşündükçe liste uzayıp gidiyordu ve boynuma dolanması yakındı. Biraz daha ilerlese bu durum... Ayak bileklerime pranga olacaktı.

"...bu yüzden ilaç tedavisi yarın akşama kadar sürecek, daha sonra..."

Doktor Bey konuşmasına devam ederken, nefes nefese kaldığımı fark ettirmeme çabamla birlikte etraftakilere baktım önce. Reha, Alper, Milas, Alena ve kim olduğuna dair hiçbir fikrimin olmadığı mavi gözlü, ak sakallı adam buradaydı. Doktor Bey yanında bir asistanla gelmişti ve elinde Varis'in test sonuçları vardı.

Sonra onu gördüm.

Hafif oturur pozisyona getirilmişti yatağı. Beyaz bir tişört giyiniyordu ve yatağın yanındaki koltuğun üzerinde birkaç paket vardı. Muhtemelen sabahlık tarzı birkaç şey getirmişlerdi ve üzerini değiştirmişti. Elleri iki yanındaydı, doğrudan doktora bakıyordu ve suratında tek bir kas oynamıyordu. Her zamanki gibiydi. Bu iyiydi. Çünkü o iyiydi.

Daha sonra gözleri birkaç saniyeliğine benim üzerime çevrildi. Çok kısa bir andı, hemen kaçırmamıştı ama kısa bir andı işte. Yalnızca bir gün olsa da haftalardır gözlerinin içine bakmamış gibiydim. Sömürülmeye o kadar alışmıştım ki o gri boşluklar tarafından, şimdi zor geliyordu büsbütün yürümek bu şehrin sokaklarında.

Suratındaki hiçbir ifade değişmedi bana bakarken. Sanki içi boş bir kabuğa bakıyor gibiydim, tıktıklasam ses gelecekti. Önceden de böyleydi. Önceden hep böyleydi... Ne düşündüğünü, ne hissettiğini, ne yapacağını anlayamazdınız. Neden böyle olduğunu da anlayamazdınız. Neden böyle olduğunu, şimdi bile anlayabiliyor değildim. Belki bir şeyleri gizlemek içindi, belki korkaklıktı duyguları saklamak; belki de en büyük silahıydı aslında. Bilmiyordum. O anlatmadığı sürece de bilmeyecektim.

Daha sonra tekrar doktora döndü ve onu dinlemeye devam etti. Doktor yarın öğleden sonra taburcu olup evde istirahat edebileceğini, bir süre yalnızca kontrollere gelmesi gerektiğini ve tüm bu bilgileri ve fazlasını çıkışını vermeden önce detaylı bir şekilde konuşacağını belirtip çıktı.

Doktor çıkar çıkmaz, başından beri etrafta dolanan Alper, elindeki birkaç kâğıdı karıştırarak yatağın ucuna oturmuştu. “Hazır yatmışken bir hafta daha uyusaydın ya paşam? Ne uykucu çıktın sen de he. Uyuyan Güzel 2.0!”

Varis yorgun bir bakış attı Alper’e. “Edebiyat bilginin masallardan ibaret olduğunu da belli etmezsin be.” Parmağındaki aleti çıkarttıktan sonra kolundaki serum iğnesine bir bakış attı.

“Deneme bile onu sökmeyi. O serum bitecek,” diye mırıldandı Milas, koltuğa oturup geriye yaslanırken. Alena dönüp ona anlamadığım bir şekilde bakmıştı. Belki de aralarında bir şeydi.

Alper yataktan kalkıp bir kere el çırptı, ardından yanından geçerken esprili bir şekilde söylenerek kapıya yönlendirdi adımlarını. "İyi o zaman ölmediysen ben annemin yanına dönüyorum. Yan odada."

Alper'in annesi bu katta mıydı? Yan odada mıydı? Nasıl fark edememiştim? Başka odalar olduğunu da görmüştüm ama birincisi koridor çok uzundu ve zaten Varis'in odası belliydi. O yüzden dikkatimi çekmemişti.

"Biz de içecek bir şeyler alalım." Alena, oturan Milas'ın ellerini tutup ayağa kaldırmak için çekmeye çalıştığında Milas çok da istekli görünmüyordu ama gülüyordu.

"Niye ya? Daha yeni uyandı herif. Biraz göz kulak olalım kuzenimize belki komaya falan girer, bu okla yaralanmalarda sıkça görülen bir durum çünkü..."

"Milas kalk!"

Milas gülerek kalktığında odada yalnızca Varis, ben ve Reha kalmıştık. Mavi gözlü, ak sakallı adam da gitmişti bir şey demeden. Alena çıkarken Çisem içeri girmek için kapıyı dönüyordu ki Alena onu da kolundan yakalayıp bir kolunda Milas, diğer kolunda Çisem'le katı terk etti.

"Toprak tutuklu şu an," dedi Reha, herkes çıktığı an, kollarını göğsünde birleştirerek. Yatağın başında dikiliyordum. Varis doğrudan ilgisini ona yönlendirdi. "İkinizin ifade vermesini bekliyor polis, daha sonra suçlamalar savcılığa gidecek." Reha'nın bakışları ikimizin arasında gezindiğinde tekrar Varis'le göz göze geldik.

Dudaklarımı birbirine bastırarak yutkundum ve gözlerimi Reha'ya doğru kaçırdım. "Alper'le sen ifade verdiniz mi?"

Kafasını salladı Reha. "Ama önemli olan sizin diyecekleriniz. Özellikle sen, Ada. Asıl sana saldırdı."

Yanağımı ısırdım içeriden. Gerilmiştim. "Kimbilir ne kadar ceza alacak..."

"Toprak'ın alacağı cezayı mı önemsiyorsun?"

Varis bir anda, uyandığından beri ilk kez, doğrudan bana konuştuğunda kesik bir nefes kaçtı dudaklarımın arasından. Başımı ona çevirdim, ellerimi montumun ceplerinden çıkartırken. "*Bunu mu konuşacağız? Sen uyandın ve bunu mu konuşacağız?*" "Dün gece kafeteryada Gökay'la konuştum, bana geçmişlerini anlattı. Ne düşüneceğimi bilmiyorum."

Varis, düşüncemle alay eder bir tavır takınarak önüne döndüğünde istemsizce dudaklarımı birbirine bastırarak söylediklerini dinledim. "Ben söyleyeyim. Adam yaralamadan en az üç yıl, madde kullanımı ve satışından da şöyle bir on yıl alır. Yaşından ya da olay gerçekleşirken kafasının iyi olmasından belki indirime gidilebilir ama yine de en iyi senaryoda bile temizinden şöyle bir on yıl yatar."

Varis'in uyanmasından kaynaklı mı bilinmez, nedense Gökay'dan öğrendiklerimden sonra düşüncelerim kısır bir döngüye evrilmişti Toprak hakkında. Toprak'ın sadece Irmak'ı varsa, onu kaybettiğinde nefes almasını kolaylaştıracak bir şeylere saldırmaması mucize olurdu. İnsanlar değer verdikleri eşyalarını kaybettiklerinde bile aşırı asabileşebiliyorlardı. Burada yanlış olan, satışını gerçekleştirmesiydi. Eğer Oya Hanım kaçtığı gibi onu aradıysa ve eski evde birlikte kafayı buldularsa bu olayın suçlusu kimdi, artık net göremiyordum. Belki de Toprak'ın ihtiyacı olan hapis değildi, en azından direkt hapis değildi...

Reha'nın telefonu çaldığında ekrana bakıp "On dakikaya geliyorum," diye mırıldanarak odayı terk etti. Çıkarken kapıyı da kapatmıştı.

Yutkundum. Ardından bakışlarımı Varis'e çıkardım. "Bana aptal gözüyle mi bakıyorsun bilmiyorum ama bir şeyler yanlış." Montumu çıkartıp çantamla birlikte koltuğun üzerine bıraktıktan sonra kollarımı göğsümde birleştirerek karşısına dikildim. "*Bir şeyler kesinlikle yanlış Ada. Çocuk ölümden döndü ve konuşmanız gereken şey bu mu gerçekten?*"

"Ada," dedi Varis düz bir sesle. Yalnızca bir saniye sonra eli koluma dolandığında beni yanına çekmişti ve refleks olarak yatağının kenarına oturmuştum. "Farkında mısın bilmiyorum ama bu çocuk suratına ok gerdi senin, elleri titreyen kafası iyi birinin o oku onca zaman kaçırmadan tutabilmesi bile bir mucize. Seni boş bir havuza attı. Suyla doldurdu, boğulmana izin verdi. Ya yetişemeseydim?" Baş parmağı, bileğimin içini okşuyordu. "Ya Alper beş dakika geç gelseydi? Ya elinden kaçsaydı o ok da vursaydı seni?"

Seni vurdu.

Gözlerimi kapatıp yere çevirdim birkaç saniye. "Ben Toprak'ın tarafını tutmuyorum, sadece onun hapisten önce tedaviye ihtiyacı olduğunu söylüyorum."

"Piç kurusunun tabii ki tedaviye ihtiyacı var."

Başımı kaldırdım hızlıca, şaşkınlıkla gözlerine baktım. O da benimle aynı mı düşünüyordu? "Ne düşünüyorsun?"

"Önce rehabilitasyona yatacak, sonra paşa paşa cezasını çekecek." Varis tereddüt etmeksizin konuştu. "Hepimiz kötü şeyler yaşıyoruz, gidip de millete ok atmıyoruz. Taş devrinden fırladı sanki pezevenk. 21. yüzyılda okla vurulduk ya."

Gülerek başımı çevirdim. Milas da böyle bir laf etmişti. Kuzen oldukları nasıl da belli oluyordu. Ben halbukiÇisem ya da başka biri, okla vurulma muhabbetine takılmamıştık hiç. Sanki her gün sokakta elinde ok ve yayla dolaşan insanlar görüyormuş gibi sakince karşılamıştık.

"Alper'in annesinin öldüğünü sanmıştım."

"Biliyorum," diye mırıldandı keyifsiz bir sesle. "Oya Teyze arada bir, bir yolunu bulup kaçıyor böyle o eve. Bir keresinde alkol komasına girip yirmi gün sonra uyanmıştı. Alper alıştı artık. Her ne kadar bu sefer hepimizi korkutsa da..."

İstemsizce merak ettim. "Oya Teyze dediğine göre, önceden de yakından tanıyordun herhalde."

Hafifçe kafasını salladı. "Daha iyiyken, mutfağa girerdi hep. Yemek falan yapar bütün takımı çağırırdı. Bizimle oturur yerdi hatta."

Daha iyiyken... Kocasını kaybettikten sonra ama henüz kızına sahipken.

Alnımı ovaladım. Kızını kaybetmek bir anne için nasıl bir histi, bilmiyordum. Gerçekten bilmiyordum. Belki baba pozisyonunu o kadar iyi doldurmuştu ki Agâh Kandemir, yokluk çekmemiştim ama anneler ne zaman aklıma düşse kırılmadan edemezdim. Bir annenin yokluğu ne demek biliyordum ama ne olursa olsun kızını kaybeden bir annenin hissettikleriyle yarışamazdı bildiklerim.

Birkaç dakika sonra Reha geri geldi. Varis iyi olduğu için ifade verebileceğini söylemişti. İki ayrı polis, ikimizden ayrı ayrı ifade aldı. Varis biriyle odasında yalnız kalırken biz başka bir odaya geçmiştik polis memuru ile. Yaklaşık yarım saat süren bir sorgudan sonra iş birliği için teşekkür ederek ayrıldılar.

Hava kararmıştı.

"Ne anlattın?" diye sordu Çisem, kafeteryaya içecek bir şeyler almak için indiğimde. Milas, Alena ve Alper'le aynı masada oturuyordu ama beni girerken gördüğünde kalkıp yanıma gelmişti. "İfade verdiğinizi duydum."

"Olanları anlattım. Ne eksik ne fazla." Sade bir kahve istedim kasadaki görevliden. Fişi kestikten sonra hazırlamak için döndü. Çisem'e olanları eve döndüğümüzde anlatmıştım, her şeyi biliyordu.

"Pis herif, çürüsün hapiste."

Çisem net sınırlara sahipti, kimse için esnetmiyordu bu sınırları. Beyazı ve siyahı vardı yalnızca, ortası yoktu. Toprak'ı suçlamıyor değildim tabii ki, yaptıklarının tek sorumlusu o'ydu. Varis haklıydı, herkes kötü şeyler yaşıyordu ama herkes onun gibi etrafındakilere bu tarz zararlar vermiyordu. Varis orada ölebilirdi. Onun yerinde ben de olabilirdim. Başkası da olabilirdi. Toprak'ın hareketlerinin bir cezası olmalıydı.

Ama aynı zamanda, o hasta birisiydi. Önce tedavi görmeli, ardından yaptıklarının bedelini ödemeliydi. Şanslıysa hatalarını anlar ve yeni bir şans tanırdı kendine her şeyden sonra, yeni bir hayata başlardı. Satıp kullanmadığı, belki okulunu açıktan bitirdiği, gerçek bir iş bulduğu bir hayata...

Çisem'le birlikte masaya dönerken dank etmişti. Varis'in ailesinden kimse gelmemişti hastaneye. Babası ya da annesi... Kimse gelmemişti kuzeni ve amcası dışında.

Neden?

Soru işaretleri kafamda dönüp dururken Çisem'le birlikte boş sandalyelere geçtik. Alper bir basket anısını anlatıyordu, Milas pek ilgili gibi değildi. Zaten Instagram hesabına bir bakış atınca bir spor dalından çok edebiyata ve sanata ilgi duyduğu anlaşılıyordu. Yani Reha gibiydi.

Alper daha çok... *Har gür*'dü. Çisem gibi. Birbirlerine benziyorlardı gerçekten.

"Ee Ada." Alena, Alper'in yalnızca kendisinin yükseldiği ve diğerlerinin dinlerken acı çektiği anısını ortada keserek masadaki dikkati üzerime çektiğinde kahvemin kapağını açıyordum içilebilir sıcaklığa ulaşması için. "Sorgu nasıl geçti?" Alena'nın elinde buzlu kahve vardı ve pipeti çeviriyordu. Dirseğini Milas'ın sandalyesine yaslamış, biraz ona doğru eğilmişti.

"İyi... Sanırım. Olanları anlattım." Omuz silktim. "Polis kaydedip not aldı. Varis, Toprak en iyi senaryoda bile en az on yıl yatar diyor."

Milas histerik bir şekilde sessizce gülerek elini uzattığı masanın üzerindeki kalemle oynamaya devam etti.

"O neydi şimdi?" Alena'nın gözünden kaçmamıştı ifadesi.

"Babamla iddiaya girmiştik," diye mırıldandı Milas. "O, suçlamaları çeker dedi, sadece uyuşturucu kullanmak ve satmaktan alacağı cezayı yeterli görür düşüncesiyle. Ben çekmez dedim, Toprak'ın başından beri bulaştığı kişi Varis değildi çünkü." Kafasını kaldırdığında yeşil gözleriyle kesiştim. Benden bahsediyordu. Toprak'ın bulaştığı kişi bendim.

"Benim yüzümden mi?" Ağzımdan çıkan kelimeleri kontrol edemedim.

"Senin yüzünden olduğunu mu düşüyorsun?" Milas'ın tek kaşı kalktı.

Kaşlarımı çattım. Az önce kastettiği bu değil miydi?

"Yanlış kelime tercihi, Ada," diye devam etti Milas, dudaklarını ıslattıktan sonra. "Senin yüzünden değil, senin için."

Gözlerimi kaçırarak anca verebildim aldığım nefesi.

Milas devam edecek gibi duruyordu. "Toprak'la Varis arkadaştı."

Alper'in seslice nefes verdiğini duydum. Başımı ona çevirmek istedim ama suratında göreceğim ifadeden korkmuştum. Artık nerede Toprak ya da Gökay'ın adını duysam başından onca şey geçen ve sonunda yenilen Irmak Cihangir gelecekti aklıma. Gencecik bir kız. Yitirilen bir hayat. *Peki ne için?*

"Ne kadar yakın?" diye sordu Alena, tok bir sesle. İfadesi ciddileşmişti. Onu böyle görmek zordu, normalde suratında hep rahat bir ifade olurdu.

Milas kafasını kaldırdı, ardından Alper'e doğru devirdi; gözlerini de üzerine çevirerek. Alper lafı "*Yakın*, yakın," diyerek devraldı. "Toprak gittiği okulda yüzme takımındaydı. İlk senesinde Varis'le denk gelmişler, bizimki buna fark atınca bu da hırslanıp gece gündüz çalışmaya başlamış. Öyle bir rekabet dostluğuydu. Irmak'ın..." Alper durdu. Aklı dağılmıştı sanki bir an. Birkaç saniye sonra yutkunup nefesini yeniledi ve devam etti. "...yakın arkadaşı olduğundan ben de araya girince Toprak bizimle takılmaya başlamıştı. Olaylardan sonra müsabakalara çıkmadı bir daha, devamsızlıktan kalınca okulu da bırakmış oldu. Aylarca haber alamadık. Sonra bir gün okul çıkışı malı satarken enseledik bunu. Aylar önce takıldığımız Toprak'la aynı Toprak değildi o gün karşımızda duran. Gözlerinin içi solmuştu şerefsizin. Ne ağzından çıkanları duyuyordu kulağı ne de umursuyordu bir şeyi." Alper geriye yaslanarak kafasını olumsuz anlamda salladı hafif hareketlerle. "Çok denedik kurtarmayı ama olmadı. En son üçümüzle de kavga edince bitti her şey. Sildik. Anneme sattığını öğrendiğimde geberene kadar dövdüm piçi. Akıllanmadı bir. Belliydi boka batacağı, şimdi boğazına kadar battı işte. Sadece, bu kadarını düşünemedik."

İsmi yüreğinde hiç iyileşmeyecek bir kardeş, yitirilen bir dost, yalnız kalan bir sevgili, ağzını bıçak açmayan bir anne. Irmak'ın geride bıraktığı, bir bütün parça kalamayan dört insandı onlar.

Alper'in itirafından sonra masada bıçak açmadı kimsenin ağzını. Bir süre sonra ne söyleyeceğimi bilemeyerek ayağa kalktım, biraz daha kalırsam kendimi tutamayacaktım. Her gün ağzı yırtılırcasına gülen bir çocuğun, kendinden ya da şampiyonluktan başka bir şeyi umursamaz gibi görünen başka birinin daha ve toplumdan yitirilmiş, kendi acı dünyasında küf soluyayarak yaşamaya devam eden bir torbacının hikâyeleri neden bu kadar üzücü olmak zorundaydı? Neden Toprak sadece para için Oya Hanım'a hap satıp kafayı bulduğunda da delirip beni boğmaya çalışan ve Varis'i vuran o piç olamıyordu? Neden Oya Hanım sadece kocasına olan aşkının hiçe sayılmasından ve terk edilmekten gelen acıyla çareyi alkolde bulan o kadın olamıyordu? Neden Alper gerçekten partilerde kızlarla eğlenip eve geldiğinde yorgunluktan yattığı yatağında bayılan, Instagram'da çizdiği gibi keyifli ve rahat bir hayat süren, girdiği her ortamda morali yükselten o çocuk olamıyordu?

Neden dünya bu kadar zor, karmaşık ve acımasızdı?

Varis'in odasının camındaki perdeler inmişti, içerisi görünmüyordu. Müsait olmayacağını düşünerek kapıyı tıklattım, birkaç saniye sonra ses gelmeyince de açtım. Telefonla konuşuyordu. Bir saniyeliğine bakışlarını bana çevirdikten sonra önüne döndü ve konuşmaya odaklandı. Ben de kapıyı yavaşça kapatarak yanına doğru yürüdüm.

Işıklar kapalıydı, yalnızca loş gece aydınlatması açıktı.

"Hallederim," diye mırıldandı telefona doğru, yorguncasına gözlerini kapatarak. Ardından son bir sözle aramayı sonlandırdı. "Görüşürüz, baba."

O telefonu kapattığında, ben yatağının başına dikilmiştim. Boş gözler ve bomboş bir ifadeyle baktım suratına. Kıpırdamıyordum bile. Umduklarımdan çok daha fazlasını öğrenmiş, dinlediğim her hikâyede çok daha fazlasını görmüştüm. Ve duymaktan da, görmekten de istifa etmek istiyordum bu gece.

"Neden bütün ruhun emilmiş gibi bakıyorsun?" diye sordu Varis.

Refleks gibi, söyleyeceklerimi kafamda tartmadan cevapladım. "Nasıl? Kendine ayna tutmuşsun gibi değil mi?"

Herhangi bir tepki vermedi ya da bir şey söylemedi önce. Aynı şekilde gözlerime baktı sadece. Eğer lafım sert geldiyse, bunu kastetmemiştim. Varis Adin bunu yine de, ben netleştirmeden de bilebilir miydi?

"Varis," diye mırıldandım, yutkunarak. Söylemek istediklerim ve söylememem gerekenler kanlı bir savaş veriyordu zihnimde, hangi taraf galip gelirdi bilmiyordum ama ben tarafsız değildim. "Eğer olayın içinde ben olmasam Toprak'a olan şikayetini çekecektiysen, lütfen benim yüzümden fikrini değiştirme."

Yalnızca gözlerimin içine baktı, gözlerini kırpışını izledim bir süre. Ne düşünüyordu? Aptal olduğumu mu düşünüyordu? Yanlış yaptığımı mı düşünüyordu? Nasıl evriliyordu insanın düşünceleri kısacık sürede ama... Daha bu sabaha kadar her şeyin Toprak'ın suçu olduğunu düşünüyor ve bir yandan da kendimi suçluyordum, şimdi kendimi suçlamaya devam ediyordum çünkü olaydaki yerimi değiştirecek bir şey yoktu ama Toprak Taşkın denilen piç kurusu şu durumda bile empatimi kazanabilmişti.

Duygusallık mı yapıyordum fazlaca?

"Sen ne istediğinin farkında mısın Ada?" Varis aldığı nefesi verirken göz temasını kesmedi.

"Farkındayım," diye mırıldandım. Şimdiden burnumun direği sızlıyordu. Bunun bir diğer adımı, gözyaşı salgılayan lanet gözlerimdi ama bunca zaman herkesin önünde tutmuştum gözyaşlarımı. Şimdi çok doldum diye pes edecek değildim. Ağlamak, benim sahip olduğum bir lüks değildi. "Toprak'la arkadaştınız. O, Irmak'ı kaybetti. Sonra siz de onu."

Bunu bildiğimi bilmiyordu ama öğrendiğime de şaşırmış değildi.

Toprak Taşkın kaybedilmiş bir ruhtu. Arkadaşları her ne kadar ona ulaşmaya çalıştıysa da o cevap vermemişti hiçbirine. Karanlıktan çekilmek için ona uzatılan her eli iten bir kayıp ruh, hak ediyor muydu kurtarılmayı? Bunun kararını verecek kişiler değildik biz.

"Kullanmaktan ve satmaktan yargılansın. Tedavi görsün, cezasını çeksin. Ama çıktığında o hapishaneden, hâlâ bir şansı olsun." Kaybettiği şeyin, çoktan gittiğini kabullenmek için. Ayık bir sabaha uyanmak için. Devam edebilmek için şansı olsun.

Bu, ona uzatılan son el olsun. *Tutsun.* Bu sefer tutsun.

Varis bir süre yüzüme baktı öylece. Ardından dönüp telefonunu başucuna bıraktı, "Gel buraya," diye mırıldandı elime uzanırken. Beni yatağa çekiyordu.

Bir dizim yatağın üzerinde "Varis ne yapıyorsun?" diye sordum şaşkınca. "Sen ameliyat oldun. Bir şey olacak sana şimdi..."

"Asıl sen biraz daha yanıma gelmezsen bir şey olacak bana şimdi."

Çoktan vazgeçmiş, oturmuştum yatağın kenarına. Oturacağım sanıyordum yalnızca. Varis doğrulmama izin vermeden beni de yastığa doğru çektiğinde bir anda üstümü örttü. *Kalkacağım,* diyecektim benden önce konuşmak için davranmasa. *Biri gelir. Kapı açık.*

"Bu dünya seni ne yapar biliyor musun?" diye mırıldandı, yüzü hemen kafamın yanında bana dönmüş vaziyetteyken. Kolu kafamın altından geçiyordu. Diğer eliyle çenemi iki parmağı arasına aldığında başımı biraz ona çevirmemi sağladı. "Bu dünya seni ne yapar biliyor musun Ada?"

"Bu dünya ne yapıyorsa..." Gözlerimi kaçırmaya çalıştım. "Hepimize yapıyor Varis."

Sana, bana, onlara... Bu dünya ne yapıyorsa, hepimize yapıyor.

Sessizlik bazen, Varis Adin'in, ana kurban veremeyeceği kadar değerliydi. Bazı sessizlikler insanı delirtirdi ama onunkiler düşünmek için zaman tanıyordu. Kendine de, karşısındakine de.

Doğru şeyi mi yapıyordum? Bilmiyordum ama eğer buna karışmazsam bir şeylerin yanlış olduğunu hissedecektim ve bu, ileride pişman olmamak için yeterince iyi bir nedendi.

Daha fazla yanında yatamayacağımı düşündüm. Her ne kadar hastanenin steril kokusu baskın olsa da, hâlâ üzerinde izlerini taşıyordu kendi parfümünün. Bu koku midemi gıdıklıyordu içeriden, karşı konulması güçtü. Ya salacaktınız kendinizi, teslim olacaktınız bu hisse ya da... "Bırak kalkayım," diye mırıldandım, karnımın üzerinden geçen koluyla hâlâ bileğimi tuttuğunu fark ederek. "Geç oldu, eve gitmem lazım. Yarın okul var."

Fazla sessizdi içerisi. Diğer katlarda illaki konuşan birileri oluyordu ama bu kata yanlışlıkla da olsa girilmesi güçtü kapıda dikilen dev korumalar sayesinde. Varis bunu biliyordu, sessizliği biliyordu ve dersine çalışmıştı.

"Ben senin için ok yedim Ada," diye mırıldandı, daha çok fısıltı gibi gelen ve nefesi çarptığı için boynumu gıdıklayan bir ses tonuyla. "En azından ben uykuya dalana kadar yanımda kalman bana borcunu ödemek için iyi bir başlangıç."

"Sen uyumazsın ki." Yandan baktım ona.

"Az önce aldığım ilaç etkisini gösterene dek. Tevfik Bey beni tanıyor."

Belki de Tevfik Bey direkt olarak Adin ailesiyle tanışıyordu ve Varis'in uyku sorunlarından haberi vardı. Aldığı ilaçlardan birinin yan etkisi uyku getirmesi olabilirdi ya da direkt uyuması için bir tür sakinleştirici vermiş de olabilirlerdi...

"Tamam," diye mırıldandım, bir yandan da kendime asıl benim uykuya dalmamam gerektiğini hatırlatıyordum. Uykum gelmişti birden ve esnememek için nefesimi tutmuştum.

Duvardaki saat 10'u vurduğunda loş aydınlatma gücünü yarı yarıya indirdi. Sanki her saat başı kendi kendine azalıyordu. Hastaların uykusunu getirmek için olabilirdi.

Kenardaki makinenin buhar üfleyişine takıldı gözlerim, ağırlaştım. Varis bir şey söylemedi. Belki de gözlerini kapatmıştı, belki uykuya dalma evresindeydi... Eğer şimdi kalkarsam uyanırdı, biraz daha beklersem ben uyuyakalırdım.

Bileğimdeki tutuşunun gevşekleşmesini bekledim, insan uyurken de sıkıca tutamazdı değil mi birini? Varis tutuyordu. Dakikalar geçmişti ama hâlâ sımsıkı tutuyordu bileğimle elim arasını.

Rahat edemediğim için elimi karnıma doğru kaldırıp onu rahatsız etmeden yan döndüm. Kapıya değil, onun tarafına döndüğümden yüz yüze gelmiştik. Bunu düşünmemiştim.

Bakışlarımı biraz yukarıya, yüzüne çevirdim o an. Bir insan uyurken bile ifadesinden ödün vermez miydi? Sanki yüz hatları özel olarak bunun için tasarlanmış gibiydi.

Uyumadığı için doktor ona ilaç veriyordu. Bir insan nasıl direnebilirdi ki uykuya? Ben, uykucunun tekiydim mesela. Sırf uykumdan feda etmemek için sınav haftalarında nefes almadan ders çalışıyor, o günkü hedefimi tamamlamak için yemek bile yemiyordum bazen. Ama vaktinde yatağıma giriyordum. Başka türlü şarj olamıyordum sanki.

Küçükken kâbuslarım vardı, beni salondan yatağıma kadar kovalayan. Ne zaman televizyon izlerken koltukta uyuyakalsam gözümün önüne gelirlerdi, korkardım uyumaktan; ışıkları ya da kapıları kapatmaktan, biri olmadan gözlerimi yummaktan korkardım. Pamuk Hala ne zaman sorsa *sevmiyorum* derdim karanlığı, *içinde ne olduğu görünmüyor.*

İnsan neden uyumak istemez?

Ya kâbusların kovalıyordur seni ya da nefes almaya bile kısıtlı vakit ayıracak kadar meşgulsündür hayatınla. Öteki türlü, çeşitli uyuyamama hastalıkları da vardı değil mi? Ama nihayetinde hepsi psikolojik değil miydi? Bir doktora gidip beyninize baktırdığınızda sorun çıkmazsa, eninde sonunda yolunuz psikiyatri kliniğine düşerdi. Belki de sizin bile hatırlamadığınız anılar gönderiyordu kâbusları gecelerinize. Tohum tohum ekiyordu ruhunuz duymadan, yeşeriyordu korkular gecenin bir yarısı.

Varis, Toprak'la arkadaştı. Gökay'la tanışıyordu. Alper ve Reha vardı yanında. Oya Hanım'la yemek yedikleri mutlu anıları vardı. Irmak'ı da tanıdığına emindim. Bu çemberin içinde zarar görmemiş gibi görünen tek insandı. Gibi'si atılır mıydı bu cümlenin bilmiyordum ama ben tesadüflere inanmıyordum, acımasız bir okulda okuduğumdan beri.

Bu denklem tek bilinmeyenliydi ve o bilinmeyen de Varis'in sustuklarıydı.

Yuttuklarıydı.

Geçmişi kenara iterek, kitabımı kapalı bahçeme getirdiği o akşamı hatırladım, mesajlarını hatırladım, sahte videonun kalanını bulup nasıl bütün okula izlettirdiğini hatırladım. Kafedeki çocuğa nasıl diklendiğini, ondan önce sürekli sorun çıkaran Batu'yu nasıl paketlediğini, üşüdüğümü ben söylemeden anlayıp klimayı açışını hatırladım, sahada çimlere yatmışken gözümü alan ışıkları kapatıp yanıma uzanışını hatırladım. Aral yalan söylediğinde suratına savurduğum her lafı yutuşunu, hayaletleri yalın ayak parkelerde dolaşan o eve girerken elimi tutuşunu, su getirişini hatırladım... Görememiştim ama her defasında nasıl suya atladığını hatırladım.

Dudaklarımı birbirine bastırarak gözlerimi kapattım. Küçükken hep bir arkadaşım olsun isterdim okulda. İlkokuldayken özellikle, hep bir arkadaşın hasretini çekerdim. Yanıma koyduğum bez bebekler küçük bir oğlan figürü olurdu hep, benimle dalga geçip arkamdan kıs kıs gülenleri kovaladığını hayal ederdim. Çizgi kahramanlarla dolu kitaplar alırdı babam, onları okur hayalet arkadaşımın figürünü belirginleştirirdim kafamda. Bir gün sarışın olurdu, bir gün esmer. Bir gün çekik çizerdim gözlerini, bir gün yusyuvarlak...

Bir gün tutardım elinden, parka giderdik. Diğer salıncağa oturttururdum onu, bindirmezdim de kimseyi *"Dolu bak görmüyor musun?"* derdim ağlatırdım gelen çocukları.

Belki babamın gördüğü gerçek Varis'ti. *Sessiz çocuk.*

Ve şimdi hayal ediyordum, yalnızlıktan onlarca çizim defterine hayali arkadaşlar biriktiren o küçük kız, bu sessiz çocukla küçükken tanışsaydı ne olurdu?

"Fazla duygusallaştın Ada," diye düşündüm kendi kendime. *"Regl dönemin geliyor."*

Varis'in nefes alış verişleri ağırlaşmıştı, uykuya daldığına emindim. Hafifçe kafamı kaldırıp karnına baktım, sargının olduğu yer karnının diğer tarafındaydı. Kalbinin atış seslerini dinlemek için kulağımı göğsüne yakınlaştırdığım sırada boynumun arkasından geçen kolunu kaldırıp bana sardı ve kafamı göğsüne yatırmış oldu.

İstemsizce elimi tişörtünün üzerinden göğsüne koydum. Artık kulağım onun kalbine yaslı olsa da en çok kendi kalbimin sesini duyuyordum.

"Sen, beni bu okulda en çok yalnız bırakan insansın Varis," diye mırıldandım içimden. *"Nasıl en çok yanında kalmak istediğim insan olabildin?"*

O an, nabzım öyle atarken nefesimi tutmama sebep olacak sözler döküldü dudaklarından bir mırıltıyla. Uykuya karşı koymaya çalışıyordu.

"Bir ok yüzünden bana bu kadar yakın olacağını bilseydim, daha önceden kendimi delik deşik ederdim."

Kafamı kaldırmaya çalıştım ama eliyle bastırdı. "Uyu."

Uyudum.

"Unutmayacağım, uyandığımda hatırlayacağım," dedim kendi kendime ama sabah henüz alacakaranlıkken gözlerimi Varis'in göğsünde açtığımda çoktan gördüğüm her şeyi unutmuştum rüyamda. Yine de göğsümde tatlı bir his vardı. Yalnızca ona yakınken geliyordu bu his, en nefret ettiğim yanı buydu. Başka biri veremez miydi aynı hissi? Başkası böyle hissettiremez miydi? Neden başım itaat

ediyordu göğsüne çekilirken? Neden hayır diyebildiğimde ve hayır demek istemiyordum?

Hafifçe kafamı kaldırıp doğrularak örtüyü üzerimden sıyırdım. Varis'e verdikleri ilaç ağır olacak ki, ne ben kalkarken ne de kapıyı arkamdan kapatırken uyanmamıştı.

Pazartesi.

Bugün Pazartesi'ydi.

Koridora göz attım ama kimse yoktu. Asansöre binerken telefonumu kontrol ettiğimde Çisem'in eve döndüğüne dair bir mesaj attığını gördüm. Bu da demek oluyordu ki bizi görmüştü.

Eve dönmek için bir taksi çağırdım, sabahın bu saatinde yollar bomboş olduğundan yalnızca onbeş dakika sonra evin önünde inmiştim. Posta kutusunda bir zarf vardı.

İçeri geçtikten sonra üzerimi değiştirmek için elimdekileri yatağımın üzerine atmıştım ki zarfa dikkat kesildim bir anda. Belki de yeni uyandığımdan aklım çalışmıyordu? Emin değildim. Bir anda uzanıp agresifçe zarfı açtığımda, içinden ehliyetim çıktı.

Çığlık atmamak için dudaklarımı birbirine bastırıp ufak bir zafer dansı yaptım. Sonunda servise mahkûm değildim, sonunda Çisem'i aramak zorunda değildim! Beyaz *Jeep* hazır bir şekilde garajda beni bekliyordu.

Okul üniformamı üzerime geçirdikten sonra beyaz kabanımı dolaptan çıkardım ve çantamla birlikte aşağı indim. Artık hava soğumuştu, bu seneden beklediğim tek şey kar yağmasıydı. Geçen sene yağmadığı için çok üzülmüştüm. Üstelik geçen sene, sınavlarım bu seneden daha kötü olduğundan kendime işkence etmek için kar tatiline gitmemiş ve evde oturmuştum. Oturup Çisem'in attığı fotoğrafları beğenmiştim Instagram'da. Bu sene aynısını yapmak istemiyordum. Bu sene sınav senemdi ve kendimi iyi hissetmek için elimden geleni yapacaktım.

Saçlarımı dalgalandırdıktan sonra bir kahvaltı tabağı ve çay hazırlayıp mümkün olan en uzun sürede bitirdim ama yine de okula gitmek için çok erkendi.

Yine de erken çıktım. Garaja gidip *Jeep*'in üzerindeki gri örtüyü kaldırdım, Mustafa Abi en son babamla Ağva taraflarındaki çiftlik evine gittiğimiz için çamur içindeki arabayı tertemiz yapmıştı. Servisten geleli bir haftadan fazla oluyordu sanırım. İlgilendiği için minnettardım.

Anahtarlıktan arabanın anahtarlarını ve garajın anahtarlarını alıp şoför koltuğuna geçtim. O an aklıma gelen fikirle ehliyetimi alnıma yapıştırıp gözlerimi şaşı yaparak hızlıca bir fotoğraf çekindim ve Instagram hikâyeme ekledim. Ardından anahtarları taktım, motoru çalıştırdım, emniyet kemerimi geçirdim ve garaj kapısını açtım.

Okula gitmek yirmi dakikamı aldı. Hemen geldiğimi düşündüğümden, erken de olduğu için biraz daha vakit geçirmek amaçlı okulun yokuşunu inip bir daha çıkmıştım ama bana mısın dememişti zaman. Çabuk geçiyordu.

Önce öğrenci işlerine gidip servis üyeliğimi iptal ettirdim, ardından kütüphaneye geçip ders çalışmaya başladım. İlk derse bir saatten fazla vardı.

Fransızca makalemin ilk yazdığım versiyonunu vermek zorunda kalacağımı çünkü olanlar yüzünden yenisini yazmaya vaktimin olmadığını ve tamamen aklımdan çıktığını fark ettiğimde bayağı üzgündüm ama düşük puan alacağımı düşünmüyordum.

Bir süre sonra Çisem geldiğinde eşyalarımızı sınıfa bırakıp kahve almak için kantine indik. Daha doğrusu o kahve aldı, ben ise sıcak çikolataya sarıldım her zamanki gibi.

"Hava dehşet soğuk ya."

Kafamı salladım sıcak çikolatadan bir yudum alırken. Her zamanki gibi dilimin ucunu yakmıştım ama bu hissi seven tek insan olabilirdim dünya üzerindeki. "Matematik projeleri ne zaman verilecek biliyor musun?"

Çisem'in bakışları bir anda arkama odaklandığında beni duymadığını fark etmiştim. Ellerim karton bardağa sarılıyken nereye baktığını görmek için arkamı döndüğümde, kantinin girişinde dikilen sarışını fark ettim. *Aral.*

Uzun zamandır görmemiştim onu.

"Seni kerata!" diye bağırdı Çisem agresif bir şekilde, kantinin ortasında. Yalnızca birkaç kişi vardı içeride ama onlar da pek ilgilenmediler. "Öldün sandım E-Devlet'te adını aratıyordum ben senin be!"

Aral gergin görünüyordu. Bakışları Çisem'den bana çevrildiğinde sanki göz göze gelemiyormuş gibi tekrar Çisem'e döndü. Elini ensesine götürüp kafasını eğdi. "Ya işte dersler falan..."

Çisem omzuna vurdu. "Hadi oradan yalancı, sattın resmen."

Yanlarına yürüdüm. İçimde Aral'a karşı bir öfke kalmamıştı. Uzun zamandır gözden ırak olduğundan bu meseleyi doğru düzgün düşünememiştim bile.

"Ablanı senden çok görüyoruz bu günlerde," dedi Çisem kollarını göğsünde birleştirerek.

Aral'ın gözleri hafifçe açıldı. Şaşırmıştı. *Neden?* "Ablam mı?" Bana döndü. Yutkunmuştu. "Neden?"

Neden mi? Nerede diye sorması gerekmez miydi?

"Nerede demek istedin herhalde? Cevap veriyorum, davulları alalım," diye mırıldandı Çisem, telefonunu çıkartıp uzun zamandır kullandığı uygulamadan davul sesi açarak. "Hastanede tabii ki geri zekâlı."

"Ha..." Aral gözlerini kapatıp elleriyle yüzünü sıvazladıktan sonra istemsizce "Ablanla konuşmadınız mı?" diye sordum. "Olanları."

"Ne oldu ki?"

Çisem'le aynı anda kaşlarımızı kaldırıp birbirimize baktık. Alena'yla Aral'ın arasında tam olarak ne çeşit bir kardeş ilişkisi vardı eğer hiçbir şey konuşmuyorlarsa?

"Alena eve gelmiyor," diye araya girdi Aral, sanki ne düşündüğümüzü hissetmiş gibi. "Evdekilerle arası iyi değil. Daha doğrusu konuşmuyor. Milas'la kalıyor sanırım. Yani başka kimsesi yok."

"Başka kimsesi yok mu? Alena Doran'ın mı? İşte bu garip." Hımm'layarak çenesini sıvazladı Çisem.

O an Aral'ın meraklı bakışları üzerime çevrildi. Çisem kendi düşünce dünyasında kaybolurken Aral'ı cevapsız bırakmıştı. "Bir olay çıktı da, Varis yaralandı. Hastanede şu an."

Çisem kolumu çimdiklediğinde sıçrayıp şokla ona baktım. "Ne yapıyorsun ya! Az kalsın elimdekini döküyordum!"

"Kız o öyle anlatılır mı?"

Çisem, Aral'ın kolundan tuttuğu gibi masalara sürüklediğinde gülerek arkalarından takip ettim. Çisem'in en sevdiği şey, hikâye anlatıcılığıydı. Oturup saatlerce konuşabilirdi.

Alper ve annesini işin içine katmadan Toprak'tan bahsetti, daha sonra Varis'in nasıl trajik bir şekilde İstanbul'un ortasında ok yediğini anlattı. Çisem her ne kadar keyifle olayları anlatsa da içinde bir yerlerin buruk olduğunu biliyordum artık, Varis'e gram üzülmese bile Alper'e ve annesine karşı hissettikleri maskesinin altından sızıyordu. Aral, Çisem lafını bitirene kadar dikkatle onu dinledi. Ardından geriye yaslanıp seslice nefes aldı ve gözlerini kırpıştırdı. "Sen iyi misin?"

"İyiyim canım," diye cevaplayarak geriye yaslandı Çisem.

"Sana sormadım." Aral gözlerini üzerime çevirmişti. "İyi misin Ada?"

Çisem somurtarak ona baktı. Aralarındaki ilişkinin böyle dalgalı olması izlemesi çok keyifli bir şeydi doğrusu. Aral bana karşı ne kadar seviyeli ve dikkatliyse, Çisem'e karşı o kadar umursamazdı. Bunun sebebi Çisem'le aramızdaki karakter farkı mıydı? Muhtemelen öyleydi.

Kafamı salladım. "İyiyim."

"O gelmez o zaman bugün okula?"

Aral kollarını masanın üzerinde birleştirerek sordu. O sırada ders zili de çalmıştı.

Kafamı salladım. Çisem boş karton bardaklarımızı çöpe atmak için kalktığında, Aral'la biz de ayaklanmış kantin çıkışına yürüyorduk. "Ada... Ben geçen sefer için... Gerçekten özür dilerim."

"Niyetinin kötü olmadığını biliyorum Aral, bunun için seni süründürecek değilim," diye mırıldandım elimi dostça koluna koyarak bir saniyeliğine. "Hatanı çabuk anlayıp bana haber verdiğin için sağ ol. Şimdi derse girmemiz lazım."

"Ders Fransızca'ymış. Sen hiç Fransız dayağı yedin mi Ada?"

Çisem yanımdan koşar adımlarla geçip arkasına bakarak seslendiğinde gözlerimi kocaman açarak peşinden koşturdum. Ders programımı tamamen unutmuştum. Fransızca Hocası derse geç kalma konusunda çok hassastı. Yok yazmakla kalmıyor, ders içi kanaat notlarından da kısıyor üstüne sınavlarımızı acımasızca okuyordu.

Her ne kadar Çisem'le merdivenlerde koştursak da, biz daha son merdivenin ilk basamağıdayken hocanın sınıftan içeri girdiğini gördük.

"Ben okula bir buçuk saat erken geldim, nasıl derse geç kalmış olabilirim?" Umutsuzca, nefes nefese merdivene oturdum. Bitmişti. Fransızca notlarım bundan sonra her seferinde falakaya yatırılacaktı.

"Bence bu derse girmeyelim," dedi Çisem, o konuşurken aşağıdan adım sesleri geliyordu.

"Deli misin?" diye söylendim merdivenin başına gelmiş, umursamaz derecede yavaş adımlarla çıkan Kenan'ı gördüğümde. "Bu derse girmezsek ödevi veremeyiz. Ödevi veremezsek..."

"Sıfır..." Çisem'in omuzları çöktü. Ardından kolumdan yakaladı. "Kalk giriyoruz yapacak bir şey yok... Tabii Sihirli Annem Çilek'i tanımıyorsan. O kız kesin şak diye dondururdu zamanı girerdik o sırada."

Çisem hafifçe öne tökezledi. Kenan gözümün önünde, yanından geçerken ona omuz atmıştı. "Kaç yaşındasın sen? Yedi mi? Sihirli Annem mi izliyorsun? Vizyonsuzluğa bak."

Çisem gözlerini devirerek Kenan'ın arkasından dil çıkardı ve "Sus be, keş," diye homurdandı. Kenan muhtemelen bunu duymuştu ama dönüp bakmadan direkt sınıfa yürüdü.

"Ne yapıyor bu?" diye sordu Çisem şaşkınlıkla. Ben de ayağa kalkmış, eteğimi silkeliyordum.

Kenan kapıyı açtı, ardından kapıyı kapatmadı. Hatta kapıyı o kadar gereksiz bir kuvvetle açmıştı ki kapı duvara çarpmıştı. Hocayı görebiliyordum, o da bizi görebilirdi. O sırada Çisem kolumdan çekip beni tuvalete soktuğunda sınıf kapısı karşı çarprazımızda kaldı.

Kenan içeriye doğru "Ceylan bir gelsene," diye seslendi. Dersin ortasında, sınıfın ortasında dikiliyordu ve Fransızca dersinde Türkçe konuşuyordu.

Hocanın arkadan Fransızca *"Neler oluyor burada!"* diye bağırdığını duyduk. Çisem kolumu tutuyordu, parmaklarını tenime batırdı gerginlikten.

Kenan bir anda sınıftan arkasında sürüklediği Ceylan'la birlikte çıktığında, Fransızca hocası şok içerisinde kapıya çıktı. Elinde, tahtada kelimeleri hecelerken tuttuğu ince çubuğu vardı ve elleri belindeydi. Öfkeden kıpkırmızı olmuştu. "Kenan, Müdür Bey'in odasına! Çabuk!"

Fransızca hocamız, bozuk Türkçesi ve aksanıyla birlikte merdivenleri işaret ettiğinde Ceylan, Kenan'ın elinden kurtardı kolunu ve ters ters bakarak sınıfa geri girdi. Kenan merdivenlerden inerken dönüp bize bir bakış atmıştı. Fransızca hocası da peşinden indi.

"İnanmıyorum," diye mırıldanarak çıktı Çisem arkamdan. Doğrulup birlikte sınıfa yürüdük. "Senin için mi yaptı onu bu şimdi?"

Ben de şaşkındım. "Ödeşmek için yaptı sanırım."

Çisem mantıklı olduğunu düşünmüş olmalı ki kafasını salladı. Hoca geri dönmeden sınıfa geçtik böylelikle, kontrol ettiğimizde yoklama daha alınmamıştı.

Sonraki dersler, Kenan'ın yaptığı şeye duyduğum şaşkınlığı sindirmek ve Ceylan'ın öfkeli bakışlarını görmezden gelmekle geçti. Daha sonra, daha doğrusu matematik dersinin ortasında, hoca bilinmeyenlerden biri V olarak adlandırdığında, aklım çok başka yerlere uçmuştu.

Varis taburcu olmuş muydu acaba? Alper'i ya da Reha'yı görememiştik okulda. Hatta Gökay da yoktu. Okul çıkışı, basketbol takımı antrenman için toplandığında koçları iptal etmişti antrenmanı zira dört oyuncusu birden yoktu ortalıkta. Alper muhtemelen annesine refakatçilik ediyordu. Reha da hastanede onların yanında olmalıydı. Sonuçta Varis de oradaydı. Gökay ise...

Onun neden gelmediğini bilmiyordum. Anlattıklarından ve olanlardan sonra kafasını toparlayamadığını düşünüyordum yalnızca.

Tıpkı benim, antrenman için üzerimi değiştirdikten sonra hissettiğim gibi. Kenan'ı geri kalan derslerde göremediğim gibi, Ceylan'ın bakışlarının anlamını da çözememiştim. Çıkıyor olabilirlerdi, sonuçta Kenan sınıfa girdiğinde onun çekip çıkarmaya çalışmıştı. Elbette gösterisi yalnızca hocayı götürmek içindi. Ödeşme anlayışı çok farklıydı.

Alin, benimle sahaya yürürken "Basketbol takımının yarısı okula gelmediği için antrenmanlarını iptal etmişler," diye mırıldandı. "Varis yaralanmış diyorlar. Haftaya yüzme yarışları başlıyordu, eğer doğruysa yazık olmuş. Safir birinciliği unutsun."

Ağzımdan laf almaya çalıştığının farkındaydım. Varis bu durumu saklamak ister miydi acaba? Aslında, şimdiye kadar okulda duymayanın kalmayacağını düşünmüştüm ama görünüşe göre bu yalnızca benim başıma gelenlerde geçerliydi ve Varis'in başına ne gelirse gelsin o istemediği sürece kimsenin haberi olmuyordu.

"Sen hasta mısın?"

Alin, sahaya geldiğimizde önümde durarak dikkatimi üzerine çektiğinde bu sefer sorusundan kaçamayacağımı biliyordum. Belki de her sabah yaptığım gibi gözaltı kapatıcısı sürmediğim için böyle düşünüyordu ama son zamanlarda yeme ve uyku düzenim çok şaşmıştı. Düzeni şaşınca dünyası baş aşağı olan insanlardandım. "Biraz kırıklık var üzerimde, havalar soğudu ya ondan. Dikkat edemedim kendime."

"Aman aman dikkat et. Kumsal derini yüzer vallahi, iki haftaya turnuvalar başlıyor."

"Senin burada ne işin var?"

Alin'le aynı anda, oyuncuların toplandığı ufak kalabalığa döndüğümüzde takımdakiler geriye çekildi. Kalabalığın içinden çıkan kişi Kumsal'dan başkası değildi. Peki kime konuşuyordu?

Benimle göz teması kurduğu an bana söylediğini anlamıştım. Başıyla Alin'e gitmesini işaret ettiğinde, Alin göz devirerek takımdakilerin yanına yürüdü.

"Takımdan atıldım da haberim mi yok?" diye sordum tek kaşımı kaldırarak. Antrenman mı kaçırmıştım? Bu sabah WhatsApp grubundaki okumadığım yazışmalarını okumuştum. Çarşambadan beri antrenman yaptıklarına dair bir şey konuşulmamıştı.

"Hafta sonu neler yaşandığını biliyorum." Kısık sesle, hafifçe üzerime eğilerek konuştu. Daha sonra gözlerini gözlerime dikti. "Varis nasıl? Alper'in annesine bir şey oldu mu?"

Bütün bunları nereden biliyordu? "Herkes iyi," diye mırıldandım.

"Toprak hariç." Seslice nefes verdi. "Bu sefer büyük sıçtı."

"Onu tanıyor musun?"

"Herkesten daha iyi." Gözlerini üzerime çevirdi. "Varis'in şikâyetini geri çektiğini duydum. Toprak sadece uyuşturucu kullanmak ve satmaktan yargılanacakmış."

Yutkunarak ifademi korumaya çalıştım. Pekâlâ, görünüşe göre Kumsal, Toprak'ı tanıyordu. Hatta herkesten daha iyi. O zaman Gökay ya da Irmak'ı bilmemesinin imkânı yoktu. Bizden biri anlatmıyorsa bu kız bütün bunları nereden biliyordu? Belki de Alper ya da Reha'yla yakınlardı. Gerçi, Reha olamazdı bu... Kavga ettiklerini gözlerimle görmüştüm havuz partisinde. Birbirlerinden nefret ediyor gibiydiler.

"Bunda senin parmağın olduğunu biliyorum," diye devam etti Kumsal. "Varis'e kalsa asla affetmezdi Toprak'ı. Sana bulaştığını duydum."

Sertçe yutkundum. Bu kızın IQ'su kaçtı tam olarak? Ya da hepimizin üzerine dinleme cihazı mı yerleştirmişti? Etraftan duyduklarını birleştirerek böyle doğru kanılara varması başka türlü mümkün değildi.

"Toprak'la konuştun mu olanlardan sonra?"

Kafamı olumsuz anlamda salladım. "Sadece ifade verdim, o da hastanede oldu."

"Yarın sabah mahkemesi var ama onu görmek istersen bu akşama kadar yanına gidebilirsin. Belki bir de ondan dinlemek istersin. Şehir merkezindeki adliyede tutuluyor şu an, avukatı da orada. On dakikalık görüşmeler ayarlayabiliyor." Kumsal saha girişine baktı, antrenör geliyordu. "Bugünü ek, git. İstersen Toprak'ın yanına gitme, Varis'e git ama git. Zaten yorgunsun belli, işime yaramazsın bugün. Takım arkadaşlarına ayak bağı olma."

İşime yaramazsın, takım arkadaşlarına ayak bağı olma. O an fark ettim. Kumsal düşündüğümden çok farklı biriydi. Bunca sene gördüğümden çok farklı biriydi. Dobraydı, lafını esirgemez ve düşüncesi neyse saf bir şekilde söylerdi ama belki de bu dürüstlüğündendi. Peki bunca zaman yaptıkları? İşte onlara kılıf uyduramıyordum. Özellikle teras partisinde söylediklerini aklımdan çıkaramazdım.

Antrenör beni görmeden sahadan çıkıp soyunma odalarına yürüdüm ve hızlıca okul formamı geri giyindim. Toprak'la konuşmak istiyordum, Kumsal haklıydı. Onu da dinlemek ve yanlış yapmadığımı görmeye ihtiyacım vardı. Toprak şimdiye kadar gördüğüm kadarıyla acımasız, umursamaz ve tehlikeli biriydi. Özellikle sarhoş olduğunda ya da kafası güzelken düşüncesizce davranabiliyordu. Ne zaman arasa, yapmaması gerektiği hâlde Oya Hanım'a istediğini vermiş, onu eski evine getirip üst katta yalnız bırakmış, beni yalnız yakaladığı gibi boş bir havuza düşürmüş ve suyu açıp boğmaya çalışmış, Varis'i okla vurmuştu. Mekândaki o gece, Kenan'ı sıkıştırıp kafasını birden fazla kez duvara vurduğunu ve içkime uyuşturucu kattığını da unutmamak gerekiyordu.

Otoparka ulaştığım an çantamı yan koltuğa atıp emniyet kemerimi bağladım ve gaza bastım. Navigasyona adresi girmiştim.

Yaklaşık otuz dakika sonra adliyenin önündeydim. Gergin ellerim bacaklarımın üzerindeydi. Bir süre oturup aklımı toplamaya çalıştım, derin nefesler aldım, odaklandım. Ardından telefonumu, cüzdanımı ve arabanın anahtarlarını alıp çıktım.

Danışmadaki kişi beni bir polis memuru ile birlikte beşinci kata yönlendirdi. Daha sonra Toprak'ın avukatına arkadaşı olduğumu söyledim ve on dakika boyunca görüşme koğuşuna gelmesini bekledim bir camın arkasında. Camın kenarlarında, iki taraftaki seslerin duyulması için küçük delikler vardı.

Toprak, açık kahve tonlarında, sol göğsüne numara yapıştırılmış bir tulumun içinde, kolundan tutan bir memurla içeri girdiğinde beni gördüğü an gergince gözlerini çevirdi ve kelepçelerinin çıkarılmasını bekledi. "On dakika," dedi memur, Toprak'ı bırakıp gitmeden önce.

Gergince ellerimi dizlerime koydum ve geriye yaslanıp Toprak'ın karşıma oturuşunu izledim. Gözlerinin altı morarmıştı, dudağının kenarı kanamış ve kabuk bağlamıştı. Saçları karışık ve yağlı görünüyordu. En azından kafası yerindeydi.

Çenesini kaldırıp bayık gözlerle dalga geçercesine baktı suratıma. "Küçük prensesin ne işi var burada?"

Bana taktığı lakaplardan hoşlanmıyordum ama buraya onunla konuşmak için gelmiştim, tartışmak için değil. Üstelik on dakika çok kısa bir zamandı her şeyi konuşmak için. Bu yüzden direkt konuya girdim. "Gökay her şeyi anlattı."

Toprak'ın muzip ifadesi bu şekilde değişti. Kaskatı kesildi. Gözünün içindeki maske düştü, suratı bembeyaz oldu. Gözlerini kaçırarak kafasını yan tarafa çevirdi. "Öttü sonunda şerefsiz, öyle mi?" Derin bir nefes aldı. Hâlâ bana bakmıyordu. "Aslında senin bilmemene şaşırmıştım ben. Adin'le dolanman, Gökay'ın sana arka çıkması, Alper falan. Hatta Çisem. Fransız kalmıştın ortalarında, bir sakatlık olduğunu düşünmüştüm."

"Yeni tanıştığım insanlara ilk olarak hayatlarındaki en karanlık ve derin sırlarını sormuyorum," diye mırıldandım.

"Yeni mi tanıştınız?" Gülerek kafasını geriye attı. Ardından doğrulttu ve tekrar gözlerimin içine baktı korkusuzca. Kendini toparlamıştı. "İşte buna gülerim peri kızı. Adin yeni tanıştığı bir kız için ok yemez."

"Daha önce şahit olmuşsun sanırım yemediğine?"

Kurumuş, parçalanmış dudaklarını ıslattı Toprak. Ardından ciddi bir şekilde suratıma baktı. "O piç kimseyi umursamaz."

"Seni umursamış ama," diye mırıldandım, yutkunarak. "Geçen sene, ulaşmaya çalışmışlar sana. İzin vermemişsin."

Tekrar gözlerini kaçırdı. "Bak Ada," dedi ilk defa ismimi kullanarak. Başını kaldırdı. "Instagram hesabında görmüştüm, kocaman çiçeklerle dolu bir bahçen var. Çok seviyorsun belli çiçekleri. Benim de bir bahçem vardı, kurumuş ağaç dalları ve çürük meyvelerle dolu. Tek bir çiçek vardı o bahçede nefes alan. Nefesini kestiler." Surat ifadesi o kadar düzdü ki, ne söyleyebileceklerini ne de hareketlerini tahmin edebiliyordum. "O günden beri kış bana bu dünya. Bu hayat. Okulu mu bırakmışım, arkadaşlarım mı gitmiş, hapse mi girmişim kimin umurunda?"

"Kaybın için üzgünüm," diye mırıldandım sözlerimin hiçbir şey ifade etmeyeceğini bilerek.

"Üzgün müsün?" Kahkaha attı Toprak. Ardından agresif bir şekilde pat diye cama ellerini dayayarak "Üzgün müsün gerçekten!" diye bağırdı.

Yerimden sıçradım. Gözlerimi kapatmış, irkilmiştim. "Kusura bakma ama üzgün olduğumu söylemeye bile hakkım yok mu?"

"Bir nedeni yok," diye mırıldandı, sandalyesine geri otururken. "Ben herkese kızgınım. O piçe de kızgınım, çiçeğimi kopardı saksıda yaşar sandı. Bir aslanı doğasından koparıp kafese tıkmak gibiydi yaptığı!"

Dudaklarımı ıslatarak gözlerimi bir saniyeliğine kapatıp derin bir nefes aldım ve onu anlamaya çalıştım. Gökay'dan bahsediyordu. Çiçeği Irmak'tı. Belki de Toprak, Irmak'a âşıktı. Ve hiç sahip olamadığı aşkını kaybetmişti.

"O akşam," diye mırıldandım gözlerimi açarken. "Neden beni öyle tehdit ettin? Havuza düşürüp suyu açtın, boğmaya çalıştın beni."

Toprak bir saniyeliğine gözlerini önündeki masaya çevirdi, ardından tekrar bana bakmak için kafasını kaldırdı. "Mal sağlamdı. Halüsinasyon gördüğüm söylendi çıkan testlerde. Birine saldırsam bu sen olmazdın, sadece denk geldin."

"İkisinde de mi denk geldim?"

Kaşlarını çattı. "İkisinde de mi?"

"O gece, mekândayken, mojitoma hap attın."

Şaşkınca kaşlarını kaldırarak gözlerini kocaman açtı. "Sana bu saçmalığı kim söyledi bilmiyorum ama ben öyle bir şey yapmadım. Garezim olmayan insanlara boşu boşuna bulaşmam." Dilini şaklattı. "Bir erkeğin âşık olduğu kadınla uğraşamazsın derler," diye devam etti sözüne. "Hele seninle, hiç uğraşılmaz... Değmeyeceğinden değil, kafamı omuzlarımın üstünde seviyorum." Hafifçe öne eğildi. "Bence çevreni bir gözden geçir Ada. Görünüşe göre senden hoşlanmayan insanlar var..."

O gece içkime hap atan kişi Toprak değilse o zaman kimdi?

Toprak bi anda parladığında sesi de yükseldi. "Anasını satayım, o gece sarhoş kafamla yediğim dayak bu yüzden miydi?" Gözlerini devirerek seslice nefes verdi ve geriye yaslandı. "Orospu çocuğu önce bir sor değil mi? Bu çocuk polis falan olsa düşmanı önce vurur sonra sorgulamaya kalkar, manyak herif!"

O an fark ettim. *Alin*. Eğer biri barmene para verip yaptırmadıysa bu işi, geriye kalan tek şüpheli Alin'di. Yalnızca antrenmanlarda gördüğüm, bütün takım ilk günden bana burun kıvırırken sanki gelmemi bekliyormuş gibi yanımda biten Alin. Dolabımın yanında dolabı olan Alin. Her yerden çıkan Alin.

Dudaklarım aralandı, oksijen için dilendim. İhaneti fark ettiğin an sırtında hissettiğin bıçaklar ciğerlerini deldiğinden, nefes almak çok zordu.

"Anladın değil mi kimin yaptığını?" Toprak gülerek elini önümde salladığında daldığım dünyadan şu ana geri dönüş yapmıştım. "Söylemiştim. Ben yapmadım."

Gerçekten o yapmamıştı.

"Yine de beni boğmaya çalıştın ve Varis'i okla vurdun," diye mırıldandım kafamı sallayarak. "Bu yüzden buradasın."

"I-ıh." Toprak işaret parmağını *hayır* anlamında sallayarak hafifçe gülümsedi. "Daha bu öğlen Adinlerin avukatları bir sözleşme getirdi önüme. Şartları kabul edip imzalarsam Varis şikâyetini geri çekecekmiş. Okudum biraz. Alkol, ot ne varsa sonsuza dek bırakıp rehabilitasyona yatmam gerekiyor. Sonra biraz cezaevinde yatacağım. Salınınca liseyi açıktan bitirdiğimde iş bulacaklarmış bana. Siktiri boktan bir sözleşme. Varis sever Tanrıcılık oynamayı."

"Dalga mı geçiyorsun?" Şaşkınlıkla suratına baktım. "İmzalamadın mı?"

"İmzaladım tabii, salak mıyım?" Suratındaki sahte ifade o an silindi. "Senin işin değil mi bu? Otu boku öğrendin, acıdın bana."

Dudaklarımı birbirine bastırdım. Tam olarak öyle olmuştu. Ne söylemem gerekiyordu?

O an kapı açıldı Toprak'ın tarafındaki, onu getiren memur bu sefer almak için gelmişti. "On dakika doldu."

"Toprak küskünse bahçeye, ne çiçek yetişir bir daha ne de meyve," diye mırıldandım, onunla birlikte ayağa kalkarken. Kelepçelenişini izledim, gözleri üzerimdeydi. "Tedavi ol, toprağını çapala, içeride kaldığın süre boyunca neyi yanlış yaptığını düşün ve duyduğun her pişmanlık için bir, her tecrübe için iki tohum ek. Sulamayı unutma. Buradan çıktığında kocaman bir bahçen olacak. Kışın, bahar olsun. Sen yap bunu çünkü başkası senin için yapmayacak. Kendine iyi bak Toprak."

Konuştuğum süre boyunca gözlerini üzerimden çekmedi Toprak, ben bitirene kadar kelepçelemiş olsa da biraz daha beklemişti üstelik memur. Daha sonra birlikte çıktılar. Toprak hiçbir şey söylemedi. Yalnızca çıkarken "Şanslı piç," diye homurdandığını duydum.

Toprak yalnızca acısının ardından bir yol görememişti önünde. Belki yönlendirilmediğinden de, yanlış tarafı seçmişti koşmak için. Acına sarılmadığın sürece bir hayalet gibi peşinde dolaşırdı anılar, biliyordum. Toprak belki de bundan sonra acılarına sarılmayı öğrenecekti.

En azından onun için umut ettiğim tek şey buydu.

Binadan çıkarken tek düşündüğüm nereye gideceğimdi. Eve dönmek istemiyor, hastaneyi ziyaret etmek istiyordum ama eğer gidersem ne diyeceğimi bilmiyordum. Sabah hiçbir şey demeden kalkıp gitmiştim, o uyuyordu gerçi ama yine de onunla uyuduğum için anlamlandıramadığım şeyler de hissediyordum. Biraz kızıyordum kendime, çokça pişmanlık duyuyordum ama bir yanım huzurlu hissediyordu. Her ne kadar ilaçla da olsa, Varis Adin benim başım göğsüne yaslıyken mışıl mışıl uyumuştu.

Hasta köpek.

Arabaya geçtiğimde Çisem'in gönderdiği mesajı açtım, bir şarkı linki yollamıştı. Daha sonra bakacağımı düşünerek çıkarken bildirimlerde sabah attığım hikâyeye gelen mesajları gördüm.

İki bildirim vardı, ikisi de takip bildirimiydi. Alena ve Milas sanki yan yanayken hesabımı keşfetmiş gibi takip etmişlerdi. Onların takiplerine geri döndüm.

Aral, tebrik eden el emojisini atmıştı. Hazal *sonunda* yazmıştı a'ları uzatarak. Çisem dans emojisi atmıştı, ona sabah söylemiştim zaten.

Varis de cevap vermişti. Farklı bir cevap verme stili vardı. Bir adres yazmıştı hikâyemin altına.

Mesaj kısmına tıklayıp cevap yazdım.

"Yanlışlıkla mı gönderdin?"

Bir anda aktif oldu. Ardından cevap yazdı.

"Açık açık ev adresi verdim. Sence kaç kişiye yanlışla her gün evimin adresini atıyorum?"

Ev adresi mi? Kaşlarımı kaldırarak ekrana baktım. Varis bana evinin adresini mi göndermişti? Bu ne demek oluyordu şimdi?

Ben cevap vermediğimde, tekrar mesaj gönderdi.

"Gel."

Bu, çoktan taburcu olduğu ve eve geçtiği anlamına geliyordu. Yani durumu gayet iyiydi.

Gergince telefonumu kapatıp yan koltuğa attım ve arkama yaslanıp düşünmeye çalıştım. Pekâlâ, birincisi, Varis defalarca kez evime gelmiş ve hatta banyoma, hatta ve hatta küvetime kadar girmişti. Bu durumda onun evine gitmeyi sorun etmemem gerekiyordu. *Her şeyden sonra,* sorun etmemem gerekiyordu.

Düşüncelerimin içinde kaybolmuşken eve doğru sürdüm. Birden hava kararmış ve yağmur yağmaya başlamıştı. Arabayı evin önüne bırakıp okul çantamla birlikte içeri girdiğimde rüzgârdan uçmak üzereydim. İlk yaptığım şey odama çıkıp açık pencerelerimi kapatmak oldu, ardından soğuktan uyuşmuş ellerim ve ayaklarım için sıcak bir duşa girdim.

Saçlarımı kuruturken ne giyeceğimi düşünüp duruyordum. Bana kalsa eşofman ve kazak iyi bir seçenek gibi görünüyordu çünkü hava çok fenaydı ama... Adin evine gidiyordum. Balamir Adin'in evine, Varis Adin'in evine, kimbilir annesi nasıl bir kadındı. Onlar da evde olacak mıydı?

Bu düşünceyle kurutma makinesini kenara bırakıp boş boş duvara baktım. "*Ben hangi sıfatla gidiyorum Varis'in evine? Ya içeride anne ve babasıyla karşılaşırsam, ne diyeceğim? Nasıl davranacağım?*"

"Ne giyeceğim ben be?"

Alıp hiç giymediğim, krem rengi omuzları düşük kazağımı üzerime geçirirken bir yandan da aynada kontrol ediyordum. Ardından açık mavi bir pantolon giyindim. Kalan son beyin hücremle oluşturabildiğim en iyi kombin buydu.

"Çisem burada olsa kesin beni bayılana kadar tokatlar."

Kuruttuğum saçlarıma kısaca dalgalar verdim sabahki gibi. Gözaltlarım yok olmaya karar vermişlerdi, o yüzden sadece rimel sürdüm. Kalın şişme montumu giyinip bere taktım.

Evden arabaya gidene kadar uçma tehlikesi geçirmiş, sonunda ıslanmış da olsam ulaşmıştım arabaya. Telefonumu çıkarıp mesaj kutuma girdikten sonra Varis'in son mesajından sonra bir şey yazmadığını fark ettim, ardından navigasyona adresi girdim.

Bir hafta önceki Ada şu an kafesinde çığlıklar atıyordu gitmemem için. Ama o yaralıydı, değil mi? Ameliyat olmuştu. Belki de bir ihtiyacı vardı. Benim yüzümden başına gelmişti bu. Gitmeliydim.

"Sanki evinde hizmetçi bulmayacakmışım gibi... Üstelik ailesi ne güne duruyordu?"

Ailesi hakkında bir şey bilmiyordum. Yargılamamam gerekiyordu.

Navigasyon beni adrese, hava şartları yüzünden, her ne kadar trafik olmasa da otuzbeş dakikada götürdü.

Önünde durduğum, kapı numarası taş duvara mat siyah, çelik, küçük bir tabela olarak işlenmiş evin kapısına bakarken yağmurdan hiçbir şeyi net göremiyordum aslında. Camı indirip gözlerimi kırpıştırarak baktığımda, devasa siyah demir kapının parmaklıklarının arasından yalnızca çalılıklar ve büyük ağaçlar görünüyordu. Büyük ağaçların ardında ise, evin çatısını görebiliyordum.

Burası bir malikâneydi.

Arabayı yolun karşısına park ettim. Çantamı aldıktan sonra ise montumun şapkasını beremin üstüne, başıma geçirip hızlıca bagajdaki şemsiyeyi kaptığım gibi demir kapıya yürüdüm. Kapı açık mıydı yoksa zile mi basmam gerekiyordu bilmiyordum ama siyah bir takımın içinde yine siyah bir şemsiyeyle bu tarafa doğru yürüyen orta boylu adamı görünce görevli olduğunu düşündüm. Muhtemelen öyleydi.

Demir kapıya yaklaştığında suratını görebilmiştim. Bu o adamdı. Hastanedeki beyaz sakallı, mavi gözlü adam. Konuşmaya ya da kim olduğunu öğrenmeye fırsatım olmamıştı.

"Merhaba küçük hanım," dedi sesini gür çıkarmaya çalışarak. Elinde ufak bir kumanda vardı ve demir kapıyı otomatik bir sesle açmıştı. Yağmur öyle şiddetli yağıyordu ki aralarında maksimum bir metre mesafe olan iki insanın birbirine sesini duyurması zorlaşmıştı.

Demir kapıyı ittirip içeri girdikten sonra soru işaretleriyle dolu bir "Merhaba," sesiyle cevapladım adamı. "Siz hastanede de vardınız, değil mi?"

Adam kocaman gülümsedi. Hastanedeyken gülümsediğini hiç görmemiştim ama gülümseyince tatlı bir dedeye dönüyordu. Her ne kadar takım elbise giyse de. "Küçük hanım, ben çok uzun zamandır bu malikâne için çalışıyorum. Adım Reşit, Reşit Adalı." Elini uzattı.

Gülerek elini sıktım. "Tanıştığıma çok memnun oldum, ben de Ada." Adamın soyadı ve ismimin benzerliği iğrenç espriler yapma isteği doğuruyordu, belki Çisem burada olsa yapardı.

Eliyle malikâneye giden yolu gösterdiğinde, kafamı sallayarak takip ettim. Bina iki katlıydı ve L şeklinde inşa edilmişti, ortadaki koca süs havuzunu ve etrafını çevreleyen çember betonu görebiliyordum. Bahçenin geri kalanı ağaçlardan oluşuyordu ve yemyeşil bir bitki örtüsü vardı. Evin yapısı her ne kadar antik dursa da bakıldığı belliydi. Eve de, bahçeye de.

Doran evi de böyleydi ama yeni inşa edilmiş, aydınlık versiyonuydu. Buranın arazisi nereye kadar gidiyor görünmüyordu bile... Kapı numarasını ararken bir süre bu duvarların çizgisinde sürdüğümü hatırlıyordum. Muhtemelen araziye çok rahat bir şekilde bu devasa yapıdan birkaç tane daha bile inşa edilebilirdi.

"Sana kapıyı açayım Ada." Reşit Bey, kapının önündeki birkaç merdiveni çıkarken cebinden koca bir anahtarlık çıkardı. "Varis bu sabah evdeki herkesi kovduğu için kapıyı açacak kimse yok, kendi de duymayabilir eğer odasındaysa."

Hizmetli olarak çalışanlardan bahsediyor olmalıydı.

Merdivende durdum. Reşit Bey de durduğumu fark etmiş gibi, anahtarı deliğe sokmadan önce bana döndü. "Babası evde yokken kovar herkesi Varis. Yalnız kalmaktan hoşlanıyor."

"Annesiyle babası seyahate mi çıktılar?" diye sordum birden. "Hastanede de hiç görmedim onları."

"Balamir Bey, yurtdışına çıktı evet. Önemli bir iş adamı olduğundan planlarını iptal edemezdi bu yüzden dönemedi. Neyse ki oğlunun durumu kritik değildi." Reşit Bey devam etmedi, annesiyle ilgili hiçbir şey söylememişti. Bunun yerine, anahtarı sokup çevirdikten sonra kapı açıldığında geçmem için kapıyı ittirip kenara çekilmişti. "Geçebilirsin."

"Siz gelmiyor musunuz?" İçeri geçerken şemsiyemi kapattım.

İleriye dönüp bahçenin sonuna doğru olan, iki katlı küçük binayı gösterdi. Dış cephe yapısı malikâneninkiyle aynıydı. "Ben şurada kalıyorum, eğer bir ihtiyacınız olursa haber verirsiniz."

Teşekkür ederek kafamı salladım ve gülümsedim. Ben içeri girdikten sonra Reşit Bey kapıyı kapattı.

Etrafa doğru düzgün bakamadan botlarımı çıkarmak için eğildiğimde, ilk fark ettiğim şey sessizlikti. Şemsiyemi kenara bıraktım, içerisi dışarıya nazaran sıcacıktı.

Ev; gri mermer, yer yer bej yer yer koyu gri duvarlar ve ahşapla dizayn edilmişti. Giriş bile gereksiz büyüktü. Sağda koca bir salona açılan ve kapısı olmayan bir giriş vardı, salon girişinin karşısında kapısı kapalı bir oda, mutfak ve birkaç kapalı kapı daha. Eğer mutfağı es geçip devam ederseniz, uzunca bir koridor görünüyordu ama dönüşü olduğundan nereye gittiğini bilmiyordum.

Evde kimse yoktu. Gerçekten de bomboştu. Ürkütücüydü.

Merdivenlerden çıkmak ve koridorda ilerleyip nereye gittiğini görmek için iki seçeneğim vardı. Koridorda ilerleyip alt katın kalanını görmek istiyordum, nedense Varis Adin'in odasının yukarıda değil; L şeklinde inşa edilmiş bu malikânenin diğer ucunda olduğunu düşünüyordum. Daha izole bir yerdi. Aşacağınız koca bir koridor vardı ve... Sanki koridorun sonu tamamen ona ait gibi gelmişti. En azından ben olsam bunu tercih ederdim.

Koridorda ilerlemeye başladığımda duvarlardaki eski fotoğraflar ilgimi çekti ama yalnızca aile büyükleriyle çekilmiş fotoğraflardı. Balamir Adin'i birçok fotoğrafta birçok insanla birlikte görmeme rağmen Varis'in tek bir fotoğrafı bile yoktu.

Koridorun sonunda yol sağdan devam ediyordu. Karşılıklı iki kapının yanında başka bir merdiven daha olduğunu gördüm, daha sonra iki kapıyla da bakışmaya başladım. Hiçbir ses gelmiyordu. Şimdi ne yapacaktım? Resmen çocuğun evinde hırsız gibi geziniyordum. Belki de kapının önündeki vazolardan birini çalıp sattıktan sonra geri dönmeliydim, kimbilir neredeki hangi açık arttırmadan alınmışlardı ve ne kadar ediyorlardı? Varis'le önceden tanışmış olsam, boşu boşuna Kumsal'a telefon almak için kafede işe girmezdim. Kendimi evine davet ettirir vazosunu çalardım. Ya da tablolardan birini. Yüksek duvarlar 18. yüzyıl tablolarıyla doluydu.

Şansımı evin uzunlamasına devam ettiğini düşündüğüm kapıdan kullanmaya karar verdim.

İki kere tıklattım, ardından kapıyı açıp kafamı içeri soktuktan sonra gözlerimi kırpıştırdım ve etrafa baktım. *Bingo.*

İçerisi evin geri kalanından daha siyahtı. Yerde alçak, geniş bir yatak vardı, çarşaflar siyahtı. Koyu renk perdeler ortaya kadar kapalıydı, içeri az ışık giriyordu. Önünde yine koyu gri cam bir sehpa ve iki koltuk vardı. Varis tam olarak o koltuklardan birine rahat bir pozisyonda oturmuş, kitap okuyordu. Masanın üzerinde yarısı bitmiş bir kahve fincan vardı ve hâlâ dumanı tütüyordu.

Kapının açıldığını duyduğunda kafasını kitaptan kaldırıp pozisyonunu hiç bozmadan bana baktı. Kitabın bir kısmı beyazdı, bir kısmında çizme bir adam elini çenesine yaslamış ileriye bakıyordu. Antik çizimlere benziyordu.

Jean Paul Sartre'nin *Bulantı* kitabını okuyordu, tek bir farkla. Kapakta *La nausée* yazıyordu, bu da demek oluyordu ki Fransızcaydı. Orijinal dilde olanı elindeydi. Bu kitabı bütün sahaflarda arayıp bulamadığımı, yabancı bir siteden euroyla sipariş ettiğimi ama gümrükte kaybolduğunu hatırlıyordum ve aklıma geldikçe sinirleniyordum.

Varis gözlerini kıstı. "Gerçekten geldin mi yoksa kullandığım ilaçlar halüsinasyon etkisi mi yaratıyor?"

Kapıyı ittirip doğruldum ve içeri geçtim. Sorusunu görmezden gelmiş etrafa bakıyordum. Sanırım onbir seviyesi zenginlik bu oluyordu. Malikânenin içinden odasına kadar, on üzerinden onbirlikti bu ev. Hazal haklıydı.

Yatağın karşısında simsiyah koca bir TV ünitesi vardı ve hemen yanında giyinme odasına doğru uzuyordu yol.

"Odan simsiyah," diye mırıldandım. Bir yandan da beyaz çoraplarıma, açık mavi jeanime, beyaz şişme montuma ve sanki görebilecekmişim gibi gözlerimi alnıma dikmiş, lacivert bereme bakmaya çalışıyordum. "Odandaki tek renkli şey benim şu an."

Aslında şaşırılacak bir şey değildi bu. Gözleri bile açık mavilikten griye evrimleşmiş biriydi. Açık da olsa, soluk da olsa maviyi bile kabul etmemişti bedeni.

Varis kitabını sehpanın üzerine bıraktı ve ayağa kalktı. Siyah bir eşofman ve kısa kollu beyaz bir tişört giyiniyordu. "Bu kadar şaşırma," diye mırıldandı önümden geçip kıyafet odasına giderken. "Hayatımdaki tek renkli şey de sensin."

Nefesimi tutup arkasından sırtına baktım. Neden her seferinde böyle yapıyordu? Her seferinde illaki o gün eve döndüğümde uyumaya çalışırken gözlerimi açık tutacak bir şey söylemiş oluyordu. Dalga mı geçiyordu? Bilerek mi yapıyordu gerçekten? *"Biliyor muydu?"*

Varis, tişörtünün üzerine siyah, düz bir sweatshirt geçirirken giyinme odasından çıktı. Ters ters suratına baktım. "Ben senin hayatında mıyım?"

Kafasının içinde neler dönüyordu bilmiyordum ama bakışları etrafta gezinirken kafasını salladı. "En azından odamdasın şu an, bu da bir şey." Yanıma gelip karşımda durduğunda, elini uzatıp bir anda beremi çıkardı. "Montunu da çıkar."

"Ayaklanacak kadar iyi olduğunu bilsem gelmezdim." Elinden beremi çekip aldım, ardından montumu da çıkartıp kenardaki koltuğun üzerine bıraktım çantamla birlikte.

"Oturayım hemen. Yatayım ya da? İçini hangisi rahatlatacaksa."

Bu sefer gözlerini kısarak bakma sırası bendeydi ama uzun sürmedi, sessizce gülerek gözlerimi kaçırdım. Ehliyet fotoğrafıma adresini yazdığına, benim de kalkıp buraya geldiğime hâlâ inanamıyordum. Şimdi de vicdanımı rahatlatmak için yatalak numarası yapmayı teklif ediyordu.

Vicdanımı rahatlatmama gerek yoktu. Göğüs kafesimdeki susturamadığım bir organ getirmişti beni buraya.

Koltuğun yanındaki perdeleri hafifçe sıyırarak dışarıya baktım. İlerisi bahçeye açılan koca bir balkondu ve bahçe kızgın yağmur damlalarıyla dövülüyordu. Şimşek çaktı, bir anlığına etraf delicesine aydınlandı. Hava gerçekten çok kötüydü.

Telefonumun çaldığını duydum. Varis yatağının ucuna oturmuş beni izliyordu. Koltuğa uzanıp montumun cebinden telefonumu çıkardıktan sonra kulağıma götürdüm, gözlerim Varis'deydi. Suratında hiçbir ifade yoktu ve dümdüz bana bakıyordu. "Efendim Çisem?"

"Ada, çabuk haberleri aç."

Kaşlarımı çattım. "Neden? Ne oldu?"

"Çabuk aç."

Telefonu kulağımdan uzaklaştırarak sehpayla koltuğun arasından çıktım ve "Televizyonu açar mısın?" diye sordum TV ünitesine sabitlenmiş ekranı göstererek. Varis yatağın üzerinden, sanki hiç ameliyat olmamış gibi başucuna uzandı ve ince kumandayı eline alıp televizyonu açtı. İlk açılan kanal haber kanalıydı.

"Açtım," diye mırıldandım telefona doğru ama gözlerim ekranda takılı kalmıştı. Neredeyse uçmak üzere olan muhabir ve kameraman, sahile çok yakın bir bahçeninin önündeydi ve kadının arkasında deniz taşıyordu.

Deniz taşıyordu. Burası benim evimin olduğu sahil şeridiydi. "Sen iyi misin? Sahili gördün mü?" diye sordu Çisem. "Lodos uyarısı yapıldı. Sıcaklıklar sabahtan beri yedi derece birden düşmüş. Boğaz'da deniz taşmış, yalılar su içinde... Evde misin? Deniz suyunun nereye kadar geldiğini görebiliyor musun?"

Kocaman açılmış gözlerimle Varis'e döndüm. Kaşlarını çatmış bir şekilde haberin detaylarını dinliyordu.

"Evde değilim," diye mırıldandım Çisem'e. Ne dediğini bile tam anlamamıştım, şoktan bir kulağımdan girmiş diğerinden çıkmıştı.

"Oh be. Umarım yüksekte bir yerdesindir. Gelip alabilirim seni istersen, bu gece bizde kal."

"Kapatmam lazım, seni sonra arayacağım."

"Ara ama bak!"

"Tamam tamam..." Telefonu kapattığım gibi Varis'in elinden kumandayı alıp televizyonun sesini açtım. "Bu fırtına meteoroloji raporunda yoktu."

"Geçen yaz yumruk kadar yağan dolu da meteoroloji raporunda yoktu." Varis kollarını geriye atıp avuçlarını yatağa yaslayarak çenesini kaldırdı. "Küresel ısınmanın sonuçları. Çok kafa patlatmaya gerek yok."

Her ne kadar kasım bitiyor olsa da, daha iki hafta önce havuz partisine gitmişken şimdi bir anda kar soğukları yaşamamızın da başka bir sebebi olamazdı. Varis haklıydı.

Bir anda üşüdüm. Terasa çıkan kapının aralık olduğunu yeni fark ediyordum. Ellerimle kollarımı ovuşturarak Varis'e döndüğümde bir kapıya, bir de bana baktı. "Ne? Kapatayım mı?"

Kurumuş dudaklarımı ıslatarak hafifçe gülümsedim. "Ben senin misafirinim. İnsan bir kahve falan yapar."

"Sen kahve sevmezsin ki."

Her ne kadar kahve sevmediğimi bilmesi hoşuma gitse de "Olay o değil Varis," dedim gözlerimi kısarak. "*Aynen Ada. Yaralı yaralı çocuğa sıcak çikolata yaptır. Tam senlik hareket!*"

Omuz silkerek ayağa kalktı. O kapıya yönelmişken benim gözlerim sanki sweatshirtünden görebilecekmişim gibi karnına dikilmişti. Peşinden yürüdüm, bir yandan da denizin evime kadar ulaşıp ulaşamayacağını düşünüyordum. Sahil yoluna taşsa bile bahçe duvarlarını aşamazdı değil mi? Sonuçta tsunami değildi bu olan. Marmara'da olamazdı da. Sadece deniz taşıyordu şiddetli dalgalardan dolayı.

"Buraya gelmeden önce adliyeye gittim," diye mırıldandım peşinden mutfağa girerken. Tepkisini görmek için yüzüne baktım ama suratında bir ifade yoktu.

"Biliyorum."

Kaşlarımı çattım ve gözlerimi üzerine çevirdim. Daha doğrusu sırtına. Kahve makinesinin önündeydi ve arkası dönüktü. "Nereden biliyorsun?"

"Toprak'ın avukatı sandığın kişi, benim avukatım." Beyaz bir kupa çıkardı. Hâlâ sırtıyla bakışıyordum.

Mutfağın ortasındaki büyük tezgâhın kenarındaki uzun bar sandalyelerinden birine oturup kollarımı mermerin üzerinde birleştirdim. O avukat, Varis'in avukatı mıydı? O zaman Toprak'a kendi avukatını mı göndermişti?

"Yaptığı onca şeyden sonra ona avukatını gönderiyorsun ama ben şikâyet çekmekten bahsettiğimde saf kalpli oluyorum." Gözlerimi kaçırdım. "Çifte standart olmuyor mu bu?"

Toprak'ın yaptığı şeyler listesinden içkime uyuşturucu karıştırmak maddesini çıkaralı saatler oluyordu ama yine de bundan Varis'e bahsetmek istemiyordum. Kendi başıma halledecektim.

"Avukatımı her türlü gönderecektim, eski bir arkadaş için yerine getirmem gereken son vazifeymiş gibi düşünebilirsin bunu. Aldığı yanlış kararlar yüzünden gençliğinin tamamen harcanması ve dışarı çıktığında yeniden başlayacağı bir hayatı olmaması adil değil. Ama zehir sattığı gençler için bir savunması olamaz, o konuda cezasını çekmeli." Varis, elinde kupayla dönüp buraya yürümeye başladığında onu izliyordum, çarprazımdaki sandalyeye oturup kupayı önüme bıraktı. Kokusu gelmişti. *Sıcak çikolata.* Kahve yaptığını düşünmüştüm. Kahve sevmiyor değildim... Sadece sıcak çikolataya tercih etmezdim.

İçeceği hafifçe üfleyerek bir yudum aldım. Dilimin ucu yandı. *Yine bu his.*

Söylediklerini düşündüm. Hastanede olayın gerçek yüzünü Alper'den dinlediğimde hislerimin nasıl değiştiği ve öfkemin yatıştığını hatırlıyordum. O an, bu olayın doğurduğu sonuçlar bir anda çok ağır gelmişti. Doğru ve yanlış, gerçeğin geçirdiği iple birbirine geçmişti. Yanına çıkıp ilk düşündüklerimi söylediğimde, aptal olduğumu düşüneceğini düşünmüştüm ama o çok daha fazlasını düşünmüştü. Küçük bir çocuk değildi. Yaşının adamı da değildi. Çok daha geniş bir çerçeveden bakabiliyordu olaylara, çok daha fazlasını düşünebiliyordu.

Bazen sessiz kalıyordu ama bu kafasının içindeki gürültüden sağ çıkmak istediği içindi belki de. Ya da doğru olanı sağ çıkarmak için o kalabalıktan.

"Ee, dediğini yaptım, şikâyetimi geri çektim. Bunu bana nasıl geri ödüyorsun?" Rahat bir ifadeyle geriye yaslandı. İşte yine başlamıştık... Eğlendiğini ifadesinden anlayabiliyordum.

Ağzım açık kaldı. "Dalga mı geçiyorsun? Senin eski de olsa arkadaşındı o. Doğru olduğunu düşündüğüm şeyi söyledim sadece. Ben sana hiçbir şey borçlu değilim." "*Gayet de borçlusun. Havuza zamanında atlamasa ölmüş olurdun. Geçmişi de saymak ister misin?*"

Kaşlarını kaldırarak, hiçbir şey demeden yüzüme baktı. Haklı olduğunu bildiğimi biliyordu, bu yüzden bir şey söyleme ihtiyacı duymuyordu.

"Kurabiye," lafı çıktı ağzımdan, birden. Aklıma onun bana pizza yaptığı gün gelmişti. Ben de çok güzel kurabiye yapardım doğrusu. Babam, Pamuk Hala, Mustafa Abi... Herkes çok severdi. Pamuk Hala limonata yapardı yanına hep ama ben gizlice sütle yerdim. "Çok güzel tarçınlı reçelli kurabiye yaparım. Bence gayet adil bir geri ödeme yöntemi. Ama şikâyetini geri çektirdiğim için değil, beni havuzdan çıkardığın için." "*Karnına bir ok saplıyken arkamdan atladığın için.*"

Varis hiçbir şey söylemedi, doğrusu ne düşündüğünü bile bilmiyordum. Eğlendiği ifadesi bir saniyeliğine silinmiş olsa da, derin bir nefes alıp gözlerini yeniden gözlerime çıkardı. Dudaklarını ıslattıktan sonra ellerini tezgâhın üzerinde birleştirmişti. "Tarçınlı kurabiye?" Yüzüme yaklaşmıştı.

"Ve reçelli," diye devam ederek kafamı salladım. "Uzmanlık alanım. Beğenmezsen başka bir şey düşünebiliriz."

Hafifçe gözlerini kıstı, sanki şimdiden beğenmemeye odaklamıştı kendini. Daha sonra doğrularak "Tamam, yap," dedi etrafa bakarak. "Yalnız malzemeleri bulmak biraz zor olabilir. Mutfak düzenini tam bilmiyorum."

Yalnızca dibi kalmış sıcak çikolata bardağımı bırakıp bar sandalyesinden indim ve kollarımı sıvayarak "Ben bulurum," diye mırıldandım, bir yandan da gözlerimi etrafta gezdiriyordum. Mutfak gerçekten büyüktü ama bakındığım malzemeler çok basit şeylerdi. Un, yumurta, yağ, tarçın... Belki reçel bulması zor olabilirdi. Ya da olmazdı. Bu evin kahvaltısında kuş sütünün bile eksik olmadığına emindim, reçel nasıl olmayacaktı ki?

Dolapları karıştırmaya başladım. Derin bir kâse buldum. Yağ, yumurta, reçel... Mutfakta bir kapı daha vardı ve aralıktı. İçeride raflarca mutfak malzemesi vardı. Un oradaydı. Tarçın hariç her şey vardı.

"Tarçın yok," diye mırıldandım dudağımın kenarını dişleyerek.

"Tarçın koyma." Varis oturduğu yerden kalkmış, kalçasını tezgâha yaslamış yanımda dikiliyordu ve kollarını göğsünde birleştirmişti.

"Olmaz." Kafamı olumsuz anlamda salladım. "O zaman tadı güzel olmaz. Beğenmezsen başka bir şey yapmak zorunda kalırım." Birkaç adım geri atarak, perdeyi hafif kaldırdım ve dışarıya baktım. Aslında, yağmur on dakika öncesindeki gibi deli dehşet yağmıyordu. Hafiflemişti. "Belki tarçın almaya gidebilirim hemen. Buraya gelirken sokağın girişinde bir market gördüm."

"Tarçını çok seviyorsun, değil mi?"

Sorusuna cevap vermek için döndüm. Eğer telefonunu çıkarmış birini arıyor olduğunu görmesem, az önce sorduğu sorunun bir soru değil yakınma olduğunu anlamasam devam edip cevap verebilirdim.

"Reşit Abi, iki dakikada tarçın alıp gelebilir misin marketten?"

Dudaklarımı birbirine bastırarak telefonu kapatmasını bekledim.

"Evet, tarçın, doğru söyledim," dedi Varis telefona karşı. Ardından "Bekliyoruz," diye ekledi ve aramayı sonlandırdı. Bana dönmüştü. "Tarçının geliyor."

İçimde çektiğim ufak zafer bayrağından sonra ellerimi lavaboda yıkadım, sonra da kâsenin içine birer birer malzemeleri ekleyip karıştırmaya başladım. Bilerek yavaş davranıyordum çünkü tarçını bekliyordum.

Ben kurabiye hamuruna odaklıyken, Varis de bana doğru dönmüş sessizce izliyordu. Suratında hiçbir ifade yoktu. Bir saniye ona dönünce gözlerini üzerime çevirdi, ardından tekrar kâseye döndüm. "Kumsal nereden biliyor?"

"Neyi nereden biliyor?"

"Her şeyi."

Tekrar ona baktım iki saniyeliğine. Dudakları cevap vermek için aralandı. "Toprak'la arasında bir şeyler vardı eskiden."

"Eskiden," diye tekrar ettim. Nasıldı yani? "Toprak'ın Irmak'ı sevdiğini düşünüyordum."

"Biriyle çok uzun zaman çok yakın olmak ve sevmek farklı şeyler, Ada."

"Nasıl farklı şeyler?"

Varis önüne dönerek gözlerini ileriye çevirdi. Sanırım bu soruya cevap vermesi için biraz düşünmesi gerekiyordu. Benim cevabım ise basitti, ikisi aynı şeydi. Aynı şey olmasalar bile güçlü şeylerdi.

"Çok uzun zaman yakın olduğun biri artık sürekli yanında olmasına *ihtiyaç duyduğun* birine dönüşür. Su gibi, oksijen gibi. Ya da çok uzun süre yanında taşıdığın, alıştığın bir eşya..." Yutkunduğunda âdemelması oynadı, dikkatim dağılmıştı. "Sevdiğin biri yanında olmasını *istediğin* biridir."

"Güzel söyledin ama ikisi aynı anda da olabilir bu dediğine göre."

"Olabilir," dedi Varis gözlerini kaçırırken. "Ama o zaman bu, intihar olur."

"Doğru, birine böyle bir gücü vermek tehlikeli."

Zil çaldı.

"Ben bakarım," diye mırıldandı Varis kapıya yürüyerek.

Yaklaşık bir dakika sonra elinde sallayıp garip bakışlar attığı bir paketle gelmişti. Önüme bıraktı. "Tarçının geldi."

Kısık bir sesle kendi kendime "Hehehe," diye gülerek paketi kesip çok az bir miktarı kâseye döktüm. Ardından karıştırdım. Un ve diğer kuruları ekledim, bir süre daha karıştırdım. Daha sonra siyah fırın tepsisine yağlı kâğıt serdim ve ortalama bir kurabiye boyutunda olacak şekilde dizmeye başladım kurabiyeleri. Bir çatal yardımıyla ortalarını çukurlaştırdım ve dolapta bulduğum birkaç farklı reçelden rasgele koydum üstlerine. Hazırdı.

Fırını açıp tepsiyi yerleştirdikten sonra sonunda Varis'e döndüğümde, ortadaki tezgâha yaslanmış bir bar sandalyesine oturmuş kaşlarını kaldırarak bana bakıyordu.

"Eğer bilerek başka bir şey istemek için beğenmezsen kurabiyeleri, istediğin şeyi yapmam haberin olsun." Kullandığım tezgâhı silip Varis'in önündeki reçelleri dolaba götürmek için yanına yürüdüm. Kâselerin içindeki kaşıklardan birini almış, reçelle oynuyordu.

"Ne yapıyorsun?" diye sordum un kavanozuna uzandığım sırada. Hemen yanımdaydı. Bir anda reçel bulaşmış kaşığın tersini dudaklarıma yasladığında kaşığın soğuğunu ve reçelin yapışkanlığını hissettiğim an gözlerimi kocaman açarak geri çekildim. Ağzım beş karış açık, parmağımı ağzımın kenarına götürmüştüm ama miktarı tamamen silmeye yetmemişti. "Ne yaptın ya!"

"Kurabiyelerini gerçekten beğenmezsem ne yapacaksın?" Keyfi yerindeydi. Kafasını hafif yana eğmiş, neredeyse tebessüm ediyordu hatta.

Öfkeyle suratına baktım. "Gel buraya," diye mırıldandı elimden çekerek.

"Niye yaptın ki?" Homurdanıyordum ama yanına çektiğinde itiraz etmemiştim. "Bazen koca bir adam gibi karar veriyorsun, bazen de anaokuluna giden küçücük bir çocuk oluyorsun bir anda."

Dikkati kurduğum cümleyle dağılmıştı. Çelikten gözlerinin bulandığını gördüm. "Anaokuluna gittiğini hatırlıyor musun?" diye sordu, düz bir ifadeyle. Eğlendiğini belirten mimikleri nereye kaybolmuştu yine? Yanlış bir şey mi söylemiştim?

Dudaklarımı birbirine bastırdıktan sonra reçeli dilimle yaladım ve kafamı olumsuz anlamda salladım. "Birinci sınıfı ve ondan sonrasını hatırlıyorum sadece." Seslice nefes verdim. Anaokuluna gitmiş miydim ki? "Babam beni bir yetimhaneden sahiplenmiş, sonradan söylediği kadarıyla. Ben gözlerimi açtığımda revir gibi bir yerde olduğumu hatırlıyorum. Düşüp kafamı çarpmışım. Doktor hafıza kaybının geçici olduğunu söylemişti ama öncesini hiç hatırlayamadım. Yetimhaneyi de hatırlamadım. Babamın üvey olduğunu ve diğer ayrıntıları liseye geçerken öğrenmiştim." Gözlerimi kaçırdım. "Zor zamanlardı."

Varis kafasını sallayarak hafifçe aşağı eğdi. Artık ikimiz de başka yönlere bakıyorduk.

"On birinci sınıfta," diye mırıldandı başını kaldırırken. Yeniden ona döndüm. "Neden Safir'e geldin?"

Derin bir nefes alarak düşünmeye çalıştım. "Hımm... Babam sınavları denememi istemişti sanırım. Okula giriş kolay olmadığı için ve benim de kafamı dağıtmaya ihtiyacım olduğundan deli gibi çalıştığımı hatırlıyorum." Geçmişin anılarından sıyrıldığımda, suratımdaki ifade kırıntıları süpürülmüş gibi hissettim bir an. "Bazen hiç denememiş olmayı diliyorum."

Gri boşluklar gözlerime dikilmişti. Aramızda çok mesafe yoktu ama ikimiz de buzdan iki farklı duvar gibi öylece bakıyorduk birbirimize. Eskiden ona baktığımda, yüzünü gördüğümde, gözlerine takılı kaldığımda okulun koridorlarında maruz kaldığım şakalar ya da sınıf arkadaşlarımın bunca zaman beni dışladıkları anlar gelirdi aklıma. Neden artık zihnimde patlayan düşünceler bunlardan ibaret değildi?

O boşluğa baktığımda artık, arkamdan atlayışı düşüyordu aklıma. Ne zaman baksam yüzüne, sırtım duvara yaslandığında yüzünün yüzüme, bedenin bedenime olan yakınlığını yeniden hissediyordum. Neden bilmiyordum ama bu, sıcak bir şey içtiğimde bilerek dilimin ucunu yakışım gibiydi. Bir uyanış gibiydi. Nefret eder gibi oluyordum ama çok seviyordum bu hissi. Ya da sevmiyor, her an yeniden talep ediyordum hissetmeyi; anlatamıyordum bile. Yabancıydım. Yabancıydım bu hisse.

"Lafını geri al." Ayağa kalkıp karşıma dikildi. Nefes alış verişim sıklaşmıştı yakınlığından dolayı. Yüzünü yüzüme eğmiş, beni geriye yönlendirirken sırtım tezgâha yaslandı bir an. *Bir çıkmaz sokak daha.* "Ada," diye mırıldandı, bir elinin belime sarıldığını hissettim. Kulağıma eğilmişti. Nefesi saçlarımın arasındaydı. "Lafını geri al."

"Neden?" diye sordum, tartışmaya açık bir tonla. "Eğer gelmeseydim, her koridor kalabalığına çıktığımda hakkımda konuşan birilerini işitmezdim, sırf bu yüzden herkesin gitmesini beklemezdim sınıftan çıkmak için. Telefon numaram bar tuvaletlerine yazılmazdı. Eğer gelmeseydim belki Çisem'den başka arkadaşlarım da olurdu. Eğer gelmeseydim benimle çıkmak isteyip dalga geçmek için eken ya da soyunma odalarında sıkıştırmak için fırsat kollayan çocuklar olmazdı etrafımda..."

Çenemi kaldırmış, dik bir ifadeyle bakıyordum suratına. Çenem iki parmağı arasına yerleşti. Yüzüne bakamayacağım kadar yakınımdaydı. "Eğer gelmeseydin," diye mırıldandı, çenemdeki tutuşu kaybolduğunda. Parmaklarının tersini hafifçe çeneme sürtmüştü. "Beni bu koca *kalede* yalnız bırakmış olurdun."

Sanki kastettiği onu bu evde yalnız bırakmak değildi. Sanki kastettiği, onu bu hayatta yalnız bırakmaktı.

"Reşit Bey yalnız kalmaktan hoşlandığını söylemişti." Hâlâ nasıl konuşabiliyordum bilmiyordum.

Saçımı kulağımın arkasına itti. "Reşit Bey seni tanımıyor," diye fısıldadığında gözlerimi kapattım. Her ne yapıyorsa, gözlerimi kapattığımda daha yoğun hissediyordum.

Gök gürültüsünü duydum. Ardından dudakları benimkilere çarptı, gözlerim kapandı, sıcak nefesini ve dilini hissettim ama hepsi bu kadardı. Geri çekildi, "Reçel güzelmiş. Kendileri yapıyorlar burada bildiğim kadarıyla, bir ara ellerine sağlık dileyeyim," dedi konudan alakasız. Şaşkınlıkla suratına baktığım sırada yüzüne o keyifli ifadesini yerleştirmiş, yüzümü izliyordu.

O an fırının alarmı çalmaya başladı. Kurabiyeleri unuttuğum aklıma bile gelmemişti.

Fırına koşturdum, o an yapabileceğim en mantıklı hareket buydu. Neyse ki kurabiyeler yanmamışlardı. Sadece kurduğum alarm çalmıştı. Yalnızca pişmişlerdi.

"Ödüm patladı yaktım diye," diye söylenerek, elimi kalbimin üzerine koyup geri çekildim yoğun nefes alış verişlerimin arasında. Düzensiz nefeslerimin kurabiyelerle alakası yoktu.

Varis seslice nefes vererek homurdandı. "Bıraksaydın da yansalardı."

Onu duymazdan geldim. Kalın eldivenleri elime geçirip fırının kapağını açtım, ardından tepsiyi çıkartıp tezgâhın üzerine bıraktım ve fırının kapağını kapattım. Eldivenleri çıkartırken gururla tepsiye bakıyordum. Gerçekten iyi pişmişlerdi. "Süt sever misin?" Bir tabak çıkartıp kurabiyeleri içine dizmeye başladım. "Bunlar sütle güzel gidiyor."

"Kahveye bile süt koymam," diye mırıldandı kollarını göğsünde birleştirmiş, yanımda dikilirken.

"Sütlü kahve çeşitlerini aşağılıyorsun şu an." Kurabiyelerden en yenilebilir sıcaklıkta olanını kaldırıp ona uzattım. "Al, tadına bak."

Yanındaki bar sandalyesine oturup gözlerime baktıktan sonra kurabiyeye uzandı. "Hasta adama kurabiye mi yapılır ya?"

"Paşa hazretleri ne istediğini baştan söyleseydi de onu yapsaydım o zaman." Tabağı tezgâha bırakıp ellerim belimde ona döndüm. Hemen yanımdaydı, karşımda oturuyordu. Kurabiyeye sanki uzaylıymış gibi garip bakışlar atıyordu.

Gözlerimle kurabiyeyi işaret edip "Ye," dedim hayırı cevap olarak kabul etmeyeceğimi belirten ses tonumla.

Önce kokladı kurabiyeyi. Ardından bir ısırık aldı. Kurabiyenin yarısı artık ağzındaydı. Sırıtarak surat ifadesini izledim. Çiğnedi, gözlerini etrafta gezdirdi, bana baktı, ardından tekrar gözlerini kaçırdı. Yuttuktan sonra öksürmeye başlamıştı bir anda.

Kaşlarımı çatarak "Boğazına mı kaçtı?" diye sordum şaşkınlıkla. Hızlı bir şekilde su bardağı alıp içine su doldurdum ve ona uzattım. Varis ayağa kalkmış, öksürmeye devam ediyordu. Suyu alıp birkaç yudum içtikten sonra "Zehir mi koydun kızım bunun içine?" diye söylenerek mutfaktaki büyük pencerelere yürüdü ve birini açıp içeri temiz hava girmesini sağladı.

Temiz havayla birlikte dışarıdaki fırtınanın bütün gürültüsünü de içeri buyur etmişti. Rüzgâr davetsiz bir misafir gibi Varis'in saçlarından geçiyor, şampuan kokusunu suratıma çarpıyor ve doğruca eve ilerliyordu.

"Doğru düzgün çiğneseydin," diye homurdandım tepsinin geri kalanını tabağa dizerken. Bir tane alıp tadına baktığımda gayet güzeldi kurabiye, olması gerektiği gibiydi. Nasıl boğazına kaçırmayı başarmıştı bilmiyordum.

Tezgâhı silip malzemeleri yerine yerleştirdiğimde Varis pencereyi kapattı. Ben mutfak kilerinden çıkarken zil çalmıştı.

Göz göze geldik.

"Kimseyi beklemiyordum," dedi tok bir sesle.

"Belki Reşit Bey'dir." Omuz silktim. "Ya da baban gelmiştir..."

"Babam yurtdışında, bir haftadan önce dönmez." Yanımdan geçip kapıya doğru yürüdü. Bu sefer ben de peşinden çıktım mutfaktan. Kim olduğunu merak etmiştim.

Kapıya kadar peşinden yürüdüm. O kapı koluna uzandığı sırada yanında duruyordum, göz göze geldik. Ardından kapıyı açtı ve kendine doğru çekti geri çekilirken.

Kapıda uzun, simsiyah saçları olan olgun bir kadın dikiliyordu. Muhtemelen otuzlarının sonundaydı. Jilet gibi bir eyeliner çekmiş, hayatımda gördüğüm en kırmızı, mat ruju sürmüştü. Yine siyah, kalın bir kaban ve siyah fötr şapka takıyordu. Şemsiyesi kırmızıydı. Uzun tırnakları kırmızıydı. Kırmızı sevdiği gerçekten belli oluyordu.

Kapı açıldığında, göz göze geldik. Ardından Varis'e döndü ve suratına bir gülümseme yayıldı. "Tatlım," dedi samimi olmadığı sesinden anlaşılır bir tınıyla.

Önce bu kadının kim olduğuna ihtimal vermeye çalıştım ama yaşı, görünüşü ve sesindeki tını dolayısıyla hiçbir şey düşünememiştim kılıfına uygun. Daha sonra kafamı çevirip Varis'e bakmayı akıl edebildim. *Hiçbir şey.* Hiçbir ifade yoktu yüzünde. Dümdüz, keskin hatlarıyla kadına bakıyordu yalnızca. Eski hâline dönmüş gibiydi bir anda. Soğuk, mesafeli, katı.

"Varis'in bu kadınla bir geçmişi vardı."

Kadın otuziki diş sırıtarak hafifçe öne eğildi ve "Beni içeri almayacak mısınVarisciğim?" diye sordu. Bir yandan da bana kaçamak bakışlar atıyor, kim olduğumu merak ediyordu.

Kadın, sivri topuklu kırmızı rugan çizmelerinden birini kapıdan içeriye attığı an mermerde tok bir topuk sesi yankılandı. Varis anında tepki verdi. Gözlerini kapatmış, bu sesten iğrenircesine nefesini tutmuştu.

Kadının önüne tek bir adımda geçip geriye adım atmasını sağladığında ufak transından çıktığını düşündüm. "Senin ne işin var burada?" Sesi öyle soğuk, öyle tehditkârdı ki bütün tüylerim ayağa kalkmıştı. Sanki beş dakika önce mutfaktaki Varis değildi. *Ve değildi de.*

Bu yönünü çok çabuk unutmuştum.

"Aramalarıma cevap vermiyordunuz," diye mırıldandı kadın mağdur bir ifadeyle. "Sen de, biricik kuzenin de. Ben de ufak bir ziyarette bulunayım dedim." Sakince kafasını oynatıyordu konuşurken. Ardından geri çekildi ve tebessüm etti. "Beni böyle mi karşılıyorsun, *oğlum*?"

Oğlum mu?

Kalbim bir ritim kaçırdı. Nefesim ciğerimde sıkışıp kalmıştı. Bu kadın Varis'in annesi miydi? *Olamazdı.* Öyle miydi?

Varis cebinden telefonunu çıkardıktan sonra kadının gözlerinden gözlerini çekmeden telefonu kulağına götürdü. "Reşit Abi, acil gelebilir misin buraya? Bir sorunumuz var."

Kadının suratı anında düştü. "Dalga mı geçiyorsun?"

"Arazime iznim olmadan girdin, bunun da haneye tecavüz sayıldığını biliyor muydun?"

İfademi kontrol edebildim fakat göğsümde oturmuş bağdaş kuran Ada açık kalan ağzını bir türlü kapatamamıştı. Varis annesini evden mi kovuyordu? Neler olmuştu böyle? Ona bunu yaptıracak ne yaşanmıştı?

"Varis, ciddi değilsin herhalde." Kadın gergince etrafına baktı. Ardından tekrar ona döndü. "Reşit Efendi'ye gerek yok, ben kendim giderim."

Reşit Bey arkadan siyah şemsiyesiyle göründüğünde, Varis gözünü bile kırpmıyordu. Kadın arkasından gelen "Sahra Hanım, buyurun arabaya kadar eşlik edeyim," sesiyle yerinden sıçradı. Reşit Bey'in sesinin bile bu kadar soğuk çıkabildiğini bilmiyordum.

"Varis..." diyerek bir cümleye başlayacak gibi oldu kadın ama Varis kapıyı suratına kapattı.

Kapıya diktim gözlerimi, ne düşüneceğimi bilemez bir hâlde. Az önce ne olmuştu öyle? Kadının biri gelip tatlı tatlı konuşmaya çalışmış, içeri girmek istemişti. Varis de kadını, araziye izinsiz girmekten dava açabileceğiyle korkutmuş kapı dışarı etmişti. Reşit Bey'in, adının Sahra olduğunu duyduğum kadını arabaya kadar eşlik edip bu yağmurda karakola götürdüğünü hayal ediyordum da...

Gözlerimi Varis'e çevirdim ama o dönüp odasına giden koridora saptığında sessizlikle cevabını vermişti. Yine de peşinden takip ettim. Koridoru geçtim, aralık bıraktığı kapıdan odasına girdim. Ben girdiğim an banyonun kapısı kapanmıştı.

Bir süre su sesi geldi, yüzünü yıkadığını düşündüm. Sehpanın karşısındaki koltuklardan birine oturmuş, üşüyen ellerimi ısıtmak için bacaklarımın arasına sıkıştırmış çıkmasını bekliyordum. Banyo kapısı nihayet açıldığında, Varis'in saçlarının alnına düşen kısımları ıslanmıştı. Tahmin ettiğim gibi yüzünü yıkamıştı.

"İyi misin?" Dudaklarımı birbirine bastırarak, sessiz kalma isteğimle başa çıkarak sordum. Bir şey söylememem gerekiyormuş gibi hissediyordum bu durumda ama bir yandan da aklımdakileri çırılçıplak, filtresiz sormak istiyordum birer birer. "*O kadın annen miydi? Neden kovdun? Neden o şekilde kovdun?*"

Kimse, şimdiye kadar hiç kimse Varis'in annesinden bahsetmemişti. Babası her zaman konuşulurdu ama annesinden bahseden yoktu. Reşit Bey de ben içeri girerken babasının yurt dışında olduğunu söylemiş, annesini es geçmişti. Kimse annesinden bahsetmiyordu. *Kimse.*

Bir şey olmuştu.

Ve ben bilmediğim için çok, çok kötü hissediyordum.

Varis yatağının ucuna oturdu, dirseklerini dizlerine yaslayıp ellerini saçlarından geçirdi. Kafası dağılmış gibi görünüyordu, *hayır*, görünmüyordu; öyleydi. Kafasının içi, şu an olmak isteyebileceğim bir yer değildi.

"O kadın benim annem değil," dedi bir anda, doğrulup gözlerimin içine bakarak. "Ben küçükken babamın sekreterlerinden biriydi. Baştan çıkardı, metresi oldu, bu evde yaşadı bir süre." Hatırlaması onun için güç anılarmış gibi gözlerini kaçırdı.

Annesi değildi. Babasının eski metresiydi. Pekâlâ. "Önemli değil, anlatmak zorunda değilsin," diye mırıldanırken ayağa kalktım. O kadından nefret ediyordu, bu belliydi ama sanki nefretin de ötesinde bir şeyler yaşamış gibiydi. Yanına doğru yürüdüm.

"Hangi cüretle buraya gelebiliyor?" Yere dalmıştı, kafasını iki yana sallıyordu hafifçe. İnanamıyordu sanki az önce yüz yüze geldiklerine. "Bahçe kapısını nasıl açmış?"

Karşısına gelmiştim, bir saniyeliğine durdum. Kapıyı kapatmış mıydım? Reşit Bey açmıştı ama ben kapatmış mıydım? "Bahçenin başka giriş çıkışları da var mı?" diye sordum gergin bir tonda. "Ön kapı hariç."

"Ada," diye mırıldandı Varis histerik bir şekilde sorduğum soruya gülerek. "Burası büyük bir arazi. Onlarca kapısı var."

"Eğer Reşit Bey, tarçın almaya gittiğinde ön kapıyı kullanmadıysa..." Dudaklarımı birbirine bastırdım. "Yani ben, içeri girerken, kapıyı kapatıp kapatmadığımı hatırlamıyorum..." Kazağımın kollarını çekiştiriyordum. "Özür dilerim. Kontrol etmeliydim."

Varis yeniden güldü. "Sen nereden bileceksin o delinin kapı çalmak nedir bilmediğini?"

Aramızda bir metreden fazla vardı. Uzanıp bileğimden yakaladığında birkaç adımda dibindeydim. Ona bu kadar yakın olmak asla alışabileceğim bir şey değildi. Kollarını belimin etrafına sarıp kafasını karnımın üzerine koyduğunda ufak çaplı bir kalp krizi geçirdim. "*Ne yapıyordu?*"

Gözlerimi kırpıştırarak şaşkınca aşağı bakarken, ellerim havada kalmıştı. Geleli bir saat olmuştu belki ama iki dakika nefes almama izin vermiyordu doğru düzgün bir ritimle. Ama bir yandan da... Bilmiyordum, belki de onun için zor bir andı o kadınla karşılaşmak. Öz annesine ne olmuştu o zaman, o kadın babasının metresiyse? Aynı evde mi yaşamışlardı bir adam, iki kadın, bir çocuk? Sahra denilen o kadın, kuzenini de aradığını ama açmadığını söylemişti. Milas'ı da rahatsız ediyordu.

Ellerimin sakince omuzlarına düşmesine izin verdim. Varis'in gözleri kapalıydı. Karışmış birkaç tutam saçı düzeltirken bir anda gözlerini açtı. Elimi çektim.

"Bence sen uyu." İki elim de omuzlarındaydı. "Yaralısın. Üstelik çok fazla ayakta geziniyorsun, eminim eve gelirken doktorla böyle anlaşmamışsınızdır."

"Tamam," diye mırıldandı, ardından bir anda, hiç beklemediğim bir anda kazağımın eteklerinden çekiştirip kafasını kazağın içine soktu. Saçları ve yanağı çıplak karnıma yapışmıştı. "Burada uyurum."

Çığlık atmak üzereyken kazağımı çekip kafasını dışarı çıkardım, geri çekilmek istemiştim ama belime sarılı kolları bırakmamıştı. Kollarımı karnıma sararak bir daha yapmasını önlemeye çalıştım. "Sen iyice başa çıkılamaz bir şey oldun!"

"Sanki önceden başa çıkabiliyordun da." Varis yarı homurdanış, yarı bir gülüş sergilemişti bu lafıyla.

"Ciddiyim," dedim gözlerinin içine bakarak. Kafasını kaldırdığında çelik grilerle buluştu gözlerim. Şeffaflaşmış gibiydi o gri boşluklar, biraz daha baksam neredeyse ne hissettiğini anlayabilecektim.

Omuz silkti. "Ben de ciddiyim. Yani uyumayı sevmiyorum derken."

Karnımın etrafına sardığım kollarımı serbest bırakarak bir şeyler düşünmeye çalıştım. Ne söyleyebileceğimi, ne yapabileceğimi bilmiyordum. Yalnızca sessizlik vardı, bir de pencereye vuran öfkeli yağmur taneleri. Belki de öfkeli olan bir tek onlar değildi.

Varis Adin'in duygularını gizleme konusundaki profesyonelliği tartışmaya açık değildi. Bugün, o kadını gördükten sonra içinde bir öfke ateşi yandığından emindim. Sadece dışarıya çıkan dumanı görememiştim. Belki de o böyle yapıyordu, hep böyle yapmıştı.

Kararan havaya baktım, bahçenin loş aydınlatmalarını görebiliyordum. Birden esnedim, elimle ağzımı kapattım. Gözlerimi kırpıştırarak yeniden önüme dönüyordum ki, Varis'in belimdeki kolları çekildi ve ayağa kalktı. Nereye gittiğini görmek için dönecekken arkama geçtiğini fark ettim. Ben arkama geçtiğini fark edene kadar ise birden ayaklarım yerden kesilmişti.

Şaşırmama, sorgulamama izin vermeden beni yatağın üzerine bıraktığında başımın gömüldüğü yastığa yabancı bir bakış attım. Üzerimden atlayıp yanıma geçti. Kaşlarımı çatarak, anlamaz bir ifadeyle baktım suratına. Hemen yanımdaydı, dirseğini yastığa yaslamıştı çenesini ise avucuna. "Uyumayı sevmediğini söylediğini sanıyordum?"

"Uzanıp dinlenebilirim." Omuz silkti.

Hafifçe, dirseklerimin üzerinde kalkmaya çalıştım ama karnımdan baskı uygulayarak tekrar yatmamı sağladığı için gerisingeriye tekrar yatmıştım. "Yat," dedi tok bir sesle.

"Ama kurabiyelerim?" diye sordum, sesim uykuluydu. Yorgundum ve burası sıcaktı. Yorgundum ve yatak çok rahattı.

"Kimse yemiyor kurabiyelerini."

Kaşlarımı çatarak suratına baktım. Sırtüstü yatıyordum, hemen tepemdeydi yüzü. "Beğenmedin mi?"

Şaşırmıştı. "O anlamda demedim."

"Ama beğendiğini de söylemiyorsun."

"Beğendim, Ada. Oldu mu?"

"Olmadı. Zorla söyledin şimdi de."

Gülerek kendini yüzüstü yatağa devirdiğinde, şaşkınlıkla kafamı kaldırıp ona baktım. *"Vayy! Varis Adin de gülebiliyormuş."*

Bir süre sonra, yağmurun pencereleri dövüşü hafiflediğinde yatağın bir köşesine doğru kıvrılmış uykuya dalmak üzereydim. Nefeslerim ağırlaşmıştı. Yoğun bir hafta olmuştu, değil mi? Öyle olmuştu. Hafifçe esnedim. Bir mırıldanış için açtım ağzımı son kez, gözlerim kararırken. "Kurabiyelerimi beğenmediğini biliyorum..."

Yüzüme düşen bir tutam kulağımın arkasına sıkıştırıldı. Hemen yanımdaydı. "Öyle değil..."

Elindeki son lokmaya baktı küçük kız, dudaklarını büzerek. Nasıl olurdu da yılbaşı kurabiyeleri bu kadar küçük olurdu? Ağaç şeklinde olanlardan almadığına pişmandı, neden kardan adamlıdan almıştı ki? Ağaçlılar daha büyüktü. Yanlış yapmıştı. Ama artık birisiyle takas etmek için de çok geçti, çünkü kurabiye midesindeydi.

Son lokmayı uzun uzun çiğnedi. Annesi evde bunlardan yemesine çoğu zaman izin vermiyordu. Ablası okul kantininden ona paket paket top çikolata getiriyordu ve mutfağa saklıyordu sadece. Bu yüzden ne zaman ablası eve gelse merdivenlerden aşağı koştururdu sevinçle. Hafta sonları hariç. Zaten hafta sonları, Varis gelip bütün sütlü çikolata toplarını yiyordu. Küçük kıza sadece acı olanlar kalıyordu.

Ama bu kurabiye öyle değildi. Bu kurabiye tatlıydı. Bez bebekleri kadar tatlıydı. Ablasının gülüşü kadar tatlıydı. Varis'in gözleri kadar tatlıydı.

Öğretmenine baktı. Sepette hiç kurabiye kalmamıştı. Kalkıp paketi elinde buruşturdu ve çöp kutuna attı. Ardından gözlerini etraftakilerin üzerinde gezdirdi. Ne yazık ki, herkes kurabiyesini çoktan yemişti. Hatta küçük kız, en ağırdan alanlarıydı yeme kısmını çünkü uzun süre yemek istemişti.

Daha sonra köşede oturmuş, kitap okuyan çocuğa takıldı gözleri. Çocuğun masasında, kitabının hemen yanında gördüğü şey, paketi açılmamış bir kurabiye daha mıydı? Gözlerine inanamıyordu. Evet, kurabiyeydi. Varis kurabiyesine dokunmamıştı bile.

Küçük kız neden dokunmadığını hemen anladı. Çenesini kaldırdı ve dik bir şekilde, gururla yürüdü küçük çocuğun yanına. Bu yaptığıyla hem bir kurabiye daha yiyecekti, hem de arkadaşına iyilik yapmış olacaktı.

"Varis," dedi elbisesinin eteklerinden tutup çocuğun yanına otururken. Gözleri önündeki masadaki kurabiye paketindeydi. "Senin tarçına alerjin var. Kurabiyeni bana versene."

Çocuğun dikkati dağıldı, kitabına odaklı değildi artık. Kafasını kaldırıp küçük kıza doğru döndü. "Annen kızmaz mı?"

"Eğer söylemezsen, kızmaz," dedi küçük kız gülerek. "Ablam, annemin her şeyi bilmesi gerekmediğini söylüyor. Ayrıca yılbaşında çocuklar istediğini yemelidir."

Çocuk omuz silkti. "Tamam. Ye o zaman."

Küçük sarışının eli kurabiyeye uzandı, paketin içinin dolu olduğuna inanamıyordu. Böyle bir lezzeti uzun zamandır tatmamıştı. Annesi günde bir bardak sıcak çikolata içmesine izin veriyordu ama bu yüzden sürekli sebze tabakları geliyordu önüne yemeklerde. Eğer kurabiye yediğini bilse... Hem de iki tane...

Kurabiye çabucacık bitti. Küçük kız paketini atmak için ayağa kalktığında, artık uyku vakti gelmişti. Soyunma kabininde eşofmanlarını giymek için ayrıldı sınıftan. Bazı sabahlar annesi okul eşofmanını çantasına koyuyor, güzel elbiselerle gönderiyordu onu okuluna. Bu da o sabahlardan biriydi. Küçük kız, uyurken elbiseyle rahat edemediğinden sonradan değiştirmek zorunda kalıyordu. Eğer elbisenin üzerinde yemek lekesi varsa annesi çok kızıyordu. Eğer elbise tertemizse, bahçede oynadığında toz toprak bile olmamışsa annesi ödül olarak şeker veriyordu. Böyle ufak oyunlar oynuyordu annesi, ablasıyla birlikte küçük kıza. Ödüller ve cezalar vardı.

Küçük kız, dolabında yastığını bulamadı. Öğretmeninin yanına gitmek istedi ama sınıfta değildi, dışarıda bir veliyle konuşuyordu.

Eli boş bir şekilde uyku salonuna yürüdü. Herkes yastığını almış, başını üzerine yerleştirmiş uykuya dalmaya çalışıyordu. Küçük kız nefret ediyordu burada uyumaktan, eğer burada uyursa akşam uyuması gereken saatte uyku tutmuyordu bir türlü. Ablası, yataklarının altında öcüler ve dolaplarında saklanan hayaletlerden bahsedip korkunç hikâyeler anlatıp duruyordu küçük kıza, eğer uyumazsa. Küçük kız ağlaya ağlaya ablasının yatağına tırmanıyor, onunla uyuyordu bu yüzden bazı geceler. Sabah anneleri öğrendiğinde çok kızıyordu ablasına ama ablası yine de yapıyordu.

Herkes yastıklarının üzerine devrilmişken, her zamanki köşesinde oturan siyah saçlı, gri gözlü çocuğa ilişti küçük kızın gözleri. Varis, hiçbir zaman uyumazdı burada. Öğretmen kızdığında başını yastığa koyardı ama gözlerini kapatmazdı. Küçük kız, hep Varis'in yanına yastığını koyup yattığı için biliyordu bunları. Varis uyumaktan nefret ediyordu. Merak ediyordu küçük sarışın, uykusuz bir hayat mümkün müydü? O zaman Varis hiç uyumuyor muydu? Tatlı rüyalar da mı görmüyordu?

Ama tatlı rüyalar çok güzeldi. Varis keşke uyusaydı.

Uyuyan bedenlerin arasından ses çıkarmamaya çalışarak geçti küçük kız, ardından Varis'in yanına oturup bağdaş kurdu.

"Yastığın nerede?" diye sordu Varis, etraftakiler duymasın diye fısıldayarak.

Küçük kız öne eğildi. "Bilmiyorum. Ama sanırım, dadım kuru temizlemeye gönderdikten sonra almayı unuttu."

"Al," dedi Varis, yastığını ona uzatarak. "Ben uyumuyorum zaten."

"Ama öğretmen çok kızar." Küçük kız ellerini sallayarak reddetti bu teklifi hızlıca. Aslında biliyordu, Varis asla küçük kıza iyi davranmazdı. Şimdi yastığını vermesinin tek sebebi, öğretmene gidip yastığı olmadığını söyleyerek uyku salonundan çıkmak istemesiydi. Varis, küçük kızı kullanmak istiyordu.

Küçük kızın aklına bir fikir geldi. Hâlâ Varis'in tuttuğu yastığı aldı, yere koydu, başını yaslayıp uzandı. Ardından dizlerini gösterdi. "Sen de dizlerime kafanı koy."

Varis suratını buruşturdu. "Ne? Öyle bir şey yapmam!"

"Ama öğretmen çok kızar!"

"Bana ne." Omuz silkti Varis. İstemiyordu işte.

Küçük kız doğrularak, bilerek doldurduğu gözleriyle, dudaklarını büzerek baktı küçük oğlana. "Ama... Ama..." Bir yaş süzüldü gözlerinden.

Bir "Of," çekti Varis. "Tamam! Koyacağım. Yeter ki ağlama. Ağlayınca çok çirkin oluyorsun."

"Yani ben güzel miyim?"

"Hayır, çirkinsin. Ağlayınca daha çirkin oluyorsun sadece."

Küçük kız somurtarak başını tekrar yastığa yasladı. Birkaç saniye sonra, Varis'in karmaşık bakışlarının ardından başını dizlerine koyduğunu hissetmişti. Fakat hemen ardından suratını buruşturarak kalktı oğlan. "Bacaklarına yatmak taşa yatmak gibi. Kafamı yere koysam daha az acır!"

"Ya..." Küçük kız kesik bir nefes çekti ciğerlerine. Ardından karnını gösterdi. "Karnıma yatsan? Olmaz mı? Karnım yumuşak, söz, bak." Kalkmadan, Varis'in eline uzandı ve karnına götürdü küçük kız. Varis bir kızın eline, bir de gözlerine baktı.

Ardından kafasını sallayıp kafasını kızın karnına yasladı.

"Varis," diye mırıldandı kız, bir şeyler söylemek isteyerek. Aslında hep konuşmak istiyordu onunla ama hiç izin vermiyordu oğlan. Konuşmaktan hoşlanmıyordu.

"Uyu."

Kafasını salladı küçük kız. Mesajı almıştı. "Uyudum."

İKİNCİ BÖLÜM

"Kelebek hep bana uçmak istemiş,
onu kavanoza hapsettiğimde bile.
Saçlarına konup teninde soluklanayım demiş,
kanatlarını kıracağımı bile bile."

Varis

"Süt sever misin? Bunlar sütle güzel gidiyor."

Süt sever miydim?

Bilmiyordum, doğrusu. Uzun zamandır tat alamıyordum, en son ne zaman keyifle yemek yediğimi hatırlamayacak kadar uzun zamandır. Neyi seviyordum en çok? Küçükken bu soruya cevap vermek daha kolaydı. Çikolatadan nefret ederken bile, onun çikolata paketlerini açıp sevdiğini bilerek sütlü çikolatalardan tat almaya çalışıyordum çünkü. Bir tane, iki tane, üç tane... Sütlüler bitmiş oluyordu işte. Ne buluyordu tatlılarda anlayamıyordum o zamanlar, anlamaya çalışana kadar da sütlüler bittiğinden homurdanıp duruyordu başımda.

Bilseydim acıları yer tatlıları bırakırdım, şimdi o tanıdık acı tadın peşinden koşturuyordu çünkü hâlâ.

Süt de tatlıydı. Ama süt içmiyordu çok. Sıcak çikolata içiyordu bardak bardak. Tatsız tuzsuz bir şey daha... Çikolata seviyordu belliydi.

Kurabiye... Kurabiye de seviyordu. Ne zaman anaokulunda kurabiye dağıtsalar, o kocaman yeşil gözleriyle dibimde bitip benimkini yemek istiyordu. Başta dağıtılan kurabiyeler tarçınlı olduğu için yemiyordum ama sonradan içinde tarçın olmasa da yememeye başlamıştım sırf gelsin yanıma da istesin diye.

Annesi katı bir kadındı. Öyle her istediğini yemesine izin vermiyordu her zaman. Sürekli beyaz elbiseler giydiriyordu ona da ablasına da, kirletince azarlıyordu hatırlıyordum. Ölesiyle korkuyordu annesinin okula elbiseyle gönderdiği sabahlar, kaydıraktan kaymaktan. Ceketimi bilerek salıncağa serip kaçtığım bir gün hatırlıyordum, o zaman boş boş kenardan izlemeyi bırakıp oturmuştu anca.

Aptal kız.

Aptaldı çünkü her şeyi unutmuştu.

Aptaldı çünkü hatırlamıyordu.

Aptaldı çünkü öfkemin nedenini bile bilmiyordu.

Ne yaptığını bilmiyordu.

Bana ne yaptığını bilmiyordu.

Bilse bakar mıydı böyle gözlerime? Evime gelir, mutfağımda dolanır mıydı önlükle? Öpmeme izin verir miydi, dokunmama? Ne yapardı peki? Ne yapardı bu küçük kız, ne halt yediğini öğrense?

Bir daha yüzünü dahi göremezdim, göstermezdi biliyordum. Hareketlerini tahmin edecek kadar tanıyordum onu, önce kapanır saatlerce yalnız bırakırdı kendini. Düşünür, eksiltir, biçer, tartardı kafasında her şeyi belki bin mislini omuzlarına yükleyerek. Mahvolurdu. Mahvolurdu. Görmek istemiyordum.

Ama Alena durmayacaktı. Bunu da biliyordum.

"Kahveye bile süt koymam," diye mırıldandım, kollarımı göğsümde birleştirip yanında dikilerek. Zaten tadını alamıyordum, bir de sütle mi uğraşacaktım? Kafeinse kafein, enerji veriyordu işte.

Hemen yanımda, çıkardığı tabağa diziyordu kurabiyeleri. Kurabiyeler sıcak olduğundan elini değdirmeden çatalla teker teker koymaya çalışıyordu ama her türlü eli yandığından arada çekip havada sallıyordu. Ne gerek vardı bu kadar özene? Tepsiyi devirseydi tabağın içine.

"Sütlü kahve çeşitlerini aşağılıyorsun şu an." Tepsiden ilk çıkardıklarından birine uzandığında, bana vermemesi için dua etmeye başlayacaktım neredeyse ama tam da tahmin ettiğim gibi bana uzattı. "Al, tadına bak."

Öleyim mi yani? Bu kadar mı nefret ediyorsun benden?

Bir an onun eskisi gibi hakkımda her haltı, benim bile kasıtlı yaptığımın farkında olmadığım şeyleri bile bildiği zamanlardaki kız olmadığını unutuyordum. Bahçeden söküp saçlarının arasına soktuğu çiçeklerle kitabımı çekip suratını yüzüme uzattığı, sırf peşinden atlar mıyım kontrol etmek için kendini suya attığı, acıları kalmış olsa da acıktığı için bitter çikolataları yediği zamanlardaki kızla aynı kişi olmadığını unutuyordum.

O zaman tarçının lafını bile açmazdı. Çünkü en iyi o biliyordu alerjim olduğunu. Ama karşımdaki bu kız, bilmiyordu. O kadar bilmiyordu ki, bir yabancıya bakar gibi bakıyordu gözleri ne zaman kalabalığın içinde kenetlensek. O yeşilliklerin içinde tanıdık bir his arıyordum; otuz iki diş sırıtan o küçük beyaz elbiseli kızın yüzündeki heyecanı, sevgiyi, ilgiyi arıyordum ama yoktu. Belki de hiçbir zaman olmayacaktı, hatırlamayacaktı, kendimi kandırıyordum. Belki de sadece şimdiki Varis Adin'in görünüşüne, tavırlarına, havasına kapılmıştı o da diğerleri gibi. Sürüklenip duruyordu peşimde, ben sürüklüyordum onu bilinmezliğe.

Gel diyordum, elinden tutup çekiyordum onu ama yalnızca bacakları hareket ediyordu peşimden. Karşı koyamıyordu ama istemiyordu da belki de.

Elimi çıkarıp göğsüne koysam atar mıydı kalbi onun benim göğüs kafesimde yarattığı depremler gibi? Tutsam elinden, gel gidiyoruz desem, gelir miydi her şeyi öğrendikten sonra? Terk eder miydi beni?

Kapanır mıydı yine kapılar üzerime?

Böyle küçük, ince elleri vardı onun. Ardında kilitli kaldığım kapıları açabiliyordu o ellerle. O gittiğinde, yanında annemi de götürdüğünde, o kapıların arkasında kimsesiz kalmıştım ben.

Öyle yoktu ki, öyle gitmişti ki gün aymamıştı artık sabahları. Kafamın içinde, bir yerlerde, hep geceydi. Her sarı saçlı beyaz elbiseli kızı o sanmıştım gezdiğim şehirlerde. Burnumun dibinde, Agâh Amca'nın evinde olduğunu bilsem, ne yaptığını bile bile koşardım dayanırdım kapısının önüne.

Önce kızardım hatırlamadığı için hiçbir şeyi, sonra hatırlamaya gayret etmediği için de kızardım. Çünkü eğer o zaman zorlasaydı kendini bugün bu kadar zor olmazdı onu geri getirmek.

Hemen yanımda duran bar sandalyesini çekip oturduktan sonra gözlerinin içine baktım. Hatırla. Hatırla. Hatırla. Büyüsü falan yok muydu hafıza kaybının? Şaman, hoca falan görseydik bir şeyler yapamaz mıydı?

İyice saçmaladın Varis. Bir otur Ouija tahtasıyla ruh çağır istersen.

Kurabiyeye uzandım. Yiyeceğiz mecbur. "Hasta adama kurabiye mi yapılır ya?" Homurdanarak kurabiyeyi elimde çevirirken tipini süzüyordum. Tarçınlı olmasa bütün tepsiyi yerdim ama tarçınlıydı ve ben burada soluk borum tıkansa da bunu yiyecektim.

"Paşa hazretleri ne istediğini baştan söyleseydi de onu yapsaydım o zaman," diye homurdandı tatlı tatlı, tabağı tezgâha bırakırken. Ardından ellerini beline yerleştirip karşıma dikildi, dik dik bakıyordu. Tamam ya... Yiyeceğim dedim ya...

Gözleriyle kurabiyeyi işaret ederek "Ye," dedi tok bir sesle, üstüne bastıra bastıra. Hayırı cevap olarak kabul etmeyecekti, belliydi. Yemezsem kesin basıp giderdi de bu şimdi. Bu yağmurda üstelik. İnadı inattı.

Seslice nefes vererek pes ettim ve kurabiyeyi hafifçe burnuma yaklaştırarak kokladım. Ortasındaki çilekli reçeldi, kalanı da un, yağ, şeker, tarçın işte... Battı balık yan gider kafasıyla yarısını ısırıp çiğnemeye başladım. Başta bir sorun yoktu, tarçının tadını alamıyordum zaten. Bir belirti ararken gözlerimi etrafta gezdirdim, ardından bakışlarımı ona çevirdim. Gözlerini kocaman açmış, dudaklarını birbirine bastırmış, gamzeleri iki yanağında da belirgin bir çukur oluştururken beklentiyle suratıma bakıyordu.

Ama sen bana böyle bakarsan ben bütün tepsiyi yerim.

Her şey yuttuktan sonra başladı. Boğazımdan yukarıya bir yanma hissi yükseldi, içime çektiğim nefes soluk borumda tıkanmıştı, acıdan gözlerim yanıyordu. Öksürerek hissi yok etmeye çalıştım ama yakın zamanda terk edecek gibi değildi yaktığı yeri.

"Boğazına mı kaçtı?" Şaşkınlıkla sormuştu.

Ayağa kalktım, ardından su uzattığını fark ettim elindeki bardakla. Bardağı alıp birkaç yudum içtikten sonra nefes almak için bir yer bakınmaya başlamıştım, mutfağın penceresini açarsam soğuk hava iyi gelebilirdi. "Zehir mi koydun kızım bunun içine?" diye söylenerek adımlarımı büyük pencerelere doğru attım. Ardından açıp kafamı dışarı çıkardım.

Öl dese ölecek misin Varis? Aptal mısın oğlum sen?

Dışarıdaki fırtına ağaçları yerinden sökecek cinstendi. Birkaç damla saç tutamlarımı ıslatırken temiz havanın ciğerlerime iyi geldiğini fark ettim ama biraz daha tarçın yersem muhtemelen nefes borum tıkanacağı için hastanelik olacaktım.

"Doğru düzgün çiğneseydin..."

Ada'nın kendi kendine homurdandığını duydum arkada. Pencereyi biraz açıp geriye çekilerek duvara yaslandığımda, hâlâ tepsiyi tabağa boşaltmakla meşguldü. Amma değerliydi kurabiyeleri. Ve ben daha fazla yiyemeyecektim çünkü tarçınla lanetlenmiştim.

Ada bir kurabiyeyi alıp ısırdı, ardından çiğneyip yutarken düşünceli bakışlarını tezgâhın üzerinde gezdirmeye başladı. Muhtemelen kurabiyede bir sorun olup olmadığını test ediyordu ama kurabiyede sorun yoktu. Sorun bendeydi.

Bunu bilmesine gerek yoktu.

İçerisi çok soğuduğundan pencereyi kapatmak için uzandım, o sırada birinin topuk sesleri dışarıdan kulağıma dolmuştu.

Sivri topuklar.

Üzerine örttüğüm örtüler tozlanmıştı çocukluğumun, öyle derinlere gömmüştüm ki hatıraları bir daha ne topuk sesi duyabilmişlerdi bunca zaman ne de daha fazla incinmişlerdi ama bu ses çok tanıdıktı. Kim gelirdi ki buraya? Bir kere bahçe kapıları kilitliydi, Reşit Bey dışında biri açamazdı. Herkesi kovmuştum sürekli temizlikle uğraştıkları ve kimsenin yemediği yemekleri yapıp başımı ağrıttıkları için. Kapıyı açabilecek çok az kişi vardı: Bir, babam ya da kişisel sekreteri ki ikisi de yurt dışındaydı, iki de Milas ya da amcam ama onların da topuklu ayakkabı tercih etmeyeceklerini düşünüyordum.

Mutfak çıkışına doğru döndüğümde Ada'yla göz göze geldik. "Kimseyi beklemiyordum."

Omuz silkti. "Belki Reşit Bey'dir. Ya da... Baban gelmiştir."

"Babam yurt dışında, bir haftadan önce dönmez," diye mırıldanırken yanından geçip doğruca kapıya doğru attım adımlarımı. Eğer tahmin ettiğim kişi geldiyse belasını sikecektim bu sefer.

Ada'nın arkamdan geldiğini biliyordum ama düşüncelerimin arasında o kadar gerilmiştim ki sadece kapıya odaklanmıştım. Kapı koluna uzandığım sırada Ada yanımda durdu ve göz göze geldik, o an onu omzuma atıp mutfağa kilitleme isteğiyle dolup taştım. Bu kadını görmesini istemiyordum. Hayır, bu kadının onu görmesini istemiyordum. Tanıyabilir miydi? Belki. Ama ondan öte, o kadının, artık değer verdiğim hiçbir şeye değil bakmasını, gölgesini düşürmesini bile istemiyordum.

Kapıyı açtım ve geriye çekildim. Elim kapı kolundan yanıma düşmüştü, gözlerim karşımdaki silüete odaklandığında.

Hiç kısa kestirmediği o simsiyah saçları omuzlarından aşağıya dökülüyordu tıpkı onu hatırladığım gibi; gözlerine kalem çekmişti, sanki mümkünmüşçesine daha da karanlıklaştırmıştı göz çevresini. Metreler ötesinden bile ben buradayım diye bağıran kırmızı ruju dudaklarındaydı. Siyah ve kırmızı. Başka renk bilmiyordu sanki, ne geçmişte ne de şimdi. Şemsiyesinin sopasını kavramış parmaklarına gözlerim takıldığında uzun, sivri, kırmızı tırnaklarıyla karşılaştım yine.

Sırtım karıncalandı.

Gözleri Ada'ya düşmüştü. Çek şu siktiğimin gözlerini onun üzerinden.

"Tatlım."

Derin bir nefes aldım sessizce, bu sesi bir daha hayatım boyunca duymayacağıma söz vermişti babam ama işte, yine buradaydı, bu evin önündeydi. Bir adım atsa içeri girecekti ve kâbus yeniden başlayacaktı sanki.

Çenemi o kadar sıkıyordum ki dişlerim dökülecekti.

"Beni içeri almayacak mısın Varisciğim?"

Seni içeri alacağım tek yer tımarhane olur.

Ada'ya attığı kaçamak bakışlarının arasında yumruklarımı sıktım, sivri topuklu kırmızı çizmelerinden birini kaldırıp içeriye adım attığı sırada mermerde yankılanan topuk sesi boğazımdan yukarıya yine aynı hissi tırmandırıyordu. Gözkapaklarımı birbirine bastırdım, içime çektiğim oksijen soluk borumda tıkanmıştı. Hayır. Bu eve girmiyorsun.

Tek bir adım. Tek bir adım attım ve önünü kestim. "Senin ne işin var burada?" Küfür yok, küfür yok, küfretme.

"Aramalarıma cevap vermiyordunuz," diye mırıldandı sanki mağdurmuş gibi sesini inceltirken. "Sen de, biricik kuzenin de. Ben de ufak bir ziyarette bulunayım dedim. Beni böyle mi karşılıyorsun, oğlum?"

Sen gerçekten akıl almaz bir fahişesin.

Öfkem, kafesini tımarcısının başına yıkmak üzere olan bir heybetli bir aslana dönüşüyordu yavaş yavaş. Bu hikâyenin sonunu biliyordum ama ne olursa olsun bir kadına vuran o adam olmayacaktım. Hele de Ada'nın karşısında.

Telefonumu çıkartıp Reşit Abi'yi aradım, ilk çalışta açtı. "Reşit Abi, acil gelebilir misin bir buraya? Bir sorunumuz var."

Çöp torbası da getir.

Reşit Abi onaylarak telefonu kapatırken kadının suratındaki şaşkınlık, korkuyla ortaya karışık bir duyguya dönüşmüştü. Madem tek hareketimde götün tutuşacak hangi cüretle kalkıp geliyorsun sen buraya?

"Dalga mı geçiyorsun?"

Gülmemek için zor tuttum kendimi. "Arazime iznim olmadan girdin, bunun haneye tecavüz sayıldığını bilmiyor muydun?"

"Varis, ciddi değilsin herhalde," dedi gergince, etrafına bakarak. Gözümün içine bak ve seni şurada gebertmemem için yalvar bana. "Reşit Efendi'ye gerek yok, ben kendim giderim."

Eminim giderdin. Ama bu sefer o kadar kolayca gidemeyeceksin.

Reşit Abi arkadan siyah şemsiyesiyle göründüğünde gözümü bile kırmadan, dümdüz bir ifadeyle baktım karşımdaki kadının suratına. Ne kadar ciddi olduğumu, Reşit Abi onu karakola kadar götürdüğünde anlayacaktı.

"Sahra Hanım, buyurun arabaya kadar eşlik edeyim," dedi Reşit Abi, soğuk sesiyle. Uzun zamandır böyle bir tavır sergilemediğinden bu yönünü unutmuştum.

"Varis..."

İsmini duymak bile yeterliydi kusmama, bir de utanmadan ismimi ağzına alıyordu. Cümlesine devam edeceği sırada daha fazla dayanamayarak kapıyı suratına kapatıp Ada'ya gözlerimi değdirmeden koridora doğru yürüdüm. Bu ifadeyle, bu öfkeyle, gözlerimde yatan cesetle gözlerine bakamazdım. Zaten sözlerime inanmıyordu sırf gözlerimde teyit edemediği için, bir de az önce şahit olduğu sahneden sonra muhtemelen katettiğim yol başıma yıkılmıştı.

Odama geçtim, ardından da banyoya. Ben banyonun kapısını kapatırken Ada'nın odaya girdiğini görmüştüm ama söyleyecek bir şeyim yoktu.

Ya da vardı. En azından olmalıydı. İlişkiler böyle inşa edilirdi değil mi? Kaçarak, saklayarak değil. Aksine anlatarak, üzerine giderek...

Dillendiremeyeceğim tek şeydi oysaki bu. Sorsa anlatmayacağım hiçbir şey yoktu ama anlatamayacağım şeyler vardı.

Ellerimi lavabo mermerine yaslayıp suratıma soğuk su çarptım. Bak Ada, ben çocukken, annemle babam kâğıt üstünde evliliklerine devam ederken başka bir kadınla daha yaşadım bu evde. Herkes gittiğinde, topuk sesleri merdivenlerde yankılanmaya başlıyordu ve dünya birkaç saatliğine kararıyordu. Babama anlatmak istedim ama beni dinlemedi. Annem velayetimi alacaktı ama sen gittiğinde onu da götürdün yanında.

Sonra ben senelerce aşağılık bir soytarıyla dört duvar arasında kaldım.

Sen, beni bu dört duvarın arasında yalnız bıraktın.

Ve adım gibi biliyorum ki yeniden yapacaksın.

Dolaptan bir havlu alıp yüzümü sildikten sonra havluyu tezgâhın üzerine fırlattım, ardından kapıyı açıp dışarı çıktım. Ada orada, odanın ortasında, büyük yeşil gözlerini kocaman açmış bana bakıyordu. "İyi misin?"

İyi misin mi? Aklından neler geçirdiğini biliyordum. O kadının kim olduğunu merak ediyordu, neden kovduğumu merak ediyordu. Ama bunları tak diye sormak için fazla düşünceliydi çünkü kendisine de sorulmasını istemediği sorular vardı birtakım.

Gözlerimi ondan çekerek tembel adımlarla yatağımın ucuna oturdum, bacaklarımı açarak dirseklerimi dizlerime yasladım ve ellerimi yüzümden saçlarıma doğru kaydırdım. Gerçekten ne diyebileceğimi bilmiyordum.

Onu ilk gördüğüm gün, okulda, bas bas bağırmak istemiştim suratına bir yabancıya bakar gibi baktığı için bana. Hiçbir şey hatırlamadığı gerçeği beş parmak izini bırakmıştı çünkü yanağıma. Ne kendini bırakmıştı bende ne de annemi. Bahçemdeki bütün hayatı, bütün yeşili emmiş gözlerine geçirmişti, sanki Tanrı her baktığımda ceza çekmem için. Bir yıldan uzun bir süre görmezden gelmeye çalışmıştım varlığını ama her gece kulağınıza çocuk şarkıları mırıldanan küçük bir kızın hayaletiyle uyumaya çalışmak çok zordu.

Su rahatlatırdı. Su onu hatırlatıyordu. Havuzun en dibine yüzüp oturuyordum bağdaş kurarak mermere, nefesimi tutup gözlerimi kapatıyordum ama ilk gördüğüm yine onun koridordan geçerken üzerime çevirdiği yemyeşil gözleri oluyordu. Ders çalışıyordum, olmuyordu. Koşuyordum, olmuyordu. Yüzüyordum, olmuyordu. Yemek yerken bile olmuyordu. Zaten hiç uyunmuyordu.

Ama onun başka bir erkekle çıkacak olma fikri, hayır, işte bu beni harekete geçiren şey olmuştu. Bir trafik ışığında aynı anda hem kırmızı hem de yeşil yanabilir miydi? Ada da bu yüzden beni anlamıyordu. Ben bile beni anlamıyordum çünkü.

Ama artık değil.

Artık değil.

Babam istediği adamı yerle bir edebilirdi ama ben bu kızı suçsuz olduğunu bile bile göğsümün ortasındaki yerinden edemezdim.

Benim çürümüş bahçemdeki tek çiçekti o. Sağ kalan tek şeydi.

"O kadın benim annem değil," diye mırıldandım, gözlerimi gözlerine çevirerek. Yutkunmuştu. "Ben küçükken babamın sekreterlerinden biriydi. Metresi oldu, bu evde yaşadı bir süre."

O kadın... Işıkları kapatıp uyuyamamamın sebebi oldu.

Lambalar söner Ada, sen hiç kapatamayacağım, sönmeyen o ışık ol geceleri bana.

Ne olur.

Desem, anlar mısın beni? Bilmiyorum. En çok da bu koyuyor.

Gözlerimi kaçırdım. Zaten ne zaman kendime iki dakika dürüst olmaya çalışsam ya kendimi kaçırırdım mekândan ya da gözlerimi.

"Önemli değil, anlatmak zorunda değilsin," diye mırıldanırken yanıma doğru yürüyordu yavaş adımlarla. Bir yanım kendi isteğiyle kollarını bana dolamasını öyle çok istedi ki o an ama bunun için çok fazla tanıyordum onu. Henüz o camdan duvarlarını aşamamıştım her ne kadar içeride ne olduğunu görebiliyor olsam da. Ben bir adım atmadığım sürece ortada buluşamayacaktık.

İnatçı kara parçası.

"Hangi cüretle buraya gelebiliyor?" Boş boş konuşuyordum yine, sanki cevabı Ada'daymış gibi. "Bahçe kapısını nasıl açmış?" Evet, bu gerçekten merak ettiğim bir konuydu işte. Ada gittikten sonra ilk iş güvenlik odasına inip kameraları kontrol edecektim.

Ada'nın adımları tam karşımda tereddütle durduğunda, hafifçe kaşlarımı çatarak ona baktım. Kafası karışmış gibi görünüyordu. "Bahçenin başka giriş çıkışları var mı?" diye sordu, gözlerini üzerime çevirirken. Gergin miydi o? "Ön kapı hariç."

Kapıyı açık bırakmıştı.

"Ada," diye mırıldandım, histerik bir şekilde gülerek. "Burası büyük bir arazi, onlarca kapısı var." Bu onu suçlu hissettirecekti ve ben bu duyguyu ondan nasıl söküp atabilirim bilmiyordum.

Yani... Kapıyı açık unutmasan iyi olurdu... Ama unutmuşsan da... Sorun değil...

"Eğer Reşit Bey, tarçın almaya gittiğinde ön kapıyı kullanmadıysa... Yani ben, içeri girerken kapıyı kapatıp kapatmadığımı hatırlamıyorum." Gergince dudaklarını dişlediğinde gözlerim gözlerinden biraz aşağıya, dudaklarına kaydı. Ben de dişleyebilir miyim? "Özür dilerim, kontrol etmeliydim."

Gülerek uzandım ve elinden yakaladım. "Sen nereden bileceksin o delinin kapı çalmak nedir bilmediğini?" Deli.

Ne kadar hafif bir kelime tercihiydi. Bana geri ödemen gereken çok şey var Ada.

Kollarımı belinin etrafına dolayıp onu kendime çektiğimde, bedeni bacaklarımın arasına girdi. Kafamı karnının üzerine yaslayıp gözlerimi kapattığımda kasıldığını hissetmiştim, nefesini tuttuğunu da. Soru şuydu, herhangi birinin yakın teması da onu bu kadar heyecanlandırıyor muydu yoksa bana özel miydi?

Ya da soru şu olmalıydı: Başka birinin yakın temasına izin verir miydi?

Beni ittirmiyordu en azından artık.

Bir süre sonra havada kalan ellerini omuzlarıma koyduğunu hissettim, hafifçe dudaklarımın kenarı kalkmıştı yukarıya. İttirmeyecekti.

Alnımdan geriye ittiğim saçlarımın arasında parmaklarının hareketliliğini hissettiğimde sertçe yutkundum. İttirmiyordu, üstüne bir de saçlarıma mı dokunuyordu?

Kaptım seni.

Yine kaptım.

"Bence sen uyu. Yaralısın. Üstelik çok fazla ayakta geziniyorsun, eminim eve gelirken doktorla böyle anlaşmamışsınızdır."

Hafifçe güldüm. O söyleyene kadar çok değil iki gün önce karnıma ok saplandığını anımsamayacak kadar unutmuştum yaralı olduğumu. Hissetmediğimdendi belki de. İlaçlar yüzündendi muhtemelen, zaten uykumu getiren de yine ilaçlardı. Şu an başımı yaslasam yastığa uyurdum çünkü öğlen o gelmeden önce içtiklerim ağırlık yapmıştı.

"Tamam," diye mırıldandım, aklıma gelen kısa bir anının silik sahneleri aklıma canlanırken. Ardından kazağını kaldırıp başımı içine soktum ve başımı çıplak karnına yasladım bu sefer. Artık sal kendini Ada. Bırak artık kendini bana. "Burada uyurum."

Bir an hatırladığını hayal etmek istedim ama öyle olsa tarçınlı kurabiye yapmazdı. Şüphelenir bir hâli de olmamıştı hiç ben öksürerek pencereyi açarken bile, gerçekten hiç umut yoktu. Belki de hiç hatırlamayacaktı.

Bazen hatırlamasın istiyordum.

Sonra Alena'nın öfkeli bakışları beliriyordu karşımda. İşte o zaman bu oyunun daha başından kaybedildiğini fark ediyordum.

Ada kazağını kaldırıp başımı içeriden çıkardı, böylece artık onu solumaz oldum. Duş jeli çok hoş kokuyordu. Geri çekilmeye çalıştığında belindeki kollarımı sıkılaştırdım, kaçamayacağını bilmeliydi. Eğer en başında rahatsız olsaydı geri çekilirdim ama o saçlarımla oynamayı tercih etmişti.

"Sen iyice başa çıkılamaz bir şey oldun!" diye hayıflandı ama sanki dalga geçiyordu, sanki iki gıdıklasam gülecek gibiydi.

"Sanki önceden başa çıkabiliyordun da." Yalansa yalan de.

"Ciddiyim," dedi gözlerimin içine bakarak, hafifçe kafasını eğerken. Başımı kaldırmış ona bakıyordum.

Omuz silktim hafifçe. "Ben de ciddiyim. Yani uyumayı sevmiyorum derken." Uyumak istemiyordum. Çocukluğumdan beri böyleydi bu. Sabahlara kadar yüzer, kitap okur, ders çalışır, çocuklarla takılırdım ama bu koca eve dönüp ışıkları kapatıp uyumak istemiyordum.

Ada gözlerini etrafta gezdirirken derin bir nefes aldı, bir şeyler düşünüyordu. Belli ki beni ikna etmeye çalışacaktı. Hafifçe esnediğinde, eliyle ağzını kapattı. İşte. Beni ikna etmen bu kadar kolay.

Belindeki kollarımı çekip ayağa kalkarken şaşırmıştı. Bana döneceği sırada kollarımı arkasından geçirip kucağıma aldım onu, o yeşil gözlerinin kocaman açıldığını görmesem de hissedebiliyordum. Yatağın başına yürüdükten sonra onu yastıkların üzerine bıraktım, ardından üzerinden atlayıp yanına geçtim.

"Uyumayı sevmediğini sanıyordum?" diye sordu hafifçe kaşlarını çatarak, ne yaptığıma hâlâ anlam vermeye çalışırken. Az önce seni yatağa attım Ada. Bu cümleyi bir gün asıl anlamıyla da kullanabilmek dileğiyle.

"Uzanıp dinlenebilirim," diye mırıldandım omuz silkerek. Dirseklerimi yatağa yaslamış, hafifçe yatak başlığına dayamıştım sırtımı. O biraz daha aşağıdaydı, başı yastıklara gömülmüş aşağıdan bana bakıyordu kafasını kaldırarak. Dirseklerinin üzerinde kalkmaya çalıştığında karnının üzerinden baskı uygulayarak kalkmasına izin vermedim. "Yat."

"Ama kurabiyelerim?"

Zehir kurabiyelerin mi?

Sesi yorgun ve uykulu geliyordu. Muhtemelen son birkaç gündür kafasının içindeki karmaşadan ve yaşadıklarımızdan o da doğru düzgün uyuyamamıştı.

"Kimse yemiyor kurabiyelerini." Siktir. Kurabiyelerinin kaçtığı yok, demeliydim.

Kaşlarını çatarak suratıma baktı. Sinirlenmişti. "Beğenmedin mi?"

Toparlamak istercesine dudaklarımı yaladım. "O anlamda demedim." Senin ağzını sikeyim Varis.

"Ama beğendiğini de söylemiyorsun."

Yalan mı söyleyeyim?

"Beğendim, Ada. Oldu mu?" Yani tarçın olmasa kesin beğenirdim.

"Olmadı. Zorla söyledin şimdi de," dedi küçükken takıldığı gibi, ama uykulu olduğundan ellerini yastığa yaslamış başını da üzerine koymuştu. Belki de böyle uyku sarhoşuyken daha çok yanında olmalıydım, o zamanlar gardını daha bir düşürüyordu.

Gülerek önüme döndüm. Bir anda gözleri sanki az önce uykulu uykulu konuşan o değilmiş gibi açıldı, ama gözlerime değil dudaklarıma bakıyordu. Ne düşünüyordu?

Bir süre sonra, gözkapakları yeniden kapandı. Tamamen benim olduğum tarafa dönmüş, uyku evresine geçmişti artık. Hafifçe kaydım yatakta, ardından yanına yattım ve gözümün önündeki yüzünü izlemeye başladım. Hiç değişmemişti. Hâlâ sıcak çikolata içtiğinde yüzüne gözüne bulaştırıyordu, hâlâ başını yastığa koyduğu gibi uyuyordu benim aksime, hâlâ dik kafalıydı.

"Kurabiyelerimi beğenmediğini biliyorum," diye mırıldandı uyku mahmuru hâliyle.

Yüzüne bir tutam saç düşmüştü. Uzanıp onu çok da rahatsız etmeden kulağının arkasına sıkıştırdım. "Öyle değil..."

Saklambaç oynarken benimle aynı yere saklanırdın hep. Kızardım sana ama ne zaman oynasak girdiğim deliğe gelmeni beklerdim peşimden. Bir keresinde o kadar sinirlenmiştin ki bana sınıftaki başka bir kız yüzünden, arkamdan ittirip sobeletmiştin beni.

Ben sana o günden beri sobeyim Ada.

Her şeyi o kadar bir arada tutmaya çalıştım ki seninle ilgili, şimdi her şey paramparça.

Ada

Adını koyamadığım hisler çürütüyordu göğüs kafesimi, aklımı, içime çektiğim nefesi. Hiç yaşamadığın duyguların ahı kalır mıydı üstüne? Benim sanki, böyle, mezarı vardı içimde.

Gözlerimi ilk araladığımda, sonbaharın bütün ağaçların yapraklarını döktüğü bir bahçenin ortasında çamur ettiğim beyaz bir elbiseyle dikiliyordum. Ardından tekrar açtığımda gözlerimi, alacakaranlık etrafı esir almışken göğsüme tohumlar eken bir kokunun kaynağında yatıyordum.

Belimden geçen bir kol vardı, eli karnımın üzerindeydi. Başımın altındaydı diğer kolu. Saçlarımın arasında, enseme çarpan sıcak nefesini hissedebiliyordum. Birkaç saniye gözlerimi açıp kapatarak kendime gelmeye çalıştım. Nerede olduğumu ve saatin kaç olabileceğini algılamaya çalıştım ama derin uykudan uyandığım zamanlar beynim ilk beş dakika iflas etmiş oluyordu. Fabrika ayarlarına dönmek için zaman lazımdı.

Sırtımın göğsüne yaslı olduğunu, inip kalkan göğsünden fark ettiğimde nefesimi tuttum. Birden göğüs kafesimdeki organ sanki kilometrelerce koşmuşum da yeni soluklanıyormuşum gibi nankörlük etmeye başlamıştı.

Şaşkınca yutkundum, ardından dirseğimin üzerinde kalkmaya çalıştım ama önüme dönüp hafifçe yükseldiğim an hâlâ belimde duran kolu yüzünden bu sefer sırt üstü düştüm az önce kalkmaya çalıştığım yere. Sigara böreğiydim sanki, biri de beni ona doğru sarıyordu; en azından ona doğru döndüğümde böyle hissetmiştim. Bu sefer kafası biraz yukarıda kalmıştı ama yüzüm tam olarak boynunun önüne yerleşmişti. Kafamı kaldırdığımda, çene hatlarıyla bakışıyordum.

Kimbilir kaç saattir uyuyorduk. Yorgun olduğumu biliyordum ama bu kadar deliksiz uyuyacağım aklımın ucundan bile geçmemişti. Bu kadar erken karnım nasıl kazınabiliyorsa o şekilde sesler geliyordu midemden, sindirecek bir şey olmadığı için asit kaynıyordu resmen içimde. Biz yattığımızda, en azından ben gözlerimi kapatırken henüz hava yeni kararıyor değil miydi? Nasıl olmuştu da bu saate kadar bir kez olsun uyanmamıştım ben?

O değil miydi hem... uyumaktan nefret ettiğini, uyuyamadığını söyleyen? Bu karşımdaki kimbilir kaçıncı rüyasını gören ayı kim oluyordu o zaman?

Belki de ilaçlarının etkisiydi. Doktor reçetesiyle uyku ilacı kullandığını söylemişti zaten hastanede. O gün birlikte uyuduğumuzda da ben çıkarken uyanmamıştı. Belki şimdi de kolundan kurtulup kalksam...

Ama... Neden?

Bu çok garip bir duyguydu. Çünkü, daha fazla neden uyduramıyordum yanından kalkıp gitmek için, ona itiraz etmek için ya da hayır demek için. Bana oyun oynamıyordu, benimle dalga geçtiği de yoktu. Her şey gerçekti.

O zaman yanıtlaması gereken başka sorular vardı.

Benimle açık konuşmalıydı.

Gözlerim saat bulmak için duvarları taradı ama kalkmadığım sürece doğru düzgün bir şey göremiyordum ondan başka. Kullandığı parfüm her neyse o kadar cezbediciydi ki göğsüne yatıp uykuma kaldığım yerden devam etmek istiyordum ama bugün salıydı. Bu da okul var demekti. Üstelik yılbaşı yaklaşıyordu ki bu da ikinci sınavlar geliyor demek oluyordu.

O an aklıma Varis'in kol saati kullandığı geldi. Belime sarılı kolunu kaldırdım, ardından bileğini gözümün önüne getirdim ve sweatshirtünü geriye sıyırdım. Saat 7'ydi.

İlk ders saat 9'daydı.

Varis'in kolunu geri bırakmaya kalmadan, huzursuzlaştığını hissettim. Uyanıyordu. Yutkunarak başımı geri yasladım ve hafifçe kaldırıp yüzüne baktım. Uyumaktan hafif şişmişti gözleri ve dudakları, hele saçları aşırı dağılmıştı. Gözlerimi kırpıştırdım birkaç kez. Ardından sağ kolumun üzerinde doğrularak "Günaydın?" diye mırıldandım, sorar gibi. Bu onunla ilk uyuyuşum değildi ama bu onunla ilk uyanışımdı.

Hafifçe kaşlarını çattı. "Günaydın," diye mırıldandı saçlarına daldırdığı eliyle daha sonra gözlerini ovalayıp yutkunurken. Dudaklarını yaladı, ardından kolunu kaldırıp sweatshirtü geri çekildiğinde ortaya çıkan saatine baktı.

İnanamıyormuş gibi gözlerini kapatmış, ardından tekrar açmıştı. "Biz uyuduk mu o kadar ya?"

"Aylık uyku kotanı doldurdun herhalde," diye mırıldandım elimle gözümü kaşırken. Ardından somurtarak elime baktım. Dün sürdüğüm rimeli çıkarmadığımı unutmuştum ve birazı elime bulaşmıştı.

"Sen de bayağı rahatmışsın, hiç uyanmamışsın," diye homurdanarak kaldırdığı başını tekrar yastığa bastırdığında, şaşkınlıkla açılan ağzımla ona kaşlarımı çattım. "Uyandım bir kere ben. Pek çok kez." Yalana bak.

"Uyansan kesin kalkar giderdin."

"Ahtapot gibi sarıldığın için kurtulamadım."

Adacığım, diye mırıldandı içimden bir ses, kişilik bozukluğu yaşamaya başladığımı düşünüyordum artık. Sen sus Adacığım.

"Yani tekrar ahtapot gibi sarılırsam yine kurtulamazsın."

Varis'in kolları, bir anda beni doğrulmaya çalıştığım yatağa geri çektiğinde bu sefer tam olarak göğsüne düşmüştüm. İstemsizce gülerek ellerimi iki yandan yatağa yaslayıp kalkmaya çalıştım ama huysuzca homurdanarak tekrar yasladı beni göğsüne. "Eğer şu zehirli çeneni tutmayı öğrenmezsen ben kapatmak için başka yollar düşüneceğim."

"Nasıl yollar?"

"Öperim seni."

Bunu demedi. Bunu demedi. Bunu söylemedi. Bir anda, beni göğsünden çekip kaldırdığında sırtım yüksek yastıklardan birine yaslandı. Kolu kafamın altındaydı hemen, üzerime eğmişti kafasını. "Bir şey fark ettim," diye mırıldandı kuşkucu bir sesle, gözleri kısılmıştı. "Sen hâlâ bana yeşil ışık yakmadın. Hayırdır? Evime falan da geliyorsun. Yatağımda uyuyorsun bir de. Çıkarcılık bu bildiğin. Dolandırılıyorum şu an."

"Ne ışığı ya?" Homurdanarak dirseklerimin üzerinde doğruldum.

"Kaçıyor musun şu an?"

"Benim kaçtığım yok bir şeyden," diye mırıldanarak oturur pozisyona geçtim. O da sırtını yatak başlığına yaslamış, gözlerini üzerimde gezdiriyordu düz bir ifadeyle. Açık perdelerden yansıyan ışık tam yüzüne geliyordu böyle, hatlarını belli ediyordu. Gözleri ve dudakları şişmişken, saçları dağınıkken nasıl bu kadar çekici görünebilirdi? Ben emindim mesela rimelimin aktığına, bırakın gözlerimi, yüzümün komple şiştiğine emindim hatta. Palyaçoya falan benziyor olmalıydım.

"Sabahın körü belki konuşmak için doğru bir zaman değil ama eğer bunu yapacaksak, birlikte bir yola çıkacaksak bana dürüst olman gerekiyor Varis." Ellerimi saçlarımdan geçirerek kulaklarımın arkasına ittim onları. Büyük bir dikkatle beni dinliyordu. "Neden okula geldiğim ilk günden beri dik dik bakıyordun mesela? Neden bütün bir yıl bekleyip sonra birkaç hafta önce durduk yere sıkıştırdın beni tuvalette? Vahiyle mi indi duyguların bir anda gökten? Ben aptal değilim ama sen beni aptal durumuna sokuyorsun hareketlerine bir anlam vermeye çalışırken. Tamam, inanıyorum sana ama anlam veremiyorum bir türlü. İkisi farklı şeyler."

Hiçbir duygu barındırmıyordu surat ifadesi, sanki ders dinliyordu dikkatle. Lafımı bitirdiğimde dudaklarını yaladı, ardından derin bir nefes alırken gözlerini kaçırıp başını eğdi. Sonra gözleri tekrar beni buldu, o gri boşluklar daha önce hiç bakmadığı kadar dolu bakıyordu. Sanki bunu bekliyordu ama bir yandan da hiç gelmemesini diliyordu bu anın. Nasıl ikisi aynı anda okunabilirdi gözlerinden?

Kafasını geriye atıp yutkunduğunda "Okula ilk geldiğin gün istemiştim seni, o an," diye mırıldandı düz bir sesle. "Biliyordum da ne yapmam gerektiğini. Ama yapmadım."

"Bunun yerine tüm yıl ters ters baktın," dedim gülerek gözlerimi kaçırırken. Sinirlerimin bozulduğunu beyan eden bir gülüştü bu.

"Kaybolmuştum kafamın içinde."

"Sonradan görmedin mi peki hiçbir şeyi? Onca yapılanı senin bana olan tavrın yüzünden?" Gözlerim kısıldı, kaşlarım çatıldı sorarken.

"Gördüm," dedi tok bir sesle. "Doğum gününde suratına atılacak pastayı gördüm mesela, sen sınıfa girmeden çöpe fırlattım. Sıranın altına koyacakları kopya kâğıdı? Yırttım attım. Dolabına bırakılan küçük saksılar? Onları oraya ben bıraktım Ada, başka biri değil. Sonradan öğrenirsin diye bunu sana şimdi burada söylüyorum. Mert denen o dengesiz piç de oyun oynamıyordu sana, ben iki iteledim hemen vazgeçti senden, kamburu çıktı ortaya. Çok mu meraklısın biriyle çıkmaya? Benimle çık o zaman. Öyle düşündüm yani o an. Öfkeden daldım o odaya."

Kızlar tuvaletinden bahsediyordu. Bütün tüylerim ayağa kalkmıştı. Doğru mu duymuştum ben? Sabahın yedisinde, bu odada? Oradaydı, açık konuşuyordu işte bana. Her ne kadar beyninin nasıl çalıştığını çözememiş olsam da anlatıyordu bir bir, itiraf ediyordu. Her şeyi başlatan o muydu yoksa yalnızca okulun ilk günü olduğundan artık herkesin beni kum torbası yapma çabası mıydı? Belki de her şey, o kadar da onun suçu değildi. O kadar da.

Gözlerimi kapattım duyduklarımdan sonra, ardından başımı eğip derin bir nefesle açtım gözlerimi. İlk uyanışımda bir bahçedeydim, ikincisinde de kollarının arasında uyanmıştım ya hani, bu da üçüncü müydü yoksa? Üçüncüye mi uyanacaktım rüya içinde rüyaya?

"Neden işlerini bu kadar zor yoldan halletmek zorundasın?" Kafamı iki yana sallayarak kaldırıp yüzüne baktım. Göğsüm inip kalkıyordu kafa karışıklığımdan, heyecandan mıydı yoksa korkudan mı? Bilemiyordum.

"Bunu bazen ben de düşünüyorum," diye mırıldandı, tekrar dudaklarını yalayarak. Gözlerim bir an dudaklarına kaymış olsa da tekrar yolunu bulmuştu gri boşluklarına doğru. "O ilk gün tutsaydım kendimi, sonra tanışsaydım bir şekilde seninle. Çarpışsaydık falan koridorda? Hani şu romantik kitaplarda olur ya. Nasıl olurdu diye düşünüyorum."

Ellerimi geriye atıp avuçiçlerimi yatağa yaslayarak destek aldım ve güldüm. "Yalnız ben o numarayı yemezdim."

Kaşlarını çatarak dudaklarını büzdü hafifçe bir saniyeliğine. "Öyle mi? Hangi numarayı yerdin o zaman?"

Bir nefes çektim içime, ardından düşündüm. "Şu küçük saksılar... Saksıların altına bir not bıraksaydın..."

"Bıraksaydım?" Kaşları kalktı. "Tav olur muydun bana?"

"Tav olmak mı?" Kahkaha attım. Ardından tavana çevirdim gözlerimi. "Hımm... Belki."

"Belki?" Ağzı açık kalmıştı, kapatsa gülecekti. "Belki, öyle mi?"

Bir anda üzerime doğru gelmeye başladığında "Belki?" diye söylendim kendi kendime ama cevabın evet olduğunu çok net biliyordum. Eğer bunca şey yaşanmamış olsaydı şu an nerede, nasıl olurduk merak etmeden duramıyordum.

Yatağın üzerinden atlayıp ayaklarımın üzerinde durdum, beni kıstıramadığı için hayal kırıklığına uğramış görünüyordu. "Okul var," dedim saat varmış gibi işaret parmağımı bileğime vurarak. "Ayrıca konu saptı, fark etmedim sanma. Bu konuşma burada bitmedi daha."

"Tamam," dedi elime uzanırken, keyifli bir ifadeyle. "Yatağa gel burada konuşalım."

Bileğimi yakaladığı an elimi çekip asıl ben elinden tuttum onun. "Olmaz, daha eve gideceğim üzerimi değiştirmeye. Hem sen de gayet iyisin gördüğüm kadarıyla, okula geleceksin herhalde değil mi?"

Pes etmiş bir şekilde oflayarak peşimden kalktı yataktan. "Ben bırakırım seni eve," dedi giyinme odasına ilerlerken. "Birlikte gideriz okula."

Kaşlarımı indirip kaldırdım sırıtarak, banyo kapısını aralıyordum. "Arabam kapıda."

"Acemisin sen daha, bu havada sürmene izin veremem."

Varis giyinme odasında kaybolduğunda, kaşlarımı çatarak banyo kapısını bıraktım ve peşinden daldım içeriye. Ben girerken, o da tişörtüyle sweatshirtünü aynı anda sırtından çekmiş tek hamlede çıkartıyordu. "Acemi miyim? Yağmurlu havalarda yeni ehliyet almış insanların süremeyeceğine dair bir kural mı var?"

Bana bir bakış atarken uzanıp askıdan formasını aldı. "Diğerleri beni ilgilendirmez. Sen süremezsin."

Ağzım açık bir şekilde kaşlarımı kaldırdım. "Sen de mi kadın erkek eşitliğine inanmayan o hıyarlardansın? Öyleyse söyle de kiminle uğraştığımızı bilelim."

Gülerek yanıma doğru yürüdü, muhtemelen duş almaya gidiyordu. Yanımdan geçene kadar gülerek gözlerime baktığı için bir şey söylemesini bekledim ama o bir anda eğilip yanağımdan öpünce mimiklerimin kontrolünü kaybettiğimden bütün ifadem silinmişti. "Kadın erkek eşitliğine inanıyorum Ada. Sana güveniyorum ancak kaygan yollara güvenmiyorum Ve hayır bunun benim aşağılık kompleksli olmamla falan alakası yok, dümdüz ıslak yollarla alakası var. Buraya gelirken geçmişsindir keskin virajlardan, her yeri geç bu bölge tehlikeli yollara sahip." Banyoya doğru yürürken dönüp tekrar baktı. Ben şapşala dönmüştüm o an, hiçbir şey algılayamıyordum. "Araban burada kalsın, istersen bahçeye bırakırız daha sonra gelir alırsın. Ya da evine bıraktırırım ben."

Daha sonra banyoya geçti, kapı kapanmış ve su sesi gelmeye başlamıştı.

Kafamı toparlayarak elimi saçlarımdan geçirdim ve odanın ortasına doğru yürüdüm. Neyi bu kadar şaşırtıcı buluyorsam... Ama bu farklıydı. Çok tatlı gelmişti bu. Eğer sürekli böyle şeyler yapacaksa aklımı oynatmamayı öğrenmeliydim. Eğer böyle olacaksa...

Varis'in odasındaki lavabo dolu olduğundan koridora çıkıp diğer banyoya geçtim ve elimi yüzümü yıkadım. Rimelim o kadar inatçıydı ki gözlerimin etrafı simsiyah olmuştu ama birkaç kirpiği feda etmiş de olsam çıkarmayı başarmıştım. Belki ben de duş almalıydım... Eğer hızlıca çıkarsak beş dakika yeterdi bana, saçlarımı tam kurutmasam da olurdu.

Varis birkaç dakika sonra çoktan duşunu almış, formasını giyinmiş, saçları yarı nemli bir şekilde çıkmıştı banyodan. O üzerine bir kaban alırken ben de eşyalarımı toplarlayıp montumu üzerime geçirdim. Babam ve Çisem dün gece birkaç kez aramış, ardından endişelendiklerini belirten mesajlar atmışlardı. Onlara cevap verirken "Kurabiyelerim ne olacak?" diye sordum odadan çıkarken, bir yandan da elimde çevirdiğim bereyi kafama takmaya çalışıyordum. Daha sonra telefonumu çantama attım ve bereyi doğru düzgün kafama geçirdim. "Sen sevmedin, burada bırakmam onları."

"Sevmedim demedim Ada," diye mırıldandı geriye bir bakış atıp. Hemen arkasındaydım. Daha sonra uzanıp elimden tuttu. "Sevmedim dedim mi?"

"Ama bir şey söylemedin de. Ben mi kuruntu yapıyorum yoksa başka bir şey mi söylemek istiyorsun?"

Bana bir bakış attı, sanki doğru bir noktaya parmak basmışım gibi. Ardından önüne dönerken derin bir nefes aldı. "Tarçın sevmiyorum ben."

"Ee niye söylemedin o zaman sevmiyorum diye! Başka bir şey yapardım ben de." Mutfağın önünden geçerken söylenerek içeriye bir bakış attım. İçerisi toplanmıştı. Biri mi gelmişti?

Bir anda siyah beyaz üniformalı bir kadın dizlerinin altına gelen eteğini düzelterek salondan çıktığında adımlarım havada asılı kaldı. Kadın da şaşırmıştı. Durduğu yerde ne yapacağını bilemeyerek bir bana, bir de Varis'e bakıyordu. "Varis Bey, çıkıyor musunuz?"

Çıkıyor muyuz?

Çıkıyor muyduk?

Yani çıkmak anlamında?

Kapıdan çıkmak anlamında yani?

"Çıkıyoruz," dedi Varis, tok bir sesle. Çıkıyormuşuz. Sert değildi ifadesi ve ses tonu, mesafeliydi sadece. "Mutfağı siz mi topladınız?"

Kadın gözlerini kırpıştırdı birkaç kez. "E...Evet. Bir sorun mu var?"

"Kurabiyelerimi nereye kaldırdınız acaba?" diye sordum meraklı bir tonda, alt dudağımın kenarını ısırarak hafifçe. Nedense utanmıştım. Kadın Pamuk Hala'mın yaşındaydı. Pamuk Hala'm nerelerde ne yapıyordu şimdi acaba?

"A...Ah," dedi kadın suratında bir aydınlanmayla, gülümseyerek. "O güzel kurabiyeleri siz mi yaptınız? Saklama kabına koydum ben hepsini. Hemen getiriyorum." Ardından yanımdan geçip mutfağa girdi.

"Bak," dedim kafamla mutfağı göstererek, kadını kastediyordum. "Kadın anlıyor kurabiyeden. Sen ne anlarsın? Hödük."

"Haydaaa..." Gülerek, ağzı açık, şaşkınca bana baktı Varis. "Hödük mü olduk şimdi sevmediğimiz kurabiyeyi yediğimiz hâlde?"

"Ne yemesi be? Bir ısırık aldın onda da yaptığına pişman ettirdin adamı. Ne yaptın kafanı çıkarınca pencereden? Tükürdün mü?"

Ben ciddi soruyordum ama Varis şaka yapıyormuşum gibi başını çevirmiş gözlerini kapatmış gülüyordu. "Gülme, komik mi? Tükürdün değil mi?"

"Yuttum Ada," dedi Varis sonunda, bana dönerek. O sırada kadın mutfaktan elinde cam bir kapla çıktığı için dikkatim dağılmıştı. Diğer elinde de karton çanta vardı. "Kusura bakmayın dayanamadım tadına baktım bir tane sabah geldiğimde, ellerinize sağlık. Karton çantaya koyuyorum kabı, taşıması daha kolay olur."

"Teşekkürler. Afiyet olsun. İsterseniz daha alabilirsiniz, nasıl olsa bazılarının yiyeceği yok." Varis'in elinden çektim elimi, ardından karton çantanın içinden çıkardığım kabın kapağını açtım ve kadına uzattım. Kadın cevabıma çok şaşırmış gibi bakıyordu bana.

Varis'in önüne geçip dikkatini tekrar üzerime çektim. Niye ona bakıyordu ki? "Eh, peki alayım bir tane daha madem," diye mırıldandı kadın en sonunda, belli belirsiz bir istekle. Ardından gülümseyerek teşekkür etti ve işine devam etmesi gerektiğini ekleyerek tekrar mutfağa girdi.

Kabın kapağını kapatıp karton pakete geri koyarken ters ters bakıyordum Varis'e. Ellerini kabanının ceplerine sokmuş, kafasını hafifçe eğmiş suratımdaki ifadeyi çözmeye çalışıyordu muhtemelen. "Çok sorgulamayacaksan bir şey söyleyeceğim sana."

"Tamam, söyle," diye mırıldandım yanında yürümeye başladığımda.

"Benim tarçına alerjim var."

Adımlarım koridorun ortasında durdu. Varis birkaç adım önümdeydi, tepkimi fark ettiğinde rahatça söylediği şeyin üzerimde bıraktığı etkiyi görmek için bana döndü. Az önceki kadın o yüzden mi öyle bakmıştı? "Sen aptal mısın?" diye sordum gayet ciddi bir şekilde. "Niye tarçına alerjin varsa yiyorsun kurabiyemi?"

"Az önce de yemiyorum diye azar işitiyordum," dedi gülerek kaşlarını kaldırırken.

"Alerjin olduğunu öğrenmeden önceydi o!" İçim bi garip olmuştu. Alerjisi olmasına rağmen tarçınlı yapacağım diye tutturduğum kurabiyeden mi yemişti o gerçekten? O zaman aldığı ısırıktan sonra öyle fenalaşıp cam pencere açmasının sebebi buydu. Şimdi hatırlayınca... Söylememiş de değildi tarçınlı istemediğini, ben tutturmuştum yapacağım diye. O kadar kaptırmıştım ki kendimi... Ama alerjim var demekle, istemiyorum demek farklıydı.

Kurumuş dudaklarımı dilimle ıslatarak seslice nefes verdim. Ardından ellerimle yüzümü ovalamaya başladım başımı eğerek.

"Ne oldu?" diye sorduğunu duydum. Ardından birkaç adımda yanıma gelmiş, karşıma geçmişti. Parmaklarını bileklerime sardığında ellerimi yüzümden çekti, daha sonra iki parmağı arasına aldı çenemi ve başımı yukarı kaldırdı. "Ada, ne oldu?"

"Ne demek ne oldu?" Yutkundum birkaç kez. "Niye yiyorsun alerjin varsa tarçını? O yüzden yoktu değil mi tarçın mutfakta? Reşit Bey de gitti aldı. Adam da şaşırdı hatta... İnanamıyorum ya..."

"Çok heyecanlı bakıyordun," diye mırıldandı çelikten griler yüzümde gezinirken. "Bir ısırık adamı öldürmez, yemezsem gidersin diye düşündüm."

"Niye gideyim ya?" Nabzım o kadar hızlanmıştı ki, akan kan damarlarıma sığmıyordu sanki. Böyle hissettiğim zamanlar ağlamak isterdim ve gözpınarlarıma doğru yükselen yaşların geçtiği yerde bıraktığı karıncalanmayı hissediyordum çoktan. "Niye gideyim?"

"Hep gidersin," dedi daha kısık bir sesle, hafifçe yüzüme eğilirken. Çenemi kaldırmış dik dik bakıyordum yüzüne. "Ben şu birkaç haftadan bunu öğrendim. Ada atlar, Varis atlar. Ama Varis kalır, Ada gider."

Cümlelerinin ağırlığı kıyılarıma çarptığı an bakışlarımı kaçırıp başka bir yere baktım, kapıya mesela. O kadar kurumuştu ki dudaklarım, ne kadar ıslatırsam ıslatayım dilimle geçmiyordu. "Sanki herkes sırf arkamı döndüğümde beni ittirebilmek için yanımda yürümek istiyormuş gibi geliyordu Varis," diye mırıldandı gözlerimi yukarı kaldıramadan, aşağıya, ayaklarıma bakarken. "Senin de aynı şeyi yapacağına inanıyordum. Bahsettiğin o, karakterlerin koridorda çarpıştığı kitaplar var ya, o kitaplarda böyle iddialar döner. Senaryo uyuyordu."

"Biliyorum, paranoyak oldun biraz," dedi tok bir sesle, beremin altından omuzlarıma dökülen bir tutam saçı tutmak için elini yanaklarımdan aşağı kaydırırken. "Ama hastanelik mi olmam gerekiyordu illa bana inanman için? Bu kadar mıydım gözünde Ada?"

O an bir dürtüyle kaldırdım başımı. Bunu söylemezsem... Bunu şimdi söylemezsem bir daha açamazdım ağzımı. "Ben aslında sana o havuz partisinde arkamdan ilk atladığında inanmıştım, yoksa bana yaklaşmana izin vermezdim," diye mırıldandım. "Ama..."

"Ama, ne?" Devam etmem için, beklentiyle baktı gözlerimin içine. Kirpiklerinin altına konuçlanmış griliklerine kendimi bırakırken yutkunma ihtiyacıyla doldum ama nefes almak bile istemedim o an, sırf susmak için. Çünkü sadece ona değil, kendime de itiraf ediyordum bunu.

Artık geri dönüşü yoktu.

"Korktum," diye mırıldandım, korkak olduğumu biliyordum. Biliyordum ama söylemek farklı hissettiriyordu işte. "Benim kimsem yok babam, Çisem, Pamuk Halam ve Mustafa Abim'den başka. Bir de Hazal... Babam uzun zamandır yok. Çisem'le de aram var ama yok gibiydi bu haftaya kadar, birbirimizden bir şeyler saklayıp duruyor dürüst olamıyorduk. Hazal'la haftadan haftaya anca görüşebiliyoruz. Pamuk Hala gitti, yakını hastalandığı için şehir dışına çıktı. Okul yüzünden Mustafa Abi'yi de göremez oldum hiç. Korktum, zaten sahip olduğum bu beş değerli insan da yokken sana tamamen düşmekten korktum."

İki eli de yüzümü kavradığında istemsizce eğilmişti başım, yüzü yakındı nefesi değiyordu tenime ama bakamayacaktım daha fazla gözlerine. "Bana düş Ada," dedi tok bir sesle. "Çünkü benim dizlerim sana yara. Ama korkarak değil, ne yaptığını bilerek. O dik kafalılığınla düş bana. Ben seni tutarım."

Dudaklarımı birbirine bastırarak kafamı sallamaya başladım hafifçe. Sözleri dört duvar bir çatı olsa yıkılırdı üstüme altında kalırdım, bir bardak su olsa düşerdim içine boğulurdum o sığ derede. "Tamam mı?" diye sordu teyit etmek ister gibi, benden bir cevap beklerken. Kafamı sallamam yetmiyordu.

"Tamam," diye cevapladım onu, kısık çıkmıştı sesim ama yine de yeterliydi bu onun için.

Elleri yüzümden indikten sonra elimden tuttu, ben kapıdan çıkacağız zannederken merdivenlerden aşağı inmeye başladık. Aşağı kat karanlıktı ama kapılar görünüyordu yukarıdan aşağı düşen ışıklar sayesinde. İki kapı bir duvarda, bir kapı diğer duvardayken koridoru geçip tam karşımızdaki kapıdan içeri geçtik. Daha doğrusu, dışarı çıktık. Burası kapalı bir garajdı ve birkaç tane araba vardı.

Garaj kapısının kenarına park edilmiş arabasına geçerken ellerimiz ayrıldı. Varis kapıların kilitlerini açtığında hiçbir şey söylemeden ön koltuğa bindim, kapıyı kapattım ve içi kurabiyeyle dolu cam kabın paketini kucağıma bırakıp geriye yaslandım. Dik dik bakıyordum artık pakete.

Yine de... Biraz fazla değil miydi, tarçına alerjisi varken bile yemiş olması yarım bir tane? Bari daha küçük ısırsaydı. Niye yutmuştu ki tükürseydi pencereyi açtığında? Anlamazdım ben.

Ben emniyet kemerimi bağlarken Varis de sürücü koltuğuna geçti, ardından kapıyı kapattı ve emniyet kemerine uzandı. Orada öylece put gibi oturuyor, hareketlerini izliyordum sadece. Emniyet kemerini takarken göz göze gelmiştik, beni izliyordu. Bakışlarımı çekmedim.

Önüne dönerken çarpık bi gülüşle uzanıp işaret parmağıyla burnumu dürttü.

Motor çalıştı. Garaj kapısı açıldı. O an, sabahtan beri kontrol etmediğim hava şartları tüm çıplaklığıyla gözlerimin önüne serilmişti işte. Malikânenin yolundan aşağı inerken rüzgârda yerinden sökülürcesine sallanan ağaçları izledim; çatlatmak istercesine pencereleri döven yağmuru, göğü yarmak istercesine çakan şimşekleri. Gerçekten bir fırtınaydı bu.

"Böyle havaları sever misin?" diye sordum istemsizce, sessizliğin ortasına.

Hiç tereddüt etmeden cevap verdi. "Yağmurdan nefret ederim." Sanki ezberlemişti cevabını.

Kırmızı ışıkta durduğumuzda ona döndüm. Bakışları dümdüz önündeydi, durmuş olsak da eli direksiyonu sıkıyordu. Belki de yağmurla ilgili kötü anıları vardı. "Ben severim," dedim mırıldanarak. "Yani, bazen. Toprağı yeşilliği suluyor, her şey daha renkli geliyor gözüme."

"Toprak'la ne konuştunuz dün?" diye sordu bir anda ben toprak kelimesini geçirince. Sanki konuyu dağıtmak istemişti. "Hiç sormadım."

Varis, yeşil ışıkla birlikte gazladığında önüme dönüp dün ne konuştuğumuzu düşündüm Toprak'la. Bilmediği bir şey anlatmamıştı bana. "İşte. Irmak'tan bahsetti." Gözlerimi üzerine çevirdim. "Sen tanıyordun değil mi onu?" Elbette tanıyordu, en yakın arkadaşlarından birinin kardeşiydi.

"Irmak'la Alper ikizdi," dedi Varis, beni şaşırtarak. İşte bunu beklemiyordum. "İkisi de birbirinin kopyasıydı davranış, enerji, tavır olarak. İkizler aralarında görünmez bağla yaşarlar diye bir laf vardır, birine bir şey olduğunda diğeri hisseder. Alper hep diken üstündeydi bu yüzden hayatı boyunca kız kardeşi hakkında."

"Ve onu kaybetti." Kendi kendime fısıldayarak konuşmuştum.

"Kaybetti," diye tekrar etti Varis. "Ama onun suçu değildi. Kimsenin suçu değildi."

"Biri ölmüş, biri hastalanmış, diğeri aklını kaybetmiş, bir başkası da kendini yapayalnız bırakmış ve kimse suçlu değil, öyle mi?"

"Hep birilerini suçlamak mı istersin sen?" Varis'in renksiz sorusu, nefesimi tutacak kadar arafta bırakmıştı beni. Çünkü bilmiyordum bu sorunun cevabını. "Yani," diye devam etti ardından, bana bir bakış atarak. Nabzımı kontrol ediyordu. "Bir olay ve zarar gören insanlar varken en az zararı alanda mı bulursun suçu?"

"Her olayın illa bir suçlusu yoktur," diye cevapladım sorusunu. "Bazen herkes masumdur."

"Bazen herkes masumdur." Tekrar etti beni, ardından dizimin üzerindeki elime uzandı. Elini elimin üzerine kapattığında, kaybolmuştu elim. Daha önce fark etmemiştim bunu, ne kadar da büyüktü elleri.

Elimi elinin altından çektiğimde avucu bacağımla temas etti. Daha sonra elimi, boyutlarını ölçmek istercesine elinin üzerine koydum. Varis'in bir eli, benim iki elim ediyordu neredeyse. "Ne uzunmuş senin kemiklerin ya?"

"Kemikleri uzun olanın..."

Elimi kaldırıp bir tane geçirdim elinin üstüne. "Terbiyesiz."

"Ben demedim sen dedin."

"Sen dedin ben bir şey demedim."

"Senin dediğinin üstüne dedim ben."

"İyi ki bir şey dedim ya," diye homurdandım o arabayı kenara çekerken.

Varis gülerek emniyet kemerine uzandı. Ben çoktan çözmüştüm. O da mı gelecekti? "Sen dur," diye mırıldandım kemerin tokasını çıkardığı an. "Ben giyinip geliyorum. Şimdi iki saat çıkamayız içeriden. Zaten geç kalıyoruz."

"Ne yapacakmışız ki biz iki saat içeride?" Varis bunu ciddi ciddi, tek kaşını kaldırarak sormuştu.

"Sen ne ahlaksız bir herifsin ya," diye homurdanarak kapı kilidine uzandım.

"Ben bir şey demiyorum farkında mısın sen tamamlıyorsun kafanda?"

Kapıdan çıktığım an rüzgârdan saçlarım uçuşmaya başlamıştı. Kurabiye paketimi de alıp "Hı hı aynen," diye söylenerek üstüne kapıyı kapattım. Ben kapıyı kapatırken o gülüyordu. Gülmediği, bir mimik bile göstermediği onca zamanın acısını mı çıkartıyordu bilmiyordum ama... Çok güzel gülüyordu şerefsiz.

Bahçem çamur olmuştu. Vaktim olmadığını bilsem de biraz göz gezdirmeden edemedim etrafa. Bütün çiçeklerimin boynu kırılmıştı, ceviz ağacının birkaç dalı aşağı sarkmıştı darbe aldığından.

Kapıyı açıp içeri girdim. Ardından hızlı adımlarla odama yöneldim. Üzerimdekileri çıkartırken bir yandan da formamı söküyordum askısından teker teker. İnce, siyah külotlu bir çorap giyindim okul eteğinin altına. Ardından dizlerime kadar kalın siyah çorap çektim üzerine. Gömleğimi ve okul ceketini giyindim. Saçlarımı beremden kurtarıp tepemde sımsıkı topladıktan sonra çantamı, montumu, atkımı ve uzun siyah çizmelerimi de alıp çıkmıştım odamdan.

İçimde bitmeyen bir huzursuzluk vardı bu havaya karşı, Varis'le konuştuğumuzdan beri. Nedense yağmuru sadece sevmediğini değil, ardında bir hikâyesi olduğunu hissediyordum. O kadın da... O kadının da bütün bunlarla bir ilgisi vardı. Bir şey olmuştu o evde.

Katlanabilir şemsiyelerden birini çantama atıp, uzun beyaz montumun şapkasını başıma geçirdikten sonra kapıyı kilitleyip bahçe kapısına doğru yürümeye başladım. Varis'in evinde bir şemsiye unutmuştum şimdiden. Şemsiyeler lanetimdi, nereye götürsem orada bırakıyordum her seferinde.

Bahçe kapısını kapatıp kaldırıma çıktıktan sonra kenarda bekleyen siyah arabanın ön kapısına uzandım, açıp içeri geçtikten sonra da ardımdan kapattım. Varis telefonuna bakıyordu, ben içeri geçtiğimde bana dönmüş, ardından gazlamıştı. Telefonunu kenara bıraktı. "O etekle donmuyor musun sen?"

"Okul forması, bana kalsa eşofman giyerim," diye mırıldandım. "Ya da pantolon. Aslında pantolon giymemize izin verseler iyi olurdu."

Varis bir şey söylemeden direksiyonu çevreyoluna geri çevirdiğinde başımı geriye yaslayıp ona baktım. Yarasının ne durumda olduğunu merak ediyordum. Sabah duş almıştı, duş aldığına göre iyiydi değil mi? Sonuçta bunun için bandajlar vardı. Vardır yani.

"Bir şey soracağım," diye mırıldandım, dirseğimi cama yaslamış kafamı yumruğuma dayamışken.

"Sor," dedi kafasını sallayarak.

"Hani ilk gördüğümde anlamıştım seni istediğimi demiştin ya..." Gözlerimi üzerine çevirdim. Sanki bu sorunun geleceğini biliyormuşçasına hafifçe gülmüştü. "Her istediğin şeye böyle mi davranırsın?"

"Bir şey istemek çok çocukça gelir bana, mağaza raflarında dolanırken istediğin oyuncağa aval aval bakmak gibi, o yüzden önce kabullenmem," diye mırıldandı dürüstçe.

"Ama sonra... Zaman geçtikçe atamam aklımdan." Birkaç saniyeliğine bana döndüğünde göz göze geldik. "Sonra bir bakmışım aklım fikrim o olmuş."

"Aklın fikrin o mu olmuş, yoksa ona sahip olma arzusu mu bu? Ayırt edebiliyor musun?" Tek kaşımı kaldırarak sordum.

"Sahip olma arzusu mu?"

"Çok istediğin bir şeye sahip olana kadar cazip gelir ya hani insana, daha sonra elde edince sıkılırız," diye mırıldandım.

"Sıkılmak mı?" Kaşlarını kaldırarak bana bir bakış attı, ardından önüne döndü. Okulun yokuşuna gelmiştik. "Odanın duvarlarının renginden sıkılırsın Ada, yaptığın ödevden sıkılırsın, havanın renginden sıkılırsın, yaşadığın şehirden sıkılırsın belki ama bir insandan sıkılamazsın. Sevmiyorsundur artık onu, sıkılmak bahanedir."

"Ya sen de benden sıkılırsan, bir çocuğun odasının duvarlarından sıkıldığı gibi?" diye sordum düz bir ses tonuyla. "Ya sana cazip gelen şey benim peşimde koşmaksa, ben değilsem Varis?"

Çoktan okulun içine girmiştik, kapalı otoparka sürüyordu. Başta cevap vermeyeceğini düşündüm, ısrar edecektim ama arabayı park ediyordu. Ardından emniyet kemerini çözdüğü gibi kalktı koltuğundan. Bir an hayal kırıklığıyla doldum. Bu kadar mı? Sıkılmış mıydı sorularımdan? Sinirlendirmiş miydim onu?

Kapımı açtığını fark ettiğimde aşağıdan baktım ona. Elini uzatıp bileğimden yakaladı beni, ardından dışarı çıkmamı bekledi. "Ne oldu?" diye sordum merakla ama çıktığım kapıyı bile kapatmaya tenezzül etmeden karşımda dikilmişti. Arka koltuğun kapısına yaslamıştım kalçamı, kollarım göğsünde birleşmişti istemsizce.

"Dedin ya sabah, benim bir tek babam, Çisem, Hazal, Mustafa Abim ve Pamuk Halam var hayatımda diye, onların da böyle senden sıkılıp seni terk etmelerini bekliyor musun?"

Yutkundum. Kafamı kaldırmış aşağıdan bakıyordum yine ona boy farkından. Hafifçe üzerime eğilmiş, çok da dibimde değildi ama karşımda ve yakınımdaydı işte. Gözlerinin içine baktığımda yalnızca çelikten grilerin sorusuna vereceğim cevabı beklediğini görüyordum. Arabada konuşmamıştı çünkü yüz yüze gelmek istemişti. "Hayır," diye mırıldandım. "Onlar benim ailem."

"O zaman benden de bekleme," dedi tereddütsüz, düz bir sesle. "Bekleme Ada. Tamam mı? At kurtul bu şeytanları kafanın içinden. Herkes hakkında kur kafanda, tamam ama benim hakkımda kurma. Kafanın içinde kukla yapıp beni, şeytanlarının keyfine göre oynatma."

Ada, kafanda kurma.

Kurma işte kafanda.

Kafamı salladım dudaklarımı ıslatarak. Haklıydı belki de, iki dakika arayla üzerine gidiyordum sürekli. Daha sabah ona inandığımı söylüyor sonra arabada ağzından laf almaya çalışıyordum benden sıkılabileceği ihtimali üzerine. İkiyüzlülük gibiydi bu.

Ben de sadakatimin sorgulanmasından rahatsız olurdum.

"Gidelim o zaman," diye mırıldandı ön koltuktan uzanıp çantamı alırken. Çantamı elinden aldım, omzuma taktım, ardından kapıları kapattık. Arabanın yanından ilerleyip ucunda buluştuğumuzda yürürken elini uzatmıştı tutayım diye.

Tuttum.

Biz merdivenlerden çıkarken Çisem arayıp kantinde olduğunu söylediğinde, son katı çıkmadan önce ayrıldık. Varis çantamı sınıfa bırakmayı teklif ettiğinde hâlâ Çisem'le telefonda olduğumdan bir şey söylemeden çantamı ona uzatmış, daha sonra merdivenlerden inmeye başlamıştım ve yalnızca elefonu kapatıp kantine giriş yaptığımda ne yaptığımı fark edebilmiştim.

Ben, Varis Adin'e, çantamı verdim, ve o, sırama bırakmak için, sınıfa götürdü.

Sınıfta kamera olsaydı da sonradan açıp açıp izleyebilseydim kaydı keşke.

"Ben açım," diyerek Çisem'in yanında yerimi aldım hemen, sıraya girmeden. Sıra ona yeni gelmişti.

"Hayvanlık yapıp iki tane tost aldığım için birini yiyebilirsin," dedi Çisem ellerini cam tezgâhtan çekerken. "Sana da günaydın Ada, hayırdır bu ne hâl?"

"Ne varmış hâlimde?" Kaşlarımı çatarak sordum ama gülümsediğim için ifadem gayet yumuşaktı.

"Sanki okulu ateşe vermiş de çıkarken sırıtarak bir fotoğraf çektirmiş gibisin." Çisem görevlinin uzattığı iki tost paketi ve su şişelerini alarak bana uzattığında sıradan çıktık. İstememiştim ama su da almıştı.

"Galiba öyle bir şey yapmış olabilirim," diye mırıldandım suçlu bir ifadeyle, tosttan bir ısırık alırken. Merdivenlerden çıkıyorduk.

Çisem ters ters baktı bana. "Ne yaptın? Ne yaptın be?"

"Gel sınıfa girelim, ders başlayacak birazdan, hoca gelir. Kenan bu sefer kurtarmaz bizi."

Basamakları çıkmaya devam ettik ama Çisem yüz ifademe bakıp kendince kafasında tahmin etmeye devam etmişti. Sınıfa girdiğimizde, ön sırada toplaşıp ders notlarıyla ilgili tartışan erkekler hariç herkes bir anda susmuştu. Beni çekiştirmelerine alışkındım ama normalde sohbetleri saçımla ya da yaptığım bir hareketle ilgili olurdu, artık çok başka bir yönden konuşacaklarını biliyordum. Hep öyle olurdu.

İlk üç ders matematik olduğundan sınıftan pek ayrılamadık derste işlediklerimizi sorgulamaktan, dördünce teneffüste Aral yanımıza gelip Çisem'e adını anlayamadığım son çıkan oyunlardan birini verdi. Defterime geçirdiklerimi anlamaya çalışmakla o kadar meşguldüm ki sohbetlerine kulak kesilememiştim bile.

Öğle teneffüsüne kadar Çisem'e dünden beri olanları anlatmıştım. Bu yüzden bulduğu ilk fırsatta, yani öğlen arasında konuşmak için sabırsızlanıyordu ama defterini dolabına bırakmak için kapağını açtığında ve dolabın içinde duran küçük kutuyu ve notu fark ettiğinde aklı uçup gitti.

"Hediye mi?" diye sordum, kafamı uzatıp kutuya ve not kâğıdına bir bakış atarken.

Ben, şahsen, Alper olduğunu düşünüyordum ama Çisem notu okuyana kadar bekledim.

Çisem kutuyu eline alıp notu okuduktan sonra bana uzattı. Kâğıdın üzerinde el yazısıyla "Yılbaşında sahne alacağını duydum, takarsan şans getirir umarım ," yazıyordu.

Çisem kutuyu açtı. Birkaç piyano tuşunun farklı boyutlarla karıldığı altın bir yüzüktü bu. Çisem yüzüğü yüzük parmağına geçirdi ama daha sonra işaret parmağına taktığında orada kalmasına karar vermiş gibi görünüyordu. "Nasıl?" Elini kaldırıp gösterdi.

"Güzel," diye mırıldandım. "Çisem, hediyenin kimden geldiğini düşündün mü?"

Seslice nefes verdi. Ardından yüzüğü kutunun içine geri koyup notla birlikte dolabına tıktı ve kapısını kapattı. "Düşündüm."

Yemekhaneye yürümeye başlamıştık. "Bir tahminin var mı peki?"

"Nasıl bir tahmin? Olmasını istediğim kişi mi yoksa olabilecek kişiler mi?"

"Durum fena diyorsun."

"Alper olamaz," dedi tok bir sesle, açıkça. Merdivenlerden iniyorduk. Kafeteryada çok az kişi vardı, yemekhanenin aksine ama masaların birine oturmuş, karşısında Alper dikilirken bütün dikkatini ona vermiş bir silüeti gördüğümde onu hemen tanıdım.

"Neden böyle düşünüyorsun?" Neden o olmasındı? "Daha güçlü bir tahminin mi var? O küçük saksıdaki çiçekleri bırakan Varis olabiliyor da Alper nasıl hediye bırakamıyor?"

"Bizim aramız sizinki gibi değil. Varis seni her şeyden önceye koyuyor ama Alper'in annesi var, kardeşi var ilgilenmesi gereken. Bunca şeyin arasında bir de dolabıma hediye mi bırakacak? Hadi bıraktı, anonim takılmak ona göre değil. Gösteriş budalasının tekidir. Yüzüğü Alper almış olsaydı fiyat etiketini bilerek üzerinde bırakırdı kesin."

Alper'i tanıdığım kadarıyla böyle bir şey yapacağını düşünmüyorum ama Çisem kafasında Alper'i ne kadar ulaşılmaz bir noktaya koyduysa, anonim hayranının Alper olamayacağına kesin gözüyle bakıyor ve kanımca bahaneler üretiyordu.

Peki, Varis beni herkesten önceye mi koyuyordu? Her ne kadar görmezden gelmeye çalışsam da düşünceler yağ gibi çıkıyordu su yüzüne. Onun hakkında daha çok şey bilmeye ihtiyacım vardı ama sorabilecek gibi hissetmiyordum.

Çisem yemekhaneye yöneldiğinde, elinden tutup onu kafeteryaya sürükledim. "Ada vallahi sabah yedim zaten o tostu kazık gibi mideme oturdu sıcak yemek istiyorum ben ya!"

"Al sana sıcak yemek, sor yüzüne öğren, bıktım gizli saklı bir şeyler tahmin etmeye çalışmaktan, kafada kurmaktan," diye homurdanarak doğrudan Varis'in dışa doğru oturup dirseğini üstüne yasladığı masaya yürürken.

Kapıyı açtığım gibi beni fark etmiş, hafifçe kafasını eğmiş, kaşlarını çatmış ama neredeyse gülümsüyordu.

"İyi günler ama Çisem'in Alper'le bir şey konuşması lazım," dedim, arkası dönük Alper gözlerini kırpıştırarak bana, daha sonra da Çisem'e bakarken. Çisem dönüp onlar görmeden bana ölümcül bir bakış attığında ona kocaman gülümsüyordum.

"Sen ne duruyorsun hâlâ?" Varis yerinden kalkmamıştı bile. Uzanıp elini tıuttuğumda arkama bile bakmadan kafeteryadan dışarıya sürükledim onu.

"Ne oluyor ya arkada? Ateşle barutu yan yana bıraktın resmen."

Yemekhaneden içeri girdiğimizde sırada çok az kişi vardı. "Ateşse ateş, barutsa barut. Bıktım yalnızca kıvılcım görmekten. Ben yanacaksa yansın ortalık istiyorum."

Yemek stantlarına dönüktü yüzüm. Varis ellerini tepsinin iki yanından tezgâha yaslayıp hafifçe eğildiğinde bana dönmüştü. Kafam eğikti, hafifçe kaldırıp gözlerimi üzerine diktiğim an ne dediğimin farkına yeni varıyordum. "Yani o anlamda demedim. Neyse dertleri konuşup halletsinler diye dedim."

"Bizim hallettiğimiz gibi mi?"

Yutkundum. Biz halletmiş miydik? Hâlâ sormak istediğim tonla şey vardı ama kancası keskin, kendisi bulanık sorulardı bunlar. Cevapları da ilişkimizi etkilemezdi. Etkilemezdi değil mi?

Bütün gözlerin üzerimizde olduğunu bilerek yemeye çalıştım yemeğimi ama bu his kadar rahatsız edici olan başka bir his daha yoktu. Varis'in asla umurunda değildi. Haftaya yarışı olduğunu duyduğumu söylediğimde doktorla konuştuğunu ve haftaya kadar yüzme ve basketbola geri dönebileceğini söylemişti. Çıkışta antrenmanı vardı ama sadece sahada olacaktı, oynamayacaktı. Benim antrenmanım yoktu, takvim yenilenmişti.

Yemekhanede gözlerim Alin'i aradı. Her zamanki gibi arkadaşlarıyla arka masalardan birinde değildi bu sefer, okula gelmemiş bile olabilirdi. Antrenman olmadığından bilemeyecektim geldiyse bile. Belki de suçunu biliyordu, benim bildiğimi de biliyordu ve karşılaşmak istemiyordu.

Çisem bıraktığım yerde değildi. Derse girerken yanımdaki sıraya geçip oturduğunda yalnızca "O değil," dedi ve hocanın derse başlamasını bekledi. Erken konuşmasını biliyordu ama Alper'le gerçekten konuştuğunu düşünmüyordum. Öğlen onu Alper'in önüne öyle attığım için özür dilediğimde bana kızgın olmadığını söyleyip konuyu kapattı.

Kenan okulda yoktu. Muhtemelen uzaklaştırma almıştı dün yaptığından sonra.

Son teneffüste, tuvalette kabinden Çisem'in çıkmasını beklerken telefonumu karıştırıyordum. Instagram'da çok fazla insanı takip etmiyordum, genelde kedi köpek videoları paylaşan sayfalar çıkıyordu bu yüzden anasayfama ama bir kez daha sayfayı yenilediğimde, Alena'nın daire içindeki profil resminin etrafında renkli bir halka oluştu.

Üzerine tıkladım.

Yavru bir sokak kedisi yatıyordu dizlerinde. Muhtemelen sokakta bulup eve götürmüştü çünkü fotoğrafın üzerinde kocaman HELP (YARDIM) yazıyordu. Gülümseyerek ona cevap yazdım. Belli ki kediler hakkında ufak bir yardıma ihtiyacı vardı.

"Ada ya," diye homurdanarak kabinden çıktı Çisem, ellerini yıkamak için lavaboya yürüdü. "Şimdi ben bir düşündüm de. Yemin ediyorum, sen bile sevgili yaptın, bir ben sap kaldım şu yaşımda."

"Ne varmış yaşında Çisem?" Telefonumu ceketimin cebine atıp omzumu duvara yasladım ve kollarımı göğsümde birleştirdim.

"Aah... Ah!" dedi seslice nefes vererek. "Bizim de bir ok yiyenimiz yok ki..."

Gülerek gözlerimi kaçırdım. "Hatırlatma şu olayı ya, çok kötü hissediyorum..."

"Ne kötü hissediyorsun be?" Çisem ellerini kurulayarak peçete topunu çöpe attığında birlikte dışarı yürüdük. "Senin şu an hissedebileceğin çok şey var. Bırak başkaları kötü hissetsin biraz da." Bunu düşmanca bir surat ifadesiyle, biz çıkarken tuvalete giren bir dedikodu tayfasına ithafen söylediği o kadar belliydi ki.

"Yemin ediyorum ödüm patlıyor bir gün şunlardan biri üstüne atlayacak diye." Söylenerek güldüm. Telefonumun cebimde titreşmeye başladığını hissetmiştim.

"Off yalvarıyorum atlasınlar, boşuna bunca yıldır Jackie Chan, Bruce Lee filmleri izlemiyorum ben. Adamın kafasına vurduğum gibi buradan eşekler cennetine yollarım vallahi."

Çisem tutkuyla havaya yumruklar savurmaya başladığında ona bir dakika işareti yaparak duvar kenarında durdum. Alena arıyordu. Aramayı cevaplayıp telefonu kulağıma götürdüğümde istemsizce gerilmiştim. "Alena?"

"Neredesin?" diye sordu heyecanlı bir sesle. "Okulda mısın daha?"

Çisem ne olduğunu sorar bir ifadeyle kafasını gözümün önünde sallarken "Okuldayım, ne oldu?" diye sordum.

"Ya ben bu küçük kediyi sokakta annesinden çaldım ama nasıl bakarım, ne yer içer bu, ben hiçbir şey bilmiyorum. Acaba gelsem alsam seni okuldan, ne lazımsa almaya gitsek olur mu?"

Kaşlarımı kaldırarak Çisem'e baktım. Olur muydu? Gayet de olurdu. Okuldan sonra bir planım yoktu. Çisem piyano dersi olduğu için hızlıca çıkacaktı hatta, muhtemelen ben de...

Varis?

Yutkunarak "Olur," diye mırıldandım. İsmi zihnimde patladığı an gerilmiştim.

"Tamamdır o zaman, bir saate oradayım. Gelince ararım. İyi dersler!"

"Sağ ol sana da..."

Telefonu kapattım. Az önce bana okulda olduğu için iyi dersler dileyen ve muhtemelen evde oturan kıza, sana da iyi dersler demiştim. Kafamın içindekilerin özetiydi bu.

Son ders, kulüp projeleri sunumu olduğundan çabuk geçti. Çıkışta Çisem dersi için ben daha çantamı toplarken sınıftan fırladığında, arkasından gülerek sıramın altında kalan kitap ve defterlerimi toplamaya başladım.

Sınıfta çok kişi kalmamıştı. Birkaç dakika sonra, sıramı toplamış montumu üzerime geçiriyor, istemsizce gözlerimi dikmiş kapıya bakıyordum. Yalnızca birkaç saniye sonra, tahmin ettiğim kişinin kapıdan içeri girdiğini gördüğümde montumun içindeki ceketimin yakasını düzeltip araya sıkışan atkuyruğumu kurtardım. Varis birkaç adımda sırama ulaşmış, hatta kenarına oturmuştu. "Ee," diye sordu. "Eve mi?"

Kafamı iki yana salladım. Çantama uzanacağım sırada montumun kenarlarından tutup yanına, tam önüne çekti beni. "Alena'yla buluşacağım."

Anında kaşları çatıldı. Surat ifadesi boşa çıkmıştı. "Alena mı? Alena ne alaka?"

"Yavru bir kedi bulmuş sokakta, eve götürmüş sanırım. Mamasıydı kumuydu bir şey bilmediğinden yardım istedi," diye mırıldandım.

"Alena kendi evinde kalmıyor şu an, muhtemelen Milas'ın evinden bahsediyordur." Gözlerini montumun üzerinde gezdirdikten sonra tekrar yüzüme çevirdi. "Ne tesadüf, ben de sevgili kuzenim tarafından çağrıldım."

Kaşlarımı kaldırarak gözlerimi kırpıştırdım. Milas da onu mu çağırmıştı? Ama Alena beni eve davet etmemişti ki, malzeme almaya gidecektik yalnızca. Sonrasını bilmiyordum. Planlı yapılmış gibi durmuyordu. Alena'ya ilk yazan bendim Instagram'dan. "Nerede buluşacaksınız?"

"Cadde'de bir kafede," diye mırıldandı, ardından ayağa kalkıp elimi tutmuştu. "İyi tamam o zaman ben bırakırım seni nerede buluşacaksanız." Sınıftan dışarı yürümeye başladığımızda çantamı omzuma geçirdim.

"Alena geliyor." Telefonumun ekranını aydınlattım saate bakmak için. "Birazdan arar."

"Şu hâle bak, resmen ilk günden satıldık," diye homurdandı merdivenlerden inerken. Ona gülerek gözlerimi kaçırdım. İlk günden. Pekâlâ.

Merdivenlerden indikten sonra kapalı otoparka giden uzun koridora girmiştik, bu rüzgârlı ve yağmurlu havaya şemsiye açmak mantık işi olmadığından onu takip ediyordum ben de. Belki Alena kapalı otoparka gelebilirdi. "Ya sen ne yapmak istiyordun?" diye sorduğumda sesim boşalan otoparkta yankı yaptı. Arabalarına binen birkaç öğrenci dönüp bize bir bakış atmıştı.

"Bilmem," diye mırıldandı. "Herhangi bir şey. Seninle." Tuttuğu elimden çekerek beni arabanın hemen yanındaki kolona yasladığında hoş bir gülümseyişle yüzüme eğilmişti. Gülümsememek için dudaklarımı birbirine bastırırken eliyle çenemi alttan ittirdiğinde göz göze geldik. O bomboş grilikler nasıl olmuştu da bir günde bu kadar neşe dolabilmişti? "Alena'yı ek. Ben de Milas'ı ekerim."

Kötü kötü baktım ona. "Hayır. Burada minik bir kedinin hayatı söz konusu."

"Kedi mi ben mi?"

Şaşkınca, kaşlarımı kaldırarak baktım ona. "Varis, saçmalama. Seni seçsem başına bir şey geleceği yok ama o kediye kum eğitimi verilmezse, doğru beslenmezse, çok küçük olduğu için hastalık gelişebilir. Ayrıca kuzeninin evinin kedi boku kokmasını ister misin? Kedi boku nasıl kokuyor haberin var mı senin?"

Gözlerini kaçırdı onu seçmediğim için yapmacık bir öfkeyle, ardından doğrularak nefes verdi. "Hay ben kuzenimin evine sıçayım ya. Köpeği var onun, Alena nasıl sokmuş minnacık kediyi eve?"

"Her köpek kedilerden nefret etmez," diye araya girdim hemen. "Alena aklı başında bir kız, buna göre davranmıştır."

Gözlerini üzerime çevirdi yeniden. Tek kaşı hafifçe havalanmıştı. "Siz ne ara bu kadar yakın oldunuz ki?"

"Yakın olduğumuz söylenemez sanırım. Begonya'da ders çalıştığım gün sen gelmeden önce karşılaşıp bir kahve içmiştik, daha sonra sen hastanedeyken bana yardımcı oldu." Dudaklarımı büzüp kesmek istedim o an. Hangi duruma düşmüştüm ki Alena bana yardımcı olacaktı ki? Varis bu detayı anında fark eder ve beni çarpraz sorguya çekerdi hemen.

Çekti de.

Hafifçe kafasını yana eğdi ve gözlerini kıstı. "Ne oldu da senin yardıma ihtiyacın oldu ki?" diye sordu sesindeki merak gün gibi ortadayken. "Ameliyata girdim, çıktım, ertesi gün uyandım. Sonra bir bakmışım o steril hastane kokusunu solumamın sebebi dikilmiş başıma, beni okla vuran şerefsizden şikâyetçi olmamamı söylüyor. Sen nasıl bir duruma düştün ki orada Ada?"

Derin bir nefes çektim içime, gözlerimi gözlerine dikmiş cümlesini bitirmesini beklerken. Buna sinirlendiğini fark etmemiştim ama haklıydı, biz hiç konuşmamıştık o ameliyat odasının ardında olanları açık açık. Dudaklarımı ıslatıp gözlerimi kaçırdım önce, ardından gözlerimi kapatıp aklımı toparlamaya çalıştım. Çok ters cevaplar veren bir insan olduğumu biliyordum ama aslında öfkemin sebebi yine bendim, gardımı daha en başında atıp çıkmıştım savaş meydanına. O yüzden ne zaman Varis'e terslensem aslında kendime olan kızgınlığımı dışa vuruyordum, onunla arama inşa etmem gereken surların temelini oluşturmaya çalışıyordum.

Ama artık ne sınır ne de sur yoktu aramızda. Olamazdı da. Mesele neyse, bundan sonra, açık açık konuşacaktık. Çünkü ben birlikte bir yola çıktığımızın gayet farkındaydım.

"Suya girdiğimde dizlerim titriyor, o yüzden dizlerimi geçen derinlikte sığ bir dere olsa adımımı atamam içine. Küvetimi bile tam dolduramıyorum ben," diye mırıldandım dürüstçe. Ardından gözlerimi gözlerine çevirdim ve doğrudan gri boşluklarına baktım yutkunarak. "Partide Kumsal beni havuza ittiğinde bir daha su yüzeyine hiç çıkamayacağımı düşündüm. Çoğu insan nefesini tutar refleks olarak, ben bilinçli kafamı altına sokarken bile tutamıyorum, bu yüzden çok çabuk pes ediyorum. Sen beni haftalar önce okulun havuzuna attığında mesela, o gün gerçekten nefret etmiştim senden çünkü içime gömüp üstüne toprak attığım ne varsa su yüzüne çıkarmıştın. Bütün korkularımı su yüzüne çıkarmıştın."

Gergince dudaklarımı ısırdım çünkü yeniden gözpınarlarıma tırmanıyordu yaşlar. Varis hiçbir şey söylemeden öylece beni izliyordu. Dinliyordu. Anlamaya çalışıyordu.

"Sırf bir kere peşimden atladın diye Toprak havuzu suyla doldururken partideki kadar korkmadım," diye mırıldandım boğazımı temizleyerek. "Aptal gibi geleceğini düşündüm ama Alper gelmese haberin bile olmayacaktı. Sonra geldin, peşimden atladın, bir daha okyanusa dalsam dahi boğulmam ben diye düşündüm. Hangi derin suya atlasam peşimden atlar bu çocuk diye düşündüm. Sonra suya yayılan kanı fark ettim." Dudaklarımı birbirine bastırdım. "Vurulduktan sonra sırf suya atlamak için oku çıkarmışsın yerinden. Bu da yaranın daha da kanamasına yol açmış. Çok kan kaybetmişsin. Kaybettiğin o kanın yarısını elimde kuruttum ben o gece ameliyattan çıkmanı beklerken kapının önünde, koridorun taşına otururken."

"Ada..."

Gözlerimin dolduğunu fark etmemiştim. Neden ağlıyordum bilmiyordum ama sudan bahsetmeye başladığımda bir anda yoğun duygular tarafından kafesleniyordum. Nereden geliyordu bu acı bilmiyordum ama içimde bir yer çok acıyordu. Neyi kaybetmiştim, onu da bilmiyordum ve giderken içimde bıraktığı boşluk nefesimi boğazıma diziyordu.

Benim içimde daha toprağa atılırken çürümüş tohumlar vardı böyle, bağımı bahçemi zehirleyen büyüdükçe. Beni bir sepetin içinde o tohumların üstüne bırakmışlardı sanki, yeryüzüne çıkan dalları hiç bilmediğim hislerin damarını kesiyordu sabahlar geldikçe.

Bunca zaman, Varis, bunca zaman, iki litre kanamış mıyımdır ben de?

Başımı çevirip ellerimin tersiyle gözlerimi sildikten sonra burnumu çektim. "Niye anlattırıyorsun bana bu sen ya! Niye yapıyorsun bunu bana?" Bir anda agresifleşmiştim, nereden gelmişti bu öfke bilmiyordum. "Öleceksin sandım işte!" Elleri kollarıma uzanıp beni göğsüne doğru çektiğinde ellerimi kurtarmak istedim ondan, çabaladım bunun için. "Hiç gelmemiştin, gideceksin sandım." Kolu sıkıca belime dolandığında yanağım göğsüne çarpmıştı, kollarına tutundu ellerim. "Su yoktu ama boğulacağım sandım."

Oksijen vardı ama nefes alamadım.

Bilmiyordum, sakladım öfkemi, silip attım başkasının hikâyesini dinlerken. Anlatırsam acımı, göğsümün ortasında dallanır budaklanır sandım.

Bir kolunu belime, diğerini omzuma sarmış yanağını saçlarıma yapıştırmıştı. Bir süre sakinleşmek için gözlerimi sımsıkı kapatarak derin nefesler almaya çalıştım, çok uğraştım ama sanki yolunu bulmuş gibi akıyordu gözyaşlarım.

"Sen beni bırakmadığın sürece, ben senin gölgenden çekilmem kenara," diye mırıldandı bir eliyle yanağımı avucuna alırken. O kadar büyüktü ki eli, yüzümün yarısını kaplamıştı sanki. Dudakları kulağıma yakın bir yerdeydi, alnını kafama yaslamıştı. "Sen benim kitabımsın," diye fısıldadı ardından, anlamamıştım. "Sen, Ada."

"Ya sen bırakırsan?" Gözkapaklarımı aralayarak, kurumuş gözyaşlarımın arasından sordum. "Ya sen bırakırsan beni? Gitmek istersen?"

"Ben, sen olmuşum," diye fısıldadı baş parmağı gözaltımı boylu boyunca gözyaşlarımın esaretinden kurtarırken. "Seni terk etmek, kusursuz bir intihar olurdu."

Kafamı geriye atıp gözlerimi sımsıkı kapalı tuttum birkaç saniye, bilerek; bu sözünü, ne kadar zaman geçerse geçsin asla sindiremeyeceğimi bilerek. Gözkapaklarımı tekrar araladığımda göğsüm şiddetle inip kalkıyordu aramızdaki tansiyon yükseldiği için. Yutkunarak gözlerinin içine baktığımda bir şey söylemeye, bir şey sormaya korkuyordum artık çünkü ağzından çıkan her laf ayrı bir tarafıma saplanıyordu.

Senin orada ne işin var?

Dudaklarım büzülmüştü ağladığım için, ilk defa karşısında ağlıyordum. İlk defa birinin karşısında ağlıyordum. Babam evlatlık olduğumu itiraf ettiğinde bile kendimi tuvalete kapatıp orada ağlamıştım beni kimse görmesin diye.

Kaşları hafif çatılmıştı, yüzü çok uzağımda değildi uzansam hemen önümdeydi. Yanağımın önündeki elinin sıcağı yakıyordu tenimi. Senin orada ne işin var?

Sen orayı ateşe verdin.

Sertçe yutkundum, ağzım aralanmış, dudaklarım titriyordu. "Senin benim göğüs kafesimde ne işin var?"

Sen benim göğüs kafesimi ateşe verdin.

Sen benim göğüs kafesimi yangın yeri ettin.

Sen aldın beni o büyük avuçlarına, kıvrıldım uyuyorum bak şimdi ben orada.

Beni öpeceğini anladığım an kollarımı boynuna dolayıp kalan mesafeyi ben kapattım bir anda. Her an birinin otoparka inip bizi görebileceği ihtimali zerre kadar umurumda değildi. Hiçbir şey umurumda değildi. Artık hiçbir şey, umurumun kıyısından geçmiyordu benim, karşımda duran adamın geçtiği kadar.

Belime dolanan kolu beni sımsıkı kendine çekerken bir elimi ensesine, ardından saçlarının arasına daldırdım, sırtımı olduğu gibi kolonun buz gibi duvarına yaslarken. Hiçbir zaman, bilememiştim aşkın ne demek olduğunu. Dostluk bile kuramamıştık ki kimseyle bıçak üstünde yürümeden, güvenle. Kitaplarda okuduklarım, ekranda seyrettiklerim ulaşamayacağım bir noktası gibi geliyordu hayatın ama artık göğsümü döven yalnızca nabzım değildi, duygularımdı kapılarımı sımsıkı kapadığım.

O kapılar artık bu adama sonuna kadar açıktı.

Kalbim dudaklarımda atarken araba tekerleğinin asfaltta bıraktığı sesin çok yakınımızdan geldiğini hissettim. Dudaklarımı geri çekerken gözlerim açılmış, birkaç santim geride, yalnızca birkaç saniye önce içinde kaybolduğum gri boşlukların içine bakıyordum doğrudan.

O da duymuştu.

"Şişt, aloo? Aile var burada aile."

ÜÇÜNCÜ BÖLÜM

"Seninle zayıf bir ihtimalimiz var
Kelebek ama önümüz bahar olsa gerek."

Ellerimi kendime çekip hızlıca bir adım kenara çekildiğimde beynimde çakan şimşekleri hissedebiliyordum, yutkunuşum yarım kalmıştı. Utanç bir kemerse sırtım o an kamçılanıyordu. Alena, kırmızı bir *Mini Cooper*'ın içinde, indirdiği cama kolunu yaslamış, kaşları havada gülümsüyordu bize doğru. Arkadaki camdan kafasını çıkarmış kahverengi bir köpeği görebiliyordum, cinsi Pitbull'du sanırım. Alena'nın yanındaki koltuk da boş değildi üstelik, kirli ve ıslak, yavru bir beyaz kedi emniyet kemeri bağlanmış bir şekilde oturuyordu koltukta.

Alena'nın beni almaya geleceği tamamen aklımdan çıkmış bir vaziyette aydınlanma yaşarken Varis'in bir şey söylemek için ağzını açtığı an dudaklarımı birbirine bastırarak ona baktım. "Ya kızım senin işin gücün yok mu milletin özeline dalıyorsun böyle?"

"Var işim, kedimi veterinere götüreceğim. Hatta tam da bu yüzden Ada'yı almaya gelmiştim, ta ki potansiyel arkadaşımın bir ruh emici tarafından emildiğini görene dek." Gözlerini kapatıp kafasını iki yana salladı Alena, camın önünden çekilip geri yaslanırken. "Onca sene televizyonun dibinde film izledim gözüm bozulmadı, iki saniye seni gördüm şurada kör oldum görüyor musun Varis?"

Gözlerini kapatıp iki parmağıyla burun kemerini sıktı Varis, ardından gözlerini açıp bana Alena'yı gösterdi. "Kıza bak ya, yememiş içmemiş gelmiş burada otomatik saldırı moduna almış yine kendini." Gözlerimi kırpıştırarak ona, ardından Alena'ya baktım. Varis arkadaki köpeğe ve Alena'nın emniyet kemerini bağladığı küçük kediye bakarak "Hayvan kaçakçılığına mı başladın şimdi bir de?" diye sordu.

Alena, Varis boka basmış gibi gülümsedi o an. "Merak etme Varis, hayvan kaçakçılığına başlasam ilk senin haberin olurdu. Buradaki en büyük hayvan sensin."

"Alena bak sen çok yanlış insanın evine taşınmışsın," dedi Varis umutsuzca başını sallayarak. "Çevrendeki insanları değiştirmen gerekiyor acil."

"Daha yeni değiştirdim merak etme, bu değişiklikten de gayet memnunum." Gülümsedi Alena, ardından bana döndü. "Ada hadi atla, kurtarayım seni bu meymenetsizden."

"Ben mi meymenetsizim?" diye sordu Varis şaşkınca. "Ben meymenetsizsem sen evde Dizel'le şu kemer bağladığın zavallı kedinin yanında bir de Habeş maymunu besliyorsun Alena." Ardından arabaya doğru giden adımlarımı bileğimden yakalayıp durdurarak. "Ada gitme şununla, konuşacaklarımız var bizim."

Alena'nın telefonunu çıkardığını fark ettiğimde Varis'e cevap verecektim ki, ikimiz de aynı anda telefondan gelen klavye sesine döndük. "Ne yapıyorsun?" diye sordu Varis.

"Kuzenine ona Habeş maymunu dediğini söylüyorum."

Varis bir cık sesi çıkardı ağzından, kafasını yana çevirirken. Seslice derin bir nefes aldı. "İkisi de zarar yemin ediyorum. Tam birbirinizi bulmuşsunuz siz. Mümkünse bize uzak, habitatınıza yakın olun."

"Ya tamam ya," diyerek araya girdim o an, Varis'in bileğimi yakalamış elini çekerken. Gözlerimi yüzüne çevirdim ardından. "Ben şimdi Alena'yla gideyim, dönüşte ararım buluşuruz olur mu? Hem senin de planların vardı yanlış hatırlamıyorsam."

"Evet," dedi Alena o an, kolunu arabadan dışarı çıkartıp kapıya iki kere atla der gibi vururken. "Habeş maymunuyla randevusu var."

"Çattık ya."

"Sen bana çok önceden yanlış yaptın Varis," diyerek işaret parmağını Varis'in üzerine çevirdi Alena. "Unuttum sanma. Ödeşme vakti." İki parmağını Varis'in gözlerini işaret edercesine uzattı, ardından kendine çevirdi. Böyle çok tatlı görünmüştü.

"Ne yanlışı?" Kaşlarımı kaldırarak sordum.

"Sen atla arabaya ben sana anlatırım," diye mırıldandı Alena suratında bir gülümsemeyle, önüne dönerek.

Varis'le göz göze geldim, suratından hiçbir şey okunmuyordu o an. Anında nasıl bu kadar donuk olabiliyordu duygularını saklamak istediğinde, her defasında daha çok şaşırıyordum. Gözleri yalnızca benim tepkimi izlercesine yüzüme odaklanmış, kızarmış dudakları bir çizgi hâlindeydi.

Varis o an elime uzanıp beni kendine çektiğinde ben ne olduğunu anlayamadan şakağıma dudaklarını dokundurdu, ardından "Sen arabaya geç, sonra konuşuruz," diye mırıldandı. Kafamı kaldırıp yüzüne baktığımda aynı bakışlarla incelediğini gördüm beni, kafamı salladım yalnızca. Ardından arabanın kapısına yürüdük, Varis kapıyı açarken ellerimiz ayrılmıştı çünkü ben ön koltukta emniyet kemeri bağlanmış bir şekilde oturan kediyi gördüğüm gibi aklımı sıyırmıştım.

"Yaa..." diye mırıldandım istemsizce kediye uzanırken. Emniyet kemerini çözüp ellerimin arasına aldım onu, ardından geçip oturdum. "Ne yaptın buna böyle?"

"Kirliydi," dedi Alena. "Yıkamaya çalıştım. Ama kedilerin suyu sevmediğinden habersizdim. Ben bunu musluğun altına tuttuğum gibi fırladı kaçtı içeri. Dizel sinirlendi her taraf su oldu diye... Sonra ben de ikisini de alıp arabaya atladım geldim buraya."

Ona gülerken bakışlarımı Varis'e çevirdim, kapıyı kapatmış, açık cama dirseklerini yaslamış, içeri eğilmişti. Islak, kirli kediyi kaldırdığımda kaşlarını çatarak, dudaklarında belli belirsiz bir gülümsemeyle bana baktı. "Uzak tut şu paraziti benden."

"Bak parazitten süper isim olur," dedi Alena o an.

Şokla ikisinin arasında gezdirdim şaşkın bakışlarımı. "Küçücük zavallı kediden ne istiyorsunuz siz ya?"

"Ben sevgisini istiyorum," dedi Alena. "Ama şerefsiz vermiyor işte. Sevmedi beni. Gitti Dizel'in üstüne yattı salak. Dizel de iki metre kırk kilo bir köpek, yan dönerken bir eziyordu bunu. Dedim herkes mi kendisini yok edecek bir aşkın peşinden koşturur?"

O an Alena'dan çektiğim bakışlarımı Varis'e çevirdim, kafasını oynatmadan gözlerini üzerime çevirmişti. "Hadi hadi gidin siz artık," dedi geriye çekilirken. "Bana tercih ettiğin pis kedinle iyi eğlenceler Ada."

Kollarını çektiği sırada kediyi kucağıma bırakıp bir elimle elini yakaladım. Varis arkasını dönmüştü neredeyse, kafasını çevirdiğinde şaşkın bakışları beni buldu. Ardından elini yakaladığım eline baktı. "Hep sen mi elimi yakalayacaksın?" diye sordum kaşlarımı kaldırarak, kafamı hafifçe yana eğerken.

Alena uzanıp elimi çekene kadar gözlerimi gözlerinden ayırmadım, elim başka bir güç tarafından içeri sokulduğunda ise şaşkınca yanımdaki sarışına bakıyordum. "Hadi kardeşim hadi," diye homurdandı Alena, Varis'e el sallayıp benim tarafımdaki camı kapatırken. "Hadi git yallah ya."

Ön camdan Varis'in Alena yüzünden sabır çektiğini gördüğümde sessizce gülüyordum, ilerleyip arabasının ön koltuğuna bindiğinde Alena da otoparkın çıkışına doğru sürmeye başlamıştı aracı. Emniyet kemerimi taktım, kucağımdaki miniği rahatsız etmemeye çalışarak. "Varis'le anlaşamıyorsunuz."

"Günahım kadar sevmem o veledi," dedi Alena, gözlerini yoldan ayırmadan. Buranın yokuşu bir başkaydı.

"Velet?" diye sordum şaşkınca. Varis Adin'e de velet diye bir Alena Doran seslenirdi zaten...

"Velet ya, sen bir bilsen..." Kafasını olumsuz anlamda sallayarak güldü Alena. "Orada yanlış yaptı bana falan dedim de, yanlış anlama. Uzun zamandır tanıyorum ben onu. Tanıyormuşum yani." Bana döndü birkaç saniye, hafifçe gülümsemişti. "Çocukken annelerimiz arkadaşmış. Oradan tanışıyormuşuz. Fotoğrafları görünce daha yeni fark ettim ben de."

"Ya?" Kaşlarımı kaldırdım istemsizce. Demek Alena ve Varis çocukluk arkadaşıydılar. "Milas'ı da tanıyordun o zaman?"

Kafasını salladı. "Daha çok Varis'i görüyordum ama evet, Milas'ı da tanıyordum."

Daha çok Varis'i mi görüyordu? Neden? "Yakındınız galiba."

"Ben değil." Gülümsedi, dönüp bana baktı yeniden, ardından önüne döndü.

Bu da ne demekti? Gözlerimi Alena'dan önüme çevirdim o an. İçimde bir his dallanıp budaklanmıştı çocukluk arkadaşı olduklarını öğrendiğim an, bunun hayalini daha bir gün önce geçirmiştim aklımdan.

Geriye yaslandıktan sonra dudaklarımı ıslattım. Belki de Alena gerçekten de her şeyi elde etmiş o sarışındı. Bir ailesi vardı, akıllı bir erkek kardeşi, sevgilisi, çocukluk arkadaşı. Herkes vardı etrafında. Kalabalıktı.

Issız.

Kelime aklımdan geçtiği an başımı kaldırıp gözlerimi Alena'nın dalgalı sarı tutamlarına çevirdim. Nasıl biri olduğunu merak ediyordum, yalnızca ayaküstü tanışıyorduk. Belki de bu kedi muhabbeti arkadaş olmamız için bir fırsat olabilirdi. Alena da potansiyel arkadaş demişti benim için. Aksini düşünüyor olamazdı değil mi?

Onda farklı bir şeyler vardı.

"O hamam böceğinde ne buluyorsun?" diye sordu kırmızı ışıkta durduğumuzda, geriye yaslanırken parmaklarını çıtlatarak. Mavi gözlerini üzerime çevirmişti.

Bir elim dizimde, diğeriyle kucağımdaki miniği seviyordum durmadan. Alena sorusunu sorduğunda elim havada asılı kalmıştı. Gözlerimi kırpıştırdım birkaç kez, yutkundum ardından, dudaklarımı ıslattım. "Hamam böceği mi?" diye sordum kaşlarımı kaldırarak. "Sen gerçekten onu görebildiğine emin misin?"

Alena gözlerini kısarak üzerimde gezdirdi. "Sen de dış kapının mandalı değilsin hiç bu konuya. Gayet güzel bir kızsın. Daha az dengesizini bulabilirdin."

Gülerek kafamı salladım. "Dengesizlik konusunda haklısın ama onu tanıdığımdan beri benim de dengem şaştı o yüzden sessiz kalma hakkımı kullanıyorum bu konuda."

Kafasını sallayarak önüne döndü Alena, yeşil ışık yandığından gaza basmıştı. "Ben akıl sağlığın için söylüyorum."

"Dedi aynı çocuğun kumral versiyonuyla çıkan Alena Doran."

Kahkaha attı o an. Arkadaki Dizel bile öne eğilip kafasını uzatmıştı. "Kuzenler diye huyları benzeyecek diye bir şey yok Ada, ayrıca Milas'ın Varis'le fazla ortak noktası olduğunu zannetmiyorum. Ortada bir kutu varsa, Milas kapağını açıp benim önüme bırakır; Varis ise o kutuyu kilitlerdi." Gözlerimi şaşkınca önüme çevirdim, ardından gülerek kucağımdaki miniğe baktım yeniden. Alena gerçekten Varis'i tanıyordu çünkü bu tam olarak Varis'in yapacağı bir şeydi. "Ee," diye mırıldandım. "Bu miniği nerede buldun?"

"Sahilde koşarken," dedi seslice nefes vererek. "Annesi girmiş taşın altına kendini koruyor yağmurdan, yavrusunu itiyordu ne zaman yaklaşsa. Bir tokat atasım geldi öyle anneye. Onun yerine yağmurda bıraktığı yavrusunu kapıp eve götürdüm ben de." Elini yüzünün önünde salladı. "Gözlerini falan sildim, akmıştı hep. Kurulamaya çalıştım bembeyaz havluyu çamur etti. Yıkayayım dedim her yer su oldu... Sonra işte Dizel eziyordu falan. Ne yapacağımı bilemedim gerçekten."

"Geçmiş olsun, bayağı badire atlatmışsın."

"Sorma," diye mırıldandı aldığı nefesin altından. "Binaya girerken komşu kadınla karşılaştım, deve yüküyle kızdı bana arkamdan, kediyi annesinden çaldım diye. Manyak mıdır nedir? Ne zaman eve girsem arkamdan tövbe çekiyor."

Gülüşümü tutamadım o anı hayal ettiğimde. Kadın muhtemelen Milas'la Alena'nın aynı evde yaşamasını uygun bulmadığından öyle yapıyordu.

"Geldik galiba." Arabayı kaldırımın kenarına çekerken ilerideki mağazayı gösterdi Alena. Yan yana iki dükkân vardı, muhtemelen birleşiklerdi. Çünkü bir taraf veterinerken diğer tarafta bir hayvanın ihtiyaç duyabileceği eşyalar satılıyordu.

"Dizel'i ben alırım," dedi Alena emniyet kemerini çıkartırken. Kafamı sallayarak emniyet kemerimi çıkardım ve minik kediyi göğsüme bastırarak çıktım dışarıya. Yağmur çiseliyordu ve hava soğuktu. İş çıkış saati olduğu için cadde doluydu, arabalar yağan yağmurda daha bir kalabalık görünüyordu sanki. İstanbul'un trafiğini sevmiyordum.

"Gel oğlum," diye seslendiğini duydum Alena'nın, kapıyı açtığı an Dizel'e. Güzel, kahverengi bir köpekti Dizel.

Arabadan indikten sonra tasmasına uzatmalı eklentisini taktı Alena, ardından kapıları kilitlediğinde geniş merdivenlere yöneldik.

"Parazit dışında bir isim düşündün mü kedine?" diye sordum merdivenleri çıkarken, Alena'ya dönerek.

"Niye ki?" diye sordu. "Parazit çok iyi isim bence. Hayatımız parazitlerden geçilmiyor zaten, daha yeni bir tanesini seninle yakaladım. Bence çok anlamlı oldu. Sen düşündün mü hiç isim?"

Gülerek önüme döndüm. "Yok, ben niye düşüneyim? Senin kedin sonuçta. Birazdan veterinerde isim gerekecek ama karnesini çıkarttırırken, o yüzden sordum."

"Doğru," diye mırıldandı Alena. "Ama benim aklıma gerçekten Parazit'ten başka bir şey gelmiyor. Şimdi Milas'ı arasam kesin saçma salak espriler yapacak boş boş +18. En iyisi Parazit koymak. Zaten baksana," dedi kucağımdaki kediyi göstererek. "Artık cinsi neyse patileri burnu kulakları siyah, geri kalanı beyaz. Parazit gibi bir şey gerçekten. Minik de." Dudaklarını büzdü veterinerin kapısını açarken. "Parazit olsun adı."

Kafamı salladım içeri girerken, gülüyordum. Çünkü az önce gerçekten bu yavru kedinin adını Parazit koymuştuk.

Veteriner adam kırklarının sonunda iyi bir adamdı. Parazit'i yıkamamıza gerek olmadığını, onun zaten kendini yalayarak kısa sürede temizleyeceğini söyledi. İç ve dış parazit aşılarını yaptırdık, geri kalanı için de karnesini çıkarttık. Böylece Alena vakti geldiğinde Parazit'i veterinere getirebilecekti.

Kuru ve ıslak mama aldık yan taraftaki mağazadan, yeme ve su kabı, kum ve tuvalet kutusu. Bir de zilli beyaz bir tasma, kedi çok küçük olduğundan Alena "Bunun bir basmalık canı var, ben zaten sabahları düz yolu yürüyemiyorum," demişti zilli tasmaların asılı olduğu panoya yürürken.

Ben Parazit'le birlikte ön koltuğa geçerken Alena, Dizel'i arkaya bindirip kapıyı kapattı ve şoför koltuğuna geçti. Hava kararmıştı. "Evin nerede diye sormayacağım çünkü seni bize götürüyorum," diye mırıldandı kapıyı kapatıp emniyet kemerini takarken. Başını kaldırdığında göz göze geldik. "Özellikle o bagajdaki kum kabı mıdır nedir onun nasıl çalıştığını çözmem lazım. Rüşvet olarak sana yemek yaparım derdim ama yapamıyorum da. Hayatım boyunca haşlanmış lahana, havuç falan yedim ben. Belki Milas gelirse o yapar."

Suratımı buruşturarak önüme döndüm. "Haşlanmış lahana ve havuç mu? Dalga geçiyorsun değil mi?"

Kaşlarını kaldırarak önüne döndü. "Benimki gibi bir anneyle aynı evde yaşamak..." Seslice nefes verdi ardından, park ettiği köşeden çıkarmıştı bizi. Akan trafiğin içindeydik. "En sevdiğin yemek ne?"

Gözlerimi kısarak düşünmeye çalıştım. Sanırım makarnaydı. "Mantarlı tavuklu makarna galiba. Ya da mantı. Ya da lahmacun. Ya da ıspanaklı lazanya. Ya da..."

Şaşkınca bana döndü Alena. "Yuh. Birini bile seçemiyor musun?"

Kafamı olumsuz anlamda salladım. "Hepsi benim bebeklerim. O yüzden yemek tercihi bana kalırsa bön bön bakarım iki saat menüye, en sonunda da kesin pişman olacağım bir şey söylerim."

Alena gülerek önüne döndü, dalgalanmış sarı saçlarını kulaklarının arkasına sıkıştırmıştı. "Güzel büyümüşsün, Ada."

Ne dediğini anlayamamıştım, bu yüzden dudaklarım hâlâ bir gülümsemeye ev sahipliği yaparken kaşlarım istemsizce çatıldı ve gözlerim üzerine çevrildi. "Nasıl yani?"

"Öyle yani," dedi tek omzunu silkerek, yüzünde hoş bir ifadeyle.

Ardından bir şarkının nakarat kısmının sesi arabayı kapladı. Alena'nın telefonu çalıyordu ve arama arabanın ekranına düşmüştü. Alena uzanıp aramayı cevapladığında ekranda yazan Milas ismine takıldı gözlerim.

"Neredesin?" diye sordu Milas.

"Eve dönüyorum," diye cevapladı onu Alena, camdan dışarı bakarken. Döneceği için yolu kontrol ediyordu. "Sen neredesin? Yemek yaptın mı?"

"Kızım senin de işin gücün yemek yemek oldu he."

"Çok konuşma da soruma cevap ver. İyi ki bir yemek yapabiliyorsun, iyi ki bir düştük eline yani."

"Of, sese bak, nasıl dayanıyorsun buna ya?" diye başka bir ses duyuldu arkadan o an. Gözlerim sonuna kadar açılırken şaşkınca Alena'ya döndüm, o da bana bakıyordu. İşaret parmağını dudaklarının önüne getirerek susmamı istedi.

"Varis mi o yanındaki?" diye sordu Alena, gözlerini ekrana çevirirken. "Onu da getir yanında."

Varis'in histerik bir şekilde, dalga geçercesine güldüğünü duydum. "Oldu hanımefendi. İki kilo baklava siparişi veriyor sanki."

"Ada da benimle geliyor eve."

"Sizin eve buradan mı dönülüyordu Milas?"

Kahkaha atmamak için dudaklarımı birbirine bastırarak kafamı koltuğa yasladım. İstemsizce kalp atışlarım hızlanmıştı. Bunu yaptığına inanamıyordum, sözünden dönmesi iki saniyesini bile almış mıydı gerçekten?

"Gelirken alışveriş yapın," dedikten sonra aramayı sonlandırdı Alena, ardından yeşil ışık yanmasıyla yan yola döndürdü direksiyonu. "Bak gördün mü adın geçince nasıl döneklik yapıyor? Güvenilmez buna."

"Güvenilmez mi gerçekten?"

"Ada değilsen." Gözlerini üzerime çevirdi Alena, ardından geriye yaslanarak boş yolda gaza bastı. "Ada değilsen güvenilmez bu herife."

Bakışlarım havada sekerek Alena'dan önümüzdeki boş, sokak lambalarının aydınlattığı yola çevrildi üzerime çöken ağırlıkla. Yutkundum, dudaklarımı ıslattım, ardından gözlerimi kaçırdım. Yalnızca birkaç gün içinde değişen ve gittikçe eğimi artan şeyler hissediyordum göğsümün içinde. Sabahın köründe yatağının üzerinde yaptığımız konuşmadan ve otoparkta olanlardan sonra oturup sessizliğin içinde düşünmeye pek vakit bulamamıştım, dolayısıyla sorular ve korkular birikmişti içimde.

Hayatım boyunca bu hissi aramıştım her yerde, içime bakmak aklıma gelmemişti.

Gözlerimi kırpıştırarak bakışlarımı kucağımda top gibi kıvrılmış uyuyan minik Parazit'e çevirdim. Aralanan dudaklarımın arasından kesik bir nefes kaçtı, ardından bakışlarım pencereden gördüğüm sahilde gezinmeye başladı.

"Ne oldu?" diye sordu Alena. "Durgunlaştın."

Dirseğini kapıya yaslamış, kafasını eline yaslamış, bana dönmüştü. "Bilmem..." Seslice nefes verdim. "Şu an hayatımda çok şey oluyor sadece ve benim uzun zamandır nefes almaya vaktim olmadı."

"Nefesini tut Ada," diye mırıldandı Alena, kısık bir sesle, önüne dönerken. Bir sitenin garajına girmiştik. "Bu daha başlangıç."

Kaşlarım çatıldı. "O ne demek?"

"Daha çok gençsin yani, o anlamda söyledim. Daha neler çıkacak karşımıza, nelerle karşılacağız..." Hafifçe gülümsedi, motor durmuştu. "Geldik."

Kafamı sallayarak emniyet kemerimi çözdüm ve kapıyı açtım. Çantam ve Parazit'le birlikte yağan yağmurun altındaydık artık.

Alena kapıyı açtığında, Dizel aşağıya inip doğruca apartmanın kapısına doğru yürümeye başladı. Alena ceketiyle çantasını alıp yanıma geldiğinde bagajdakileri bölüştükten sonra birlikte Dizel'i takip ettik.

Alena ve Milas'ın yaşadığı ev sade ve modern dizayn edilmişti. Kapıyı açtığı an Dizel içeri geçip kenarda patilerini kurulamıştı, Parazit de kucağımda rahatsızlanıp aşağı atlamış ve salona koşturmuştu. Alena elindekileri içeri bıraktığı gibi ceketiyle çantasını kenara attı ve kapıyı arkamdan kapattı. "Lavabo ileride sağda, ellerini yıkamak istersen," diye mırıldandı. "Ben şu paketleri açmakla uğraşayım biraz belki yanlışlıkla kum kabını falan kurarım..."

Gülerek kafamı salladım ona, ardından lavaboya geçip ellerimi yıkadıktan sonra yardıma yürüdüm yanına. Salonun ortasındaki masanın üzerine çıkarmıştı her şeyi, kuru mama paketinin yanına ıslak mama paketlerini dizmişti. Parazit o paketlerin dibinde uslu uslu oturuyor ve onu izliyor, arada yalanıyordu.

"Buna ne kadar kum koyacağız ya?" diye sordu Alena, dizlerinin üzerinde çökmüş kum kabının parçalarını oturtmaya çalışırken. Eğilip yardımcı oldum, zaten üç parça bir şeydi.

"Dört parmak kalınlığında koysak yeter, zaten Parazit daha küçük." Masanın üzerindeki makasa uzanıp kum torbasının ucunu kestim ve içeri boşalttım. "Kum kabını nereye koyacağını düşündün mü?"

Kafasını salladı. "Arkada kapalı balkon var. Balkon kapısına kedi kapısı yaptırırsak çözdüm bu işi bence."

"Kumunu her gün temizlemeyi unutma ama," diye mırıldandım. "Kokar bak."

"Milas temizlesin onu da. Dizel her sabah peşime takılıyor koşuya çıkarken tuvalet için."

Bu evin annesi Milas'tı anlaşılan. Alena mama kabının bir bölmesine biraz kuru mama koyduğunda, Parazit koşa koşa kabın başına geçti ve biraz kokladıktan sonra ağzını kocaman açarak bir anda bütün mama toplarını ağzına almaya çalıştı. Alena'yla aynı anda tanıklık ettiğimiz bu sahneye bir süre gülmüş, ardından etraftaki çöpleri toplamaya başlamıştık.

Kapı açıldığında Alena, mutfaktan getirdiği koca bir çöp torbasının içine benim buruşturduğum paketleri dolduruyordu. İçeri ilk giren Milas oldu, elinde poşetler vardı. Elimdeki kartonu çöp poşetine tıkarken Varis'in etrafta göz gezdirdiğini gördüm, beni gördüğünde durdu.

Üzerini değiştirmişti. Eve uğradıkları anlamına geliyordu bu.

"O ne be?" diye sordu Milas, dosdoğru girdiği mutfaktan kaşlarını çatarak geri manevra yaparak. Alena, Parazit'i kucağına almış, bebek gibi yatırmıştı kollarına.

"Ha senin haberin yok," dedi Varis suratında keyifli bir ifadeyle kapıyı kapatırken. "Dizel'e kuma geldi."

Milas'ın poşetleri mutfağın girişine bırakarak salondan içeri yürüyüşünü izledim, Varis'in söylediklerine gülmemek için dudaklarımı birbirine bastırırken. Varis de onun arkasından içeri girmişti.

"Bak," dedi Alena kocaman gülümseyerek, Parazit'i Disney'in *Lion King* filmindeki gibi ön patilerinin altından kavrayıp havaya kaldırmıştı. "Ne düşünüyorsun?"

Milas, Parazit'le göz göze geldi o an. Varis'in yanımda durup kollarını göğsünde bağlayarak Milas'ın tepkisini beklediğini fark ettiğimde ona bir bakış atıp önüme döndüm.

Bir anda bir ses çınladı kulaklarımda, Parazit ağzını açıp kapamıştı sanırım, gözlerimi Varis'in üzerine çevirdiğimden tam yakalayamamıştım o anı. Daha sonra Milas'ın ceketinden aşağı süzülen açık kahve kusmuğu gördüm.

Varis baş parmağını alt dudağına sürterek gülüşünü saklamaya çalışıyordu, kolumu çevirip karnına vurdum hafifçe ama ben de gülüyordum. Alena sırıtmaya devam ediyordu ama gülmemek için kendini sıkıyordu o da. Milas başını eğip ceketine baktı, ardından Parazit'e, ardından Alena'ya.

"Yeni yemek yedi ya, çok sarstık kediyi, o da haklı," diye mırıldandım istemsizce. "Aşı falan da oldu üst üste..."

O an çıkan bir "Miyav," sesiyle bakışlarım şaşkınca Parazit'e döndü. "Anne dedi be!" diye bağırdı Alena kediyi göğsüne bastırarak. "Helal olsun sana ceketler, gel benim de üstüme kus."

"Yok artık." Milas şaşkınca gözlerini önce Alena'nın, daha sonra da bizim üzerimizde gezdirdi. Varis kaşlarını kaldırarak omuz silkmişti. "Var artık, kuzen."

"Ne duruyorsun? Üstünü değiştirsene," diye mırıldandı Alena kafasını Parazit'in karnına sürterken.

"Bu ceket deriydi," dedi Milas ellerini kaldırıp ceketini gösterirken.

"Oh iyi olmuş o zaman. Gerçek deri ceket mi alınır Milas? Bir de köpeğin var. Nasıl bakabiliyorsun sen Dizel'in gözlerine?"

"Hediyeydi."

"İade etseydin."

"Fişi mi vardı Alena?"

"Bu beni hiç alakadar etmez."

"Geçmiş olsun," diye mırıldandı Varis, Milas'ın omzunu birkaç kere patpatlayıp yanından geçerken. Diğer elinin bileğime dolanmış olduğunu isteğim dışında geniş koltuğa doğru yürürken fark etmiştim.

"Çok tatlı ama bak..." Sesini duydum Alena'nın, arkamı döndüğümde Milas'ın dibine girmiş Parazit'i yüzüne sokmaya çalışıyordu. Milas kafasını çevirerek gözlerini devirdi ama gülüyordu. "Uzak tut şunu benden kusacak yine."

"Kusmaz kusmaz, onun canı ne ki. Kuş kadar yemişti onu kustu zaten."

İstemsizce gülerek önüme döneceğim sırada elimden aşağı çekildiğimi hissettim, ardından ayağım koltuğa takıldı. Bir anda koca koltukta Varis'in kucağına oturduğumda şakağım çenesine çarptı, yüzümü buruşturarak elimi oraya götürdüm ve hafifçe ovaladım geri çekilirken. Varis'in bir eli bacağımın üzerinde, diğeri belimdeydi ve gayet memnun görünüyordu. "Koca koltukta yer mi yok Varis?" diye sordum şakağımı ovalarken.

Önce öylece baktı suratıma, ardından kafasını uzatıp dudaklarını kulağıma yaklaştırdı. "Seninle beni uzaya fırlatsalar ben yine yer yok diyip yanına gelirim."

Dudaklarımı birbirine bastırarak göğsüne vurdum yumruk yaptığım elimi, gülerek geriye yaslanmıştı yeniden. Bir bacağının üzerinde oturuyordum, belimdeki elini çektiğim an kendimi yanına attım koltukta. Etek giymiş olmam bir dezavantajdı çünkü ev ortamı içinde hiç dikkat etmiyordum.

Parazit'in kum kabı, Parazit ve Alena'yla birlikte salonu terk eden Milas tekrar salonun girişinde göründüğünde Alena içeriden "Açım ben!" diye bağırdı.

Ardından bir kapı açılma sesi geldi, Alena saçlarını atkuyruğu yapmış buraya doğru yürüyordu. Milas o sırada kendini koltuğa attığında Dizel içeri girdi, Milas'ın bacaklarının arasından kafasını kaldırdı. "Pabucun dama atıldı diye üzüldün mü oğlum?" Milas'ın bakışları, o hâlâ Dizel'i severken üzerime çevrilmişti o an. "N'aber Ada? Nasıl gidiyor?"

"İyi..." Omuz silktim, koltukta geriye yaslanmıştım. Milas hakkında bir şey bilmediğimden ona karşı nasıl davranacağımı da bilmiyordum doğrusu. Doğru düzgün tanışmamıştık, hatta neredeyse hiç konuşmamıştık bile. Kumral saçları ve yeşil gözleri vardı onun, kollarında dövmeler... Varis'le hem benziyorlardı hem de hiç alakaları yoktu.

Varis kolunu arkamdan uzanıp omzuma sarınca elimle kolunu tutup geri bıraktım yanına. Ben ona ters ters baktım, o ise dudaklarını birbirine bastırarak hafif bir tebessümle Milas'a döndü. Bu çocuk nasıl sessiz ve durgun görünüyordu dışarıdan? Çünkü içeride, eli kolu durmuyordu.

Alena kapının pervazına yaslandığında gözlerim üzerine çevrildi. Kollarını göğsünde birleştirmişti. "Milas..." Yalnızca adını söylemişti ama ben bile neyi kastettiğini anlamıştım Alena'nın, yemek yapmalarını istiyordu. Benim gibi mutfakta umutsuz bir vakaydı sanırım...

"Hadi kalk," dedi Milas, ayağa kalkarken Varis'e dönerek. Başıyla içeriyi işaret etti.

"Ne kalk?"

"Kalk mutfağa."

Varis "Ben burada iyiyim sağ ol," diye mırıldandı.

Milas'ın bakışları bana çevrildi o an. Hafifçe gülümsemişti. "Ada."

Kolumla arkadan dürttüm onu, başını omzunun üzerinden çevirip bana baktığında gözlerini kısmıştı. Hayır da diyebilirdi ki, illa her şeyi kabul etmek zorunda değildi... Der miydi? Varis bana hiç hayır demiş miydi?

Seslice nefes verdi, "İmdat ya," diye homurdanarak kalktı Varis yerinden, bana bir bakış fırlattıktan sonra. "Yemin ediyorum imdat."

Milas çoktan Alena'yla birlikte salondan çıkmıştı, Varis kapıya ilerliyordu. Önce kahkaha atacak gibi oldum ama daha sonra "Sen benden kurtulmak mı istiyorsun?" diye sordum ciddi bir sesle, kaşlarımı çatıp başımı hafifçe yana eğerek. Aynı zamanda ayağa kalkmıştım.

"Hımm..." Aramızda bir metre kala uzanıp elimden yakaladı beni, ardından elini elimden çekmeden kolunu başımdan geçirdi ve omzuma dolayıp beni göğsüne çekti. "Bunun cevabını otoparkta verdiğimi sanıyorum," diye mırıldandı kulağıma doğru. "Vermedim mi?"

"Verdin," dedim onu itip mutfağa girerken. Gülümsemekten ağzımın kenarı ağrıyordu artık.

Biz Alena'yla poşettekileri yerlerine yerleştirirken iki kuzen kolları sıvamış fırında peynirli makarna yapmak için işe koyulmuşlardı bile. Alena sürekli Milas'ı rahatsız ediyordu, "Taciz ediliyorum," diyordu Milas, Alena yanından geçerken ama ne olduğunu göremediğimden lafını ne yöne çekeceğimi de bilmiyor, sadece gülüyordum.

Makarna fırına verildiğinde onlar salata yapmak için kalırken Alena bana dönüp "Gel üzerine rahat bir şeyler vereyim," diye mırıldanarak önümden geçti, böylece mutfaktan çıkmış olduk. Bu reddedemeyeceğim bir teklifti çünkü sabahtan beri forma giyiniyordum ve ceket oldukça rahatsızdı.

Koridorun sonundaki büyük odanın kapısını açtığında doğruca boydan boya, koca bir dolabın en sondaki kapaklarını açtı Alena. Ardından alt-üst takım, sarı bir eşofman takımını askısıyla birlikte çıkartıp bana uzattı. "Bunları giyinebilirsin."

Askıya uzandım. "Teşekkürler."

"Dünyanın en rahat şeyi," dedi sanki önceden hiç eşofman giymemiş bir ifadeyle gülümserken. "Değil mi?"

Gözlerimi kısarak başımı hafifçe ona doğru eğdim. "Yeni keşfetmiş gibi söyledin."

"Arkamı döneyim ben, burada giyin," dedi Alena kapıyı kapatıp arkasını dönerek. "Aslında yeni keşfetmiş sayılırım. Eşofman giyecek çok yer yoktu."

"Ev?" Kaşlarımı kaldırarak sordum, ceketimi çıkartıyordum. "Evde ne giyiniyordun?"

"Dışarıda ne giyiniyorsam."

Süveterimi ve gömleğimi çıkardım, ardından takımın üstünü geçirdim başımdan. "İlk defa eve girer girmez üzerine pijama falan geçirmeyen biriyle karşılaşıyorum. Ben özellikle lisedeyken daha odama yürürken başlardım soyunmaya, tabii ev boş. Anında pijamalarımı giyinip yatağa girer akşama kadar film izlerdim."

Alena'nın nefes verişinin sesini duydum o an, yanlış bir şey mi söyledim düşüncelerimin arasında eteğimi çıkarmış eşofmanı geçiriyordum altıma. "Annem eşofman sevmezdi," diye mırıldandı Alena.

Annen eşofman sevmiyorsa annen giymesin o zaman. Bunun seninle ne ilgisi var? Soramadım ama. Kelimeler çıkmadı ağzımdan. Onun yerine "O zaman buraya taşınman iyi olmuş, yaşasın eşofman özürlüğü," dedim suratımda kocaman bir gülümsemeyle arkasını dönmüş Alena'nın önüne çıkarken. Ellerimi belime koyup etrafımda döndüm. "Nasıl oldu? Biraz küçük sanki."

"Tam olmuş," dedi Alena bana dönerken, her zamanki gülümseyişi dudaklarındaydı. "En sevdiğin renk ne?"

"Yeşil." Hafifçe kaşlarımı çattım bu ezberlediğim cevabı söyledikten sonra.

"Ne oldu?" Alena emin değilmişçesine bana baktı.

"Gri de güzel bir renk," diye mırıldandım gözlerimi odaklandığım yerden çekerken, aklıma gelen görüntü dikkatimi dağıtmıştı. "Seninki ne?"

"Beyaz."

Çıkardığım kıyafetlerimi düzelterek koluma astım. "Beyaz mı? Daha önce hiç beyaz cevabı veren birini duymadım. Hep mavi ya da siyah falan derler."

"Beyaz," diye mırıldandı Alena. "Çocukluğumdan beri nefret ettiğim bir renkti. Her zaman bir şeyleri ortaya çıkaran renk oldu, saklayan değil. Ama saklamaması da gerekiyormuş zaten, benim gözlerimi açabilmem için yani. O yüzden artık nefret etmiyorum. Aksine seviyorum." Kafasını salladı kendi kendine, ellerini arkada birleştirmiş ve omuz silkmişti.

Eteğimi düzeltip koluma astığımda çıkardıklarımın tamamını almıştım, birlikte kapıya yöneldik. "Peki, en sevdiğin hayvan?"

"Kelebek," dedim yine ezberlenmiş bir cevap vererek. Bunu söyledikten sonra yine kaşlarımı çatmıştım.

Alena güldü. "Bu sefer ne oldu?"

"Aslında, neden kelebek dedim bilmiyorum," diye mırıldandım kendi kendime. "Ama ilkokuldan beri en sevdiğim hayvan sorulduğunda kelebek derim."

"Refleks gibi."

Kafamı salladım. "Aynen."

"Belki unuttuğun bir anısı vardır," diye mırıldandı Alena.

"Olabilir. Çocukluğumu pek hatırlamıyorum."

Mutfağa girerken Alena önden geçti, ben koluma astığım kıyafetleri kenardaki çantamın içine yerleştiriyordum düzgünce. Arkamda bir gölge hissettiğimde çantanın fermuarını kapatıp doğruldum. Varis önümde dikiliyordu.

"Teletabilere dönmüşsün," diye mırıldandı üzerimdeki sarı eşofman takımına göz gezdirerek. "Antenlerin nerede?"

"Teletabi mi?" Hatırlamaya çalıştım. "Onlar neydi ki ya?"

Varis'in suratındaki hafif gülümser ifade kayboldu. "Teletabileri izlemedin mi hiç?"

Kafamı olumsuz anlamda salladım.

"Ne yapıyordun sen çocukken? Otlarını konuşturmaya falan mı çalışıyordun?" diye sordu kollarını göğsünde birleştirerek sağ omzunu duvara yaslarken. Arkamdaki dolaba yaslanıp gözlerimi kısarak ona baktım. "Aslında, tam olarak, evet."

Güldü yeniden. "Bak nasıl biliyorum."

"Aynen," diye mırıldandım kendi kendime. "Çok şey biliyorsun."

Okulun ilk günü göz göze geldiğim çocukla karşımdaki insanın aynı kişi olduğunu söyleyemezdim. Söylersem yalan olurdu değil mi? O günkü Varis Adin ve karşımdaki aynı insan değildi. Ne zaman aynı ortamda bulunsak buz gibi gözlerini üzerime çevirirdi, sıcak bir yaz gününde bile üşütmeyi başarırdı içimi. Şimdi yakınıma girmeden konuşamıyordu, öpüyordu, arada gülüyordu. Bu çocuğa ne olmuştu?

"Sen ne yapıyordun çocukken?" diye sordum ben de onun gibi kollarımı göğsümde birleştirerek. "Bahse varım top peşinde koşmuşsundur."

"Basketbol topuysa, evet," diye cevapladı. Ardından gözleri kısılırken ekledi. "Bir de, kitap okuyordum."

Kaşlarımı kaldırarak sordum. "Kitap?"

Kafasını salladı. "Hı-hı, kitap."

"Çok sıkıcıymışsın."

"Ya sen ne yapıyordun otlarınla konuşmaktan başka?"

Bir an ne söyleyeceğimi bilemedim. Hafızam iyi değildi, yalnızca ilkokul sıralarında yaşadıklarım aklımdaydı. Eve geldiğimde çiçeklerle ilgilenirdim, babam her hafta elinde başka bir saksıyla gelirdi ve arka bahçeye ekerdik. Onun dışında ödevlerimi yapar, bazen internetten animasyon filmleri izlerdim. "Ot değil bir kere, çiçek onlar," diye mırıldandım. "Ve senden daha iyi bir dinleyiciler."

"Cevap veremedikleri için mi?"

Ters ters baktım ona, gözlerimi kısarak. "Evet."

"Hâlâ soruma cevap vermedin."

"Patates ve yaprak baskısı yapıyordum, onlarca defter bitirmişimdir," diye mırıldandım gözlerimi tavana çevirerek, düşünmeye çalışırken. Ama yoktu. Kafamın içi bomboştu. "Çiçek ekiyordum bahçeye. Çizgi film izliyordum."

"Bana sıkıcı diyene de bakın..."

"O yaştaki bir çocuk için kitap okumak çok sıkıcı Varis, kabul et," dedim omuz silkerek, gözlerimi gözlerine çevirirken. "Ben en azından normal şeyler yapıyormuşum."

"Otlarınla konuşmak mı normal şey?"
"Çiçek diyorum, çiçek. Ot deyip durma, envai çeşit bitki dikiyorum ben."
"Ot işte kızım. Topraktan çıkmıyor mu hepsi?"
Hırçınca bir nefes vererek bakışlarımı kaçırdım. "Genelleme yapıyorsun."
"En sevdiğin çiçek ne?"
Dudaklarımı birbirine bastırıp. Bu seferki soruya cevabım hazır değildi, gerçekten neyi sevdiğimi bilmiyordum. "Beyaz orkide." Gözlerimi kısıp griliklerine çevirdim yeniden. "En sevdiğin renk ne?"
Kendimi izdivaç programına çıkmış gibi hissediyordum. Nasıl olurdu da böyle basit soruların cevaplarını bile bilmezdik birbirimiz hakkında?
"Yeşil," dedi beklemeden.
"Ama hep siyah beyaz giyiniyorsun."
"Yeşili başkasının üstünde seviyorum," diye mırıldandı, gözlerini gözlerimden çekmeden. "Ne yapardın?" diye sordu ardından.
"Neyi ne yapardım?"
"Okulun ilk günü, ters ters bakmak yerine dolabına saksıda beyaz orkide bırakmış olsaydım."
İstemsizce nefesimi tuttum ama gözlerimi yüzünden çekmedim. Kirpiklerinin ortasında yerleşmiş bir çift gri boşluk yine çekiyordu beni ortasındaki karadeliğe, biliyordum. O gün de öyle olmuştu. Hayatım boyunca hiçbir erkeğin enerjisi ilgimi çekmemişti ama o günkü ilk izlenimim farklıydı. Ne olurdu? Eğer nazik olsaydı, bir saksı beyaz orkide bırakmasına bile gerek yoktu. Eğer yalnızca önüne dönüp yanımdan geçip gitmiş olsaydı, nazik olmasına bile gerek yoktu.

Gözlerimi kırpıştırarak yutkundum ve doğrularak bakışlarımı kaçırdım. O sırada Milas mutfağın kapalı kapısını açtığından ortamın gerginliği de kaybolmuştu.

"Yemek hazır," diye seslendi ortaya, ardından tekrar içeri geçti.

Seslice nefes alıp vererek, gözlerimi Varis'e değdirmeden içeri yürüdüm.

Karşılıklı dört bar sandalyesi mutfağın ortasındaki bar tezgâhının etrafındaydı, dört servis açılmıştı ve su bardaklarının yanında beyaz şarap kadehleri de vardı. Alena'nın karşısındaki sandalyeye geçip oturduğumda Varis'in yanıma geleceğini biliyordum, öyle oldu da.

Makarna inanılmaz lezzetliydi ama çok yemiş olmamak için şarap içip durmuştum bütün sohbet boyunca. Alena ağzını açıp gözlerini yummuştu yemeğin başından beri, anılarını anlatırken sürekli Milas'a laf çarpıtıyordu ama Milas da karşılık veriyordu tabii ki. Aklım dağınıktı doğrusu, yalnızca başımı sallayıp gülüyordum hafifçe anlatılanlara.

Şarap yüzünden ateş basmıştı. Varis oturduğundan beri ağzını açmamıştı bunca zaman. Koridordaki konuşmamızı mı düşünüyordu?

"Aral ne yapıyor?" diye sordu Alena, bana doğru, sudan bir yudum alırken. "Görmedim onu bir süredir."

"Bazen sınıfa geliyor, Çisem'le oyun takas ediyorlar aralarında." Kadehi kenara bırakıp su bardağına uzandım. Biraz daha içersem ambulansı aramak zorunda kalacaktım. Beyaz şarap her ne kadar hafif olsa da üç kadeh içmiştim sanırım ve bu fazlaydı. En azından benim için.

"Pislik ya. Doğum günü partime davet ettim, sınavım var dedi gelmeyecekmiş. Her sene aynı şeyi bahane ediyor." Elini havada sallayarak geriye yaslandı Alena. "Sınavlarınız mı başlıyor sizin haftaya?"

"Doğum günün mü? Ayın kaçında?"

Gülümsedi Alena. "21 Aralık. Sınavın varsa da gel lütfen."

"Sınavlar yılbaşından sonra, Ocak'ın ilk haftası başlıyor," diye mırıldandım gülerek. Muhtemelen yanaklarım domates olmuştu, ve boynum, ve kulaklarım... Hıçkırdım. Elimi ağzıma götürdüm ardından. "Aral tam bir düzenbaz."

Varis'in bakışlarını üzerimde hissediyordum ama inadına ona dönmüyordum. Alena'nın gözlerini ona çevirdiğini fark ettiğimde istemsizce kaşlarım çatıldı. Sanırım şarap kafası gelmişti, o yüzden doğru çalışmıyordu beynim çünkü az önce Varis'i Alena'dan kıskanmıştım.

Su bardağına uzanıp kafama diktim.

Bir süre sonra bulaşıkları birlikte halletmiştik. Saat akşam 10'a geliyordu. Sabah erken kalkacağımdan eve gitmek istiyordum ama bir yandan da biri film açalım dese de koltukta uyusam diye düşünüyordum. Alena öyle bir şey söylemişti kumandayı bulmak için salona giderken.

Sonunda bulaşık makinesinin önünde dikilirken başım hafifçe yana tartıldığında sıcak bir el yanağıma yaslandı, refleks olarak hızlıca başımı kaldırıp arkamı döndüm çatık kaşlarımla. "Kuzen," diye seslendi Varis içeri doğru. "Bizden paydos."

"Hayır ya." Elimi kaldırıp koluna koydum kazağının üstünde, gözlerimi açmayı becerdiğimde çenemi kaldırmış yüzüne bakıyordum. "Alena film açacaktı."

"Alena kendi izlesin filmini. Biz gidiyoruz," dediğinde itiraz etmek için enerjim yoktu. Kendim söyleyemez miydim peki uykulu hâlime karşı eve gitmek istediğimi? Gayet söyleyebilirdim ama yalnızca tartışmak için enerjim vardı. Ada yine aynı Ada'ydı.

Üzerimi değiştirmek için içeriye gideceğim sırada Alena saçmalamamamı, daha sonra getirebileceğimi söylemişti üstümdekileri. Kafamı sallayıp iyi geceler dilemiştim yalnızca. Asansörde çıtım çıkmamıştı, ışıklandırmadan nefret etmiştim. Gözümü alıyordu beyaz ışık.

"İki kadeh şarapla sarhoş olanını da ilk defa görüyorum," diye mırıldandı Varis, asansörden çıkarken elimden yakalayarak beni. "Buradan Ada. Bak, merdivenler var."

"Çok mu gördün daha fazlası ancak keseni?" Kaşlarımı çatarak merdivenlerden inmeye başladım, birkaç adım sonrasında dış kapıdan dışarı çıktığımızda soğuk tokatlamıştı sıcak yanaklarımı. Öyle ki sonuna kadar açmıştım gözlerimi. "Ayrıca üç bardak şarap o. Ya da kadeh. Her neyse."

Bir an çantam yok diye arkama baktım, sanki arkamdan gelecekmiş gibi. Daha sonra tam çantamı yukarıda unuttuğumu söyleyecektim ki Varis'in elinde olduğunu gördüm. Hatta montum da sırtımdaydı. Ben giyinmemiştim.

Otoparktaki siyah arabanın ön koltuğunu açtığında "Parazit'e iyi geceler demedim," diye mırıldandım içeri geçerken.

"Daha çok göreceksin sen o veledi."

"Nereden biliyorsun?" Kaşlarımı çatarak başımı kaldırdım ve ona baktım. Arka koltuğa elindekileri bıraktıktan sonra tekrar yanıma gelip kafasını içeri soktu ve emniyet kemerime uzandı. Kemeri takarken başını önüme eğmişti, saçları yüzüme sürtünmüştü. Şampuan kokuyordu.

"Nereden biliyorsun?" diye sordum sorumu tekrarlayarak, kolumu boynuna dolarken. Bir anda yüz yüze geldiğimizde şaşkınlıkla gözlerimin içine baktı. Böyle bir hareket yapmamı o da beklemiyordu. Pekâlâ, ben de.

"Ada," dedi Varis, tok bir sesle, elimi boynundan çekerken. "Gece gece eline koluna sahip çık. Sarhoşsun."

"Ne olur çıkmazsam?" Kaşlarımı kaldırarak sordum.

Geriye çekildi. Kapıyı kapatırken camdan silüetine bakmıştım. Arkadan dolanıp gelip ön koltuğa geçtiğinde yanaklarımın içini şişirerek seslice nefes verdim.

Bütün yolu gözlerimi açık tutmaya çalışarak izledim, dimdik oturmuş, sırtımı koltuğa yaslamış ve altımızdan kayıp giden çizgilerini izliyordum asfalt yolun. Ne kadar süre geçtiğini bilmediğim bir zamanın sonunda tanıdık sokağa girdiğimizde araba sonunda durdu. Önünde durduğumuz araç benim beyaz *Jeep*'imdi.

Emniyet kemerimi çözdükten sonra kapıya uzandım, Varis de benimle aynı anda dışarı çıkmıştı. Hava buz gibiydi. Sanki her saniye daha da soğuyor gibiydi. "Keşke kar yağsa," diye mırıldandım kendi kendime, arka koltuğun kapısını açarken. Çantamı aldıktan sonra tekrar kapattım.

"Yağmazsa yağan bir yere gideriz."

Gözlerimi kırpıştırarak kaldırıma çıktığımda Varis'e döndüm, hemen önümde dikiliyordu. Dudaklarımı birbirine bastırdım önce, ardından yutkundum ve başımı kaldırıp yüzüne baktım. Sokak lambasının ışığı yüzüne vuruyordu.

"Yok, sen ayılmamışsın," diye mırıldandı ellerinin tersini yanaklarıma yapıştırırken. Elleri her ne kadar sıcak olsa da benim yanaklarım daha sıcaktı, o yüzden bileklerinden tutup ittirdim onu. "Of, soğuk ya!"

"Gel."

Eli elime dolandı, bahçe kapısından içeri girerken. Yağmur atıştırmaya başlamıştı yine. Bahçenin taşlı yolundan birlikte yürüdük, ardından kapının önüne geldiğimizde cebimdeki anahtarlarımı çıkartıp kilide taktım ve kapıyı açıp içeri geçtim. Botlarımı tekmeleyerek çıkardım. Koridorun ışıklarını yaktığım gibi salonun bir kısmı loş bir şekilde aydınlanmıştı, ileride merdivenler vardı ve odama gitmek için orayı aşmalıydım.

Ama ben dönüp kapıyı kapayan Varis'e "En sevdiğin kitap ne?" diye sordum.

Varis'in kısılan gözleri duvarda gezinirken dudaklarını ıslattı. "Hımm..."

"Şu sesi çıkarma ya." Kafamı eğerek önünde dikildim. Montumu yere atmıştım. "Hımm ne ya?"

"Amma ya'lıyorsun ya," dedi gülerek, inatçı bir tavırla eğdiğim başımı, çenemden tutup yukarı, yüzüne doğru kaldırarak. "En sevdiğim kitap *Küçük Prens.*"

"Herkes de o kitabı seviyor ya," diye mırıldandım kollarımı göğsümde birleştirirken başımı yana çevirerek. "Sen nesini seviyorsun?"

"Bir çiçeği büyüten sevgi insanı değiştirmez mi sanıyorsun?"

Bu sözler tanıdıktı. Yutkunarak gözlerimi yüzüne çevirdim. Suratımdaki ifade bir anda yok olmuştu. "Kelebekle dostluk kurmak istediğime göre iki üç tırtılın kahrını çekeceğim elbet," diye mırıldandım, hiçbir ton taşımayan sesimle birlikte. Onun sözleri de, benimkiler de tanıdıktı çünkü kitaptan olduğunu biliyordum. Elimi saçlarımdan geçirdim, gelen farkındalıkla birlikte. "Varis," dedim kısık bir sesle, gözlerinin içine bakarken. "Ben *Küçük Prens*'i hiç okumadım ki."

"Olur öyle bazen," diye mırıldandı kafasını hafifçe eğerek, bir elini kaldırmış, birkaç tutam saçı kulağımın arkasına sıkıştırmıştı.

"Ne olur?" Kaşlarımı kaldırarak sordum. "Okumadığın kitabın bilgisi vahiyle mi iner?"

Gülümsedi hafifçe, ardından saçlarımdan kayan elini çeneme götürdü yeniden. İki parmağının arasında hafifçe kendine doğru açılamıştı yüzümü. "İner," dedi, mırıldanır bir sesle. "Bazen kafamızın içinde istemediğimiz şeyler oraya girer."

"Sen neyi istemiyordun ki kafanın içinde?"

"Seni."

Gözleri gözlerimde değildi artık, dudaklarıma bakıyordu yalnızca. Bir kolunu belime dolayıp beni kendine çektiğinde ellerimi kollarına koyup ondan destek aldım. "Ben de seni istemiyordum kafamın içinde."

"Hani göğüs kafesindeydim ben senin?"

"Ben öyle bir şey demedim."

"Dedin," diye mırıldandı dudaklarını ıslattırken. Gözlerini gözlerime çevirdi yeniden. "Senin benim göğüs kafesimde ne işin var, dedin."

Kafamı olumsuz anlamda salladım. "Çok zekisin. Böyle olmaz. Biraz aptalı oynamayı öğrenmen lazım."

"Olmaz," dedi tok bir sesle. "İki dakika yalnız bırakmaya gelmiyorsun sen. Bir bakmışım yine o gözlerle bakıyorsun bana."

"Hangi gözlerle?"

"Bu gözlerle," diye mırıldandı kafasıyla gözlerimi işaret ederek. "Ama Aral'la kavga ettiğimizi öğrendiğin zamanki gibi. Bahçede bırakıp giderkenki gibi. Havuzda ben sana güvenmiyorum derkenki gibi."

"Ben sana güveniyorum," dedim hiç tereddütsüz. Ardından içime çektiğim nefesi verdim aralık dudaklarımdan. "Ben kendime güvenmiyorum."

"Şimdi de kendine güven sorunların başladığından mı iteceksin yoksa beni?"

"Ben seni ittiysem sen bana o güveni vermediğindendir."

"Öyle diyorsan..."

"Öyle."

Dudaklarımı birbirine bastırdım yutkunarak. O kadar yakınımdaydı ki biraz daha uzansa bana değecekti. Aramızdaki santim hesabını fark ettiğimden beri kalbimin atış hesabı şaşmıştı.

"Neden kendine güvenmiyorsun?" diye sordu Varis, o an konuşmak yerine beni öpebilirdi ama konuşmanın daha önemli olduğunu düşünüyor olmalıydı. Bu hareketi bile göğüs çarpıntımı tetikliyordu.

Aşağı eğdiğim bakışlarımı yeniden yüzüne çıkardığımda sözcüklerimi toparlamaya çalıştım. "Sırtımı sana tamamen vermemeye çalışıyorum," diye mırıldandım. "Çekilirsen düşerim diye."

"Bu bana güvenmemek olmuyor mu?"

Kafamı olumsuz anlamda salladım hafifçe. "Sana güvenmemek, en başından sana yaslanmamak olurdu. Kendime güvenmek, yalnızca kendimi ne kadar başıboş bırakacağımla ilgili. Herhangi biri de olabilir. Bir insan tamamen birine kapılmamalı. O zaman o insan kendi isteği dışında gitse bile yıkılır. Ben yıkılmak istemiyorum, sen bana deprem mi olmak istiyorsun?"

"Sarhoş ağzın bile çalışıyor," diye mırıldandı Varis, kendi kendine. "Ama anladım."

"İyi."

"İyi."

Omuz silktim. Gözlerim tamamen kapanmıştı artık. Öyle uykum vardı. Bir ninni dinliyordum sanki beni ayakta uyutacak kadar ya da onun kokusu ve şarabın etkisi de olabilirdi bu. Varis Adin nasıl kokuyordu? Biraz parfüm, biraz şampuan... Bilmiyordum. Çözemiyordum.

Yanağını yanağıma yasladığında kaşlarımı çatarak kollarındaki ellerimi pazılarına çıkardım. Yanağı benim ateş yanağıma göre soğuktu ama bu sefer serinlik iyi gelmişti. Ellerimi alıp yukarı kaldırdığında istemsizce boynuna doladım, kulağıma doğru eğilerek "Bacaklarını belime dola," diye fısıldadığında ise kafamı salladım. Kollarımın altından tutup beni kaldırdığında dolamıştım. Tıpkı partide havuzdan çıktığımızdaki gibi. Bir eli belimde, diğeri bacağımdaydı.

Merdivenleri çıktığını hissettim, ardından kapıyı açtığını, ardından eğildiğinde sırtım yatağımla buluşmuştu. Gözlerimi açıp görmeye çalıştım ama etraf karanlıktı, altımdan kayan yorganı hissettim sadece.

"İyi geceler," diye fısıldadı kulağıma, işte o zaman üzerime eğildiğini anlamıştım. İki eli iki yanımdaydı.

Kalkacağı sırada bileğinden yakaladım. "Gitme."

Durdu. Ses gelmiyordu. Gitmiş miydi? Ama hayır, hâlâ bileğinden tutuyordum değil mi? Birkaç saniye sonra üzerime örttüğü yorganı kaldırdığımda yatağın ortasına doğru kaydım, gözlerim kapalıydı ama kaşlarımı çatmıştım.

Elimden kurtuldu, yatağın diğer tarafı çöktü, kaldırdığım yorganı da elimden çekmişti. Gözlerimi açıp kafamı kaldırdığımda bir kolunun arkadan omzuma dolandığını hissettim, başımı yeniden yastığa yaslayacağım sırada yastık artık orada değildi. Varis'in göğsü oradaydı.

Rüyamda, kocaman bir bahçedeki büyük havuzun ortasında yüzen bir *Küçük Prens* kitabı vardı. Parmakuçlarımda doğrularak bakıyordum kitaba, ardından bir rüzgâr esti ve üşüdüm. Başımı kendi üzerime çevirdiğimde, sırılsıklam olduğumu işte o zaman fark etmiştim. Hatta öyle böyle değil, saçlarımdan aşağı akıyordu sular.

Çok geçmeden kafamın içinde kayboldum.

Alena'yı düşündüm. Kelebeği düşündüm. Beyaz bir elbise düşündüm. Ellerimi sürekli yıkadığım buz gibi bir su akıyordu musluktan, onu düşündüm. Düşündükçe üşüdüm. Üşüdükçe uzaklaştım kafamın içindeki imgelerden. Boğazım kurudu.

Sabahın ilk ışıkları odamdan içeri girdiği sırada gözlerimi birkaç kere kırpıştırarak açmıştım, sessizliği dinliyordum. Yanağımı yasladığım kumaş bir kazağa ait değildi, yastığıma gömülmüştüm. Avuçlarımı yatağa bastırarak doğrulduğumda odada yalnız olduğumu fark ettim. Varis gitmişti.

Gözlerimi ovalayarak kalktım yataktan. Dün gece eve gelişimizi hatırlıyordum. Yanıma yattığını da hatırlıyordum, yanağımda hissettiğim kumaşın sertliği hâlâ oradaydı hatta ama Varis burada değildi.

Odadan çıkıp koridorda ilerledim ve merdivenlerden aşağı indim hızlıca, mutfağa göz gezdirdim, ardından banyoyu kontrol ettim ve salonda dolaştım. Gerçekten yoktu. Ne zaman gitmişti? Hemen gitmiş miydi gece yoksa sabah uyanınca mı gitmişti?

Bu his korkunçtu. Ona söylediğim şeyi yapıyordum tam olarak kendime. Sırtımı tamamen ona yaslıyordum, hatta öyle bırakıyordum ki kendimi ellerimi kaldırıyordum; birlikte uyuduğumuz yatakta sabah tek başıma uyandığımda kötü hissediyordum. Halbuki yalnızca eve gitmişti çünkü okul vardı, değil mi? Belki üzerini değiştirdikten sonra tekrar gelirdi, okula birlikte giderdik. Ya da gelmesine gerek yoktu, arasa ya da mesaj atsa yeterdi.

O an kapının yanında duran çantama uzanıp telefonumu aradım, montumun cebindeydi ama ekranda hiç bildirim yoktu. Yalnızca beş dakika sonra alarm çalacağını gösteren bir geri sayım vardı.

Alarmı kapatıp yukarı çıktım ve banyoya geçip duşa girdim hızlıca. Boşu boşuna endişe ediyordum, Varis birazdan zile basıp suratımdaki ifadeyi gördüğünde kafamda kurduğumu söyleyip dalga geçecekti yine benimle.

Duştan çıktıktan sonra saçlarımı kurutup dalgalandırdım, ardından dolabımdaki yedek forma takımımı çıkartıp giyindim, çantama tıkıştırdığım kırış kırış olmuştu. Çantamı hazırladım hızlıca, sanki geç kalıyormuş da bir yere yetişmeye çalışıyormuşçasına. Acelem niyeydi ki? Arabam vardı benim, trafiğin aksi yönüne sürdüğümden yirmi dakika almıyordu yol. İlk derse daha çok vardı.

Koyu gri kabanımı ve kalın tabanlı botlarımı giyindikten sonra telefonumun ekranını kontrol ederken kapıdan çıktığım an, bahçenin hemen dışına park edilmiş siyah arabayı gördüm. Varis elinde bir şemsiye tutuyordu yağan yağmura karşı, ön koltuğun kapısına yaslanmıştı.

Bir an bir adım geri gittim bu manzaraya karşı. Neden haber vermemişti? İlaç bırakırken bile not yazmıştı. Neden giderken bir şey söylememişti?

Kapıyı kapatıp kilitledim telefonumu cebime atarak, ardından kabanımın şapkasını başıma geçirerek bahçede yürümeye başladım. Varis beni çoktan fark etmişti, gözleri üzerimdeydi. Yüzünde herhangi bir ifade yoktu.

"Günaydın," diye mırıldandım bahçe kapısını açıp kaldırıma çıkarken. "Ne zamandır bekliyordun?"

"Günaydın. On dakika oldu." Varis kolunu uzatıp elini elime doladığı an beni yanına doğru çekti, şemsiyenin altına girmiştim böylece.

Kolunu belime doladığında kaşlarımı çatarak yüzüne baktım. Ellerim siyah kabanının üzerine çıkmıştı refleks olarak. Bir şey demeyecek miydi? "Eve uğramak için mi kalkıp gittin?"

"Hımm," diye mırıldandı Varis, birkaç saniyeliğine gözlerini kısıp bakışlarını arkama çevirerek, ardından yeniden bana baktı. "Bir işim çıktı."

Kaşlarımı kaldırdım. "Sabahın köründe?"

"Daha çok gecenin bir yarısı," dedi beni düzelterek.

Düşünmek için gözlerimi kaçırdığımda arabanın üzerine yağan yağmura takıldı gözlerim. Gecenin bir yarısı ne işi çıkmış olabilirdi ki?

"Çok haklı bir soru."

"Ha?" Şaşkınca gözlerimi yüzüne çevirdim yeniden.

"Gecenin bir yarısı ne işi bu dediğini tahmin edebiliyorum. Neden sormuyorsun?"

Dudaklarımı birbirine bastırdım. Doğrusunu söylemek gerekirse haklıydı, zaten ben hep ona sormadıklarım hakkında kafamda kurmuştum. Gözlerimi kırpıştırarak derin bir nefes aldım ve "Gecenin bir yarısı ne işi bu?" diye sordum tahmin ettiği gibi.

"Şu kadın, eve geldiğinde karşılaştığın," diye cevapladı seslice nefes vererek. Sahra'dan bahsediyordu, üvey annesinden. "Sorun çıkartıyor. Babam yurtdışında olduğundan ben ilgileniyorum konuyla."

"Nasıl sorun çıkartıyor?"

"Akli dengesi yerinde değil. Holding'e girmeye çalışıyor, bir zamanlar orada üst düzey yetkili olarak çalıştığı için çok fazla şey biliyor. Gece beni aradıklarında babamın ofisinin olduğu koridorda yakalanmış, eskiden kendi eğittiği bazı stajyerler hâlâ bizimle çalıştığından onların yardımcı olduğunu düşünüyoruz."

Şaşkınca kaşlarım çatıldı, aralanan dudaklarımın arasından "İçeri girip ne yapmaya çalışıyor ki?" diye sordum. "O gün de eve girmeye çalışmıştı."

"Güzel soru," diye mırıldandı Varis, yaslandığı yerden kalktığında elimden tutup benimle birlikte arabanın önünden dolanmaya başlamıştı. Kapımı açarken "Babamı bitirecek bir şey arıyor," diye devam etti lafına. Koltuğa geçtim, Varis arkamdan kapıyı kapatmış, şemsiyeyi kapatıp bagaja atmış, ardından yanıma binmişti.

"Şu gazeteci gibi."

Varis'in emniyet kemerini takan elleri yavaşladı, motoru çalıştırmadan hemen önce bana bir bakış atmış ama daha sonra önüne dönmüştü. "Evet. Ve yalnız değiller."

Sahra denen kadınla Varis'in babası, Balamir Adin'in arasındaki şeyin iyi bitmediği ortadaydı. Sahra bu yüzden kendini sağlama alabilecek bir şeyler arıyor olabilirdi ya da intikam için. O kadından nefret ediyordum, ilk gördüğüm andan beri negatif bir enerjisi olduğunu düşünüyordum. Varis her ne kadar bir şey anlatmamış olsa da ben onun gözlerinde görmüştüm çocukluğunu, o kadın bir şeyler yapmıştı. Bir şeyler olmuştu o evde.

Bakışlarımı Varis'e çevirdiğimde profilini gördüm, yola odaklıydı. Bir şey söylemedi ama elini uzatıp bacağımın üstündeki elimin üzerine koydu gözlerini yoldan ayırmadan. Elimi elinin altından kaldırdım, ardından avucumu avucuna yaslayıp parmaklarımı onunkilerin arasından geçirdim. Kendimi büyük bir adamın elini tutan küçük bir kız gibi hissediyordum. Pamuk Hala, "Neyle beslemişler bunu?" diye sormakta çok haklıydı gerçekten.

Sessizliği gidermek amacıyla "Alena'yla çocukluk arkadaşı olduğunuzu öğrendim," dedim keyifli bir ifadeyle başımı ona çevirerek. "Şimdiki hâliniz göz önüne alınırsa çocukken nasıldınız merak ettim."

Varis'in kaşları kalktı, ardından bana dönerken çattı. Kırmızı ışıkta durmuştuk ve ön camdan aşağı yağmur damlaları akıyordu sürekli. "Bunu o mu söyledi?"

Kafamı salladım.

"Yakın değildik, hatta benden nefret ederdi," diye mırıldandı Varis.

"Niye?"

"Çok sevdiği biri bana âşıktı. Peşimde dolanıyordu böyle sürekli. Alena da sinir olurdu, aşırı burnu havada başı dik bir şeydi böyle. Kıza ne yapıp ne yapmaması gerektiğini bir bir anlatırdı oturup. Tabii bu direktiflerinin arasında bana ilgi göstermesi yoktu, o yüzden hoşlanmıyordu benden. Oyununu bozduğumu düşünüyordu sanırım."

İstemsizce gülerek önüne döndüm.

"Ne gülüyorsun ya?" diye sordu yüzünde düşüncelerimi çözmek ister bir ifadeyle.

"Çocukken aşk mı olurmuş?"

"Olurmuş," dedi önüne dönerken, yeşil ışık yandığından gaza basmıştı. Kafamı olumsuz anlamda sallayarak başımı camdan dışarı çevirdim. Babam, Varis'in küçükken sessiz bir çocuk olduğunu söylemişti. Eğer daha o yaşta peşine kız takıyorsa pek de masum olduğu söylenemezdi.

"Sen ne yapıyordun o kıza?" diye sordum düşüncelerimin ağzımdan çıkışına engel olamayarak.

"Anlamaya çalışıyordum," diye cevapladı tok bir sesle, okulun dağ yoluna sapmıştı. "Alena zehirlenmesi yaşıyordu kız, o sarışınla takıla takıla. Oyunlar kurup oynuyordu tek başına, iddialara giriyordu benimle, aynı evde tuvalete gitsem kapıda bekliyordu ruh hastası. Hayatı boyunca da tek yaptığı başıma dert açmak oldu." Gözlerini birkaç saniyeliğine üzerime çevirdi o an. "Sonra gitti."

"Gitti mi?" Kaşlarımı kaldırarak sordum. "Taşındı mı yani?"

Kafasını salladı Varis, okulun otoparkına girerken.

"Belki döner," diye mırıldandı ardından.

Ağzım açıldı o an, kaşlarımı çatarak doğruldum ve yüzüne baktım. "Ne demek belki döner? İlk aşkın falan mıydı?"

"Bilmem, olabilir," diye mırıldandı gülerek. Boş bir yere park etti arabayı. "Altı, yedi yaşında falandık."

Elimi elinden çekerek emniyet kemerimi çıkardım. Beynime kan gitmiyordu. "Sen şimdi bana yedi yaşından beri çocukluk aşkını mı beklediğini söylüyorsun?"

"Hı-hı," diye bir ses çıkardı Varis, bana dönerek. Emniyet kemerini çözdüğünde çıkan tok ses zihnimde yankılandı. "Sorun ne?"

Histerik bir şekilde güldüm önce, ardından çantamı da alıp kapıyı açtım ve dışarı çıktım. Nasıl yanında ben varken, daha ikinci günden böyle bir şeyden bahsedebiliyordu?

"Ada," diye seslendi arkamdan kapıyı açarak ama onu dinlemedim, merdivenlerden çıkıyordum. Okulun lobisine ulaştığımda henüz ders zili çalmadığından etrafta öğrenciler vardı. Bir anda elime bir el dolandığında hızlı yürüyor olduğumdan omzum acımıştı, bir anda durmuştum.

Varis önüme geçtiğinde kaşlarımı çatarak yüzüne baktım. Merdivenleri neredeyse koşarak çıktığımdan nefes nefese kalmıştım. "Adı ne?" diye sordum. "Adını söyle ben bulurum Instagram'dan falan. Bunca sene beklemişsin, daha fazla bekleme. Zaten daha sen çocukken yapışmış kene gibi, şimdi de sorun çıkarmaz merak etme."

"Sorun çıkarmayacağı konusunda aksini kanıtlayabilirim."

"Ne diyorsun sen ya?" Elimi sertçe kendime doğru çektiğimde elinden kurtulmuştum. "Varis senin sorunun ne? Kişilik bozukluğu mu yaşıyorsun sen? Kaç kişi yaşıyor senin içinde? Kaç tane kalbin var ya senin!"

"Sakin ol," diye mırıldandı kollarımdan aşağı ellerini indirirken, iki elimi de yakalamıştı bu sefer. "Takılmak için söyledim onları."

"Takılmak için söyledin?" Kaşlarımı kaldırarak inanamaz gözlerle baktım gözlerine. "Tamam o zaman Varis. Dökül." Ellerimi çektim ellerinden. "Lisenin ilk iki senesi burada değildim ya ben hani? İki sevgilim oldu. İkisiyle de çok eğlendim, severek ayrıldık. Sonra bu okula geldim. Haberin olsun."

Dudaklarını birbirine bastırarak gözlerini kapattı Varis o an ama bir şey söylemeden birkaç adım atarak koridora daldım. Öfkem geçene kadar mümkünse konuşmak istemiyordum onunla. Çocukluk aşkını gözlerinde parıltılarla bir güzel anlatmış, üstüne yarım kaldığını söylemiş, belki döner demişti bana. Belki dönermiş. Ne olur dönerse? Kıçıma tekmeyi basar mısın?

Sınıfa öyle hızlı ve öfkeli adımlarla girdim ki bir an herkesin gözleri üzerime çevrildi. Kenan en arkadaki masada oturuyordu, geriye kaymış ve bir bacağını masanın üzerine çıkarmış, elindeki tenis topunu tavana atıp havada yakalıyordu. Çisem ise hemen pencere önündeydi. Mermerin üzerine oturmuştu ve kulaklıkları takılı bir şekilde sallanarak telefonuyla ilgileniyordu.

Kenan'ın üzerimdeki bakışlarını görmezden gelerek kendimi sakinleştirmeye çalıştım ve sırama yürüdüm. Uzaklaştırma aldığını düşünüyordum ama yaklaşan sınav haftası dolayısıyla inisiyatif kullanılmış olabilirdi ya da ailesi araya girerek müdürle konuşmuştu. Belki de başka bir ceza almıştı. Çantamı bırakmış, kabanımı çıkartırken henüz dikkatini çekebilmiştim Çisem'in. Kaşlarını çatarak koca gözlerini üzerime çevirdi ve mermerden aşağı atladı. "Bu ne hâl Adakız?"

"Adakız çevrimdışı," diye mırıldandım sandalyemi çekip otururken. Ayaklarımı uzatıp geriye yaslandım ve kollarımı göğsümde birleştirdim. "Ada ama öfkeli çevrimiçi."

"Hayda..." Çantamı alıp sıramın yanına astıktan sonra sıramın üstüne oturdu Çisem, kulaklıklarını çıkartıp kucağına bıraktı. "Ne oldu? Öt bakalım."

"Çocukluk aşkı varmış ya," diye homurdandım kendi kendime. "Ayrılmışlar küçükken. Döner belki diyor."

"Kim diyor?"

"Meymenetsiz."

"Kim meymenetsiz?"

"O işte."

"Kim o?"

"Çisem ya!" Sesimi kısık tutmaya çalışarak çatılmış kaşlarımı sıramın üstüne oturmuş bana suratında alaycı bir ifadeyle bakan arkadaşıma çevirdim. "Sen benimle dalga mı geçiyorsun? Kim olacak?"

"Hımm..." diye mırıldandı Çisem, kafasını sallayarak. "Demek ilk kavga edilmiş."

"Kavga falan etmedik," diye cevapladım onu. "Tahrik etti beni kıskanayım diye. Öfkelendim. Takıldım işte dedi, ben de ödeşelim kafasıyla eski lisemde çıktığım iki çocuktan bahsettim."

Çisem kuş gibi kafasını öne attı, ardından geriye çekti kaşlarını çatarak. Ağzı açık kalmıştı. "İyi de, sen kimseyle çıkmadın ki? Çıkma girişiminde bulundun, onda da Mert salağı oyun oynadı sana."

"Biliyorum," diye mırıldandım gözlerimi kaçırırken. "Ama o bilemez. Eski okulumda ne olduğunu yani."

"Hımm..."

Gözlerimi yukarı kaldırarak alttan baktım ona. Ne düşünüyordu?

"Sen Kadıköy'deki Fransız lisesine gittin değil mi?" diye sordu kuşkuyla. "Bildiğim kadarıyla Alper'in orada arkadaşları var eski basketbol takımından. Alper tanıyorsa Varis de tanıyordur. Bir bakmışsın anandan emdiğin sütün kaç litre geldiğini biliyor." Gözlerini kırpıştırdı. Ders zili çalmıştı.

"Saçmalık," diye mırıldandım. "Ben kimseyle arkadaşlık kurmadım o okulda, kimse hiçbir şeyimi bilmiyor. Başka okullardan birileriyle de çıkmış olabilirim."

"Şu an konu bu değil." Öğretmenler zili çalarken masadan aşağı indi Çisem, hafifçe eğilerek bana baktı. "Bence bu konu hakkında bir şey söyleme ona. Tepki vermesini bekle, bakalım ne yapacak."

"Ya konuşmazsa benimle? İlk hamleyi benden beklerse?"

Matematik hocası sınıftan içeri girdiğinde herkes sıralarına oturmuştu. Çisem de. Başını bana çevirdi hocanın kendi masasına eşyalarını bıraktığı sırada, ardından hafifçe eğilerek "Sen bir şey yapma. Kendi sıçmış, kendi temizlesin," dedi tok bir sesle. Yumruğunu kaldırdı havaya, sıktı, ardından kafasını sertçe salladı bir kez.

Kafamı sallayarak güldüm. Her zamanki gibi beni sakinleştirip yol göstermişti.

Matematik dersi biz denklemlerle boğuşurken geçti, teneffüse çıkmayıp işlediğimiz kısmı tartışmıştık arka pencerenin önünde. Diğer dersten sonraki teneffüste de sınıfı terk etmedim ama gözlerim sürekli kapıdaydı. Sınıfıma gelir miydi? Gelirdi. Ama gelmemişti.

Öğle teneffüsüne çıkacağımız sırada Çisem'le koridorun sonundaki kızlar tuvaletine yürüdük, içerisi boştu. Ben en sondaki kabine geçtiğimde Çisem omzunu kabinin kenarına yaslamış, Instagram'da geziniyordu. "Alena beni doğum günü partisine davet etti," diye mırıldandı, dış kapının açıldığını duyduğum sırada. "Aslında o akşam kuzenlerimle takılacaktık ama sattım hemen. Alena, beş hödükle oturup göbeğim patlayana kadar yiyip içmekten daha ilginç geliyor."

İşi halletmiştim, kabinin kapısını açtığım an Çisem kapıya yaslanıyor olduğundan içeri doğru tartıldı ve telefonu elinden fırlayıp kayarak duvarın dibine çarptı. "Of hayatta almam ben onu oradan," dedi tam karşımdayken, hafifçe eğilerek. "Sen olsan hangisini seçerdin? Mikroplarla kaplanmış bir telefonu tuvalet zemininden almak mı yoksa yeni bir telefon almak mı?"

"İnsan zengin olunca iyice şaşırıyor herhalde," diye mırıldandım gülerek. "Alkollü mendille silsek sonra? Revirde vardır."

"Peçeteyle alayım o zaman telefonu. Canım kabım daha yeni almıştım ama ya..."

Kapanan kabin kapısına uzandım o an çıkmak için ama duyduğum kelimeler buna engel oldu. Çisem telefonu peçeteyle almış doğrulmuştu, iki parmağının arasında iğrenircesine tutuyordu telefonunu. Aslında Safir'in tuvaletleri her zaman çok temiz olmuştu ama mikropları ve bakterileri çıplak gözle göremiyorduk değil mi?

"Kavga mı etmişler?" diye sordu biri, kulaklarıma dolan su sesiyle birlikte. Biri ellerini yıkıyordu.

"Hem de herkesin önünde."

"Yine mi?" diye homurdandım kısık bir sesle fısıldarcasına, Çisem'e doğru. Çisem gözlerini büyültüp işaret parmağını dudaklarıma bastırdı ve bakışlarını dışarısını görebiliyormuş gibi kapıya çevirdi.

"Belki ayrılmışlardır," dedi en son konuşan kız. "Belki Varis yılbaşı partine gelir, Alin. Reha Koç'la aynı kitap kulübünde olduğunuzu duymuştum. Yakın mısınız?"

Elimi ağzıma kapattım hiçbir ses çıkarmamak için. Alin. Alin hemen önümdeki kilidi açık kapının ardında mıydı? Onu, Toprak'la konuştuğumdan beri görmemiştim ama hepsinden önce onu görsem bile ne yapacağımı, nasıl davranacağımı düşünmemiştim.

"Sohbet ediyoruz arada," diye mırıldandığını duydum tanıdık sesin. Reha'dan bahsediyordu. Bu Alin'di. "Varis geçen sene bir uğramıştı, belki bu sene yapacak daha iyi bir şey bulamaz."

Çisem'le göz göze geldik. Alin'den haberdardı, sadece mojito olayında Alin'den şüphelendiğimi söylememiştim ona. Gözlerimi kırpıştırarak sertçe yutkundum. "Sakın ses çıkarma," dedi Çisem dudaklarını oynatarak. "Onlar çıkınca çıkarız."

Kafamı salladım.

Birkaç kabin yandan bir kilit sesi geldi, ardından topuk sesi, kapı sertçe çarpmıştı. "Siz de bir tuvalette konuşmamayı öğrenemediniz be."

Kumsal, diye düşündüm istemsizce. Alin'le Kumsal'ın arasının iyi olmadığını biliyordum ama nedenini bilmiyordum. Alin, bana gösterdiği yüzüyle, Kumsal'ın sadece bildiğim bir tarafından bahsetmişti. Nedense daha fazlası olduğunu hissediyordum. Kumsal'a sorsam anlatmazdı.

"Kumsal, bıkmadın mı şu kızla uğraşmaktan?" diye sordu aralarından biri. Dört kişi olduklarını düşünüyordum Kumsal'la birlikte. "Alin senin adını ağzına almıyor bile."

"Alamaz zaten." Kumsal'ın tavrı netti. Ellerini yıkadığını düşünüyordum gelen su sesinden dolayı. İki peçete çekti makineden. "Ha bu arada," diye mırıldandığını duydum ardından. "Sen de biliyorsun bundan sonra Ada'nın gitmeyeceği hiçbir partiye Varis'in de ayak basmayacağını. Salın artık."

Ardından kapının açılıp kapanma sesi duyuldu.

"Sinir ya," diye homurdandı Alin, kapıya yürüdüklerini işittim. Kumsal'ın ardından beklemeden çıkmışlardı.

Kapıya uzanacağım sırada "Sen dur," diye mırıldandı Çisem önüme geçerek. Kapıyı aralayıp kafasını dışarı uzattı, kontrol ettikten sonra açmıştı. "Tamam temiz. Çıkabiliriz."

"O neydi az önce?" Sanki hâlâ buradalarmış gibi etrafa baktım ama ortalık da kabinler de boştu.

"Kumsal karısı ilk defa doğru konuştu, baş aşağı sallamışlar bunu belli." Gülerek peçeteye sardığı telefonunu cebine sıkıştırdı Çisem, ardından aynı anda sabuna uzanıp sırayla sıktıktan sonra ellerimizi yıkadık.

"Alin," diye mırıldandım aynadan Çisem'le göz göze gelerek. "O kızda bir şeyler var."

"Benim de gözüm tutmamıştı zaten. Aşırı pozitif. Kimse öyle olamaz."

Peçeteleri alıp ellerimizi kuruladıktan sonra lavabonun kapısına yürüdük, koridor boştu. "Ne yapmayı düşünüyorsun?" diye sordu Çisem, ben elimi cebime atıp telefonumu kontrol ederken. Hiçbir bildirim yoktu.

"Şu yılbaşı partisine davet ederse gideceğim. Bugün çıkışta antrenman var. Karşılaşacağız." Alin'e karşı tavrım net olacaktı bundan sonra. Şüphelendiğimi belli etmeyecektim ama ben izlediğim sürece oyununu oynamasına izin verecektim sadece. "Sen biliyor musun Kumsal'la Alin'in arasında ne olduğunu?"

Kafasını olumsuz anlamda salladı Çisem. "Ama Reha'yla konuşmak lazım, içimden bir ses onun bildiğini söylüyor."

Kaşlarım çatıldı o an. Reha'yla Kumsal'ın havuz partisinde merdivenlerin altında konuştuklarını duymuştum, daha sonra hiç düşünmemiştim bu konu hakkında. Varis'in bana oyun oynadığını düşünüyordum ama ortada böyle bir ihtimal yoktu artık. O zaman, neyden bahsetmişlerdi ki?

Alin, Reha'yla aynı kitap kulübündeydi.

"Aşk üçgeni kokusu alıyorum," diye mırıldandım istemsizce.

Çisem iştahlı bir ifadeyle avuçlarını birbirine sürttü, gözlerini kısarak. "Göreceğiz."

Koridorda kimse yoktu, yemekhaneye inmek için koridorun sonuna doğru yönelmiştik ki sınıfların birinin kapısı açıldı ve bir sarışın çıktı içeriden. Kumsal elinde ona haftalar önce aldığım telefonuyla dışarı çıkmıştı, onun ardından başka, uzun boylu bir çocuk daha çıktı ama aksi yöne yürüdüğünden ve koridor karanlık olduğundan suratını göremedik.

Çisem'le göz göze geldik o an, ardından Kumsal bizi gördüğünde adımları durdu. Seslice nefes verdi gözlerini üzerimizde gezdirerek. "Ne var?" diye sordu aksi bir ifadeyle. "Ne istiyorsunuz?"

"Çıkışta antrenman var değil mi?" Kollarımı göğsümde birleştirerek sordum. Kumsal, o sırada bizim Çisem'le içeride olduğumuzu biliyor muydu acaba? Biz kabine girdikten sonra da girmiş olabilirdi. Ya da bizden önce kabindeydi ve çıktığımızı düşünmüştü. Ama o zaman Alin ve arkadaşları rahatça konuşamazdı. Hem Kumsal neyi kanıtlamıştı ki laflarıyla? O gayet benim gözümün önünde de giydiriyordu Alin'e. Saklayacak bir şeyi yoktu.

İyice kafam karışmıştı.

"Sakın geç kalma," dedi telefonunu önümde sallayarak, ciddi bir ifadeyle. "Yakında maçlar başlıyor." Ardından bizi geçip merdivenlerden koşar adımlarla çıktı. Muhtemelen terastaki kafeteryaya gidiyordu.

Kumsal'ın arkasından bakarken Çisem'e döndüm onun ne düşündüğünü merak edercesine ama onun gözleri tam tersimize, koridorun sonuna odaklanmıştı. "Ne oldu?"

"Ben yemekhaneye iniyorum, sen de sonra gelirsin," dedi Çisem tek nefeste, koluma bir tane vurduktan hemen sonra Kumsal'ın çıktığı merdivenlerden inmeye başladı. Bir anda yok olmuştu.

Kaşlarımı çatarak başımı koridorun sonuna çevirdiğimde ne olduğunu anladım. Varis bu tarafa doğru yürüyordu, suratında sert ve kararlı bir ifade vardı. Yanıma gelene kadar bekledim, ellerim ceketimin ceplerindeydi. Aramızda bir adım bırakacağını düşünmüştüm ama elbette bırakmayacaktı ama yanımdan geçip gittiğinde şokla gözlerim açıldı ve bomboş bir ifadeyle yere baktım. Varis. Adin. Yanımdan. Geçip. Gitmiş. Miydi?

O an eli bileğime dolandı, bir anda sürüklenircesine kapısını açtığı boş bir sınıftan içeri daldığında beni de peşinden çekti. Sırtımı kapattığı kapıya yasladığında elimi bıraktı, kollarını etrafımdan yaslamış ve üzerime eğilmiş, yürürken takındığı aynı ifadeyle bakıyordu gözlerime.

"Ne oluyor ya?" diye sordum gardımı indirmeden, bileğimi ovaladım.

"Beni ilgilendirmez," dedi tok bir sesle.

Nefes alış verişlerimi stabil tutmaya çalışıyordum ama her zamanki gibi yüzüyle aramdaki mesafe kısıtlı olduğundan bunu yapmam biraz zordu. "Ne seni ilgilendirmez?" diye sordum başımı kaldırarak, asi bir ifadeyle.

"Geçmişin beni ilgilendirmez. Ama şunu bil, benimle takılamazsın; bana takılabilirsin. Takıldığında da bırakmam." Kanca gibi. "Gitmek mi istiyorsun? O zaman beni eylemlerinden çok kelimelerle incitmen lazım."

"Kancana takıldıysam hiçbir parçamı sağ kurtaramam Varis," diye mırıldandım yüzüne karşı. "Benimle oyun oynama. Bana kelime oyunları yapma. Çıkıp da çocukluk aşkını anlatma. Ben dinlemek falan istemiyorum başkalarını. Senin geçmişin beni ilgilendirir," dedim işaret parmağımı göğsüne bastırırken. "Bilmem gereken bir şey varsa söyle. Unutamadığın biri varsa dürüst ol. Kafamın içindeki tilkileri oraya ben koymadım Varis, insanlar koydu. Ben yalnızca korkudan besliyorum onları. Elime yem vermezsen, ben de atamam önlerine."

"Ada," dedi ellerini iki yanımdan çekerken, boynumla yüzüm arasında bir yere yerleştirmişti onları. "Seni," dedi gözleri gözlerime değdiğinde. "Sadece seni."

"Ya çocukluk aşkın?" diye sordum.

Nefesini tuttuğunu hissettim. Ben de tutmuştum.

"Sadece seni."

DÖRDÜNCÜ BÖLÜM

"Kancası takılmış geçmişin, sen geçmemiş geçirmişsin;
çünkü bir gün daha yaşamak için kelebek,
ömründen bin eksiltmişsin."

On yedi yaşındaydım ben Safir'e ilk geldiğimde. Koridorda attığım her adımda buz gibi mermere kök saldığımı hissettiren düşüncelerin izlerini taşıyordum hâlâ, omuzlarıma ağırlık yapıyordu kafamın içinde durmadan tekrar eden sahneler.

Babamın bir yabancı olduğunu düşünüyordum. Beni büyüten kadın evden her gidişinde geceleri zar zor uyuyordum. Mustafa Abi de köyündeydi o zamanlar. Dersler çok ağırdı, okulun bizden istedikleri çok fazlaydı. Çisem'le yeni tanıştığımızdan içimdekileri ona anlatmaya çekiniyordum, öyle bir raddeye gelmiştim ki günlüğüme bile yazamıyordum.

Her şeyim vardı, daha küçükken terk edilmiş bir çocuğa göre belki ama en çok o zamanlar kimsesiz kalmıştım.

Yemekhanede sohbet ederken, bahçede yürürken, merdivenleri çıkarken sohbet eden o arkadaş gruplarının kahkahalarının arasında kayboluyordum.

Çisem, maskülen bir yüze sahip olduğundan çocukluğundan beri şeker gibi görünen kızları kıskandığını anlatmıştı o dönem bana. Hatta lisenin ilk senesinde hakkında travesti dedikoduları çıktığını, bunlara daha dedikoduyu başlatanların bile inanmadığını ama sadece aşağılamak için yaptıklarını söylemişti. Kene gibiydiler, ona göre. Onlar bu okula gelebildiyse bunun en büyük sebebi zengin aileleri ve o zenginliğe erişebilmek için içerisinde yaşadıkları düzendi, bunu da çocuklarına bu dönemde aşılamaya çalıştıklarında ortaya bu aşağılık kaprisleri çıkıyordu. Aslında kendileri de birer kurbandı ama bizden farklı olarak, onlar saldırıyorlardı.

Babam o yaz beni İtalya'ya götürdüğünde sahilde oturup dondurma yerken "Ada, okulla ilgili bir sorunun mu var?" diye sormuştu bana. Daha yeni yeni alışıyordum onun yabancı bir tanıdık olduğu fikrine, daha yeni yeni benimsiyordum onun baba rolünü ve bunu ne kadar iyi yerine getirdiğini.

Ona hayır dedim ama o gece otelin çatısında sabaha kadar ağladım. Çatının kiremitleri çok da sağlam değildi. Hatta ben adım atarken biri ayağımın altından kayıp boş sokağa düştü ama güneşin doğuşuna kadar kalmak istemiştim sadece, bir de bir an aşağıyla aramda olan mesafeyi ölçüp ne tarafa doğru düşsem tak diye giderim düşüncesi bile parlamıştı zihnimde.

İlkokuldan, ortaokuldan aklıma kazınan anıları unutamıyordum. Her ne kadar sabahları beni okula bıraksa da çıkışta almaya gelemiyordu babam, ben de servise yürümek için acele etmiyor, merdivenlerde oturup öğle teneffüsünde yiyemediğim sandviçi yiyordum bir süre. Sandviç bahaneydi aslında, çocuklarını almaya gelen anneleri izliyordum. Nasıl da istisnasız herkes açıyordu kollarını yavrularına, sınıfın en haylaz, en yaramaz, en düşük notları alan çocuğuna bile annesi her çıkışta sarılıyordu.

Gözyaşları gözlerime batıyordu ama her ısırıkta siliyordum kollarıma. Dadım, Pamuk Hala'm çok kızıyordu montumun kollarını pislettiğim için çünkü gözyaşı lekesi kalıyordu üzerinde ama ona söyleyemiyordum nasıl olduğunu o lekelerin. O da sormayı kesmişti bir akşam beni okuldan almaya geldikten sonra.

Böyle böyle eksilmiştim ben, eksiltmiştim kendimden. İlkokulda kucağına koşamadığım annemle, ortaokulda notlarıma kızmayan babamla, lisede düştüğüm boşlukta tutunacak bir yer bulamayarak. Sürüklenip durarak bir karadeliğini içine, hız kesici hiçbir faktör olmadan hayatımda.

Babama hayır demiştim çünkü o kadar kötü hissediyordum ki eğer okulla ilgili bir sorunum olduğunu söylersem beni artık iyi bir kız olarak görmeyeceğini, on sekiz yaşımı doldurduğumda beni göndereceğini düşünmüştüm. Liseye başlarken bana bu durumu açıklamasının sebebinin bu olduğunu düşünmüştüm.

Yalnız olduğumu düşünmüştüm.

Yalnızdım belki de.

Belki bugün bile hâlâ yalnızdım.

"Antrenmanın yok mu senin?" diye sordu Çisem, onunla birlikte merdivenlerden indiğimin farkında değildim bile. Okul bitmişti ve herkes dağılıyordu.

"Evet," diye mırıldandım gözlerimi kırpıştırarak. Son ders tarih olduğundan yine uykum gelmişti, yine dalmıştım kafamın içine. Orası dipsiz bir kuyuydu ve ben yüzme bilmiyordum, üstelik çoğu zaman biri halat atmadan tırmanamıyordum da kendi başıma yukarı.

Geçmiş bir bataklıksa ben dizlerime kadar batmıştım. Kurtulmaya çalışmanın bir anlamı yoktu belki ama hareketsiz dursam da dibe çekildiğimi hissediyordum.

"Ee, hadi Ada?" diye sordu Çisem elini yüzümün önünde sallayarak, arkamdan gelen öğrenciler çekilmediğim için omuzlarıma çarpıp geçiyorlardı. Çisem elimden tutup beni aşağıya çektiğinde dengemi sağlayarak peşinden inmeye devam ettim merdivenleri. "Kızım senin kafan nerede? Aşk sarhoşu mu oldun iki günde? Gel bir elini yüzünü yıkayalım tuvalette, yanakların falan kızarmış. Ateşin mi var senin uzat alnını bakayım?"

İndiğimiz katta beni koridorun sonuna doğru yönlendiren Çisem'e bir şey demedim, elinin tersini alnıma yasladıktan sonra ateşimin olmadığına karar vermiş ama yine de tuvalete sokmuştu beni. En son öğlen tuvalete girdiğimizde kabinde sıkışıp kalmış, Alin ve Kumsal'ı dinlemiş, daha sonra çıkmıştık. Varis beni boş bir sınıfa çekip geçmişimin hiçbir önem ifade etmediğini söylemişti. Sadece seni.

Sözlerini tekrar edip durmuştum bütün öğlen yemeği boyunca kafamda. Masada Varis, Alper, Reha, Çisem ve hatta Kumsal vardı. Bütün okul sohbeti kesmiş fısır fısır konuşmuştu aynı masaya oturan bu altılı hakkında. Aslında Kumsal, Çisem'le arasına bir kişilik yer bırakarak oturduğundan bizimle oturuyor gibi görünmemişti ama yine de arkadaşlarıyla, mesela Derin'le arasında neler döndüğünü merak etmiştim öğle yemeğine bizimle oturacak kadar. Reha tüm yemek boyunca hiçbir şey söylemeden sürekli su içmiş, Kumsal'a ters ters bakmıştı. Çisem de Alper'in karşısına oturduğundan tepsi sığmıyor kavgası yapmışlardı. Sonuç olarak ikisinin de çorbaları diğer yemeklerin üzerine dökülmüştü, bu sefer de yemekleri döküldü diye kavga etmişlerdi.

Benim kafam karışıktı. Varis de fark etmişti bunu ama bir şey söylememişti, sadece basketbol maçlarıyla ilgili sorduğum birkaç soruya cevap vermişti.

"Al," dedi Çisem musluğu açıp beni lavabonun önüne ittirerek. "Elini yüzünü yıka bir şey yap kendine gel. Seni böyle bırakıp eve falan gitmek istemiyorum ben, kesin voleybol antrenmanında alnının ortasına top yersin sonra o kızarıklığı kapamaya uğraşırım ben kat kat kapatıcıyla. Şanslısın ki ten renklerimiz uyuşuyor Adakız."

Akan suya hipnotize olmuş gibi baktığımdan Çisem'in dediklerinden hiçbir şey anlamamıştım. Kollarımı sıvayıp ellerimi lavaboya uzattığımda parmakuçlarıma değen soğuk suyla birlikte irkilip geriye çekildim bir refleksle. Nabzım hızlanmıştı.

"Ada," diye mırıldandı Çisem ifademi dehşetle süzerek. Musluğu kapattıktan sonra karşıma geçip ellerini kollarıma koymuştu. "Kızım sen iyi misin? O dümbelek mi bir şey yaptı ya da söyledi sana? He de kırayım ağzını burnunu."

Gözlerimi kaldırıp Çisem'in çillerinde gezdirdim ifadesizce.

"Tamam belki ağzını burnunu kıramam ama şöyle bir dürterim. Dürtemez miyim?"

Gözlerimi kırpıştırdım.

"Tamam belki dürtemem ama hesap sorarım. Hesap da mı soramam?"

Gülercesine bir ifadeyle kendime gelerek Çisem'in ellerini çektim kollarımın üzerinden. "Onunla ilgili değil," diye mırıldandım ellerimle yüzümü ovalayarak. "Sabah kahvaltı yapmadım, öğlen de doğru düzgün yiyemedim. Dün akşam da çok şarap içtim ondan beynim çalıştırmayı durdurdu öğlenden beri. Kantinden bir şeyler alırım antrenmandan önce, hallolur."

"İyi hadi inanmadım ama, öyle olsun" dedi Çisem seslice nefes vererek.

"Ya gerçekten doğruyu söylüyorum. Başka bir şey yok kafamda."

"Senin kafanda olabilecek çok şey var Ada ve bu çok normal. Sadece, bana sırtını yaslayabilmeni isterdim, anlatmanı isterdim. Ama sorun değil. Ne zaman istersen o zaman anlatırsın."

"Gerçekten bir şey yok," diye mırıldandım üşüyen ellerimi kabanımın cebine sokarken. Kafamı hafifçe eğmiş, yorgun bir ifadeyle gülümsemiştim Çisem'e. "Sadece..." Kurumuş dudaklarımı yalayıp kafamdakileri bir araya getirmeye çalıştım. "Bazen kopuyorum andan." Gözlerimi etrafta gezdirdim. "Sanki bu hayat benim değilmiş gibi, sanki başka birinin bedeninde izliyormuşum gibi hissediyorum yaşadıklarımı. Her akşam eve gidiyorum evde kimse yok. Şimdi Pamuk Hala da yok dönmedi şehirdışından, ee Mustafa Abi de hep ben okuldayken uğruyor bahçeye görüşemiyoruz. Sınavlar geliyor, ödev teslim vakitleri yaklaşıyor, dün ne oldu bugün ne oluyor derken..."

"Kayboluyorsun anın içinde," diye devam etti Çisem lafıma. Dudaklarını birbirine bastırarak gülümsedi. "Ada, istediğin kadar kaybol ama bu senin hayatın." Bakışları yüzümde gezindi. "Bedenini ruhuna kafes etme. Bazen geçmişi olduğu yerde bırakıp yoluna devam etmen gerekir, başka türlü burada kapana kısılmış hissedersin," diye mırıldandı iki parmağını şakağına dayayarak. "Ve burada kapana kısılmış hissedersen, kendini gerçekten bir kapanın içine kıstırırsın eninde sonunda."

Dudaklarımı birbirine bastırarak yutkundum. Çisem'in suratında tanıdık olmayan bir ifade vardı; filtresiz, maskesiz bakıyordu gözleri. "Bunlar bana söylediklerin mi yoksa kendine itiraf edemediklerin mi?"

Çisem'in dudakları hafifçe yukarı kıvrılır gibi oldu, ardından beklemediğim bir anda saçlarımı karıştırıp koluma girerek beni lavabonun kapısına yürüttü kendiyle birlikte. "Ben fare miyim de peynir peşinde koşup kıstıracağım kolumu bacağımı be? Sen Çisem Laleli'yi hiç tanımamışsın Adakız. Gel sana geleceğin Mozart'ı olan bu kızdan biraz bahsedeyim. Şimdi öncelikle konumuz, bu kız ne yer ne içer... Her sabah mutlaka bir haşlanmış yumurta ve..."

Kol kola merdivenlerden inerken neredeyse her adımda kahkahalar atarak başımı geriye yatırıyor, düşme ve peşimden de Çisem'i yuvarlama tehlikesi atlatıyordum ama yine yummuş gözünü açmış ağzını, mizahını konuşturuyordu işte. Okula ilk geldiğim zamanlar müzik odasında piyano çalışını dinlediğimde çok soğuk ve mesafeli bir kız olduğunu düşünmüştüm ama Çisem tam tersiydi, sürekli şakalar ve taklitler yapar ikimizi de kırar geçirirdi.

Okulda yaşananlara da onun sayesinde katlanabilmiştim ya ben...

"Yalnız çok şaşırdım, öğrenci konseyi kızların pantolon giyme talebini kurula götürmüş yine. Ama bu sefer kurul onay vermiş. İnanabiliyor musun? Biz ilk yıldan beri bunun savaşını veriyorduk ve bir anda kabul ettiler. Öylece. Şaka gibi. Herhalde bunlardan birinin kızının götü dondu bu karın kışın ortasında."

Isırdığım enerji barını çiğnerken kaşlarımı kaldırarak Çisem'e döndüm koridorun ortasında. Kantinden atıştıracak bir şeyler almıştım, soyunma odalarına doğru ilerliyorduk. "Nasıl yani? Bundan sonra pantolon giyebilecek miyiz?"

Kafasını salladı Çisem, elindeki kahvenin dibini içtikten sonra karton bardağı buruşturup çöp kutusuna ayağıyla fırlatırken. "Aynen öyle. pazartesiden itibaren serbest. Yalnız ilkbaharda yine eteğe dönme şartı var."

Gözlerimi kırpıştırarak önüme döndüm, kafam karışmıştı. Varis'e etekle bacaklarımın üşüdüğünden bahsetmiştim ama bu konu hakkında bir şey yapmış olamazdı değil mi? Olabilir miydi?

Gayet de olabilirdi.

Çisem'le vedalaştığımızda o otoparka döndü, ben ise bitirdiğim enerji barının paketini çöpe atıp soyunma odasına girdim ve dolabıma doğru yürüdüm. İçerisi doluydu, ben girdikten sonra birkaç bakış bana dönmüştü ama genel olarak umursamamışlardı.

Alin dolabımın önündeki bankta oturmuş ayakkabısının bağcıklarını bağlıyordu, dolabı hemen yanımdakiydi. "Ada ya," dedi oflayarak. "İki gün üst üste antrenman koymuşlar yine, kusacağım şimdi ödevlerden sınav stresinden. Antrenör bize hiç acımıyor mu gerçekten? Bu yorgunlukla kazanabileceğimizi falan mı düşünüyorlar?"

Kendimi gülmeye zorlayarak doğal bir ifade takınmaya çalıştım. Dolabımı açıp çantamı içeri bırakırken bir yandan da kabanımı çıkartıyordum üzerimden. "Turnuva takvimi belirlendi mi?"

Kafasını olumsuz anlamda salladı Alin. Eskiden olsa her hareketi samimi gelirdi ama şimdi rol yaptığını düşünüyordum. "Diğer departmanlarınki belli olmuş hep, panoya asılı. Okulun sitesinde de var. Bizimkiler askıda yılbaşından sonraya kaldığı için, galiba yeni planlama yapacaklar."

Gerçekten benimle arkadaş olmak için yaklaşmamıştı değil mi yanıma ilk günden beri? Eğer oyunsa bile nasıl bütün bunları planlayabilmişti ki?

Hızlıca üzerime antrenman şortunu ve sıfır kollusunu geçirdim. Sıfır kollunun altına siyah, uzun kollu bir tişört giyinmiştim ama şort kısaydı ve dizlikler de olmasa bacaklarım tamamen açıktaydı. Soyunma odası sıcak olsa da kapalı spor salonu soğuk oluyordu. Isındıktan sonra maç başlayana kadar titremek istemiyordum. Dönüp duşun altına girmek ve sıcak suyla ısınmak istiyordum ama yapabileceğim bir şey yoktu. Takıma girmeyi ben kabul etmiştim.

Aslında duşa da gerek yoktu, tek istediğim bir bardak sıcak çikolataydı. Kantine indiğimizde almak istemiştim ama görevli, makinenin bozuk olduğunu ve yarın sabaha düzeleceğini söylemişti. Çisem sinirlenip sıcak suyla hazır kahve yapmıştı hemen ama benim öyle bir seçeneğim yoktu tabii.

Saçlarımı at kuyruğu yaptıktan sonra herkesle birlikte kapalı spor salonuna geçtik. Alin yol boyunca derslerin ne kadar bunaltıcı olduğundan bahsetmişti ama onu dinlememiştim, basketbol sahasına giden yolu izliyordum. Sahanın duvarları cam olduğundan içeride çalışan oyuncuları görebiliyordum. Varis de orada olmalıydı. Acaba oynayacak mıydı? Yarası acıyor muydu? Maç başlamadan yanına gitsem olur muydu?

"Önüne bak, Kandemir," diye bir ses duydum hemen dibimde, şaşkınlıkla geriye çekilirken Kumsal'ın önümde dikildiğinden habersizdim. Alin çoktan diğerleriyle birlikte içeri girmişti bile.

"Ne oluyoruz yine?" diye sordum kaşlarımı çatarak, Kumsal'a. Karşımda ellerini arkasında birleştirmiş, saçlarını tepesinde sımsıkı toplamış bir şekilde dikiliyordu. Saçlarını o kadar sıkı atkuyruğu yapıyordu ki sanki botoks yaptırmış etkisi veriyordu bu ona.

"Şu kızla takılmasan iyi edersin," dedi kuru bir sesle, ardından kafasıyla geriyi işaret etti. Alin'i kastettiğini çok iyi biliyordum.

"Ama neden?" Kaşlarımı çatarak sordum. "Bir şeyi yapmamı söylüyorsan nedenini de söylemelisin değil mi?"

Kumsal'ın sesli bir nefes aldığını duydum başını çevirirken, ardından önüne döndü ve "Off, ne halt yersen ye," diye homurdanarak salona girdi.

Kumsal'ın dediklerinden hiçbir şey anlamıyordum. Havuz partisinde de anlamamıştım zaten. Ortaya kilitli bir kutu bırakıyordu ama anahtarının nerede olduğunu söylemiyordu, karanlığın içinde bata çıka aramamı beklemiyordu benden değil mi? Öyle olsa bile aramaya razıydım ama sanki cevaplara ulaşmak, biri bana söylemediği sürece, yıllarımı alırmış gibi geliyordu.

Alin'de bir şeyler olduğunu biliyordum. Yalnızca, ne olduğunu bilmiyordum. Ama öğrenecektim. Yakında.

Antrenman yorucu geçti ama önceden enerji verecek bir şeyler yediğimden daha iyi hissediyordum kendimi. Hiçbir pası kaçırmadım, takımım benim yüzümden sayı kaybetmedi. Hatta o kadar odaklanmıştım ki oyuna, önümdeki oyuncuların kaçıracakları toplara atlayıp ters bakışlarından koleksiyon yapıyordum resmen. Kumsal birkaç kez uyarmış olsa da bilerek yaptığım bir şey olmadığından engel de olamamıştım.

Maç bittiğinde antrenör dağılabileceğimizi söyleyip gelen bir hocayla konuşmak için salon dışına çıktı. Bu sırada Alin kendini tribünlerin önüne atmış birkaç kızla sohbet ediyordu ve arkası bana dönüktü. Arada dönüp onun ne yaptığını kontrol ediyor olsam da herhangi bir yanlışını görmemiştim, oyuna odaklıydı o da herkes gibi tüm maç boyunca.

Kumsal nefes nefese, elini atkuyruğundan geçirirken yanımdan yürüyeceği sırada önünü kestim. Elimde hâlâ top vardı ve sektiriyordum kendi kendime.

"Ne? Ne var?" diye söylendi Kumsal, gözlerini devirerek.

"Eğer bana Alin'in derdinin ne olduğunu söylemezsen gidip Reha'ya havuz partisinde merdiven altında ne konuştuğunuzu soracağım," dedim ciddi bir sesle. "Eğer o cevaplamazsa da Varis'e soracağım. Nasıl olduysa, sen o partiden sonra benimle uğraşmayı bıraktın. Tam da Alin'in hayatıma girdiği hafta. Ne tesadüf, değil mi Kumsal?"

Kumsal gergin bir ifadeyle geri çekildi ve mavi gözlerini yüzümde gezdirmeye başladı. Terlediğinden bebek saçları ıslanmıştı. "Alin'in derdinin ne olduğunu sana söyleyemem," dedi sıkıntılı bir sesle, eliyle yüzünü sıvazladıktan sonra sertçe yutkunmuştu. "Ama o partide Reha'yla ne konuştuğumuzu da sana açıklayamam. Onlar da açıklayamaz. Boşa kürek çekip milletin keyfini bozma."

Topu sertçe yere atıp kolumun altından kurtardım, ardından kollarımı göğsümde birleştirerek Kumsal'a baktım; yüzümde şaşkın ama öfkeli bir ifade vardı. "Alin'in benden uzak durmasını istemen benimle ilgili ama bana nedenini söylemiyorsun. Bir şekilde o partide merdiven altında Reha'yla konuştuklarınız da benimle ilgili ama yine bana bir şey söylemeyeceksin, öyle mi?"

"Öyle," dedi cansız bir sesle. "Ve bunu sana Reha da söyleyemez."

"Varis?"

"Ada," diye mırıldandı Kumsal, dudaklarını ıslattıktan sonra başını eğip ayaklarına bakarak. Ardından kafasını kaldırdı ve gözlerimin içine çevirdi maviliklerini. "Varis'te son zamanlarda bir değişiklik fark ettin mi?"

Dudaklarımı birbirine bastırarak sert bir ifadeyle devam etmesini bekledim.

"Gülüyor," dedi öne eğilerek, göz temasını kesmemişti. "Eğleniyor, iki kelime ediyor, daha canlı. Daha insan gibi. Bunun nedenini biliyorsun değil mi? Bilmiyor olamazsın. Bana numara kesme."

Yutkunarak ifademi kaçırdım. Ardından derin bir nefes çektim içime. "Biz, birlikteyiz," diye mırıldandım.

"Birlikte olduğunuzu biliyorum mankafa," dedi Kumsal tok bir sesle. "Zaten onu bu hâle çevirebilecek tek ihtimal senin varlığın. Şimdi beni iyi dinle. Bu aramızda bir sır olarak kalacak." Etrafına baktı ama yanımızda kimse yoktu. Herkes soyunma odalarına gitmişti. "Bunu almak istiyor musun ondan? Gözünün içindeki ışıltı yok olsun istiyor musun?"

Nabzım hızlanmıştı. Kalbim göğüs kafesimin içinde dört nala koşarken dudaklarım kurudu bir an. Onu yine eskisi gibi ıssız düşündüm, limansız düşündüm, soğuk düşündüm. Düşüncesi bile öfkelendirmişti beni, düşüncesi bile nefeslerimi boğazıma dizmişti. "Hayır," dedim şaşkın bir öfkeyle. "Tabii ki hayır. Bunun konumuzla ne alakası var?"

"O zaman bunları irdeleme," dedi Kumsal, ciddi bir sesle. "O zaman zamana bırak her şeyi, su akar yolunu bulur." Bir adım geri çekildi. "Çok şanslısın Ada, hem de çok." Kafasını iki yana sallıyordu, yüzünde farklı bir ifade vardı anlamını çözemediğim. "Eğer sen ortalığı karıştırmazsan kimse zarar görmez. Bu söylediğimi unutma."

Kumsal dönüp çıkışa yürürken büyük adımlarla, öyle şaşkın bırakmıştı ki beni arkasında, durmasını bile söyleyemedim ona. Neyi kastettiğini bile soramadım. Öylece kalakaldım. Sözleri aklımda yankı yapmıştı, kelimeler iç içe geçmişti tekrarlanırken. Neyi irdelemememi söylüyordu? Neyi zamana bırakmamı istiyordu benden? Nasıl ortalığı karıştıracaktım?

Derin bir nefes alarak spor salonunun dışına ilerledim, etrafta takımdan kimse yoktu. Herkes soyunma odalarına gitmişti. Koridorda yürürken basketbol takımının o an hocaların lafıyla dağıldığını fark ettim, antrenmanları bitmişti.

Belki yanlış bir karardı, belki doğru. Yine de adımlarımı çevirip basketbol sahasının kapısına yürüdüm. Kafam hem dolu hem boştu. Doluydu çünkü birçok söz uçuşuyordu içeride, boştu çünkü hiçbirinin anlamı yoktu. Hiçbirinin anlamını bilmiyordum.

Kapıyı açtığımda takım hâlâ sahadaydı, birkaçı çıkmak için bu tarafa doğru yürüyordu sadece. Geri çekilerek kapıya yürüyen üçlüye yol verdim, garip bir şekilde bu takımdan hiçkimseyle bir sorunum olmamıştı şimdiye kadar. Hatta çoğunun yüzünü görmemiştim bile.

Alper ve Reha'yı sahada birbirlerinden top kaçırırken gördüm, top Alper'deydi ve Reha ondan almaya çalışıyordu ama Alper her zamanki gibi aşırı flörtözdü. "Hadi gel, gel al, ne oldu kolun mu yetişemedi? Hoop..." Reha tam bacak altından geçirdiği topa uzanacağı sırada Alper topu benim olduğum potaya doğru attığında beni fark etmişlerdi. "Aa," dedi Alper, "Ada." Top potadan geçmiş yerde sekiyordu. Bir süre sonra sahanın sonuna doğru yuvarlanmaya başladı.

Bu ikili yanıma doğru yürüyeceği sırada takımdan biri Alper'i kolundan tuttuğu gibi tribünlerin önündeki diğer oyuncuların yanına çektiğinde Reha diğerlerinden kurtulmak için attığı koşar adımlarla yanıma geldi. O an, başından beri aradığım kişiyi hocayla konuşurken görmüştüm. Sahanın diğer ucundaydı, üzerinde forma vardı, oynamasına izin vermişler miydi? Gerçi onun izin almasına gerek yoktu, yapacağım deyince yapıyordu. Kollarını göğsünde birleştirmiş ciddi bir ifadeyle hocasını dinlerken bir anda gözlerini üzerime çevirdi, ardından tekrar karşısında soluksuz konuşan hocaya döndü.

"Ada," dedi Reha yanıma ulaştığında. Sık sık nefes alıyordu antrenman yeni bittiğinden. "Nasılsın? Öğlen çok durgun görünüyordun."

Gözlerimi Reha'ya çevirdim, parmaklarımı kıtlatırken. "İyiyim ya, pek bir şey yememiştim ondan halsizdim biraz ama hallettim." Söyleyeceğim şey için derin bir nefes aldım, ardından dudaklarımı ıslattım. "Sen de gergindin bayağı öğlen yemeğinde. Kumsal'dan dolayı sanırım."

Reha birkaç saniye dümdüz gözlerimin içine baktı, ardından gülerek gözlerini kaçırdı. "Yok ya, ne alaka... Üşütmüştüm ben bir önceki gün biraz, ondan başım ağrıyordu ama ağrı kesici alınca geçti."

"Hımm," diye mırıldandım kafamı hafifçe sallayarak. "Kumsal'la bir alakası yok yani?"

Çok üstüne gittiğimi biliyordum özellikle de karışmamam gereken bir konuda ama az önce duyduklarım benim de bir şekilde ilgili olduğumu kanıtlar nitelikteydi. Reha ve

Kumsal'ın arasında ne vardı? Kumsal, Alin hakkında ne biliyordu?

"Yok canım neden olsun..." Kollarını göğsünde birleştirerek omuz silkti Reha. "Asıl sen istemezsin diye düşündüm ben, geldi oturdu direkt bizim masaya. Aranız iyi değil biliyorum."

Demek biliyorsun... Ne kadarını biliyorsun?

"Voleybol takımına katıldıktan sonra psikolojimi tehlikeye atmamaya karar verdi herhalde, uğraşmıyor daha benimle."

"Uğraşmasın da zaten. Yeterince kışkırttı adamı."

Reha birden ağzından çıkan, az önceki konuşma tarzından çok farklı bir tarzda söylediği cümleden sonra dudaklarını birbirine bastırıp gözlerini üzerime çevirdi.

"Ne manada?" diye sordum kaşlarımı kaldırarak.

"Varis rahat durmaz, o manada."

Tişörtümün kollarını parmak uçlarıma kadar çekerken önüme döndüm. Kimseye, direkt sormadığım sürece cevaplar alabileceğimi düşünmüyordum. Reha'ya her türlü açmasını istediğim konuyu belli edebilirdim ve o da yüzlerce farklı yolla savuşturabilirdi hamlelerimi.

Kumsal haklı olabilir miydi? Zamana mı bırakmak gerekiyordu bu olayı? Ne olduğunu bile bilmeden nasıl kör kalabilirdim ki ama? Kendisi bile susamazdı böyle bir şeyi fark etse, benden nasıl susmamı bekleyebiliyordu?

"Ben üzerimi değiştirmeye gidiyorum, terim kuruyacak duş almam lazım," diye mırıldandım kafamın iyice karışmaya başladığını fark ettiğimde.

"Varis'le konuşmayacak mıydın?"

Gözlerimi Reha'nın yanından arkadaki Varis'e çevirdim, hâlâ hocayla konuşuyordu. Ne konuştukları hakkında bir fikrim yoktu ama yarasıyla ilgili olabilirdi. "Üzerini değiştirdikten sonra gelir o herhalde ya da mesaj atar," diye mırıldandım yeniden. "Gökay yok mu bu arada?" Gözlerimi etrafta gezdirdim. Hâlâ çoğu oyuncu sahadaydı. Alper kenarda arkadaşlarıyla bir şeyin laga lugasını yapıyordu. Gökay yoktu yalnızca.

"Antrenman bitince hemen gider o, biz biraz takılırız sahada," dedi Reha, gözlerimi etrafta gezdirdiğimi fark ettiğinde bakışlarımı yakalayarak. "Bir şey mi konuşacaktın?"

"Alper'le nasıl aynı sahada oyun oynayabiliyorlar?"

"Hemen çıkıp gitmesinin olayı da o zaten," diye mırıldandı Reha. "Yalnızca maçta katlanabiliyorlar birbirlerine. İyi oynuyorlar ama gören kardeş falan sanır öyle bir uyumları var."

Kaşlarımı kaldırıp sorarcasına Reha'ya baktım ama o gülümseyerek aynen öyle dercesine kafasını sallıyordu. Alper her zamanki gibi görünüyordu, ona iyi görünüyordu diyemezdim çünkü her zaman bir şekilde iyiymiş gibi görünmeyi başarıyordu böylece gerçekten mi iyi yoksa berbat bir hâlde mi anlayamıyordunuz. Gökay ise hayalet gibiydi, hiç beklenmedik yerlerden çıkıyordu ama olması gereken yerlerde de göremiyordunuz.

Basketbol sahasından çıktıktan sonra doğruca soyunma odalarına yürüyüp duşa girdim. Çok terleyen biri değildim ama antrenmanlarımız çok yoğun geçiyordu, nefes almaya vakit olmuyordu. Kas ağrılarım hafiflemişti ve daha zinde hissediyordum kendimi ama yine de maçlar konusunda ne yapacağım hakkında bir fikrim yoktu. Antrenmandaki gibi olmuyorlardı... Değil mi? Etrafta beni izleyen bir salon dolusu insan olduğu düşüncesi zihnimde dört dönerken aptalca bir hareket yapmama ihtimalim yoktu.

Duştan sonra okul formamı katlayıp çantama attım, onun yerine siyah eşofmanımı ve kalın gri kapüşonlumu geçirdim üzerime, ardından kabanımı ve botlarımı giyindim. Antrenmandan sonra tam bir moda ikonu oluyordum bot ve eşofman ikilisiyle.

Soyunma odası boşalmaya başlamıştı. Çantamı omzuma astıktan sonra kapıya doğru yürürken telefonumu çıkartıp bildirimlerimi kontrol ettim, kimse aramamış ya da mesaj atmamıştı. Varis'in gerçekten beni gördüğüne emin miydim sahada? Göz göze geldiğimizi hatırlıyordum ama. Belki de işi bitmemişti. Belki işi çıkmıştı?

İki elimle birden Çisem'in Instagram'dan gönderdiği bir kedi videosunu açmak için telefonumda gezindiğim sırada soyunma odasının kapısından dışarı çıkmıştım ve önüme bakmıyordum, doğruca sağa döndüm. Neredeyse biriyle çarpışacaktım ama son anda sağa çekildim, o da sağa çekildi. Israrla gözlerimi telefonumun ekranından çekmeden sola çekildim. Bu sefer o da sola çekildi. Şaşkınlıkla kaşlarım çatılırken başımı kaldırıp "Pardon," diye mırıldandım ve tekrar çekilmek için hazırlandım ama o sırada karşımda dikilenin kim olduğunun anca farkına varabilmiştim.

Varis, elleri cebinde, simsiyah eşofmanlar içerisinde, gayet rahat bir ifadeyle kaşlarını kaldırmış bana bakarken arkadan kızların gülüşme sesi geldi. "Kafanda ne var senin de dalgınsın böyle sabahtan beri?" diye sordu tok bir sesle, dudaklarını ıslatırken.

İyi ki saçlarımı kurutmakla vakit kaybetmemiştim çünkü o zaman çok bekletirdim.

Telefonumu kapatıp cebime attım. "Sabah kahvaltı etmemiştim..."

"Onu geç, onu anladık, herkese aynı şeyi söylüyorsun," dedi hafifçe yüzüme doğru eğilerek. "Bana yemez."

Koca bir şaplak atmak istedim alnıma. Beni bu kadar tanıyor olamazdı değil mi? Dudaklarımı birbirine bastırarak gözlerimi kaçırdım ve Kumsal'ın söylediklerinin üzerinden geçtim yeniden. Havuz partisinde Reha ve Kumsal'ın konuştuklarını Varis'e anlatsam, ona Alin'den bahsetsem ne olurdu? Mojitoma ilaç karıştıranın Alin olduğunu söylesem?

Seslice nefes verdim bakışlarımı gözlerine çevirerek. Hangisinden bahsedeyim istersin? diye geçirdim içimden. Sınavlar yaklaşıyor, konular zorlaştı. Babam gittikçe uzatıyor İngiltere'deki işlerini, sanırım hiç dönmeyecek. Antrenmanda çok yoruluyorum, o yorgunluğun üzerine ders çalışmam gerekiyor ve bir de maç anksiyetesi başladı bende. Kumsal'ın söyledikleri bir yerden, Alin bilinmezi bir yerden... Sanırım ne kadar iyi olsan da matematikte, bu denklemi sen bile çözemezsin Varis.

Ama sana bunların hiçbirini söylemeyeceğim.

"Ada!"

Varis'in gri gözlerine, ona nasıl bir cevap vermem gerektiği düşüncesiyle bakarken koridorun gerisinden birinin adımı seslendiğini duyduğumda dönüp baktım. Varis de gözlerini koridorun diğer ucuna çevirmiş, doğrulmuştu.

Seslenen Alin'di. Yanında iki arkadaşı vardı, tuvaletteki arkadaşları olabileceğini düşünüyordum çünkü takımdan değildiler. Belki kütüphaneye kalıp Alin'i beklemiş olabilirlerdi. Alt dudağımı ısırıp hafifçe gülümsedim, sahte bir ifade takınmak o kadar da zor değildi yabancı insanlara. Alin gülerek yanıma doğru koşturduğunda dönüp Varis'in surat ifadesini görmeyi çok istiyordum ama yine de bakışlarımı önümden çekmedim.

"Şeyi sormayı unuttum sana ya, aralık ayının son haftası bir yılbaşı partisi veriyoruz bizim evde," dedi Alin yanıma ulaştığında. İşte geliyor. "Sen de gelecek misin? Lütfen gel. Söz veriyorum her şey enfes olacak. Hatta Çisem'e de söyle. İstediğin herkesi getir." Gözleri bir an benim üzerimden arkama çevrildi, ardından yutkunarak tekrar bana döndü. Ellerimi tuttuğunun yeni farkına varabilmiştim.

Pekâlâ. Partinin amacı şimdilik, asıl beni değil, arkamdakini oraya götürmek gibi duruyordu. "Olabilir, neden olmasın?" diye mırıldandım ellerimi çekerek. "Çisem'le konuşurum ama sınavlar yaklaşıyor, bir takvime bakmamız lazım. Onun piyano resitali de var."

"Yahu yılbaşında eğlenmeyeceksin de ne zaman eğleneceksin? Sınavdı, antrenmandı ben bile bıktım tükendim burada. Biraz şarj olmak lazım."

"Yılbaşında eğlenmeyeceğini kim söyledi?"

Bu soru, daha doğrusu cevap, Varis'ten gelmişti. Omzumun üzerinden başımı çevirip ona baktım. Alin'in ifadesi bozulmuştu, her ne kadar ona çevirse de bakışlarını önce bir şey söylemedi. Ardından derin bir nefes alıp tekrar gülümser surat ifadesini takınarak "Lafın gelişi dedim yani ben onu," diye mırıldandı. "Neyse... Geleceksen haber verirsin, okey?"

"Olur," dedim gözlerimi Varis'ten çekip önüme dönerken. Alin "Görüşürüz o zaman," diye mırıldandıktan sonra el sallayarak arkadaşlarının yanına yürüdü.

"O neydi öyle?" Arkamı döndüm, Varis'e doğru. Ellerimi kabanımın ceplerine sokmuştum. Benim ellerim soğuktu ama Alin'inkiler benimkilerden de soğuktu bu yüzden iyice üşümüştüm.

"Seni kullanıyor," dedi gözlerini bir an koridorun ucuna, diğer an da bana çevirerek. "Arkadaş mısınız? Bundan haberim yoktu."

Bunun ben de farkındaydım ama sadece beni kullandığını düşünmüyordum, o gece içeceğime ilaç atarak bana zarar da vermek istemişti. Eğer yalnızca kullanmak istese kendini böyle riske atar mıydı? Üstelik bu işin içinde Kumsal, hatta belki Reha bile vardı. Ve ben öylece cevaplarımı alamayacaktım, sessiz kalıp gözlem yapmam gerekiyordu.

"Bir süredir, aynı takımdayız," dedim derin bir nefes alarak. Varis'in yüzünde onu ele veren herhangi bir ifade yoktu, yalnızca düşüncelerini açıkça söylüyordu ama şöyle de bir gerçek vardı ki Varis Adin, konu duyguları saklamaya geldiğinde profesyonel çalışıyordu. Şaşırdığı hiçbir şey yoktu kendine izin vermediği sürece. Ondan herhangi bir ipucu koparabileceğimi zannetmiyordum, sorumu asıl konuyla ilgisiz seçsem bile asıl neyi sormak istediğimi anlayacak kadar zekiydi.

"Soruma cevap vermedin."

Kaşlarımı kaldırarak sorusunu hatırlamaya çalıştım. Alin gelmeden önce ona neden dalgın olduğumla ilgili cevabımı vermemiştim. Ellerimi ceplerimden çıkartıp aksi bir ifadeyle kollarımı göğsümde birleştirdim. "Kantindeki makine bozulmuş. Bugün sıcak çikolata içemedim."

Varis durdu, önce ifadesine sahip çıkmaya çalışırçasına dudaklarını yaladı, ardından kafasını çevirerek güldü. "Bu mu yani?"

İnanmıştı.

Kandırdım seni.

"Ne bekliyordun? Hâlâ dönmesini beklediğin seni terk eden çocukluk aşkına üzüldüğümü mü sandın?" Dalga geçtiğimi biliyordu, bilmese de ifademden anlaşılıyordu.

"Üzüldün yani?"

"Aldatırsan üzülürüm," diye mırıldandım istemsizce suratımdaki dalga ifadesi silinirken. Ardından gözlerimi kırpıştırarak gri gözlerine baktım. "Ama sonra toparlanır ikinizin de ağzına sıçarım. Haberin olsun."

"Yaşanması çok güç bir ihtimalden bahsettiğinden seni ciddiye almıyorum." "Hadi, gel," diye mırıldanarak beni koridorun diğer ucuna doğru çekti.

Adımlarına ayak uydurmaya çalışarak "Nereye gel?" diye sordum, istemsizce kafamı koridorun diğer ucuna çevirmiştim. Otoparka giden yol orasıydı, buradan gidince kapalı spor salonunun sonuna ilerlemiş oluyorduk.

Havuza.

"Dalga geçiyorsun değil mi?" Kapalı havuzun kapısına sırtımı yaslayarak önüne kestim. Elini kapı koluna uzatmıştı ama ben kapıya yaslanınca durdu. Gözlerim kocaman olmuştu. "Havuza mı gireceksin?"

"Gireceğiz," diye düzeltti beni. "Su korkun fazla meydana çıkmaya başladı Ada. Önce partide, sonra o dağ evinde." Seslice nefes verdi. "Kafanın iyi olduğu gece ateşini düşürmeye çalışırken başından akan su bile nefesini daraltıyordu. Bence bunu yenebilirsin." Beni kendine doğru çekip kapıyı açmadan önce yüzüme doğru eğildi. "Benimle."

Ardından kapı açıldı ve birlikte içeri girdik.

Kaloriferi açık unutup uyuduğum geceler üçten fazla kâbus görebiliyordum ve hepsi bir şekilde suya düşüp boğulmamla son buluyordu. Kan ter içinde uyanıp bir daha uyuyamıyordum o geceler, bir roman ya da test kitabı alıp salona iniyor ya da kapalı bahçeme gidiyordum. Suyun içinde kaybolma hissi, oksijen yokluğu her defasında o kadar gerçekti ki hasta olup burnum tıkanınca bile korkuyordum uyumaktan. Normal insanlar tıkalı burunla uyuduklarında ve nefes alamadıklarında gecenin bir yarısı uyanır, bir çözüm bulur, uykularına kaldıkları yerden devam ederlerdi; bense boğulup öleceğimi sandığımdan ayağa dikiliyordum.

Önüme serili, uçsuz bucaksız gibi görünen büyük havuza baktım. Safir, bu salona iyi para bayılmış olmalıydı. Geçen seneki turnuvaları hatırlıyordum da, çoğu için bizim okul seçildiğinden her yerden öğrenciler geliyordu ve müze gibi geziyorlardı okulu. Aslında buranın her yeri öyleydi.

"Okula ilk geldiğimde köşe bucak gezmiştim her köşeyi," diye mırıldandım havuzun maviliğine dalmış gözlerimle, bir trans içerisindeyken. "Burası hariç. Aylarca buraya giremedim." Dudaklarımı birbirine bastırdım. "Sonra bir gün içeri kilitlediler beni." Gözlerimi kaldırıp Varis'e çevirdim. Bana doğru dönmüştü. "Biliyorlardı korktuğumu."

Bir şey söylemedi. "Aslında şimdi düşünüyorum da," dedim şakaya vurarak. "Sen de beni havuza atmıştın burada karşılaştığımız gece." Elimi çektim elinden, ardından kollarımı göğsümde kavuşturdum. "Şimdi neden sana güveneyim?"

Varis'in kaşları havalandı, ardından derin bir nefes alarak kendi kendine mırıldandı. "Seni tekrar kucaklayıp havuza atıp atmayacağımı mı soruyorsun şu an?"

Devam etmesi için gözlerine baktım.

"Yapacağım," dedi tok bir sesle. "Ama önce üzerini değiştirmen gerektiğini düşünüyorum."

Ağzım açık bir şekilde bir adım geri çekildim, çantam omzumdan düşmüştü. "Ve suyun içinde sana güvenmemi mi söylüyorsun bu şekilde?"

"Sana suyun içinde bana güven demiyorum Ada, çünkü sen zaten güveniyorsun," dedi kuru bir sesle. "Yükseklikten korkan biri korkusunu yalnızca atlayarak yenebilir, bungee jumping yapabilir mesela. Sudan korkan biri?" Kafasını hafifçe yana eğdi. "Korkunu yenmen için her şeyi yaparım. Hiç beklemediğin bir anda suya düşmekse korktuğun, seni ben atacağım o suyun içine. On kere. Yüz kere. Bin kere." Aramızdaki iki adımlık mesafeyi aşıp yanıma geldiğinde gözlerimi etrafta gezdiriyordum, ta ki çenemi iki parmağı arasına alarak bakışlarımı gözlerine çıkarana dek. "Korkunu senden alacağım Ada, öyle bir alacağım ki bundan sonra korktuğun tek şey beni kaybetmek olacak."

Kelimelerle dans edebilen insanlardan nefret ediyorum. Hiçkimsenin yapamadığı kadar derine işliyor sözleri. Böylelikle kendileri bir gün gitse bile, hatıraları gömüldüğü yerden çıkmıyor.

"Korkum olmasın, korktuğun eninde sonunda başına gelir derler," diye mırıldandım keyifsizce.

"Merak etme," dedi tok bir sesle. "Sen beni kaybetmezsin. Ben seni ederim."

Nabzım hızlandı bir an, dudaklarım aralandı. Çenemdeki elini çekip kaşlarımı çatarak suratına baktım. "Ne demek ben seni ederim? Sanki bir halt yemişsin gibi konuşuyorsun."

Dudakları düz bir çizgi hâlini aldı, bakışlarını yüzümde gezdiriyordu. Kafasından ne geçiriyordu bilmiyordum ama bana güvenmiyormuş gibi konuşması canımı yakmıştı. Önce bana güvenmediği için kızabilir, daha sonra böyle hissettiği için üzülebilirdim.

Gri gözleri gözlerimde durduğunda dudaklarını ıslatıp derin bir nefes aldı. "Senin bana, benim sana baktığım gibi bakman için daha kırk fırın ekmek yemen lazım," diye mırıldandı donuk bir sesle. Ardından eğilip çantamı aldı ve elimden tuttu. "Gel, üstümüzü değiştirelim."

Beni havuzun etrafından dolanarak arkadaki soyunma odalarına yönlendirmişti. Bu sözüyle ne demek istemişti? Biz birbirimizi aynı anda görmüştük ilk defa, aksi mümkün değildi. Sanki onun kalbi benimkinden daha büyükmüş gibi söylemişti.

"Benim mayom yok," dedim soyunma odalarına girdiğimizde.

Kızların soyunma odasının kapısını gösterdi. "Boş dolaplarda yedek mayolar oluyor."

Evren o havuza girmemi istiyor, diye mırıldandım kendi kendime. Ya da sadece, Varis Adin.

Uzanıp elinden çantamı aldıktan sonra kapıyı açıp içeri girdim, kapı arkamdan kapanmıştı. İçerisi tıpkı voleybol takımının kullandığı gibiydi, yalnızca mavi ve gri renkleri kullanılmıştı bu sefer. Sondaki dolaplara doğru yürüdüm, genelde onlar boş oluyordu.

Tahmin ettiğim gibi birinin içinde katlanmış mayolar vardı. Siyah olanı aldım, ardından büyük mavi bir havlu buldum. Kabinlerden birinin içinde üzerimdekileri çıkartırken derin derin nefesler alıyordum, en son mayo giyindiğimde lise birinci sınıfta yüzme dersindeydim ve ayağımın yere değmediği yerde, havuzun ortasında kriz geçirmiştim.

Havuzlarla ilgili pek iyi anılarım yoktu. Genelde ben düşüyordum, onlar da beni boğuyordu.

Bir süre kabinin içinde kafamı duvara dayayıp nefes alış verişlerimi düzenlemeye çalıştım, duvarlar üzerime geliyor gibi hissediyordum. Panik atak geçirmek istemiyordum ama biraz daha içeride kalırsam olacak şey buydu. Belki onun yanında düzelirdi.

Varis haklıydı. Suyun içinde ona güveniyordum. Belki yenebilirdim korkumu... Belki bugün değil... Ama bir gün. Onunla.

Eşyalarımı boş bir dolabın içine bırakıp havluyu etrafıma doladım ve soyunma odasından çıktım. Onun girdiği odanın kapısını kapalı gördüğümde tıklatmayı düşünmüştüm ama içeriden gelen su sesiyle çoktan çıktığını anlamıştım.

Çıplak ayak mermerde yürürken yutkunarak havuza çevirdim gergin bakışlarımı, Varis havuzun içindeydi ama derinden yüzdüğünden yalnızca suyun üzerindeki gölgesi görünüyordu. Benim adımlamaya başladığım uca ulaşınca başını sudan çıkardı ve kafasını salladı, saçları kendi keyfine göre bir kısmı bir tarafa, diğer kısmı diğer tarafa uzandığından komik görünüyordu. Bone takmamıştı. "Bone bulamadım," diye mırıldandım mermerden iki adım uzakta durarak.

Kollarını mermerin üzerine çıkardığında "Boş ver," dedi. "Zaten haftaya turnuvalar olduğundan yarın havuz temizlenecek."

Göz göze geldik. Suya girmek konusundaki tereddütüm ortadaydı, o da bunun farkındaydı. Orada dikilmiş dudaklarımı kemirerek suya bakıyordum yalnızca.

"Ee?" diye sordu kaşlarını kaldırarak. "Orada dikilip fantezi dünyanda mı girmeyi planlıyorsun suya?"

"Fantezi dünyamda bile suya girmem ben, emin ol," diye mırıldandım kendi kendime. Ardından bakışlarımı yüzüne çevirdim. Pekâlâ, korkak tavukluk yapmanın sırası değildi. Biraz cesur olmam gerekiyordu.

Üşüdüğüm için etrafıma sardığım havluyu tribün duvarına bıraktıktan sonra saçlarımı kulağımın arkasına iterek havuzun dibine doğru yürüdüm, Varis kollarını mermerden çekip suyun içinde biraz geriye çekilmişti. "Ne kadar derin?" diye sordum gergince, mermere oturup kendimi havuza doğru ittirirken. Ayaklarımı soktum ama atlamadım.

"Boyunu geçmez."

"Yalan söyleme. Üç buçuk metre, derinmiş bu havuz biliyorum ben."

"Korkunun boyunu geçmez yani," diye düzeltti gülerek. Ardından bacaklarıma doğru yaklaştı ve ellerini uzattı. Yüzü dizlerimin hemen önündeydi.

"Bak aniden çekersen gerçekten çığlık atarım."

"Suyun altında çığlık atarsan genzine kaçar."

"Ben gidiyorum," dedim düz bir sesle mermere yasladığım avuçlarımdan destek alırken kalkmaya çalışarak.

Gülerek ellerimden tuttu. "Gitme gitme, gel buraya."

Havuzun kenarları derin değildi, muhtemelen yere basıyordu ve su omuzlarına geliyordu yalnızca. Tereddütle ellerinden tuttuğumda geriye yürüdü, beni kendine doğru çekmişti böylelikle. Mermerin üzerinden kayarak suyun içine girdiğimde su çeneme kadar geliyordu. Anında nabzım hızlandı; kalbimin gümbürtüsü bütün göğüs kafesimi zangır zangır titretiyordu ve ben bunu suyun içinde daha net hissediyordum.

"Ya ayağıma kramp girerse?" diye sordum sertçe yutkunarak.

"Ben buradayım."

"Evet ama ya senin de ayağına kramp girerse?"

"O zaman ikimiz de boğuluruz."

Suyun içinde omzuna vurdum ama hemen ardından korkuyla tekrar elinden tuttum. "Bak bana şöyle şeyler söyleme!"

"Paranoyaklık yapıyorsun Ada, at bunları kafandan," dedi Varis tok bir sesle, ellerimi kollarına çıkarmıştım çünkü yeterince iyi tutunduğumu düşünmüyordum.

"Panik butonu var mı?"

Varis gözlerini kapatıp başını eğerek güldüğünde gayet ciddi bir ifade vardı benim yüzümde. "Gülme. Kapama gözlerini, ya ayağım kayar ters dönersem suyun içinde? Gülme bak kapama gözlerini aç çabuk."

"Tutuyorum ya seni," dedi gülümser bir ifadeyle.

"Evet ama..."

"Ada." Lafımı kesti, adımı kullanarak. "Senin adını kim hangi kafayla Ada koymuş ya?"

"Okyanusun içinde bile sudan kaçtığım bir toprak parçasıyım, sen dalga geçiyorsun ama bence gayet doğru bir tanım olmuş."

"Ona ne şüphe."

Gözlerimi kısarak yüzüne baktım. Suratında birazdan yaramazlık yapacakmış gibi bir ifade vardı. "Ne?" diye sordum kalbim elimde bir ifadeyle.

Bir anda elimden bıraktığında kaçmasına fırsat tanımadan boynuna atladım şok içinde. Artık su boyumu geçiyordu ve ayağımı yere basmak istesem bütün bedenim suyun altında olacaktı. Elimi bıraktığı gibi korkuyla üzerine atılmıştım ama bu bir yemdi ve ben aptal bir balık gibi afiyetle yemiştim. "Bilerek yaptın!" diye bağırdım kulağının dibinde, gözüme su kaçmıştı ama umurumda değildi.

İki kolu da mayonun açıkta bıraktığı belime sarılmışken kafasını geri çekerek gururlu bir ifadeyle yüzüme baktı. "Tabii ki bilerek yaptım. Başka daha nerede üstüme atlıyorsun sen?"

Sabır dilenerek gözlerimi kaçırdım. Ardından derin bir nefes alarak yüzüne baktım. Ben boynuna sarıldığımdan ondan birkaç santim daha yukarıda duruyordum. "Bak burada böyle hareketler yapma bana tamam mı?"

"Ben bilmem, keyfim bilir," dedi şok olduğum bir tavırla. Keyif aldığı ne kadar da belliydi ama suratından.

Gözlerimi gözlerinden kaçırarak nefes almaya odaklandım ve başımı yana çevirdim, yanağım az da olsa şakağına değmişti. O her ne kadar şaka yapıyor ve eğleniyor olsa da ben gerçekten eğlenmiyordum ve bunu ona anlatabilmenin tek yolu kalp atışlarımı, nefes alış sıklığımı duymasını sağlamaktı.

Göğsüm göğsüne yaslıydı. Birkaç saniye boyunca bir şey söylemedim, yalnızca bakışlarımı suya çevirerek kafamın içindeki korkuyu serbest bıraktım. Her ne kadar o yanımda olsa da, her ne kadar ona tutunuyor olsam da daha ilk dakikadan kafamın içindeki bu yoğun duyguyla savaşamazdı. O korku uzun zamandır oradaydı ve yuvası bellemişti zihnimi.

Eğer o korkuyu söküp atmak istiyorsa oradan, boş kalan yuvaya da bırakabileceği bir şeyleri olmalıydı.

"Ada," diye mırıldandı ciddi bir tonla, bir süre sonra. Belimdeki bir elini çekip kolumdan tutmuştu benimle yine yüz yüze gelmek için. "Tamam, anladım, dalga geçmemeliydim."

"Bir daha seninle suya falan girmeyeceğim."

"Gireceksin," dedi tok bir sesle, anında. "Korkunu yalnızca benimle yenebilirsin."

Senin ne özelliğin var? diye sormak istedi içimdeki odun Ada ama bunun ona çok ağır bir itham olacağının farkındaydım. Düşünmeden ağır cevaplar verme gibi bir huyum vardı ve bu bir gün başıma gerçekten bir bela açacaktı. Üstelik düşündükçe fark ediyordum ki, gerçekten de korkumu yenebilmeme yardım edebilecek tek kişi o'ydu. Kafamın içinden atmak istediği bu duygunun yerine bir kanser gibi kendini yerleştirecekti.

Belki de çoktan yerleştirmişti.

"O zaman kafamı dağıt," diye mırıldandım gözlerinin içine bakarken. "Suyun içinde olduğumu unuttur bana."

Sırıttı. Gri gözleri dudaklarıma kaymıştı. "O kolay."

"Öyle değil," dedim saçlarından çekiştirerek. Kafası hafifçe arkaya gitmişti.

Gülerek "Tamam," dedi. "Ama hiç yardımcı olmuyorsun."

Hızlıca elimi saçlarından çektim ve omuzlarına indirdim. Bilerek yapmamıştım, sadece saçlarını seviyordum. "Pardon."

"O kadar gereksiz ki şu laf diline."

Gülmemeye çalışarak başımı yana doğru çevirdim, dudaklarımı birbirine bastırıyordum ama yine de belli oluyordu hâlim. "Bu kadar yetmez mi bugünlük? Sonra yine geliriz. Sınavlara çalışmam lazım eve gidip."

"Bu da bir sınav," diye mırıldandı kafasını olumsuz anlamda sallayarak.

Önüme döndüğümde istemsizce kaşlarım çatılmıştı. "Bu sınavdan kalsam da olur."

"Çok huysuzsun."

"Sen kendini çok katlanılabilir biri mi zannediyorsun?"

"Git o zaman."

"Bırakmazsın," diye mırıldandım refleks olarak. Hızlı bir şekilde düşünmeden bu cevabı verdiğime ben de şaşırmıştım ama çoktan ağzımdan çıkmıştı bile.

"Bırakmam," diye tekrar etti beni, sanki kafasının içinden geçenleri gözlerinden okuyordum. Bilmen güzel, diyordu bana.

İlk aklıma gelen şey dudaklarımızın arasındaki kısa mesafeydi ama bakışlarımı düşürmemek için savaştım ve kazandım. Düşünebileceğim en alakasız şey o an, sınavlar olabilirdi. Yılbaşından önce sınavlara girecektik ve yalnızca bir haftamız vardı. *Evet evet Ada,* dedi içimden bir ses. Aynen onu düşün sen şu an.

"Artık eve..." gidelim mi? diye soracaktım, lafımı tamamlayabilseydim eğer ama aramızdaki sessiz bakışma benim sorumla değil onun bu derin havuzda bana gözlerimi kapattıracak kadar fazla yaklaşmasıyla, dudaklarımla arasında yalnızca bir santim bırakmasıyla son bulmuştu.

Dudakları benimkilere çarptığında boynuna sarılmış kollarım gevşedi, havuz kenarına doğru sürüklendiğimi biliyordum ama tek hissettiğim ateşten bir histi boğazıma sarılan. Ayaklarım yere bastı, suyun boğucu hissi gitmişti. Varis'in bir eli boynuma sarılmıştı ve baş parmağıyla çenemi yukarı itiyordu.

Aklıma havuza kilitlendiğim akşam geldi, gece yarısı olana kadar tribünlerde uyuyakalmıştım ve daha sonra uyandığımda Varis yüzüyordu. Sudan korktuğumu anladığı gibi beni kucaklayıp havuza atmıştı ve o an hissettiğim korku bana kalp krizi geçirecek sanmıştım çünkü orada dikilip çıkmamı bekleyeceğini düşünüyordum ama sonunda beni yüzeye çıkarmıştı. Bunun için hâlâ ona öfkeliydim ama o güne dönsem, ileride bir gün gönüllü olarak onunla bu havuza gireceğimi düşünmezdim.

Belimdeki eli beni yukarı çektiğinde ben de kendimi yukarı iterek ona uyum sağladım, bir anda bacaklarım beline dolanmıştı. Artık ben daha uzundum. Dudakları ve diliyle ağzımın içindeki arayışı derinleştiğinde saçlarını çekiştirdim ama bu kafasını bir santim yerinden kımıldatmadı, hatta daha da üzerime abandı. Nefes almak için geri çekildiği ilk an dudaklarımdaki gülümsemeyi görüp gülerek kaşlarını çatmıştı? "Ne?" diye sordu, kaşlarını kaldırarak.

"Hiç," diye mırıldandım dudaklarımı birbirine bastırırken. "Beni formamla birlikte havuza atışın geldi aklıma. Bırak bir daha havuza girmeyi, herhangi bir su kenarı yakınında seninle aynı anda bulunmayı bile istememiştim bir daha."

Bir anlığına gözlerini kapatıp derin bir nefes aldı, ardından gözlerimin içine baktı. "Sudan korktuğunu biliyordum. Ne kadar kötü olduğunu görmek istemiştim."

Şaşkınlıkla kaşlarım havalandı. "Bunu illa beni gecenin bir yarısı havuza fırlatmadan da yapabilirdin biliyorsun değil mi?"

"Nasıl mesela?"

"Sorabilirdin."

"Sanki cevap verirdin de."

"Vermezdim," dedim haklı olduğu düşüncesiyle. "Hayatımda gördüğüm en soğuk, en kaba, en şaşırtıcı insandın. Sürprizlerle doluydun ve bu kötü anlamdaydı. O gece sırf beni arabaya bindirmek için söylediklerini unutmadım hâlâ."

Gözlerini kaçırıp bakışlarını hafifçe kısarak düşündü.

Kafamı yüzüne doğru çevirip gözlerine baktım. Dudaklarını yalarken tekrar önüne dönmüştü. "Sweatshirt olayından bahsetmiyorum bile ama orada beni halledersen nasıl temizlik yapılacağından ve sabahına hiçbir şey olmamış gibi hayatına devam edeceğinden bahsetmiştin. Bazen senin içinden nasıl böyle bir adam çıktı diye düşünüyorum," diye mırıldandım. "Hep öyle miydin ve zaman içinde mi değiştin yoksa tüm bunlar sadece bir oyun muydu?"

"Hepsi sadece seni o arabaya bindirebilmek içindi," dedi kuru bir sesle, nefes verirken. "Safir ormanlık arazide yer aldığından bu yolları sadece tır sürücüleri kullanıyor. Gecenin bir yarısı bacaklarını bile doğru düzgün kapamayan bir sweatshirtle okulun bahçesinden atlayıp yolda koşturursan ne olacağını düşünmüştün? Çünkü ben o kadar mı be? diye düşünmüştüm Ada. O kadar mı güvenmiyor? Issız, güvenli olmayan bir yolda saatlerce yürümeyi bana tercih mi ediyor?"

"Amacının ne olduğunu kestiremediğim için iki seçenekten biri sensen otomatikman diğerine yöneliyordum. Olan buydu."

"Sadece seni eve bırakmak istemiştim."

"Biliyorum," diye mırıldandım. Hemen ardından sırıttım. "Sonra da tokatı yedin."

"Aslında o son söylediklerimden sonra bir de tekme falan gelir diye hazırlamıştım kendimi ama sen sonunda arabaya bindin."

Hatırladığım diyalogla birlikte surat ifadem buhar oldu o an. Birden tam anlamıyla o geceye dönmüştüm. Otoparktaydım yine. Hemen önümdeydi, yolcu koltuğu ile arasındaydım ve aramızda yalnızca bir adım vardı. Göğsünden ittiriyordum onu, tek istediğim gitmesiydi, tek istediğim arkasını dönüp gitmesi ve bir daha yakınıma gelmemesiydi.

O an hatırladım.

O an.

Benden bu kadar nefret etmeni sağlayacak ne yaptım ben sana?

Doğdun.

Oksijen ihtiyacıyla dudaklarım aralandığında beline doladığım bacaklarım gevşemişti, fark ettirmemek için yutkunarak kendime gelmeye çalıştım ama o an için bu mümkün değildi.

Ben sana ne yaptım?

Sen bana çok şey yaptın.

O zaman, arabada bana öyle söylediğinde yalnızca ona karşılık vermediğim için o sözü kullandığını düşünmüştüm ama ya bundan daha fazlası vardıysa ortada? Ya bilmeden, gerçekten bir şey yaptıysam ben sana? Gözlerim istemsizce Varis'in gözlerine çıktı, aniden değişen ruh hâlimi fark ettiği için suratında hiçbir ifade olmadan beni izliyordu.

"Ne oldu?" diye sordu sonunda, göz göze geldiğimizde.

Varis, kelimelerle oynamayı seven biriydi. Birçok şeyi kastediyor olabilirdi. Eminim, eğer sorarsam bana açıklayacaktı. Ama Kumsal'ın sözleri kafamda kol gezdiğinden bir türlü ağzımdan çıkaramıyordum doğru kelimeleri.

"Bir an aklıma psikopat olma ihtimalin geldi, psikopatlar da çok zeki insanlardır biliyorsun," dedim gözlerimi büyülterek. Yine şakaya vurmuştum. Ardından gözlerimi kısarak sordum. "Bir psikiyatra görünmeye ne dersin?"

Varis seslice nefes vererek güldü, her ne düşündüyse rahat bir nefes aldığını hissediyordum. "Senin fazla suda kalmaktan beynin sulanmış. Biz çıkalım en iyisi."

"Hayret, çıkmaya karar verdin."

"Birazdan ışıklar kapanacak da o yüzden," diye mırıldandı gözlerini etrafta gezdirirken.

"Okul kapanıyor değil mi?"

Sorduğum gibi ışıklar gitti. Bir anda etraf karanlığa gömüldüğünde artık tıpkı o geceki gibi yalnızca havuzun içindeki küçük lambalar aydınlatıyordu salonu. Varis soruma karşılık kafasını sallayınca kollarımı boynundan indirdim, o da ellerini koltuk altımdan geçirerek beni kaldırıp mermere oturttu. Ben bacaklarımı sudan çekene kadar o çoktan havuzdan çıkmış, ayağa kalkmıştı.

Tribün kenarına bıraktığım havluyu alıp yanına yürüdükten sonra soyunma odalarına yöneldiğimizde havluyu kafasına attım. Durup havluyu kafasından çekerken bana gülümser öfkeli bir bakış fırlatmıştı, o sırada gülerek önüne geçmiştim bile. Ama daha sonra aynı havlu benim kafama bırakıldığında önümü göremedim.

Havluyu başımdan çekeceğim sırada Varis'in arkamda olduğunu kafama bastırdığı ellerinden fark etmiştim, bir anda havluyla kafamı kurulamaya başladığında çığlık atıp "Ya!" diye bağırdım, bir yandan da kahkaha atarak uzaklaştırmaya çalışıyordum onu. Sonunda başım dönerken beni bıraktığında havluyu kafamdan çektim ama saçlarım o kadar kabarmıştı ki kumral tutamlarımın arasından soyunma odalarının olduğu koridora kaçtığını anca görebilmiştim.

Ilık duşun altına girdim yalnızca bir dakika, ardından kurulanıp eşofmanlarımı giyindim ve çantamı alıp çıktım odadan. Koridorda Varis, üzerine siyah eşofmanlarını giyinmiş, nemli saçları ve kolunda çantasıyla duvara yaslanmış telefonda konuşuyordu. Dikkatini telefonun diğer ucunda dinlediği adamdan çekmeden "Fakslayamıyor musunuz?" diye sordu, ardından gözlerini üzerime çevirdiğinde elini uzattı.

Elini tuttum. Yaslandığı yerden doğrulduğunda birlikte kapıya yürüyorduk. İçerisi çok sessiz olduğundan telefonun diğer ucundaki adamın rap yapar gibi bir şeyler söylediğini anlayabiliyordum ama içeriği konusunda bir fikrim yoktu, belki babasının işleriydi belki de şu uğraştığı eski üvey annesinden bahsediliyordu.

Havuzun yanından geçerken içeride zar zor tarayıp şekle soktuğum saçlarımı kulağımın arkasına iterek havuza bir bakış attım. Su fikri artık eskisi kadar korkunç gelmiyordu ama yine de ürkütüyordu.

Kapıya yakın bir yerde Varis'in kaşlarının çatıldığını fark ettim, durmuştu. Elini bırakıp karşısına geçtiğimde bana eliyle bir dakika işareti yaptı. O sırada benim de cebimdeki telefon titreşmişti.

Ekrana baktığımda numaranın kayıtlı olmadığını gördüm ama burada açsam konuşamazdım çünkü Varis önemli biriyle konuşuyor gibi duruyordu. Ben de biraz uzaklaşmak yerine birkaç metre ilerideki kapıya yürüdüm ve kapıyı açıp koridora çıkarak aramayı cevapladım. "Efendim?"

"Değerli müşterimiz..."

Omuzlarım çökerken bıkkın bir ifadeyle telefonu kulağımdan uzaklaştırdığım gibi aramayı sonlandırdım. "Of," dedim telefonu cebime atarken. "Operatör aramalarından nefret ediyorum."

"Ben de."

Dikildiğim yerde irkildim bir an. Ses hemen arkamdan gelmişti, koridor karanlıktı ama kim olduğuna inanması güç olsa da ses tanıdıktı. Şaşkın ifademi yutmaya çalışarak yutkundum ve arkama döndüm, futbol takımındaki Batu'nun arkadaşı olan Mert karşımda dikiliyordu. O çocuk da bana pislik yapmıştı, Mert de. Batu'nun suçu direkt piç olmasından kaynaklanıyordu, Mert ise beni Varis'e satmıştı. Ben onun çıkma teklifini kabul etmiştim ama o beni ekip ertesi gün bahçede laf atmıştı.

Yüzüne baktım; üzerinde gri eşofmanlar vardı, muhtemelen futbol antrenmanı henüz bitmişti ve sona kalanlardan biriydi.

"Ada," dedi Mert kibar bir şekilde. "Nasılsın?"

"İyi," diye cevapladım onu düz bir sesle ama onun nasıl olduğunu sormadım.

Mert derin bir nefes alarak dudaklarını yaladı ve kaçırdığı bakışlarını yeniden üzerime çevirdi. Şu an burada benimle karşılaşmış olması bir şeyi değiştirmezdi, yoluna devam etmiş olmalıydı. "Bu saatte burada ne yapıyorsun? Saçların ıslak," dedi kapalı havuzun kapısına bakarak. Oradan çıktığımı görmüş olmalıydı. "Sen... Yüzme bilmediğini sanıyordum. Yani sudan korktuğunu."

"Mert, bu seni ilgilendirmez. Neden yoluna devam etmiyorsun?" Bir adım geriye çekilerek koridoru işaret ettim.

"Ada," dedi bir kez daha, bu sefer birkaç adım atmıştı bana doğru. "Ben çok özür dilerim. Çok üzgünüm."

"Neden üzgünsün Mert?"

"O akşam seni öyle ektiğim için. Ertesi gün bir de gelip seninle tartıştığım için. Öyle yapmamalıydım." Suratında pişman bir ifade vardı, kaşları yarım havalanmıştı ama bunların hiçbiri umurumda değildi.

Kollarımı göğsümde birleştirerek ifadesini izledim yalnızca. Ne söyleyecekse bir an önce söyleyip gitse iyi ederdi.

Bir anda pişman ifadesi öfkeliye evrildi. "O çocukla çıktığını duydum," dedi tok bir sesle, gözlerini arkamdaki duvara sabitleyerek. "Varis Adin'le." Ağzımı açmam için gözümün içine bakıyordu. "Bir şey söylemeyecek misin?"

"Bir şey mi söylemem gerekiyor?" diye sordum düz bir sesle. "Yalnızca seni ilgilendirmeyen bir şey daha."

"O çocuk değil miydi bütün bunları başına açan? Nefret ettiğini sanıyordum ondan, ne değişti Ada?" Bir adım daha geldi üzerime, bir adım geri çekildim. Ardından kaşları havalandı. "Yoksa seni de mi tehdit ediyor?"

Dudaklarımı birbirine bastırarak içeride yanaklarımı dişledim, Varis'in bana onun yatağında uyuduğumuz gecenin sabahında Mert'i iki dürttüğünü ve onun da hemen vazgeçtiğini söylediğini hatırlıyordum ama bunun üzerinde pek durmamıştım. Durmamıştım çünkü şunu biliyordum; kralı gelse, aynı şekilde tehdit etse Varis'i, o beni ekmezdi. O beni bırakıp gitmezdi.

Mert daha ona bir şans verdiğim ilk gün toz olmuştu.

"Ne tehdidinden bahsediyorsun sen Mert?" diye sordum burnumdan nefes vererek. "Yok öyle bir şey."

"Bilmiyorsun değil mi?" Histerik bir tavırla gözlerini kaçırırken güldü Mert, ardından bakışları yüzümde gezindi. "Beni o gün sana gelmekten alıkoyan o'ydu. Hastanede yatan anneannemin fişini çekmekle tehdit etti beni. Hastane de şehrin yarısı gibi onlarınmış. Başka bir yere aldırma şansım yoktu, ne yapsam bilemedim, iki ucu boklu değnekti Ada!"

Şaşkınlıkla aydınlanan bakışlarım, hemen yanımızdaki kapının açılma sesiyle bölündüğünde ikimiz de başımızı çevirmiştik. Varis çıktığı gibi çatık kaşlarını sanki orada olduğunu biliyormuşçasına Mert'e çevirdi. Muhtemelen en son söylediklerini duymuştu.

Ben de duymuştum ve duyduklarıma inanamıyordum.

Varis'in yüzündeki ifade suratsız bir katilinkiyle benzerdi, gözleri hedefe kilitlenmişti ve boynundaki damar belirginleşmişti. Dudaklarını birbirine bastırıyordu ama içeride dişlerini gıcırdattığına yemin edebilirdim. "Senin onun yanında ne işin var?" diye sordu ölümcül bir durgunlukla.

Mert bir adım geri çekilerek çenesini kaldırdı ona doğru. "Ne bok yediğini anlatıyordum ben de tam olarak. Gerçek yüzünü görsün, görsün de daha yolun başındayken gitme şansı olsun diye. Gerçi senin onu da tehdit edecek bir şeyin vardır elinde yanında kalması için."

Karşı karşıya geldiklerinde hemen yanlarında, bir üçgenin üçüncü noktası gibi dikiliyordum. "Ada isterse gitmekte özgür," dedi Varis. "Onu isteği olmadığı bir şeye asla zorlamam."

Mert'in bakışları bana döndü o an, başını çevirmişti. "Ada, duydun mu bunu? Git."

İçime dolan öfke boğazımdan yukarı tırmandı o an. "Asıl sen git be."

Mert şokla bir adım geri çekildi, gözlerini kırpıştırarak yüzüme bakıyor ve az önce dediğim şeyi idrak etmeye çalışıyordu. Varis ise artık suratında nasıl bir ifade varsa gizlemek için başını yan tarafa çevirmişti.

"Ada sen benimle dalga mı geçiyorsun?"

"Mert iki dakika şu koridorda karşılaştık diye sanki hayatımı 7/24 izliyor ve her şeyi biliyormuş gibi davranmayı keser misin? Ben sana o gün bir şans verdim ve sen gelmedin. Bu kadar. Gitmek istersem giderim. Bu da bu kadar."

"Öyle mi Ada?" diye sordu Mert, kafasını sallayarak, ellerini açmış öfkeyle suratıma bakıyordu. Bir adım geri çekildi, "Tamam," dedi. "Tamam o zaman. Öyle olsun." Gözlerini Varis'e çevirdi bir saniyeliğine, soğuk bir ifadeyle Mert'e bakıyordu Varis. Ardından Mert koridorun karanlığında ilerleyip gözden kayboldu.

Varis bir adımda yanıma yürüyerek elini elimin içine kaydırdığında karanlık koridora çatık kaşlarımla bakıyordum, ardından birleşmiş ellerimize baktım ve bakışlarımı onun yüzüne kaydırdım. Elimi elinden çektim ve gözlerimi kaçırdım. "Gidebilir miyiz artık buradan?"

Bir şey söylemedi ama suratımdaki bu ifadeyi biliyordu. Hızlı ve büyük adımlarım koridoru geçmeye başladığında arkama bakmadım bile, merdivenlerden indim ve tanıdık araca doğru ilerledim. Kafamın içi gürültülüydü ve etrafımın sessiz oluşu her şeyi daha da kötüleştiriyordu, çok yakında patlayacağımı biliyordum. Varis'in beni bu ifadeyle uzun sürece bırakmayacağını biliyordum. Tartışacağımızı biliyordum.

Arabanın önünde dikildiğimde bir kez daha ehliyet alıp yalnızca bir kere okula sürebilme şansı edindiğim için kendime küfretmek üzereydim.

"Ada," dedi Varis, arkamdan gelirken gözlerimi kapatıp sertçe yutkunmamı sağlayacak bir ses tonuyla.

Kollarımı göğsümde birleştirmiş bir şekilde derin bir nefes alarak yüzümdeki ifadeyi gizlemeden döndüm ona doğru. Arabanın kilidini açmıştı ama henüz binmeyecektim, bunu o da biliyordu. "Hasta anneannesinin fişini çekmekle mi tehdit ettin onu?"

"Ettim," dedi inkâr etmeden, karşımda dikildiğinde. "Ama öyle bir şey yapmayacaktım tabii ki. Yalnızca onun buna inanması yeterdi."

"Sana babanı vuracaklarını söyleseler, tek şansının da hiçbir açıklama yapmadan beni bırakman gerektiğini. Yapar mıydın?"

"Seni bırakmazdım," dedi bir adım daha üzerime gelerek, ben de aynı şekilde bir adım geri gitmiştim ama arkamda araba olduğunu biliyordum. "Ama babamın vurulmasına da izin vermezdim."

"Herkes senin kadar güçlü değil."

"Ben sahip olduğum gücü yattığım yerden elde etmedim Ada."

"Sen bununla doğdun Varis."

Kaşları havalandı, kafasını hafifçe yana eğdi beni anlamaya çalışarak. "Sırf ailesi güçlü diye götü başı dağıtan kaç tane genç var biliyor musun sen bu dünyada? Ben de paranın keyfini sürüp babama bel bağlayabilirdim, geberip gidene kadar da rahat olurdum ama bunu yapmadım. Daha çocuk yaşta yaşıtlarım alfabeyle uğraşırken ben üst düzey matematik görüyordum, şu an aldığımız bütün dersler sakız çiğnemek kadar kolay gelecek şekilde yetiştirildim. O gördüğün koca iki kulenin başına geçecek adam olarak yetiştirildim. Bir ihtiyacım olduğunda babamı arayıp hallettirdiğimi mi düşünüyorsun? Sence bütün o görevliler, çalışanlar beni sadece babamın oğlu olduğu için mi tanıyor?"

Onun nasıl büyüdüğü hakkında bir fikrim yoktu. Bu konuda verebileceğim en zekice cevap susmak olurdu ama ben yine de ağzımı kapalı tutamadım elbette. "Adamlık mı yine de birini hasta anneannesinin fişini çekmekle tehdit etmek?"

"Seni ondan uzak tutmak için yapardım, yaptım da," dedi tok bir sesle, yüzüme doğru eğilerek. Gri gözleri hiç görmediğim kadar karanlıktı. "Yine olsa yine yaparım. Boş tehdit hepsi, başka bir şey değildi. İşe yarayacağını biliyordum."

"Ama neden?" diye sordum şaşkınlıkla, kuru dudaklarımı ıslatırken. "Neden yaptın bunu?"

"Seninle aramızdaki fark Ada," diye mırıldandı sesini alçaltırken. "Sen gecenin bir yarısı zor durumdayken bile arabama binmezken gidip iki tatlı konuştu diye tanımadığın bir çocuğa şans verebildin. Ben seni zerre tanımıyorken bile sırf gözüm kalabalıkta yüzünü arıyor diye başka kimseyi istemedim. Ben seni bekledim ama sen bana gelmedin. Ben de sonunda balataları sıyırmış gibi atladım hayatına."

Sözlerinin şaşkınlığıyla aralanan dudaklarımın arasından bir nefes kaçtı. Varis'in gözleri izini bırakmak istermişçesine gözlerime sabitliyken bir an hızla atan nabzımın altında ezilerek, onu da ezercesine; itercesine, ona yapışmak istercesine bir öfkeyle kollarımı beline dolayıp yüzümü göğsüne gömdüm. Öyle şiddetli sarılmıştım ki bir adım geri atmak zorunda kalmıştı dengesini sağlayabilmek için.

Birkaç saniye sonra ellerini kaldırıp kollarını etrafıma sardığında nefes vererek güldüğünü duymuştum ama kalbimin gümbürtüsünü bastırmaya çalışırken ağzımı açıp da bir şey söyleyebilmek pek mümkün değildi. "Keşke," dedim o an. "Keşke, dolabıma yumruk atmak yerine kenara beyaz orkide bıraksaydın."

"Keşkelerden konuşacaksak bu liste uzar gider Ada," diye mırıldandı Varis, saçlarıma doğru. "Keşkeleri bırakalım biz önce. Geçmişi kapının ardında bırakabilecek misin?"

"Bırakırım," dedim emin bir şekilde, alnımı tişörtüne dayayarak. Derin bir nefes çektim içime, şampuanı ve parfümü birbirine karışmıştı yine.

"Göreceğiz," diye mırıldandı. Ardından ellerini uzanıp saçlarımı kulaklarımın arkasına itti ve başımı geriye çekerek çenemden tutup yukarı bakmamı sağladı. Gözlerimin kızardığını biliyordum ama ayna olmadan kanıtlayamazdım sanırım kendime. Gülümsedi. "Orada öyle Mert'e siktiri çekmen hoşuma gitti."

Gülercesine bir ifadeyle gözlerimi kaçırarak geriye çekildim ve elimle alnımı ovaladım. "Konuştu işte boş boş."

Varis gülerek "Hadi atla da gidelim, iyice soğuk oldu burası," diye mırıldandı. Çekilip ön koltuğa yürümeden hemen önce uzanıp kulağımın altından öpünce yine neye uğradığımı şaşırmıştım.

Ellerimle yüzümü sıvazladım bir de, dönüp ön koltuğa geçmeden önce. Sen iyice başa çıkılmaz bir şey oldun, dediğimi hatırlıyordum ona onun odasındayken. Gerçekten öyleydi. Hayır ama gerçekten öyleydi.

Çantamı arkaya attıktan sonra kapıyı kapatıp emniyet kemerimi bağladım ve geriye yaslandım. Varis dönüp bana bir bakış attığında ben de suratımda hiçbir ifade olmadan onu izliyordum. Klimayı açtığını gördüm, park ettiği yerden çıkmış çıkışa sürüyordu.

"Üşüdün mü?" diye sordum tek kaşımı kaldırarak, içerisi gayet sıcaktı.

"Saçların ıslak."

Alnıma şaplak atma isteğiyle önüme döndüm. Bundan sonra hareketlerinin nedenini sormayacaktım, belki de karanlıkta kalmak kalp sağlığım için daha iyiydi.

"Yine de boş tehditler de olsa insanlarla böyle konuşamazsın, konuşmamalısın," diye mırıldandım verdiğim nefesle birlikte omuzlarım çökerken. Yapmayacak olması ona bu şekilde konuşma hakkı vermiyordu. Sırf iyi olduğunu düşündüğü şeyle sonuçlansın diye olay, böyle müdahalelerde bulunamazdı.

"Mert aynı anda kırk tane kızla konuşan gevşeğin teki. Ne olacaktı sanıyorsun?"

"Bunu ben de zamanla öğrenebilirdim."

"Bende sabır denen şey yok." Gözlerini üzerime çevirdi.

"Ne yani? Başka biri olsaydı ona da mı karışacaktın? Ya doğru düzgün biri çıksaydı karşıma? O zaman ne yapacaktın?"

"O zaman adil oynayabilirdim," diye mırıldandı bakışlarını yoldan çekmeden. Derin bir nefes almıştı seslice. Profilini izledim ben de.

"Kazanamayabilirdin ama."

"Ben her zaman kazanırım."

"Konu bir kızın kalbi olduğunda senin öngörülerin de, teorik hesaplamaların da hiçbir işe yaramaz Varis."

"Konu sen olduğunda Ada," diye mırıldandı bana dönerek. "İşimi şansa bırakmam."

Gözlerimi devirerek önüme döndüm. Gerçekten ne söylesem bir şekilde karşılık veriyordu ve aklımdaki soru işaretlerini söküp atıyordu. Keşke gerçekten sormak istediklerimi de sorabilseydim o an ona ama Kumsal'ın sözleri beni geride tutan şeydi. Biraz bekleyip etraflıca düşünmeden bir şey yapmak ya da söylemek istemiyordum.

Saat 8'e geliyordu. "Eve gidip ne yapacaksın?" diye sordu Varis, dağ yolundan aşağı sürerken. Tıpkı söylediği gibi yanımızdan bir tır geçtiğinde gözlerim yola sabitlenmişti.

"Ders çalışmam lazım. Haftaya sınavlar var. Muhtemelen bir hafta hapse alırım kendimi."

"Her sınav haftasından önce böyle mi yapıyorsun?"

"Hı-hı." Kafamı salladım. "Tabii senin böyle bir şeye ihtiyacın yok."

"Yoo, ben de bakıyorum konulara."

"Bakmak mı?" Ağzım açık kalmıştı. "Biz Çisem'le koparıp bürüp yemeye çalışıyoruz ders kitaplarını. Bakmak çok hafif kaldı. Navigasyona bakarsın, Instagram gönderilerine bakarsın, ne bileyim yemek tarifine bakarsın... Gerçi ben ona da kırk kere bakıp sonunda buzdolabının üzerine yazıyorum ama..." Dirseğimi cam kenarına yaslayarak gözlerimi ovuşturdum. İyice saçmalamıştım. Gözlerimi devirdim.

"Bir dakika," dedi Varis araya girerek. "Hapse almak derken? Okul dışına çıkmayacak mısın?"

"Deli misin? Tabii ki hayır. Bu sınavların telafisi yok. Yani var ama daha zor oluyorlar."

"Alena'nın doğum günü partisi ne olacak peki?"

Kurumuş dudaklarımı ıslatarak önüme döndüm. Bunu düşünmemiştim işte. "Alena muhtemelen koca bir parti düzenler, orada olmadığımın farkına bile varmaz."

"Sen öyle san."

Varis'e döndüm. Sahil yoluna çıkmıştık bile. Birkaç saniyeliğine bana dönüp ifademe bir bakış attıktan sonra yola çevirdi yeniden bakışlarını. "Ne demek sen öyle san? Öyle değil mi?"

"Alena o zırva partilere doymuş bir kız. Doğum gününde etrafında isteyeceği son insanlar o boş kalabalık, kimseye de ne kadar büyük, ne kadar görkemli partiler verdiğini kanıtlamak zorunda değil. Öyle olsa daha başından aile evinden ayrılmaz orada verirdi partisini." Araba tanıdık sokağın başından girdiğinde Varis de bakışlarını üzerime çevirdi. "Muhtemelen az kişiyle sade bir şey olacak. Tanıdıklarıyla. Orada da yokluğun fark edilir. Ne diyeceksin kıza? Kusura bakma türevin ters fonksiyon ilişkisine gömülmüştüm partinden daha ilgi çekici bir konuydu mu?"

Varis, evimin önündeki kaldırımda durduğunda seslice nefes verdim. Bir yönden ben haklıydım; sınavlar zordu ve kendimi kapatıp bir hafta çalışmazsam not ortalamamı koruyamazdım. Diğer yönden ise o haklıydı; çünkü Alena ile yeni tanışmıştık ve gelmezsem aramız bozulabilirdi. Alena tatlı ve iyi biriydi, samimiydi, onunla kötü olmak istemezdim.

"Peki, tamam," diye mırıldandım. "Ama bir şartım var. Anlamadığım bütün soruları çözüp ben kafama kazıyana kadar anlatacaksın. Söz mü?"

Dik dik baktı bana. "Bunun için partiyi şart koşmana gerek bile yoktu biliyorsun değil mi?"

"Biliyorum," dedim bilmiş bir tavırla, arkadaki çantama uzanırken. "Sadece kötü hissetmemek için yaptım."

Emniyet kemerimin tokasını bıraktığımda kemer koltuğun kenarındaki yerine doğru uçtu. Varis uzanıp kolumdan tutmuştu. "Kötü hissetmeni gerektirecek bir şey yok," dedi mırıldanarak. Daha sonra "Geri zekâlıysan geri zekâlısındır senin bir suçun yok," diye ekledi.

Çantamı olduğu gibi göğsüne çarptım dişlerimi birbirine bastırarak. "Bir de dalga geçiyor ya!"

"Ah..." diye mırıldandı Varis derince, önüne eğilip karnını tutarken. "Ameliyatlı yerim..."

"Ne?" Çantamı ayaklarımın dibine bırakıp dizlerimin üstüne kalkarak ona doğru döndüm. "Havuza da girdin bandajla. Enfeksiyon kapmış olmayasın?"

"Belki ölürüm de," diye söylenerek kafasını kaldırdı o an Varis, göz göze geldik.

Gözlerimi kısarak bıkkın bir ifadeyle yüzüne baktım. "Dalga geçtiğini biliyordum."

Varis gülerek geriye yaslandı ama ben hâlâ dizlerimin üzerinde oturmuş ters ters bakıyordum ona. Beni düşürdüğü duruma inanamıyordum. Resmen sabahtan beri yaptığı tek şey duygularımla oynamaktı. Bir gülüp bir ağlıyor, bir endişeleniyor bir deliriyordum sayesinde.

"Ben gidiyorum," dedim çantama uzandığım sırada, koltuğun sırtına tutunup bacaklarımı altımdan indirirken.

"Gidemezsin," dedi Varis mızıkçı bir ifadeyle kapıyı kilitlerken.

Şaşkınca ona döndüm. "Neden?"

"Çünkü ben iyi geceler öpücüğümü almadım."

Suratım koca bir gülüşle buruşurken iki elimle birden suratımı kapadım o an. Gerçekten delirecektim. Kafamı torpidoya vura vura acısını çıkarmak istiyordum kendimden bugünün.

"Ne?" diye sordu Varis gülerken ciddi bir ifade takınmaya çalışarak, ellerimi indirip onu izledim. "Nesi komik bunun? Sevgililik ciddi bir müessesedir. Görevini yerine getir Ada Kandemir."

Dudaklarımı birbirine bastırarak kafamı hafifçe eğdim ve suratına baktım ama gülmemek için zor tutuyordum kendimi. Alena bir daha bu çocuğa meymenetsiz derse kesinlikle o ikna olana kadar aksini savunacaktım.

"Ee, hadi," dedi Varis sabırsızca bana dönerken.

Gözlerimi kaçırıp derin bir nefes aldım önce, ardından ifademi toparladım. Dizlerimin üzerinde ona dönük oturuyordum hâlâ koltukta, bu yüzden kalkmam zor olmadı. Ona doğru uzanıp bir elimi koltuğa, diğerini omzuna koyduğumda kısa bir öpücük için dudaklarımı dudaklarıma bastırdım ama tabii ki bu onun için yeterli değildi.

Kolu belime dolandığı gibi beni kucağına çektiğinde gülerek "Hayır," diyordum öpücüklerinin arasında ama kendim gönüllü kaldırıp diğer yanına atmıştım bile bacağımı. Koltuktan destek aldığım elim kurumuş saçlarının arasına daldığında onun diğer elinin yine boynuma dolandığını hissettim.

Bir an fazla geriye yaslandığımdan yanlışlıkla sırtımla kornaya basmıştım ama sonra ikimiz de güldüğümüzde doğrulmuştuk.

"Bırak beni gideceğim..."

"Yoo..."

"Bak kornaya yaslanır basarım yine, bütün mahalle dökülür sokağa."

"Bas. Bas da kaçırayım seni eve."

"Sınavlarıma da sen mi gireceksin?"

"Sınavların mı ben mi?"

"Sen zaten benim sınavımsın."

O akşam şoför koltuğundan çıktım dışarı, yağmur atıştırıyordu. Son zamanlarda en çok istediğim şey kar yağmasıydı ama bu kış da İstanbul beyaza boyanmayacak gibiydi. Eve yürüyüp üzerimi değiştirdim, yemek yedim, sıcak çikolatamı içtim, ders çalıştım, uyumadan önce Çisem'le konuşup kapalı bahçemdeki çiçekleri suladım, hatta kitap okumaya bile vakit buldum. Bütün bunları nasıl gece yarısından önceye sığdırabilmiştim bilmiyordum ama sanırım âşık olmakla beyin kimyası arasında bir orantı vardı.

Ertesi gün erken kalktım, en azından kabarmış saçlarımı düzeltip gözaltlarımı kapamaya vaktim olmuştu, iyi bir kahvaltı yaptıktan sonra. Varis'e ehliyetimi kullanmak istediğimi ve beni almaması gerektiğini mesaj atmıştım ama her zamanki gibi benimle uğraşmıştı.

A: "Beni almaya gelme, ehliyetimi yeni aldım ama sayende sürmeyi unutacağım."

Variserefsiz Adin: "Seni almaya geleceğimi söylemedim ki."

A: "İyi."

Variserefsiz Adin: "İyi."

Variserefsiz Adin: "On dakikaya kapıdayım."

Dersler gittikçe daha zor ve kafa karıştırıcı oluyordu ama aralar iyi geçtiğinden derslere daha iyi odaklanabiliyordum. İlk teneffüs Çisem her zamanki gibi açlıktan kantine saldırmıştı, makine tamir edildiği için mutlu bir şekilde sıcak çikolatamı almıştım ben de. Aral iki tostu üst üste koymuş, iki pipet geçirdiği sodasını yudumlarken yine iki kişilik yiyordu.

İkinci ders arasında yağmur durduğunda Çisem'le kabanlarımızı giyinip hava almak için bahçeye çıkmıştık. Varis, Reha ve Alper üçlüsüne de tam olarak açık basketbol sahasında potanın altında rastlamıştık. Alper'in elindeki top çamur olduğu için Çisem suratını buruşturup "Uzak tut şunu benden, kabanım beyaz," diye söylenmişti, Alper ise tam olarak ondan bekleneni yaparak öylece önünde duran Çisem'in kabanına dümdüz bir ifadeyle topu atmıştı. Sonra Çisem elindeki kahveyi Alper'in arkasından öyle bir fırlatmıştı ki birkaç damla bana bile gelmişti ama Alper kahveden nasiplenmemişti.

Üçüncü ders arasında boş boş baktığımız Fransızca sınavı örnek sorularını yutkuna yutkuna birbirimize sormuştuk Çisem'le, *essay*'in konusunun ne olacağını bilmediğimizden her seferinde ayrı bir geriliyorduk yabancı dil sınavlarında.

Öğlen, yemek arasında masada dışa doğru gayet rahat oturan Varis sohbetimizin ortasında beni elimden tutup kucağına çektiğinde bütün yemekhanenin gözleri üzerimize dönmüştü. Eline ayrı, omzuna ayrı vurup kalkmıştım ayağa. Rahat dur dedikçe temasını arttırıyordu.

Voleybol antrenmanı ekstra yorucu olmuştu çünkü Kumsal'ın heyheyleri üzerindeydi. Alin dahil herkese laflarıyla giydirerek fiziksel aktivitenin üzerine bir de ruhsal olarak yormuştu bizi ama onu da anlıyordum... Anladığımı düşünüyordum yani. Sanırım Reha'dan hoşlanıyordu ama araları hiç iyi değildi. Aslında, bir geri çekilip bakınca yakışabilirlerdi ama çok farklı kişiliklere sahiplerdi. Kumsal tam bir *Mean Girl*'dü, Reha ise sessizce kenarda yunan heykeli gibi kitap okuyan o çocuk. Gerçi zıtlıklar bir araya geldiğinde anlam bulurlardı değil mi? Her neyse. Belki de hepsini uyduruyordum.

Varis'in antrenmanı falan yoktu, ona gitmesini söylemiştim ama o takımdan birkaç kişiyle bilardo oynamaya kalmıştı ve yine eve beraber dönmüştük. Bu sefer o da gelmişti. Çin yemeği söyleyip yine başka bir dil olan matematikçeye çalışmıştık. Yani matematiğe. Matematik işte. Mars alfabesi gibi olan. Gerçi öyle bir şey varsa. Ama olsa matematik o olurdu herhalde.

Hafta sonu eve kapanıp ders çalışmam gerektiğini ve eğer beni rahatsız ederse aradığında açmayacağımı söylemiştim. O da gelmek yerine sürekli aramış ya da mesaj atmıştı, sonra ben onun numarasını engellemiştim. Sonra o da kalkıp eve gelmişti ve hatta hafta sonu benimle kalmıştı ama daha sonra pazar sabahı arayan bir sekreter yüzünden küfrede ede erkenden kalkıp gitmek zorunda kalmıştı.

Ve pazartesi.

21 Aralık.

"Krem rengi çizgili askılı mine elbisenin üzerine beyaz uzun kollu tişört ve altına da siyah ince kilotlu çorap giyemezsin," dedi Çisem rap yaparcasına bilgisayarımın ekranına yüzünü yaklaştırarak. FaceTime yapıyorduk, o yemeğini yiyordu ben de Alena'nın doğum günü partisinde ne giyeceğimi çözmeye çalışıyordum.

"Bir dolap dolusu kıyafetim var, birini *Gryffindor*'a uydurmam lazım."

Çünkü partinin teması *Harry Potter*'dı.

"Varis bariz bir *Slytherin*'ken sen yanında *Gryffindor* mu olacaksın gerçekten? Harcarlar seni kızım."

"Sen ne giyeceksin?" diye sordum kollarımı göğsümde birleştirerek ekrana dönerken. Çisem ağzındakini çiğnerken ekrana bir dakika işareti yaptı ve kalkıp içeri gitti. Daha sonra odasından getirdiği askıya astığı kıyafetleri gösterdi. "Gururlu bir *Ravenclaw* olarak mavi çizgili bir elbise, altına siyah tişört, üstüne siyah ceket, siyah çorap, elime kıymetli asam ve tabii ki *Ravenclaw* atkım. Aslında *Ravenclaw* tacım da var, şu zümrüt yeşili diadem ama çalınır diye götürmeyeceğim."

Kahkaha attım. "Alena'nın partisinde tacın çalınır diye mi korkuyorsun?"

Çisem askıyı mutfak kapısına asıp yeniden masaya oturdu. "Çok masumsun Adacığım. Bugünlerde konu *Harry Potter* olduğunda kimseye güvenilmiyor. J.K. Rowling'e bile."

"Pekâlâ," diye mırıldandım gülerek önüme dönerken. Çisem, *Harry Potter*'ın yazarına kızgındı çünkü yeni çıkan yan serinin filmlerini beğenmemişti.

Dolabıma doğru yürüyüp geçen sene Cadılar Bayramı'nda Çisem'lere gittiğimde giyindiğim yırtmaçlı mini zümrüt yeşili kadife eteği çıkardım ve kameraya gösterdim. "Bunu kombinleyebilirim belki."

"Kesinlikle onu giyiyorsun. Hemen söyleyeyim sana; siyah çorap çıkar, üstüne düz uzun kollu siyah bir tişört, saçlarını kesinlikle düzleştirmelisin ama aralardan birkaç ince tutamı ör ve gözlerine hafif siyah bir makyaj yap. Ayağına da kalın topuklu botlarını giyin. Şu an Instagram'da yanlış görmüyorsam Alena, *Hogwarts*'daki evlerin atkılarını dağıtıyor. Belki ben birinin seçmen şapkasını çalarım. Sence seçmen şapka erkek miydi? Seslendiren kişi erkekti."

"Çisem seçmen şapkayı rahat bırak."

"Tamam." Durdu. "Bekle. Sence seçmen şapka seni hangi eve yerleştirirdi? Bence sen *Gryffindor* falan değilsin bu arada. Basbayağı *Slytherin*'sin sen. Yoksa geçen hafta Mert sana öyle diklendiğinde siktiri basmazdın. Ya da..."

"Çisem, nefes al Çisem! Çisem?" Ekrana eğilip gözlerimi kırpıştırarak Çisem'in yüzüne baktım. Durmuş beni dinliyordu. "Çisem yemeğini bitir."

"Ada, tamam Ada."

Kafamı geriye atarak kahkaha attım. "Kapatmam lazım şimdi, orada görüşürüz."

"Çisem kapatmam lazım şimdi Çisem, orada görüşürüz Çisem demedin."

"Çisem yemeğini ye."

"Çisem," diye ekledi Çisem.

Bilgisayarın ekranını kapattım gülerek. Keyfi yerinde olduğunda nasıl şebeklikler yapıyordu ama.

Bana söylediği şekilde siyahla kombinledim eteği, duştan sonra kendi kendine kurumuş saçlarımı düzleştirip aralara tost efekti vererek bazı ince tutamları ördüm, ardından gözlerime çok hafif siyah bir makyaj yaptım. Aslında erken hazırlanıyordum ama Varis bir yere uğraması gerektiğini söylemişti. Evim yolunun üzerinde olduğundan birlikte gidecektik. Bu yüzden Çisem hâlâ yemek yemekle uğraşırken ben giyiniyordum.

Üzerime siyah şişme montumu aldım, ardından küçük kare ince askılı siyah çantamı. Bir yanım masa başına geçip ders çalışmam gerektiğini çünkü haftaya sınavların olduğunu söylüyordu ama diğer yanım da bir gece eğlenmekten zarar gelmeyeceğini... Üstelik Alena'nın doğum günüydü bugün, değil mi? Yeni bir arkadaş edinmiştim. Hafta sonu boyunca mesajlaşmıştık. Önce o bana Parazit'in uyurken göbeğini açtığı tatlı bir fotoğraf yollamıştı, daha sonra ben uyumak için girdiğim yatakta gecenin bir yarısına kadar onunla konudan konuya atlayarak sohbet etmiştim. Bir ara beni aradığında telefonu açıp şaşkınca "Alo?" demiştim ama her ne kadar telefon Alena'nın telefonu olsa da cevap veren Milas'tı.

"Alo Ada, bu anlamıyor uyuması gerektiğini, sabah bir ton işi var sen engelle bunu WhatsApp'tan mümkünse," demişti bana arkadan gelen Alena'nın itiraz sesleriyle birlikte.

Daha sonra Alena telefonu almıştı ve birbirimize iyi geceler diledikten sonra gerçekten uyumuştuk.

Merdivenlerden inerken Varis'ten gelen aramayı kapatıp evin kapısını açtım. Geldiği için aradığını biliyordum. Kapıyı kapatıp kilitledikten sonra bahçe yolunda yürümeye başladım, o sırada kafamı kaldırıp etrafa bakabilme şansı bulmuştum. Varis arabanın hemen dışında, telefonuyla ilgileniyordu. Mat siyah botları, pantolonu ve hatta ceketi de siyahtı ama içine giydiği ince kazak zümrüt yeşiliydi. *Slytherin* renklerine göre giyineceğini bildiğimden buna hiç şaşırmamıştım, şaşırdığım şey çöp torbası da giyse üzerine yakışacak şanslı kişilerden olduğunu yeni fark ediyor olmamdı. Ve o buna rağmen çok iyi giyiniyordu.

Ben bahçe kapısından çıkarken Varis telefonunu cebine atıp kaldırdığı kaşlarıyla beni süzdü. "Seni *Gryffindor* bekliyordum," dedi şaşkınlığını sesine yansıttığı bir sesle.

"Kalan hayatıma *Slytherin* olarak devam etme kararı aldım," diye cevapladım onu, önünde dikilirken, bu ana başka bir şans bırakmadın. Instagram'a girip onun gönderilerinin altına yazılanları okumak kötü bir fikirdi. Bir kere yorumların yarısı bizim okuldan ya da çevre okuldan kızlarla doluydu, herhangi biriyle günlük hayatta denk gelebilirdik. Ayrıca onun profilinde benimle fotoğrafı bile vardı, neden hâlâ utanmazca yorum atıyorlardı ki fotoğraflarının altına? Kimbilir mesaj kutusu nasıldı?

Girip teker teker hepsinin hesabına spam atmıştım dün akşam uyumadan önce.

Varis'in kulağımın altıyla bir sorunu vardı çünkü ne zaman yanına gitsem beni oradan öpüyordu. Yanağıma eğildiğini düşünüyordum ama hayır, bir saniye sonra dudakları orada beliriyordu ve huylanıyordum. Bunu biliyordu. Bilerek yapıyordu.

"Nereye uğrayacağız?" diye sordum, benim ellerim montumun cebindeydi ama onunkiler belimdeydi.

Keyifsizce "Şirkete," dedi tok bir sesle. "Birkaç belge imzalamam gerekiyor. Babam hâlâ dönmedi."

Kolunu çekip bileğini yüzümün önüne getirdim. Ceketinin kolunu sıyırmış saatine bakıyordum kafamı eğerek. Saat akşam 8'e geliyordu. "O zaman bir an önce gidelim çünkü geç kalmak istemiyorum."

Varis'in dudakları kıvrıldı, kolunu yeniden belime sarmıştı. "Ne oldu? Gelmek bile istemiyordun."

"O geçen haftaydı. Alena'yla konuşmadan önce. Temanın *Harry Potter* olduğunu öğrenmeden önce."

"*Harry Potter* seviyorsun değil mi?"

"Ben kendi hayal dünyasında kaybolmuş bir kızım. Kafamda kurmayı nereden öğrendim sanıyorsun?"

Gülerek "Doğru," dedi. "Peki ilk ne zaman izledin? Ya da okudun?"

"Hımm..." Mırıldanarak hatırlamaya çalıştım. Aslında kitapları liseye başlarken alıp okumuştum ve ilk kitap oldukça tanıdık gelmişti. Daha sonra bu tanıdık his ilk filmle iyice pekişmişti ama önceden nerede gördüğümü ya da izlediğimi hatırlayamamıştım. Bütün seriyi bir günde uyumadan yalayıp yutmuştum. Her şey bittiğinde mutfakta çöp şişlerinden biriyle büyü yapıyormuş gibi dolanıp durmuştum evin içinde.

"Lisenin ilk senesi," dedim dudaklarımı birbirine bastırarak. "Ya, geç kalacağız, bunları arabanın içinde de konuşabiliriz." Ellerinden tutarak kollarını belimden çektim ve kaldırımdan inip ön koltuğa yürümeye başladım. Bir anda kollarından çıktığım için hayal kırıklığına uğramış gibi bakıyordu ama isteksizce dönüp kapısını açtı o da.

Aynı anda arabaya bindik, ben kapımı kapatmış emniyet kemerimi bağlarken Varis çoktan motoru çalıştırmıştı bile. "Instagram yorumlarını okuyor musun?" diye sordum aniden, hay dilimi arılar soksun.

Kaşlarını hafifçe çatarak güldü Varis, sanki neyi kastettiğimi anlamıştı. "Hayır. Neden?"

"Ben yorum yapsam görmeyecek misin yani?"

"Takip ettiğim insanlardan bildirim alıyorum."

"Senin mesaj kutun da doludur şimdi."

Varis o an kahkahasını serbest bıraktı. O da haklıydı. Ben de en az onun kadar inanamıyordum böyle bir sohbete giriştiğimize ama benim profilim gizliyken onunkinin açık olması bütün o kızları hesabına çekiyordu. Çekmişti de. Fazla takipçisi vardı.

Elini ceketinin cebine attı, siyah telefonunu çıkarmıştı. Kucağıma bıraktığında dönüp bana bir bakış attı. "İstersen bakabilirsin."

Şaşkınlıkla, ağzım bir karış açık baktım ona. "Ciddi misin?"

"Evet, gayet ciddiyim," dedi tok bir sesle. Gerçekten ciddiydi. Ama telefonu elime aldığım an "Tabii sen de seninkini bana gösterirsen," diye ekledi.

"Hah," dedim gülerek. "Benim profilim gizli. Sadece tanıdıklarım var içeride. Mesaj kutumda ne var zannediyorsun?"

O an dank etti. Çisem'le mesaj kutum iğrenç şakalarımızla doluydu.

"Tamam o zaman," dedi omuz silkerek.

"Yok ya... Ben sana güveniyorum." Telefonunu alıp tekrar cebine koydum. Aslında merakımın sebebi güven değildi başından beri, hem zaten baksam muhtemelen kendimi sinirlendirecektim.

Varis bana vazgeçiş sebebime hiç de inanmadığını belirten bir bakış attığında ben dümdüz önüme dönmüş gözlerimi onu fark etmemişçesine etrafta gezdiriyordum.

Kıskançlık yapmam iyi değildi, ben kendi akıl sağlığımı bozduğumla kalırdım, Varis'ten bir şey çıkmayacağını biliyordum çünkü.

"İçeri gelmek istiyor musun yoksa arabada mı bekleyeceksin?" diye sordu bana yaklaştığımızda. Camdan dışarıda yürüyen insanları izliyordum, burası işlek bir caddeydi ve bir sürü kafe vardı.

"İşin ne kadar sürer?"

"On beş dakika."

"O zaman beni caddenin karşısında indirsene," diye mırıldandım karton bardakla içecek sattığını bildiğim kafeyi gösterirken. "Sıcak çikolata alacağım. Sonra içeri yürürüm, ben o koca bahçeyi aşana kadar on beş dakika geçmiş olur herhalde."

"Hiç bıkmıyor musun şunu içmekten?"

Sahte bir şaşkınlıkla ona baktım. "Kim? Ben? Sıcak çikolatadan?" Ardından alınmış bir ifadeyle önüme dönmüştüm. "Asla."

Ters ters baktı bana. Sanki birazdan sıcak çikolata mı ben mi? diye soracak gibiydi. Otoparkta Alena'ya yakalanmadan önce kedi mi ben mi? diye soruşu çok tatlıydı ama böyle bir şeyi aklından geçirse bile tekrar söylemeyeceğini biliyordum. Ya da söylerdi... Bu sıralar onunla ilgili hiçbir şeyden emin olamıyordum.

Varis beni caddenin tam karşısında indirdiğinde ona el sallayıp merdivenlere doğru yürüdüm. Dışarıdaki masalar buz gibi havaya rağmen doluydu, aslında en çok bunu seviyordum; soğuk havalarda sohbetleri, kahveleri ve sigaralarıyla sıcak kalan masaları. Bir de kar yağsa İstanbul'a, her şey tamam olacaktı ama yukarıda işler kesattı sanırım çünkü birkaç senedir yağsa da tuttuğunu görmemiştik. Bahçede babam, Pamuk Hala ve Mustafa Abi'yle kartopu savaşı yaptığımız günleri özlemiştim.

Orta boy sıcak çikolata aldım karton bardakta. Aslında hep büyük boy alıyordum ama sonra bitiremediğimden çöpe gidiyordu, açgözlülük yapıyordum her seferinde.

Kafeden çıktığımda birkaç dakikalığına ısındığım sıcaklık yok oldu, sert rüzgâr yüzüme çarpıyordu. Merdivenlerden indikten sonra yaya geçidinden karşıya geçtim, Holding'in büyük bahçesinin güvenlik kapısı hemen caddenin karşısındaydı. Bir elimde karton bardağım, diğer elimi üşüdüğümden cebime sokmuş kaldırıma yeni çıkmışken duvarın güvenlikten uzak köşesine yaslanmış bağıra bağıra telefonuyla konuşan adamı fark ettim.

Üzerinde soluk yeşil koca bir mont, başında krem rengi bir bere vardı ve gözlüklüydü. Kot pantolon ve bot giyinmişti. Sağ omzunda kare bir çanta, boynunda profesyonel bir fotoğraf makinesi, elinde duvarın kenarına bıraktığı birkaç dosya vardı ve gergin görünüyordu. Onu incelediğim sırada başını kaldırdığında göz göze geldik, anında telefonunu kapatmıştı.

Şaşkınlığımı gizlemek istercesine önüme döndüm. Bu adam, Holding'e ilk geldiğim gün toplantıdan çıkan babamı fark etmeden hemen önce gördüğüm gazeteci adam mıydı? Varis'in konferans salonundan yaka paça çıkardığı gazeteci? Koridorda güvenlik görevlileri tarafından götürülürden bas bas bağırmıştı. Suç işlediniz! Bir şeyler saklıyorsunuz! Elbet gerçek ortaya çıkacak!

Hangi gerçek?

Kafam geçen hafta, Varis'in bazı sözlerinden ve Kumsal'ın söylediklerinden sonra epeyce karışıktı ama Varis bu işin bir aile meselesi olduğunu ve uzak durmam gerektiğini açıkça söylemişti.

Adam yerdeki dosyaları kolunun altına sıkıştırdığı gibi "Pardon!" diye seslendi. Bana seslendiğini biliyordum ama yine de yürümeye devam ettim. "Pardon bakar mısınız? Siz Agâh Kandemir'in kızısınız değil mi? Ada Kandemir?"

Babamın adını duyduğum gibi tökezlercesine durdum bir anda. Neredeyse sıcak çikolatam elimden fırlıyordu. Bu adam benim babamı nereden tanıyordu? Pekâlâ, babam ünlü bir avukattı. Peki benim onun kızı olduğumu nereden biliyordu? İşte bu bayağı derin bir araştırma gerektiriyordu. Ve bu adam adıma kadar biliyordu.

Durduğum süre boyunca adamın yanıma ulaşacağı kadar zaman tanımıştım ona. Önümde durduğunda bana elini uzattı. "Merhaba, ben gazeteci Gürkan Günsur. Sizi birkaç hafta önce içeride görmüştüm değil mi?"

Görmüş müydü?

"Kusura bakmayın, yetişmem gereken bir yer var," dedim kibarca ve sıyrılmaya çalıştım ama önümü kesti.

"Lütfen bana beş dakikanızı ayırın. Yalnızca beş dakika."

"Gerçekten meşgulüm." Yanından sıyrılıp geçtim, tam kurtuldum diye düşünüyordum ki yeniden hareketimi kesen lafını duymuştum. Bu adamdan kibarlıkla kurtulmak mümkün değildi.

"2006 yılındaki kazadan haberdar mısınız?"

Dönüp baktım ona. Burnuna düşen gözlüklerini düzeltiyordu. "Bakın, şirketle ya da Adinlerle ilgili bilgi sahibi değilim."

"Balamir Adin'in eşi Süheyla Sumru Adin'in öldüğü gece."

Sıcak çikolatanın kalın karton tutacağının dışına taşan parmaklarımın bile o sıcağa rağmen buz kestiğini hissettim o an. Bunun hakkında birçok kez düşünmüştüm ama her seferinde bir şekilde düşüncelerim başka bir yöne evrilmişti ve hiçbir zaman sonuca ulaşamamıştım. *Varis Adin'i yetiştiren kadın ne kadar da zariftir,* diye geçirmiştim bir keresinde aklımdan. Ama öyleyse neden oğlu vurulduğunda ziyarete gelmemişti? Babası yurtdışındaydı, telefonda konuşmuşlardı, tamam, peki annesi neredeydi? Varis neden o Sahra denen kadından bile bahsederken annesi hakkında tek kelime etmemişti?

Çünkü annesi uzun zamandır yoktu. Ne kadar aptaldım. Fark edememiştim. Bunu sormaya cesaretim yoktu ama ipuçlarından yola çıkarak tahminde bulunmayı da reddetmiştim. Belki Balamir Adin'i biraz daha araştırsam, çok değil birazcık, ismini arattırsam internette, her şeyi görecektim ama yapmamıştım. Bildiklerim yalnızca aptal bir magazin dergisi küpüründen ibaretti.

2006, diye düşündüm dudaklarım titrerken. Bakışlarımı kaçırdım. Kaç yaşındaydı o zaman? Yedi mi? Yedi yaşındayken mi kaybetmişti annesini? Peki nasıl? Nasıl olmuştu?

"Surat ifadenizden bu bilgiyi önceden duymadığınızı anlayabiliyorum," dedi gazeteci, Gürkan Günsur, temkinli bir şekilde bana doğru bir adım atarken. Gözlerim buğulandığından onu net görememiştim, zaten görmek için de gözlerimi üzerine çevirmemiştim.

"Siz Varis Adin'in kız arkadaşısınız değil mi?" diye sordu tam önümde durduğunda. Ancak o zaman bakışlarımı yüzüne çıkarabilmiştim. Yalnızca şaşkınlıkla bakıyordum.

Kendime geldiğimde ifademe çeki düzen verdim hızlıca, yutkundum ve soğuktan kurumuş dudaklarımı ıslattım. "Bakın, derdiniz ne bilmiyorum ama lütfen benimle daha fazla konuşmaya çalışmayın yoksa arkamda gördüğünüz güvenliği haberdar edeceğim. Burada hoş karşılanmadığınızı biliyorum."

"Lütfen," dedi adam hafifçe eğilerek. "Lütfen, çok kısa bir şey soracağım yalnızca. Eğer Agâh Kandemir'in kızıysanız ki o dönem Balamir Adin'e çok yakın olan bir isimdi. Varis Adin'in de çocukluk arkadaşı olmalısınız. Yani

Süheyla Hanım'ı da tanıyordunuz, değil mi? Nasıl biriydi? Kocasıyla sık sık kavga eder miydi?"

Kaşlarımı çatarak bir adım geriye attım. "Hayır, tanımıyorum. Çocukluk arkadaşı değiliz biz."

"Ama nasıl olur? Tanımıyor muydunuz birbirinizi?"

"Hayır," dedim sert bir sesle. Ardından bir adım daha geri gittim. "Lütfen peşimden gelmeyin."

"Bakın sizden magazin için bilgi koparmaya çalışmıyorum, ben araştırmacı gazeteci bir yazarım ve sizin ağzınızdan çıkacak en ufak bir şey kapanmak üzere olan adli bir dosyanın temyize gitmesini sağlayacak, lütfen..."

Güvenliğe doğru yürüyordum ama gazeteci arkamdan geliyor ve konuşmaya devam ediyordu. Bir an içeri sivil girişi serbest değilse nasıl gireceğimi düşündüm, ardından kapının önündeki takım elbiseli korumayla göz göze geldim ve benim için kapıyı araladı. Varis geleceğimden bahsetmiş falan olmalıydı.

Ben içeri girdiğimde gazeteci arkamdan "Lütfen!" diye bağırmaya devam ediyordu ama korumalar tarafından durdurulduğunda tartışmaya başladıklarını duydum. O sırada ben çoktan rüzgârın uğultusunda kaybolmuş, büyük binaya doğru ilerliyordum bahçede. Ayaklarım yolu adımlıyordu, elim karton bardağı tutuyordu, ciğerlerim oksijenle şişiyor ve buruşuyordu ama ben o ana ait değildim sanki.

Kenardaki kahverengi bankı gördüğümde tahtasına tutunarak oturdum. Elimdeki karton bardağı kenara bırakmış, dizlerime dirseklerimi yaslamış, ellerimi yüzüme kapatmıştım. Bunu bu şekilde öğrenmemeliydim. Bunu yabancı bir adamdan öğrenmemeliydim... Bunu şimdiye biliyor olmam gerekiyordu.

Annesizlik koca bir dağdı, küçücük çocukların üzerine her sabah en baştan yıkılan. Depremi yer kabuğunu öyle bir sallardı ki önünüzde bir yarık açılsın da içine düşesiniz diye yalvarırdınız ama hiçbir şey olmazdı. Gergince alt dudağımı ısrarak başımı kaldırdım ve burnumu çektim. Eğer Varis'in annesi o yedi yaşındayken bir kazada öldüyse o zaman o koca evde Sahra denen kadınla mı kalmıştı? Kapalı kapıların ardında ne dönmüştü de Varis o kadından bu kadar nefret ediyordu? Babasının parasının kokusuna gelen bir servet avcısı olduğunu mu düşünüyordu yoksa daha fazlası mı vardı?

Sormadan bilemeyeceğimi biliyordum ama bunu bugün konuşamayacağımızı da. Toparlanmam için yalnızca on beş dakikam vardı, belki o kadar bile yoktu. Alena'nın doğum günü partisinde kuzeni de olacaktı ve böyle bir şeyle moralini bozmaya hakkım yoktu.

İstemsizce elimi cebime atıp telefonumu çıkardım ve arama motoruna Balamir Adin yazdım; ilk çıkan siteye tıklamıştım sabırsızca.

Balamir Adin, (Doğum: 2 Nisan 1976, Frankfurt) Adin Holding'in ikinci. nesil varisidir. Kurucusu babası olan, Haktan Adin'in büyük oğlu Balamir Adin, eğitim hayatına...

Teknik bilgileri geçtim.

...oğlu Varis Adin, (Doğum: 22 Aralık 1999)...

Kalbim göğüs kafesimdeki gümbürtüsüyle beni uyarırken gözlerimi kırpıştırarak yazıyı tekrar okudum. 22 Aralık yazıyordu değil mi? Bayağı, birkaç saat sonra gireceğimiz 22 Aralık. Benim bundan neden haberim yoktu? Neden aklıma gelmemişti bu benim? Neden hiç doğum gününü sormamıştım? Neden söylememişti?

Hiç konusu açılmamıştı ki. Şaşkınlıkla alnıma vurdum kendime gelmek istercesine. Şimdi ne yapacaktım? Ona bir hediye almaya vaktim bile yoktu. Tamam belki vardı ama nasıl karar verecektim?

Biyografinin tamamını okumak için tekrar gözlerimi ekrana çevirdiğim sırada yakınlardan gelen arabanın asfaltta bıraktığı o tanıdık tok ses ile dikkatim dağıldı. Siyah araba hemen önümde durmuştu. Camı açıldığında sürücü koltuğunda oturmuş, eğilmiş bana bakan Varis'i gördüm. "Ne yapıyorsun burada? Donmadın mı? Kafedesin sanıyordum."

Yutkunarak şaşkınca yüzüne baktım. Suratında her zamanki sorgulayıcı ifadesi vardı, yalnızca neler döndüğünü çözmeye çalışıyordu. Kendimi toparlayıp arabaya binmem gerektiğini biliyordum, tabii eğer bir şey çaktırmak istemiyorsam. Derin bir nefes alarak banktan kalktığımda uzanıp kapıyı açtım ve içeri geçtim öncelikle. Sıcak çikolatamı bir yudum dahi almadan bankta unuttuğumun farkında bile değildim. "Çisem'le konuşuyordum," diye mırıldandım emniyet kemerimi bağlarken. "Sen işini hallettin mi?"

"Evet." Bahçeden akan cadde trafiğine çıkarken bana döndü. Kaşları çatılmıştı. "Sen iyi misin? Hayalet görmüşe benziyorsun, rengin solmuş."

Aralanan dudaklarımdan dışarı sert bir nefes kaçtı. Aslında ona basitçe gazeteciyi gördüğümü söyleyebilirdim ama bir şeyler öğrendiğimi anında anlardı ve ben bu konuyu şu an konuşmak istemiyordum bu yüzden bir kez daha kandırdım onu. "Az önce muhtemel matematik sınav sorularını attılar sınıfın WhatsApp grubuna. Gavura sorar gibi sormuşlar yine, ondan gerildim. Haftaya sınavlarım var ve ben bir partiye gidiyorum. Alena da doğacak başka zamanı bulamamış."

Gülerek direksiyonu sağa kırdı Varis, akan trafiğe girmiştik. "Ben de gireceğim aynı sınavlara ama bak ne kadar rahatım. Önemli olan kasmamak."

"Hadi oradan, biz alfabeyle uğraşırken matematik sorularıyla boğuşan çocuk. Git ötede öv kendini."

"Kendimi mi övdüm ben şimdi?"

Doğru, övmemişti. Sadece ben kafamın içindeki karmaşanın üzerini örtmek için ne diyeceğimi şaşırmıştım. Koltuğa sinip gözlerimi etrafa çevirdim, yandan bir bakış atarak ne yaptığıma baktıktan sonra gülerek önüne dönmüştü o da.

"Nereye gidiyoruz?" diye sordum ona, neredeyse İstanbul dışına çıktığımızı fark ederek. "Adresi Çisem'e yolladım ama anlamadım neresi olduğunu."

"Bir zamanlar," dedi direksiyonu sağa çevirirken. "Dağın başında bir kalede otla çamurla oynayıp beyaz elbiselerini kirleten yaramaz, şarlatan bir prenses yaşarmış."

Dağ yoluna girmişti. Etraf ormanlıktı. Dökülmüş kara ağaçların arasında karanlık bir yoldan ilerliyorduk. "Ee?"

"Onun kalesine gidiyoruz."

Kuşkuyla baktım ona. "Oyun merkezi falan kapattıklarını söylemiyorsun değil mi?"

"Kendin karar ver."

"Dağın başında da öyle bir yer olmaz herhalde," diye mırıldandım kendi kendime, cama ilişip kapıya yasladığım elimin üzerine çenemi yerleştirirken. Esen rüzgârda dallar birbirine çarparak uçuşuyor, hâlâ dökülen sonbahardan kalma ölü yapraklar üzerimize yağıyordu. Yolun sonunda çitlerle çevrili bir yere geldiğimizi fark ettiğimde doğrularak geriye yaslandım. Bahçede arabalar vardı, muhtemelen Çisem çoktan gelmişti.

Yaprakları dökülmüş çıplak ağaç dallarına asılan sarı led ışıkları fark ettiğimde dudaklarım şaşkınlıkla aralandı, gözlerimin parıldadığına yemin edebilirdim o an. Ev o kadar büyük ama o kadar güzeldi ki her yerini net bir şekilde görebilmek için gözlerimi ardı ardına birkaç kere kırpıştırmak zorunda kalmıştım. Veranda aynı led ışıklarla ve yılbaşı temasıyla süslenmişti. Yılbaşı temalı çekilen Disney filmlerinden birinin içinde gibi hissediyordum kendimi.

Girişte *Hagrid* ve *Dobby*'nin heykelleri vardı. Elbette *Hagrid*, Dobby'den daha büyüktü. *Hagrid* bir buçuk metre civarıyken Dobby en fazla otuz santimdi. Hiçbir şey söylemeden emniyet kemerimi çözüp kapıdan dışarı çıktığımda birkaç adım ileri yürüdüm.

Alice olsaydım, burası benim *Wonderland*'im olurdu.

"Beğendin mi?" diye sordu arkamdan arabadan çıkan Varis. Kollarını belimden geçirip çenesini omzuma koydu, sırtım göğsüne yaslanmıştı ve yanağı yanağıma değiyordu.

"Alena işini biliyor," dedim hayran bakışlarla etrafı izlerken.

Seslice nefes verdi. "İşine gelince nasıl da döktürüyor..."

"O ne demek öyle?"

"Bize yapmaz böyle demek," diye mırıldandı yüzünü bana doğru çevirerek.

Ben de ona döndüm, aramızda çok az mesafe kalacağını bile bile. "Kendi doğum günü partisi sonuçta. Tabii ki uğraşacaktı."

"Hı-hı," dedi Varis dudaklarını birbirine bastırarak, gözlerimi kıstım. Ardından belimdeki kollarını çözüp elinden tuttuktan sonra birlikte kapıya doğru yürüdük.

"Bu evi nasıl bulmuşlar? Dağın başında."

Birkaç adım çıktık kapıya ulaşmak için, Varis'in bir eli benim elimde diğeri cebindeydi. "Doranların eski evi," dedi tok bir sesle, gözlerini üzerime çevirerek. "Beğendin mi?"

"Eh." Kafamı sallayarak önüme döndüm. "Ben o koca bahçeyi boş bırakmazdım."

"Biliyorum."

Zile bastım. İçeriden Indie Folk tarzı müzik sesi geliyordu. Sanırım şarkıyı söyleyen sarışının adını biliyordum.

Kapıyı otuz iki diş gülümseyerek açan Alena'nın gözleri üzerime iliştiğinde bir an daha da genişleyen gülüşü yüzünden çenesi kırılacak sandım, istemsizce ben de gülümsemiş ama şaşkınca alt dudağımı ısırmıştım. Bir, kapıyı Alena'nın açmasını beklemiyordum. İki, bu kadar şaşıracağı ne vardı bilmiyordum.

"Sonunda!" diye bağırdı uzanıp elimden tutarak beni içeri çekerek. Varis umurunda olmamıştı bile, hatta bilerek el ele tutuştuğumuz bileğimden yakaladığını düşünüyordum.

"Sana da merhaba Alena," diye mırıldandı Varis arkadan.

"Kapıyı kapat!" Alena dönüp ona kapıyı işaret etti.

Üzerinde beyaz bir lakos, siyah mini bir etek, dizlerine kadar çektiği beyaz çorapları ve siyah ayakkabıları vardı. Ayrıca yere kadar uzanan içi yeşil dışı siyah, Slytherin armalı bir pelerin giyiyordu ve umursamazca topuz yaptığı sarı saçlarına bir asa geçirmişti. Kenardaki atkılardan birini alıp boynuma astıktan sonra "Bir an gelmeyeceksin sandım," diye mırıldandı beni döndürerek montumu üzerimden çıkartırken. "Nasıl? Beğendin mi?"

İçerisi sade dizayn edilmişti, tahta ve beyaz renginin uyumuyla. Koca bir salon kenarda bir koridor ve merdivenlerle evin diğer bölümlerine açılıyordu ve köşedeki başka bir koridorun da mutfağa gittiğini görebiliyordum. Duvarlara yine led ışıklar asılmıştı ve tavandan sarkan *Harry Potter* temalı maketler vardı; uçan hayaletlerden Kafasız *Nick*, Mızmız *Myrtle*, siyah tüllerle birkaç ruh emici... *Hogwarts* evlerinin armaları koca posterler olarak duvarlardaydı.

Ve içeride en fazla on kişi vardı. Şaşkın bakışlarım son bulduğunda "Hayatımda katıldığım en güzel parti olabilir," diye mırıldandım, ardından gözlerimi bana heyecanla bakan Alena'nın üzerine çevirdim. "Beklediğimden daha az insan var, ben bayağı... Kalabalık beklemiştim."

"Ah, evet, o konuda," diye mırıldandı etrafa baktıktan sonra. "Sadece tanıdık yabancıları çağırdım, onun dışında biz bizeyiz."

"Tanıdık yabancılar?"

"Yani çok da yakın olmadığım ama zararsız insanlar." Gülümsedi. "Gel seni tanıştırayım..."

Alena koluma girip beni koltukların olduğu kısma yönlendirdiğinde kafamı çevirip Varis'i görmeye çalıştım. Oradaydı; yeşil siyah giyinmiş Milas elinde iki bardak içecekle kuzenine doğru yürüyordu, Varis'le konuşuyorlardı ama buradan bir şey anlaşılmıyordu.

"Yamaç," dedi Alena arasına daldığı sohbet eden grubu bölerken. Kıvırcık saçlı bonus kafa çocuk gayet uzun boyluydu ve üzerinde koca bir *Gryffindor* pelerini vardı. Alena ismini söylerken onu işaret etmişti. "Bu Enes, bu Doğukan, bu Duygu, bu da..." Gözlerini kısarak kısa sarı saçlı kıza baktı Alena. "İnci," diye devam etti.

Gözlerimi herkesin üzerinde gezdirdikten sonra gülümseyerek "Ada ben," diye mırıldandım. Adının Yamaç olduğunu öğrendiğim çocuk anında elini uzatmıştı. "Ada mı? Ne kadar güzel, ne kadar hoş bir isim. Sahibi gibi... Ben de Yamaç."

"Söyledim ya," diye mırıldanarak göz devirdi Alena. "TC erkeği yorma be."

Yamaç'ın uzattığı elini tuttum ama ben tuttuğum gibi dizlerinin üzerinde çökerek "Sen bu sarışının laflarına aldırma Ada, o bizim aramızdaki bağı anlamıyor," demişti başını çevirerek.

"Yavşak," diye homurdandığını duydum Enes'in içeceğini yudumlarken.

Alena anında Yamaç'ın eline tokat attı. Refleks olarak ikimiz de çekmiştik ellerimizi. "Ben biliyorum senin o bahsettiğin bağı koparıp bürüp bir tarafına sokacak birini ama dua et görmedi." Ardından gülümseyerek bana döndü Alena. "Dişi sinek görse saldırır bu."

"Aa ama ayıp ediyorsun Alena." Yamaç cık'layarak gözlerini büyülttü Alena'ya doğru. Alena omuz silkmişti. "İçim kurudu kaç haftadır bir güzel yüzü görmedim tek gördüğüm şunun kirli donları," dedi Yamaç, Doğukan'ın ensesine şaplak atarak. Doğukan telefonuyla ilgileniyordu, gelen darbeyle neye uğradığını şaşırmış aynısını olduğu gibi Yamaç'ın enseye yapıştırmıştı. "Elleme diyorum lan beni."

"Hangi bölümde okuyorsun?"

Soran kız upuzun, dalgalı kahverengi saçları olan zeytin gözlü bir kızdı. Sanırım adı Duygu'ydu. "Lise sondayım ben," diye cevapladım onu. "On dokuza girdim bu sene."

"Girdin mi?" diye sordu Alena. "Ne zaman?"

"8 Ağustos."

Yamaç öksürdü. "Ben zaten yaş farkı severim."

Dalga geçtiğini biliyordum ama yine de gülerek ona baktım. Yamaç'ı tanıyalı daha iki dakika oluyordu ama şimdiden grubun espritüel şempanzesi olduğunu fark edebilmiştim.

"Ama siz aynı yaştasınız," dedi Alena, Duygu'ya. "Ada hazırlık okudu."

"Aa sen de mi Safir'densin yoksa?" Anında parlayan dalgalı saçlı sarışının adı İnci'ydi sanırım. "Biz de Alena'yla oradan mezunuz. Anlatmıştır sana. Of çok özledim bak şimdi söyleyince," diye mırıldandı beyaz dişleriyle gülümseyerek Alena'ya bakarken. "Biz üçümüz ortalığı birbirine katardık var ya, karıştırmadığımız iş kalmamıştı okulda..."

"Üçünüz?" diye sordum istemsizce. Duygu olamaz diye düşünüyordum çünkü aynı yaşta olduğumuzu öğrenmiştim.

"Sahi Eylül neden gelmedi Alena?"

Bakışlarımı karşımdaki mavi gözlü çocuğa çevirdim. Yamaç'a bıyık altından yavşak diyen çocuktu, Enes. Yine o rahat ifadesiyle içeceğini yudumlarken Alena'ya bakıyordu.

"Sana ne Enes? Elindeki bittiyse git bir daha doldur iyice delinsin miden," dedi Alena ters bir ifadeyle, kollarını göğsünde birleştirerek. Çocuğu iki saniyede haşlamıştı.

"Tamam ya bir şey demedik."

O sırada salonun diğer köşesindeki manzaraya çevrildi gözlerim; Çisem oradaydı, Reha oradaydı, hatta Alper bile oradaydı. Koca televizyonun karşısına oturmuşlar, ellerindeki kumandayla araba yarışı oynuyorlardı. Yarışanların Alper ve Çisem olduğunu fark ettiğimde Reha ayağa kalkıyordu, yüzünü bu tarafa döndüğünden elinde de kumanda olmadığını fark etmiştim. Alena'nın arkadaşları başka bir sohbete daldıklarında yanlarından ayrılmam zor olmadı, küçük adımlarla Reha'nın yanına yürüdüm ben de.

"*Gryffindor* olacağını tahmin etmiştim," diye mırıldandım gülümseyerek yolunu keserken.

"Sen ve *Slytherin*?" diye sordu şaşkınca. "İşte bu beklenmedik olmuş."

"Çisem'in fikriydi." Omuz silktim. "Hem temadan son anda haberim olduğundan başka evlerin renklerine uygun bir şeyler toparlayamadım hızlıca." Boynumda bir *Slytherin* atkısı vardı, Alena'nın eve girdiğim an doladığı. Kollarından tutarak seslice nefes verdim. "Bunlar ne yapıyor?" Başımla televizyonun karşısına oturmuş yarışan ikiliyi işaret ettim.

Bir "Of," çekti Reha bir elini alnına yaslarken. "İddiaya girdiler. Kaybeden iğrenç bir karışım içecek. Kim kazanırsa kazansın eminim mutfağı birbirine katıp lağım kokan bir şey hazırlayacak, orası kesin de, kestiremiyorum hangisi alır maçı diye."

"Çisem'in şakası yok."

"Alper asla vazgeçmez."

"Ama kaybedebilir."

"Kaybettiği ilk kız Çisem olur muhtemelen."

Kollarımı göğsümde birleştirerek anlamlı anlamlı Reha'ya bakarken "Hımm..." diye mırıldandım istemsizce.

Reha şaşkınca gözlerini büyülttü. "Ne hımm? Sen de Varis'le takıla takıla iyice korkunç bir şey oldun Ada."

"Tamam tamam," dedim hızlıca, ifademi düşürürken gülerek. Ardından kafamı ona doğru uzatıp yan tarafı işaret ettim. "Peki sen ne düşünüyorsun bu ikili hakkında?"

"Ne düşüneceğim? Nerede karşı karşıya gelseler birbirlerini yiyorlar. Bari bir an önce şu lafın mecaz anlamını düşürseler de gerçekten birbirlerini yemek istediklerini kabul etseler."

Şokla ellerimi ağzıma kapatarak koca bir kahkahayı serbest bıraktım. Demek ki Reha da görmüştü benim gördüğümü. Her ne kadar bir geçmişleri olsa da suçlular asla onlar değildi. Ve yine, her ne kadar ortada bir Bay Piyano bilinmeyeni olsa da, Çisem Alper'le böyle kavga ettiği sürece, o gizemli çocuğun kim olduğu da önemli değildi. Önemli olan uzaktan bakıp sürekli hediyeler vermek miydi yoksa karşısına çıkıp harekete geçmek miydi? Hem belki, bir ihtimal, bir nedenden, Alper yalan söylemiş olabilirdi.

Orada birkaç dakika daha dikilip Reha'yla sohbet etmeye devam ettik. Daha sonra Varis ve Milas da yanımıza gelmiş, bizimle birlikte televizyondaki maçı izlemiştiler. Kaybeden Alper olmuştu. Ben şaşırmamıştım elbette, çünkü Çisem'in Aral'la Doran evinde nasıl kapıştıklarını görmüştüm ve o nefes kesen bir maçtı. Alper'in daha çok sahada daha iyi olduğunu düşünüyordum.

Daha sonra, Çisem'in mutfağı birbirine katıp çiğ yumurtasından sirkesine, çikolatasından barbunyasına her şeyi blenderdan geçirişine ve ortaya çıkan o iğrenç kokuya şahit olduk. Alper mutfağın ortasında dikiliyor, Çisem onun suratını gördükçe daha da bir şeyler karıştırıyordu içine. Alper her ne kadar belli etmemeye çalışsa da Çisem ne zaman arkasını dönse yüzünü buruşturuyor, kokuyu almamak için burnunu tıkıyordu.

Ama sonra bizim şaşkın bakışlarımız eşliğinde bütün o şeyi içti.

"Kardeşim mümkünse önümüzdeki üç gün benden uzak dur," dedi Reha buruşturduğu yüzüyle arkasını dönerek salona ilerlerken.

"Benden şu andan itibaren uzak dur," dedi Varis kafasını sallarken. O bile kaşlarını çatmış, ekşi bir ifadeyle bakıyordu Alper'e.

Alper gözleri yanarak içtiği şeyden sonra istemsizce gözünden akan yaşları elinin tersiyle siliyordu. "Yazıklar olsun. Onca yıllık bütün emeğim şu zehri içene kadar mıydı..."

"Üç," dedi Çisem o an.

"Ne üç?" diye döndü Alper ona. "Üç bardak daha mı içeceğim?"

"İki," diye mırıldandı Çisem, mutfaktan çıkarak yanımıza doğru yürürken.

O an Alper elini midesinin üzerine koydu. Kusacaktı. Bunu anladığı gibi fırlayıp koridora koşmuştu. Çisem'in gülmemeye çalışarak dudaklarını birbirine bastırışının ardından bir demesine gerek bile kalmamıştı çünkü hepimiz banyoda neler olduğunu biliyorduk...

Aral'ın gelişi muhtemelen beni en çok şaşırtan şey olmuştu. Bu saatte nasıl buraya geldiğini bilmiyordum ama belki de ehliyet almıştı. Üzerinde koca bir mont vardı ve soğuktan burnu kıpkırmızı olmuştu. Elbette temalı partiye dümdüz kıyafetlerle gelecekti, o Aral Doran'dı.

Mutfakta, masanın kenarına yaslanmış, koca bir bardağa koyduğum suyu yudumluyordum çünkü içeride Alena'nın meyve sularına alkol karıştırarak yaptığı içecekler,

Alper'in içtiği şeyden sonra midemi bulandırmıştı. Mutfağın ışıkları tam açık değildi, yalnızca açık kapıdan ve dışarıdaki ledlerden pencereden içeri sızan bir ışık vardı. Belki de bu yüzden, Milas mutfağa girdiğinde beni fark etmemişti.

Buzdolabını açtığında çıkan beyaz ışıktan göründüğümde adımları durdu ve omzunun üzerinden bana döndü. "Burada mıydın?"

"Su içiyordum," diye mırıldandım son birkaç dakikadır oyalanarak içtiğim bardağı kaldırarak. Aslında düşündüklerim çok daha fazla, çok daha başkaydı. Varis'in Mert'e ettiği tehdidi düşünüyordum, gazetecinin ben Holding bahçesine girerken söylediklerini, yalnızca birkaç dakika sonra belki de; Varis'in doğum gününe gireceğimizi ama kimsenin bunun hakkında bir şey söylemiyor oluşunu.

"Alena'ya ne aldın?" diye sordum istemsizce. Milas dolaptan soğuk su çıkarıp bir bardağa doldurduktan sonra içmişti. Boş bardağı bıraktıktan sonra kalçasını tezgâha yaslayıp bana döndü. Sanki bir an durmuş, neyi kastettiğimi düşünmüş ve kendini cevabı için hazırlamıştı. Belki de söyleyemeyeceği kadar özel bir şeydi.

"Neden soruyorsun?"

Dudaklarımı birbirine bastırdım. "Aslında önce Alena'nın neden ayın yirmisi akşamı düzenlemediğini düşündüm bu partiyi, sonuçta gece yarısına yani doğum gününe birlikte giriyor olacaktık. Ama o yirmi ikisine gireceğimiz geceyi seçti." Gözlerimi pencerenin ışıklarında gezdirirken üzerine çevirdim. "Birkaç saat önce de..."

Milas'ın gözleri üzerime çevrildiğinde cümlemi tamamlayamadım önce. Ardından derin bir nefes alarak devam ettim. "Biliyorsun değil mi? Yarın Varis'in doğum günü. Neden kimse bir şey söylemedi?"

Milas kollarını göğsünde birleştirerek omzunu dolaba yasladığında bir şey söylemeden önce düşünmek istercesine yutkunmuş, ardından dudaklarını yalamıştı. "Kutlamayı sevmiyor."

"Sevmiyor sevmiyor mu yoksa gerçekten sevmiyor mu?"

"Gerçekten sevmiyor. Onun için bir yıl içerisinde 22 Aralık diye bir gün yok."

Elimdeki bardağı tutuşum zayıfladığında neredeyse düşüncelerim yüzünden hissimi kaybediyordum. Bardağı yaslandığım masaya bırakıp doğrulduktan sonra Milas'a doğru bir adım attım ve kısık bir sesle "Neden?" diye sordum. Aklıma gelmişti. Aklıma gelmişti ama düşünmek istemiyordum.

Milas bir şey söylemedi.

Telefonumu cebimden çıkardım o an. Ekranın ışığı yüzüme yansımıştı. Milas "Ne yapıyorsun?" diye sordu ama ben yalnızca aklımda dönüp duran ismi arama motoruna yazdım.

Süheyla Sumru Adin.

Biyografi kısmı hemen kenarda, eski bir resimle birlikte çıkmıştı. Koyu kahve saçları ve gri gözleri olan bu güzel kadının yalnızca yirmilerinin sonundaki fotoğrafları vardı ortada. Daha sonra kenardaki tarihler çarptı gözüme.

Süheyla Sumru Adin (Doğum: 6 Haziran 1977, Ölüm: 22 Aralık 2006)

Başımı kaldırıp tavana bakarak yutkundum sessizce. Elimdeki telefon avucumdan kaymıştı. Düştüğünü sanmıştım ama Milas'ın eline geçtiğini fark etmem uzun sürmemişti. Yanaklarımı dişledim içeriden, ardından başımı eğerek derin bir nefes aldım ve gözlerimi Milas'ın üzerine çevirdim. "Direkt adını aratmışsın," diye mırıldandı, telefonumu kapatıp bana uzatırken. "Ne kadarını biliyorsun?"

"Yalnızca ismini ve bir kazada can verdiğini."

"Nereden öğrendin?"

"Bir gazeteci vardı bugün Holding'in önünde bekleyen, Varis'in içeride işi vardı ben sıcak çikolata alıp gidecektim yanına. Adam babamın ismini söyledi, beni tanıdı, kazadan bahsetti." Yutkunarak bakışlarımı kaçırdım. Ben olsam ben de annemin ölüm yıldönümünde doğum günümü kutlamak istemezdim.

"Bunu Varis'le konuştun mu?"

Kafamı olumsuz anlamda salladım. "Henüz değil."

"Söyleme," dedi tok bir sesle, gözlerini etrafta gezdirmişti yalnız olduğumuzu kendine hatırlatmak istercesine. "Gazeteciden de bahsetme, annesini bildiğinden de. Doğum gününü öğrendiğini de bilmesin."

"Ama Milas..." Ağzım açık kalmıştı. "Neden söylemeyeyim? Sonradan öğrenirse çok bozulur."

"Bozulmaz. Asıl bildiğini öğrenirse ortalık kızışır." Sesli bir nefes verdi Milas, elini saçlarından geçirirken sıkıntıyla. "Sen onun sana söylemesini bekle. Tamam mı?"

Kumsal bir, Milas iki diye geçirdim o an içimden. Hepsi de susmamı söylemişti bana. Beklememi. Zamanı olmadığını. Ama ben kilidi olan bir kutu değildim değil mi? Bir insandım. Nasıl bildiğim bir şeyi bilmezden gelerek devam edebilirdim? Bu onu kandırmak olmaz mıydı? Neden söylememi istemiyordu ki Milas? Ona bahsetmeden önce çoktan Varis'le konuşmuş olsam ne değişirdi?

Milas'a kafamı salladım cevap olarak ama her ne kadar dediğini yapacak olsam da hiçbir şey sinmemişti içime.

"Her zaman böyle kuzenini düşünür müsün?" diye sordum istemsizce. Varis her zaman kendi kendini koruyan, tek başına ayakta dikilen biri gibi gelmişti bana; öyleydi de ama yanında dikilen kuzen faktöründen habersizdim.

Milas rahat bir nefes verdi, ardından kollarını göğsünde birleştirerek hafifçe gülerken gözlerini kaçırdı. "Sadece haber verdiği zaman. Her yediği haltı anlatmıyor."

Yediği halt. Aklım yine Mert'in tehdidine gitmişti. "Bizim okuldan bir çocuğu hasta anneannesinin fişini çekmekle tehdit etmiş," diye mırıldandım. "Hastane sizinmiş sanırım. Bunu yapabilir miydi?"

Milas'ın kaşları havalandı. Ardından aklına bir şey gelmiş gibi şaşkınca gözlerini kıstı, ağzı açık kalmıştı. "Bir dakika... Birkaç hafta önce mi oldu bu?"

Hızlıca düşündüm. Birkaç hafta önceye denk geliyordu değil mi? Evet. Mert'in beni ektiği günün ertesi sabahı okula gelişim ve bahçede ettiği laflar hâlâ aklımdaydı. O lafları da korktuğundan, bir daha yanına yaklaşmayayım diye mi etmişti acaba? Kafamı salladım. "Evet."

Eliyle yüzünü sıvazladı Milas, "Vay şerefsiz," dedi gülerek burun kemerini sıkarken. "Sen git maganda gibi adamın ağzına sıç, sonra anneannesi için doktor getirt yurtdışından."

Şaşkınla ağzımın açıldığını hissettim. "Gerçekten mi?"

"Tevfik Bey var ya, Varis'in vurulduğu gece ameliyatına giren doktor. Uzun süre İstanbul'un en iyi hastanelerinde mucizevi ameliyatlarda çalıştıktan sonra yurtdışından gelen iş teklifini kabul edip gitmişti. Bu yaşlı kadın uzun süredir hastanede kalıyormuş, mide kanseri. Durumu ümitsiz. Her türlü bir ayağı çukurda ama ailesinin hastaneye bu kadar para saçmasının tek sebebi ağrılarını azaltmak ve belki bir gün daha fazla yaşatmak. Tevfik Bey o kadına aylar verdi, tek kuruş da almadı ameliyatından." Şaşkınca gülerken başını eğmiş, kafasını iki yana sallıyordu Milas. "Tabii bizimkilerin kulağına gitti bu olay. 'Borcum vardı bu kadar,' dedi Varis sadece, anlamadık hiçbirimiz."

Elimi ağzıma kapattım, kalbim ağzımda atıyordu o an. Sarf ettiği korkunç kelimelere karşılık böyle bir şey mi yapmıştı? Yapmış mıydı gerçekten? Mert'in bile bundan haberi yok muydu? Kimsenin haberi yok muydu?

Milas söylemese bilmeyecektim. Sorsam Varis söyler miydi? Neyi soracaktım ki ama? Ona yalnızca, yapmayacak olsa bile insanlarla böyle konuşmaması gerektiğini söylemiştim ve bu konu geçen hafta arabada kapanmıştı. Her ne kadar arada sözleri içime dokunsa da, tekrar açmak istesem de bu konuyu, canımı sıksa da, bana karşı öyle şefkatli davranıyordu ki daha en başından öyle şeyler söylediğini bile unutuyordum.

Milas'la mutfakta ayrıldıktan sonra adımlarımı salona değil koridora attım, dalgın gözlerle yürüyordum. İçimde biriktirdiklerim ve bugün öğrendiklerim ittifak kurmuştu sanki göğsümün ortasında, çömelip başımı dizlerime yaslamak ve gözlerimi kapatmak istiyordum. Sarılmak istiyordum. Ağlamak istiyordum. Kahkahalar atmak istiyordum aynı zamanda yüksek sesle. Belki beni rahatlatacak bir bardak bir şeyler içsem iyi olurdu, Alena'nın karışımları iyi bir seçenek gibi görünüyordu artık gözüme. Alper'in içtiği şeyi daha fazla düşünmezsem tabii...

Çok boş görünüyordu koridordaki duvarlar, sanki önceden onlarca aile fotoğrafı asılıymış gibi çiviler vardı üzerlerinde ama şimdi hiçbiri yoktu. Merdivenlerin önüne geldiğimde dönüp salona bir bakış attım; Milas çoktan içeri geçmişti, Alena elinde meyve suları ve votkayı karıştırarak elde ettiği koyu yeşil renkli içecekle birlikte sırıtarak, müzikle dans ederek Milas'ın yanına yürüyordu. Milas'ın "Hayır," dediğini dudaklarından okudum ama Alena önünde durup dudaklarını büzerek kafasını olumsuz anlamda salladığında Milas pes etti. Gözlerini devirdi, ardından bardağa uzanıp bir yudum aldı.

Arkadan koşarak geçerken Alena'ya çarpan Çisem görüş açıma girdiğinde elinde bir telefon olduğunu gördüm ama ona ait olmadığını biliyordum çünkü onunki beyazdı ve renkli kaplar kullanmayı severdi. Hayır, telefon Alper'e aitti; hemen arkasından koşan Alper'e. Çisem arkasına bile bakmadan dış kapıyı açıp bahçeye koştuğunda Alper tereddütsüz arkasından çıktı.

Birkaç saniye sonra açık kapıdan içeri giren bir topuk sesi geldi. Çikolata kahvesi uzun saçları olan esmer bir kız içeriye adım attığında ilk fark eden köşedeki gruptan Yamaç olmuştu. Onlar sessizleşerek bakışlarını kapıya çevirdiklerinde bu durum Alena'nın da dikkatini çekmişti.

"Parti veriyorsunuz ve beni çağırmıyorsunuz," diyerek içeri girdi kız, gülümseyerek. Nedense hiç samimi bulmamıştım bu ifadesini.

Varis'in köşede Reha'yla konuşurken aradan sıyrıldığını gördüm, gözlerini etrafta gezdiriyordu. Beni mi arıyordu? Merdivenlere döndüğünde göz göze geldik, hiç durmadan yanıma yürüdü. İçeri giren esmer kızın yanından geçerken kız ona öyle bir bakmıştı ki şimdiden daha tanışmadığım birine karşı antipati oluşmuştu içimde.

"Ee, naber çocuklar?" diyerek Alena'nın arkadaşlarının yanına doğru yürüdü kız, o sırada Varis çoktan yanıma gelmişti bile.

Elini elimin içine kaydırırken "Gel biz yukarıya bakalım," diye mırıldandı. Gözlerimi henüz salondan çekememiştim ama yine de adımlarımı yukarı doğru attım.

O kız, Enes'in bahsettiği Eylül denen kız mıydı? Alena anında Enes'in çenesini kapatmıştı ve lafı bir daha açılmamıştı. Varis sanki aşağıda oluşacak kaos ortamını sezmişti de başı ağrımasına diye kaçırıyordu beni yukarıya... Ama benim kafamın içinde daha büyük fırtınalar koptuğundan habersizdi.

Yine de tek bir yaprağın düşüşünü bile duyurmayacaktım ona.

"Bu evi biliyor musun?" diye sordum duvarlardaki boş çerçevelerde göz gezdirirken. Bir an koridorda küçük çocukların koşturduğunu hayal etmiştim. Küçük Alena, küçük Milas, küçük Varis... "Hani çocukluk arkadaşıymışsınız ya Alena'yla."

"Biliyorum," dedi Varis, gözlerini kapılarda gezdirirken. Koridorun sonundaki beyaz kapının koluna uzandığında kapıyı açarken gözleri bana döndü. "Ama sana söyledim, ben Alena'yla arkadaş değildim."

"Milas mı arkadaştı o zaman?"

"Onlar da yakın değildi."

"Ee sizi kim bir araya getirdi ki?"

O sırada kapı açılmıştı. İçerideki büyük beyaz dolabı, köşedeki kırılmış boy aynasını, hemen dibindeki birkaç oyuncağı, iki pencere kenarına yerleştirilmiş farklı köşelerdeki iki yatağı gördüm. Kenarlarındaki komodinlerin üzerinde birbirinin aynısı gece lambaları vardı. Duvarın bir kısmı boya, diğer köşesi duvar kâğıdıydı ve duvar kâğıdının üzerinde kocaman, kahverengi bir leke vardı. Sanki biri sulu bir şeyi duvara fırlatmış ve zamanında temizlenmemiş gibi.

"Ne kadar dikkatli inceliyorsun odayı," diye mırıldandı Varis, yataklardan birine oturup bir elini geriye yasladıktan sonra.

"Çok ıssız burası." Diğer eli hâlâ elimdeydi, beni kendine doğru çekiyordu yine. Gülerek "Neden iki tane yatak var?" diye sordum. Kolum boynuna dolanırken kucağına oturmuştum, bir elini belime kaydırdı.

"Bilmem," dedi kıvrılan dudaklarıyla. "Belki Alena canı sıkıldıkça yatak değiştiriyordur."

"Dalga geçme." Gerçi o nereden bilecekti? "Saat kaç?" Kolunu tutup kaldırdım, kafamı eğerken saatine bakıyordum. Cebimde telefon olduğunu bilsem de bunu yapmak hoşuma gidiyordu nedense.

Gece yarısına dakikalar kalmıştı. Birazdan Varis'in yedi yaşından beri hiç kutlamadığı doğum gününe girecektik. Aslında aşağıda Milas'a Alena'ya ne aldığını sormamın sebebi Varis'e hediye almak istememdi ama bir şey düşünememiştim.

Her şeyi olan birine ne alırdınız?

"Gitmek mi istiyorsun?" diye sordu hafifçe çatılan kaşlarıyla. Doğum günü olduğunu bildiğim ihtimali aklına gelmemişti bile.

"Belki, bir saate. Sabah okul var." Kış aylarında erken kalkmaktan nefret ediyordum ama daha da nefret ettiğim bir şey vardı ki o da uykumu alamadan kalkmak zorunda olmaktı.

"Tamam," dedi Varis dudaklarını ıslatarak, tok bir sesle. "Gideriz o zaman."

Kafamı salladım. Hâlâ aşağıda duyduklarımı ve verdiğim rahat nefesi düşünüyordum o an, elim istemsizce havalanmış saçlarının tutamlarında geziniyordu. Böyle bir adam annesini kaybettiği gün olduğu için doğum gününü kutlamıyordu; böyle bir adam, bir yılda geriye kalan diğer tüm günlerde mutlu olmayı hak ediyordu.

Kucağımda duran elimi kaldırıp parmaklarımı boynundan yukarı doğru sürüyerek kaldırdığımda Varis başını kaldırıp yüzüme baktı, o an beklemeden dudaklarımı dudaklarına bastırdım çenesinin altında gezinen elimi yanağına yaslayarak. Dudaklarında içtiği viskinin tadı vardı, muhtemelen Alena'nın hazırladığı renkli içeceklerden de içmişti.

"Ada," diye fısıldadı ben sırtımı yatağa düşürürken ama kolumu boynuna dolamış kafasını kendime çekiyordum yalnızca. Başım yatağa değdiğinde bir dizini bacaklarımın arasından yatağa yaslamıştı, bir an onun öpücükleri çeneme kaydı. Yine dudaklarını kulağımın altına bastırınca huylandım, ardından boynuma indi, ardından bir elinin siyah tişörtümü karnıma kadar sıyırdığını hissettim.

Bir anda sıcak dudaklarını karnıma bastırdığında gıdıklanarak güldüm. O kadar huylanmıştım ki karnımı içime çekmiştim ama bu ona engel olmamıştı.

"Ne kadar huylanıyorsun," diye mırıldandı gülümseyişini hissettiğim sırada, karnımdan yukarı ilerleyen öpücüklerini tenime dizerken. Ardından uzanıp yüz yüze geldi benimle. Üzerimdeki tişört boğazlıydı ama istese belki çıkarabilirdim. "Yapma bak," dedim, kolumu karnıma sarmıştım. "Zaten midem iyi değil."

"O niye?"

"Alper'in içtiği..."

"Of, tamam, bahsetme şundan ya..." Anında suratı buruşmuştu kokuyu hatırlamışçasına.

O sırada çeneme batan bir şeyi fark ettim. Kaşlarım çatılırken kafamı hafifçe kaldırarak üzerime bakmaya çalıştığımda kafalarımız çarpışmasın diye geriye çekildi Varis, bir elimi yatağa yaslayarak doğruldum ve boynumda parlayan kolyeye çevirdim bakışlarımı. Ben kolye takmamıştım ki?

Elime aldığım kolye ucu ufak, dikdörgen, altındı. Parmağımı gövdesine sürttüğümde bir şeyler yazdığını fark ettim ama zinciri kısa olduğundan göremiyordum. O an şaşkınlıkla başımı kaldırıp Varis'in gözlerine baktım. "Sen mi taktın bunu boynuma?"

Varis, kolyenin ucunu tutan elimi avucunun içine aldıktan sonra yüzüme doğru eğilerek "Sakın çıkarma," diye fısıldadı. "Hiçbir zaman çıkarma. Ne için olursa olsun çıkarma. Söz mü?"

Bana hediye mi almıştı? Asıl benim ona almış olmam gereken dakikalarda. Göğsüme dolan sıcak hisle birlikte nefes almak için araladığım dudaklarım ona iyi ki doğdun demek için can çekişiyordu. İyi ki varsın, demek için. İyi ki balataları sıyırmışsın, Varis.

Kafamı salladım o an birkaç kere hızlıca, dudaklarımı ıslatırken ama bir anda nefesim onun nefesiyle kesildiğinde alt dudağım yine onun esiri olmuştu. Bir elini yanağımla boynum arasında bir yere sabitleyip dilini ağzımın içine kaydırdığında bir an eriyeceğim sanmıştım. Karnımı sıyırmış tişörtümün içine soktuğu eli çıplak belime sarıldığında beni kendine çekiyordu.

Kucağına çıktığım gibi telefonu çalmaya başladığında geri çekilip dudaklarının üzerine doğru güldüm. Varis seslice nefes vererek gözlerini devirirken elini cebine atmıştı. "Şunu evde bırakacağım bundan sonra."

"Kim arıyor?"

Ekranda Zafer Özçağan yazıyordu. Bu ismi hemen hatırladım; basın toplantısının olduğu gün yanımızda olan adamdı. O gazetecinin sorun çıkardığı gün.

"Gecenin bir yarısı da aramazsın be kardeşim," diye homurdandı Varis, ben kucağından kalkarken o da ayağa kalkmıştı.

"Efendim Zafer Bey?"

Yutkunarak yüzünü izledim bir müddet, o gazeteci hakkında mı konuşuyorlardı yoksa şirkete girmeye çalışan Sahra'yla mı ilgiliydi? Güvenlik, o gazetecinin peşime takılıp benimle konuşmaya çalıştığını benden önce Varis'e söyler miydi? O an içime çöken ağırlık yüzünden, aralık duran pencerenin yaptığı cereyanla odanın kapısı bir klik sesiyle açıldı. Ev eski olduğundan kapıların tadilata ihtiyacı vardı.

İstemsizce kapıya doğru yürüdüm, önce kapatmayı düşünmüştüm ama daha sonra Varis'in konuşmasının derinleştiğini fark edince dolanmak için koridora çıktım. Aşağıdan gelen müzik ve video oyunu sesi birbirine karışmıştı.

Merdivenlerin yanından geçerken tişörtümü düzeltiyordum ki başka bir ses duydum. Adımlarımı durdurdum, elim merdivenin tırabzanına gitti.

"Eylül, senin derdin ne? Öylece içeri dalıp bizimle kalabileceğini mi zannediyorsun? Ben seni buraya çağırdığımı hatırlamıyorum," dedi Alena.

"Merak etme sorun çıkarmaya gelmedim." Ardından bir gülüş duydum, dalga geçercesine, histerikçe. "Gerçi hâlâ anlamış değilim neden doğum günün geçtiği hâlde doğum günü partisi verdiğini. Neyin peşindesin?"

***

21 Aralık 2017 (Bir Yıl Önce)

Genç kız adımlarını okul binasının basamaklarına yönlendirdiğinde yanından koşarak geçen iki oğlan yağmur suyunu ayaklarına sıçrattı. Kış ayında neden spor ayakkabı giydiğini bilmiyordu, bunun yerine bot ya da çizme geçirmiş olmalıydı ayağına ama bugün fazlasıyla dalgındı. Kahvaltısını yarım yamalak etmişti, ödevi olduğunu bildiği kitabı evde unutmuştu, serviste uyuyakalıp kafasını cama çarpmıştı ve telefonunu iki kere yere düşürmüştü. En kötüsü de kulaklıklarını evde unutmuştu. En kötüsü buydu çünkü, şimdi yeni arkadaşı gelene dek sınıftakilerin onunla uğraşmalarını dinlemek zorunda kalacaktı. Duyduğu şeyleri görmezden gelebilecek kadar güçlü değildi duygusal olarak, her ne kadar dışarıdan umursamaz görünse de.

Kafeteryaya girdiğinde karton bardakta sıcak çikolata aldı ve arkadaki masalardan birine geçip oturdu. Kapağını açtığı bardağın üzerinden çıkan dumana takıldı yeşil gözleri, ardından kurumuş dudaklarını ıslatıp ellerini dünden dalgası kalmış saçlarından geçirdi. Şimdi burası sessizdi ama birkaç dakika sonra zil sesi duyulacaktı ve sınıfa çıkmak zorunda kalacaktı, işte o zaman asıl gürültü başlayacaktı.

Kurtuluş umuduyla geldiği okul bir bataklıktı, çamuru bulaşmıştı üzerine. Belki babasından duyduklarının etkisini bastıracak şeylerle uğraşıyordu her gün ama yine de tüm bunlar omzuna yüktü.

Kafeteryadan içeri giren koyu kahve saçlı, mavi gözleri ve çilleri olan uzun boylu kızı fark ettiğinde dudaklarına bir gülümseme kondu. İşte, gelmişti arkadaşı. Bazı sabahlar nerede olduğunu sormak için arıyor, bazense direkt kafeteryada buluyordu onu çünkü her sabah sıcak bir şeyler içmeden kendilerine gelemiyorlardı.

"Hadi gidelim," dedi kahvesini aldıktan sonra çantasıyla birlikte karşısında dikilen arkadaşı.

"Gidelim," diye tekrar etti genç kız, sıcak çikolatasını da alıp masadan kalkarken. Kafeteryadan çıkar çıkmaz ilk dersin matematik olduğu akıllarına gelmiş gibi hayıflanmaya başlamışlardı.

"Birincilerin nasıl bir kafası var merak ediyorum," diye mırıldandı genç kız, dolaplara ilerlerken.

"Güzel bir kafası var."

Duyduğu sesle gözlerini kısarak kuşkuyla baktı arkadaşına. "Son sınavların listelerine baktın mı?"

Kafasını salladı arkadaşı, dolabını açarken. Dolapları yan yanaydı. Genç kız kendi dolabını açıp çantasındaki fazla kitapları dolabına yerleştirirken içeride devrilen kalemliğini topluyordu bir yandan da.

"Baktım, bakmaz olur muyum? Yine şu senin suratsızın tepede."

"Nereden benim suratsızım oluyormuş? O herkese suratsız," diye homurdandı genç kız, gözlerinin önüne gelen surat ifadesiyle. Nefret ediyordu o çocuktan, her ne kadar hiç konuşma şansı bulmasa da. Çünkü ne zaman etrafta olsa gözlerini dikip ona bakıyordu ve öyle korkunç hissettiriyordu ki bakışları, deprem oluyormuş gibi masanın altına girip eğilerek başını emniyete almak istiyordu genç kız. Sırf o çocuk, sanki genç kız ona çok kötü bir şey yapmış gibi bakıyor diye bütün okul uğraşıyordu şimdi onunla.

"O da suratsız, yanındakiler ayrı bir suratsız..."

Arkadaşının söylenmelerine gülerken kalemliğini dolabına geri yerleştiriyordu ki, dolabının üzerindeki kitabı fark etti. Dolabın kapağını kapattıktan sonra yukarıya uzanarak kitabı aldı, ardından dikkatlice çevirip kapağına baktı. Kitap o kadar eskiydi ki.

"O ne?" diye sordu arkadaşı merakla, uzun saçlarını bileğindeki lastikle toplarken.

"Bilmem. Kitap."

Bilmediği şey, nereden geldiğiydi aslında. Sayfaları sararmıştı, içini karıştırırken fark etmişti ki altları yamukça çizilen cümleler vardı, üstelik kitap ıslanmış da kurumuş gibi buruş buruştu.

Kapakta *Küçük Prens* yazıyordu.

"Ay, aman, bu aralar da herkes bu kitabın hastası. Eskiden kimse yüzüne bakmıyordu," diye homurdandı arkadaşı.

Ardından çalan zil sesiyle ikisinin de dikkati dağılmıştı.

"Gel Ada, sınıfa gidelim."

***

21 Aralık 2006

Küçük kız elbisesinin eteklerinden tutarak koridorda koşturdu. Yüzünü yıkayıp pijamalarını giymesi gerektiğini biliyordu, hatta kendi evinde olsaydı şimdiye kadar hazırlanmadığı ve yatakta olmadığı için annesinden azar işitebilirdi ama burası onun evi değildi. Burası başka bir yerdi. Büyülü bir yer. Büyülü bir kale. Bir prensin yaşadığı koca bir kale.

"Küçük hanım, küçük hanım!" diye seslendiğini duydu genç bir kadının mutfaktan, kadın hafifçe eğilmiş ve sesini yalnızca küçük kıza duyurmak istercesine fısıltıyla konuşmuştu. "Lütfen koşmayın. Hanımefendi ve beyefendi salonda, sizi duyabilirler."

O sırada salonun kapısından gelen tok sesli adımlar yankılandı koridorda. Mutfak kapısında üzerinde önlüğüyle dikilen kadın şokla doğrularak kunduraların sahibine çevirdi bakışlarını.

Küçük kız şaşkınlıkla, biraz da korkuyla bakıyordu bu uzun, siyahlar içindeki adama. Hâlâ ciddi kıyafetleri içindeydi. Gür siyah saçları taranmıştı, kalın kaşlarının altındaki koyu renk gözleri etrafta dolaştığında kısa süre içerisinde küçük kızı buldu. Bu o'ydu. Varis'in babası.

"Küçük misafirimizi rahatsız etmeyin, bırakın istediği gibi davransın. Bugün onun doğum günü," dedi korkunç adam, gözlerini küçük kızın üzerinden ayırmadan.

"Peki efendim."

Korkunç adam merdivenlere yöneldi ve basamakları birer birer çıkmaya başladı, bir eli kravatındaydı ve çıkarken gevşetiyordu düğümünü. Ardından daha derin, daha kulağa kazınan bir topuk sesi geldiğinde salondan çıkan kırmızı etekli, siyah gömlekli, gür siyah saçlara sahip uzun kadına çevrildi küçük kızın bakışları; kadın kaskatı ifadesiyle birlikte merdivenleri çıkmaya başladığında küçük kızın kalbi deli gibi atıyordu. Süheyla annesi neredeydi? Bu kadın kimdi? Süheyla annesini istiyordu. En güzel sıcak çikolatayı o yapıyordu.

"Küçük hanım," diye sordu hizmetçi kadın, gülümseyerek. "Sıcak çikolata sevdiğinizi duydum. Bir çırpıda yapayım mı size hemencecik?"

Küçük kız kollarını göğsünde birleştirerek "Hıh," dedi aksi bir ifadeyle. "Sen yapma. Süheyla anne yapsın. Süheyla anne nerede?"

"O gitti kuzum," dedi kadın. "Hafta sonları uğruyor sadece."

"Ama Varis'in annesi o."

"Biliyorum kuzum, biliyorum…"

Koşarak koridoru döndü küçük kız, öfkelenmişti. Bu ev artık eskisi gibi gelmesi heyecanlı bir ev değildi. Salonda saklambaç oynayamamıştı, mutfakta yabancı bir kadın vardı; üstelik koşmasına da izin vermiyordu.

Küçük adımları neresi olduğunu bildiği kapıdan içeri girmeden önce durduğunda, önce kapıyı tıklattı. Ardından kolu indirip içeriye uzattı kafasını. İçerisi tıpkı Varis'in gözü gibi gri döşenmişti, duvarlarda sarı renkli loş lambalar ve yatağının kenarında turuncu bir çadır vardı sadece renk olarak. Varis koltuğun üzerinde pijamalarıyla bağdaş kurmuş, kitap okuyordu.

"Öf ya," dedi küçük kız içeri girerken. Hiçbir şey söylemeden hiddetli adımlarını Varis'in yatağına doğru attı, ardından tırmanıp oturduktan sonra kollarını göğsünde birleştirdi.

Göz ucuyla bakmıştı oğlana, hiçbir şekilde keyfini bozmamış kitabını okuyordu oğlan hâlâ.

"Öf ya," diye tekrar etti kız. Bir yandan da kaşlarını çatmış, dudaklarını büzmüş, omuzlarını silkmişti.

"Sen misafir odasında uyuyacaksın. Çık benim odamdan," dedi oğlan, gözlerini kitabından ayırmadan.

"Sen sadece beş yaşındasın. Bırak o kitabı Varis."

"Altı olacağım bu gece."

"Bu beni hiç ilgilendirmez. Önce ben altı oldum. Ben senden büyüğüm."

"Yalnızca bir gün."

"Dediğimi yap."

Kitabını kapattı oğlan, ardından kitabı koltukta bırakıp aşağı indi ve küçük kızın karşısında dikildi. Kolunu kaldırdı, işaret parmağıyla kapıyı gösteriyordu. "Doğum günü hediyesi olarak bizde kalmayı istediğine inanamıyorum. Çık odamdan."

Küçük kız aksi ifadesini düşürüp yataktan aşağı indi ve oğlanın karşısına dikildi. "Burada kalsam olmaz mı? Koltukta uyurum ben."

"Olmaz."

"Varis," diye mırıldandı küçük kız, üzgün bir ifadeyle. "Süheyla anne nerede?"

"O benim annem, senin değil."

"Bana da izin verdi! Anne dememe izin verdi ona!"

"Sen sus diye izin vermiştir."

Küçük kızın gözleri dolmuştu. Alt dudağını ısırarak çattığı kaşlarının ardından baktığı oğlanın soluk gri gözlerine. "Süheyla anne nerede Varis?"

Varis gözlerini kaçırdı. "Gitti o."

"Ama nereye?" Küçük kız dudaklarını büzdü. O... O senin annen değil mi Varis? Niye gitti ki? Anneler gider mi?"

"Temelli gitmedi, bazen geliyor," dedi oğlan. "Aslında bugün de gelecekti ama senin kalacağını duyunca gelmemiştir."

Küçük kız gözlerini kırpıştırdı acıyla birkaç kez. Kocaman yeşil gözlerinden koca koca damlalar süzülmüştü yanaklarından aşağı. "Yalan söylüyorsun."

"Ben onun oğluyum. Bana her şeyi söylüyor."

"Ben de onun kızıyım."

"Hayır. Senin annenin adı Filiz."

"Benim iki tane annem var!"

"Kimsenin iki tane annesi olmaz!"

"Bana ne! Benim iki tane var!" Yumruklarını iki yanında sıktı. "İki tane var işte!"

Küçük oğlan, bir anda kapının dışından gelen topuklu ayakkabı sesiyle dehşet dolu bir ifade yerleştirdi yüzüne. Nefesleri sıklaşmıştı. Önce kapıya baktı; kapalıydı, ardından küçük kıza çevirdi gözlerini; saklamalıydı.

Elini tuttu küçük kızın hızlıca, "Çabuk," dedi onu çekerken. "Koltuğun altına gir."

"Ama neden?"

"Çabuk, saklan."

"Saklambaç mı oynuyoruz Varis?"

"Evet, oynuyoruz. Ben seni çağırana kadar çıkma."

"Ama nereye saklandığımı biliyor olacaksın. Ebe kim ki?"

"Ebe, kırmızılar içindeki kadın."

"Sen nereye saklanacaksın?" diye sordu küçük kız, koltuğun altına girdikten sonra kafasını çıkartıp oğlana bakarken. Ardından oğlanın onu geri itmesiyle tamamen girmişti koltuğun altına.

Yanağını yere yasladı. Ablasının yüzüne sürdüğü parıltılı şeyler gözüne batmış gibi kaşınıyordu ama yakalanmamak için kendini tutacaktı.

Siyah, sivri topuklu ayakkabılar giyen kadının kapıyı açtığını gördü. Varis odanın ortasında dikiliyordu. *Eyvah, Varis saklanmaya zaman bulamadı*, dedi içinden o an küçük kız. Ebe kırmızı kadınsa Varis birazdan sobelenecekti.

"Varis," dediğini duydu kadının, kapıyı kapatıp kilitlerken. "Kız arkadaşın nerede? Uyudu mu?" Kapıyı neden kilitliyordu?

"Onunla uğraşma," dedi Varis, sert bir sesle. Küçük oğlan, ne kadar sert olabilirse.

Kadın kahkaha atarak Varis'in önüne geldiğinde dizlerinin üzerinde çökmüştü. "Peki bunun için bana ne vereceksin?"

"Ne istiyorsan," dedi küçük oğlan.

"Ne istiyorsam mı?" diye sordu kadın. "Sessiz olacak mısın peki? Uslu olacak mısın Varis?"

Küçük kız koltuğun altında, hiçbir şey anlamamıştı. Kafasını hafifçe ileriye uzatarak görmeye çalıştığında kadının ellerinin Varis'in üzerinde olduğunu fark etti.

Kaşları çatıldı aniden. Ardından sürünerek dışarı çıkmaya çalıştı koltuğun altından.

"Ha!" Kadının şaşkın nidası, küçük kızın koltuğun altından çıktığını gördüğünde odada yankılandı.

Küçük kız ellerinin üzerinde doğrularak ayağa kalktıktan sonra önce ellerini, sonra da elbisesinin eteklerini silkeledi. Ardından kafasını kaldırıp ellerini beline koydu ve kadına baktı. "Pardon siz kimsiniz acaba? Süheyla anne nerede?"

"Neden çıktın oradan!" diye bağırdı küçük oğlan o an, kıza karşı.

Kadın hiçbir şey söylemeden, döndüğü gibi, arkasına dahi bakmadan kilitlediği kapıyı açtıktan sonra çıktı odadan. Küçük kız bakışlarını oğlana çevirmişti o an. "Niye bağırıyorsun bana? Yalan söylüyorsun yine! İnanmıyorum artık sana! Hem öyle saklambaç mı olur? Ebe çağırınca çıkmaz kimse!" "Git uyu," dedi oğlan, arkasına dönüp yatağına yürürken.

Küçük kız koşar adımlarla koltuğa ulaştı, ardından oğlanın az önce okuduğu kitabı alıp havaya kaldırdı. "Bir şartım var. Bu kitabı bana hediye edeceksin."

"Olmaz."

"Ama bugün benim doğum günüm."

"Değil," dedi oğlan, saati göstererek. Saat gece yarısını geçmişti.

"Ama..." Küçük kızın omuzları düşmüştü.

"Git uyu," diye tekrar etti oğlan, yorganını açıp içine girerken.

"Bir dahaki doğum günümde alacağım kitabını senden."

"Çıkarken kapıyı da kapa."

Küçük kız kitabı aldığı yere geri bıraktı, ardından üzgün adımlarını kapıya yöneltti. O ne kadar çok yakın olmak istese de oğlan onu hiç sevmiyordu. "İyi ki doğdun Varis," dedi küçük kız, kapıyı kapatıp çıkmadan önce. Bir umut, kitabı göğsüne bastırıp çıkabilmeyi istemişti o gece o odadan. Varis'le uyumak istemişti ama kitabı olsa da olurdu. Kitabı da olmamıştı.

Zaten kitaplarını bana tercih ediyor hep, diye düşünmeden edemedi. *Odasından da kovdu zaten!* Bir gün Varis, küçük kızı kitaplarına tercih edecek miydi?

BEŞİNCİ BÖLÜM

"Ateş yoluna ışık belki ama dokunsan yanarsın.
Uzansan sen şimdi yarama, sol yanıma;
kan akıtır, tuz basar, yakarsın."

İnsanlardan çok korkarım, özellikle de henüz yeni tanıştıklarımdan. Ben mi kandırılmaya müsaitim yoksa onlar mı fazla iyi oynuyorlar bilmiyorum... Belki de hepsi kafamın içindedir. Bazen bunu düşünüyorum. Kafanda mı kuruyorsun Ada? Ya hepsi senin hayal gücünün, anksiyetenin ürünüyse? Sanki her an, herkesten bir darbe yemek için bekliyorum bir köşede sıramı. Kimse sebepsiz bir şey yapmaz, o zaman Kumsal'ın bana yaptıkları neydi? Kimse sebepsiz yere tanımadığı bir kıza sanki hayatını sikmiş gibi bakmaz, neden Varis öyle bakıyordu öyleyse bunca zaman? Kimse boş yere takıma yeni katılan bir kızın arkadaşı olmak sonra da içkisine uyuşturucu karıştırmak için ikiyüzlülük yapmaz, o zaman Alin'in yaptığı neydi? Derdi neydi?

Alena neden doğum günü olmadığı hâlde, koca bir evde kapıdaki heykelciklerden tut tavandan sarkan maketlere kadar özenerek bir doğum günü partisi veriyordu ve neden sevgilisi dahil kimse, hiçbir arkadaşı; sonradan çıkıp gelen esmer kız hariç, bunu bozmamıştı?

"Eylül, senin derdin ne? Öylece içeri dalıp bizimle kalabileceğini mi zannediyorsun? Ben seni buraya çağırdığımı hatırlamıyorum," dedi Alena.

"Merak etme sorun çıkarmaya gelmedim." Ardından bir gülüş duydum, dalga geçercesine, histerikçe. "Gerçi hâlâ anlamış değilim neden doğum günün geçtiği hâlde doğum günü partisi verdiğini. Neyin peşindesin?"

"Kapa çeneni," dedi Alena onun da sesini kısmasını istercesine fısıldayarak. "Davet edilmediğin bir partiye gelecek kadar yüzsüz müsün sen?"

Kollarını göğsünde birleştirdi Eylül. "Neden en yakın arkadaşımın sahte doğum günü partisine çağırılmadığımı merak ettim, İnci'yi aradım, konum attı ben de geldim! Ne var bunda? Asıl senin derdin ne? Evden de kaçmışsın, o serseriyle kalıyormuşsun... Kızım sen iyi misin? Annenle babana ters düşmek ne demek? Git barış aranız açılmadan iyice..."

"Eylül, yalnız başına kalınca tırlattın mı sen iyice acaba?" Alena'nın yüzündeki kaskatı, öfkeli ifadenin yoğunluğu havada hissediliyordu. "Biz seninle arkadaş değiliz. Bitti. Konuştuk biz bunu. Evden kaçtığım falan da yok! Kendi kararlarımı kendim verebilecek yaştayım, bir de geçmiş karşına hesap veriyorum sana ya inanamıyorum şu an! Bakıyorum yine giyinmiş kuşanmışsın zaten önyargıyı, bravo çok yakışmış üstüne... Sanki ailem yokken bir hiç olacakmışım gibi konuşmayı da kes, tabii sen onlar için, onların sağladığı o ihtişam ve ayrıcalıklar için bunca zamandır benim yanımdaysan o zaman bilemem... Ama öyleyse de zaten burada olmanın bir anlamı yok çünkü ben ailemle bağımı kopardım." Güldü. "Bu arada, o serseri dediğin çocuğun canını sıkmamaya bak, çünkü biraz agresif bu aralar. Malum geçen hafta kuzeni vuruldu, yarın da kız kardeşinin ölüm yıldönümü. Sinirlenince hayal gücü genişleyebiliyor biraz. Bir bakmışsın piyango sana vurmuş Eylül..." Kaşlarını kaldırarak gülümsedi. "Eğer doğum günüm hakkında ağzını açarsan ne olacağını anlamışsındır umarım. Şimdi ya siktir git benim sinirimi bozma ya da otur uslu uslu pastanı ye sonra herkesle kalk."

Eylül'ün suratındaki şok ifadesi öyle korkunçtu ki bir an Alena tüm bu lafları bana söylemiş gibi yutkunamadım. Eylül bakışlarını kaçırıp kafasını salladı, ardından dönüp salona ilerledi. Alena ise gözlerini önce etrafta gezdirmiş, daha sonra peşinden ilerlemişti.

Sırtımı duvara yasladım ve nefes alış verişlerimi düzenlemeye çalıştım. Yarın, yani 22 Aralık, aynı zamanda Milas'ın kız kardeşinin ölüm yıldönümü müydü? Varis'in annesini kaybettiği gün... Yıl farkı olabilir miydi? Ya da... Zincirleme kaza? Böyle bir şey olmuş olmalıydı.

Varis'in odanın kapısını aralayıp bakışları telefon ekranındayken koridora çıktığını gördüğümde doğrulup yüz ifademi kontrol altına aldım. Ona hiçbir şey belli edemezdim. Ne diyecektim? "Bugün aslında Alena'nın doğum günü değilmiş, bize neden yalan söyledi ki? Bu arada yarın yani 22 Aralık senin doğum günün, aynı zamanda annenin ve kuzeninin de ölüm yıldönümü olduğunu biliyorum mu?" Hayır. Bunları öğrenmemiş olmam gerekiyordu. Hiçbiri benimle ilgili değildi ve eğer ağzımı açarsam Varis'i üzmekten başka bir işe yaramazdı bu. Zaten başında hiç sevmediği bir üvey anne belası vardı ve üstelik babası hâlâ yurtdışından dönmediği için her şey ona kalmıştı. Gazeteci Gürkan Günsur'u da unutmamak gerekiyordu tabii, ondan bahsedecektim ona. Eğer ben söylemeden kulağına giderse bir şekilde, böyle saçma bir konudan tartışmak istemiyordum.

"Ada?" diye sordu Varis, karanlıkta yüzümü seçerken. Telefonunu cebine attığında ayaklarım benden izinsiz ona doğru adımlamıştı. Kollarımı beline dolarken başımı göğsüne yasladım ve gözlerimi kapattım. "Ne oldu?" diye sordu bu kez, başını eğip saçlarımın arasına bir öpücük kondurmuştu. "Gitmek mi istiyorsun?"

"Yoo, hayır," dedim sakin bir sesle. "Sadece... Burası biraz korkunç. Yani her ne kadar aşağıda parti olsa bile bu kat çok ıssız ve duvarlar üzerime üzerime geliyor sanki, anlamadım." Bir de içimden taşanlar var... Ama onları sana anlatamam. Anlatmamak zorundayım.

Eğer sen ortalığı karıştırmazsan kimse zarar görmez, demişti Kumsal bana. Bunu almak istiyor musun ondan? Gözünün içindeki ışıltı yok olsun istiyor musun?

İstemiyorum! diye bağırabilseydim, bunu konuşabilseydim biriyle keşke. İstemiyorum! Şu birkaç haftada göğsüme ektiği tohumlar, benim yıllardır yetiştirdiğim bitkilerden çok daha taze oksijen sağlıyor ciğerlerime; nefes oluyor bana, çok daha mutlu ediyor beni... Benim gözümün içindeki ışıltının sebebi oiken, ben neden onunkini çalan hırsız olmak isteyeyim? Ama anlamıyorum. Bir şeyler oluyor ve sanki benim dışımda herkes işin içinde! Bir tek ben bilmiyorum!

Elini yanağıma yasladığında başımı kaldıırp yüzüne baktım, kaşları hafif çatılmıştı. "Duvarlar üzerine üzerine mi geliyor? Açar mısın bunu biraz?"

Çenemi göğsüne yaslarken gözlerimi kıstım düşünürcesine. "Karanlık ya, herhalde ondan... Duvar kâğıtları falan eskimiş. Alena'nın ailesi de o kadar zengin, niye burayı bir elden geçirmemişler ki anlamadım? Ev onların ev ama hayalet ev gibi resmen... Tabii bu benim abartmam da olabilir, aşırı korku filmi izliyorum ve en sevdiklerim böyle kale gibi evlerde geçenler... Sizin ev de kale gibi, bunu söylemiş miydim? Biraz eski olsaydı içi, bakımsız, böyle tozlu... Tam hayaletlik olurdu valla. Bak bunu bir düşün, kiralık verebilirsiniz film setlerine, Türkiye'de korku filmi sektörü gelişir! Cinli çekeceklerse verme ama onlar çok kötü filmler gerçekten dayanılmaz..."

Varis lafımı dudaklarıma küçücük bir öpücük bırakarak kestiğinde o gülüyor, ben kaşlarımı çatmış memnuniyetsiz bakışlarımı takınmış yüzüne bakıyordum. "Nefes al güzellik."

Seslice nefes alıp verdim. "Ben acıktım galiba, o yüzden saçmaladım... Aşağı inelim mi? Alena'nın arkadaşı geldi hem, biz kaçtık yukarıya... Ayıp yani."

"Tamam, inelim," dedi eli elimi kavrarken gülerek. Bir kez daha inandırmıştım onu. Kendimi nasıl inandıracaktım? Bir şeyler yanlıştı ve bu his gittikçe büyüyecekti.

Varis önden, ben arkasından merdivenlerden inmeye başladığımızda "Zafer Bey neden aramış? Üvey annenle mi ilgili?" diye sordum meraklı bir sesle.

Varis kafasını salladı. "Yarın konuşalım mı bu meseleyi? Merak ettiğin ne varsa anlatırım ama şimdi bu ortamda olmaz," dedi yumuşacık bir sesle.

Şaşkınca kaşlarım kalktı. "Anlatacak mısın? Her şeyi?"

"Neden anlatmayayım?" Ben merdivenin son basamağından inerken tuttuğu elimden beni kendine çekmiş, elini elimden çekmeden kollarımızı başımdan geçirip sağ omzuma koymuştu. Böylece, başım tam dudaklarının hizasındaydı ve bana kendinden başka gidecek yer bırakmamıştı. Dudaklarını şakağıma bastırdıktan sonra "Bak kim gelmiş?" dedi nefesini çekmeden. Meraklı bakışlarım evin içinde dolaşırken köşede Milas'la konuşan Gökay'ı gördüm.

"Gökay mı?" Şaşkınlıkla Varis'e bakmak için kaldırdım başımı. "Alper ne olacak? Ya kavga ederlerse?"

"Alena'nın partisinde kavga etmek mi? İşte o biraz yürek ister," dedi Varis gülerek. "Merak etme. Bir şey yapmazlar. Şimdiye kadar konusu açılmadığı sürece birbirlerini görmezden geldiler hep. Burada da aynısı olur."

Seslice nefes verdim. "Çisem, Alper'den hoşlanıyor. Gökay, Çisem'in kuzeni. Ayrıca Gökay, Alper'in kız kardeşinin sevgilisiydi. Irmak hayatta olsaydı keşke. O zaman Toprak da hapiste olmazdı şimdi..."

"Keşke'lerle yaşanmıyor Ada, keşke deme bir daha," dedi Varis çenesini kafamın üzerine yaslarken. Kolu omzumdan aşağı sarkıyordu ve eli hâlâ elimdeydi. "Ne yaşandıysa yaşandı, hiçbir şeyi geri alamayız. Bazen geçmişe dönmek için bir yol bulsak bile bir şeylere engel olamayız."

"Ve bazen kimse suçlu değildir," diye mırıldandım onay almak istercesine başımı kaldırıp yüzüne bakarken. Çenesini başımdan çekmişti. "Değil mi?"

"Değildir," dedi bir kez daha saçlarımın arasını öperken.

Çisem, Milas'la Gökay'ın sohbetinin arasına girerek Gökay'ın omzuna kolunu yasladığında yanlarına gidebileceğimi hissettim. Adımlarımı o tarafa yönelttiğimde Varis kolunu omzumdan çekmişti ama elimi elinden çekmemişti. "N'aber Gökay?" diye sordum sırıtarak. "Kızın doğum günü bitti sen gelene kadar..." Sahte doğum günü...

"Gelirsem dayak yer miyim bilemediğimden yolda birkaç kez karar değiştirdim," dedi Gökay gülerek bakışlarını Milas'a çevirirken.

Milas "Madem düşünme yetisine sahipsin, doğru kararı da verebilseydin keşke," dedi omzunu duvara yaslarken.

"Sen niye bir şey içmiyorsun?" Alena elindeki iki kadehle geldiğinde, birini Gökay'a uzatmıştı. Gökay teşekkür ederek alkollü içeceği aldı.

"Sağ ol, sevgiline kalsa köşeye oturup çiçek olmam gerekiyor ama..." Aslında Gökay eğleniyora benziyordu ama ben aralarındaki meseleyi anlamamıştım. Sanki bu evdeki herkesin herkesle halledemediği bir mesele vardı...

"Sizin aranızda ne oldu ki?" diye sordum istemsizce. Sormamalı mıydım bilmiyordum ama bu muhabbet uzayacak gibi duruyordu ve merak sinsi bir duyguydu, dilini esir alıyordu.

Alena otuz iki diş sırıttı ve gözlerini benden ayırmadan Milas'ın tişörtünün üzerinden meme ucunu çimdikledi. Milas derin bir "Ahh," çekerek pozisyonunu bozarken neredeyse arkaya düşecekti. "Yanlış kişiye çimdik atıyorsun bak ben bu cümledeki 'sevgili' öznesiyim... Piç olanın ismi G ile başlıyor..."

"Yok yok, ben doğru attım çimdiği," dedi Alena. "Aklıma bir şey geldi de," dedi sırıtarak bana dönerken. "Erkekler ve oyunları Adacığım... Alışacaksın..."

"Neye alışacak pardon?" Varis kaşlarını çatarak araya girdi.

"Sen karışma senin sıran da gelecek," dedi Alena işaret parmağını Varis'e doğrultarak. "Kardeşime yumruk attığını unutmadım. Evime aldım, yemek yaptım diye yumuşamadım ayağını denk al..."

"Yalnız o yemeği ben yaptım," dedi Varis havalı bir tonda. Gülmemek için dudaklarımı ağzımın içine yuvarlamıştım.

Alena o sırada, hâlâ göğsündeki çimdiğin acısını çeken Milas'ın koluna girmiş ve en güzel gülüşüyle gözleri kırpıştırarak sevgilisinin yüzüne bakıyordu. "Milascığım ben kuzeninin sana Habeş maymunu dediğini söylemiş miydim?"

"Söylemiştin," dedi Varis sırıtarak. "Mesaj atmıştın hatta. Yanındaydım ben senin hatırlarsan..."

"Hadi ya," dedi Alena, suratındaki sahte gülüş silinirken Milas'ın da kolundan çıkmıştı. Milas "Çocuk gibi kavga ediyorsunuz," dedi bir elini göğsüne koyarak. Alena'da da nasıl bir güç varsa çocuğun meme ucunu koparmıştı demek ki. "Siz aynı okuldayken nasıl birbirinizi öldürmeden durabildiniz ya?"

Varis'in yanımda gerildiğini hissettim, Alena da aynı şekilde gözlerini Varis'in yüzüne dikmişti. Alena da Safir mezunuydu değil mi? İki yıl aynı okulda okumuşlardı o zaman, yaş farkını hesaba katarsak.

"İki yıl aynı okulda okuduk," dedi Alena düşüncelerimi okumuş gibi beni bozarak. "Ben Varis'in varlığından haberdardım ama ilgilenmiyordum, başka şeyler dikkatimi çekiyordu o zamanlar. İtibar gibi... Ama o beni biliyormuş," diye devam etti kollarını göğsünde birleştirerek. "Biraz anlatmak ister misin Varis? Buyur mikrofon sende, anlat dinleyelim Safir Alena'sını..."

Gözlerimi Varis'in üzerine çevirdim meraklı bir ifadeyle. Alena, Milas, Gökay ve Çisem'in de tüm dikkati onun üzerindeydi. "Anlatacak ne var? Partileyip dedikodu yapan ve bir köşeye oturup arkadaş grubuyla insanların kıyafetlerini falan yargılayan, tuvaletlerde sınıf arkadaşlarını sıkıştıran biriydi. Şu an karşımdaki kıza biraz şaşırıyorum doğrusu, büyüdü ya da bir şeyler değişti belli ki..."

"Bayağı da biliyormuşsun yalnız beni," dedi Alena kollarını göğsünde birleştirerek. "Anlat anlat içinde kalmasın..."

Varis sıkıntıyla bir nefes verdi. "Seni bilmemek ne mümkün Alena? Ağzına sıçtın herkesin. Basketbol maçlarındayken ulan film setine mi geldik amına koyayım diye şaşırıyordum sahanın ortasında. Yok sahanın kenarında oyunculara ayrılan koltuklara oturmalar, yok karşı takımdan çocuklara sarkıp hamle şaşırtmalar, yok milleti örgütleyip tezahürat yapmalar... Takımların soyunma odasına baskın yapan kızları örgütleyen de buydu. Koç, hakem dahil kimse de bir şey demiyordu ulan helal olsun valla..."

"Yardım ettim be!" dedi Alena çemkirerek. "Okulumun yanında oldum ben!"

"Sen bir anlatsana bana kimmiş şu sarktığın çocuklar?" Milas kolunu Alena'nın boynuna doladığı gibi kızı boğarcasına kendine çekmişti. "Ne yapıyordun, ne yapıyordun soyunma odalarında?"

Alena kahkaha atarak "Sana ne be!" diye ona da çemkirdi kolundan kurtulmaya çalışırken. "Sen de kuzenin gibi Safir'de okusaydın da bulsaydın beni! Gitmişsin elin yabancı topraklarında sürtmüşsün yıllarca..."

"Ha suçlu ben oldum şimdi yani? Görüyor musun kuzen, gitmeseymişim yurt dışına da hanımefendi tarafından kafeslenebilseymişim..." dedi Milas ciddi kalmaya çalışarak, yeşil gözleri Varis'teydi. "Devam etsene sen biraz daha..."

"İşte sonra..." diye lafına devam edecek gibi oldu Varis ama Alena, Milas'ın kollarından kurtulduğu gibi "Oyun!" diye bağırdı ve onu susturdu. "Oyun oynayalım! Yeter bu kadar! Geçmişi geçmişte bırakalım..."

Varis anında surat buruşturdu. "Üf, ne oyunu kızım şimdi ya? Çocuk musun?"

"Ne oyunu Ada?" Alena bakışlarını bana çevirmiş, kaş göz yapıyordu. Sanki oyunu benim seçmemi istiyordu ki Varis de mırın kırın etmesin.

O an aklıma ilk gelen şey "Alına yazılan kelimeyi tahmin etme?" diye sordum kaşlarımı kaldırarak gözlerimi sırayla herkesin üzerinde gezdirirken. Daha sonra kocaman gülümsemiştim çünkü bu oyunu çok seviyordum. "İki takıma ayrılıyoruz, sırayla her takımdan biri alnına yazılan kelimeyi takım arkadaşlarının anlatışıyla tahmin etmek zorunda."

"Süper!" dedi Alena ellerini birbirine çarparak. "Kaybeden takıma ceza lazım ama."

"Göle girsinler?" diye bir fikir attı ortaya Gökay. "Kaybeden takım göle girsin, otuz saniye falan dursunlar suda. Fazla kalmasınlar geberir giderler şimdi bu havada..."

"Çok eminsin bakıyorum takımının kazacağına," dedi Çisem dalga geçer bir tonla.

"Öyle deme kuzen ben zaten seninle aynı takımda olacağız düşüncesiyle şey ettim..." Gökay son anda paçayı kurtardı gülerek. Çisem çakması için ona bir beşlik uzatmıştı.

"Aynen aynen," dedi Alena daldığı yerden gözlerini çekerken. Varis'e baktı. "Aynen öyle olsun. Kaybeden takım göle girsin."

Anında gerilmiştim, Gökay'ın fikri iyi bir cezaydı ama nedense benim yüzümden itiraz edileceğini hissediyordum. Alena'nın gözleri gergince Varis'e çevrildiğinde hiçbir şey anlayamamış olsam da Varis'in tam da düşündüğüm gibi itiraz edeceğini fark etmiştim. Elini tutup "Sorun değil," dedim gözlerini üzerime çevirdiğinde. "Nasıl olsa benim takımım kazanacak..."

Kaşlarını kaldırarak güldü Varis. "O zaman karşı takımda olmak istemem..."

"Yok öyle," dedi Alena. "Kurayla belirleyeceğiz." Ardından arkaya döndü ve "Millet!" diye seslendi, herkes dikkatini ona çevirmişti. "Oyun oynuyoruz, şu ortayı bir açalım... Kalk kalk hadi!"

Alena müziğin sesini kıstı, ortadaki sehpayı kaldırmış ve koltukların yerleriyle oynamıştık biraz. Ben kura çekmeleri için küçük kâğıtlara sayılar yazıyordum, tek çekenler ve çift çekenler iki grup olarak ayrılacaktı. Aral da yanımda kâğıtları katlayıp kâsenin içine atıyordu.

"Hiç *Slytherin* havası vermiyorsun," dedi kâğıtları kâsenin içinde karıştırırken. "Doğru söyle, *Gryffindor* renkleri giyinecektin ama Çisem seni ikna etti değil mi?"

Gülerek kafamı salladım. "Sen peki? Hiçbir şey havası vermiyorsun herhalde. Ondan kazak pantolon gelmişsin."

"Sisteme başkaldırı," dedi Aral gururlu bir şekilde başını kaldırırken.

"Daha çok, Alena'ya başkaldırı gibi geldi," dedim gülerek.

Aral da güldü. "Yani biraz da öyle... Bozuldum yani. İnsan madem evden gidecek erkek kardeşini de alır yanına değil mi ama?"

"Karışmak istemem, sonuçta aile meselesi ama... Sen de o evde pek mutlu değilsin sanırım," diye mırıldandım.

Aral yüzünü salona dönüp kalçasını masaya yasladı. "Bizim evde dönen dramayı senaryoya dökseler on sezonluk dizi malzemesi çıkar Ada," dedi seslice nefes vererek. "Gerçi daha bu iyi hâli evin... Birkaç haftaya kıyamet kopacak."

"Neden? Ne var ki birkaç haftaya?"

"Patlamış mısırını hazırla sen, yeter," dedi Aral gülerek. "Tabii bize katılmak istemiyorsan..."

"Dışarıdan katılımcıya da açık yani?"

"Pek de dışarıdan sayılmazsın..."

"Aralcığım, teşekkür ederim, uzun süredir tanışmıyor olsak da ben de seni yakın arkadaşım olarak görüyorum ama üstüne para versen aile dramasını kaldıramam sanırım," dedim son sayıyı da yazarken. "İki katlı şirin bir evde bir babayla büyüdüm, evdeki en büyük drama babamın fırında yaktığım lazanyasıydı. Onda da canın sağolsun dedi de pizza söyledik. Bünyem alışkın değil..."

Aral kahkaha attı başını geriye atarak. "Ne huzurlu evmiş ya o öyle..."

"Ne zaman on sekizine giriyorsun?" diye sordum. "Ablanla konuşsana, Çisem'in dediğine göre Instagram'a attığı çantalarından birini satsa iki yıllık kiranı peşin öder. Stüdyo daire kiralarsın."

"Dur bakalım Adakız, daha ben mi on sekizime gireceğim on sekizim mi bana girecek belli değil..." diye mırıldandı Aral. "Bittiyse çekelim mi kuraları, bekliyorlar bak içeride."

"Bitti bitti," dedim son kâğıdı da kendim katlayarak kâsenin içine atarken. Aral iyice karman çorman etmişti sayıları.

"İnşallah aynı takımda oluruz Adacığım, seni bu soğukta o göle sokmayı hiç istemiyorum," dedi Yamaç ben yanından geçerken suratında iddialı bir ifadeyle. "Güzel kızların canının yanmasına hiç dayanamıyorum gerçekten... Ama üzülme, hasta olursan da çorban benden. Çok güzel tavuklu şehriye çorbası sipariş ederim ben. Bizim evin yanında bir restoran var, yemen lazım yok böyle bir lezzet yani..."

"Esselaa..." Gökay kâseden kâğıdını çekerken arkadan sela okumaya başladığında bakışlarım Varis'e kaydı. Yamaç anlamamıştı ama Gökay vermesi gereken mesajı vermişti.

Koltuğun kenarına oturmuş, çattığı kaşlarıyla doğrudan Yamaç'a bakıyordu Varis ve dikkatimin onda olduğunu bile fark etmemişti. Yamaç'a dönerek "Çorba sevmem ben," dedim ne diyeceğimi bilemeyerek. Bir şey söylemem gerekiyordu ama ne diyecektim ki? Sevgilim var benim yavşak yavşak konuşma mı diyecektim? Çocuk bilmiyordu ki. Üstelik her ne kadar Alena ona laf soksa da arkadaşıydı sonuçta.

Aral kâseyi Yamaç'ın önüne getirdiğinde Yamaç "Hass... siktir," diye derince bir küfür mırıldandı, sağ dizini kendine doğru çekmiş ve koltukta geriye yaslanarak gözlerini kapatmıştı. "Aral dikkat et abicim ya!"

Aral, Yamaç'ın ayağına mı basmıştı? Bilerek? "Seç, abicim ya," dedi Aral, kâseyi Yamaç'a uzatarak. Sonra bana dönüp göz kırpmıştı. Ona gülerek kâsenin içinden Yamaç'ın ardından bir kâğıt aldım ve Varis'in yanına doğru yürüdüm, Aral hazırladığımız diğer kâğıtları, kalemi ve bandı sehpanın üzerine bırakmıştı. Alena ise herkese hazırladığı renkli kokteyllerden getirmişti bir tepsi, çerezlerle birlikte. Eylül gitmemişti, herkes gibi oturuyordu, yarım saat önceki sohbetleri hiç yaşanmamış gibi sessizdi.

"Hadi açın kâğıtları," dedi Alena kendi kâğıdını havaya kaldırarak. Herkes aynı anda kâğıtları açarken gruplar da oluşmuştu: Toplam on dört kişiydik ve yedi kişilik iki gruba ayrılmıştık. Alena, Varis, Çisem, Alper, İnci, Aral ve Enes aynı takımdaydı. Ben, Milas, Yamaç, Eylül, Duygu, Gökay ve Reha ise bir gruptuk. Karşı takımdan biri çıkacaktı ve rakip takım onun alnına tahmin etmesi zor bir kelimeyi yazdığı kâğıdı bantlayacaktı, tüm takımı kelimeyi açık açık görürken seçilen kişiye anlatmak zorunda kalacaklardı. Her kelime için bir dakika süre vardı.

Tek sayılar takımı biz olduğumuz için biz başladık. İsimlerimizin ilk harfinin alfabe sırasına göre çıkacağımız için ilk çıkan ben olmuştum. Koltukları karşılıklı çekmiştik, ayağa kalkıp karşı takımın yanına ilerledim. "Kolay başlayalım," dedi Alena.

"Bütün hayal gücünüzü kullanın..." dedim ellerimi arkamda birleştirerek. Varis kaşlarını kaldırarak bana baktı, ardından eğilip Alena'nın kulağına bir şey fısıldadı.

Alena "Emin misin?" diye sordu ona. Varis kafasını sallayarak onaylamıştı. Alena kendine çektiği ve görmemi engellediği kâğıda bir kelime yazmış ve takım arkadaşlarına da göstermişti. Herkes kafasını salladığında gergince dudaklarımı ıslattım. Varis gözlerini gözlerimden çekmiyordu ve ne yazdırdığını çok merak ediyordum.

Alena kalkıp kâğıdı alnıma bantladı. "Tamam mı?" diye sordum Çisem'e, dakikayı o tutacaktı. "Taa...mam!" dediği gibi arkamı döndüm ve takım arkadaşlarımın karşısında dikildim.

"Yuh ben bu neye benzer onu bile bilmiyorum," dedi Duygu gözlerini kocaman açarak. "Çiçek değil mi?"

"Orkide?" diye sordum.

"Pembe galiba," dedi Gökay.

"Akasya?" diye sordum hızlıca. "Begonya? Begonvil? Kamelya? Kasımpatı? Antoryum?"

"Ne toryum, ne toryum?" diye araya girdi Milas. "Çüş amına koyayım fikir babası bilmiyordur bu kadar çeşit..."

"Son 1on saniye!" diye uyardı Çisem.

"Ada, kütüphanede karşılaştığımız günü hatırlıyor musun? Ben Hülya Abla'yla konuşuyordum," dedi Reha aklına bir fikir gelmişçesine rahat bir ifadeyle gözlerini kısarak. "Hani bir kitap önermiştim sana... Bu çiçeğin ismiydi..."

"Açelya!" diye bağırdım heyecan ve gerginlikle ellerimi kaldırarak.

"Bitti!" dedi Çisem. "Ben olsam babanın en sevdiği çiçek derdim, malum bahçe bundan dolu..."

Alnımdaki kâğıdı çekip yazana baktım. Açelya. "Bildim!" dedim sevinçle, dikildiğim yerde parmakuçlarımda zıplayarak. "Yazık yazık, hayal gücün bu kadar mı senin," diye mırıldandım keyifle Varis'e bir bakış atarken. Dediğime hiç takılmamışçasına gülüyordu. "Siz şimdi bize adam gönderin, görün bakın nasıl oynanıyormuş bu oyun..."

Alena ayağa kalktı. Takımın ortasına geçip oturdum ve kâğıtla kalemi elime aldım. "Ne yazacağız?" diye sordu Duygu, bir yandan da Alena'nın kokteylinden yudumluyordu.

"Karar verdiniz mi?" diye sordu Alena uzaktan.

"Palyaço yaz," dedi Milas kısık bir sesle ortaya konuşarak.

"Ne alaka palyaço? Hemen bilir," dedi Eylül.

"Anlamaz," dedi Milas sinsi bir şekilde gülerken. "Aklına bile gelmez. Gelse de dili tutulur."

"Çok acımasızsın," dedim ama bir yandan da kelimeyi kâğıda yazıyordum. Herkes onayladığında kalkıp Alena'nın alnına bantladım kelimeyi, bir yandan da gergince dudaklarımı ısırıyor ve tepkisini merak ediyordum. Demek Alena palyaçolardan korkuyordu... Bir hikâyesi var mıydı bunun acaba?

"Başla!" dedi Reha, bizde de süre tutan o'ydu.

"Bu ne ya bu kolay ki," dedi Çisem oyun başladığında. "IT?"

Alena'nın kaşları çatıldı. "O ne?"

"Oha izlemedin mi?!" Çisem dumura uğramıştı.

"Peruk, makyaj, burna kırmızı bir top falan?" diye söylendi Enes. "Hatta Yamaç'ın saçının renkli versiyonunu geçiriyorlar kafalarına, peruk..."

"Joker?" dedi Varis ama Alena'dan tık yoktu.

"Son on saniye!" diye bağırdı Reha.

Aral "Ölümüne korkarsın hani," diye mırıldandı.

Sürenin bitişiyle Reha "Bitti!" dedi, Alena alnındaki kâğıdı çektiği gibi "Palyaço değil mi?" diye sorarak Milas'ın üzerine ilerledi. Bir saniye sonra kâğıdı elinde buruşturmuş ve sevgilisini boğazlıyordu. "Geberteceğim seni senden çıktı bu fikir..."

"Yapma..." dedi Milas boğuluyormuş gibi sesler çıkarırken. "Bu yaşta sevgili katili olup hapse girmek için çok güzelsin..."

Alena'nın elleri bir anda durmuş, ifadesi tatlı bir şekil almıştı. "Güzel miyim gerçekten?"

"Güzelsin güzelsin..." dedi Milas.

"Ama bu seni boğup hapse girmeme engel değil..." diyerek daha sert boğazladı bu sefer çocuğu, Alena. Sonunda hepimiz kahkaha atmıştık ve Milas kolunu Alena'nın boynuna dolayıp yanağına kocaman bir öpücük bırakırken gülerek ayrılmışlardı.

Sıra Duygu'daydı. Karşı takım alnına bir kâğıt yapıştırdı ve bize gönderdiler.

"Başla!" dedi Çisem.

"Koparıp üflüyorsun," dedim hızlıca.

"Çüş," dedi Duygu.

"Böyle şekli yuvarlak," dedi Gökay.

"Ee, başka?" diye sordu Duygu.

"Çiçek işte," diye araya girdi Eylül.

"Ee, kızım hiç üflemedin mi koparıp bittiği yerden?" diye sordu Yamaç.

"Benim polene alerjim var," dedi Duygu. "Nasıl bir çiçek? Biraz daha anlatın!"

"Son on saniye!" Çisem iyice germişti.

"Yabancılar Şükran Günü'nde, Noel arifesinde falan fırında bir et pişirirler ya hani..." dedi Milas.

"Hindi," dedi Duygu. Ardından "Karahindiba!" diye bağırdı.

Çisem "Süre bitti!" diyerek oyunu bitirirken Alena suratındaki şok ifadesiyle ayağa fırlamıştı. "Çüş amına koyayım!"

"Küfür?" diye sordu Milas, kaşlarını kaldırarak.

"Küfür Milas!" diye bağırdı Alena. "Ne ile haberleşiyorsunuz siz be?! Edebiyat derslerinde oturup *Shakespeare* çalışacağınıza kendi aranızda yeni bir dil mi geliştiriyorsunuz?!"

"Sınavlara böyle çalışıyorduk, kelime oyunlarıyla," dedi Duygu ama sesi o kadar kısık çıkmıştı ki ben ayağa kalkmış kızın alnındaki kâğıdı çekerken dibinde durmama rağmen zor duymuştum. "Ayrıca neden İngiliz Edebiyatı deyince herkesin aklına sadece *Shakespeare* geliyor? Sanki bölüm İngiliz Edebiyatı değil *Shakespeare* bölümü..."

"Abartma Alena, sonra konuşalım bunu," dedi Milas ve kestirip attı konuyu. Demek ki Duygu ve Milas aynı bölümdeydi. Ve Alena ya herkesten kıskanıyordu sevgilisini ya da Duygu'yla sorunu vardı.

"Hı hı, konuşuruz, görürsün sen..." Alena söylene söylene koltuğuna geri oturdu.

Yamaç seslice nefes verdi o sırada. "Ah... Yeni evliler..."

"Sus be!" diye çemkirdi Alena.

Sıra karşı takımda, Alper'deydi. Reha seçmişti bu sefer kelimeyi. "Başla!" dedi süreyi başlattığında. Alper takımına döndü.

Aral "Hı..." dedi ağzında geveleyerek. "İyi de hangi anlamında?"

"Fark etmez," dedi Reha.

"Hani metroya girersin..." diye başladı Enes lafa. "Akbil basıp geçersin..."

Çisem gülerek "Bu salağın metroya bindiği mi var sence?" diye söylendi. Yardım edeceğe benzemiyordu.

"Ee, hadi ama!" dedi Alper takımından bir atak beklerken.

"Son on saniye!"

Çisem üfleyerek kollarını göğsünde birleştirdi ve gözlerini Alper dışında bir yere dikti ve umursamaz bir ifadeyle konuşmak için dudaklarını ıslattı. "Basketbolun en temel ve en kolay sayı elde etme yöntemi. Çembere yakın bir kısımdan hareketli olarak panya yardımı ile atılan atışın adı. Esas amacı pota altına kadar top sürmeden belli bir mesafe..."

"Turnike," dedi Alper şaşkınlıkla. Hepimiz şaşkındık.

"Bitti süre," dedi Reha gülerek.

"Lafımı niye kesiyorsun?" diye diklendi Çisem. "En nefret ettiğim şey."

"Kızım göle mi girmek istiyorsun bu soğukta Allah aşkına? Tribine başlatma şimdi," diye söylendi Alper alnındaki kâğıdı çıkartıp yanına otururken. Çisem gözlerini devirdi. İyi bir takım olduklarını inkâr edemezdi kimse...

Alena'nın takımı, daha doğrusu hepimiz biliyorduk ki Alena yazmıştı Eylül'ün alnına yapıştırılmış kâğıtta yazan kelimeyi.

"Başla!" dedi Çisem.

"Şimdi diyelim ben istenmediğim bir yere geldim, ne oluyorum ben?" dedi Yamaç gülerek.

Eylül düşündü. "Yüzsüz?"

Yamaç dudakları kapalı sırıtarak kafasını salladı. Eylül bir hışımla alnındaki kâğıdı çekip elinde buruşturarak çöpe atmış, yerine geçerken Alena'ya çevirmişti bakışlarını. "En azından ben bildim, gölde götü donan ben olmayacağım yani..."

"Onu göreceğiz canım," dedi Alena. "Sıra Aral'da."

Aral'ın alnına yapıştırdığımız kâğıda Milas'ın isteğiyle "Baransel," yazmıştık ve ne anlama geldiğini bilmiyorduk.

"Başlayın," dedi Reha.

Alena kâğıdı gördüğü gibi kahkaha attı. "Bence bu eli kaybedebiliriz, hazır olun..."

"Ne demek ki bu? Çalgı aleti falan mı?" diye sordu Çisem.

"Biz bu kadar acımasız oynamıyoruz yalnız!" Alper, Aral'ın kapattığı vücudunun arasından kafasını çıkartarak bize yönelip hayıflanmıştı.

"Hadi hadi, süreniz doluyor," dedi Milas.

"Son on saniye!"

"Söylersem kardeş dayağı yermişim gibi hissediyorum ama eminim sen de o buz gibi göle girmek istemezsin Aral," dedi Alena keyifle geriye yaslanarak bacak bacak üstüne atarken. "İkinci adın."

Hepimiz şokla ağzımızı kocaman açarken Aral'ın omuzları düştü ve "Baransel," dedi. Reha sürenin bittiğini ilan ederken Aral kıstığı gözleriyle birlikte Milas'a bakıyordu. "Sağ ol ya... Bundan sonra kayınbiraderinden bir şey bekleme Milas Adin," diye söylenerek alnındaki kâğıdı buruşturup masanın üzerine attı. "Ha bu arada," diyerek Alena'ya döndü. "Ablacım geçen yaptığın peynirli makarnaya çok güzel dedi bu ama arkandan çöpe döktü. Sana da yedim dedi ama sonra birlikte çıktık dışarı tantuni ısmarladı bana haberin olsun..."

Alena'nın ağzı kocaman açılırken ben herkes gibi olduğum yere sinmiş bıyık altından gülüyordum.

Gökay "Ulan peynirli makarnayı ne kadar kötü yapmış olabilir ki?" diye sordu meraklı bir sesle.

Milas suçlu bir ifadeyle alnını ovaladı. "Tuzla şeker kavanozunu karıştırmış, dibi de tutmuştu biraz..."

Milas suratına kocaman bir yastık yedi o an. "Sonra konuşalım bunu Milascığım..."

"Ama aşkım şekerle tuzu da ayırt edersin yani..."

"Görüşeceğiz seninle Milas Adin, yazıyorum bunu bir kenara," dedi Alena kafasını kararlı bir ifadeyle sallayarak önüne dönerken. "Hadi ya, oyuna devam! Şunları bir göle sokalım da kendilerine gelsinler!"

Gökay'ın alnındaki kâğıda "Zebercet," yazmışlardı karşılık olarak, adam nereden anlasındı Yusuf Atılgan'ın *Anayurt Oteli* kitabındaki karakter olduğunu? Anlatmaya çalışmıştım ama kaybetmiştik.

Çisem'in alnındaki kâğıda "Krizantem," yazdım. Reha süreyi başlattığında ve Çisem takımına döndüğünde, Alper dumura uğramış bir ifadeyle gözlerini ondan çekip benim üzerime çevirmişti. Yazanın ben olduğumu biliyordu. Keyifle gülümseyerek geriye yaslanırken Alper'in o çiçekleri gönderen kişi olduğunu da anlamış olmuştum böylece. Alper eğer Çisem'e "Dolabına bıraktığım sarı çiçeklerin adı," derse Çisem hemen anlar ve ismi söylerdi çünkü ona ben bahsetmiştim bu çiçekten ama bunu yapmayacaktı ve ben nedenini çok merak ediyordum.

Milas'ın alnına "Şehnaz," yazmışlardı.

"Bu ne demek ki?" diye söylendi Yamaç.

"Ben biliyorum," dedi Duygu. "Dünya güzeli demek..."

"İltifat için sağ ol Alena," dedi Milas arkaya doğru.

"Ben yazdım lan," dedi Varis.

Kahkaha attım.

"Bu da senin ikinci adın galiba Ada," dedi Yamaç bana dönerek göz kırptığında. O an zaten halihazırda gülüyor olduğum için gülerek geçiştirmiştim ama Varis'in oturduğu yerde çocuğu gözleriyle boğazlayacak hâle geldiğinin farkındaydım. Üstelik bu sefer bana da, ona gülerek karşılık verdiğim için kızmıştı.

Ve tekrar yenildik.

Enes'in alnına "Katakulli," yazdık. Yenildiler. Reha'nın alnında "Ampirik," yazıyordu ve ne anlama geldiğini biz bile bilmediğimizden altmış saniye boyunca boş boş bakışmıştık. Deneysel anlamına geliyormuş... Sanki bütün Türkçe bilgimizi kullanıyorduk kazanmak için... Daha sonra İnci'nin alnına "İnci," yazdık.

Reha süreyi başlattı. "Sen," dedi Alper.

"Ben?" diye sordu İnci, devam etmesini ister gibi.

"Adın?" diye devam etti Çisem.

"Adım?" diye tekrar etti İnci.

"Senin adın?" diye birleştirdi Enes.

"Benim adım?" diye sordu İnci, anlamıyordu. Devam etmelerini bekliyordu. Bunca zor kelimeden sonra kendi adının alnında yazıyor olmasını beklemiyordu zavallı kız...

Alena oflayarak "Midyenin içinden ne çıkar?" diye sordu.

İnci sevinçle "Midye dolma!" diye bağırdı. "Bu muydu? Bildim mi?"

"Biz kazansak da bu kızı özel olarak göle sokalım n'olur beynine kan gitmiyor kafasına açıcı sürmekten," dedi Alena.

"Son on saniye!"

"Senin adın ne?" diye sordu Aral sonunda. "Kızım senin adın ne? Adını söyle bana?!"

"Aa, biz tanışmamış mıydık?" diye sordu İnci kocaman gülümseyerek, ardından elini Aral'a uzattı. "Aslında ben Alena'nın liseden beri arkadaşıyım..."

"Bitti süre!" dedi Reha kahkaha atarak. "Yuh lan!"

Alena ayağa kalkıp İnci'nin alnındaki kâğıdı buruşturduğu gibi İnci'nin ağzına tıkamaya çalıştı. "Ye lan... Yiyeceksin bunu... Ye!"

Sıra Yamaç'taydı. Karşı takım ne yazacağını kesinleştirdiğinde Yamaç kalkıp yanlarına gitti. İlginç bir şekilde bu sefer Varis ayağa kalkmıştı ve zaten kâğıdı yazan da o'ydu. Bir parça bant alıp kâğıdı alnına yapıştırdıktan sonra keyifli bir ifadeyle "Hadi koçum," dedi ve omzuna destek verircesine vurdu. Biraz sert vurmuş olmalıydı ki Yamaç önüne dönerken hafifçe inleyerek omzunu tutmuştu. Bu hareketine şaşırmadığımı söyleyemezdim ama derdini daha sonra anlayacaktım...

Çisem gülmemek için dudaklarını ısırırken "Başlayabilirsiniz," dediğinde Gökay da, Milas da, Reha da kahkahalarını saklamak için başlarını çevirmiş ve elleriyle ağızlarını kapatmıştı. Pes artık ifademle Varis'e baktığımda tatlı bir şekilde dudak büzüp omuz silkti. Yamaç'ın alnındaki kâğıtta yavşak yazıyordu.

"*Gossip Girl* birinci sezonda *Chuck Bass* tam bir bundandı, sonradan karizmasına karizma katıyordu aklını başına topluyordu falan... Ama işte birinci sezondaki hâli," dedi Duygu.

"Ben nereden bileyim amına koyayım *Gossip Girl*'i *Chuck Pass*'i?" diye söylendi Yamaç. "Kelime anlamı ne onu açıklayın bana..." Gözleri hâlâ gülen Milas'ın üzerine çevrilmişti. "Ne gülüyorsun lan ne yazıyor alnımda?"

"Bass bir kere o." Duygu kollarını göğsünde birleştirerek söylendi kendi kendine.

"Kelime anlamı sensin Yamaç," dedi Milas. "Tam olarak sen... Hadi kendini tanımla biraz bize..."

"Yakışıklı," dedi Yamaç. "Karizmatik... Çekici... Seksi... *Pussymagnet*... Değil mi lan hiçbiri? Ne lan? Ne yazdınız?"

"Son on saniye!"

"Öteki yanın Yamaç," dedi Eylül gülerek.

"Biz ikiyüzlü değiliz kızım, varımız yoğumuz ortada... Ne yazdılar lan benim gibi bir *Calvin Klein* modelinin alnına söyleyin?"

"Bitti süre!" dedi Çisem. "Bakma bence Yamaç..."

Yamaç alnındaki kâğıdı alıp kâğıtta yazana baktı. Sonra da "Cık cık cık..." sesi çıkartarak Alenaların takımına döndü. "Yazıklar olsun... Kaç yıllık dostlarım var şu takımda... Ulan Enes, Alena... Hiç mi tanımadınız lan beni..."

"Tanıdık Yamaç, yavşağın önde gidenisin," dedi Alena hadi hadi dercesine elini sallarken. "Son tur!"

Sona kalan Varis'ti. Kâğıt ve kalem elimde, oturduğu yerden bana baktığında göz göze geldik. Takımdakilerin üzerine çevirdim gözlerimi. "Ne yazsak?"

"Sen yaz, vardır aklında ona özel bir şeyler senin," dedi Milas topu bana paslayarak.

"Nasıl ya? Ne alaka?" diye sordu Yamaç.

"Ee, sevgilisi," dedi Gökay.

"Hadi lan!" diye bağırarak ayağa kalktı Yamaç. Dönüp Varis'e bir bakış atarken hemen ardından bana dönmüştü. "Bacım o kalem bitmiştir, ben masadan başka kalem getireyim... Dünya ahiret bacımsın demiş miydim bu arada?"

"Niye ya?" diye araya girdi Varis, gayet rahat bir şekilde koltuğa yaslanmış, dirseğini kolçağa yaslamıştı. "Hasta olursa restorandan tavuklu şehriye çorbası sipariş edecektin hani? Evine edecektin herhalde, plan falan da yapmıştın?"

"Ne alaka Varisciğim, Adinciğimm, kardeşim," dedi Yamaç. "Ben uzaktan onun evine göndertirim diye... Şey ettim... Yani niye ben göndertiyorum ki zaten? Restoranın kartvizitini veririm Ada sipariş eder... Onu da mı vermeyeyim... Vermeyeyim... Versin... Allah yani, belamı... Yavşakmışım lan ben," dedi yerine geri otururken. Ağzım açık Yamaç'a bakıyordum. "Ne bakıyorsun bacım yazsana daha kazanmamız gereken bir oyun var..."

"Yalnız berabere şu an, Varis bozacak beraberliği," dedi Alper. Ardından ayağa kalktı. "Oldu o zamaaan geçmiş olsun, arkadaşlar sizinle tanışmak güzeldi, başa baş bir rekabetti ama kaybettik yapacak bir şey yok... Biz ufaktan girelim biz şu suya ne kadar çabuk o kadar iyi... Yalnız hipotermi falan geçirirsek diye bir eliniz 112'de olursa sevinirim bok yoluna gitmeyelim de maçlarımız var bizim..."

"Hayır," dedim yazdığım kâğıdı saklayarak Varis'e bir bakış atarken. Ayağa kalkmıştı. "Eğer bilerek bilmezden gelirsen ve anlarsak... Bizim takım kaybeder," dedim gayet ciddi bir sesle. Alper'in neyi kastettiğini belki herkes anlamamıştı ama ben çok iyi anlamıştım. Varis sırf o suya girmemi engellemek için bilerek kendi takımını kaybettirebilirdi. Bunu yapmasını istemiyordum, ben bir çocuk değildim ve oyunun başında kabul etmiştik şartları. "Hile yok."

"Hile yok," dedi Varis lafımı tekrar ederek, dudaklarında hoş bir tebessüm vardı ve gözlerini, alnına kâğıdı yapıştırdığım süre boyunca yüzümden çekmemişti. Varis'in çekim alanı diye bir şey vardı, sınırı geçtiğinizde otomatikman ona çekiliyordunuz bu yüzden ona yaklaşmak çekingeliydi. Uyarı tabelası falan asılmalıydı boynuna.

Önce gözlerine, sonra alnındaki kelimeye baktım; ardından geri çekildim ve yerime geçip oturdum. Aslında isteğim, alnına iyi ki doğdun sevgilim yazmaktı ama buna nasıl bir tepki vereceğini bilemezdim. Eğer böyle keyifli bir ortamda moralini bozarsam kendimi asla affetmezdim o yüzden bu riski de alamazdım. Aslında Milas'a sorabilirdim ama mutfakta söylediklerinde gayet ciddi olduğunu biliyordum, bazen insanların sözleri bu kadar açıktı işte. Varis Adin doğduğu günden nefret ediyordu ve onun için bir yıl içerisinde 22 Aralık diye bir tarih yoktu.

"Başladı," dedi Reha.

Alena geriye yaslanarak kollarını göğsünde birleştirdi ve isteksiz bir ifadeyle bacak bacak üstüne attı. "Bir hayvan."

"Sağ ol Ada," dedi Varis bana hitaben.

"Öyle değil ya!" diye itiraz ettim arkadan. "Güzel bir hayvan!"

"Kanatları var, uçuyor," dedi Alper. "Hassiktir lan kazanacağız galiba..." Çisem'in, Alper'in karnına geçirdiği yumrukla sesi kesildi o an, Alper inleyerek elini karnına götürmüştü. "Niye yaptın ki şimdi bunu?!"

"Kes be!" dedi Çisem kulağına eğilip bağırarak.

"Anlatsanıza lan?" diye araya girdi Enes o sırada, takımındakilere bakarak. "Oğlum kozası var işte, tırtılken buna dönüşüyor..."

"Kelebek mi?" Varis şokla, daha süre bitmemişken alnındaki kâğıdı çıkartıp yazana baktığında suratındaki ifade savaş alanında silahsız kalmış bir askerden farksızdı. Şaşkınlıkla dolu, bir o kadar da ifadesiz suratını bana çevirdiğinde "Kelebek mi yazdın?" diye sordu bana. "Kelebek?"

"Kazandılar lan," dedi Yamaç. "Gökaycığım şimdi selamı okuyabilirsin, buyur kardeşim..."

"Okuyayım kardeşim," dedi Gökay kolunu Yamaç'ın omzuna atarken. "Ama önce önden buyur istersen senin saç da geç kurur zaten..."

Ben gülerek ayağa kalkarken Varis'in suratındaki ifade gergindi. Bu yüzden bir yandan da onun tepkisini çözmeye çalışıyordum. Elimden tutup beni selasını okuyan arkadaşlarımın yanından çekip çıkardığında koridora doğru yürüdük ve salondakilerin bizi göremeyeceği bir köşeye geçtiğimiz gibi adımları durdu. "Ada, neden kelebek?"

"Kelebek güzel bir hayvan," diye mırıldandım. "En sevdiğim hayvan. Neden olmasın ki? Anlamadım."

"Ada..." Varis sıkıntıyla alnını ovaladıktan sonra yüzünü sıvazladığında, gözlerimin içinde, sanki içimde bir yerlerde bir şey görme isteğiyle bakıyordu. Neyi kastettiğini bilemesem de şaşkınlıkla kalkan kaşlarımın arasından baktım ona, bir cevap beklercesine.

"Boş ver," dedi kolu belime dolanırken, beni kendine çektiğinde sımsıkı sarılmış ve yüzünü saçlarımın arasına gömmüştü. "Boş ver..."

"Üzücü bir hikâyesi var galiba," diye mırıldandım kısık bir sesle, aklımda bugün öğrendiklerim vardı. Annesi ve kuzeni doğum gününde ölen birinin eminim çok üzücü bir hikâyesi vardı.

"Çok," dedi kısılmış sesiyle. "Çok..."

Kollarımı kaldırıp boynuna doladım. "Ne zaman istersen anlatabilirsin, biliyorsun bunu..."

"Biliyorum," dedi alnını omzuma yaslarken, nefes alış verişleri sakindi. "Bir gün öğreneceksin..."

"Öğrenmesem de olur, ben seninle susarım da," diye mırıldandım.

"Ada..." Varis'in alnı omzumdan kalkarken eliyle yüzüme gelen tutamları kulağımın arkasına sıkıştırdı. "Kelebek neden en sevdiğin hayvan?"

"Bilmem, seviyorum işte. İnsan bir rengi neden sever? Bir kitabı? Bir şarkıyı? Bir filmi? Bir çiçeği? Hoşuna gider, ondan herhalde... Ben de kelebek seviyorum, ne yapayım?" Dudaklarında bir tebessüm vardı ve nefesi dudaklarıma çarpıyordu, beni öpecekti. "Sen neden açelya yazdırdın alnımdaki kâğıda?"

"En sevdiğim çiçek," dedi beklemeden. "Bana sormamıştın, Milaslardayken... Sen orkide demiştin ama bana sormadın."

"Herhangi tür bir çiçek sevebileceğini düşünmemiştim," diye mırıldandım.

"Ama seviyorum," dedi. "Çok seviyorum..." Sanki çiçekten değil de benden bahsediyordu. "Ben de kelebeği seviyorum," dedim dudakları neredeyse dudaklarıma çarparken. "Çok sevi..." Nefesi nefesime karıştı. Baş parmağını alt dudağımda hissettim, ardından sanki yer varmış gibi bir adım daha üzerime doğru geldi ve başım da, sırtım da soğuk duvara yaslandı. Parmaklarım yumuşacık saçların arasında gezinirken sevdiğim adam tarafından böyle güzel, böyle tutkuyla öpüldüğüme inanamıyordum. Yalnızca birkaç ay önce ruhu başıboş dolanan, gözleri hep bir yerlerde takılı kalan ama kaldığı yerdeki eksikliğin farkına varamayan bir hiçtim. Duygular insanı var ediyordu. Benim hayatımdaki eksiklik aşk değildi, âşık olsam olurdum, çoktan olurdum birine. Benim hayatımdaki eksiklik o'ydu. Okulun ilk günü o koridorda göz göze geldiğimiz günden beri, ne zaman gözlerimiz buluşsa ne hissedeceğimi bilemediğim her seferinde ihtiyacım olan o'ydu. Yalnızlığım soğuk bir evdi benim, birkaç saat sonra döneceğim; Varis o evi, içi boşken bile sıcak tutuyordu. Varis o evin düşüncesiydi kafamda. Isıtıyordu. Doğru hissettiriyordu. Bundan başka hiçbir şeye ihtiyacım yoktu.

"Salona dönelim, biri gelecek şimdi," dedim nefes almak için geri çekilirken. Aslında saçlarını çekiştirmiştim ve onun geri çekilmesini sağlamıştım ama gözlerini çekmediği dudaklarıma ağzı açık bakarken istediği ne çekilmek ne de salona geri dönmekti. "Daha göle gireceğim..."

"Saçmalama Ada, göle girmiyorsun," dedi Varis ciddi bir ifadeyle. Bakışlarını dudaklarımdan gözlerime taşımıştı sonunda. Kafasını olumsuz anlamda salladı. "Bakma öyle, göle falan girmiyorsun."

"Mızıkçılık yapamam, çocuk değilim, hem korkmuyorum. Sen varsın," dedim kaşlarımı kaldırarak onu ikna etmek istercesine gözlerine bakarken. "Boğulursam atlarsın herhalde arkamdan?"

"Atlamam, manyak mıyım ben aralık ayının sonunda hava eksi bilmemkaç dereceyken göle atlayayım?" diye söylendi gülerek. "Bak, mantıklı adam böyle düşünür. Başta kabul etmene izin verdim çünkü göle girmeyeceğine emindim. Eminim de. Göle girmiyorsun."

"Varis," dedim ismini bastırarak söylerken kollarımı boynundan indirerek. "Ben de meraklısı değilim herhalde ılık olsa bile su ama kaybettik! Takımca. Takımca girmeliyiz. Ayrımcılık yok."

"Hı hı, kesin girersin," dedi bir anda geri çekilerek kolunu bacaklarıma sardığı gibi beni omzundan sarkıtırken. Şaşkınlıktan dilimi yutmuştum. "İndir beni!" diye bağırdım salona girerken. Baş aşağı açık kapıyı ve Alena'yı görebiliyordum sadece.

"Hadi çıkın gidin evimden sizin sabah okulunuz vardır," dedi Alena kapıyı göstererek. "Tabii dağınıklığı toplamak istemiyorsanız... Gerçi sabah temizlik şirketi gelecek..."

Hafifçe doğrularak kapıya bakmaya çalıştım; millet kabanlarını giyinmiş, gidiyordu gerçekten. O zaman göl muhabbeti yalan mıydı? "Göle girecektik?" diye sordum şaşkınca. Alena soruma cevap vermeden önce Varis beni indirmişti.

"Ay saçmalama Ada, ne gölü bu havada? Toplu katliam yapmak istesem dedemin tüfeğini getirir sıra kurşuna dizerdim sizi," dedi Alena gülerek. "Öyle rekabet olsun diye söyledi zaten Gökay da, ciddi değildik..."

"Gayet ciddiydim bir kere ben!" diye bağırdı Gökay kapıdan.

Milas ensesine bir tane geçirdi. "Sus lan!"

"Oğlum bak kaşınıyorsun sen de bugün..." Gökay sahte bir öfkeyle alnını Milas'ın alnına dayayarak onu ittirmeye çalıştığında Milas da karşılık vererek "Kaşısana lan..." dedi aynı sahte öfkeli sesiyle. Aslında ikisi de gülmemek için kendini zor tutuyordu.

"Heh Enes çıkıyor musun?" diye seslendi Alena o sırada, açık kapıdan çıkan, ceketini giyinmiş Enes'e bakarak. "Çıkarken şunları da çöpe atsana... Evet evet tam olarak yanındaki birbirine boynuzlarını geçirmiş o iki boğayı. Zahmet olacak sana da!"

Göle girme cezasının bir şakadan ibaret olduğunu öğrendiğim için şaşkındım hâlâ, belki diğerleri de farkındaydı ama oyun eğlenceli olsun diye başta ortaya atılmış bir fikirdi. Herkes arabalarına geçerken Çisem'le konuşma vaktim olmadı, saat geç olduğundan herkes yataklarına dönüp birkaç saat dinlendikten sonra okul için hazırlanacaktı ama onunla konuşmak aklımdaydı. Sarı krizantem olayını ona anlatsam mı yoksa çenemi kapalı mı tutsam bilmiyordum ve ben ön koltuğa geçerken Reha'yla bir *Audi*'ye binen Alper bakışlarını üzerimden çekmemişti. Sanırım Çisem'den önce, o benimle konuşacaktı ve nedense bunu bir sır olarak saklamamı isteyeceğini düşünüyordum.

"Çocuğun alnına yavşak yazdığına inanamıyorum," diye mırıldandım önümüzdeki arabanın camından kafasını çıkartıp evin verandasında dikilen Milas ve Alena'ya el sallayan Yamaç'a bakarken. Camlar filmle kaplı olduğundan o bizi göremezdi.

"İnsanın ne mal olduğunu alnına yazmak sevaptır," dedi Varis.

Gülerek önüme döndüm. "Hayır değildir. Bunu az önce sen uydurdun."

"Sen de ne güzel güldün çocuğa ya, ağzını payını vermek yerine ben çorba sevmem demeler falan? Çorba olmazsa iskender olur diyecekti yavşak herif."

"Alnımda yazmıyor benim sevgilim olduğu... Nereden bilsin?"

"Yazalım o zaman," dedi yumuşak bir sesle elini elimin içine kaydırırken. "Yazalım şuraya bir yere..." Yüzük parmağımı okşuyordu parmakları. Bakışlarımı ona doğru devirerek yüzüne baktım saklamaya çalışmadığım bir ifadeyle, düpedüz sırıtıyordum çünkü. Çisem olsa arkada "Bu bir evlenme teklifi mi?!" diye çığırırdı muhtemelen ama benim yapabileceğim maksimum şey buydu.

Gözüm arabanın dijital ekranındaki takvime takıldı, saat gece 2'yi geçiyordu ve artık 22 Aralık'tı. Parmaklarını parmaklarıma geçirmiş ve geri dönüşü olmaz bir şekilde adı nefesime mıhlanmış adamın doğum günü. Ve benim onun için yapabileceğim tek şey, hiçbir şeydi bugün. Kalan yirmi iki saat öylece geçip gidecekti çünkü bana söylemeyecekti. Kimseye söylemeyecekti. Bilenler de sessiz kalacaktı. Birlikte susacaktık bugün...

"Eve gitmek istemiyorum," dedim geriye yasladığım başımı ona çevirirken. Birazdan buradan bir yerden İstanbul'un içine sapacağının farkındaydım. "Size gidelim... Sizin kaleye. Birlikte uyuyalım bu gece." Kale derken istemsizce gülmüştüm.

Varis'in dudakları bir tebessüme kıvrıldı ama kaşlarını hafifçe çatarak bana anlamını çözemediğim bir bakış atmıştı. "Gidelim," dedi beni tekrar ederek, ellerimizi kaldırıp elimin üstüne küçük bir öpücük bırakmıştı.

"Alena gerçekten öyle miydi?" diye sordum emniyet kemerimi genişleterek bacaklarımı kendime çekip ona dönerken. Bir nevi yatmıştım araba koltuğunda. Elini kucağıma çekip iki elimin arasına bırakmıştım. "Yani Safir'deyken... O zaman hatırlamamış mıydın onu? Çocukluk arkadaşı olduğunuzu?"

"Tam olarak bu sebepten koridor değiştiriyordum Ada," dedi Varis, seslice nefes verirken. "Hiç çekemem sarışın şımarıkları. Şimdi böyle dediğim için kaşlarını çatarsın sen, sonuçta arkadaş oldunuz," diye devam etti bana bir bakış atarken ki çatmıştım da kaşlarımı. Güldü. "Bak, çattın bile. Ama öyleydi Ada. Belki kaybolmuş, belki yolunu arıyor. Öyle biriydi o da. Dönem dönem okulu hâkimiyeti altına alan biri varsa, o zamanlar da bu kişi Alena'ydı. Her şeyde onun parmağı olmalıydı, tiyatrolardan tut partilere kadar hepsinin başrolünde o vardı. Bıkmıştım kızı her yerde görmekten. Allahtan mezun oldu gitti de ponpon kız muhabbeti kapandı."

"Ponpon kız mı?" Kahkaha attım. "Ponpon kızlar mı vardı? Jimnastik kulübü birkaç dakika bir gösteri sergiliyor diye duymuştum ama ponpon kızlardan haberim yoktu."

Varis seslice nefes alarak belerttiği gözlerini üzerime çevirdi, sanki dönemin ne kadar manyak ve çekilmez olduğunu anlatmak istercesine bakmıştı. "Yalnız çok şaşırdım," dedim kaşlarımı kaldırarak. "Kumsal Kayadelen nasıl devam ettirmedi bu akımı? Alena'yla tanışıyorlardır belki de. Miras falan kalmış olması gerekmez miydi? Hani filmlerde öyle olur ya..."

"Tanışıyorlar," dedi Varis.

"Sen nereden tanıyorsun Kumsal'ı? Sadece okuldan mı?"

"Öyle, çevredeydi..."

"Ne demek öyle çevredeydi? Biraz açık konuşamaz mısın?"

"Ya işte ne bileyim sosyete davetlerinde falan karşılaşıyorduk, maçlarda, okulda... Ayaküstü sohbet."

"Ayaküstü sohbet?" Ağzım açık, kaşlarım ise şaşkınlıktan havadaydı. "Okula geldiğim günden beri bana nefret kusan, demediğini bırakmayan, muameleci dedikodusunu çıkartan, şimdi sırf seninle birlikteyim diye de kuzu olmuş kızla sohbetin mi var Varis?"

"Nereden tanıştığımızı sordun Ada, güncel durumu sormadın," dedi Varis. "Ayrıca emin misin tüm bunları onun yaptığına?"

"Emin miyim mi? Eminim Varis!" Ayaklarımı koltuktan indirip önüme döndüğümde, elini de bırakmıştım. "Ne zaman başıma bir iş gelse o oradaydı ve ya gülüyor ya da suratındaki o bakışla bakıyordu bana. Kendi ağzıyla söyledi birçok şeyi. Dönemin başında telefonumu alıp beni havuza kilitleyen de o'ydu, partide suya iten de! Hatırlatırım! Onu savunduğuna inanamıyorum!"

“Onu savunmuyorum Ada, geçen sefer okul koridorunda da aynı şeyi söylemiştin. Ben sadece objektif bakmaya ve düşünmeye davet ediyorum seni, farkındaysan ben çok sakinim ama sen bağırıyorsun.”

“Tabii bağırınca direkt suçlu oluyorum ben,” dedim kollarımı göğsümde birleştirerek. “Öf ya!”

Varis evine çıkan ıssız yolun ortasında arabayı durdurdu o an, suratında sorgular ve şaşkın bir gülüşle bana bakıyordu. “Ne var?” diye sordum. “Buyur devam et. De ki o kız suçsuz sen hepsini kafanda kurmuşsun de. Anlamıyorum senin Kumsal’a crush’ın falan mı vardı da bu savunmacılık? Sen savunma bakanı mısın? Avukatı mısın sen onun? Nesisin sen ya?!”

Varis o an birçok şey söyleyebilirdi. Basıp yola devam edebilir, Kumsal’ı savunup benimle tartışabilir ya da sessiz kalabilirdi ama “Bir daha öf ya desene,” dedi gözlerimin içine bakarak.

Gülerek ellerimle yüzümü kapattım. “Sen nasıl bir ruh hastasısın ya?”

“Buna cevap vermiştim, başka soru alayım,” dedi ve önüne dönerek gaza bastı. Neredeyse gelmiştik.

“Yok soru moru sana, sinirlerimi bozdun. Zaten hep bu sarışınlar...”

“Sen de sarışın sayılırsın Ada...”

“Kumralım ben kumral!”

“Küçükken sarışındın,” dedi tatlı bir sesle.

“Sen nereden biliyorsun benim küçükken sarışın olduğumu?” Kaşlarımı kaldırarak sordum.

“Instagram’da paylaştığın fotoğraftan,” dedi hazırcevap bir şekilde. “Başka nereden bileceğim?”

Doğru. Başka nereden bilecekti? Bahçe kapısı otomatik komutla açıldığında arazinin içine girmiştik. Varis arabayı büyük garaj kapısının girişine çekti, üstü kapalıydı. Aynı anda arabadan indik, yağmur atıştırıyordu. Bahçeye doğru birkaç adım atıp avucumu yukarı doğru kaldırarak yağmur damlalarını hissetmeye çalıştım ama sanki damlalar uçuyor gibiydi. "Belki kar yağar," dedim lütfen yağsın tınısıyla.

Varis havadaki elimi kapıp avucunun içine hapsettiğinde "Umarım," dedi. "Yağmurdan nefret ediyorum."

"Öyle mi?" Kapıya yürüyorduk. "Neden?" Birkaç hızlı adım atarak önüne geçmiş, geri geri yürüyordum.

"Düşeceksin," dedi gülerek beni kendine çekerken. Kolunu omzuma sarıp beni kendine doğru çekti. "Ama neden?" diye direttim o sırada, cevabımı istiyordum.

"Sevmiyorum işte. Kasvetli." Kapıyı açmıştı. İçeri girdiğimde ılık hava yüzüme bir buse kondurmuştu sanki, dışarısı öyle soğuktu ki arabadan eve gelene kadar yanaklarım ve burnum donmuştu.

"Haklısın, kasvetli," diye mırıldandım esnerken. Varis esnediğimi gördüğünde burnuma dokunup bir anda kollarını bacaklarımın altından ve sırtımdan geçirdi, kollarım boynuna dolanırken havadaydım. "Oo, oda taşımacılığı," dedim başımı göğsüne yaslarken. "Severiz..."

"Uyuma üstünü değiştirmemiz lazım," dedi dudakları saçlarımın arasında bir yere dokunurken. Ona kafamı salladım ama çoktan gözlerimi kapatmıştım bile. Tanıdık koridoru aştı, ardından odasına girdik. Beni yatağın üzerine bıraktıktan sonra loş aydınlatmayı açmıştı, pencereye vuran yağmurun sesi fazla gürültülüydü. Hava bile böyle bir güne girdiğimiz daha ilk saatlerde iyi olmak istemiyordu. Varis yağmurdan nefret ediyordu ve doğum gününde yağmur yağıyordu.

Montumu çıkarttığım sırada onu giyinme odasına doğru takip ettim. "Altına da bir şey istiyor musun?" diye sordu siyah bir sweatshirt çıkardığında askılardan, kafamı olumsuz anlamda sallayıp elindekini aldım. Ben soyunma odasından çıkarken o da kazağını çıkartıyordu.

Tişörtümü başımdan çekip çıkardım, ardından sweatshirtü giyindim. Maalesef onun gibi kokmuyordu, yeni kokuyordu sadece... İçeride giyinmediği tonla kıyafet vardı tabii. Eteği ve çorabı, sweatshirtü aşağı çektikten sonra çıkardım ve çıkardıklarımı katlayıp kenardaki koltuğun üzerine koydum. Ardından odadan çıkıp lavaboya ilerledim. Asıl soru, yüzümdeki makyajı nasıl çıkaracağımdı.

Saçlarımı tepemde toplayıp lavaboya eğildim ve su çarptım yüzüme, işe yaramayacağını anlamıştım. Sabunu elime alıp yüzüme sürerek rimeli kirpiklerimden sökmeye çalıştım bir süre. İşe yaramıştı. Yüzümü kurulayıp odaya geri döndüğümde Varis'in telefonu elindeydi ve ekrana odaklanmıştı. Üzerinde hiçbir şey yoktu, altında siyah bir eşofman vardı. Odaya girerken kapıyı kapattım, eş zamanlı olarak dikkati üzerime çevrilmişti. Yanına doğru yürüdüm ve önünde durarak ekrana baktım. Aral, oyuna başlamadan önce Alena'yla birlikte üçümüzün çekildiği bir fotoğrafı hesabında doğum günü pastası emojisi ile paylaşmıştı.

"Aa, Aral mı paylaşmış?" dedim gülümseyerek, dönüp çantama ilerlerken içinden telefonumu çıkarmış Instagram'da beğenmek için gönderiyi arıyordum.

"Ne zaman çekildiniz bunu?" diye sordu Varis, yatağa oturduğunda. Hemen önünde, komodinin başında dikiliyordum.

"İşte öyle ben Aral'ın yanında oturmuştum, Alena telefonunu verip kafasını uzattı aramızdan, o sırada çekildik." Gönderi beğenme işlemi tamamlanmıştı. Kafamı kurcalayan şey, Aral'ın neden Alena'nın doğum günü olmadığını bildiği hâlde doğum günüymüş gibi davranıyor olmasıydı. Tanıdığım kadarıyla Aral kendini ablasının işlerine alet edecek biri değildi, üstelik Alena kendi söylemişti gelmeyeceğini, derslerini bahane ettiğini... Ama gelmişti.

"Aral'la aranız neden kötüydü?" diye sordum. "En başında bile birbirinize dayanamıyordunuz. Kavga etmenize şaşırmamıştım doğrusu."

"Kavga etmedik Ada, kafayı bulup bana sataştı," dedi Varis gözlerini kaçırarak. Aklına gelenler tadını kaçırmış gibiydi. "Benim bir şey yaptığım yok, kendi kendine bulaşıyor." Gözlerini üzerime çevirdi. "Belki senin gibi kafasında kuruyordur o da... Şaşırmam."

"Allah Allah," dedim telefonumu bırakıp kollarımı göğsümde birleştirerek karşısına dikildiğimde. "Aral o kavgadan sonra ağzını açmadı bile senin hakkında. Özürünü diledi efendi gibi, bugün de hiç bulaşmadı sana farkındaysan. Bence o sizin aranızdaki bir gerginlikti. Aral benim arkadaşım. Ona bulaşma."

"Bir şey yapmıyorum ki Ada," dedi Varis seslice nefes vererek.

Doğru. Yapmıyordu. "Yani öyle söyleyeyim de ben..."

Güldü. Yorgun bir gülüştü bu. Elini uzatıp dizimin arkasından bacağımı yakaladığında beni kendine doğru çekti, diğer kolu da belime dolanmıştı. Ellerimi omuzlarına koyarak kucağına oturduğumda yüz yüze geldik. "Telefonumu kapattım...." dedi dudaklarında bir tebessümle, dudaklarıma bakarken.

"Ee?" dedim parmaklarımı saçlarında gezdirirken.

"Yani bizi burada bölebilecek hiçbir şey yok."

"Ee..." Gülüyordum ama neyi kastettiğini de biliyordum, zaten yüzü benimkinden yalnızca birkaç santim ötedeyken ve o dudaklarıma eğilmişken başka bir şey düşünmek imkânsızdı. "Ee'si şu ki..." diye mırıldandı dudaklarımın üzerine, bir eli belimde diğeri çıplak bacağımın üzerindeydi. Sonunda dudakları dudaklarımın üzerine kapandığında boynuna sardığım kollarımı sıkılaştırdım. O benim üzerime eğildiğinde parmaklarımın arasındaki tutamları çekiştirdim ama ben onun üzerine eğildiğimde, onun sırtı yatakla buluşmuştu. Bir anda beni döndürüp altına aldığında saçımı topladığım lastiği çıkardığını hissettim, lastiği odanın içinde bir yere fırlattığında gelen tok ses kıkırdamamı sağladı. Dudakları böylelikle dudaklarımdan çeneme ve oradan da boynuma kaymıştı.

"Peki ya," dedim devam etmek üzere lafımı yarım bırakarak. Öpücükleri tekrar yüzüme çıktığında ikimiz de gülüyorduk. Saçlarını okşadım. "Peki ya hazır olmadığımı söylersem?"

Burnumun ucunu öptü. "Beklerim."

Kaşlarımı kaldırarak yüzüne baktım. Yalnızca yatağın iki yanındaki loş aydınlatma yansıyordu yüzüne bir taraftan. Yakışıklı yüzüne. Cevabını duymak istemiştim sadece, "Tamam o zaman devam edebiliriz," dedim boynuna sarılıp kendimi yukarı kaldırarak dudaklarına uzanırken.

"Bir dakika, bir dakika," dedi kaşlarını kaldırarak gözlerime bakarken. "Sen beni mi denedin?"

"Cevabını duymak istedim sadece," dedim şirin bir tonla. Bravo Ada. Aynen böyle devam et olur olmadık yerlerde çeneni açmaya. Dudak büzdüm. "Kızma..."

"Kızmıyorum," dedi alnını alnıma yaslarken. "Ama ne diyeceğimi düşündün ki?"

"Dediğin şeyi diyeceğini düşündüm," dedim avucumu ensesine bastırarak dudaklarına uzanırken. Bana karşılık verirken o da dudaklarımın üzerine doğru gülümsemişti. Bacağımın üzerindeki eli yukarıya tırmanırken bacaklarımın arasındaki yerini aldığında kendini bana bastırdı. Öpücükleri yine dudaklarımdan boynuma doğru bir yol izliyordu, pencerelere vuran yağmurun gürültüsü tamamen yok olmuştu kulağımdan. Yalnızca ikimiz vardık. Dokunuşları, öpüşü, teninin tenime değişi... Ona dair her şey ateşimi kırk dereceye dayandırıyordu. Sweatshirtün altından belime değen ellerinin arasında kendi kıyafetini üzerimden çıkarttı. Dudakları boynuma eziyet ederken parmakları çoktan sutyenimin kopçalarını sertbest bırakmıştı bile. Öpücükleri aşağıya doğru dümdüz bir yolda ilerledi, göğüslerimin arasından karnıma indi. Kalbim göğüs kafesimi parçalayıp kanatlanıp uçacakmış gibi çırpınıyordu içeride, nefeslerim birbirine karışmıştı.

Gıdıklanıyordum. Parmakları iç çamaşırımla oynarken tekrar yüz yüze geldik, kahkahamı kesen şey yine dudakları olmuştu. Bir olmak, kayalıklara çarpan dalgaların havada asılı kalması gibiydi ilk başta. Daha sonra ağır çekimde yine rüzgâr esiyordu, yine esişi dalgalar oluşturuyordu deniz yüzeyinde ve yine kayalıklara çarpıyordu. Alt dudağını ısırdım. Ağzımın içine doğru inledi, metalik tadı ben de almıştım. Dudağını kanatmıştım. Zamanın içinde bir yarık açıldı, içine düştük. Yelkovan kıvrıldı akrebin yanına uyudu kaldı orada, zamanı ölçen ne varsa eridi yokluğa karıştı. "Varis," diye fısıldadım güçsüz sesimle, kış güneşinin altında hareket etmeye hâlim yoktu. Yatakta tutunacak bir yer yoktu ondan başka. Öpücüklerini ateş almış yüzümden aşağı boynuma kaydırdığında ağır nefeslerim aralık dudaklarımdan dışarı taşıyordu.

Baş parmağını alt dudağıma sürterek önce dudaklarıma sert bir öpücük bıraktı, ardından dudaklarını alnıma bastırdı. Bacaklarımı beline dolayarak kalktığı sırada kollarım zaten boynuna tutunuyordu, onu hiç bırakmamışlardı. Giyinme odasındaki banyoya geçti, duş başlığını ılık suya ayarladığında ayaklarımın üzerindeydim. Başımdan aşağı akan suda ıslandığımda bir rüyadan uyanmışçasına derin bir nefes çektim içime, Varis güldü. Su onun karizmasından bir şey götürmüyordu ama ben sümüklü böceğe döndüğüme yemin edebilirdim.

Saçlarımı yüzümden çekmeye çalışırken sağ omzuma değen lifi hissettim, sol omzuma da dudakları değmişti. "Öyle mi?" diye sordum kendi kendime mırıldanarak, duş barından şampuanını alıp elime döktüm ve ıslanmış saçlarına daldırdım ellerimi. Şampuan gözlerine kaçtığında gözkapaklarını sımsıkı kapatmış, lifi boynumda gezdiriyordu kör bir şekilde. "Bakma zaten," dedim yine kendi kendime konuşurken, bir yandan da ses çıkarmadan gülüyordum. Saçlarını aşağıdan yukarıya doğru parmaklarımla tarayarak üçgen şekli verdiğimde bu sefer kahkahamı gizleyememiştim.

Ama Varis sonunda durulandı. Benim saçımı da kendi şampuanıyla yıkadığından artık onun gibi kokuyordum. Bana kendi büyük bornozunu vermiş, kendisi sadece beline bir havlu bağlamıştı. Başka bir havluyu saçlarıma sarıp onunla birlikte giyinme odasına geçtiğimde bu sefer içlerinde kaybolduğum gri bir eşofman takımı giyinmiştim. Uyku mahmuru olduğumdan gözümü açık tutamıyordum ve yorgundum ama muhtemelen sabah okula gitmek için uyandığımızda bütün bunlar için ayrı ayrı utanacaktım. Varis ortadan kaybolduğunda ben odaya geçip yerdeki döküntüleri topladım, ardından başımdaki havluyla yatağın içine girip yorganı tepeme kadar çektim. Yorgan daha sonra açıldı, gözlerimi açmadan tekrar üzerime çektim, tekrar açıldı...

"Saçlarını kurutmamız lazım," dedi Varis, yatağın diğer yanı çökmüştü. "Böyle uyursan başın ağrır."

"Ben hep böyle uyurum, boş ver," dedim bir mırıltıyla tekrar yorganı çekmeye çalışırken ama üstüne dizini yasladığı için çekememiştim.

"Ada..." Havluyu çektiğinde açıkta kalan boynuma öpücüklerini dizdi, huylanmıştım yine. "Hadi kalk..." Gözlerimi açmadan nefesini hissettiğim tarafa döndüm yatakta, ben kollarımı boynuna doladığımda o da yanıma yatmak zorunda kalmıştı. "Ada..."

"Gözlerimi açamıyorum," dedim huysuz bir mırıltıyla yeniden. Bu doğruydu. Gerçekten gözkapaklarımı kaldıramıyordum. Bütün bedenim yorgundu.

"Gözlerini açmana gerek yok," dedi kulağıma fısıldayarak. Elimden tutup beni yatağın içine oturttuğunda eğilip yatağın kenarındaki bir yere, kurutma makinesinin fişini taktığını duymuştum. Birkaç saniye sonra başıma sarılı havlu düştü ve kurutma makinesinin uğultusu bütün odayı kapladı ama ben gözlerimi açmadım, hatta makinenin sağladığı sıcak hava sayesinde daha da mayışmış, rüyalar âleminde koşuşturuyordum bile.

Varis'in elleri saçlarımda gezinirken bu odaya ilk girdiğim günü hayal ettim, kapı aralığından başımı içeri soktuğumda Varis koltuğunda oturmuş *Küçük Prens* okuyordu... Hayır, hayır... *Bulantı* kitabı vardı elinde. Gecenin bir körüydü... Hayır... Öğlen saatleriydi henüz. Pijamaları mı üstündeydi? Değil... Eşofman giyiniyordu işte... Öf ya, demiştim içeri girerken... Hayır, dememiştim... Neden aklım bu kadar karışıktı?

Sen misafir odasında uyuyacaksın. Çık benim odamdan.

Hayır. Öyle bir şey söylememişti.

"Bazen küçüklüğünü görüyorum," diye fısıldadım kendi kendime ama makinenin sesinden duyması mümkün değildi. "Rüyamda yani... Neden ki? Aklım oyun oynuyor... Ya da biz oynuyoruz..." Sesim fazla kısıktı. "Ama ben senin çocukluk fotoğrafını sadece kuzeninin Instagram'ında gördüm. Bu kadar gerçek olması hayalimde, haksızlık..."

Makine sesi kesildi. Sonunda, diye düşündüm. Başımı yastığa yaslayıp bacaklarımı kendime çekerken üzerime kapanan yorganın altından bir kol belime sarıldığında kokuya doğru döndüm, artık başım bir yastığa değil bir göğüse yaslıydı. Elinin yüzüme değen saçları geriye çektiğini hissettim, ardından yanağımla boynuma arasında bir yere yasladığını. Dudakları yeni kurutulmuş biraz nemli saçlarımdaydı.

"İyi geceler A..."

A, ne?

ALTINCI BÖLÜM

"Ne gökyüzü özgürlüğündü ne alkol acına kür'dü.
Dolandın durdun yıllarca, bir kavanozun içinde kelebek."

Uyurken kafanın içinde gezinen düşünceler uyandığında kanatlanıp uçmuş oluyorlar, geriye tatlı bir esinti kalıyor yüzünde hissettiğin... O rüzgâr ters esiyor bana işte sabahları, gözlerimi kapatıp geri dönmek istiyorum hayal dünyama. Orada her şey daha güzel... Daha güzeldi. Acımasızlığına rağmen, bir çocuğun elinden annesini almış olmasına rağmen günün aydığı o 22 Aralık sabahına dek. İlk defa dönmek istememiştim hayal dünyama, çünkü gerçek dünyada bir şeyler daha güzeldi artık.

"Beş dakika daha dedin, on beş dakika oldu Ada," dedi tatlı bir ses, nefesi saçlarımın arasına çarparken. "Krep yaptım bak, hadi kalk artık... Soğursa yemezsin sen kesin."

"Krep mi?" Başımı kaldırıp arkama doğru döndüm, Varis dirseğini yastığa yaslamış, üzerime doğru eğilmişti. "Sen?" diye sordum kaşlarımı kaldırarak. "Mutfağa mı girdin?"

"Dün gece de acıktım diye dolanıyordun ortalıkta ama bir şey yemedin," dedi kolunu kaldırıp saate bakarken. "Hem ders var biliyorsun değil mi?"

"Dersi boş ver, uyuyalım," dedim kollarımı kaldırıp üzerine doğru yaslanarak onu da yatağın içine çekerken. Gülerek kolunu omzuma sardı.

"Yalnız ben bu saatte uyumam... Başka şeyler yapalım..." Gözkapaklarımı açtıran sesi hemen yanımdan geliyordu, başım boyun girintisindeydi. Başımı kaldırıp gözlerine baktığımda dün gecenin anılarıyla çalkalanan kafam oldukça karışıktı. "Ne yaparsın?" diye sordum gözlerimi kısarak, şu an bundan kaçamazdım.

Varis yüzünde munzur bir tebessümle yaslandığı yatak başlığından kalkıp beni altına alırken hızlıca örtüyü üzerimden atıp ayağa kalktım ve "Krep soğuyacak!" dedim arkama bile bakmadan odadan çıkarken. Koridordaki banyoya geçip elimi yüzümü yıkamak için kapıyı kapatmıştım. Saat kaçtı? Kaç saat uyumuştuk? Aklım karman çormandı. Bugün 22 Aralık'tı, bir tek onu biliyordum.

Elimi yüzümü yıkayıp kendime geldikten sonra hafif kabarmış saçlarımın arasından parmaklarımı geçirip taramaya çalıştım, zaten düz oldukları için pek bir sorun çıkmamıştı ama dün gece kurutmadan, havluyla yatmaya çalıştığımı hatırlıyordum. Varis'in beni zorla doğrultup saçlarımı kurutuşunu da...

Banyodan çıkıp odaya geri döndüğümde tokamı arıyordum, komodinin üzerindeydi. Saati kontrol edip saçlarımı toplayarak koridora çıktığımda ev sessizdi. Varis odada değildi, mutfağa geçmiş olmalıydı. Koridorun bir tarafı bahçeyi daha iyi görebilmek için boydan boya cam olduğundan dün geceden sonra ilk defa dışarıyı da görebilmiştim; kar yağmıştı ve tüm bahçe bembeyazdı. Bir an cama yapıştım, sanki içeriden direkt bahçeye geçebilecekmiş gibi... Ardından heyecanlı adımlarımı mutfağa yönelttim. Kahvaltı masası bar tezgâhına değil, mutfaktaki kış terasına kurulmuştu ve bahçe buradan daha güzel görünüyordu. Sandalyenin sırtına ellerimi dayamış, gözlerimi etrafta gezdiriyorken arkamda varlığını hissettim. Ellerini önüme uzatıp benim gibi sandalye sırtını tuttu ve çenesini omzuma yerleştirdi. Kar beyaz bahçeden çektiğim bakışlarımı ona çevirdiğimde manzaradan büyülendiğimi tahmin etmiş ifadesiyle yüzümü izliyordu. "Kar yağmış," dedim dudaklarımı birbirine bastırarak, halbuki tebessümüm gözlerimden taşıyordu.

"Yağmış," dedi dudakları yanağımda gezinirken. "Hadi otur."

Masanın çarprazındaki sandalyeyi çekip bağdaş kurarak oturdum. Varis telefonunu kenara bırakmış, iki büyük beyaz kupada çay bırakmıştı masaya. "Dersler öğlen başlayacakmış," dedi otururken. "Yani acele etmene gerek yok."

"Ya!" Elime aldığım çatalla bıçağı tabağa bıraktığımda tok bir gürültü çıktı. "Niye uyandırdın beni o zaman?"

"Mail az önce geldiğinden olabilir mi?" dedi gülerek.

"Ben gidiyorum yatmaya..."

"Uyanınca tekrar uyuyabiliyor musun gerçekten?" Merakla sormuş, kalkmayayım diye sandalyemi kendisine doğru çekmişti oturduğu yerden.

"Havada karada her yerde uyurum. Yer ve zaman söylemen yeterli," dedim gururla. "Senin gibi uyumayı zaman kaybı olarak da görmüyorum, yani öyle bir yaşamım da yok, gayet normal bir vatandaşım. Derslerin öğlen olduğunu bilseydim de öğlene kadar uyur son otuz dakikada kalkar hazırlanır giderdim okula."

"Tembel," dedi Varis.

"Anormal." Bir yudum içtiğim kupayı ısıtsın diye ellerimde bekletirken başımı sallayarak Varis'e baktım alayla. "Sen sadece on dokuz yaşındasın. Kendine gel. Dünyayı falan kurtarman gerekmiyor..."

Seslice nefes verdi. "Hayır ama böyle alışırsan böyle gider."

"Ben de kendimi alıştırmam o zaman," dedim tabağıma aldığım krebin üzerine akçaağaç şurubu dökerken. Aslında öyle biri değildim, sadece sabahları huysuz oluyordum. Uykuyu her ne kadar çok sevsem de erken kalkar ve daima gideceğim yere vaktinden önce varırdım. Öteki türlü elim ayağım birbirine dolanıyordu ve gereksiz bir endişe içerisine giriyordum. Ada Kandemir sadece bu sabah gereksiz yere erkenden uyandığı için normal günlere nazaran ekstra huysuzdu.

Ama öte yandan, huysuzluk yapmak için bir sebep göremiyordum. Kahvaltıdan sonra kar yağmaya devam etti, okul attığı mailde okula giden yolun kar yağışı sebebiyle tehlikeli olduğunu ve tuzlama çalışmalarının bir saat içerisinde tamamlanacağından, derslerin öğlen başlayacağından ve okulun normal saatinde biteceğinden bahsediyordu. Tabii Çisem ve okulun çoğu bu maile sevinememişti çünkü herkes sabahın köründe ders olacağı düşüncesiyle alarmlarını kurup yatmıştı dün gece.

Bir elimdeki kupada sade kahve, diğer elimde telefonum vardı ve salona ilerliyordum. Aslında sıcak çikolatayı tercih ederdim ama kahvaltıda krepleri tatlılarla yediğim için bir de ardından çikolata içmesem iyi olurdu. Bu ev çok ürkütücüydü, çok büyüktü ve daha üst katı görmemiştim bile. Her ne kadar içerisi sıcak olsa da büyük pencerelerden dışarısı bir masalın içindeymişiz gibi hissettiriyordu, kar manzarası da cabasıydı. Çisem'in mesajına cevap verirken Instagram'dan gelen mesajın bildirimiyle adımlarım koridorun ortasında durdu. Kullanıcı adı random bir şeydi ve kimseyi takip etmiyordu, profil fotoğrafı da yoktu.

S: "O gün seni tanıyamamıştım ama şimdi dikkatli bakıyorum da, hatırladım seni küçük şımarık kız."

Kim olduğuna dair hiçbir fikrim yoktu. Normalde böyle bir mesajı siler ve kullanıcıyı engellerdim ama üslubu düzgündü ve beni tanıdığını iddia ediyordu. Bu yüzden mesaj isteğini kabul ettim.

A: "Pardon, kimsiniz?"

S: "Senin de cici annen sayılırım bence. O Süheyla cadısına bile anne diyordun sonuçta."

Süheyla. Süheyla Sumru Adin. Varis'in annesinden mi bahsediyordu? Bir ampül yanmıştı kafamda. Bu kadın... Kim olduğunu biliyordum. Akli dengesi yerinde değildi.

A: "Sahra?"

S: "Demek sonunda hatırladın! O evde olduğunu biliyorum. Geldiğinizi gördüm. Kapalı terasta kahvaltı ettiğinizi de..."

Şüpheyle başımı kaldırıp etrafa baktım, kapıya koşturmuş ve birkaç saniye içinde açarak dışarıya bir adım atmış, gözlerimi bahçede gezdirmeye başlamıştım. Sadece giriş kapısında iki adam vardı ve sigara içiyorlardı, Reşit Bey'in de bahçede başka bir adamla gezindiğini görebiliyordum bu mesafeden. Kar yağışı durmuştu ama her yer bembeyazdı. Sahra burada olabilir miydi gerçekten? Gecenin o kör saatinde burada mıydı ya da? Geldiğimizi görmüş müydü? Hâlâ burada mıydı? Ama öyle olsa kimse bir şey görmez miydi? Varis, kadının arandığını söylemişti. Bizzat aradıklarını... Bunu ona söylemeliydim.

A: "Benden ne istiyorsun? Sırf konuşmak için sahte bir hesap bile oluşturmuşsun."

S: "Senin yüzünden ben hiç evlenemedim. Ben hiç mutlu olamadım. Sen neden olasın?"

Telefonu kapatıp cebime attım ve içeri girip kapıyı kapattım. Sırtımı kapıya yaslarken elimdeki kahve buz kesmişti bile çoktan. Kupayı kenara bıraktım. Bu kadın neden bahsediyordu? Attığı mesajlar o kadar korkunçtu ki güvende olduğumu ve bana bir şey yapamayacağını bilsem bile çarpıntım başlamıştı. Benim ona bir şey yapmış olma ihtimalim yoktu. Yoktu. Neden bahsediyordu ki?

Varis salonda, şöminenin önündeki yer yastığına oturmuş biriyle telefonda konuşuyordu. Ben salona girdiğimde başını kaldırıp bana baktı, ardından elini uzattı. Elini tuttum, beni yanına değil direkt kucağına çekmişti ama yine de yastığın üzerine oturmuştum. Çok geçmeden telefonu kapattığında gerginliğim suratımdan okunuyor olmalıydı ki dikkatle yüzümü süzüyordu. "Neyin var?"

"O kadını anlatacaktın," dedim kuruyan dudaklarımı ıslatarak. "Sen o kadını anlat, sonra ben de kendi derdimi anlatayım."

"Hımm..." Kollarını arkadan geçirip karnıma doladığında sırtım da göğsüne yaslanmıştı. "O kadın... Annemle babamın arasının kötü olduğu bir dönemde babamın sekreterlerinden biriydi. En kişisel olanıydı, öyle ki davetlere bile katılabiliyordu babamın kolunda. Çok net hatırlamıyorum ama annemle babam boşanacak gibiydiler, sadece bu durum şirket hisselerini etkileyeceğinden doğru zamanı bekliyor ve medyaya yansıtmıyorlardı. Yine de annem evde yoktu, haftasonları geliyordu sadece. Bu da Sahra için bir fırsattı çünkü en basit dosya işinde bile eve geliyordu ve ev boştu. Annem kendi evinde, babam işte... Sürekli o sivri topukluları giyip dolanıyordu koridorlarda, kafamın içinde geziniyordu sanki ayakkabılarıyla..."

"Şimdi bunu sana söylersem, seni öldürmem gerekebilir," diye fısıldadı kulağıma doğru. Huylanarak güldüm ve pozisyonu bozmadan omzumun üzerinden ona baktım. Sanki göz göze gelmek istemiyormuş gibi alnını alnıma yaslamıştı. "Asıl amacı... Annemle babamın boşanmasından sonra babamla evlenmekti ve bir ilişkileri vardı da. Artık bu eve geldiğinde üst katta kalıyordu. Babam onu hiçbir zaman annemle odasına sokmadı ama burada kalıyor olması, üst kata çıkıyor olması bile hatırasına ihanetti bence. Her ne kadar boşanacak olsalar da annemle... Hâlâ evliydi babam... Bu yaptığı yanlıştı. Bedelini herkes ödedi," dedi ve bir kez daha tekrar etti. "Herkes..." Başımı göğsüne yasladım, yutkunmuştu. Bir masal dinliyor gibiydim ama masalların sonu kötü bitmezdi değil mi? Bu bir masal değildi. Bu bir kâbustu. "Sahra iyi değildi. Özellikle, babasını elde etmek için çocuğuna yaklaşmak olayını çok yanlış anlamıştı. Karanlık köşelerde beni sıkıştırıp duruyordu. Altı, yedi, bilemedin sekiz yaşlarındaydım bu dönem boyunca. Çocuk aklıyla bana ne yaptığını hiç anlayamadım. Sadece hoşlanmıyordum. O sivri tırnaklarıyla karnımı çiziyordu, iç çamaşırlarımı çıkarttırıp çantasına atıyor ve çıkıp gidiyordu, ona dokunmamı istiyordu. Dosya kapakları keskin olur biliyor musun? Sivri olur uçları, bıçak gibi bilenmiş... Yeterince hızlı çarparsan birine, derini keser... Kan akıtabilir, akıtmazsa da canını çok yakar..."

Kollarımı beline dolayıp başımı aşağıya eğdim istemsizce, alnım göğsüne yaslıydı, yanaklarımdan akan yaşlar üzerindeki kazağın kumaşına damlamıştı. "Anlamıyorum..." diye fısıldadım çatallaşmış sesimle. "Baban neredeydi? Görmedi mi o bütün bunları?"

"Ona söyledim," dedi tok bir sesle. Bu meseleyi kaç kere aklında döndürmüş, kaç kere üzerinden geçmişse gözünü kırpmadan anlatıyordu. İncinmişti ama artık onu incitmesine izin vermiyordu anılarının. "Ama bana inanmadı. Annem gittiği için şımarıklık yaptığımı söyledi. Ben de bir gece babamı bahçe kapısından odama aldım, dolaba saklanmasını söyledim. Başta kabul etmedi ama o yaştaki bir çocuğun ağzından ne kadar ağır sözler işitebilirse işitmişti, nihayetinde saklandı. Sahra babamın o saatte çalışma odasına kapandığını ve sonra hiç aşağıya inmeden uyumaya gittiğini biliyordu, bu yüzden rahatça odama gelebiliyordu. Kapıyı kilitlemeyi denemiştim bir kere ama ben karşı koyduğumda daha da çirkinleşiyordu."

Üstesinden geldiğin kötü anıları anlatırken gözünü bile kırpmazmışsın... Unuttuğundan değil, dönebilsen geçmişe; çocukluğuna kalkan o eli kırabilecek güçte olduğundan artık.

"Baban gördü," dedim istemsizce, burnumu çekerek. Varis bir elini belimden çekip yanağıma yasladı, saçlarımın arasını öpmüştü. "Gördü," dedi. "Sonra onu kovdu. Önce kariyerini bitirdi, sonra hayatını. Olay mahkemeye giderse magazincilerin her şeyi tüm ülkeye yayacağını biliyordu. Bilinen, saygın bir iş adamıydı ve kimsenin psikolojisi böyle bir travmayı bütün hayatı boyunca taşıyabilecek kadar güçlü değildir, oğlunu da düşünüyordu. Babam ilgisiz bir baba değildi, hiç olmadı. Sadece kendi içinde de problemleri vardı ve annemin gidişinden sonra dağılmıştı. Kendine yetemeyen bir adamın oğluna nasıl yararı dokunabilir ki? Sahra'yı ruh sağlığı hastanesine kapattılar, benim de bitmek bilmez psikolog randevularım başlamış oldu böylece."

"Kazağını batırdım," dedim ağlarken bir kolumu çekip sweatshirtünün koluna gözlerimi silerken. "Sweatini de..." Saçmalıyorsun şu an Ada. Bunlar söylemen gereken şeyler değil... Ama ne söyleyebileceğimi bilmiyordum. Hayatımın hiçbir döneminde, girdiğim hiçbir derste öğrenmemiştim.

Varis gülerek yüzümü ellerinin arasına aldığında başımı kaldırıp gözlerine bakmak sorunda kalmıştım. "Bu yüzden mi ağlıyorsun?"

"Ben..." Burnumu çektim. "Ben biliyorum bugün senin doğum günün..." Dudaklarımı ıslattığımda gözyaşlarımdan tuz tadı gelmişti. "Söyleyemedim ama... Holding bahçesinin önünde o gazeteci vardı... Annenden bahsetti... İçeride seni beklerken internetten baktım ama sonra doğum tarihini gördüm. Sonra anneninkini gördüm... Yani ikisini de... Yani doğum ve..."

Varis gözlerini kapatıp derin bir nefes alırken sakin bir şekilde beni dinliyordu, gri gözleri benim gözyaşlarıyla ıslanmış kirpiklerimi süzerken "Devam et," dedi düz bir sesle.

"Sonra... Milas partide kutlamayı sevmediğini söyledi. Senin için bir yıl takviminde 22 Aralık diye bir gün yokmuş. Ben de öğrendiklerimi belli etmemeye karar verdim ama..." Telefonumu çıkartıp mesajları açtım. "Az önce salona girmeden önce sahte bir hesaptan mesaj geldi..." Varis'in gözleri bu sefer yüzümden, ekranını kaldırdığım telefonuma değmişti. Bir elini yanağımla boynum arasında bıraktı ve parmakları tenimi okşarken diğer eline telefonumu aldı. Mesajları hızlıca okumuştu.

"Neden bahsettiği hakkında bir fikrin var mı?" diye sordu bana. Sahra olduğunu anlamıştı.

Kafamı olumsuz anlamda salladım. "Bilmiyorum," dedim yüzümü silerken. "Sen akli dengesinin yerinde olmadığını söyledin, ben de kafasından bir şeyler uydurup benim üzerimden sana bulaşmaya çalıştığı düşündüm."

"Tamam," dedi telefonumu kenara bırakıp gözaltlarımı elleriyle silerken. Kısa bir anlığına dudaklarını dudaklarıma bastırmış ve küçücük bir öpücük bırakmıştı. "Ben ilgileniyorum bu konuyla, bulacağız onu. Bir daha sana ulaşamayacak."

Kafamı salladım. "Ama sana da ulaşamasın."

Dudakları ve gözleri bir tebessümle aydınlanırken bir kez daha dudaklarımı ve ardından burnumun ucunu öptü. "Tamam. Ulaşamasın."

Bir zamanlar seni zayıf görmesin diye köşe bucak kaçtığın insanın karşısında böyle rahat bir şekilde ağlayabiliyor olmak sanırım son durağıydı trenin. Belki kendi isteğinle binmemiştin, belki birine bakıp çıkacaktın ama makinist motoru başlatmıştı ve içeride hiç ummadığın şeyler yaşanıyordu, yaşanmıştı. Yaşanacaktı.

"Kaza mıydı?" diye sordum kısık çıkan sesimle, yutkunarak. Gözlerimde ne görüyordu bilmiyordum ama göstermek istediğim yalnızca anlayışım ve sevgimdi çünkü o yalnızca bunu hak ediyordu.

"Kazaydı," dedi çatallı bir sesle, gözlerini kaçırırken.

Eğer Milas'ın kardeşini de sorarsam, Alena'yı o partide Eylül'le konuşurken duyduğumu da açıklamak zorunda kalır mıydım? Şimdiye kadar öğrendiklerimi birleştirirsek; Varis'in anne ile babası ayrılmanın eşiğindeyken babasının psikolojik sorunları olan sekreteri eve sızıyor ve Varis'te hiç unutamayacağı yaralar açıyordu. Henüz bunların ne olduğunu duymak için yeterince cesur değildim ya da belki de o anlatmak istemeyebilirdi... Bir kaza oluyordu, 22 Aralık 2006'da. Varis'in yedinci yaş gününde ve o kazada Varis, annesini; Milas da kız kardeşini kaybediyordu. Yalnızca iki kişi mi hayatını kaybetmişti yoksa daha fazlası da var mıydı? Peki ne kazasıydı, araba kazası mı?

Oturduğum yerde bağdaş kurarak omzumu ve başımı göğsüne yasladım, ardından belimdeki elini iki elimin arasına alıp avucuna rasgele bir şeyler çizmeye başladım hayali. "Ben annemi kaybetmedim Varis, seni anlayamam. Ama ben kaybedildim. Beni terk ettiler. Ya da başka bir şey oldu, bilmiyorum. Annem de babam da yok sonuç olarak... Babamın, Agâh Kandemir'in yani, beni çocukken evlat edindiğini liseye başlarken öğrendim. Gözlerimi revirde açtığımı hatırlıyordum ama o zamanlar hastalandığımı söylemişlerdi, ben de çocuk aklıyla ayak uydurmuştum. Sanırım hatırlamıyor olmam yetimhane günlerini, işlerine gelmişti. Sonra ne oldu da babam ben tam asi ergenlik triplerine girecek yaştayken itiraf etti bilmiyorum, belki de ileride kendi başıma öğrenirsem aramızın açılacağını düşünmüştü..."

"Hiç merak ettin mi?" diye sordu Varis. "Biyolojik annenle babanı yani..."

"Çok merak ettim," dedim çocuksu bir sesle, seslice nefes verdim ardından. Bu soru beni durgunlaştırmıştı. "Ama Agâh, annemin de babamın da yokluğunu hiç aratmadı. Hem anne hem baba oldu bana, öyle sperm vermekle taşıyıcılık yapmakla anne baba olunmuyormuş onu anladım ben."

"Belki kaybetmişlerdir seni," dedi Varis.

"Kaybetseler arar bulurlardı, onlar benden vazgeçmişler Varis. Vermişler beni... Benden annemle babam vazgeçmiş, kim vazgeçmez ki diye düşünerek büyüdüm ben. Hani 22 Aralık senin takviminden silinmiş ya, vazgeçmek de benim lügatımdan silindi işte. Çok azimli bir çocuk olarak büyüdüm, bu azim beni tüketti. Bir çiçeğim vardı, babam Küba'dan getirmişti tohumunu. Sabahları muhteşem bir vanilya kokusu verirmiş, çikolata çiçeği adı. Ben çikolatayı çok seviyorum diye bulmuş babam. Ama çok zor bir çiçekti Varis... O tohum yarılana, o kök salınana kadar her sabah 4'te kalktım ben. İnat ettim, vazgeçmek istemedim. Dedim ki bu çiçek benim, ben ailem gibi olmayacağım. Ben vazgeçmeyeceğim. Ne kadar zor olursa olsun. Bu çiçeğin açtığını göreceğim, o vanilya kokusunu duyacağım... Vanilya kokusu zaferim olsun."

"Açtı mı?" diye sordu umutlu bir sesle.

Başımı iki yana sallarken gözlerimden yaşlar akıyordu. "Hiç açmadı. Ben de nefret ettim vanilya kokusundan. Bugün bile bakıyorum ben o çiçeğe, belki bir gün açar da koklarım diye... Saksısı kırılmıştı bir gün, arka bahçede beslediğim yavru kediler kapıyı açık bulunca girmişler içeri dağıtmışlar ortalığı." İstemsizce güldüm, gülünce elmacık kemiklerim yükseldiğinden akan yaşların yolu değişmişti. "Çöktüm yere çıplak ellerimle avuçluyorum toprağı, yeni saksıya yerleştiriyorum. Ölme diyorum bir yandan da, ne olursun ölme. Ben senden vazgeçmeyeceğim. Vazgeçtim sandın değil mi? Ama geçmedim işte... Yemin ederim geçmedim... Ölmedi, yaşadı ama çiçek açmadı. Sonra bir sabah yanından geçerken vanilya kokusu geldi. Hayal sandım, değilmiş... Babam vanilya aroması alıp toprağına dökmüş... Dedi ki: "Belki çiçek küskündür toprağa... Açmak istemediğinden değildir... Ona nereye ait olduğunu hatırlatırsan, o da kendine gelir. Bazı zaferleri elde etmek için, o zaferi çoktan kazanmış gibi yapmak gerekir."

"Ne güzel demiş baban öyle," dediğini duydum Varis'in, tebessümünün ardından. "Agâh Abi babamın avukatlarının başıydı. Şirkette görüyordum hep ya da babam iş arkadaşlarıyla bahçede mangal yaparken gelirdi. İyi bir adamdı, beni güldürmek için arada büyük bir ciddiyetle konuşan babamı dinlerken komik surat ifadeleri yapardı ama kafası çok karışık bir çocuktum, gülemezdim..."

"Ne zaman?" diye sordum başımı kaldırıp yüzüne bakarken. "Mangal partileri ne zamandı?"

Gözlerimi gördüğü gibi kaşlarını çattı, ardından elinin tersiyle yanaklarımı sildi. "Bilmiyorum, ortaokula kadar devam etti işte."

Gelen farkındalıkla birlikte birkaç saniyeliğine nefes almak için ellerimle yüzümü kapattım. "Baba?" diyordum geçmişte, babam dışarı çıkmak için odasındaki boy aynasının karşısında gömleğini düzeltiyordu. "Kravatını bugün ben seçebilir miyim?"

"İstersen yarının kravatını bugünden seç Adakız, bu baba bugün kravat takmayacak çünkü patronu onu bir mangal partisine davet etti."

"Mangal mı?! Parti mi?!" Heyecanla yaslandığım yatak başlığından kalkıp yatağın üzerinde zıplamaya başlamıştım. "Ben de gelebilir miyim?!"

"Ama orada sana göre bir şey yok ki prenses," demişti babam yatağın üzerinde zıplamamam gerektiğini gözleriyle ima ederken. Ben de inip yanına gitmiş, kenardaki koltuğa oturmuştum. "Dağın başında kocaman bir saray... Ama masallarına aldanma; orada zengin, yalnız ve karanlık bir adam yaşıyor."

"Masallardaki kötü adamlar gibi mi?" diye sormuştum şaşkın bir sesle. "Prens'i öldürmek isteyenlerden!"

"Bu sefer kötü adam, Prens'in babası. Ama gerçek hayattaki kötü adamlar, masallardaki gibi değiller prensesim... Burada herkes mutlu olmak istiyor, mutlu olmak için çabalarken de bir sürü kötü şey yapmak zorunda kalıyorlar."

"Prens mi var?"

Kocaman bir kahkaha atmıştı babam, yanında dikiliyordum artık. Ayaklarının üzerinde eğilip saçlarımı karıştırmıştı. "Kız zilli, buna mı takıldın?"

"Bir keresinde gelmek istemiştim," dedim ellerimi yüzümden çekerken, derin bir nefes alarak. Bakışlarımı yüzüne çevirdiğimde gri gözlerini sonuna kadar açmış, kaşlarını kaldırmıştı. Kafamı salladım. "Aslında babam beni istediğim her yere götürürdü ama mangal partilerine o kadar ısrar etmeme rağmen hiç götürmedi. Şimdi düşünüyorum da, belki yeterince ısrar etseydim..."

"İyi ki gelmemişsin," dedi Varis pat diye. Şokla ona baktım, ağzım açık kalmıştı. "Bir köşede oturup kitap okumayı tercih ederdim küçük, sarışın bir kız çocuğuyla uğraşmaktansa," diye devam etti.

Refleks olarak kolumu kaldırıp göğsüne vurdum ama etkilenmemiş, yalnızca gülmüştü. "Kitaplara beni mi tercih ederdin yani?"

Omuz silkti gülerken, dudak büzerek. "Ederdim herhalde. Yanlış yapardım değil mi?"

"Küsüp giderdim kesin," dedim gülerek. Daha az önce ağlıyordum, nasıl bir anda sohbetin akışı bu kadar değişmişti bir fikrim yoktu.

"Bence kitaplarıma saldırırdın," dedi seslice nefes vererek, çok kısık çıkmıştı sesi. O sırada dış kapının açılma sesini duyduğumuz için ikimizin de dikkati o tarafa çevrilmişti. Gözlerimi kocaman açarak "Baban mı geldi?" diye sordum.

"Sanmıyorum, yarın sabah dönecek diye biliyorum," diye cevapladı beni Varis ayağa kalkarken. Peşinden ben de kalktım ve onu takip ettim. Koridorun başında kimin geldiğini çoktan görmüştüm, geçen sefer kurabiyelerimi beğenen orta yaşlı yardımcı kadın gelmişti. Rahat bir nefes verdim istemsizce. Bir de az önce duyduklarımdan sonra Balamir Adin'le karşılaşırsam ne yapardım, nasıl bir tepki verirdim bilmiyordum gerçekten.

"Varis Bey," dedi kadın gülerek, elindeki şemsiye ve çantayı kenara bırakırken. Kabanını bir çırpıda çıkartıp yere bıraktıklarını alıvermişti. "Babanızın yarın sabah uçağı olduğunu öğrendik, evi şöyle bir elden geçirmemiz gerekecek. Siz okulda olursunuz diye düşünmüştüm aslında, kusura bakmayın çat kapı geldim böyle bir günde..." Kadın beni gördüğünde gülerken kısılan gözleriyle başını eğmiş ve hafifçe selam vermişti. Ben de gülümseyerek karşılık verdim.

Kadın böyle bir günde derken ne demek istemişti acaba? Tabii, günün taşıdığı birden fazla anlam ve önemi biliyorsa, ondan bahsediyor olmalıydı. Varis kadınla yumuşak ve saygılı bir dille konuşmuş, birazdan bizim de çıkacağımızı söylemişti. O üzerini değiştirmek için odasına geçtiğinde ben köşede bir yerde bıraktığım kahve bardağını almış, mutfağa girmiştim. Yardımcı kadın da mutfaktaydı, muhtemelen akşam için yemek hazırlamaya başlayacaktı şimdiden.

Bardağı lavabonun içine bırakmadan önce içindeki soğuk kahveyi dökerken "Sıcak çikolata mı?" diye sordu kadın gülümseyerek, hemen yanıma gelmiş ve eğilerek lavaboya bakmıştı. Kahve olduğunu anladığı gibi kafasını salladı. "Büyüyünce insanın alışkanlıkları da değişiyormuş görüyor musun Nazile?"

Nazile diye kendine mi sesleniyordu? Kadının söylediklerinden bir şey anlamamıştım, zaten mutfağın içinde o kadar hızlı yer değiştiriyordu ki ben ona dönene kadar mutfağın arkasındaki kilere gitmişti bile.

Varis, kadına sıcak çikolata sevdiğimden bahsetmiş olsa bile büyümekle ilgili söylediklerini bir türlü bağdaştıramamıştım. Telefonumu çıkartıp hesaptan başka bir mesaj geldi mi diye kontrol ederken koridorda ilerliyordum. Bir an önce buradan çıkmak istiyordum çünkü Sahra'nın dün gece burada olması ve sabah bizi camlardan kahvaltı ederken görmüş olduğu gerçeği tüylerimi diken diken etmişti.

İlginç bir şey görmek ister misin?

Yazdığı şeye cevap vermedim. Varis'in odasındaki dün gece çıkardığım etekle uzun kollu tişörtü almış ve üzerime geçirmiştim. Montumu giyinip çantamı omzuma taktıktan sonra pencereye yaklaşıp etrafı kontrol ettim. Gerçekten burada olma ihtimali yoktu. Belki de Varis'in babası gelecek diye evin etrafındaki güvenlik artırılmıştı bir kere, bu kadın görünmez değildi ki...

Belki de köstebek vardı.

Zihnim, şüphenin yaktığı ampülle aydınlanırken Varis'in elindeki kabanıyla giyinme odasından çıktığını gördüm. Okul formasını giyinmişti ve formayla bile podyuma çıkacak bir manken gibi görünüyordu. Bir anda aklım dağıldı, pencerenin kenarındaki mermere oturup ellerimi iki yanıma koydum ve alıcı gibi süzmeye başladım onu.

"Röntgenciliğin bittiyse in de gidelim," dedi ne söylediğini çok iyi biliyor bir ifadeyle. Kahkaha attım. Kapalı havuzda kilitli kaldığım akşam soyunma odasında üzerimi değiştirmemi beklerken koltukta oturuyordu, ben yanına yürürken baştan aşağı süzmüştü beni. Ben de ona "Röntgenciliğin bittiyse kapıyı aç da gideyim," demiştim. Kaçmayı planlıyordum ondan, dünyanın en imkânsız şeyi gibi geliyordu o akşam beni eve götürme teklifini kabul etmem... Şimdi ise...

Arka kapıdan çıkmaya çalışırken yakalayacaktı beni, arabasına binmem için söyleyebileceği ne varsa söyleyecekti çünkü beni o saatte dağın başında yalnız başıma bırakmaya niyeti yoktu. Bırakırsa dağ yolunda yürümek isteyeceğimi biliyordu. Ve o saatte, bacaklarım çıplak bir hâlde otostop çekmeye kalkarsam neler olabileceğini düşünüyordu... Uzun bir zaman, çok uzun bir zaman onu anlamamıştım. Hâlâ bazı şeyleri anlayabildiğim söylenemezdi.

Kabanını koltuğun kenarına atıp yanıma geldiğinde, pencerenin kenarına çıkıp oturduğum için boylarımız eşitlenmişti. Aralık bacaklarımın arasına girerek iki elini nazikçe ince çorabımın üzerinden tenime değdirdiğinde artık hiç de ölü bakmayan grileri yüzümde geziniyordu. "Bir şeyi anlamış değilim," dedim dudaklarımı ıslatarak. "Ben senin gibi birini ne zaman, nasıl kaptım?"

Gülerek saçlarımı iki kulağımın arkasına sıkıştırdı. "Emek ve sabır..."

"İyi de bir şey yapmadım ki," dedim omuz silkerek.

"Çok şey yaptın," dedi yine, o gece mekândan ayrılırken arabada söylediği gibi ama bu sefer iyi bir şeyden bahsediyor gibi söylemişti. "Sen bana, çok şey kattın..."

"Ee, ben hatırlamıyorum ama hatırlatmak ister misin?" Gülerek, hafif çatılmış kaşlarımla düşünmeden sormuştum bu soruyu. Belki de yaptığım ve gözden kaçırdığım bir şeyler vardı.

"Zamanı gelince," dedi kulağıma fısıldayarak, daha sonra şakağımdan ve alnımdan öpüp elini elimin içine kaydırdı ve kapıya yöneldi. "Şimdi okul zamanı."

"Sendeki bu okul sevgisi beni korkutuyor..."

"Fransızca hocasından sen de korkmuyor musun yoksa?"

Ağzım sonuna kadar açılırken elini bırakıp kapı koluna asıldım ve koridorda koşmaya başladım. Öğlenki ilk dersim Fransızcaydı ve en son Çisem'le Fransızca dersine geç kaldığımızda bizi kurtaran Kenan olmuştu, yine böyle bir fedakârlık yapacağını düşünmüyordum. Acaba hocaya okul benim sevgilimin babasının sahip olduğu şirketin bünyesinde, bana hiçbir şey yapamazsınız desem kaç gün uzaklaştırma alırdım? Ya da direkt atılır mıydım? Hayatımın terbiyesizliğini yapmış olacağım ve sınıfı da kırıp geçireceğim kesindi gülmekten...

Yol boyunca arkama yaslandım ve Varis'in telefonundaki şarkı listesinde gezindim. Spotify hesabı arabaya bağlıydı ve ben bir şarkı bitmeden diğerine geçiyordum çünkü şarkılar konusunda biraz açgözlüydüm sanırım. Bütün listelerinin linkini, gizli olmalarına rağmen kendime mesaj bile göndermiştim. Varis Adin de kusura bakmasındı, telefonunu elime vermeyecekti.

Benim hemen altımda, Alena'nın sohbeti kayıtlıydı. Alena Doran diye kaydetmişti, adı ve soyadıyla. Ben Korkak Kara Parçası diye kayıtlıydım. Varis benim telefonumda, Variserefsiz Adin diye kayıtlıydı hâlâ. *O görmeden değiştirsem iyi olurdu...* diye düşünürken, Alena'yla olan sohbetine girmiş bulundum.

"*Yapma,*" yazmıştı Varis.

A: "Neyi yapmayayım?"

V: "Ne yapmaya çalıştığını biliyorum. Vakti değil. Sen de bunu bilmelisin."

A: "Sana güvenmiyorum. Sana da, baban olacak o adama da. Sonuçta kendi elleriyle teslim etmiş zamanında. Bunca yıl bir intikamın hayaliyle sabretmiş. Ben böyle bir adama güvenemem."

V: "Babam ucu bana dokunacak bir şey yapmaz, ben de ucu senin kardeşine dokunacak bir şey yapmam. Kendimi deler geçerim ama hiçbir şeyin onu sıyırıp geçmesine bile izin vermem Alena. Sen biliyorsun bunu."

A: "Sıyırıp geçmesine bile izin vermem dediğin paramparça olacak!"

V: "Paramparça olacaksa birlikte olacağız."

A: "Gider."

V: "Ben de peşinden takip ederim."

A: "İzin vermez."

V: "Şimdiye dek izin vermediği ne varsa ben sabrettiğim için, ona bu anlayışı gösterdiğim için. Ama gitmesine izin vermem. Bunda sabredilecek, anlayış gösterilecek bir durum yok. O zamana ihtiyacım var dese bile benim saatimi durduracak."

A: "Benim bir şey yaptığım yok Varis. Yokluyorum sadece. Kaldı ki sen bunu bana sorabilecek bir konumda değilsin."

V: "Ulan, göle sokacaktın lan. Göle girecekti lan! O göle! Delirtme şimdi adamı!"

A: "Blöftü."

V: "Sikerim blöfünü."

A: ":)"

V: "Hiç hoşlanmadım ben bu gülüşten."

A: ":"*

V: "Sen adamın aklını siker atarsın Alena."

Hızla parmağımı kaydırıp sohbetten çıktım. Varis bir eli direksiyonda, diğer kolunu pencere kenarına yaslamış, çalan şarkının ritmiyle parmaklarını hareket ettiriyordu ve tamamen yola odaklanmıştı.

Milas'ın sohbetine tıkladım.

V: "Senin kafanı sikeyim ben."

Pekâlâ, bu bayağı eskiydi. Sanırım birkaç hafta öncesiydi... Bir pazar gecesi. Belki teras partisi zamanı... Alena'yı görüp kafamda kurduğum geceydi değil mi?

M: "Konuşmamız lazım."

V: "Konuş konuş tabii anlat derdini".

M: "Oğlum bak ciddiyim buluşmamız lazım. Hiç hoşuna gitmeyecek."

V: "Amk çocuğu seninle ilgili hiçbir şey hoşuma gitmiyor ki benim zaten son zamanlarda. Sen dümdüz konuş ben yine kafa atarım sana."

M: "Sikerim belanı doğru konuş bak. Hala partiye Alena'yı getirmemde misin sen oğlum aş bunları daha neler olacak bu ne ki?"

V: "Git kimi nereye getiriyorsan getir bu dakikadan sonra, tamam mı? Bana ne, amına koyayım, git herkesi getir. Tamam mı? Topla bütün aileyi mangal partisi yap ne yaparsan yap sorarlarsa da hasret gidermek istersiniz bunca yıldan sonra diye düşündüm dersin. Babanla amcana da bir sarışına tav oldum dersin. Bana da bir şey deme bundan sonra mümkünse konuşmayalım Milas, sesini duymak istemiyorum. Milas, sikerim seni Milas."

M: "Ben de seni seviyorum kardeşim. Bir siktir git ol, git şimdi kendine gel!"

V: "Kendime geleceğim diye, tüm ihtimalleri bardağın dibinde içiyorum ben Milas."

M: "Sarhoş musun lan sen?"

M: "Gelioyrum bekle."

V: "Geloy."

M: "Salak."

V: "Piç."

M: "Mal."

Bu kullanıcıyı engellediniz. Engeli kaldırmak için tıklayınız.

Bu kullanıcının engelini kaldırdınız.

M: "ENGELLEDİN Mİ LAN?"

V: "Boş yapma!"

V: "LAN!"

V: "ENGELLEDİN Mİ?"

Bu kullanıcıyı engellediniz. Engeli kaldırmak için tıklayınız.

En son Varis de Milas'ı engellemişti ve daha aşağısı yoktu. Mesaj sekmesini kapatıp telefonu dizimin üzerine bırakırken gülmemek için elimi ağzıma kapatıp başımı camdan dışarı çevirdim. Ne Alena'yla ne de Milas'la ne konuştuğunu anlayamamıştım ama kuzeniyle arasındaki iletişim çocuk gibiydi. Alena'yla Varis'e laf eden Milas ikisinden daha çocuk gibiydi hatta... Alena, kardeşinden bahsediyor olabilirdi, Aral'dan ama Varis'in bu kadar korumacı yaklaşmış olması beni şaşırtmıştı. Bu konuşma dün gece yaşanmıştı, muhtemelen ben banyodayken. Aral'ın attığı fotoğrafı görüp bana göstermeden hemen önce...

"Ne oldu?" diye sordu Varis, evimin önüne çektiğinde.

"Hiç," dedim emniyet kemerimi çözerken gülerek. O dizimden telefonunu aldığında, ben de ön kapıdan çıkmış bahçeden içeri giriyordum. Etraf kar kaplıydı ama yağış durmuştu. Belki sınavlardan sonra Çisem'in de aklını çelebilirsem, çöpçatanlık yapabilirdim Alper'le arasında... Her ne kadar karışmak istemesem de ve muhtemelen Varis'e bahsetsem o da bunu söyleyecek olsa da, gözümün gördüğünü dilimden ve hareketlerimden sakınmak çok zor olacaktı denesem bile...

Kapıyı açarken kapının kilitli olmadığını fark ettim. Kocaman olmuş gözlerimi Varis'e çevirdiğimde "Ne?" diye sordu, anında kaşları çatılmıştı ve önüme geçmiş, aralık açılmış kapıdan içeriye yönelmişti. Hırsız girdiğini düşünmüş olmalıydı. Halbuki benim aklıma Pamuk Hala gelmişti.

Varis kapıdan içeri girdiğinde ben de peşinden geçtim, burnuma gelen börek kokusuyla sırıtışım kocaman yayılmıştı yüzüme. Kapıyı kapatıp çantamı kenara attım ve koşar adımlarla mutfağa yöneldim. Varis arkamdan "Ada!" diye seslenmişti ama o da almıyor muydu börek kokusunu? Patatesli, çörekotlu börek...

Mutfağın kapısını açtığım gibi Pamuk Hala'nın fırından börek çıkardığını gördüm. Suratımda kocaman bir sevinç ifadesiyle, az önce koşturduğum için nefes nefese iki elimi pervaza yaslamış kapıda dikilirken Pamuk Hala beni fark ettiği gibi kafasını önüne çevirdi ve "Ay kızım! İlahi!" diye bağırdı, tepsiyi hızla tezgâha bırakmıştı. "Ay vallahi korktum! Vallahi de billahi de çok korktum!"

"Pamuk Hala!" Kollarımı açarak atladım kollarına. Dadım ben ona sarılırken gülüyor, boyu benden kısa olduğu için başını kaldırmış bir yandan da ellerinden fırın eldivenlerini çıkarmaya çalışıyordu. "Kızım dur vallahi boğacaksın beni!" dedi kahkahalarının arasında. "Kız, dur kız, Adakız dur!"

"Adakız'ın küs sana!" dedim geriye çekilirken, ellerimi belime koyarak. "Nerelerdeydin sen ya? Niye gittin? Niye gelmedin bunca zaman? Beni yalnız bıraktın koca evde. Hiç aklına gelmedim mi? Hiç aramaz mı bir insan ya? Affedeyim diye yaptın değil mi bu böreği?"

"Ya güzelim benim, birtanem," dedi Pamuk Hala omuzlarımdan aşağı dökülen saçlarımı okşarken. "Ben inan düşünemedim. Öyle bir kaos ortamı vardı ki memleketimde... Kardeşim hastaydı..."

Dudaklarımı birbirine bastırarak "İyi mi şimdi?" diye sordum.

"İyi iyi, turp gibi vallahi. Zaten o iyi olmasa şamarı yerdi artık! Koskoca yetişkin oldu hâlâ ablası gidiyor ayağına... Bir ziyaretime gelemedi vefasız," dedi Pamuk Hala aksi bir ifadeyle. Parıldayan koca kahverengi gözleri yüzümde geziniyordu. Ardından başını arkama çevirdi, gözleri kocaman açıldı ve ağzı da... "Çüş! Kız sen dışarıdan mı geliyorsun?" Elini koluma koymuş, montumu kastediyordu. "Ama ben dedim Mustafa Efendi'ye, dedim üç vakte kadar, dedim olur bunlar..." Bunu bana doğru eğilmiş, kısık bir sesle söylemişti. Ardından beni ittirip kapıya doğru yürüdü.

Şaşkınlıkla dönüp kapıya baktığımda Varis'in mutfak girişinde dikildiğini gördüm, öylece duruyor ve izliyordu. Pamuk Hala, önce Varis'i şöyle bir süzdü, sonra "Çay koy bakayım," dedi elleri belinde.

"Dadım bizim dersimiz var," dedim araya girerek hemen, yanlarına yürümüştüm. "Gerçekten vakit yok..."

"Kız bu saate okul mu kaldı?"

"Kar yağışı yüzünden dersler öğlene çekilmişti," dedim kaşlarımı kaldırarak. Pamuk Hala inanmaz bir ifadeyle baktığında "Vallahi bak!" dedim telefonumu çıkartarak. "Mail geldi göstereyim de gör..."

"Aman istemez, tamam gidin," dedi Pamuk Hala. "Börek alın bari ama."

"Alırız alırız," dedim eğilip dadımın yanağına bir öpücük kondururken. "Ben hemen formamı giyinip geliyorum." Varis'e dönüp yanından geçerken temkinli bir ifadeyle elimi koluna koymuştum. Eğer bu eve ilk geldiği gün bahçede Pamuk Hala'yla tanıştığını düşünüyorsa çok yanılıyordu, çünkü o Pamuk Hala'nın benim arkadaşım olan Varis Adin'le tanışmasıydı. Sevgilim olan Varis Adin'le tanışması, biraz gergin ve zor olabilirdi...

Odama çıktığımda arabada okuduğum mesajlar aklımdan tamamen silinmiş, aşağıda dadımla Varis arasında dönenleri hayal ederken kıkırdayarak formamı giyiniyordum. Saçlarımı tararken hâlâ boynumda olduğunu fark ettiğim kolyeye takıldı gözlerim aynada, tarağı kenara bırakıp aynadaki yansımama yaklaştım ve kolyeyi inceledim. İki yüzü vardı kolyenin; ön tarafına bir çiçek deseni işlenmişti ve arkasında da okuyamayacağım kadar küçük yazılar yazıyordu. Kolyeyi çıkartıp odaklanarak okumaya çalıştım ama gerçekten okuyamayacağım kadar inceydi. Estetik durması için karalanmış olabilir miydi? Telefonumun kamerasını odaklayıp fotoğrafını çektiğimde artık pes etmiştim çünkü okunmuyordu.

Odamın kapısı tıklatıldığında banyodan çıktım ve "Gel," dedim tok bir sesle, çantamı toplamak için çalışma masama yönelirken. Varis içeri girdiğinde gözlerini etrafta gezdiriyordu. "Hazır mısın?"

"Bitti sayılır," diye mırıldandım defterimi kontrol ederken. Ödevlerim tamamdı.

Çantamın fermuarını kapatırken Varis'in yanımdan geçip gittiğini hissettim, dönüp baktığımda kitaplığımın önünde dikiliyordu. Gözlerinin en üst rafta, belirli bir yerde odaklı olduğunu fark ettiğimde ben de yanına yürümüştüm. "Bir insanı tanımak istiyorsan kitaplarına nasıl davrandığından başla demişler," dedi uzanıp *Küçük Prens* kitabını alırken. Eski kitap ıslanmış da kurumuş gibi sararmış sayfaları buruşmuş, üstelik sayfalarının çoğu karalanmıştı. Bazı cümlelerin altı ise düzgünce çizilmişti.

Varis kitabı hızlıca geçerken elinden kapıp "Ben yapmadım," dedim kitabı rafa geri koyarken.

"Sen yaptın," dedi gözlerini bana doğru devirerek.

"Ben yapmadım!" Bu sefer itiraz eder bir ifadeyle söylemiştim. "Geçen sene dolabımın üstünde bulmuştum. Çisem çöpe atacaktı ama ben çantamın içine koydum, ne yapmam gerektiğini bilmiyordum. Çantamın içinde eve getirmişim..."

"Geçen gece hiç okumadım demiştin," dedi kollarını göğsünde birleştirerek pencere pervazına yaslanırken. "Neden okumadın?"

"Popüler şeylere alerjim var gibi bir şey, herkes dilinden düşürene kadar yapamıyorum... Sonra da unutmuşum işte. Alt tarafı bir kitap. Herkes okumak zorunda değil," diye cevapladım onu. "Ama okuyacağım... Tabii yeni bir tanesini alınca. Bu çok eski." Okuyacağım çünkü senin en sevdiğin kitap.

"Bunu oku," dedi Varis kitabı yeniden sıkıştırdığım yerden çıkartıp bana uzatarak. Neden bu kitabı dayattığını anlamaz bir şekilde gözlerinin içine baktım ama gayet ciddiydi.

"Ne fark eder ki?" diye sordum kitabı elime alırken. "Hepsi aynı işte..."

"Bunu oku Ada, söz ver," dedi direterek.

İstemsizce kaşlarım çatılmıştı ama yine de onu onaylarken bulmuştum kendimi. Kitabı alıp çalışma masamın üzerine bıraktım. "Bu aralar hiçbir şeyi anlamıyorum..." diye mırıldandım kendi kendime, çantamı omzuma asıp montumu elime alırken. "Kim neyi neden yapıyor, kim ne hakkında nasıl hissediyor, kim yalan kim doğru konuşuyor... Hiçbir şeyi anlamıyorum."

Varis elimdeki monta uzandığında ne yaptığını anlayamadım ilk başta, montu düzeltip giyinmem için bana tuttuğunda çantamı çıkarmış kollarımı sırasıyla uzatıyorum. Daha sonra beni kendine doğru çevirdiğinde, hiçbir şey söylemeden fermuarımı çekti ve yakama geldiğinde durdu. Okul formamın içine uzanmış, kolyeme dokunmuştu sanki hâlâ orada olup olmadığını kontrol etmişçesine. "Baksana, bazı zaferleri kazanmak için kazanmış gibi yapmak gerekiyormuş Ada..." Ardından grilikler gözlerime çevrildi. "Biz de bazı şeyleri anlamak için anlıyormuş gibi yapalım mı seninle?"

"O nasıl olacak?" diye sordum çatık kaşlarımla.

"Sessiz kalarak," dedi Varis, kabul etmeyeceğimi bildiğinden gözleriyle beni susturarak. "Herkesin sahnede olduğu bir tiyatro oyunu düşün ama seyircisiz... Kimse neyin nasıl olduğunu, neden olduğunu, kimin yaptığını bilmiyor oyuncular dışında. Çünkü herkes oyunun içinde, kendi oyununu oynuyor. Son perdeye dek sessiz kalmak herkesin boynunun borcu."

"Seni anladığım söylenemez," dedim seslice nefes vererek. "Ama güveniyorum."

Gülümsedi. Dudakları öyle hoş bir tebessümle kıvrılmıştı ki, bu cümleyi çok daha önceden ona söylemediğim için üzülürken bir yandan da haftalar önce bir yalan uğruna kapalı havuz salonunda aksini bağırdığım için kahrolmuştum. "Bu yeter de artar bile."

Okul yolu sessizdi. Slow bir şarkı eşliğinde başımı koltuğa yaslamış ve akıp giden yolu izlemiştim. Bir yandan da uyuyor numarası yapıyordum ama aslında aklımdakilerin üzerinden daha iyi geçmek için kapatmıştım gözlerimi. Varis'in ailesinin yaşadıklarını bir kenara koyarsak, Sahra'nın bana attığı mesajları bir kenara koyamıyordum. Alena'nın Varis'le konuşmalarını bir kenara koyarsak da doğum günü yalanını koyamıyordum. Ben aslında hiçbir şeyi hiçbir köşeye sığdıramıyordum artık... Köşeler ovalleşmiş, her şey birbirine karışmıştı. Duvarlar birbirinin üzerine devriliyordu zihnimde, sanki yaşanan her şey birbiriyle ilgiliymiş gibi kök salıyor ve bir noktada birleşiyorlardı.

İlk derse on dakika kala okula geldiğimizde Reha, koridorda rastlaştığımızda antrenörlerinin basketbol takımını kapalı sahada topladığını söylediğinden Varis'le ayrılmıştık. Ben okulun eczanesine uğradığımda Çisem arıyordu. "Efendim?" diye cevapladım aramayı. "Geliyorum iki dakikaya, okuldayım..."

"Sana sıcak çikolata aldım, soğuyor bak," dedi yorgun bir sesle, esneyerek. "İlk ders Fransızca, sakın geç kalma! Kafiye yaptım..."

Gülerek "Tamam geliyorum, eczanedeyim," dedim satın aldığım ertesi gün hapının kutusunu çantama atarken.

"Ne işin var ya eczanede?"

"Sen bana asıl dün gecenin hesabını ver." Lafı nasıl çevireceğimi bilememiştim bir anda. Oh, iyi oldu Ada. Çisem sen ona tatmin edici bir cevap verene kadar susmaz şimdi. "Kovalamacalar, iddialara tutuşmalar, turnikeler falan... Ne oluyoruz?"

"Kanser oluyoruz Adacığım, bu gidişle kanser oluyoruz," diye cevapladı beni Çisem telefonun diğer ucundan, seslice oflayarak. O sırada bütün okulda ders zili çaldığından merdivenlerden hızlı çıkıyordum. Bakışlarım ayaklarımdaydı, merdiven basamaklarını takip ediyordum; bir anda omzuma sertçe yediğim darbeyle telefonum elimden fırladığında tırabzanlara tutunarak son anda kaymaktan kurtuldum ama aynı şeyi acıyan omzum için söyleyemeyecektim. Şaşkın bakışlarımı kaldırdığımda Alin birkaç basamak aşağıdaydı, bana bakıyordu.

"Ada," dedi samimiyetine inanmadığım bir ifadeyle, aynı şaşkın ifade onun da yüzündeydi ve bir eliyle omzunu tutmuştu. "Çok özür dilerim ya... Su almak için kantine koşuşturuyordum, ders başlamadan yetişeyim diye..."

Bazı insanlar böyle Adakız, dedim içimden. Öyle iyi oynuyorlar ki, niyetlerinin kötü olduğunu bile bile, inanmak zorunda hissediyorsun kendini... Eğilip yerdeki telefonumu alıp hırkasının koluyla üzerini sildiğinde "Ekranın üstündeki koruma camı çatlamış, istersen sana ücretini ödeyebilirim," dedi mahçup bir ifadeyle. "Kusura bakma yeniden..."

"Önemli değil," dedim ve telefonumu alıp hızla merdivenlerden yukarı adımladım. Sınıf kapısının önüne gelene kadar titreyen ellerime engel olamamıştım, sırtımı koridor duvarına yaslayarak derin nefesler almaya ve yutkunmaya çalıştım. Öğretmenler zili çalıyordu ama sanki hoparlörler benim kafamın içindeydi. Ben artık... Korkuyordum sanırım. Alin'di benim mojitoma hap atan. O'ydu. O olmak zorundaydı. Az önce de bilerek çarpmıştı omzuma, değil mi? Gerçekten aceleden de olmuş olabilirdi. Tepkisi gerçek olabilirdi. Değildi. Öyle miydi değil miydi? Odaklanmaya çalıştığım birkaç saniyenin sonunda Fransızca hocasını merdivenlerden çıkarken gördüm ve sınıf kapısını açıp içeri attım kendimi. Sıralarında oturmuş sohbet edenlerin gözleri birkaç saniyeliğine bana dönmüş, ardından umursamamışlardı ama Çisem yerinden kalkmış ve elinde telefonuyla bana ne olduğunu sorar gibi bakıyordu.

"Merdivenlerde Alin'le karşılaştık, telefonum elimden kayıp düştü," dedim çantamı masama bırakırken. Montumu çıkartıp hızlıca astım ve telefonumu sıranın altına bıraktım. Kırık camı daha sonra çıkartacaktım.

"Kesin bilerek çarpmıştır sonra da inandırıcı bir tavırla özür dilemiştir çünkü götü yemez," dedi Çisem gözlerini devirerek gülerken. Tahminin nokta atışı olması onun tam bir insan sarrafı olduğunu kanıtlar nitelikteydi.

Fransızca hocası içeri girerek bize selam verdikten sonra masasına geçtiğinde masamın üzerindeki sıcak çikolatadan bir yudum aldım, ardından çantamdaki kutudan çıkardığım hapı dilimin üzerine bıraktım. Çisem sırama doğru eğilerek kısık bir sesle "Ağrı kesici mi o? Bana da versene," dedi çenesiyle çantamı işaret ederek.

Hapı yutarken gözlerimi Çisem'in maviliklerine çevirdim. Normalde gerçekten ağrı kesici hapı alsam istemeyecekken neden şimdi isteyesi tutmuştu ki? "Değil," dedim gözlerimi büyülterek, susmasını istercesine. Hoca tahtaya bir şeyler yazmaya başladığı için önüne dönmüş ama daha sonra sırıtarak bana bakmıştı.

Çantamın içinde bulduğum ilk şeyi acımadan üstüne fırlattım.

"Silence s'il vous plaît!" (Sessizlik lütfen!) dedi Fransızca hocası arkasını dönmeden, güçlü bir aksanla. Çisem'in üzerine kalemliğimi fırlatmıştım ve karnına yediği darbeyle gülüşü acı çeker bir inlemeye dönüşmüştü.

Ders boyunca not aldığım defterime boş boş baktım, kalemim elimdeydi, yazıyordum fakat aklım kesinlikle sınıfta değildi. Bir yanda Kumsal'ın antrenmandan sonra söyledikleri diğer yanda Alin'in ikiyüzlülüğü, öteki tarafta Alena'nın Eylül'le merdivenlerdeki konuşması... Bütün bunlar, Varis hayatıma girdikten sonra patlak vermişti. Telefonumu defterimin üzerine çıkartıp kırık camı söktüğüm sırada ekranda parlayan bildirim, Instagram'daki sahte hesaptan gelen bir fotoğraftı.

Bildirimin üzerine tıkladığımda mesaj sayfası açıldı. Sahra en son, *"İlginç bir şey görmek ister misin?"* yazmıştı ama cevap vermemiştim. Fotoğraf eski bir makineyle çekilmişti ve üç sarışın kız, ikisi sarışın diğeri siyah saçlı iki erkek çocuk vardı. Sahra fotoğrafı eline alıp çektiği için kırmızı, sivri takma tırnakları görünüyordu kenardan fakat onun tırnaklarına nazaran, fotoğraftakilerin yüzü belirgin değildi. İlerideki göl görünüyordu ağaçların arasından, havuzlu bir bahçeydi burası. Güneş olmadığındandı belki de net olmayışı fotoğrafın da.

Ekranıma başka bir mesaj düştü.

Acil çatı terasına gel.

Mesajı atan Reha'ydı.

"Ne oldu?" yazdım.

Acil!

"Nasıl geleyim? Dersteyim."

"Bekle bir dakika," diye cevapladı beni.

Biraz sonra kapı tıklatıldığında Çisem'le göz göze geldik, giren kişi nöbetçi öğrenciydi ve elinde bir not kâğıdı vardı. Kâğıdı Fransızca hocasına uzattığında, hocanın gözleri sınıfın üzerinde dolaştı ve bende durdu. Kâğıdı kaldırıp başıyla kapıyı işaret ettiğinde kalbim deli gibi atıyordu. Bunu yapan Reha mıydı? Nasıl becermişti?

Nöbetçi öğrenci başıyla kapıyı işaret ettiğinde sıramdan kalkıp dışarı yürüdüm, koridora çıktığımız gibi "Yangın merdivenlerini kullan," dedi ve aksi yöne yürüdü. Sanırım işi buraya kadardı.

Koşar adımlarla yangın merdivenlerinden çıkarken merdivenlerin başında Reha'yı görmüştüm, "Ne oldu?" diye sordum şaşkın bir ifadeyle.

Başıyla ileriyi işaret ettiğinde onu takip etmeye başladım. "Biliyor muydun?"

"Neyi?"

"Geçen sefer içkine ilaç katanın Alin olduğunu," dedi Reha tepkimi süzerken.

"Bırak!"

Ama gelen bağrışla, daha fazla bakabileceği bir yüz kalmamıştı karşısında. Önüne geçerek koşar adımlarla teras kapısını açtım ve içeri attım kendimi. Teras kapalı olduğu için dışarıda değildik ama pencerelerden biri açıktı ve içerisi serindi. Varis kenardaki masalardan birine yaslanmış, kolları göğsünde, oldukça soğuk bir ifadeyle köşeye sıkışmış Alin'e bakıyordu. Alin'in karşısında ise Kumsal vardı.

"Ada yardım et!" Alin'in sesi ve ifadesi o kadar inandırıcıydı ki, bir kez daha sorgularken buldum kendimi. Bakışlarım Varis'e çevrildiğinde bana düz bir ifadeyle bakıyordu, köşede Alper vardı ve kapağını açtığı bir suyu rahat bir şekilde yarısına kadar içmişti saniyeler içerisinde. Arkamdan gelen Reha'ya döndüm, ardından yeniden Alin'e çevirdim bakışlarımı. "Ada!" dedi Alin bir kez daha, ileriye bir adım atmak istediğinde Kumsal yolunu kesmişti. "Sabah yanlışlıkla sana çarptığım için mi tüm bunlar? Bırakın beni ya!"

"İtiraf edeceksin," dedi Kumsal sert bir ses tonuyla Alin'e karşı. Bir kez olsun arkasını dönüp kimin geldiğine bakmamıştı. "Bir bir öteceksin."

"Ya ben bir şey yapmadım!" diye bağırdı Alin çaresizce. "Ben Ada'nın arkadaşıyım! Neden anlamak istemiyorsunuz bunu?"

Varis'in gözlerini devirdiğini gördüm, irite olduğunu belli eder bir ifadeyle dilini alt dudağında gezdirdikten sonra doğrularak ölü gri gözlerini Alin'in yüzüne çevirdi. "Sıkıldım artık. Ya oyunculuğu bırakır konuşursun ya da benden günah gider."

"Ne yapacaksın?" diye sordu Alin korku dolu bir ifadeyle. "Vuracak mısın bana o gün Toprak'a vurduğun gibi?"

"Toprak boşuna dayak yemiş olabilir ama senin yiyeceğin dayak fiziksel değil yaşamsal olacak biraz, Alin. Çok hoşuna gidecek inan. Bak psikolojik demedim fark ettiysen, yaşamsal dedim. Yaşamını sikerim yani senin," dedi doğrularak, karanlık bir sesle. Ardından sıkıntıyla alnını ovaladı. "Bak küfrettirdin bana, zorla küfrettirdin anasını satayım. Sabır bırakmadın adamda ama sabahtan beri kök saldım bekliyorum! Yeter!" İki adım. İki adımda Alin'in üzerine doğru yürümüş ve onu köşeye kıstırmıştı. Sırtı cam duvara yaslanan Alin yüzünde korkunç bir ifadeyle Varis'e bakıyordu. Varis kolunu kaldırıp saatine baktı, ardından "Zilin çalmasına on dakika var Alin," dedi gayet sakin bir sesle. "On dakika içinde döküldün döküldün, dökülmedin; o zaman bütün okul yıllarca üzerinden duygu sömürüsü yaptığın kızın öz ablan olduğunu öğrenir."

Şaşkınlıkla kocaman açılan gözlerim ve ağzım bir 'o' şeklini aldı o an. Kumsal dönüp omzunun üzerinden bana baktığında göz göze geldik, yüzünde sert bir ifade vardı.

Kollarını göğsünde birleştirerek rahat bir ifadeyle hemen yanındaki masanın üzerine oturdu ve sırtını cam duvara yaslayarak gözlerini önüne çevirdi.

Yutkunarak Kumsal'a, "Sen mi söyledin ona mojito olayını?" diye sordum. Eğer Kumsal, Alin'in kız kardeşiyse, ikizlerse, Alin görüldüğü üzere ötmeyeceğine göre geriye bir tek Kumsal kalıyordu. Sabah Kumsal, Varis'le konuşmuştu. Reha yanımıza geldiğinde Kumsal'ın ismi geçerse rahat bırakmayacağımı bildiğinden takım toplantısı olduğunu söylemişti ama aslında Alin'le ilgili Kumsal'la konuşacaklardı. Ve muhtemelen Alin gerçekten de merdivenlerden koşarak iniyordu çünkü acelesi vardı ama zil çalmadan önce su almak için değil, kız kardeşinden kaçıyordu...

Kumsal kafasını salladı.

Gözlerimi kapatıp yutkundum ve derin bir nefes aldım. Alin'in güvendiği şey benimle olan arkadaşlığıysa ve bu yüzden anlatmıyorsa, bu yüzden gözlerime hâlâ yardım istercesine bakıyorsa, o zaman onun güvendiği dalı kesmenin vaktiydi. Kollarımı göğsümde birleştirerek birkaç yavaş adımla Alin'in üzerine yürümeye başladım, zaten köşedeydi. Ben yaklaşırken Varis'in bakışları üzerime çevrildi, biraz geri çekilmişti. "Mojitoma ilaç katanın sen olduğunu biliyorum Alin," dedim soğuk bir sesle. "Ben kabindeyken tuvalet aynasına küfür yazanın takımdakiler değil de sen olduğunu da biliyorum," diye devam ettim, herkesin dikkatini üzerimde hissederken. "Artırıyorum... Hatta bence takıma alınayım diye Zara'yı da sen sakatlamışsındır." Sertçe yutkundu, ifadesi değişiyordu. Maskesi düşüyordu. "Dolabı, dolabının hemen yanında olan oyuncuyu sakatlamak... Mantıklı bir hareket ama fazla mantıklı. Seninle ilgili sorun da bu zaten. Her şey fazla mantıklıydı."

Alin'in surat ifadesi hiç olmadığı kadar soğuktu. Bir anda ne zaman bana yaklaşsa sahip olduğu o sıcaklık yok olmuştu. Dudaklarını birbirine bastırırken Varis'e baktı, ardından Kumsal'a. Tekrar benim yüzüme bakarken sonunda pes ettiğini anlamıştım. "Nerede fire verdim anlamıyorum," dedi gözleri arkamdaki masaya sabitliyken. Ardından ağırlığını bir ayağına verdi ve kollarını göğsünde birleştirerek başını kaldırdı. "Biliyor musun Ada? Bütün bunlar bittiğinde arkadaş olabileceğimizi düşünmüştüm... Sen gerçekten iyi bir arkadaş olurdun..."

Başıma giren ağrıyla alnımı ovalayarak arkama döndüm ve birkaç adım uzaklaştım ondan. "Hastasın sen, hasta!" diye bağırdı Kumsal. "Ben de tedavi olduğunu düşünmüştüm!"

"İhtiyacım olan şey tedavi miydi sence?" diye bağırdı Alin. "İhtiyacım olan şey kazanmaktı benim! Bir kez olsun, bir kez olsun izin vermedin!"

Gözlerim kapalı alnımı ovalıyorken bir el gevşekçe bileğime sarıldığında başımı kaldırıp ona baktım, Varis masaya yaslanmış endişeli gözlerle bana bakıyordu. Beni yanına çektiğinde "İyiyim," diye fısıldadım.

"Kazanmak öyle mi olur geri zekâlı?" diye bağırdı Kumsal oturduğu masadan inerek kardeşinin karşısına geçerken. "Kazanmak; okuldakilere bok, rakip gördüğün kardeşine de çamur atmakla mı olur? Kazanmak böyle mi olur sence?!" Omuzlarından ittirdi. "Ben söyleyeyim sana kazanmak nasıl olur! Bir hedef koyarsın kendine, kimsenin kılına zarar gelmeyecek sağlıklı bir hedef! Sonra da çabalarsın. Yaparsın. Belki hemen olmaz, belki bin kere düşersin ama bin kere kalkarsın! Eğer gerçekten istiyorsan bir yolunu bulursun yaparsın! Çalarak çırparak, iftira atarak, oyunlar oynayarak olmaz kazanmak!"

"Sen ne biliyorsun benim ne yaşadığımı yıllardır?!"

"Bıktım senin kompekslerinden artık, bıktım bencilliğinden," dedi Kumsal kafasını iki yana sallarken bir adım geri çekilerek. "Bana hiçbir şeyi açıklama. Tamam mı? Benim Alin diye bir kardeşim yok artık." İşaret parmağını kaldırıp beni gösterdi. "Ama ona açıklayacaksın. Yediğin her boku bir bir, açıklayacaksın. Ben yazdım bar tuvaletlerine numaranı, ben para verdim çektirdim o parti odasındaki peruklu videoyu, tüm okula da ben gönderdim diyeceksin adam gibi! Geldiğin günden beri aranızı bozuyorum, salak gibi inanıp birbirinize sataşıyorsunuz, ben de kahkahalar atarak izliyorum diyeceksin!"

"Senin Alin diye bir kardeşin yok zaten! Oldum mu ben hiç senin için? Var oldum senin için söyle? Ben senin için gözlüklü, diş telli, sivilceli, şişko bir soytarıydım hep! Annem bile sana baktığında gururlanıyor, bana baktığında midesi kalkıyordu! Liseye başladığımız ilk gün aynı sınıfta olmamıza rağmen oturduğum sıraya en uzak köşeyi seçtin, gittin ölmüş babamızın soyadını bıraktın annemin kızlık soyadını yazdırdın ya sen kimliğine sırf kardeş olduğumuz anlaşılmasın diye! Voleybol takımına girdiğin ilk haftadan kaptan oldun, sonra da gittin elemeleri geçmiş olmama rağmen fiziksel sınavdan sildirdin adımı! Bak! Bana bak! Bak gurur tablonum ben senin! Senin eserinim!" diye bağırdı Alin kollarını açarak kendini gösterirken. "Eski ben değilim değil mi? Ne bir sivilcem ne bir gram yağım var görüyor musun? Senden bile zayıfım! Ama hâlâ senin için yeterli değilim, değil mi? Hâlâ kardeşin olduğumu itiraf edemiyorsun değil mi?!"

"Aptalsın sen," dedi Kumsal aptal kelimesini bastırarak. "Aptalsın. Aptal."

"Ben yaptım!" Alin nefes nefese bana döndüğünde, daha fazla ayakta duramadığım için Varis'in yaslandığı masaya oturmuştum ve bir elim onun elindeydi. "Ben yaptım ulan, siz de salak gibi kandınız! Var mı? Salaksınız çünkü! Hepiniz salaksınız! Bu kadar salak olmanıza rağmen nasıl spot ışıkları üzerinizde, nasıl öne çıkıyorsunuz anlamış değilim!" Bakışları Varis'e döndü. "Sen de öldürecek misin ne yapacaksın umurumda bile değil! Al! Arkadaşınla sevgilini birbirine düşürdüm, ikisinin de ağzına sıçtım! Al ne yapacaksan yap!"

O sırada çalan zilin sesi terasta yankılandığında garip bir sessizlik süpürdü teras zeminine dökülen yalanların üzerini. Doğrular bir bir gün yüzüne çıkarken yalanlar da çöpe süpürülüyordu demek ki. Ama düşerken bıraktıkları iz... O iz bizimle kalacaktı. Bir yalan dudaktan çıkarken aklı değil kalbi nişan alıyordu; hiçbir zaman karşımızdaki yalan söylediğinde aklımızla oynadığını düşünmezdik ilk, önce göğsümüzde bir ağrı hissederdik. Önce kızar, sonra kırılırdık. Kızardık çünkü güvenimiz sarsılmış, belki de koparılıp alınmıştı bizden; kırılırdık çünkü cesareti vardı karşımızdakinin güven sökmeye. Göze almıştı. Her şeyi göze almıştı.

Ne diyebileceğimi bilmemekle beraber başıma saplanan ağrıya engel olamıyordum. Kimse olduğunu söylediği kişi değildi, kimse göründüğü gibi değildi; herkesin bir gösterdikleri bir de sakladıkları vardı ve saklananlar bir bir ortaya çıktıkça üzerime devriliyordu sanki. Kumsal onun kardeşiydi, kimbilir o nasıl hissediyordu?

"Çekil şuradan!" diye bağırdı Alin, Reha'yı ittirerek terastan çıkıp giderken. Alper dışarı çıkmış, Alin'in arkasından terasa çıkılan odanın kapısını kapatmıştı ve anahtarı nereden bulduysa, kilitlemişti. Muhtemelen zil çaldığında buraya gelecek öğrencileri engellemek içindi.

"Hiç gelme abicim, biz çıkalım," dedi Reha başıyla dışarıyı işaret ederken. Onlar çıktığında, üç kişi kalmıştık.

Kumsal yüzünü sertçe sıvazlayarak dikildiği köşede hareket etti sonunda, gözleri doğruca Varis'e odaklanmıştı. "Biraz müsaade eder misin?" diye sordu sakin bir sesle ama az önceki tartışmanın etkisiyle hâlâ sertçe inip kalkıyordu göğsü nefes alırken.

Varis'in grilikleri bana döndüğünde gözlerinin içine baktım, baş parmağıyla avucumu okşuyordu. Onaylar bir ifadeyle gözlerimi açıp kapattığımda yanımdan geçip gitmeden önce şakağıma bir öpücük bıraktı ve adımlarını terastan dışarıya attı.

Onun gidişiyle boş kalan elimi diğer elim gibi kucağıma koydum, bağdaş kurmuştum masanın üzerinde. Krem rengi, bacaklarımı sımsıkı saran pantolonun kumaşıyla oynuyordum ve gözlerimi de, başımı da kaldıracak hâlim yoktu.

Kumsal bir sandalye çekti karşıma, pantolon özgürlüğü gelmesine rağmen etek giyiyordu hâlâ. Bacak bacak üstüne attıktan sonra ters oturduğu sandalyenin sırtına dayadı kollarını ve çenesini de kollarının üzerine koydu. "Çirkin ördek yavrusu masalını bilir misin?"

Kafamı salladım.

"Bizim ailede herkes sarışın, mavi gözlü, uzun boylu ve yapılıdır," dedi Kumsal yorgun bir sesle. Bağırmaktan sesi de kısılmıştı biraz. "Yapılı derken... Fiziki açıdan... Alin'le çift yumurta ikiziyiz biz. Şansa birimiz koyu saçlı, diğerimiz sarışın doğduk. Olabilir tabii... Babamın saçları da gözleri de koyu kahveydi. Alin ona çekmiş, ben anneme. Babamızı kaybettiğimizde henüz altı, yedi yaşlarındaydık, ben kabullendim ama Alin reddetti. İkiz çocukları anne iki kolunda taşıyamaz, birini her zaman babası uyutmak zorunda kalır ya hani... Beni annem, Alin'i babam büyütmüş sayılır."

"Başınız sağ olsun," dedim kısık bir sesle.

Kafasını salladı Kumsal. "Alin zor bir ergenlik geçirdi. Çok kilo aldı, şeker hastalığı çıktı, obezdi. Defalarca yardım etmeye çalıştım ama gururuna yediremiyordu, yardımımı kabul etmiyordu. Benden nefret ediyordu. İkiz olmamıza rağmen o kadar farklıydık ki... Boyumuz bir değildi, yüzlerimizin şeklinden tut saçlarımızın rengine kadar farklıydık hem de. Çirkin ördek yavrusu gibi hissediyordu kendini, bugün bile yatağını açıp yastığının altına baksan çirkin ördek yavrusu masal kitabını bulursun... Ama sakin bir nefret değildi onunkisi, alevleri vardı nefretinin. Bir ateş yakmıştı, kendini ısıtıp beni yakmaya çalışıyordu o ateşte. Düşünemedim. Bu kadar ileri gideceğini düşünemedim..."

"Bir gün bir fotoğraf gördü elimdeki telefonda, bir Instagram fotoğrafı. Bahçedeki hamakta sallanıp fotoğrafa bakmıştım dakikalarca, meğer arkamdaymış... Görmüş işte. Tartıştık. Fotoğraf okulun Instagram hesabında paylaşılmış bir fotoğraftı, basketbol takımının iki üyesinin. Reha ve Varis." Gözlerini üzerime çevirdiğinde, ben de başımı kaldırıp ona bakmıştım. "Dedim ki ben Varis'ten hoşlanıyorum. Çünkü o Varis'i elde edemezdi ama Reha olduğunu söylesem, gerçeği söylesem..." Gözlerini kaçırdı. "O kadar ortak noktaları var ki! Zaten arkadaşlardı, anlıyor musun? Kitap kulübünde yan yana oturuyorlardı hep. İkisi de kütüphaneden çıkmıyordu zaten. Alin çok kolay yapardı bunu bana. Çok kolay olurdu onun için..." Dudaklarını ıslattı. "On birinci sınıfın ilk günü sen okula geldiğinde koridorda Varis'le karşılaşmanızı herkes görmüştü. Zaten o günden sonra Varis gözlerini alamadı senden... Ben Varis'le yakın değilim ama bir muhabbetimiz vardır. Alin takmış. Kafayı takmış buna. Bütün okula o hastalıklı zihninde uydurduğu hikâyeleri yaymış, anlamıyorum, o kadar akıllı ki..." Dirseklerini sandalyenin arkasına yaslamış, yüzünü sıvazlıyordu yine.

"Ama nasıl?" diye sordum anlamadığımı belli eder bir sesle. "Sen yaptın her şeyi, bariz ortadaydı bu. Yeri geldiğinde sözlü dalaşa bile giriyordun benimle..."

"Okula geldiğin hafta bizim dönemin WhatsApp grubuna girip hakkımda ileri geri konuştun mu? Etek boyuma, makyajıma, Instagram fotoğraflarıma damga yapıştırıp alay ettin mi benimle?"

Kaşlarım çatıldı.

"Kampa gitmiştik hatırlıyor musun? Sömestr tatiliydi, hava soğuktu. Kulübede sıcak bir duş almıştım. Sen ben girerken çıkıyordun... Kıyafetlerimi çalmış mıydın? Daha sonra çöp kutusunda bulmuştum."

İfadem suratımda asılı kaldı.

"Ödevim Ada, yemekhanedeydik. Sıradayken performans ödevimi çalışıyordum çünkü yemekten sonraki ilk ders sunacaktım. Tepsimin kenarındaydı. Önümde sen, yanında Çisem vardı."

"İlk herkese açık kavgamızdı sanırım," diye mırıldandım. "Kumsal yemin ederim ben ne hakkında ileri geri konuştum, ne kıyafetlerini çaldım, ne de ödevinin üzerine su döktüm... Dönemin WhatsApp grubuna okula geldiğimden beri bir kez olsun girmedim bile..."

"Biliyorum, artık biliyorum," dedi Kumsal. "Ama nasıl sen beni kendi hikâyenin kötü kızı olarak gördüysen, ben de seni fena bir kız olarak görüyordum Ada. Arkadaşlarım da buna göre cephe aldılar. Gruba başka bir numarayla sen diye girip dedikodumu döndürmeye çalışan da, kıyafetlerimi çalıp çöpe atan da, biz sıradayken arkamızdan geçip kaşla göz arasında elini suyuna uzatan da Alin'di. Haklısın. Zara'yı da o sakatlamış olabilir, çünkü antrenman çıkışı hocamızla kenarda konuştuğunu hatırlıyorum. Seni o önermiştir eminim..." Seslice bir nefes aldı Kumsal. "Ada, ben ne yaptıysam gözümün gördüğüne güvenip yaptım. Ama şimdi de görüyorum ki... Her şey koca bir yalandan ibaretmiş ve benim söyleyebileceğim hiçbir şey yok." Ayağa kalktı. "Dileyebileceğim bir özürden başka..."

Bacaklarımı masadan aşşağıya sarkıtıp atladım ve elimi saçlarımdan geçirdim. Bakışlarımı Kumsal'ın ilk kez samimi bakan mavi gözlerine çevirdiğimde yutkunma ihtiyacı hissetmiştim. "Yeniden başlayalım mı?" diye sordu bana, elini uzatırken. "Hani öyle yaparlar ya filmlerde... Yeniden tanışmış olalım mı?"

"Hiçbir şeyi yok sayamayız Kumsal," diye mırıldandım yutkunurken, yine de uzanıp elini tutmuş ve onunla tokalaşmıştım. "Bundan sonra yok saydıklarımızın gölgesinde değil, bildiklerimizin karanlığında yaşayalım. Karanlıkta kimseden saklanabileceğin bir gölgen olmaz, güvendesindir."

Güldü Kumsal elini çekerken. "Ne konuştun be... Kitap yazsan okurum vallahi."

Gülerek karşılık verdim ona. "Alin'le ne olacak şimdi?"

"Annemle konuşacağım," dedi Kumsal. "Psikolog randevularında ne halt yiyordu bunca zaman bilmiyorum ama doktorunu bile kandırmış olabilir çünkü biz her şey yolunda diye biliyorduk iki senedir. Muhtemelen rehabilitasyona yatması gerekecek. O video son noktaydı. Üstelik Zara olayı doğruysa bile isteye kendi takım arkadaşını sakatladı, maç videosu incelenince gerçek ortaya çıkacaktır."

Kafamı salladım. Birbirimize söyleyecek başka bir şeyimiz kalmamış gibi bakıyorduk ve ikimiz de ilk defa karşı karşıya geldiğimizde ne söyleyebileceğimizi bilmiyorduk. Seslice nefes vererek kapıyı işaret ettiğim elimi daha sonra ceketimin cebine soktum. Kumsal kafasını salladı ve önden geçti. Kapıyı açtığımızda etraf sessizdi. Sanırım ders arası da bitmişti ve derse girmek için geç kalmıştık.

Kumsal'ın telefonu titreştiğinde merdivenlerden iniyorduk, bana dönüp "Telefonun yanında değil mi?" diye sorduğunda kafamı olumsuz anlamda salladım. "Varis kafeteryadaymış alt kattaki."

Kafamı salladım ve adımlarımı hızlandırdım. Trabzanlara tutunarak merdivenlerden atlarcasına inerken uçacağımı sanmıştım bir an. Kumsal kendi sınıfının olduğu kattaki koridora girmiş, benden ayrılmıştı. Alin'in nereye gittiğini bilmiyordum, doğrusu ilgilenmiyordum da... Yanımda olmasına ihtiyacım olan kişi ise alt kattaki kafeteryada beni bekliyordu.

Kafeterya kapıları açıktı. İçeri girdiğim gibi kapalı cam kapıların ardındaki bahçeye yağan kar'ı gördüm, ardından gözlerim etrafta dolaştı. İçerisi boştu ve Varis en arkada, en köşedeki masanın duvar kenarına oturmuştu; gözleri bendeydi. Dudaklarımı birbirine bastırarak yanına yürüdüm, masada bir bardak sıcak çikolata vardı ve dumanı tütüyordu.

"Ne zamandan beri sıcak çikolata seviyorsun?" diye sordum neşeli bir sesle, kaşlarımı hafifçe çatarak hemen yanında, ona doğru çevrilmiş sandalyeye otururken.

"Tadını dudaklarından aldığım günden beri," diye cevapladı sandalyemi kendine doğru çekerken. Cevabına gülerek gözlerimi kaçırmıştım. Karton bardağı masada bana doğru kaydırdığında elime alıp dumanına üfledim. Bacaklarımı masanın içine sokup birini diğerinin üzerine atmıştım.

"Biliyordun," diye mırıldandım bakışlarım karton bardağın içine daldığında. "Kumsal'ı başından beri bana hissettirmeden koruyordun cümlelerinde."

"Havuz partisine kadar," dedi düz bir sesle.

"Havuz partisine kadar," diye tekrar ettim onu. Herkesin içinde öfkesine yenik düşüp beni suya ittirmişti çünkü. Belki de Varis'in gözleriyle tanıklık ettiği ilk vukuatıydı. "Ama biliyordun yine de..."

"Kumsal sandığın gibi biri değil, onu uzun zamandır tanıyorum Ada. Yakın değiliz ama tanıyorum. İnsan birilerini etrafında görmeye alışınca zamanla ister istemez tanıyor.

Ne o ne de bütün okul sırf ben sana öyle bakıyorum diye seninle uğraşacak değildi." Varis geriye yaslanırken elime uzanmıştı. Beni sandalyemden kaldırıp bacaklarının üzerine oturttuğunda ona karşı çıkmadım, aksine kolları belime dolanırken başımı göğsüne yasladım. Burada kimse yoktu. Kafeterya görevlisi bile ise kör noktada kalıyordu. "Asıl ben sana, seninle uğraşmak istediğim için öyle bakıyordum..."

"Her şeyin iki kız kardeşin kavgasından türemiş olduğuna inanamıyorum, çok saçma," diye homurdandım.

"Amerikan dizilerindeki gibi bütün okulun sırf yeni geldin diye seninle uğraşıyor olması daha saçma değil miydi?" Çenesini başımın üzerine yaslamıştı.

Dudaklarımı birbirine bastırarak güldüm. "Haklısın, o daha saçmaydı... Bu sıralar çok fazla yükleme yapılıyor kafama, her şey birbirine karışıyor..."

"Daha da karışacak," diye fısıldadı saçlarımın üzerine bir öpücük bırakırken. Başımı kaldırdığımda yüz yüze geldik. Kaşlarımı çattım.

"Ne demek istiyorsun?"

"Anlamadığımız bir şeyler olduğunda ne yapacaktık?"

"Bak işte bu en saçması," diye homurdandım.

Dudakları kulağımın dibindeyken güldü. Huylanmıştım. Huylandığımdan omzumu kulağıma doğru kaldırmış ve istemsizce kıkırdamıştım. "Bir şey diyeceğim," dedi fısıldar bir sesle. "Biz sanki sabah seninle bir yere gitmeyi unuttuk..."

"Nereye?"

"Eczaneye," diye fısıldadı yine gülerek, kulağımın altında bir yere dudaklarını bastırırken. Elimle yüzümü kapatıp güldüğümü saklamaya çalıştım ama sesten ele vermiştim kendimi.

"Ben hallettim," dedim elimi yüzümden çekerken. Kollarımı göğsümde birleştirip başımı göğsüne yasladım yine, ardından gözlerimi kapattım. "Şimdi müsaade edersen biraz uyuyacağım, dün gece hiç uyuyamadım..."

"Alena," dedi Varis.

"Alena, ne?" diye sordum bir mırıltıyla. Aslında uyuyacak hâlim yoktu, sadece gözlerimi dinlendirirsem zihnim de durulur diye düşünüyordum. Kafam o kadar karışıktı ki... Bütün bunları Çisem'e anlatabilecek enerjiyi kazanmak için koca bir şişe enerji içeceği falan içmem gerekiyordu sıcak çikolata yerine...

"Alena, burada," dedi Varis düz bir sesle. Neredeyse sert konuşmuştu.

Gözlerimi açıp başımı kaldırdığımda kafeteryanın girişine baktım ama boştu. Başımı kaldırıp Varis'in gri gözlerini takip ettiğimde bahçeyi gören pencereye baktığını fark ettim, Alena bina girişine yürüyordu. Üzerinde kalın beyaz bir mont, kot pantolon ve botlar vardı. Saçlarını tepesinde toplamış ve kulaklarını koruyan, at kuyruğunu dışarıda bırakan, üzerinde koca harflerle *CHANEL* yazan bir bant takmıştı kafasına.

"Sıyırıp geçmesine bile izin vermem dediğin paramparça olacak!" demişti Alena, Varis'e gönderdiği mesajda. Bakışlarım Alena'nın bina girişine yürüyen kararlı adımlarına takıldığında, düşünebildiğim tek şey Varis'in "Paramparça olacaksa birlikte olacağız," diyebileceği tek kişinin belki de ben olabileceğim ihtimaliydi.

YEDİNCİ BÖLÜM

"Dört duvar bir çatıyı evin yaparsan altında kalırsın.
Bir insanı evin yaparsan, evin üzerinden geçebilir bile,
işte o zaman ölümü diler sağ kalırsın."

Başlangıç çizgisinden sağlam görünen yol aslında çatlak, altında fokur fokur lav kaynıyorsa; belki de içimize attıklarımız da gün yüzüne çıkma isteğiyle içeride bir şeyleri yakıp yıkmıştır bunca zaman.

İnsan her gün gördüğü yüzün arkasındaki yıkımı göremez; içine çektiği nefesin yaktığı ciğerlerinden çıkan dumanı da, göğsüne saplanan ağrıdan kesik kesik bırakılan soluklarını da, artık görmek değil göstermek istediği gerçeklere kapattığı gözlerine birer birer, ilmek ilmek dikilmiş titreyen kirpiklerini de göremez. Fark etmez. Halbuki bir adım geri gitse, başını kaldırsa, gözlerini açsa… Enkaz oradadır. Ya bunca zaman bir kalp uzaklığında ya da aynada gördüğü yansımada.

"Ben sana hiçbir şey yapmadım."

"Sen bana çok şey yaptın."

Çok değil, biraz daha geri sarsak…

"Ne yaptım ben sana?"

"Doğdun."

İhtimallerin canı yoktur derler ama görmedim ki bir gün olsun uzatsan elini dokunamayacağın şeyler seni böylesine parçalayabilsin... Çünkü ihtimallerin canı yoksa bile düşüncelerin sivri uçlu bıçakları vardı, aklında evire çevire umutlarını kestiğin. Benim değildir diyebilecek, ilgisi yoktur, cümlesini kurabilecek cesaretim yoktu ne içimden ne de dışımdan. Ben kuru topraklara can getirmeye çalışan hayalperest bir çiftçiydim, Varis Adin ise ne kadar düşüncesinden dahi nefret etse de benim yağmurumdu. Öyle ihtiyacım olan bir zamanda, öyle bir giriş yapmıştı ki hayatıma gözlerimi kör etmişti mutluluktan. Ben razı gelirdim o verimsiz topraklara senelerce bir umut çapa atmaya ama onun gelişi baharı da getirmişti. Bahar benim memleketimdi. Ben sürgündüm çöl topraklarına, bahar benim cennetimdi.

Öyleyse benim cennetim, cehennemimin üzerine kurulmuş olabilir miydi?

Alena binaya girdiği gibi gözden kaybolduğunda gözlerimi ısrarla Varis'in yüzünden çekmedim. Bir süre sonra o da yağan karda asılı kalan griliklerini üzerime çevirdiğinde, içimi okumak ister gibi bakıyordu gözlerime. "Kardeşi bu okulda, Alena'nın gelmesinden doğal ne olabilir?" diye mırıldandım, Varis kafasını sallamış ve bakışlarını eğmişti. Güldüm. "Ne oldu? İki ders kaçırdık diye üzüldün mü?"

Anında dudakları kıvrılırken küçük bir kahkaha attı. "Yukarıda olanları düşünüyordum... Kumsal'la ne konuştunuz?"

Ben başımı tekrar göğsüyle boynu arasında bir yere yaslarken o da geriye yaslanmıştı. Belimdeki ellerinden birini alıp kucağıma getirdim ve avucuna hayali bir şeyler çizmeye başladım yine. "Kumsal ve Alin çok zor bir çocukluk geçirmişler. Küçükken babalarını kaybetmişler, Alin çok düşkünmüş sanırım babasına... İki kardeş bir savaş hâlinde büyümüşler. Kumsal'ın neden Alin'le kardeş olduğunu sakladığını bilmiyorum liseye başlarken ama o da zarar görmüş Alin'in hareketlerinden. Sonra işte... Alin bir fotoğraf görmüş bir gün Kumsal'ın telefonunda... Sen varsın fotoğrafta, biri daha var. Kumsal diğerine bakıyormuş ama Alin sorduğunda senden hoşlandığını söylemiş. Alin de böylece kendine yeni bir uğraş bulmuş sanırım." Derin bir nefes aldım. "Bu kadar kolay mıymış ya diye düşündüm ister istemez. İki insanı birbirine düşürmek bu kadar kolay mıymış, hem de bir buçuk yıl boyunca. İnsana belki de dünya düzdür dedirtiyor..."

Varis'in yüzünde yorgun bir tebessüm peyda olmuştu. "Belki de dünya düzdür sevgilim," dedi yumuşak bir tonla, ben başımı kaldırıp gözlerine bakarken.

Kalbim sevgilim lafına teklerken, "Sen söylerdin bana değil mi?" diye sordum düşünceli bir ifadeyle. "Dünya düzse... Bildiklerim yanlışsa yani, söylerdin değil mi? Kumsal'la Alin'in arasında geçenlerin bu denli bize yansıdığını bilmiyordun ama Kumsal'ı az çok tanıdığından onu savunmasan da belli ediyordun sözlerinle bu işin içinde başka bir iş olduğunu. Bilsen söylerdin değil mi?"

"Yanlış," dedi alnını saçlarımın üzerine yaslarken. "Söyleyebilecek olsam söylerdim. Benim matematiğim basit Ada. Sana dokunmayan yılan bin yıl yaşasın, ben bin birinci yılında soluğunu keserim."

Bir ateş yaktı; kendini ısıtmaya, beni de o ateşte yakmaya kalktı, demişti Alin. Çok tanıdıktı sözleri, göğsümün saklı bir köşesinde hissetmiştim. Herkes kendini ısıtmaya kalkmazdı çünkü. Belki Alin'in bile kendini ısıtmak için yakmayı göze alamayacağı insanlar vardı, belki o da kardeşini ısıtır kendini yakardı başka bir zaman olsa. Ben kimseyi yakacak vicdansızlığı bulamazdım kendimde, özellikle de doğruyla yanlışın iç içe geçip birbirine karıştığı böyle bir dönemde... Ama bilirdim ki, seve seve yanardım, bir başkasının ısınacağı düşüncesiyle. Ben de böyle biriydim. Sana dokunmayan yılan bin yıl yaşasın, ben bin birinci yılında soluğunu keserim. Varis Adin de benim için böyle birine dönüşebiliyordu.

Ve başka kimseye göstermediği bu yanı; gözlerimin değdiği, kendi parmaklarından dökülen cümleler yüzünden hiç olmadığı kadar sert çarpıyordu yüzüme.

Öğleden sonraki üçüncü derse girerken Çisem'e teneffüste terasta dönenleri anlatmıştım. Alt kattaki her zaman boş olan tuvalette konuşmuştuk ve kapıyı da kilitlemiştik davetsiz misafirleri uzak tutmak için. "Ne söyleyebilirim inan hiç bilmiyorum Ada," demişti, tıpkı benim gibi hissediyordu, aklı bulanmıştı. Bazen en iyi seçenek hiç düşünmemekti belki de, çünkü düşüncelerimin bir ipi olsaydı boynuma dolanırdı ve asılırdım hiç şüphesiz. Böyle bir cinayetin katili olmazdı ama olsaydı da ihtimallerin canı da alınırdı benimkiyle.

Güven, Ada. Güven her şeydir. Güvenimiz yoksa hiçbir şeyimiz yok demektir. Hangi soruyu sorman gerektiğini bilmiyorsan nasıl bir cevap bekleyebilirdin ki karşındakinden?

Üçüncü ders, bugün girmemiz gereken son dersti. Zil çaldığında herkes eşyalarını toplamaya başlamıştı ve herkes yavaş yavaş dağılıyordu. Çantamı kapatıp montumu üzerime geçirdiğim sırada kapının önünde beklemediğim bir misafir belirdi. Onu başıma geçirmeye çalıştığım yeşil bereyle boğuşurken fark etmiştim. Alena'yı gördüğümde bundan tam bir saat önce okula giriyordu ve Varis'le kafeteryadaydık. Bir süre orada kaldıktan sonra teneffüs ziline yakın sınıflarımızın olduğu kata çıkmıştık ve onu da en son o zaman görmüştüm.

Alena'ya gülümsedim. Ben çantamı omzuma takarken Çisem çantasının içinde kaybolmuş araba anahtarlarını arıyordu. Alena önünden geçen öğrencilerin arasından sıyrılarak sırama doğru yürümeye başladığında "Ne o beni gördüğüne şaşırmadın?" dedi neşeli bir tonla, ellerini montunun cebine sokarak. "Bildiğim çok güzel bir kafe var, şimdi bayağı kar da tutmuştur oralar. Hadi sevgilini ikna et de gidelim."

"Üçümüz mü?" diye sordum sınavların yakında başlayacağı gerçeği bir tokat gibi yüzüme çarparken. Safir'in sınavları çok zor oluyordu ve ben sırf ortalamama ek puan gelsin diye voleybol takımına girmiştim ama Alena'da öyle bir şey vardı ki, onunla takılmak için sorumluluklarımı bile erteleyebileceğimi fısıldıyordu içimden bir ses bana.

"Dördümüz, Milas da oraya geçecek okuldan ama Pamuk Prenses de gelebilir," dedi Alena tatlı bir sesle, Çisem'e doğru. "Ee, tabii Alper de..."

Küçük bir kahkaha attım. "Ne bu üçlü randevu mu?"

"Nereye gidiyorsunuz?" Çisem arabasının anahtarlarını bulunca çantasını omzuna geçirip yanımıza geldiğinde Alena'nın az önceki imasını duymamıştı.

"Sen de gel," dedim direkt, cebimden telefonumu çıkartırken. "Güzel bir mekân varmış..." Acaba Alena bugünün Varis'in doğum günü olduğunu biliyor muydu? Mesajlardan gördüğüm kadarıyla aralarında derin sohbetler dönüyordu, Alena bu kadar Varis'i tanıyor olmalıydı. Bir an aklımda, kafede otururken bir anda herkesin ayağa kalkıp ritim tutarken benim üstü mum dolu bir pastayla Varis'e yaklaştığım ve Milas'ın kuzeninin kafasına kartondan bir taç geçirdiği bir hayal canlandı. Kendi kendime gülerken son arananlardan Varis'in numarasını bulduğum gibi telefonu kulağıma götürmüştüm.

"Efendim?" dedi buz gibi bir ses. Bir yabancının izi, gölgesini yok etmek için karanlıkta saklandığım hatıranın ta kendisi; şüphenin nefesi. Ensemdeydi.

İfadem yüzümden silinirken telefonumu kavrayan elim hissini kaybetmiş gibi sızlamıştı bir an bilekten. Dudaklarım oksijen için yalvarırcasına aralanırken bir yere tutunma isteğiyle elimi cebimden çıkardım fakat sıramın tahtası elimden kaydı, yutkunarak savsak bir adımla arkamı döndüm. Alena ve Çisem keyifli bir sohbetin içindeydiler. "Ada?" diye seslendi az öncekine nazaran bambaşka bir ses, yumuşacık bir tonla. "Ya bir sus be abicim bir sus be! Sikerim maçını yeter!" Ardından telefondan uzaklaşan sesine öfke karışmış, muhtemelen çevresine konuşmuştu.

Çıkış yeri bilinmeyen bir his, son tüketim tarihi geçmiş bozuk bir kutu süt içmişim gibi midemi yakıyordu; ben ne bekliyordum insanlardan? Ne bekliyordum? Ne düşünmüştüm de bir an, bir saniyeliğine, tek bir kelime, o kelimenin havada bıraktığı titreşimler daha ortadan kaybolmadan bir sahne kurabilmiştim zihnimde? Telefonu bıraktığım masaya yaslanırken derin birkaç nefes eşliğinde yüzümü sıvazladım. Telefonun diğer ucundan bağıran, bana seslenen Varis'in sesi masanın üzerinden etrafa yayılacak kadar güçlüyken Alena telefonu alıp kulağına götürdü ve endişeli bir ifadeyle yüzüme bakarak elini koluma koydu. Çisem "Ada ne oldu? İyi misin?" sorularının oklarını üzerime çevirmiş, çantasından çıkardığı bir şişe suyun kapağını açmış bana uzatıyordu.

Alena, Varis'le ne konuştu duyamamıştım çünkü sesler gidip geliyordu ama bir süre sonra "Otoparkta buluşalım," dedikten sonra telefonumu kapattı ve montumun cebine koydu. Çisem'in kapağını açıp uzattığı sudan birkaç yudum almış, sorularına cevap olarak kafamı sallıyordum o sırada ama ne yaptığımı bilmiyordum.

Otopark soğuk ve karanlıktı. Tıpkı telefondan gelen Varis'in sesi gibi.

"Tansiyonu düştü herhalde," dedi Çisem bir yanımda benimle birlikte yürürken. "Yedin mi bakayım sen bugün bir şey? Pamuk Hala da gittiğinden beri kahvaltıyı atlıyorsun hep, bilmiyorum sanma..."

"Pamuk Hala döndü," dedim ileriye sabitlediğim bakışlarımı indirirken.

Alena hâlâ kolumdaydı. "Pamuk Hala kim? Halan mı? Babanın kız kardeşi?"

"Öz değil," dedim ona dönerek. "Çocukluğumdan beri dadılık yapıyor bana. O Adakız diyor, ben de Pamuk Hala."

Alena mırıldanarak anlamışçasına kafasını salladı. "Çocukluğundan beri derken bayağı bebeklikten beri herhalde? Benim de dadılarım oldu ama sürekli değiştiler. Babam alışmamamız için, çalışanların taraf tutmaması için herkesi değiştirirdi her sene."

"Bir saniye," dedi Çisem çalan telefonunu çıkartıp aramayı cevaplarken, biraz uzaklaşmıştı. "Efendim anne?"

"Evlatlığım ben," dedim pat diye. Alena'nın adımları önce bir yavaşladı tereddütle, ardından hiçbir anlam çıkarılamaz bakışlarını yüzümde gezdirmeye başladı. "Yedi yaşındayken evlat edinildim bir yetimhaneden. Dadım da o zamandan beri bizimle." Kafamı önüme çevirdim ve derin bir nefes çektim ciğerlerime. "Babanın öyle davranmasına üzüldüm, çevrendekilerin sürekli değişmesine yani... Ben şu yaşımda Pamuk Hala'dan da Mustafa Abi'den de ayrılmazdım."

"Mustafa Abi kim?"

"Bahçemize bakıyor, evi çekip çeviriyor arada. Çok tatlı bir adamdır. Limonata içmeyi sever. Palabıyık, dev gibi... Masallardaki devler gibi hem de. Bir gün bir mevzu olursa alo dersin gelir," dedim gülerek.

"Vay be, iyiymiş," dedi Alena gülerek. "Evlatlık olduğun için... Üzülüyor musun?"

Omuz silktim. "İlk öğrendiğimde çok kızmıştım. Herkese kızgındım. Şimdi çok basit bir gerçekmiş gibi geliyor ama eminim bilmiyor olsam ve bugün yeni öğrensem yıkılırdım."

"Üzülme," dedi Alena. "Sana bir gram anne babalık yapmayan öz ebeveynlerinle bir çatının altında yalan bir hayat da yaşıyor olabilirdin..." Kafasını geriye atarak güldü. "Kusura bakma ya, ne diyorum ben? Ne alaka yani? Yarıştırıyorum gibi geldi de bir an..."

"Önemli değil," dedim gülerek. "Bir şekilde büyüdük işte..."

"Büyüdük değil mi?" Alena dudaklarını birbirine bastırarak gülümserken iki dudağının kenarında belli belirsiz birer gamze peyda olmuştu. Ona kafamı salladım ve aynı şekilde gülümseyerek karşılık verdim. Aral'dan biliyordum ki Doran evi, dışarıdan göründüğü kadar mükemmel bir yer değildi. Alena kimbilir o evden çıkana kadar neler yaşamıştı? Elbette tanımadığım ebeveynlerini yargılayacak konumda değildim ama bir yandan da sezdiklerimden biten yabani otlara çapa vuramıyordum.

"Kızlar ben gelemiyorum ya," dedi Çisem, sonunda telefon konuşmasını bitirerek. "Bir haftaya resitalim var, annem elbisemin rötuşları için randevu ayarlamış, moda evine gitmem lazım acil. Size iyi eğlenceler!"

"Fotoğraf at!" dedim arabasına yürüyen Çisem'e el sallayarak. Ön kapıyı açarken "Kırk beş farklı açıdan çekip atmayan ne olsun!" dedi yüzündeki bunu sen istedin kızım ifadesiyle. Kahkaha attım. İlk çıkacağı resital olmamasına rağmen her seferinde nasıl bu kadar eli ayağına dolanabiliyordu şaşırıyordum ama Çisem her şey için her zaman heyecanlıydı.

Varis'i ileride telefonla konuşurken gördüğümde istemsizce soğuk sesi tekrar yankılandı zihnimde. Üç harf iki heceli basit bir kelimeydi söylediği ama benim içimde bir yerlerde öyle bir tarafımı dürtmüştü ki, ciğerlerime aldığım nefes dar gelmişti. Benimki korkuydu, saf korkuydu biliyordum ama nasıl daha bir saat önce kollarında olduğum adamın bilinçli bir şekilde bana öyle bir ses tonuyla konuşabileceğini düşünmüştüm. İşte bunu oturup bir konuşmam gerekiyordu kendimle.

Alena "Ben arabayı şuraya park etmiştim," dedi iki sıra yanda, duvar kenarına park edilmiş bir *Audi*'yi göstererek. "Siz önce bir konuşun, ben buradayım. Duruma göre yola çıkarız."

Kafamı salladım. Alena kolumdan çıkıp arabasına doğru yürümeye başladığında ben de adımlarımı ileriye doğru atmaya başlamıştım, Varis'in sırtı bana dönüktü. Elini saçlarına daldırıp tutamları çekiştirdiğini fark ettiğimde gergin olduğunu anlamıştım ama bir anda arabasının tekerine bir tekme savurduğunda yalnızca gergin değil, aynı zamanda da sinirli olduğunu fark ediyordum. Sıçradım. Adımlarım önce durdu, ardından daha da hızlandılar. Varis derin bir nefes alırken kapattığı gözlerini açarak arabaya yaslandı, artık bana dönmüştü. Grilikleri beni gördüğü gibi yüzündeki soğuk ve sinirli ifadesi silindi. "Tamam Zafer Bey kapatın," dedi telefonu kapatıp cebine atarken. O kollarını açtığında ben de birkaç koşar adımda kollarımı boynuna dolamıştım.

"İyi misin?" diye sordu yüzünü boynuma, saçlarımın arasına gömerken. "Bizim çocuklar birkaç gün sonraki maçla delirttiler adamı, telefon da elimdeydi, titreşince bakmadan açtım," diye devam etti başını geri çekip iki parmağı arasına sıkıştırdığı çenemi kaldırırken. "Anlamadım Ada, bir şey oldu sandım..." Bir şey olmuştu ama ne olduğunu ben de anlamamıştım.

"Ben de anlamadım, tansiyonum düştü sanırım," dedim dudaklarımı ıslatarak nefes alırken. Ona Çisem'in teorisini söylemiştim aslında, bildiklerimden ve farkında olduklarımdan bahsetmemiştim. Ne diyebilirdim ki? Nereden geldiği, neden orada olduğunu bilmediğim bir şüpheye gebe kalmıştı aklım; şimdi ona mesajlarını okuduğumu söylesem, ne konuştuklarını sorsam Alena'yla... Soramazdım ki. Yapamazdım bunu. O kadar cesur değildim. Sonuçta yaptığım kötü bir şeydi, resmen telefonunu karıştırmıştım.

Eli belimi sıkıca sararken "İyisin ama değil mi?" diye sordu yeniden, sorusuna cevap vermediğim dikkatinden kaçmamıştı.

"İyiyim şimdi," dedim inandırıcı bir sesle. "Sen? Zafer Bey'le o kadın hakkında mı konuşuyordun?"

Kafasını salladı. "Babam yarın sabah geliyor, o gelene kadar şu kadını bulsak iyi olurdu ama yer yarıldı da içine girdi sanki. O gün, ofisin önünde dolanırken yakalandığını söylediğim gün... Aslında ofise girmeyi başarmış. Nasıl bilmiyorum, babamın odasının kapısı şifreli. Bir şey eksik değil ama babam dönmeden bilemeyiz tabii..."

"Umarım bir an önce yakalanır da cezasını çeker," dedim ciddi bir sesle. "Bana mesaj atmaya devam etti sabahtan sonra. Hesaptan bir şey çıkmaz değil mi?"

Kafasını olumsuz anlamda salladı Varis. "Maalesef... Boş ver, sen düşünme bunları. Alena nerede? Telefonda konuşan o'ydu."

Yüzüm aydınlandı, gülümseyerek başımla geriyi işaret ettim. "Şurada hemen, arabasının yanında... Çok güzel bir kafe varmış, oraya gidelim diyor. Milas da gelecekmiş. Gidelim mi?"

"Gidelim," dedi Varis, yaslandığı yerden doğrularak şakağıma bir öpücük bırakırken. Ön koltuğun kapısını geçmem için açtığında eli belimden sıyrılırken geçip oturdum içeri, o da kolonun önünden Alena'ya bir işaret yaptıktan sonra yanıma gelmişti. "Konum atacak," dedi Varis, park ettiği yerden çıkarken. Alena arkamızdan geliyordu.

Emniyet kemerimi bağlayıp çantamı arka koltuğa bıraktım. Kar yağışı pek güçlü olmasa da hâlâ yağıyordu. Okul yolundan aşağı indiğimiz süre boyunca camdan dışarı, ağaçların üzerine usulca serilen beyaz örtüyü izlemiştim. "Senin doğum gününde benim dileğim kabul oldu," dedim ona dönüp profiline bakarken. "Sen bir şey dilemiş miydin?"

Kafasını olumsuz anlamda salladı Varis. "Dilek dilememeyi küçük yaşta öğrendim. Özellikle de doğum günümde."

Kaşlarım hafifçe çatılırken, sözlerinin ağırlığı oldukça gerçek bir şekilde göğsüme oturmuş, kalbimin üzerine baskı yapıyordu. "Hiçbir şey senin suçun değil, belki bunu bin kez duydun belki hiç duymadın ama ben şimdi söylüyorum sana Varis. Hiçbiri senin suçun değildi."

"Benim değildi, onun değildi... Kimin suçuydu o zaman Ada? Bir şeyler oldu sonuçta değil mi? Öylece olmuş olamaz," dedi kendiyle çelişir bir sesle. Ardından omuzları çöktü, başını arkaya yasladı. "Şu an bu konuyu konuşmasak olmaz mı? Şu lanetli günü atlatmak tek isteğim." *Başkaları söz konusu olduğunda bazen kimse suçlu değildir*, diyen adam konu kendisi olduğunda kendini suçlayabiliyordu. Kendine karşı bu kadar gaddar olması kabul edemeyeceğim bir şeydi, kimbilir kafasının içinde kendine nasıl işkence ediyordu?

"Lanetli gün mü?" Eline uzandım. Parmaklarımı parmaklarının arasına geçirdiğimde elimi kaldırıp üzerine bir öpücük bırakmıştı gözlerini yoldan ayırmadan. "Doğum gününün lanetli bir gün olduğunu mu düşünüyorsun Varis? Eminim annen de bugünü böyle hatırlamanı istemezdi. Sonuçta bugün, onun oğlunun doğum günü ve bir ebeveyn için çocuğu doğduğunda hayat yeniden başlar."

Dudakları kapalıyken, histerik bir gülüş peyda oldu yüzünde. Dalga geçer bir gülüştü bu, sözlerime katılmadığını belli ediyordu. "Tarihlerin bir önemi yok Ada. 22 mi

Aralık? Zerre umurumda değil. Bak bana, gidip annemin mezarının başında içiyor muyum? Ağlıyor muyum? Hayır. Ama kutlamıyorum da doğum günümü, kutlamam. Kutlanacak bir yanı yok bugünün. Tamam belki lanetli değil ama yıllar önce bir şekilde her şey bugünün üzerine devrildi. Ben bugünün altında kaldım. Sahip olduğum her şey bugünün altında kaldı. Annemin hayatını yeniden başlatan gün onun hayatını aldı. Tarihlerin bir suçu yok belki, öyle denk geldi... Ama geldi mi geldi. Sana şimdi aileni son gördüğün günün tarihini verseler, senin gözün takılmaz mı takvime? Doğum gününle kesişse o tarih, kutlamak ister misin bir daha?"

"Kutlamanı istediğimden öyle söylemedim," dedim düzeltmeye çalışarak. Elbette ondan böyle bir günü kutlamasını isteyemezdim. "Sadece, 365 günlük bir yılın, bir gününü kendine zehir etme... Kalan 364'ünü de o günün yine geleceği düşüncesiyle çöpe atmış olursun, yapma bunu kendine." Kurumuş dudaklarımı ıslatarak önüme döndüm. "Benim aklımdan çıkarmadığım kesin bir günün tarihi olsaydı yani... Sürekli o tarihi düşünürdüm her yeni yıla girişimde. Hatta o günün gece yarısı, ertesi günün habercisi şafak sökerken bile bir sonraki yıl bugünün nasıl geçeceğini düşünürdüm. Ama aslında o tarih bir daha hiç gelmezdi, gelmez yani, biliyorsun değil mi? Zaman tek bir yöne akar, bu değişmez."

"Biliyorum," dedi baş parmağı elimin üstünü okşarken. "Biliyorum Ada ama..."

"Ama, ne?"

"Tarih tekerrür edecek."

"Ne?" Kaşlarım çatıldı. "Nasıl?"

"Umarım etmez ama öyle bir his var işte içimde," dedi Varis. "Yağmuru sevmiyorum. 22 Aralık tarihini de. Yüzmeyi de sevmiyorum aslında."

"Ne?" Şokla aralandı dudaklarım, ona döndüm. Bir saniyeliğine o da bana bakmıştı. "Nasıl yani? Ama lisanslı yüzücüsün sen... Şimdiye kadar fark etmedin mi bunu?"

"Farkındaydım," dedi kafasını ağır bir şekilde aşağı yukarı sallayarak bir kez. "Zaten sadece söylüyorum, bırakacağımdan değil..." Bir kez daha çevrildi grilikleri üzerime, kırmızı ışıkta durmuştuk. "Suyun altında olmayı sevmiyorum. Sevmiyordum yani, çocukken. Geceleri uyuyamadıkça havuza girmeye başladım, dibe yüzer oturur nefesimi tutardım. İlk başta üç dakika tutabiliyordum, çok çalıştım. Üç dakika yetmez... Dört oldu, beş oldu, altı dakika oldu..."

"Vay be. Ben nefesimi tutmaya çalışamam bile, panik olurum bir kere, su boğmazsa ben panikten boğarım kendimi," dedim şaşkınca. "Ama neden yetmez ki anlamadım? Dünya rekorunu falan mı kırmak istiyordun?"

Kafasını iki yana salladı. Yeşil ışık yandığından önüne dönerken gaza basmıştı. "Diyelim ki yüzme bilmeyen bir yakının derin bir suya düştü," dedi düz bir sesle. "Uzaktasın, suyla aranda en az 200 metre var. 200 metreyi 25 saniyede koşsan, 26. saniyede atlasan, 27. saniyede suyun içindesin... Su karanlık, toz kalkmış, göz gözü görmüyor belki. Belki güneş yok, ışık yok... Bir dakika aradın. İki dakika aradın. Zamanın daralıyor. Panikten nefesini tutma süren yarıya inmiş bile olabilir. Sen yukarı çıkıp ciğerlerine oksijen çekiyorken, aşağıdaki çoktan son nefesini vermiş olabilir."

Süheyla Sumru Adin, hayatını boğularak kaybetmiş olabilir miydi? Belki benim su korkum da Varis için bu yüzden önemliydi, yüzmeyi öğretmek istemişti bana. Kimsenin suçu yok, deyip duruyordu sürekli. Belki gerçekten de yoktu... Ama o zaman, o gazeteci neyi araştırıyordu hâlâ?

"Anladım," dedim dudaklarımı birbirine bastırarak. "Kendin için yüzmüyorsun sen."

Hafifçe tebessüm etti, profilinden görebilmiştim kıvrılan dudaklarını. İstanbul'un içinde bir tepeyi tırmanıyorduk şimdi. Tepede, koca bir bahçenin çevrelediği güzel kafenin otoparkına girdiğimizde arkamıza baktım. Alena geliyordu ama ön koltukta Milas da vardı, hatta ne zaman arabaya bindiğini dahi bilmediğim Milas kullanıyordu arabayı. Bakışlarım Varis'e döndü. "Dönüşte ben kullanayım mı?"

Varis'in kaşları hafifçe çatıldı ama yüzünde gülümser bir ifade vardı. "Arabayı mı? Daha iyi bir hava durumuna sahip bir günü seçemez misin?"

"Acemisin diyorsun yani," dedim dudak büzerek önüme dönerken. "Peki, tamam, haklısın..."

Gülerek "Kabul de ediyorsun yani acemiliğini," dedi yan bir bakış fırlatırken. "Ben sana güveniyorum sevgilim, yollara güvenmiyorum... Buz tutmuş kaldırımlar falan, bir kaydırırsın bok yoluna gideriz..."

"Bence sen benimle bok yoluna da gelirsin Varis. Gelmez misin?"

"Gelirim gelmesine de, ne gerek var yani şimdi..."

Varis arabayı park ettiğinde, ben dudaklarımı birbirine bastırmış gülüyordum. Emniyet kemerimi çözmek için elini elimden çektiğimde birlikte dışarı çıktık. Kar burada şiddetini artırmıştı, muhtemelen yükseklikten dolayı sıcaklık da şehrin alçak kısımlarına göre daha düşüktü. Kapıyı kapattıktan sonra camdan görünen yansımamda beremi düzeltirken birden bir soğukluk saçlarımın arasından boynuma girdiğinde parmak uçlarıma kadar titredim; huylanarak elimi enseme attım ve şaşkınlıkla arkamı döndüm. Varis hemen önümde, ağzı açık, "Hassiktir," demişti dönerek bana bakarken. Birkaç metre ileride Milas vardı ve eli havada asılı kalmıştı.

Ben doğru mu anlamıştım? Milas, Varis'e kartopu atmıştı ve Varis eğildiğinden bana mı gelmişti?

Alena *Audi*'nin arkasından çıkarak "Ayıp ayıp," dedi arkasında bir şey gizlediğini belli edercesine ama Milas bana bakıyordu, sevgilisini fark etmemişti. "Ada çok pardon ya, hıyar topuydu o buradaki en büyük hıyarın üstünde patlaması gerekiyordu..."

"Ben miyim hıyar?" dedi Varis işaret parmağıyla kendini işaret ederek, aslında bilerek Milas'ın dikkatini dağıtıyordu ki Alena işini halledebilsin.

Ama o sırada bana arkasını dönmüştü. Ellerimin donmasını umursamadan çalılıkların üzerinden alabildiğim kadarını alıp elimde bir top hâlinde sıkıştırdım, Alena fark etmişti. Bir, dedi dudaklarını oynatarak. İki, dedi. Üç... Varis fark etmişçesine bana döndüğü sırada Milas bir topu ensesine, diğerini döndüğü için yüzüne yerken ben istemeden Varis'in yüzüne atmıştım. "Hiii..." diye bir ses çıktı ağzımdan, Alena'nın kahkahaları arasında Varis olduğu yere mıhlanırken hareketleri durmuştu. Kartopu suratında parçalanmıştı. O güzel yüzü şimdi bembeyazdı, tıpkı bir Ak Yürüyen olmuştu.

Varis eliyle suratını baştan aşağı silerken ağzım bir karış açık, ne yapmam gerektiğini bilemez bir şekilde dikiliyordum orada. Kaçsa mıydım? Ne yapsaydım? Yere yatıp ölü taklidi yapsam yer miydi? Keşke yeseydi. Ama o ayılar içindi değil mi?

"Kartopu savaşı!" diye bağırdı Alena, Varis gözlerini açtığı gibi arabanın önünden dolanarak koşar adım kaçtım. Kaçarken yan tarafa uzun süredir park edilmiş bir arabanın üzerinden avuçlayabildiğim kadar kar almış, avucumda top hâline getirmiştim. Arkamı döndüğümde birkaç adımımı geriye doğru attım, Varis hemen önümdeydi. "Yaklaşma atarım," dedim, otoparkın diğer ucundan gelen kahkahalar yüzünden istemsizce ben de gülüyordum. "Yaklaşma!" İki top yapmıştım elimde. "Ak Yürüyen olursun yine bak!"

"Atsana," dedi Varis üzerime yürümeyi bırakarak olduğu yerde dikilerek. Şaşkınlıkla baktım beyazların içinde iyice rengi açılmış griliklerine hayranlıkla bakarken. "At at," dedi. "Çekinme at."

"Emin misin bak?"

"At Ada," dedi Varis kollarını açarak. "Vur beni, hazırım."

Dalga geçtiğini düşündüğüm için kocaman bir kahkaha attım. Kar taneleri siyah saçlarına düşüyordu, beyaz teni kızarmıştı soğuktan. Tabii bunda az önce yüzüne yediği kar topunun etkisi büyüktü. Kıyamadım, dudaklarım kapalı kocaman gülümserken pes etmiş gibi baktım yüzüne, omuzlarım çöktü. "Vaz mı geçiyorsun?" diye sordu, damarıma basmayı nasıl da biliyordu. Derin bir nefes aldım o an; hedef tahtam vücuduydu, nişan aldım. Kar topunu tam kalbine attım. Hiçbir tepki vermemiş, öylece dikilmiş beni izliyordu. Bir kere daha vurdum, tam on ikiden; kalbine. Eğilip hızlıca bir top daha yaptım. Bir kere daha vurdum. Kalbine. Bir kere daha. Bir kere daha. Bir kere daha...

"Ada..." Varis beni yeni bir kar topu için eğildiğimde bileklerimden tutarak kaldırdığında ben gülmüyordum, "Bırak daha işim bitmedi," dedim ellerimi çekerek. Varis'in siyah kabanının sol tarafı, tam kalbinin üzerinde defalarca kez attığım kar topunun izleri vardı. "Bir kere daha."

"İstersen bin kere daha at ama dışarısı çok soğuk ve üşüdün, içeri girelim," dedi eli, onunkinden daha soğuk olan, buz kesmiş elimi tutarken. İki elimi birden avuçlarının arasına aldı ve "Buz kesmişsin bak," diye devam etti ellerimi boynuna götürürken. Avuçlarım sıcak tenine değdiğinde titredim, öyle donmuştu ki ellerim sızlıyordu şimdi sıcaktan. Bakışlarımı kaçırdım, içime çöken bu his neydi bilmiyordum ama bıraksa soğuktan damarlarımda akan

kan donana kadar yeniden ve yeniden vurabilirdim onu. Vurmak istiyordum da. Ellerimin altında nabzını hissediyordum.

Belki de haklısındır Varis, belki de 22 Aralık gerçekten lanetlidir... Senin gibi bir adamı dünyaya getiren böyle bir gün, senden anneni aldığı için çok kırgınım. Sözler dudaklarımdan dökülebilseler gözlerimde göremediklerini kulakları duyabilirdi, biliyordum ama bazen sessiz kalmak daha tercih edilebilir bir seçenek oluyordu.

"Oğlum hadi lan!" diye seslendiğini duyduk Milas'ın, kafenin girişinde. Aynı anda başımızı çevirmiştik. Alena'nın bir eli kapıdaydı, kıpkırmızı bir burunla bakıyordu bize. Muhtemelen hepimiz aynı durumdaydık.

Ellerimi boynundan çektiğimde Varis bir elimi kavradı, birlikte otoparktan çıktık ve girişe yöneldik. Milas ve Alena önden, biz arkadan içeri girdiğimizde, sıcak hava bütünüyle hücum etmişti buz kesmiş hücrelerime. Ne kadar üşüdüğümün ben farkında değildim, Varis farkındaydı.

Büyük şömineye yakın, dağ manzaralı rezerve bir masaya yürüdü Alena. Masa, enine boyuna cam kaplıydı ve eşsiz İstanbul manzarasını gözlerimizin ziyafetine seren bir köşedeydi. Önden geçip köşeyi kaptım, Alena da benim gibi düşünmüş olmalıydı ki direkt karşıma oturmuştu. Varis yanıma geçerken garson masa üzerindeki küçük rezerve tabelasını kaldırdı ve deri kaplı dört menü kitapçığını önümüze bıraktı. Ben mantarlı makarna istedim, Alena hamburger seçmişti. "Başımıza gökten taş yağacak," dedi Milas, Alena'ya yandan bir bakış atarken. Daha sonra masanın altında artık ne olduysa, Milas yerinden acı içinde bir inleyişle fırlamış ve Alena da hiç keyfini bozmadan sırıtmıştı.

"Ne elliyorsun kızım ya, bir ayağın rahat dursun," dedi Milas yerine geri otururken, sanırım dizine vurmuştu Alena. "Hem ne giydin sen? Otuz beş santim topuklu tekmesiydi bu nerede görsem tanırım..."

"Otuz beş santim topuklu giyen çok kadınla münasebetin oldu herhalde Milascığım," dedi Alena tehlikeli bir ifadeyle dirseklerini masaya yaslayıp ellerini çenesinin altında birleştirirken. "Hayır yani madem tekmeden anlayabiliyorsun santim boyunu..."

"Tövbe haşa," dedi Milas. "Haşa tövbe tövbe haşa tövbe..."

"En son ne zaman babanla konuştun?" Varis'in araya giren buz gibi sesi masadaki herkesin dikkatini bir anda üzerine çekmişti. Elinde telefonu vardı ve geriye yaslanmıştı, gözleri ekrandan Milas'ın üzerine kayarken ben de Milas'a çevirmiştim bakışlarımı. Varis, amcasından bahsediyordu.

"Dün gece," dedi Milas, iki garson servis açmak için masanın yanında durmuştu o sırada. "Neden soruyorsun?"

"Babam telefonunu açmıyor, sekreteri toplantıda olduğundan ve uzun süreceğinden bahsetti. Uçağın pilotunu aradım, uçuş planının yarın sabah erken saatte olduğunu ve hava durumuna göre bilgilendireceğini söyledi ama meteoroloji raporunu okudum, geceden itibaren Londra'da hava berbat olacak. Teoride bile yarın havalanacaklarını söyleyemez." Telefonunu kapatmış elinde çevirirken geriye yaslandı. "Bir şey biliyorsan konuş."

Milas'ın bakışları onu hiç görmediğim kadar ciddiydi. Garson en son onun önüne servis açmış, daha sonra masayı terk etmişti. "Detaylara takılma bence. Rahat ol. Toplantıdan çıkınca konuşursunuz. Ayrıca babam Londra'dan döneli bir hafta oluyor."

Varis'in kaşları çatıldı. "Amcam İstanbul'da mı?"

Önündeki sudan bir yudum alırken kafasını salladı Milas. "Bilmiyor muydun?"

Varis başını yana eğdi, ardından geriye attı ve boynunu çıtlattı. Gergin bir hâli vardı. Ortada öylece konuşsalar bile ne olduğunu anlamamıştım konunun, Varis babasının ona İstanbul'a dönüş tarihi hakkında yalan söylediğini mi düşünüyordu? Belki de aralarında bir sorun vardı, ailevi bir şey olabilirdi.

Bugün 22 Aralık Ada, hiçbir şey tesadüf değil.

"Ben ellerimi yıkayıp geleceğim," dedim sandalyemi geriye çekip kalkarken. Bir anda sanki çok absürt bir şey söylemişim gibi Milas ve Alena başını kaldırıp gözlerini üzerime çevirmişti, Varis'in sırtı dönük olduğu için ifadesini göremiyordum. Arkasından geçip giderken elimi omzuna koydum, ardından uzaklaştığım için çekmek zorunda kalmıştım. Sanırım bu ona her şeyin yolunda olduğunu hissettirme şeklimdi.

Tuvaletin kapısını açıp içeri girdikten sonra ilk yaptığım beyaz gömleğimin kol düğmelerini açıp gri süveterimle birlikte dirseklerime kadar sıyırmak oldu. Ardından ellerimi ılık suda ıslattım, musluğu kapattım, sabun döktüm ve sabunlamaya başladım. Üzerimde siyah uzun botlarım, krem rengi bacaklarımı saran bir pantolon, beyaz okul gömleği ve gri okul süveteri vardı, ceketi montumla birlikte çıkarmıştım. Hafif dalgalanmış uzun saçlarım omuzlarımdan aşağı dökülüyordu. Aynadaki görüntüm haftanın beş günü giyindiğim bu kumaş parçalarını bile farklı gösteriyordu gözüme bugün; içimde bir sıkıntı vardı. Daralıyordum. Çok fazla şey birikmişti. Çok fazla soru işareti. Kancalarını göğüs kafesimden sallandıran, çok fazla kördüğüm...

Kapı aralandığında ellerimi duruluyordum. Tuvalet tek kişilik değildi, o yüzden herhangi biri gelmiş olabilirdi ama aynadaki yansımadan, siyah kapıdan girenin Alena'dan başka biri olmadığını gördüğümde bakışlarımı lavabo tezgâhına kaçırdım. Peçete makinesine elimi tuttuğumda çıkan bir parçasını koparmış ellerimi kuruluyordum.

"Sen iyi değilsin," dedi Alena kollarını göğsünde birleştirerek kapıya yaslanırken. "Okulda da tansiyonun düşmedi, basbayağı panik atak geçirdin. Bizi duymuyordun bile otoparka inene kadar." Kafasını hafifçe yana eğmiş, çattığı kaşlarının altındaki endişeli bakan mavi gözleriyle süzüyordu yüzümü. "Rengin de atmış. Neyin var? Konuşmak ister misin?"

"Onlar biliyorlar mı?" diye sordum pat diye, Alena'nın karşısında dikilerek. Bir anda ifadesi yüzünden silinirken, şaşkınlıktan kolları bile iki yanına düşmüştü. Ama bıkmıştım. Bir şeyler duyuyordum, bir şeyler öğreniyordum ama her seferinde biri yoluma çıkıp ortalığı karıştırmamamı söylüyor, eğer karıştırırsam sevdiklerimin zarar göreceğinden bahsedip beni frenliyordu. Bu doğru değildi. Artık kendimi de, etrafımdakileri de iyi olduğuma inandırmak istemiyordum. Ben cevap istiyordum. Cevaplara ihtiyacım vardı.

"Neyi?" Alena'nın ses tonu bile dehşet içindeydi.

"21 Aralık senin doğum günün değildi," dedim yutkunarak. "Eylül'le konuşurken duydum seni. Oradaki herkes yakın arkadaşındı, Milas sevgilin, Varis çocukluk arkadaşın... Bilmemelerine imkân yok. Bana yalan söyledin desem, kazanabileceğin hiçbir şey yok. O zaman bir başkasına oyun oynamış olmalısın ama kime, neden? Anlamıyorum."

Gözlerini kapatıp dudaklarını birbirine bastırdı Alena, "Biliyordum," dedi yutkunurken. Mavilikleri yeniden gözlerimdeydi. "Bizi duyduğunu biliyordum. Gölgeni görmüştüm... Başka neler biliyorsun?"

Gömleğimin kollarını yeniden iliklerken "Bilmem, başka neler bilmem gerekiyor?" diye sordum. Süveterimin kollarını da parmak uçlarıma kadar çekmiştim soğuktan. "Sen anlat. Ben dinleyeyim."

"Benim anlatabileceğim bir şey yok," dedi Alena tok bir sesle. "Ama buradan çıkınca benimle gelirsen, gözlerindeki perdenin indirilmesine yardım edeceğim."

"Ne?" Perde. Elimi saçlarımdan geçirdim ve alnımı ovaladım, devamlı yutkunarak büyük nefesler alıyor ve tuvalette dört dönüyordum. Aklıma direkt olarak ve yalnızca Varis gelmişti ama ne düşüneceğimi bilmiyordum. Tek bildiğim, Varis benim zarar göreceğim bir şey yapmazdı. Asla. Asla yapmazdı. "Ne perdesi?" diye sordum yutkunmaya çalışarak. "Benimle ne ilgisi var? Anlamıyorum... Anlamıyorum Alena!" Sona doğru sesim yükselmişti ister istemez.

"Ben de senin gibiydim," dedi düz bir sesle, donuk bakışları yüzümün her bir köşesinde gezinirken. "Beni bir yalana inandırdılar. Benim olanı kafamın içinden çaldılar, karanlıkta yaşadım uzun bir süre. Annem babam bunca sene neyi neden yaptı hiç anlamadım. Öz kardeşim bile nefret etmiş benden ya da kendinden... Neden bilemedim. Çözemedim Ada. Sorun neydi onu bile bilmiyordum çünkü." Sırtını yasladığı kapıdan çektiğinde birkaç adımda karşıma geçmiş, benim de ortalıkta dört dönen ayaklarımı durdurmuştu. "Biz çok benziyoruz."

"Senin bildiğin, benim bilmediğim ama öğrenmem gereken ne olabilir ki? Biz ne zamandır tanışıyoruz ki Alena?"

"Biz yeterince uzun bir zamandır tanışıyoruz Ada," dedi Alena, bir tebessümün izi dudaklarında hüküm sürerken. "Dönüşte benimle gel, evden almam gereken birkaç eşya var. Yardım et bana, sonra bir kahve içeriz. Oturur konuşuruz. Olur mu?"

Gözlerimi sıkıca kapatıp derin bir nefes aldıktan sonra açtım ama artık ona değil, etrafa, fayanslara bakıyordum. Parmak uçlarımı gözkapaklarıma bastırdım, iki adım geri attım, ardından "Varis'le ilgili değil mi?" diye sordum kalbim teklerken. "Onunla ilgili değil mi?" Ellerimi atarcasına çektim gözlerimden, artık gözlerim yanıyordu. Alena'ya döndüm, başı dikti ve gözünü bile kırpmıyordu bana bakarken. "Benim hakkımda konuşuyordunuz değil mi?"

Dilimi ağzımın içinde yuvarladım, nabzım dikildiğim yerde dört nala koşuyormuşum gibi hızlanmıştı. "Mesajlaşmalarınız... Benimle ilgiliydi değil mi Alena?"

Alena'nın mavi gözleri patlayacakmışçasına sonuna kadar açılırken soğuktan kızarmış dudakları aralandı. Birkaç adımda yanıma yürüdükten sonra şaşkınca yüzüme bakıyordu bir cevap ararmışçasına. "Sen mesajlarımızı mı okudun?"

"İsteyerek yapmadım," diye mırıldandım, saçlarımı koparırcasına parmaklarımı aralarından geçirirken. "Ben kendime şarkı listelerinin linkini gönderiyordum... Sonra... Bilmiyorum... Tıkladım işte."

"Ada..." Ellerini kollarıma koydu Alena, beni kendine çevirmişti. "Ne kadarını hatırlıyorsun? Ne kadarını okudun?"

"İşte göl muhabbeti falan, sudan korktuğumu biliyorsun diye düşündüm," diye mırıldandım. "Sonra işte... Paramparça olmak..."

"Mesajlaşırken bile kurduğu cümlelerin tonundan tanıyorsun onu," dedi Alena. "Varis bu sefer cidden ağzıma sıçacak ama..." Geriye çekilerek bir elini beline koydu, diğerini de saçlarının arasına daldırdı Alena. Düşünüyor gibi bir hâli vardı. "Tamam şöyle yapalım, sen sakinleşiyorsun. Masaya döneceğiz. Yüzündeki şüpheyi silmen gerekiyor, hiçbir şey belli etmemelisin. Kalkarken Parazit'i merak ettiğini söyle, Varis'le Milas'ın işi var Holding'e gidecekler bir iki saatliğine zaten. Biz seninle kalkar tek arabada gideriz, onlar da diğerarabayla giderler."

Alena'nın gözlerinde gördüğüm de saf endişe ve korkudan farklı değildi. Belki tonlarımız farklıydı ama ilk defa birbirimize aynı gözlerle bakıyorduk. Ona kafamı salladım. Verdiğim cevap, benden çok şey götürecekmiş gibi geliyordu. Varis'e yalan söylemek istemiyordum ama içimdeki sıkıntıyı söküp atamıyordum. Gidip o masada her şey yolundaymış gibi davranmak istemiyordum ama belki de cevaplara ulaşmak için yapmam gereken buydu. Sormam gereken soru ise şuydu kendime: Alena ne kadar güvenilirdi? Ama onda bir şey vardı, beni kendisine çekiyordu. İşte bu karşı koyamayacağım bir şeydi, tarih tekerrür ediyordu; çünkü Varis'e de hiçbir zaman karşı koyamamış, belki koymak bile istememiştim. Sonuç hiç bu kadar çıplak kalmamıştı gözlerimin önünde, daha başlamamışken bile hiçbir şey.

Masaya geri döndüğümüzde yemekler de o sırada servis ediliyordu. İştahım yok olduğundan makarnamın üzerine karabiber döküp durdum ama o aldığım küçük parçaları bile o kadar uzun ve yavaş çiğniyordum ki her şey tadını kaybediyordu. Alena çok iyiydi, tuvaletteki konuşmalarımız hiç yaşanmamış gibi kahkahalar atarak okulunda dönenleri anlatıyordu ve arada Milas'la laf dalaşına giriyordu. İlişkileri beni güldürüyordu.

Sonunda tabağı asla bitiremeyeceğimi fark ettiğimde bir peçeteye sildim dudaklarımı ve geriye yaslanarak su bardağını dudaklarıma dayadım. Varis'in elini bacağımın üzerinde hissettiğimde bardak üzerinden bakışlarım ona dönmüştü. Kulağıma doğru eğilerek "Sen iyi misin?" diye sordu. "Çok durgunsun."

Bardağı masaya koyarak başımı ona çevirdiğimde üzerime eğildiğinden yüz yüzeydik. "Çok yoruldum bugün. Bilmiyorum... Belki de ilacın yan etkisidir."

"Ne ilaçmış be... İçme bir daha," dedi fısıldayarak.

"Nereden bileyim ben..." Hâlâ masada, Alena ve Milas'la karşı karşıya oturduğumuzu fark edene dek neyden konuştuğumuzu idrak edememiştim. Boğazımı temizleyerek önüme döndüm, Varis gülmüştü. Gülebilirdi, ona cevap vermek istemiyordum. Bir saniye bile olsa kafamın içinde gerginlikten terleyen tarafımı bana unutturduğu için minnettar bile olabilirdim... Keşke hep böyle gülseydi. Dertsiz, tasasız, aklına takılanlar, onu her sene bir boşluğa sürükleyen 22 Aralıklar takvimlerden silinseydi keşke; kafamızın içinde kendimizi astıklarımızla kalakalmasaydık bu yemek masasında.

"Geliyorsun değil mi Holding'e?" diye sordu Milas, montunu üzerine geçirirken. Hesabı ödemiş kalkıyorduk.

"Ada sen de bize gelsene o zaman, Parazit'le oynarsın." Alena'nın araya giren sesi, üzerime ceketimi ve ardından montumu geçirirken daldığım düşüncelerin içinden beni çıkaran şey olmuştu. Başımı kaldırıp Varis'e baktım, ardından gözlerim Alena'ya çevrildi. "Olur..."

Kafeden çıkarken Varis önümdeydi, Alena yanımda. Varis geçmem için kendi çıktıktan sonra kapıyı tutarken kolunun altından geçtim, geçerken göz göze gelmiştik. Benim tanıdığım Ada kafasında kurar, demişti bir keresinde; yalnızca bir aydır tanışıyorduk o zamanlar. Beni daha o zamandan bu kadar iyi tanıyorsa, şimdi de zerre inanmıyordu durgunluğumun sebebinin yalnızca ilaç yüzünden olduğuna. Başka bir şeyler olduğunu seziyor ama sormaya varmıyordu dili.

Alena, *Audi*'ye ilerlerken Milas yanındaydı ve önümüze geçmişlerdi. Varis beni elimden yakalayarak otoparkın arkasına çektiğinde etraf ıssızdı. "Ada neyin var?" diye sordu keskin grilikleri gözlerimi esir alırken gözlerinin tonunda rastladığım duygular karman çormandı. Sorsam, o da söyler miydi bana? Yoksa Alena'ya mı güvenmeliydim? Bu Varis'e güvenmediğim anlamına gelmiyordu değil mi? "Sadece ilacın etkisi olamaz bu, senin kafan dolu. Söyle bana. Ne düşünüyorsun? Ne yiyip bitiriyor seni kafanın içinde?"

Kaşlarımı kaldırdım şaşkınca, ardından hafifçe çatıldılar ve gülümsedim. Kendimi bunun için asla affetmeyecektim: Ona yalan söylediğim için, bu kadar bilinçli bir şekilde, ona değil Alena'ya gittiğim için... Yalnızca birkaç haftadır tanıdığım birine, belki ortalık karışsa bile o yine bana gelir affederdi ama ben kendimi bu kadar iyi bir oyuncu olduğum için asla affetmeyecektim.

İlk yalanın darbesi hissedilmez, kuş tüyü gibidir diye düşünür insan; halbuki ilk domino taşını yerinden oynatır ilk yalan, hepsi birer birer devrilir her şeyin üzerine... Varis demişti ki, 22 Aralık benim üzerime devrildi, ben altında kaldım. Belki de 2018'in 22 Aralık'ını da üzerine deviren ben olacaktım.

Gülüşüm bütün yüzüme yayıldı. "Bir şey yok ki, ne olabilir?" diye sordum yumuşak bir sesle. "Sınavlar geliyor biliyorsun çok az kaldı, ben stres olurum her seferinde, deliririm daha bir hafta kala... Sen hiç sınav haftası Ada'sına denk gelmedin Varis Adin, ondan yadırgıyorsun." Gözlerimi kaçırarak küçük bir kahkaha attım. "Yazık sana şimdiden..." Ardından aklıma gelen fikirle yeniden griliklerine bakıyordum. "Bir dakika ya... Benim acilen senin çalışma odana girmem lazım, notlarını benimle paylaşırsın herhalde?" Avuçlarımı birbirine çarptım. "Buldum! Özel matematik öğretmenim olmaya ne dersin? Sadece bu sınavlık. Söz bir dahakine sessizce notlarını aşıracağım sadece..."

"Ada," dedi Varis, rahatlamış gibi bir nefes verirken, dudakları artık bir tebessüme gebeydi.

"Ne?" Kızgın bir ifade takınmaya çalıştım ama dudaklarım gülümsediğinden komik durduğuma yemin edebilirdim. "Geceleri uyuyamadığını söylüyorsun, o zaman bari yardım et bana. Etmeyecek misin? Sevgililik vazifesi ama bu. Önemli bir vazife. Beni ciddiye almıyor musun sen?"

Küçük bir kahkaha sıyrıldı dudaklarından, artık içi rahattı. Kandırdım seni sevgilim. "Söylemen yeter," dedi bir elini yanağıma yaslarken eğilip dudaklarıma küçük bir öpücük bırakmıştı. "Sadece söyle, yeter." Dudaklarını daha sonra alnıma bastırdı. Cebime tıkıştırdığım beremi fark ettiğinde geri çekilirken beremi de çıkarmıştı. Saçlarımı düzeltip bereyi başıma geçirirken hiç zorlanmamıştı, halbuki ben o bereyle boğuşuyordum. Ardından "Hadi, gidelim," dedi elini elime kaydırarak. Peşinden yürürken biraz gerideydim, gözlerimi sırtına dikmiş, az önce ne kadar büyük bir iğrençlik yaptığımı düşünüyordum asık bir suratla.

Arabaların önüne geldiğimizde "Dikkat et," dedi Varis elini elimden çekerken, başta ne dediğini anlayamadım ama bir saniye sonra havaya fırlattığı anahtarları refleks olarak iki elimle yakaladığımda ağzım kocaman açılmıştı. Varis, *Audi*'ye ilerlerken arabaya yaslanmış bize bakan Alena ve Milas'a döndü. Milas şoför koltuğuna geçerken Varis de arabanın önünden dolanıyordu. Alena bu fikirden hoşlanmış gibi sırıtarak *Lamborghini*'ye yönelmişti bile.

Şaşkınca arabanın kilidini açtım ve şoför koltuğuna geçtim, Alena çoktan ön koltuğa kurulmuştu bile. "Bu arabada gözüm vardı, iyi olacak şimdi bir tur atmak, hehe."

"Ona yalan söyledim," dedim kapıyı kapatırken, yutkunarak koltuğa yaslamıştım başımı. Emniyet kemerimi taktıktan sonra motoru çalıştırdım. Milas sanki önce bizim çıkmamızı bekliyormuşçasına hareket ettirmiyordu arabayı.

Otoparktan dışarı sürerken kafeye gelmeden önceki heyecanım uçup gittiğinden keyfi umurumda değildi bu arayı sürmenin. "Ne yalanı?" diye sordu Alena, emniyet kemerini takarken.

"Nereye gideceğiz?" Sorusunu görmezden gelerek dikiz aynasından arkaya baktım, arkamızdalardı. "Anlamazlar mı yol değiştirirsek? Bizi takip mi edecekler? Buradan Holding'e giden yol neresi, sizin eve giden yol neresi?"

"Ada sakin ol," dedi Alena arkaya bir bakış atarken. "Tepeyi inince onlar sağa dönecekler, biz soldan devam edeceğiz. Daha sonra bizim eve giren sapağı göstereceğim ben sana, onlar bir şey anlamazlar."

"Sizin ev?" Kaşlarım çatıldı. "Hangi ev?"

"Doran Evi," dedi Alena. "Sana ve Çisem'e okul bahçesinde adresi vermiştim hatırlıyorsan, Aral'ı ziyarete gitmiştiniz."

"Eşya mı alacaksın oradan?"

"Evet, öyle," dedi Alena arkasına yaslanırken.

"Ne zaman konuşacağız?"

"Evden çıktıktan sonra."

Gergince ıslattığım dudaklarımı birbirine bastırdım. Tepenin sonunda Alena'nın dediği gibi *Audi* sağa dönerken biz sola dönmüş ve kırmızı ışıkta bir müddet beklemiştik. Alena gerginliğimi anlamışçasına elini koluma koymuştu, başını eğip gözlerini benimkilerle buluşturduğunda gergince bir bakış atıp önüme döndüm.

"Gerginsin," dedi Alena, evine sapacağımız yolu gösterirken. Bir şerit sağa kaydım. "Öğreneceklerinden mi korkuyorsun?"

"Sen, Varis'in kızacağını söyledin. Ben sevgilime yalan söyledim. Üstelik ondan gizli mesajlarını okuduktan saatler sonra. Ve sen de bana yalan söylemiştin ama ben şimdi bana hiçbir laf dokundurtmayan sevgilim yerine seninle onun arkasından iş çeviriyorum. Sence gergin olmam normal değil mi? Yaptığım yanlış mı doğru mu bilmiyorum. Ne konuşacağız onu da bilmiyorum. Ne zaman birileriyle bir şey konuşmak için bir masaya otursam son günlerde, hep bir parçamı masada bırakıp kalkıyorum ve o olayların hiçbiri doğrudan benimle ilgili değildi bile!" Tek nefeste konuştuğum için nefes alış verişlerim sıklaşmıştı. "Benimle ilgili, değil mi? Söyle bunu bana. Tuvalette hiçbir şey söylemedin, yine de istediğin gibi yaptım. Bana bunu söyle Alena."

"Seninle ilgili," dedi Alena, ardından gözleri camdan dışarıya çevrildi. "Ve inan bana, sevgilisine yalan söyleyen tek kişi sen değilsin."

Yutkundum. O da Milas'a mı yalan söylemişti? Yol altımızdan kayıp gidiyordu, araba sinir bozucu bir şekilde sessizdi. Geniş bir araziye inşa edilmiş iki katlı Doran evinin duvarlarına yaklaştığımız sırada "Bu aranızı bozacak," diye fısıldadım. "Neden böyle bir şey yapıyorsun?"

"Çünkü borçluyum."

"Kime?"

"Küçük bir kız çocuğuna."

Gözlerimi üzerine çevirdim ama hâlâ camdan dışarıya bakıyor, etrafı seyrediyordu. "Milas iyi biri," diye mırıldandım. "Seni çok seviyor. Sen hep..."

"Ben hep laf çarpıtıyorum, değil mi?" Geriye yaslanırken durgun bakışları önüne çevrilmişti. Bana ya da yola bakmıyordu artık. "Birini öpmüştü, gözlerimin içine baka baka ama o zamanlar sevgili değildik bile. Buna hakkım yok biliyorum ve bilincindeyim kesinlikle ama o bu yüzden hâlâ ona sinirli olduğumu düşündüğü için alttan alıyor. Halbuki ben kendime sinirliyim. Çünkü o bana oynamayı bıraktığı anda, ben onu da içine kattığım bir oyun başlattım ve haberi yok."

Evin bahçe kapısının önüne çektiğimde sessiz bakışlarım üzerinde geziniyordu, fazlasıyla üzgün görünüyordu Alena. "Öğrenirse ne olur?"

"Öğrenecek," dedi Alena gözlerini üzerime çevirirken. "Herkes, bilmediği ne varsa öğrenecek... Çünkü ben kendime bir söz verdim. Benden geçmişimi çalanların, geleceğinin üzerine adımı kazıyacağım. Öfkeliyim, öfkem çok kalabalık Ada. Herkesin kötü şeyler yapmak için nedenleri olur, benim bir sürü var, yine de herkesi düşünerek adım atıyorum. Kimsenin kollarına ayaklarına ip bağlayıp kukla yapmadım oyunumda. Kimseyi kullanmadım... Kendimden başka." Emniyet kemerini çözdü. "Herkese eşit pay düşen zehirli bir pasta yedik yıllar önce, yiyeceğiz yine afiyetle; bugün." Kapıyı açıp çıktı.

Emniyet kemerimi çözerek dışarı çıktığımda hafif kar çiseliyordu. Kapıları kilitledikten sonra bahçe kapısının şifresini giren Alena'nın arkasından taş yola adımımı attım ve ellerimi montumun ceplerine soktum. "Anlamamak hiç bu kadar cezbedici görünmemişti gözüme," diye mırıldandım başımı kaldırmış evin kapısını incelerken. Kapının önünde iki koruma vardı. "Ve anlamıyorum da. Çok sevdiğim biri, anlamadığımız şeyleri anlamak için anlamış gibi yapalım demişti. Çünkü bazı zaferleri kazanmak için kazanmış gibi yapmak gerekirmiş."

"Ben, beni anlamış gibi yapmanı istemiyorum Ada, kimsenin yapmasını istemiyorum," dedi Alena kapının kilidini açarken. Korumalar gözlerini üzerimize çevirseler de bir şey söylememişlerdi. "Ben artık anlaşılmak istiyorum." Kapı açıldığında, derin bir nefes alarak bana baktı. "Çok sevdiğin o biri doğru söylemiş ama neden öyle söylemiş hiç düşündün mü? Anlamadığın şeyleri anlamış gibi yaparsın, anlamak için değil; karşındakinin içini bir yalanla rahatlatmak için. Başını yastığa koyduğunda sorular hücum etmesin, uykularını çalmasın senden diye. Ama zamanında cevaplanmayan sorular senden ileride uykularından çok daha önemli bir şeyi çalar Ada, o da güvendir. Bir insanı doğumundan ölümüne kadar çok sevebilirsin ama bir noktada güvenmeyi bırakırsın. Güvenin olmazsa da hiçbir şeyin olmaz. Bu yüzden bence herkes yalnızdır bu dünyada, değilmiş numarası yaparız ölene dek. Aşk, acı çekmek için yaşanır; güven kırılgan bir camdır, eninde sonunda çatlar bir köşeden. Sen o acıyı tenine işleyebilecek, o camı çatlaklarına rağmen kırılmadan taşıyabilecek kadar güçlü ve cesur musun? Kendine sorman gereken soru bu." Kapıyı ittirdi, kuvvetle itilen kapı duvara çarparak durmuştu. "Ama bu soruyu kendine sormadan önce bilmen gereken bazı şeyler var."

Bir topuk sesi yankılandı merdivenlerde, henüz içeriye girmemiştik ama Alena bir adımını atmıştı bile. Uzun koridorun sağında koca bir salon ve ileride de merdivenler vardı, hatırlıyordum içeriyi. Ben Alena'nın arkasından sözlerini hazmetmeye çalışarak içeri girerken merdivenlerden inen kadın da bakışlarını üzerimize çevirmişti. Dönüp kapıyı kapattım, ardından merdivenlerden indiği gibi adımlarını durduran sarışın kadına döndüm. Siyah bir kalem etek ve mavi bir boğazlı kazak giyinmiş, makyajını yerinde yapmıştı. Yaşından genç gösteren o kadınlardandı. Gözleri masmavi birer misket gibi parıldıyordu, tıpkı Alena'nınkiler gibi. Kırmızı ojeli ellerini merdiven tırabzanlarından çektiğinde iki yanına bıraktı kollarını cansızca, şaşkın bir ifadeyle Alena'ya bakan gözlerinde sorular vardı. "Alena," dedi kadın, sanki kızının bu evde, bu parkelerin üzerinde yeniden dikiliyor olduğuna inanamıyordu. "Ben geleceğini bilmiyordum..."

"Çok kalmayacağım," dedi Alena tok bir sesle, acımasız bir ton taşıyordu dudaklarından. "Birkaç parça eşya almaya geldim, arkadaşım da bana yardım edecek."

"Tabii..." Kadın birkaç adımla yanımıza doğru yürürken ilk kez değdi gözleri yüzüme, nasıl bir ifade takınmam gerektiğini bilmiyordum. Gülümseyip tokalaşmak için elimi mi uzatmalıydım kendimi tanıttıktan sonra yoksa hafif bir tebessüm ve baş sallama yeterli miydi? Ama kadın yolun ortasında, sanki aramızda görünmez bir cam varmış ve daha fazla ilerleyemezmişçesine donup kaldığında pencelerden sızan rüzgârın uğultusu kulaklarımı deldi. Sanki hayalet görmüş gibi bir adım geri yalpalayarak duvara tutunduğunda, kesik nefeslerinin arasında gözlerini yere çevirmişti. "A...Alena," dedi kadın bir kez daha, bir o yana bir bu yana dönerek düşüncelerinin karmaşıklığını belli eden gözlerini kızının üzerine çevirirken. "Arkadaşın?.."

"Ada," dedi Alena gülümseyerek, ardından kulağıma doğru eğildi. "Kusura bakma sana bahsetmeyi unuttum. Annem biraz hasta benim, uzun zamandır evi terk etmedi. Davranışları sana biraz farklı gelirse mazur gör." Ardından boğazını temizleyerek annesine döndü. "Ada da Safir'den anneciğim, sen tanıyorsundur Agâh Kandemir'in kızı. Hani bir dönem yakın arkadaştınız, Balamir Adin ile de birlikte çalışıyorlardı... Hatırladın mı?" Gülerek annesinin koluna girdi ve onu salona yönlendirdi. "Sen biraz otur istersen, ben şimdi yardımcılardan birine söylerim içecek bir şeyler hazırlarlar sana. İyi değilsin."

Babamla Alena'nın annesi tanışıyor muydu? Bunu bilmiyordum. Gerçi sen hiçbir şey bilmiyorsun Ada. Kadının bir anda yüzü beyazlamış, elleri titremeye başlamış ve dizleri tutmaz olmuştu sanki. Yardım etmek için bir adım ileri attım önce, ardından Alena'nın hallettiğini gördüğümde yalnızca salonun girişinde annesini koltuğa oturtup geri dönmesini bekledim. "Gel," dedi bana merdivenlere ilerlerken. Biz çıkarken aşağı inen kadınlardan birine annesine bir bakmasını söylemişti.

Geçen sefer yanlışlıkla içeri daldığım büyük, toz pembe odaya Alena'nın arkasından girdiğimde içerisi derli topluydu. Alena dolabın içinden deri bir çanta çıkardı, üzerinde *YSL* amblemi vardı. İçini açıp dolaptan birkaç parça kıyafetle doldurmaya başladığında ben de pencerenin kenarına yaklaşmış, perdeyi hafifçe itelemiş ve bahçeye bir göz atmıştım.

"Bu evden nefret ediyorum, 21 Aralık'ta parti verdiğim ev çok daha güzel," dedi Alena birkaç kitabı çantanın içine atarken. "Ama orayı kapattılar yıllar önce, gitmemize izin yoktu bu seneye kadar."

"Nasıl izin aldın?"

"Almadım," dedi Alena. "İzin almayı bıraktım." Güldü. "Benim için büyük gelişme..."

"Neden kapattılar ki? Bence de çok güzel bir ev orası."

Alena'nın, çantasını içini hızlıca düzenleyen elleri durduğunda bakışları da havada asılı kalmıştı. Maviliklerini üzerime çevirdiğinde, çalışma masasının önündeki büyük beyaz dönen koltuğa oturdum. İçerisi fazla sıcak olduğundan beremi çıkartmış, montumun cebine sıkıştırmıştım.

"Kardeşimi kaybettim," dedi Alena yeniden önüne dönerken. "O evde kardeşimi kaybettim. Öldü. Annemler de kapattılar."

Samimi itirafı bir anda kulaklarımdan boynuma dek beni yaktığında dudaklarım şaşkınlıkla aralanmıştı ama benim aksime Alena rahat bir şekilde çantasını doldurmaya devam ediyordu. "Ben... Çok üzgünüm. Başınız sağ olsun." Ardından farkındalıkla kaşlarım havalandı. "Bekle... O yüzden iki yatak vardı." Alena çantasının fermuarını çektiğinde başını kaldırır kaldırmaz göz göze geldik. Fark ettiğim şeyle nefesim kesildiğinden bakışlarım da üzerinde donmuştu. Ellerim ağzıma kapanırken, hatırlamak istercesine gözlerimi kapatmıştım.

"Alena'yla çocukluk arkadaşı olduğunuzu öğrendim. Şimdiki hâliniz göz önüne alınırsa çocukken nasıldınız merak ettim," demiştim arabanın ön koltuğunda birlikte okula geldiğimiz bir sabah.

"Yakın değildik, hatta benden nefret ederdi," demişti.

"Niye?"

"Çok sevdiği biri bana âşıktı. Peşimde dolanıyordu böyle sürekli. Alena da sinir olurdu, aşırı burnu havada başı dik bir şeydi böyle. Kıza ne yapıp ne yapmaması gerektiğini bir bir anlatırdı oturup. Tabii bu direktiflerinin arasında bana ilgi göstermesi yoktu, o yüzden hoşlanmıyordu benden. Oyununu bozduğumu düşünüyordu sanırım."

"Çocukken aşk mı olurmuş?" Sinirlenmiştim aslında. Çocukluk aşkı da olsa sinirlendirmişti beni.

"Olurmuş..."

"Sen ne yapıyordun o kıza?"

"Anlamaya çalışıyordum. Alena zehirlenmesi yaşıyordu kız, o sarışınla takıla takıla. Oyunlar kurup oynuyordu tek başına, iddialara giriyordu benimle, aynı evde tuvalete gitsem kapıda bekliyordu ruh hastası. Hayatı boyunca da tek yaptığı başıma dert açmak oldu. Sonra gitti." Tabii ki Alena zehirlenmesi yaşardı, çünkü bizzat kız kardeşiydi...

"Gitti mi? Taşındı mı yani?" diye sormuştum.

Kafasını sallayıp *"Belki döner,"* diye mırıldanmıştı.

"Ne demek belki döner? İlk aşkın falan mıydı?"

"Bilmem, olabilir. Altı, yedi yaşında falandık."

"Sen şimdi bana yedi yaşından beri çocukluk aşkını mı beklediğini söylüyorsun?"

"Hı-hı... Sorun ne?"

Histerik bir kahkaha atıp arabadan çıkmıştım. Çocukluk aşkı da olsa eskisiydi ve daha ikinci günden beni delirtmeyi başarmıştı, öyle düşünüyordum yani. Arkamdan seslendiğinde onu dinlememiş ve otopark merdivenlerinden yukarı lobiye çıkmıştım, tabii Varis de arkamdan gelmişti. Elimi tutarak durdurmuştu beni.

"Adı ne? Adını söyle ben bulurum Instagram'dan falan. Bunca sene beklemişsin, daha fazla bekleme. Zaten daha sen çocukken yapışmış kene gibi, şimdi de sorun çıkarmaz merak etme."

"Sorun çıkarmayacağı konusunda aksini kanıtlayabilirim." Kanıtlayabilirdi, sorun çıkaramazdı, çünkü bir ölüydü.

"Senin kız kardeşin Varis'in çocukluk aşkıydı," dedim ayağa kalkarken. "Senin kardeşin onun arkadaşıydı. Aşkıydı. Gitti." Birkaç kere gözlerimi kırpıştırarak yutkunmaya çalıştım. Ardından başımı kaldırarak "Sen de bugünü sevmiyorsun," dedim yanına yaklaşarak. "Sen de bugünden bahsettin arabada, sen de bugünü sevmiyorsun. 22 Aralık tarihinde mi kaybettin kardeşini? Nasıl her şey bugüne denk gelmiş olabilir?"

Alena dudaklarını ıslatarak çantasını eline aldı, ardından "Hadi gidelim," dedi düz bir sesle.

"Alena." Tok bir sesle adını seslendim, eli kapının koluna uzanmıştı. "Bana bir cevap ver. Lütfen, bana bir cevap ver."

"Evet Ada, öyleydi." Omzunun üzerinden başını yana çevirdi. "Her şey 22 Aralık'a denk geldi. Bazıları planlanmış, bazıları plansızdı ama hepsi o güne denk geldi işte." Tamamen döndüğünde artık karşı karşıyaydık.

Ben ölmüş küçücük bir kız çocuğu üzerinden laf yapmıştım Varis'e, gitti derken dönemeyecek bir hâlde oluşunu, o küçük kız çocuğunun hiç büyümediğini bile söyleyememişti bana... Bazı sözleri dudaklarına süremiyordu o, ben ise net alamadığım her cevabın üzerine bir cinayet işlemiş gibi hissediyordum şimdi. Varis Adin doğum gününde belki bir dilek dilemişti ve hayat ona bir daha asla dilek dilememesi gerektiğini öğretmişti. Doğum gününde hem annesini, hem en yakın arkadaşını, hem de kuzenini kaybetmişti. Onu hissetmek istercesine elimi boynuma götürdüm, bana hediye ettiği kolyenin ucunu tuttum ve gözlerimi odanın içinde gezdirdim. Üzerine kazınmış yazılar parmak uçlarıma sürtünürken kendimi berbat hissediyordum. Belki de Alena'ya hiçbir şeyi belli etmemeliydim. Belki de Kumsal haklıydı, içime atmalıydım ve ben bunu becerememiştim.

Eğer sen ortalığı karıştırmazsan kimse zarar görmez, demişti Kumsal. Ve sanırım ben, tam olarak bunu yapıyordum.

Alena merdivenlerde önden inerken salonda telefonla konuşan annesini fark ettim, montumun fermuarını çekerken yavaşlamıştım, Alena çoktan dışarı çıkmıştı bile.

Kadının arkası dönüktü, bahçeyi izliyordu ve sanırım ağlıyordu. "Kabul ediyorum," dedi titreyen bir sesle. Burnunu çekti, yutkundu, hıçkırıklarını tutmaya çalışıyordu sanırım. "Kabul ediyorum teklifini. Yapalım."

Neden her seferinde bir şeyleri gören, duyan ben oluyordum? Her seferinde birilerine söylemem gereken şeyler birikiyordu içimde ve ben bu durumdan çok sıkılmıştım artık. Burnumdan soluyarak montumun fermuarını çeneme kadar çektim ve kapıya yürüdüm, o sırada hızlı atılan adımlar kapıya ulaştığım gibi hareketimi kesti.

"A...Ada?"

Kapı aralıktı, içeriye soğuk sızıyordu. Başımı arkama çevirdiğimde az önce salonda telefonla konuşan Alena'nın annesi koridorun ortasında dikiliyordu, makyajı bozulmuştu ve gözleri kıpkırmızıydı ama yine de kendini iyi toparlamışa benziyordu. "Efendim?" diye sordum yumuşak ve saygılı çıkarmaya çalıştığım bir sesle. Kadının titreyen dudakları aralandı, konuşacaktı ama sözler çıkmıyordu sanki ağzından. Bir süre öylece yüzümü izledi, ardından gözlerini kaçırarak burnunu çekti ve "Bir şey yok, kusura bakma beklettim," dedi düz bir sesle. Boğazını temizliyordu sürekli.

"Pekâlâ, iyi akşamlar..."

Ben dışarı çıkıp kapıyı kapattığımda Alena basamaklarda beni izliyordu. "Bir şey mi oldu?"

"Annenin nesi var?" diye sordum meraklı bir sesle, ellerimi montumun ceplerine sokarak peşinden bahçe çıkışına ilerlerken. "Önce adımı seslendi, sonra yüzüme bakıp bir şey yok dedi."

"Babam çok üzüyor onu." Bahçe kapısını kapatarak çıktığımızda arabaya ilerledik. Alena'nın sesi üzgün ve kısık çıkıyordu. "Üzdü de hep. Geçmişte yani." Dönüp eve bir bakış attı. "Boşanacaklar."

"Aral?" diye sordum. "O biliyor mu bunu?"

"Henüz bilmiyor ama öğrense havalara uçar," dedi gülerek.

Arabaya bindiğimizde Alena çantasını arka koltuğa bıraktıktan sonra öne geçmişti. Emniyet kemerimi bağladıktan sonra motoru çalıştırırken sıkıntıyla bir nefes verdim. "Annen ben çıkarken telefonda konuşuyordu. Birine ne olduğunu bilmediğim bir şeyi kabul ettiğini söyledi. Haddim değil ama bilmen gerekebileceğini düşündüm."

"Güzel," dedi Alena yüzü bir gülüşle aydınlanırken.

Şaşıracağını ve kaşlarının çatılacağını düşünmüştüm esasen, böyle bir tavır beklemiyordum ama haberi vardı demek ki. Nereye gideceğimizi bilmediğimden caddeye doğru sürdüm, kahve içerken konuşacağımızı düşünüyordum. Telefonumun çaldığını Alena adımı seslenene kadar fark etmemiştim bile. "Ada," dedi sorarcasına bir sesle. "Telefonun çalıyor."

"Farkındayım," dedim sağa çekerken. Bir market, bir kuyumcu ve bir fırın vardı yan yana. Elimi cebime atıp telefonumu çıkarttıktan sonra ekrana baktım. Varis arıyordu. Benim korktuğum da tam olarak ekranda onun ismini görmekti.

"Çocuğu Variserefsiz Adin diye mi kaydettin?" diye sordu Alena gülerek. "Hadi, aç. Şüphelenecek."

"Ne diyeceğim?"

"Kahve içmeye gidiyoruz, doğruyu söyle. Evime uğrayıp birkaç eşya aldık sadece."

Aramanın sonlanacağını hissettiğim sırada boğazımı temizledikten sonra açtım telefonu. "Efendim?" Sesimi oldukça yumuşak ve neşeli çıkarmaya çalışmıştım.

"İşim birazdan bitiyor, Milas'la gelip alacağım seni evden, haber vermek için aradım," dedi düz bir sesle. "O küçük parazitle oyuna daldın herhalde, açmayınca endişelendim."

"Aa şey, biz eve gitmedik." Gözlerimi kapatmış, oldukça sakin davranıyordum. Elim boynuma asılı kolyeye gitmişti yine, parmak uçlarım üzerine kazılı yazıda dolaşıyordu. "Alena'nın evine gittik birkaç eşya almak için, şimdi de kahve içmeye gidiyoruz dışarıda. Sonra eve geçeceğiz sanırım."

"Hımm... Tamam," dedi, kapanan gözkapaklarımın karaltısında gözlerini görüyordum, bir çift gri gözü. "Dikkatli sür."

"Tamamdır, öptüm," dedim telefonu kapatırken. Aramayı sonlandırmış olsam da gözlerimi açmamış, elimi kolyemin üzerinden çekmemiştim.

"Gel inelim istersen, hemen ileride bir kafe var bildiğim." Alena'nın eli, direksiyonu tutan elimin üzerindeydi. "İyi değilsin sen, daha fazla sürme de zaten. Güzel park ettin buraya."

Gözkapaklarım aralanırken kafamı salladım, elimi kolyemden çekmemiştim. İnsanın içindeki sıkıntı kanatlanıp uçar mıydı göğsünde? Benimki uçuyordu, her çarpışında etten duvarlarımda, başka bir kesikten kan akıtıyordu. Sanki söylemek istediğim çok şey vardı da susmuş gibiydim. Sanki atmak istediğim bir çığlık kalmıştı boğazımda, çığlıklarımı yutuyor gibi sessizdim. Sanki temelinden sarsılmış bir binadaydım, deprem uyarısına kulak asmadan kanepeme yayılmış kitabımı okuyor gibi sakindim.

Küçük kıyametleri vardı insanların, büyüdüğünü beklemelerine fırsat bile bırakmayan... Ben benimkini ne zaman kucaklayacaktım? Çünkü biliyordum, kucak açmadığın her acın seni göğsünde öksüz bırakırdı.

Ve ben çoktan öksüz kalmıştım.

Arabanın kapısını kapatırken yavaş yavaş kararmaya başlamış gökyüzüne kaldırdım bakışlarımı, derin bir nefes aldım. Arka koltuktaki çantamı omzuma takarken tek dileğim eve gitmek, yatağıma kıvrılıp başımı Varis'in göğsüne yaslarken uyumaktı. Çok imkânsız geliyordu sabahtan beri yaşananlar göz önüne alındığında, sanki bugün bir türlü bitmiyordu ve daha yaşatacakları da var gibiydi.

Ön taraftan dolanıp kaldırıma çıktığımda Alena'nın yanında yürüyordum, kolyemden elimi çekeceğim sırada önünde durduğumuz kuyumcunun kapısından içeri bakakaldım.

"Ne oldu?" diye sordu Alena. "Bir şey mi beğendin?"

"Bir gelsene," diye mırıldanarak cam kapıyı ittirerek içeri girdim. Mücevherlerle kaplı cam tezgâhın arkasında takım elbise giymiş ellilerinde bir adam vardı, gazete okuyordu. İçeri müşteri girdiğini fark edince gazetesini katlayıp sehpasının üzerindeki çayının yanına bıraktı ve burnunun ucundaki gözlüklerini düzelterek ayağa kalktı. "Buyurun," dedi çatallı bir sesle. "Hoş geldiniz."

"Merhaba, hoş bulduk," dedim düz bir sesle, bir yandan da saçlarımı omzuma çekmiş kolyeyi çıkarmaya çalışıyordum. Alena da adam da dikkatle beni izliyordu. Kolyeyi çıkarmayı başarabildiğimde, tezgâhın üzerine dirseğimi yasladım ve kaldırdığım avucumun içine bıraktım ucunu. "Rica etsem bu kolyede ne yazdığına bakabilir misiniz? Telefonumun kamerasından bakmaya çalıştım ama net değil, fazlasıyla küçük olduğu için görünmedi, sizde yeterince iyi bir büyüteç olabileceğini düşündüm."

"Tabii kızım, olur, bir dakika bekle." Adam L şeklindeki tezgâhın öbür ucuna gittiğinde, bir kutu çıkardı öncelikle. Üzerine kadife bir mendil serdi. Ardından küçük bir büyüteçle birlikte kadife mendil serdiği kutuyu alıp döndü. "İçine koy kızım," dedi kutuyu aramızdaki tezgâha bırakırken. Kolyenin ucunu kadife kumaşın üzerine bıraktım. Adam gözlüklerini gözlerine iterek kutuyu kaldırdığında büyüteçle bakıyordu yazıya.

"Hımm..." Hışırtılı bir ses çıkardı. "Türkçe değil bu, İngilizce de değil sanırım..." Kutuyu tezgâhın üzerine bırakırken, büyüteci de bana uzatmıştı. "Lazerle yazılmış, ön tarafına da bir çiçek sembolü işlenmiş. İşçiliği çok iyi. Gramajına da bakmamı ister misiniz? Satmayı düşünüyorsanız tabii... Güzel bir parça."

"Hayır, teşekkürler, düşünmüyorum," dedim büyüteci elinden alırken. Kadife mendilin üzerine serili kolye ucuna büyüteçle bakarken, kelimeler artık çıkarabileceğim kadar büyüktü. Fransızcaydı. *Vous devenez responsable, à jamais, de ce que vous avez apprivoisé.* Ölene kadar sorumlusun, gönül bağı kurduğun her şeyden.

Bu *Küçük Prens* kitabından bir alıntıydı, biliyordum... Bu sözü birkaç kez internette görmüştüm, çıkaramadığım bir tanıdıklık vardı üzerinde. Ve Varis, bu sözü, bana hediye ettiği kolyenin üzerine yazdırmıştı.

"O ne be öyle, karınca duası gibi," dedi Alena. "Arkasında ne var?"

Adama teşekkür ederek kolyeyi elime aldığımda arkasını çevirdim, büyüteçle bakıyordum çiçek desenine. Açelya. Bu çiçeği nasıl tanıyamamıştım? Çok orijinal, çok hoş bir çizimdi bu. Bir çizgi ile başlıyordu ve bir çizgi ile bitiyordu. Açelya, Varis'in en sevdiği çiçekti.

İnsan ne kadar büyük üzülürse, o kadar büyük gülümsetirmiş hayat onun karşılığında; karmaya inandım ben hep. İnanmasam, nasıl tutunabilirdim bu dünyaya bilmiyordum çünkü. Çalan çırpanın, kadınlara el kaldıranın, yuva yıkanın, öldürenin cezasının bir şekilde verilmeyeceğine inansam, bu inançsızlık beni yolumdan saptırabilirdi. Eve gitmeyi dilerdim hep çıkılmaz bulduğum sokaklara girerken, ıssız hissettiğimde, kıyısız hissettiğimde, gemilerim battığında denizlerimde; ev benim sığınağımdı, aksi sürgün olurdu. Arabadan inerken de bunu istemiştim, bunu dilemiştim; evimde olmayı, onun kollarında uyumayı. Ama ne ev, ne yatağımdı dilediğim aslında... O'ydu.

Bir insanı evin yaparsan, eninde sonunda sürgün olmaya mahkûmsundur. Çok büyük bir cezadır bu. Bütün kötülüklerden uyuyarak kaçmaya çalışan küçük çocuklar yataklarının sıcağına sığınır ve her yetişkin kendi çocukluğunu büyütür yıllarca, ölene dek. Düşersin dizlerin kanar, evine gitmek istersin. Kavga edersin, ev yolu görünür. Berbat bir günün ardından evde olmayı hayal edersin... Yorgunsundur, ne tatlı gelir o ev fikri şimdi sana. Ev sıcaklığı. Ev konforu. Dört duvar, bir çatı; ev. Birini evin yaparsan, evinin ayakları olur; yürüyüp gidebilir senden, geçebilir belki üzerinden... Birini evin yaparsan, o ev yeterince büyük bir depremde yıkılabilir; altında kalırsın.

Varis Adin bütün o kaybettiği insanları ev yapmıştı, bir 22 Aralık gecesi de o evin altında kalmıştı. Şimdi ben onu evim yapıyordum ve belki de, kendi evimi kendi üzerime kendi ellerimle yıkmaya yürüyordum.

Kapı açıldığında soğuk bir rüzgâr içeri doldu, bacaklarımı üşüten soğuktu beni kendime getiren. Alena'yla aynı anda gözlerimizi kolyeden çekerken göz göze geldik, ardından omzunun üzerinden kapıya baktım; içeri giren adama. Alena'nın sırtı dönüktü. Bu adam, kara gözlü, siyah saçlı, uzun boylu, kırklarının sonunda, yakışıklı bir şekilde yaşlanmış bir adamdı. Bu adamın üzerinde uzun, kalın, siyah bir kaban ve boynuna sarılmış siyah bir atkı vardı. Bu adamın gözleri ölü bakıyordu. Bu adam, Balamir Adin'di.

Cam kapının arkasından hemen kaldırım kenarına park edilmiş siyah *Mercedes*'i gördüm, önünde bekleyen takım elbiseli korumayı; kulaklığından bilgi alan başka bir koruma ise hemen dükkânın önünde hazır bekliyordu.

Balamir Adin seslice nefes verirken elindeki deri eldivenlerden birini çıkardı ve "Uzun zamandır bu anı bekliyordum, Adacığım," dedi elini bana uzatarak. Alena bir adım geri çekilmişti, artık yan yana olduğumuzdan ifadesini göremiyordum. "Balamir Adin." Eli hemen önümdeydi. "Tanıştığımıza memnun oldum. Ya da dur, o bir kere olur... Sonunda karşılaştığımıza mı demeliyim?"

SEKİZİNCİ BÖLÜM

"Gel beni al bitik kalplerin celladı
Vitrine koy ki görsünler kalbimin kırıklarını,
tam bi' müzelik."
Redd, Tam Bi Delilik

Yaşanmamış bir hayata, yok olmuş bir umuda, kaybolmuş bir çocukluğa, askıda bırakılmış bir acıya boynum bükülüyordu. Her zaman olduğu gibi yine kendi yatağımda uyanıp okula gidebilirdim o sabah, herhangi bir gün olurdu benim için 22 Aralık. Serviste başımı cama yaslar kulaklıklarımdan yayılan müzikle mayışırdım, sonra okul binasına giden ıslak kaldırımların üzerinde yürürken bir soğuk kucaklardı beni. Çisem'le kafeteryada karşılaşırdık çünkü o kahve, ben de sıcak çikolata almak isterdim ilk iş olarak. Sınıfa girdiğimde kimse benimle ilgilenmezdi ya da takılan birkaç kişi olurdu yine... Sonra teneffüs zili çalardı ve koridorda onunla rastlaşırdım belki. Ölü gri gözler bir hayaletmişçesine ürpertirdi beni, öfkenin kucakladığı bir sakinlikle süzerdi yüzümü. Çünkü her seferinde, aldığım nefes soluk borumda sıkışırdı o öyle baktığında.

Biri izin verene dek gözlerinden okuyamazsınız ağzından da duymadığınız sözleri; bazı kelimeler söylenilmemek için bir araya getirilir, okunmamak için yazılır kâğıda. Varis Adin de benim için tanımak istemediğim ama her seferinde, kalabalığın içinde bile gözlerimi yakalayan biriydi. Çoğunlukla soğuk bakar, kaşlarımı çatar, terk ederdim onun olduğu ortamı. Yine öyle yapabilirdim... En başa dönsem, çok daha iyisini yapabilirdim. Kendi yatağımda uyanabilirdim 22 Aralık sabahı. Ve tıpkı diğer her gün gibi olağan geçen bugünü, yine yatağımda uykuya dalarken uğurlayabilirdim.

Ama yapar mıydım?

Önüme uzatılmış eli, gizlediğim bir şaşkınlıkla tuttuktan sonra hafifçe salladım. Yüzünü yalnızca birkaç dergide ve magazin haberlerinde gördüğüm adam bütün heybetiyle karşımda dikiliyordu. Uzun boylu, kirli sakallı, yakışıklı bir adamdı Balamir Adin. Ne belliydi ama babası olduğu... Çok benziyorlardı. Aynı kaşlar, aynı gözler, aynı burun, aynı dudaklar, aynı çene hatları... Yalnızca gözlerini annesinden aldığını tahmin edebiliyordum Varis'in, her ne kadar Süheyla Hanım'ın yüzünü daha önce hiç görmemiş olsam da. Karşımda ayrıca, karısını kaybetmiş bir adam da dikiliyordu; boşanmanın arifesinde başka bir kadınla birlikte olan, o kadının oğluna çocuk istismarı uyguladığını oğlu bizzat gözlerini açana kadar fark etmemiş bir adam.

"Bir çay içmek ister misin Ada?" dedi Balamir Adin. Kolunu uzatınca bileğindeki saat açığa çıkmıştı ve saatin kaç olduğuna bakıyordu. "Seninle tanışmak için can atan misafirlerim var, sanırım fazlasıyla beklettik onları."

Dudaklarımın arasından aldığım nefes, her içime çekişimde dudaklarımı kurutuyordu. Kuruyan yalnızca ağzım değildi üstelik; içimde bir yerlerde bugünden sağ çıkacağıma dair herhangi bir umut kaldıysa hepsi kurumuştu çoktan. Yutkunarak Alena'ya döndüğümde Balamir'den çektiği bakışlarını yüzüme çevirdi, o an fark ettim. Alena'nın tüm bunlardan haberi vardı. Balamir Adin'in bizi böyle ücra bir kuyumcuda nasıl bulduğunu biliyordu çünkü onu çağıran bizzat kendisiydi. Alena'nın herkesin arkasından oynadığı oyunda ortağı Balamir Adin'di. Oğluna, uçağının yarın sabah ineceğini söylemişti ama buradaydı işte, karşımdaydı. Varis çok zeki biriydi, bunu anlayabilmişti. Ama etrafı yalancılarla doluydu; onu rahatlatan, şüphelerini dindiren yalancılarla...

"Misafirleriniz?" diye sordum ilk defa konuşarak, kuruyan boğazımı yumuşatmak için ardı ardına yutkunmuştum.

"Baban da bizimle, merak etme," dedi Balamir, kapıyı göstererek. Babam mı?

"Babam İngiltere'deydi," dedim onu haksız çıkarmak istercesine ama bir anda fark ettiğim ayrıntıyla ağzım açık kalmıştı. "Siz de İngiltere'deydiniz..." Bakışlarımı, karşımdaki adamın kara gözlerine çevirdim. Bir cevap vermesine gerek yok gibi, hızlıca anlamış olmamdan memnun bir şekilde kafasını aşağı yukarı sallamıştı. Dudaklarında silik bir tebessüm vardı.

Dükkânın önündeki koruma kapıyı açtığında Alena başıyla ileriyi işaret ettiğinden ben de peşlerinden takip etmek zorunda kalmıştım. Kaldırım kenarına çekilmiş *Mercedes*'in arka kapısı başka bir koruma tarafından açıldığında Balamir Adin içeri geçti. İçerisi normal bir arabanın koltuk düzeni gibi değildi, aracın büyüklüğünden anlamalıydım bunu. Yan yana üç koltuk vardı ama şoför koltuğuna gelene kadar birkaç koltuk daha herkes birbirinin yüzünü görecek şekilde konulmuştu. Balamir Adin üçlü koltuğu es geçerek tek kişilik yanlamasına duran koltuğa oturduğunda Alena üçlü koltuğa geçti, ben de gergin bakışlarımla yanına oturdum. Korumalardan biri ön koltuğa şoförün yanına, diğeri de yanımıza binmiş ve kapıyı kapatmıştı ama asla bize bakmıyordu.

Kapılar kapandığında "Nereye gidiyoruz?" diye sordum, caddenin içinde ilerliyorduk henüz.

"Holding'e," diye cevapladı beni Alena. Benimkinin aksine onun sıcak olan elleri, hemen kucağımda sahipsiz duran elimi tuttuğunda hissettiğim sıcaklıkla göğsüme batan nefeslerimi yumuşatmaya çalışmıştım.

"Onlar da orada ama." Varis ve Milas.

"Evet," dedi Balamir, gözleri bir saniye olsun üzerimden ayrılmamıştı. "Onlar da orada, Ada."

"Neden bunu yapıyorsunuz?" Zihnimde yerine oturtmaya çalıştığım hiçbir yapboz parçası uyuşmuyordu.

Balamir Adin'in yüzünde tehlikeli bir gülüş peyda oldu, bir bacağını büküp ayağını diğer dizine yaslamış, dirseğini de koltuk kenarında tutuyor; rahat bir pozisyonda oturuyordu. "Ben bir şey yapmıyorum Ada, ben bana yapılanın cezasını kesiyorum," dedi gayet sakin bir sesle.

Alena, Varis'e attığı mesajda onun babasına, yani Balamir Adin'e güvenmediğini açıkça yazmıştı ama şimdi onunla birlikte mi çalışıyordu? Öyleyse Varis'in hiçbirinden haberi yoktu, çünkü en başta kendi babası tarafından kandırılmıştı.

"Oğlunuzun bundan haberi var mı?" diye sordum, çattığım kaşlarımı bir türlü rahatlatamadığımdan başıma saplanan ağrıyla. "Yok. Ona yalan söylediniz, ikiniz de..." Gözlerim Alena ile Balamir arasında gidip geldi. "Öğrendiğinde neler olacak?"

"Bizi düşünemeyecek kadar meşgul olacak," dedi Alena, mırıldanır bir sesle. Göz göze geldiğimizde başını kaldırmış, boğazını temizledikten sonra konuşmuştu. "Ada, hiçbir şey bilmiyorsun. Önce konuşalım, ondan sonra herkesin faturasını kesersin. En azından şimdi, biraz olsun, sevgilini değil kendini düşün. Neden bu arabada bizimle olduğunu düşün. Ama başını çok ağrıtma, çünkü daha çok ağrıyacak."

Holding'in duvarlarının tanımıştım ama her zamanki gibi ön girişten değil, arkadan, bambaşka bir yerden, kapalı bir otoparktan girmiştik içeri. Bir kat aşağı indikten sonra şoför asansöre yakın, duvarları diğer kısımlardan farklı bir şekilde beyaz olan bir yere park etti. Alena uzanıp yanımdaki kapıyı açtığında dışarı çıktım, arkamızdan gelen bir araba daha olduğunu bilmiyordum ama hemen yanımıza park etmişlerdi. Üç adam az önce indiğim arabadan, üç adam da peşimizden gelen başka bir siyah aracın içinden indiğinde Balamir Adin önde, korumalar arkada, Alena ile birlikte asansörlere yürüdük. Gri renkli asansörler düğmelerine basıldıktan saniyeler sonra açıldığında içerisinin genişliği bana hastaneyi hatırlatmıştı, iki sedye kolay sığardı buraya.

Yirmi ikinci kata bastı Balamir. Dudaklarımı birbirine bastırarak gözlerimi kapattım, hemen arkamdaki silahlı korumaları ya da bildiğim, tanıdığım herkesten ve her şeyden uzakta bu asansörün içinde yirmi iki kat tırmandığımızı unutmaya çalışıyordum. Yüksekten korktuğumdan değildi, artık her şeyden korkuyordum ben. Biri elini kapıya sıkıştırıp çığlık atsa bir köşeye sinip hüngür hüngür ağlayacakmış gibi hissediyordum. Ama bir yandan da duygularımı saklamaya yönelik bütün hünerlerimi sergileyeceğim bir gün varsa, o günün bugün olduğunu biliyordum.

Asansör kapıları açıldığında kararan gökyüzünün maviliği ayaklarımın altında, şehir gözlerimizin önündeydi. Bütün duvarlar boydan boya camdan olduğundan etraf oldukça aydınlıktı. Buraya geldiğimde konferans salonunun olduğu katta dolanma fırsatı bulmuştum, orası da sade ve az eşyalıydı, öte yandan bol bol alan vardı; mesela şuraya bir yere genişçe bayılabilirdim. Eğer bayılırsam hastaneye kaldırılabilir ve kurtulabilirdim buradan. Ama neden burada olduğumu, bugün neyi neden yaptığımı çok iyi hatırlatmalıydım kendime.

Balamir Adin'in ofisine girdiğimizi, iki yandaki büyük sekreterlikten fark ettiğimde koridorda yankılanan küçük bip sesleri sırtını izlediğim uzun boylu adamın, Balamir'in kapıya şifreyi girdiğini söylüyordu bana. İçerisi karanlıktı, loş ışıklandırma açılırken adımlarımı Alena'nın yanında içeri yönelttim. Korumaların biri hariç diğerleri kapıda kalmışlar, kapıyı da kapatmışlardı. İçerisi kocamandı. Büyük, uzun bir masa, bir duvarı tamamen cam olan köşedeydi ve üzerinde çok fazla şey yoktu. İçi görünmeyen dolaplar, büyük bir TV ünitesi, çalışma masasının önündeki deri koltuklar... Balamir Adin sadelikten hoşlanıyordu. Evi de böyleydi. Sade ama öz.

Çalışma masasının arkasına geçtiğinde kabanını ve atkısını köşedeki askılığına bırakırken bir düğmeye bastı, perdeler iniyordu otomatik olarak. Ardından odanın diğer ucundaki toplantı masasını işaret etti geçip oturmamız için. Uzun toplantı masasının başındaki tekerlekli siyah sandalyelerden birine oturduğumda Alena hemen yanımda duruyor, telefonuna bakıyordu. Montlarımızı çıkarmıştık. "Yeğenin burada," dedi Balamir'e doğru. "Milas. Aşağıda." Balamir çalışma masasından uzaklaşırken kapıdaki elemana bir bakış atmış, attığı bakışla adam derhal odayı terk etmişti.

"Sen de," dedi Balamir, masanın karşısındaki duvara yürürken. Alena'dan bahsediyordu.

Alena şaşkınlıkla kaşlarını çattı. "Saçmalama, ben burada kalacağım."

"Sence şu an yeğenimi kim aptalca bir şey yapmaktan alıkoyabilir?" diye sordu Balamir, kaşlarını kaldırarak Alena'ya emredercesine bakarken. Ses tonundan akan otorite avuçiçlerimi kaşındırıyordu. "Aşağı in, bizi yalnız bırak. Ona zarar verecek değilim."

"Sözler de pekâlâ silahtan sayılır," dedi Alena sert bir sesle. "Laflarına dikkat et Balamir Adin. Ben yalnızca doğru şeyi yapacağını düşündüğüm için senin yanında oldum, sana yardım ettim. Geçmişinin hiçbir savunulacak tarafı yok. Dilerim sen de bir gün yaptıklarının acısını şuranda hissedersin." Yumruk yaptığı elini sol göğsüne yaslamıştı.

"O günler uzakta değil Alena," diye bir cevap verdi Balamir Adin, gözleri Alena'da değildi, sırtı bize dönüktü hatta.

Alena burnundan soluyarak kapıya yöneldi önce, ardından geri adımlayıp öfkeliden endişeliye çevrilmiş gözlerini yüzüme değdirdi. Bir elini sandalyemin kolluğuna, diğerini de masaya yaslayarak üzerime eğilmişti. "İstediğin zaman çıkabilirsin bu odadan. Sakın kendini esir hissetme. Sakın."

O da emin değildi. Belki söylediği gibi herkese haddini bildirmek istemişti, istiyordu da ama o da emin değildi doğru şeyi yapıp yapmadığından; o da hepimiz gibi yaşayıp görecekti. Kafamı aşağı yukarı salladım. Beklemediğim bir anda Alena saçlarımın arasına bir öpücük bırakmıştı. O kapıya ilerlerken hızlı adımlarla, ben sandalyede ona dönüp çıkışını izlemiştim odadan; artık yalnızdım. Yalnızdık.

"Seninle bir anlaşma yapacağız Ada," dedi Balamir Adin, yine bir düğmeye basmıştı ve projeksiyon perdesi otomatik olarak iniyordu toplantı masasının tam karşısındaki duvara. Bir sandalye çekip oturmak yerine yanıma gelmiş, masanın kenarına oturmuştu. "Ben sana geçmişini, geleceğini vereceğim; sen de doğruları konuşacaksın."

Kaşlarım havalandı. "Geçmişimi mi?"

"Sana bir hikâye anlatmak istiyorum," dedi derin bir nefes alarak yerinden kalkarken. Her nasılsa toplantı masasının sağ tarafında koca bir cam vardı fakat içerisi görünmüyordu ve Balamir oraya bir bakış atmıştı masanın başına yürürken. "Sana 22 Aralık 2006'yı anlatmak istiyorum."

Işıklar odaya ilk girişimizden çok daha loştu şimdi. Odanın kapısı tıklatılarak açıldığında topuklu ayakkabı ve takım elbise giyinmiş bir kadın elinde bir tepsiyle geldi. Tepsi küçüktü, ortasına konulmuş beyaz kupanın içinden ise duman tütüyordu. "Misafirimize," dedi Balamir, başıyla beni işaret ederek. Kadın hafif bir tebessümle kupayı önüme bıraktığında, içindeki kahverengi içeceğe fazlasıyla tanıdıktım.

"Seni çaya davet ettim ama unutmuşum, sen en çok sıcak çikolatayı seversin, değil mi?"

İstemsizce titreyen ellerimi kupanın etrafına sararken gözlerimi sıcak çikolatadan çekemiyordum. "Bunu nereden bildiğinizi sormaya korkuyorum."

"Sormana gerek yok," dedi Balamir, eliyle içmem için beni davet ederken.

Başımı kaldırdığımda davetkâr gözleri içeceği içmemi istiyordu. Bir ona, bir kupanın içine baktım. "Sevgilimin babası beni zehirlemek istemez diye umuyorum."

Bir kahkaha çarptı odanın duvarlarına, neredeyse sıçrayacaktım yerimden gerginlikten. "Elbette hayır, böyle bir şey yapmam. Oğlum bu hayatta en çok değer verdiğim insan, eğer onun değer verdiklerine zarar verirsem öylece seyirci kalmayacağının ve aramızın bozulacağının pek tabii farkındayım. Gerçi bugünden sonra bozulacak da ama bu riski alıyorum. Alınması gereken bir risk. Ve eklemem gerekirse, düşmanım olsaydın bile seni zehirlemezdim Ada; ben düşmanlarımı öldürmem, yaşatırım. Bir oyun kurar, bir ağ örer, zamanla kafeslerim onları. Bir bedel ödemedikleri için sevinerek yaşarlar ama bedel ödüyorlardır zaten yaşayarak."

Yaşatarak öldürmek insanları.

Bir kelebeği öldürmek gibi.

Duyduklarımı hazmetmeye çalışırken avuçlarımın arasında ellerimi ısıtan kupadan bir yudum aldım üfleyerek, sıcaktı. Tadı farklı değildi. "Nasıl buldun burayı?" diye sordu Balamir, masanın üzerine ama biraz daha uzağa oturmuştu yine, bir eli dizinde, diğeri bacağındaydı. Gözlerini etrafta gezdirdi. "Çok yüksek değil mi?"

Kafamı salladım.

"İş adamları da böyledirler, her seferinde en yükseği hedeflerler. Katları çıktıkça yetmez bu onlara; bize yani, yetmez. Tatmin olmayız. Güzel bir ev, güzel bir araba, bankada birkaç milyon dolar, birkaç ev arsa içimizdeki hırsı dindirmez asla. En yukarıya ulaştığımızda ise genişlemek isteriz... Bir liste olsa ve birinci olsak bile her yıl yerimizi korumak için yapmamız gereken fedakârlıklar vardır mesela."

Sandalyede geriye yaslanmış, puslu gözlerle izliyor ve dinliyordum onu. İçmek istemiyordum ama ellerimi ısıtıyordum sıcak çikolata kupasıyla. "Yakut Doran, Alena'nın babası, benim iş arkadaşımdı. Birlikte atıldık iş camiasına, ikimiz de çocukluktan birlikte yetiştirilmiştik babalarımızın bize miras bırakacağı şirketler için, babalarımız dosttu. Ama bize söylemedikleri bir şey vardı, o da bu sektörün farklı sahalarda iki dostu kabul etmeyeceğiydi. 2004'te ihalelerde başlayan gergin ortam 2005'in sonuna dek takip etti bizi, her seferinde iki şirket finale kalıyorduk ve karşı taraf ortak iş teklif etse de kabul etmiyor, bir sonuca ulaşmalarını istiyorduk. Sonuca ulaşmak onlar için kolay bir şey değildi, Adin Holding dünyaya açılan ve gittikçe büyüyen yeni bir şirketti; Doran ise ülkece kabul görmüş ve asırlardır iş yapan köklü bir şirket. Ufak oyunlarımız bu tarihlerde başladı; birbirimizi geri çekmek için hamleler yapıyorduk. Birbirimizin şirketlerine köstebek göndermekten tut sahte evraktan içeri atılmaya kadar ileri gittik her ne kadar yakalanmasak da, her seferinde bir adım ileriye sürüklediğimiz bu oyunun ileride ailelerimizi parçalayacağından habersiz bir şekilde kendimizi kaptırmıştık."

Belki de Sahra'yı Adin Holding'e gönderen, evime kadar sızmasını sağlayan kişi Yakut Doran'dı. Belki de Yakut Doran, bugün bile, Balamir Adin'in ofisine sızması için zorluyordu. Belki o kadını saklayan Yakut Doran'dı.

"2006'nın başında yurtdışı odaklı çok büyük bir yatırım için Adin Holding olarak kolları sıvadık, bu yatırım bize senenin ortasında büyük yabancı ortaklıklar kazandıracaktı. Yakut çok ileri gitti, berabere kaldığımız ihaleleri bırakıp attığım adımlara karışmaya, potansiyel ortaklarımı manipüle etmeye başlamıştı. Onunla bağları koparmayı istesem de karımın, Filiz Hanım'la; Yakut'un eşiyle olan dostluğu ve çocuklarımızın arasında gelişen arkadaşlık dolayısıyla birbirimizi çok fazla görüyorduk. Eğer işlerin bu noktaya taşınacağını bilseydim karımı da, oğlumu da, yeğenlerimi de yurtdışına gönderirdim kendimi bu cehennemde yalnız bırakmak söz konusu olsa bile."

"Karınız?" diye sordum kaşlarımı kaldırarak. "Boşanmanın arifesinde olduğunuz, karınız..." Kaba konuşmamıştım, sadece Süheyla Hanım'a dikkat çekmek istiyordum; belki de adını daha fazla duymak... Varis'in annesi.

Balamir Adin'in gözleri gözlerimden önüne kaydı, masaya bakıyordu artık. "Süheyla hayatımın aşkıydı. Şanslıydık, Yakut'la birlikte Oxford'da okurken ikimiz de hem eğitim hem iş hem de aşk hayatımızda başarı sağlamıştık. Süheyla, Cambridge'de okuyordu o dönem, Filiz çocukluk arkadaşıydı ve onu ziyarete gelmişti. Çok hızlı evlendik, her şeyi çok hızlı tükettik onunla. Henüz çocuk istemediğimi, kariyerime odaklı olduğumu söylemiştim; buna rağmen beni kandırdı, hamile kaldı." Gözlerini sımsıkı kapattı, o günleri hatırlamak onun için zor olsa gerekti. "Birkaç ay kızgın kaldım en fazla, daha sonra kabullendim. Nasıl kabullenmez ki insan? Küçücük, pamuklara sarılmış bir oğlan çocuğu. Kocaman gözleri var, nereye dönsem hâlâ gördüğüm kadının gözlerini almış, sanki sökmüş de kendine takmış... Öyle bir benzerlik. Mutluydum. Sevdiğim kadın tarafından kandırılmıştım ama yine de mutluydum. Ama Süheyla'yla paylaşmıyorduk bu mutluluğu. Yirmi dört saatlik bir günün on iki saatinden fazlasını şirkete harcıyor olmamdan şikâyetçiydi, haklıydı da; ona ve oğluma yeterince vakit ayıramıyordum." Gözlerini üzerime çevirdi. "Ama ben evlenmeden önce defalarca kez bunu da söylemiştim ona, Allah kahretsin ki söylemiştim. Kabul etmişti, ne söylersen söyle beni kendinden vazgeçiremezsin demişti." Durgun gözler yeniden önüne çevrildi. "Vazgeçti."

Masaya yaslamıştım bir kolumu, elimi kaldırıp yüzümü sıvazladım ve avucumu alnıma yasladım en nihayetinde. Bana bunları neden anlatıyordu bilmiyordum ama tek bildiğim, başkalarının acısıyla olağanüstü bir empati kurabildiğimdi. Çünkü karşımdaki adamın acısını göğsümde hissediyordum. Belki bunun sebebi onun Varis'le olan benzerliği de olabilirdi. Baba-oğul birbirlerine benziyorlardı, yaşları kaç olursa olsun. Ve baba-oğul sevmek ne demek biliyorlardı belli ki.

"Magazinciler çok fazla ilgileniyordu özel hayatımla, üstelik iş ortaklarım da Süheyla'yla katıldığımız akşam yemeklerinden hoşlanıyorlardı ve bir de hisselerin düşüşü durumu vardı, henüz ayrılamazdık. Biz de evliyken ayrı yaşama kararı aldık. Böylece o benimle davetlere katılıyordu ama gece bittiğinde kendi evine gidiyordu, ben de büyük ama içi boş evime dönüyordum her gece. O gün, 22 Aralık; Varis'in doğum günüydü." Tepkimi ölçmek istercesine gözlerimin içine baktı ama bunu çoktan bildiğimi tahmin etmiş olmalıydı. "On iki yıl önce bugün, oğlumun yedinci yaş günüydü. Bir kız çocuğu vardı, tek arkadaşıydı sanırım. Kuzenleri de vardı, Milas ve Azra ama onlarla oynamazdı. Bu kız çocuğuyla da oynamazdı gerçi, kız onun peşinden ayrılmazdı sadece. Kızın doğum günü de 21 Aralık'tı biliyor musun? Bir gün öncesi. Bizimle geçirdiği son doğum gününde hediye olarak bizde kalmayı istemişti hatta. Çok bilmiş, lafını esirgemeyen, cimcime bir şeydi," dedi gülerek. İlk defa samimi bir şekilde güldüğünü görüyordum sanırım.

"Alena'nın kaybettiği kız kardeşi," diye mırıldandım. "Adı neydi?"

Balamir'in bakışları ağırlaştı, yorgun bir tebessüm sardı dudaklarını. "Açelya," dedi durgun bir sesle. "Açelya Doran."

Açelya. Parmak uçlarımdan saç diplerime kadar vücudumu kaplayan bir elektrik, sanki elim çarpılmışçasına kollarımı masanın üzerinden kaldırıp kendime çekmemi sağlarken içerinin sıcak olduğunu biliyordum ama soğuktu, üşümüştüm. Ben evlatlıktım. Parçaları birleştir Ada. Varis'in en sevdiği çiçek açelya.

Ama Balamir Adin, benim parçaları birleştirmem için beklemek istemiyordu. "Açelya, Varis'in doğum gününü göl evinde, kendi evlerinde hep birlikte kutlamak istemişti. O gün işten öğle arası çıkacaktım, şurada," dedi çalışma masasını göstererek. "Tam şurada dosya işlerini hallediyor, bir yandan da saati kontrol ediyordum. Sonra telefonum çaldı." Düz bir ifadeyle, gözlerimin içine baktı. "Alo, dedim. Ortaklığı boz, ihaleden çekil dedi."

"Yakut Doran," dedim titrer bir sesle.

Gözlerini ağır bir şekilde kapattı, kafasını salladı. Gözkapaklarını yeniden aralarken başından beri elinde olduğunu fark etmediğim küçük bir kumandaya basmıştı. Projeksiyon açıldığında loş ışıklandırma kapandı, ardından ekranda eski bir kamera kaydı belirdi. Tarih, 22 Aralık 2006'ydı; saat 14.03'tü. Kamera odanın bir köşesinde ve yukarıda olduğu için neredeyse kuş bakışı bir görüntü sağlıyordu; duvarlara sabitlenmiş raflar kitaplarla doluydu, pencerenin önünde koca bir çalışma masası ve deri bir koltuk vardı, yerde ise işleme bir halı. Bir eli cebinde diğer eli kulağına götürdüğü telefonda olan takım elbiseli bir adam camdan dışarı bakıyordu. Kayıt akıp gidiyordu.

Balamir Adin projeksiyon perdesine sırtı dönük bir şekilde oturuyor olsa da kayıttaki adamla aynı anda elini cebinden çıkardı. "Suriye üzerinden getirttiğimiz, Rusya'ya gemiyle kaçıracağımız nükleer silah sevkiyatından bahsetmiştim sana, hatırlıyor musun? dedi. Türkiye ve yurtdışındaki birçok ihaleyi bana kaybettikten sonra hırslandığı için illegal işlere bulaşmıştı. Hatırlıyorum, dedim. Deneme amaçlı karınla yeğeninin bindiği, birazdan bizim eve doğru yola çıkacak aracın altına döşettim bir bombayı, dedi. Elinde sinyal verici kumanda vardı. Ne diyorsun? Çekilecek misin? Kan beynime sıçradı. Yakut'un pis işlerinden birçok şeyi yapabilecek kapasitede biri olduğunu biliyordum ama amcası olduğum küçük bir kız çocuğu ve karımı öldürebilecek kadar gözü döndüğünden habersizdim. Yine de gözümü kırpmadan çekileceğimi söyledim. Doğum günü partisinde görüşürüz dedi, ben olsam ben de oğluma böyle bir hediye vermek istemezdim dedi doğum gününde, kapattı telefonu ardından." Kayıttaki adam, Yakut Doran telefonunu kapattıktan sonra cebine atmış, kumandayı ise gelişigüzel masaya bırakmıştı.

Balamir Adin gözlerini açtı, o doğruca bana bakıyordu ama ben kulağım ondayken arkada dönen kaydı izliyordum. "Yakut geri zekâlıydı demiyorum, sonuçta Oxford'u bitirdik birlikte, döndük buraya şirketlerin başına geçtik, başarılı birçok şirketi devirdik yükseğe oynadık, kazandık da birçok kez ama dikkatsizdi. Umursamazdı ya da bilmiyorum. Özel hayatında dönenler psikolojisini etkiliyordu. Hatalar yapıyordu, vital hatalar. Hiçbir dostumu karşıma almadım şimdiye dek ne yaparlarsa yapsınlar ama Yakut'u değil düşmanım yapmak, cehennemin katlarına dikeceğime söz verdim her bir uzuvunu. Parçalara ayıracaktım onu. Parçalara ayıracaktım ve o yaşamaya devam edecekti. Her seferinde bir ayağını sakatladığım tahta bir masaydı onun hayatı, devrilmemek diye yama yaptı yıllarca. Küçük darbeler ve psikolojik baskıyla cehennemi yaşattım ona on iki yıl boyunca... Vakti gelince de ait olduğu yere tıkacaktım. Pis bir fare gibi, hiçbir şeyi olmadan, ne çocukları ne karısının bir damla yaşı düşmeyecekti gözünden o hapishane çukurunda çürürken; bir adamdan tırnaklarıyla kazıyarak inşa ettiği kariyerini alırsan ölür. Ama ailesini alırsan... o adam ölerek yaşar. Bir kere değil, bin kere ölse; bin birincide diriltip yeniden öldürecektim onu. Sırf yeniden uyanması için ertesi sabaha, her gece öldüğü yerden diriltecektim."

Aldığım nefes ciğerlerime kaçarken söyleyecek bir lafım varsa da ağzıma tıkanmıştı. Kayıtta Yakut odadan çıktıktan bir süre sonra kapıyı iki küçük sarı kafa açıyordu. İki küçük kız çocuğu, birinin üzerinde beyaz bir elbise diğeri ise sürekli belini çektiği bir pantolon giyiniyordu. Donmuş bir şekilde kaydı izlerken burnumun direği sızladı, gözlerim doluyordu ve ben hiçbir şeye engel olamıyordum. Alena ve Açelya, diye düşündüm. Yüzleri görünmüyordu ama bunlar onlardı. Biri kapıdan dışarıyı kontrol ederken, diğeri babasının sandalyesinin üzerine tırmandı ve dizlerinin üzerinde masasını karıştırmaya başladı. Bir şey aramıyordu, yalnızca bakıyordu. Sonunda küçük kumanda dikkatini çektiğinde almakta tereddüt etmedi. Kapıyı gözetleyen küçük kız arkasını dönüp eliyle gelmesini işaret ederken halıya elindeki çikolatalı sütü dökmüştü, eğilip eliyle silmeye çalıştı ama bu mümkün değildi ve o da farkındaydı. Kumandayı kapan kardeşi koltuktan dikkatlice indiğinde ikisi birlikte koşarak odadan çıktılar. Görüntü değiştiğinde ayağa kalktım.

Oyuncaklarla dolu bir odaydı bu, kızlar içeri giriyor ve oyuncakları karıştırıyorlardı. Kumanda birinin elindeydi, öylece duruyordu. Görüntülerde ses olmadığı için birbiriyle konuşan kızların ne söylediklerini anlamıyordum ama kayıtlar da eski olduğundan pek net değillerdi zaten. Sonunda oturup oyuncakların arasında kaybolan kızlardan birinin elinde yeniden kumandayı gördüm; pantolonu belinden düşen kızın elindeydi. Düğmesi dikkatini çekmişti. Bastı.

Bu kadardı.

"Bum," dedi Balamir Adin, gözlerimden akan yaşlarla ona döndüm. "Arabanın içinde üç kişi vardı. Karım, Süheyla Sumru Adin. Yeğenim, biricik kör sağır yeğenim, Azra Adin. Bir de arabayı süren sevgili iş arkadaşım, Kemal Tanrısever."

Azra, kör ve sağır bir kız çocuğuymuş. Milas'ın kız kardeşi.

Alin Tanrısever. Kumsal annesinin soyadını almıştı. Kayadelen. Kumsal Kayadelen. Kumsal Tanrısever.

Benim kuyruğumu ilk sen kapanına sıkıştırdın Ada. Kopardın onu. Bunu unutma. Kumsal'ın, gittiğim ilk teras partisinde tartışırkenki sözleriydi bunlar.

21 Aralık benim doğum günümdü. Alena kutlamıştı. Herkes biliyordu. Herkes.

Varis alnıma adımı yazmıştı.

Varis alnıma adımı yazmıştı.

Varis alnıma adımı yazmıştı.

"Öte yandan, evden çıkan ilk araba, içinde yıllardır birlikte çalıştığım, canımı emanet ettiğim, güvendiğim sağ kolum Reşit Adalı ve oğlumla yeğenimi taşıyan araba göl evine ulaşmıştı. Hiçbir şeyden haberi olmayan iki küçük kız evin merdivenlerinden aşağı indi dakikalar sonra, verandadan bahçeye çıktılar." Balamir elindeki kumandayla bir düğmeye bastığında, ekrana yansıyan fotoğrafa dikkatlice baktım;

iki küçük sarışın kız vardı fotoğrafta, köşede başka bir sarışın kız daha kuma oturmuş oynuyordu. Bir plajdı burası. Açelya ve Alena. Kumsal. Üçüncü sarışın kız Kumsal'dı. Köşede biri sarışın, diğeri siyah saçlı iki oğlan oturuyordu. Arkası dönük kız ise muhtemelen Azra'dan başkası değildi. Ve Aral. Bebek gibiydi daha... "Ve Açelya göle düşer," dedi Balamir Adin, kalbim ağzımda atarken gözlerim bir kez daha onun kararmış gözlerindeydi. "Alena bağırarak eve koşar... Reşit, Açelya'yı gölden çıkarır ve ilk yardımı yaptıktan sonra arabayla hastaneye yetiştirir. Hiçbir şeyden haberi olmayan oğlum ve yeğenim bu esnada evin içindedir. Filiz Hanım çıkar dışarı, bütün çalışanlar çıkar; sonrası feryat figan... O gün arabayı ben sürdüm göl evine, her şeyin yolunda olduğunu duymak istercesine sürekli karımı arıyor, Kemal'i arıyordum; kimse açmıyordu. Çalmıyordu bile telefonları. Öyle bir patlamada telefon mu kalır? Reşit aradığında sağa çektim. Adamlardan arabanın patladığı haberini aldığını, yanında Açelya'nın olduğunu ve acile sürdüğünü söyledi. Göle düşmüş. Düşmüşsün..." Kollarını göğsünde bağladı Balamir. "Şaşırdım doğrusu, Açelya. Sen daha yürümeyi bilmeden yüzmeyi öğrenen bir çocuktun. Daha anasınıfına giderken madalyaların vardı. Böyle bir kız çocuğu nasıl göle düşerek boğulur? Ama kafanı çarpmışsın çok sert, göl de bulanıkmış bir önceki gece yağmur yağdığından, zaten o gün de yağmur yağıyordu..."

Yağmur yağıyordu. Varis yağmurdan nefret ediyordu.

Sen daha yürümeyi bilmeden yüzmeyi öğrenen bir çocuktun. Madalyaların vardı. Varis lisanslı yüzücü olmuştu ama yüzmekten nefret ediyordu.

"Diyelim ki yüzme bilmeyen bir yakının derin bir suya düştü. Uzaktasın, suyla aranda en az 200 metre var. 200 metreyi 25 saniyede koşsan, 26. saniyede atlasan, 27. saniyede suyun içindesin... Su karanlık, toz kalkmış, göz gözü görmüyor belki. Belki güneş yok, ışık yok... Bir dakika aradın. İki dakika aradın. Zamanın daralıyor. Panikten nefesini tutma süren yarıya inmiş bile olabilir. Sen yukarı çıkıp ciğerlerine oksijen çekiyorken, aşağıdaki çoktan son nefesini vermiş olabilir."

"Anladım... Kendin için yüzmüyorsun sen."

Ben göle düşmüş ve boğulmuştum.

Benim için. Benim içindi.

Tutunmak için bir yer ararken elim sıcak çikolatayla dolu kupaya çarptı; sıcak değildi ama yine de elimi hızla çektim ve masadan birkaç adım uzaklaştım, devrilen bardaktan dökülen içecek sandalyeden yere akıyordu. Çarpıntım başlamıştı.

"Yakut'a dedim ki, kızın bende. Karımla yeğenimi, Kemal'i öldürdün sen. Ya şirketini seçersin, ya da kızını. İkisinden birini mahvedeceğim. Şirketini seçti. Öyle kolay oldu ki bu seçim onun için," dedi Balamir, kendisinin bile hâlâ inanamadığı bir tonla. "Agâh, güvendiğim adamlardan biri. Uzun yıllar birlikte çalıştık. Tabii bu süreçte Filiz'le de birçok kez yüz yüze geldiler. Meğersem Filiz daha çocuk yapmadan, iki yıllık evliyken boşanmak istiyormuş Yakut'tan, Yakut boş senet imzalatmış kadına elinde tutuyormuş. Ama bir kadının aklında, kalbinde başka bir adam varsa; onu evinde, dizinin dibinde tutsan neye yarar? Alena, Yakut'un doğan ilk kızı, Agâh'tanmış. Yakut bunu biliyormuş. Bunu biliyor ve diğer çocuklarının da Agâh'tan olduğunu düşünüyormuş, bu yüzden umurunda olmamış. Üçünüzü kaçırsam, yine şirketini seçermiş biliyor musun? Adi herif. Ama Açelya ve Aral, Yakut'la Filiz'in çocuklarıydı. Yalnızca Alena, yasak bir aşkın tohumu, Agâh'la Filiz'e aitti. Yani aslında öz baban sattı seni."

Alena, benim babamın kızıymış. Benim babamın... Benim babam... Agâh Kandemir... Benim üvey babam... Öz babam... Yakut Doran'mış. Ben Açelya'ymışım... Varis'in en sevdiği çiçek. Açelya Doran'mışım... Filiz, A...Ada, demişti bana. Sesi titremişti. Kabul etmişti. Yapalım demişti. Balamir Adin'le konuşuyordu. Alena beni buraya gelmeden önce o eve bilerek götürmüş, Filiz Doran'a, annesine göz dağı vermişti. Alena benim kardeşimdi. Aral benim kardeşimdi. Annem bırakmamıştı beni. Babam satmıştı. Şirketini seçmişti.

Varis biliyordu. Sen bana çok şey yaptın. Yakut Doran'ın gönderdiği kadın Varis'in çocukluğunu mahvetmişti. Benim babam. Varis doğum gününde annesini ve kuzenini kaybetmişti. Ben bastım o düğmeye. Oyuncak sandım, aldım, ben bastım. Ben yaptım. Ben yapmıştım. Biliyordu. Hepsini en başından beri biliyordu. Ben onun çocukluk aşkıydım. Peşinden ayrılmayan bendim. Benim suçumdu. Hepsi benim suçumdu. Ben istemiştim doğum günü partisini göl evinde kutlamayı. Ben istemesem, annesi ve kuzeni, Kumsal'la Alin'in babasının sürdüğü o arabaya binmezdi; çalışma odasına sızıp karıştırırken kumandayı bulmazdık, o araba hiç havaya uçmazdı. Kumsal'la Alin'in babasını bile ben öldürmüşüm. Ben yapmışım. Benmişim.

"Ücra bir klinikte sessiz bir şekilde halledildi işlemlerin; doktor hafızanı kaybettiğini, kalıcı olacağını söylediğinde Agâh'ı aradım. Yalnız bir adamdı, muhtemelen yalnız da olacaktı ömrü boyunca; hiç kimseyi sevmediği kadar sevmişti Filiz'i, baba olduğunu bile bilmiyordu. Bir kız kurtardık, ailesinden şiddet görmüş, bir bak dedim. Pek de yalan sayılmazdı bu söylediğim. Gördüğü ilk an, bir baba kızına nasıl bakarsa öyle baktı sana. Kocaman yeşil gözleri, dalgalanmış sarı saçları olan dünyalar güzeli bir kız çocuğuydun, elini tuttuğunda Agâh koca bir dev kalıyordu yanında. Agâh evlat edinmek istedi seni, sahte evrakları Reşit hazırladı kimsenin haberi olmadı. Agâh'ın bile yoktu, bugüne kadar. Adını Reşit koydu, Ada. Sudan korkuyormuşsun. Klinikte duş aldırmak istemiş bir hemşire sana, küvetten ölesiye kaçmışsın. Seni kurtlar sofrasına kuzu diye oturtmuştuk, etrafı sularla çevrili bir toprak parçası anlamını taşıyan bu basit isim bile aslında çok şey ifade ediyordu senin için anlayacağın."

Reşit Adalı.

Babamın, Agâh'ın hiçbir şeyden haberi yoktu. Bugüne kadar mı? Onunla konuşmuş muydu? Anlatmış mıydı her şeyi? Biliyor muydu? Neredeydi? Misafirler bekliyor, demişti dükkândayken. Herkes neredeydi?

"Gölde yapılan aramalar bir sonuç vermedi, Filiz mahvolmuştu. Herkes öyle. Oğlum bile," dedi Balamir, kumandada bir düğmeye basarak. Bu sefer açılan videonun sesi vardı; kamerayı tuttuğu için yüzü görünmeyen bir kadın oyuncak ve kitaplarla dolu bir odada şımarık bir kız çocuğunu çekiyordu. Köşede oturmuş boyama yapan siyah saçlı bir erkek çocuğu vardı bir de. "Oğlum, kameraya gülümse!" dedi Süheyla hanım, Varis başını kaldırıp gözlerini kısarak gülümsedi. Ciğerlerim sönerken arkamdaki duvara yaslandım ve iki elimle birden ağzımı kapattım. "Açelya sen de!" Kamera küçük, sarışın, koca yeşil gözleri olan, yeşil elbiseli kıza döndüğünde kendini içine attığı oyuncak havuzundan kalkıp kocaman gülümseyerek zıplamaya başlamıştı kameranın önünde. "Süheyla anne! Süheyla anne!" dedi heyecanla, ellerini kaldırarak. "Çikolata verecektin hani? Tatlı toplardan? Şaka mıydı?"

"Süheyla fotoğraf ve videolar çekmeyi severdi, senin de olduğun bir sürü klip ve fotoğraf var arşivde," dedi Balamir, videoyu geçtiğinde birkaç fotoğraf yansıdı ekrana ama göremiyordum. Görmem mümkün değildi. Gözlerim bir musluktu tam anlamıyla ve gözyaşlarım önümü bile görmeme izin vermiyordu. Yalnızca projeksiyondan yansıyan ışık vardı. "Yakut biliyordu kızının bende olduğunu, ne yaptığım yıllarca umurunda olmadı. Sonra bir gün çıkageldi, evimin önünde arabasına yaslanmış bekliyordu. Kızım nerede? diye sordu bana. Test yaptırmış yıllar önce, Alena'dan sonra zarfları açmaya korktuğu için kasaya bırakmış. Açelya'nın öz kızı olduğunu öğrendiğinde çıkıp gelmiş. Bir kız çocuğunun hayatı umurunda değilmiş, kendi kızının hayatı umurundaymış yalnızca. Korumalar uzaklaştırdılar, bir daha da evimin yakınına gelmesine izin vermedim. Güçlü bir adam olduğundan ne yaptığını kanıtlayıp onu hapse attırmam için derinlerine inmeliydim, yaptığı bütün pis işleri belgelemeliydim, elini tuttuğu şerefsizleri de onunla birlikte çukura sürüklemeliydim. İstihbaratla aynı masaya oturdum, yıllarca git gel yaptım yurtdışına, şirketini içten çürüttüm. Bu son gidişimdi İngiltere'ye, on iki tane 22 Aralık geçti üzerimden. on üçüncüsü olmayacak sözü vermiştim kendime, oğluma, karımın hatırasına, biricik yeğenimlerime, kardeşime, Kemal'e... O gün canı yanan, o günden kalan izi ömürleri boyunca üzerlerinde taşıyacak herkese. Sana bile. Belki de en çok sana. Bütün bunları anlatıyorum ve sana bütün bunları ben anlatıyorum Açelya, çünkü senin hayatının üzerine kumar oynadım. Seni Agâh'a ben verdim. Seni de dostumu da kandırdım. Herkesi kandırdım. Kandırmak zorundaydım. Sana bir hayat borçluyum, oğluma annesini, dostunu borçluyum, Filiz'e bir kız çocuğu borçluyum, Agâh'a özür borçluyum, Agâh'a kendi öz kızını borçluyum. Alena ve Aral'a bile, onları o psikopatın eline bıraktığım için bir çocukluk borçluyum Açelya."

Cayır cayır yanan yüzüme buz gibi ellerimi kapatmış, beni daha fazla ayakta tutamayan ayaklarım pes ederken sırtımı yasladığım duvardan kayarak çökmüştüm yere. Yüzüm acıyordu, dökülen yaşlar sanki bıçak yarası gibi acıtıyordu tenimi; buz kesen avuçlarım acıyordu tenime bastırdığımda, her zerrem acıyordu. Her zerrem sarsılıyordu. Duyduklarım koca bir binaydı ve ben altında kalmıştım. İşte bir 22 Aralık da benim üzerime yıkılıyordu. Ama ben altında kalmıyordum bu tarihin, çünkü ben bir şeyin altında kalabilecek bir bütün değildim artık. Paramparçaydım. Titreyen dudaklarımdan içeri kaçan kesik nefesler ciğerlerime oksijen sağlamıyordu, sanki suyun altındaydım yine; hiçbir şeyi hatırlamıyordum ve belki de sonsuza kadar hatırlamayacaktım ama bir şeyin nasıl hissettirdiğini unutmazdı insan, unutamazdı istese de. Ben bir kere boğulmuştum, hayatım boyunca bir daha nefes alamamıştım; şimdi bu karşımdaki adam bana oksijen verdiğini söylüyor olsaydı bile bir köşeye siner, boğulur ölürdüm ben orada.

Yedi yaşında ayrıldığım ailemden tam on iki sene uzak kalmıştım. Kaybettiklerim bu on iki senede kazandığım her şeyi almıştı elimden; atan bir kalbi, düşünen bir beyni, işe yarayan elleri, ayakta tutan dizleri... Biliyordum, dışarıdan bakıldığında tek parçaydım; biliyordum kırmızıya boyanmamıştı kıyafetlerim ama kan ağlıyordum. Annemi kaybetmiştim. Babam beni satmıştı şirketi için. Ablamı, küçük erkek kardeşimi kaybetmiştim. Tüm o imalar... Herkes biliyordu. Adinlerin evindeki yardımcı kadın bile. Sıcak çikolatadan bahsetmişti sabah. Daha bu sabah. Bir aptaldım. Hiçbir şeyi uç uca geçirememiş, bağlantı kuramamıştım. Al! Al işte! Kimseye güvenmem demiştin, güvenmişsin! Yalan konuşmamışlardır demiştin, boğazına kadar battığın yalanları boğuyor şimdi seni! Al! Yalanmış hayatın, gerçeğin bile yalanmış senin! Yalanmışsın sen! Adın bile yalanmış... Adın bile... Sen yokmuşsun Ada! Yokmuşsun ki sen!

Kapının çarpılarak açıldığını duydum. Balamir bana doğru bir adım atmıştı ve o sırada ikimizin başı da kapıya çevrilmişti. "Git arabaya bak dedim lan!" diye bağırdı Milas, arkasından Alena girmişti ama Milas'a göre sakindi, dönüp kapıyı kapatmıştı. Milas ise öfkeli adımlarla Balamir'e yürüyordu. "Ada caddeye park etmiş, Begonya'dadır dedim! Bile bile yolladım onu!" Milas dumura uğramış bir suratla bakışlarını bana çevirdiğinde, maraton koşmuşçasına inip kalkıyordu göğsü. "Söyledin mi?!" diye bağırdı gözlerini benden çekebildiğinde, Balamir'e. "Söyledin mi? Anlattın mı her şeyi?!"

"Milas tamam, bırak," dedi Alena. "Geç otur şuraya sakinleş."

"Sen hiç konuşma." Milas öyle bir ifadeyle dönüp bakmıştı ki Alena'ya, ona uzattığı kolu bir silahtı ve kurşun yemişti sanki Alena az önce göğsünden. "Sakın Alena. Sakın konuşma." Yeniden Balamir'e döndü, tehlikeli adımlar atıyordu. "Dedim ki az önce, kuzenimin, kardeşim dediğim adamın gözünün içine baka baka, Ada'nın burada olduğunu bilirken, dedim ki," dedi gözünü bile kırpmadan amcasına bakarken. "Kafede ayrılmışlar dedim. Gönderdim onu. Burası cehennem yeriyken, ben onu gönderdim bomboş bir yere bu saatte, trafik saatinde, ulaşması kimbilir ne kadar sürecek, fark edip dönmesi ne kadar..."

"Sen doğru olanı yaptın Milas," dedi Balamir, düz bir sesle. "Olması gereken buydu. Varis'e kalsa temmuzu bekleyecektik."

Temmuz.

"Sana kalsa da öyle!" dedi Alena, toplantı masasından geçerken, beni görmemişti o henüz, duvarın dibinde küçücük olmuştum. "Senin bana kızmaya hakkın yok Milas. Sen de en az hepimiz kadar suçlusun! Haftalarca ayakta uyuttun beni, bir şeyler hatırlamasam, o psikiyatrın verdiği ilaçların etkisi geçmese hiçbir şey anlatmayacaktın! Ben de karanlıkta olacaktım şimdi, kimbilir nerede, hangi yalan hayatın içinde... Kardeşim bu kadar dibimdeyken!" Ardından etrafında döndü, odayı tarıyordu. "O nerede? Ada nerede?"

Gözlerimi elimin tersiyle silerek ayağa kalkmaya çalıştım duvardan destek alırken. "Açelya demek istedin herhalde," diye mırıldandım başımı kaldırarak.

İçerisi karanlıktı, yalnızca projeksiyonun beyaza dönmüş ekranından yansıyan bir ışık vardı ama çok iyi biliyordum ki Alena ne hâlde olduğumu net bir şekilde görebiliyordu. Bütün öfkesi, bütün hırsı bir köşeye sindi o an içinde, gözlerinde gördüm; bana ilk defa böyle bakıyordu belki de ya da bir kez daha böyle bakmıştı... Begonya'da, kafedeyken. Terastaki partiden sonra. Masasının kenarındaki çiçeklerin türünü Hazal'a soruşundan sonra, açelyalar olduğunu öğrendikten hemen sonra... Elimi sıkarken fark etmişti, gözlerimin içine bakarken. Milas anlamıştı, onu yerine oturtmuş ve iyi olmadığını söylemişti. Evet, iyi değildi. Çünkü Alena o gün tanımıştı beni.

Tıpkı saatler önce annemin tek bir bakışta tanıdığı gibi.

Alena koşar adım bir anda kollarını etrafıma doladığında saçlarının arasından Milas'ın elini alnına götürüp başını çevirdiğini gördüm, Balamir ise gözünü kırpmadan bizi izliyordu. "Özür dilerim," dedi Alena, saçlarımın arasına fısıldarken, öyle güçlü sarılmıştı ki bana sanki bir daha hiç bırakmak istemiyordu. "Özür dilerim, hepsini senin için yaptım... Her şey senin içindi... Ben hep söylemek istedim ama söyleyemezdim, beklemek zorundaydım... Beklettim seni, affet beni..." Gözlerimi sıkıyordum, gözkapaklarım ağrıyordu acıdan. Ellerimi sıkıyordum sırtına doladığım, ellerim acıyordu avuçlarıma batan tırnaklarımdan. Konuşmak istiyordum ama mecalim yoktu. Ölmek istiyordum ama vuranım yoktu. Ben uyumak istiyordum. Çok yorgundum. Sadece uyumak istiyordum. Uyanırsam da sessizlik olsun istiyordum. Bunca zaman herkes nasıl sustuysa, nasıl susabildiyse, şimdi de sussunlar istiyordum.

Milas'ın bakışları bir farkındalıkla karardığında doğrudan karşıya yürüdüğünü fark ettim o an. Balamir, "Milas yapma," dedi. "Sırası değil..."

"Amca yeter," dedi Milas, Alena'yla çoktan ayrılmıştık. Projeksiyon ve toplantı masasının hemen yanındaki boydan boya karaltılmış camın ışıkları, Milas'ın bastığı bir düğmeyle aydınlatıldığında içeride insanlar vardı. Alena'nın ağzından bir feryat koparken arkasını döndü ellerini yüzüne kapayarak, ben çıplak gözlerle bakakalmıştım. Koltuklar vardı tek kişilik, buraya döndürülmüş... Biz onları göremesek de onlar bunca zamandır oradalardı. Filiz Doran, annem, annemiz; gözyaşları içinde, koltuğun ucuna kaymış, elleri ağzında, kıpkırmızı bir suratla ağlıyordu. Agâh Kandemir, babam, üvey babam; birkaç adım gerisinde yumruğunu ısırmış, duvara yaslanmış dikiliyordu ve onun gözleri kıpkırmızı, kirli sakalları ıslaktı. Yakut Doran, babam, babam demekten utandığım biyolojik babam, öz babam da oradaydı ve beni en çok şaşırtan da bu olmuştu; Filiz Doran'la arasında boş bir koltuk vardı. Yüzünde hiçbir ifade yoktu, yalnızca ıslanmış yanaklarını ve sıktığı çenesini görebiliyordum. Ayakta başka biri daha vardı, tanıdığım biri; Milas'ın babası, Alparslan Adin. Bir kaya gibi sertti ifadesi, Yakut'tan en uzak sayılabilecek köşede dümdüz buraya bakıyordu, dümdüz kardeşine; Balamir Adin'e. Belli ki zor tutuyordu kendini aynı odaya tıkıldığı bu adama saldırmamak için.

Varis yoktu. Varis'i göndermişlerdi.

Varis yok.

Öfkeyle, kapı kolunu sökercesine köşedeki kapıyı açtı Milas; işte o an Filiz Doran'ın hıçkırıkları vurmuştu odadan dışarı, kulaklarımızdan içeri... Teker teker çıktılar odadan, önce Filiz Doran, ardından Yakut denen herif, babam ve Alparslan Adin. "Bunun burada ne iş var?!" diye bağırdı

Alena öne çıkarak, Yakut'u gösterirken. "Bu pis herifin burada ne işi var?!"

"Sakin ol Alena," dedi Balamir Adin. "Ben de hoşnut değilim onun burada olmasından ama birazdan almaya gelecekler onu. Unutamayacağı bir kapanış vermek istedim hayatına, bundan sonra göreceği yüzler yalnızca hücre arkadaşlarından ibaret olacağından." Yakut hiçbir şey söylemedi, yalnızca gözlerini kapatmış ve başını çevirmişti. Boynundaki ve alnındaki damarlar belirgin bir şekilde, patlamaya hazır bir bomba gibi belirginleşmişti.

"Nasıl yaptın?" diye sordu Alena bu sefer, içimden akıtmak istediğim zehri sanki hissetmiş gibi sözlerine sürerek. "Nasıl yaptın bunu? İnsan mısın sen! Bir kadını, bir anneyi öldürdün! Kör sağır küçücük bir kız çocuğunun hayatını aldın elinden! İki kız kardeşi babasız bıraktın! Yetmedi kendi öz kızını sattın şirketin uğruna! Mutlu musun seçiminden? Nasıl gidiyor işlerin? Nasıl şimdi şirketin söyle, anlat hadi başarılarını! Dök ortaya! Akşam yemeklerinde konuşuyordun ya hani, boktan hayatımızın ne kadar iyi gittiğini plastik cümlelerde duymak istiyordun ya, ulan davetli listesini bile mail atmasını istemiştin her gece aynı yatağa girdiğin kadından, sekreterinmiş gibi! Bir öksürük sesimize bile dayanamıyordun ya hani, kızıyordun ya sofrada, ben şimdi senin yüzünü bile görmeye dayanamıyorum!"

"Ben senin baban değilim," dedi Yakut, ağzını açarak. "Seninle konuşacak hiçbir şeyim yok benim."

"Konuşma sikik herif! Sen zaten hiç konuşma!" Bir anda iki metre uçan Milas'ın yumruğu Yakut'un yüzünde patladığında adam tutunacak bir yer bulamadan yere devrildi, Milas üstündeydi. Babam, Milas'a doğru onu tutmak için atıldığında "Bırak kırayım çenesini!" diye bağırdı Milas, gözüne bir yumruk geçirirken. "Bırak kırayım! Ben ne hesap vereceğim kuzenime? Ne diyeceğim ulan?! Bırak kırayım bir tarafını yoksa yüzüne bakamam! Yüzüne bakamam!" Babam onu Yakut'un üzerinden kaldırırken bir tekme savurdu Yakut'un kaburgalarına. Adam inleyerek yüzüstü dönmüştü yerde, avuçlarının üzerinde doğrulmaya çalışırken.

"Ben kimseyi öldürmedim," dedi Yakut kan tükürürken yere, acı içinde. "Senin kız kardeşin yaptı. Ben bıraktım kumandayı, nereden bileyim küçücük kızların elinde çalışma odamın anahtarı olduğunu?! Ne bileyim odamı her gün kurcaladığınızı?!"

Senin kız kardeşin yaptı. Ben yapmıştım. Ellerimi, göğüs kafesimde hissettiğim inanılmaz bir acıyla yüzüme bastırarak onlara arkamı dönerken "Senin suçun değildi," dedi arkamdan gelen bir ses, Filiz... Annem. "Senin suçun değildi," diye devam etti Filiz. Yakut'a ne oluyorsa arkadan acı inlemeleri doluyordu kulağıma. O adam benim öz babamdı. "Senin suçun değildi," diye tekrar etti Filiz, beni kolumdan yakaladığında kollarını etrafıma sardı ama ben ellerimi yüzüme bastırdığımdan ona sarılmıyordum. "Senin suçun değildi," diye devam etti, bir öpücük hissettim saçlarımın arasında. "Senin suçun değildi..." Anne. Kendimi rahat bıraktığım ilk an kokusu doldu burnuma, daha şiddetli ağlamaya başladım; anne kokusu. Ölecekmiş gibi ağlamaya başladım, ölsem keşke diye ağlamaya başladım, ölsem yeridir diye ağlamaya başladım. "Benim küçük kızım... Benim eli yüzü çikolatalı küçük, hırçın kızım..." Annem...

"Bu kadının burada ne işi var?!"

Hemen yanımdaki kapının açıldığını duyduğumda etrafıma sarılmış kollardan kurtulmuş, Milas'ın sesine dönmüştüm; Balamir "Götürün şu kadını buradan!" diye bağırdığında başımı çevirdiğim an, iki kolundan tutulan, kirlenmiş kırmızı bir paltonun içinde hâlâ sırıtabilen o rezil kadını gördüm. Sahra. Saçları dağılmış, makyajı akmıştı.

Öyle bir öfkeyle saldırdım ki ona, Filiz Doran bile tutamadı beni. Çığlığım boğazımdan taşarken onu sımsıkı tutan kollar bile sarsıldı üzerine atladığım sırada. Sertçe duvara ittim onu, korumalar izin vermişti. Kadının sırtı duvara çarparken çıkan ses canının yandığının kanıtıydı ama bu umurumda bile değildi. "İğrenç bir kadınsın sen!" diye bağırdım suratına doğru, beyaz dişleri kanla sararmıştı. Bana karşılık vermiyordu. Saçına asıldım, boğazına yapıştım, "Duyuyor musun beni? İnsan değilsin sen!" diye bağırdım suratına, sanki bir cam vardı suratında ve ne dudaklarımı okuyor ne de sesimi duyuyordu. "Cayır cayır yanarsın da bir bardak su verenin olmaz inşallah! Geber!" Kahkahası yankılandığında belime sarılıp beni kadının üzerinden çeken kolların arasında bir tokat attım suratına, başı öyle bir yana çevrilmişti ki boynunu kırdığımı düşünmüştüm. "Ahlaksız kadın!"

Beni geriye çeken kollar babama aitti, "Yapma kızım, yapma güzelim," dedi babam beni kadından uzaklaştırırken, korumalar Balamir Adin'in talimatıyla kadını kaldırıp odadan çıkartırlarken babam önüme geçmiş ve görüşümü kapatmış, üzerime eğilmiş ve kollarımı tutmuştu.

"Ben senin kızın değilim," dedim gözyaşları içinde, kollarının arasında titrerken, yüzüne bakamıyordum bile. "Ben senin..."

"Sen benim kızımsın," dedi Agâh Kandemir, bir kolunu omzuma sararken, o da sürekli burnunu çekiyor ve gözlerinden akan yaşlara hâkim olmaya çalışıyordu. Diğer kolunu da uzattı ileriye; Alena'ya. "İkiniz de benim kızımsınız..." Alena buraya gelmemişti, boncuk mavi gözlerinden akan iki damla yaşla birlikte alt dudağını sertçe ısırmıştı; orada öylece, küçük bir kız çocuğu gibi dikiliyordu. Filiz Doran sürekli ağlıyordu. Alparslan Adin, oğlunu bir köşeye sıkıştırmış sakinleştirmeye çalışıyordu. Yakut Doran yerdeydi, kalkamıyordu ya da kalkarsa tekrar yere serileceğini bildiğinden mecali yoktu. Balamir Adin, tek sağlam kişiydi bu odada.

Şimdi 22 Aralık, hepimizin üzerine devrilmişti.

"Baba gidelim n'olur," diye fısıldadım gözyaşları içinde, sesim kısılmıştı ve çatlak çıkıyordu. "Ne olursun gidelim... N'olur gidelim..."

"Alın şunu camın arkasına, toplantı odasına tıkın." Balamir Adin'in otoriter sesini duydum, gözyaşlarımı süveterimin koluna silerken kollarımı babamın belinden çekmeden göz ucuyla bakmıştım kapıya. İçeri giren korumalar Yakut Doran'ı kollarından tutarak yerinden kaldırdılar ve az önce hepsinin içeride olduğu odaya sokup kapıyı kapattılar.

Babam "Gidelim kızım," dedi saçlarımın arasına bir öpücük bırakırken. Elimi tutmuştu. Küçücük bir kız çocuğuydum ben şimdi yine, babam dev kalıyordu yanımda ne olursa olsun... Alena'nın önünde durduğunda, Alena'nın birkaç dakika önce kurumuş gözyaşlarıyla ıslanmış yanaklarından yeniden süzülüyordu yaşlar. Gergince çiğnediği alt dudağını bıraktığında kanattığını gördüm. "Sen de bizimle gelmek ister misin?" diye sordu babam, Alena'ya. Alena gözlerini kapattığında boncuk boncuk yaşlar döküldü yanaklarından. Kafasını salladı.

Kapı yeniden açıldı. Nefes nefese bir kadın girmişti içeri, bana sıcak çikolatayı getiren kadındı bu. "Balamir Bey, çok acil," dedi kadın birkaç adımla toplantı masasının başına ulaşarak. Balamir Adin'in kaşları çatılmıştı. "Oğlunuz geldi, kesin talimat vermiştiniz ikinci bir emre kadar içeri girmemesi konusunda ama kapıdaki güvenliği indirip asansöre binmiş. Şu an onuncu katta," dedi kadın zar zor soluk alırken. "Ne yapmamız gerekiyor efendim? Durduralım mı?"

Balamir Adin'in kara gözleri üzerime çevrildiğinde göz göze geldik, suratımdaki dehşet ifadesi apaçık ortadaydı.

Başımı çevirdim o an; bir, belki iki saniyelik bir kilit anıydı. Milas, Alparslan, Filiz, babam, Alena... Herkesin gözü üzerimdeydi. Babamın elinden elimi çektiğim gibi masanın üzerine bıraktığım çantamı ve montumu kaptım, ardından kadının girerken açık unuttuğu kapıdan dışarı fırladım.

"Ada!" diye bağırdı bir ses arkamdan. Milas. Sanki yapma, diyordu. Yapma. Ve ondan başka kimsenin bana bunu söylemeye cesareti yoktu o odadaki.

"Açelya!" Annem. Annem bana adımla seslenmişti.

Yirminci kata gelmiş asansörü gördüğüm gibi merdivenlere yöneldim, basamaklardan yuvarlanıp kafamı yaracak olsam da, merdiven boşluğundan düşüp ölecek olsam da onunla yüz yüze gelmeyecektim. Hazır değildim buna. Yapamazdım. Yapamam. Annesini almıştım elinden. Nasıl yüzüme bakabilmişti? Kuzenini de... Nasıl öpebilmişti beni? Açelya nasıl en sevdiği çiçek olurdu? Ben hatırlamıyordum hiçbir şey, o biliyordu, hatırlıyordu her *anı*... Nasıl saklayabilmişti? Nasıl susabilmişti? Nasıl bağırmamış, haykırmamıştı bütün bunları suratıma? Nasıl bakabilmişti gözlerime? Nasıl tutabilmişti elimden, o düğmeye bastığım parmaklarımın olduğu elimden... Nasıl ısıtabilmişti boynunda bugün? Nasıl yüzmeyi öğretmek istemişti bana? Neden kurtarmıştı o gün havuz partisinde, ölüp gitseydim işte orada... Boğulsaydım... Kimse atlamazdı ondan başka peşimden sanki. Ama o da atlamasaydı keşke. Herkes atlasaydı ama o atlamasaydı peşimden keşke.

Montumu üzerime geçirip çantamı koluma taktığımda altı kat inebilmiştim merdivenlerden, kapı aralığından karşı karşıya dizili toplam dört asansörden birinin kapılarının açık olduğunu fark ettiğimde içeri attım kendimi. Öyle yorulmuştum ki, öyle canım yanmıştı ki merdivenlerden inerken, asansörün içine girdiğim gibi yere düşmüştüm ellerimin üzerinde. Zemin katı tuşlayarak kapıların kapanmasını sağlayan o düğmeye bastım. Ve gözlerimi kapattım.

Düşünmemem gerekiyordu. Henüz düşünmemeliydim. Bir taksiye atlayıp eve gidene, kapımı kilitleyene kadar düşünmemeliydim. Tek yapmam gereken buydu, aksi taktirde aptalca bir şey yapacaktım. Hayatını mahvettiğim insanın karşısına çıkamazdım. Bu hâlde olmazdı. Bugün olmazdı. Toparlanmam gerekiyordu. Milas, kafeye yönlendirdiğini söylemişti onu. Bu kadar çabuk gidip dönmüş olamazdı. Belki de beni defalarca kez aramış ve açmadığımda işkillenmişti... Belki de biliyordu. Belki de aslında hiç gitmemişti. Sadece şüphesinin doğrulanacağı anı beklemişti.

Asansör kapıları zemin katta açıldığında lobide gözüne buz tutan bir güvenlik görevlisi gördüm, bir diğeri de yanına oturmuş su içiyordu ve hırpalanmışa benziyordu. Danışmada gördüğüm kızlardan biri önlerinde, teselli edercesine bir şeyler söylüyordu ama duymuyordu işte kulaklarım. Kendimi lobiden dışarı, aralık soğuğuna attığımda artık kar yağmadığını fark ettim. Masal bitti. Bu hikâyede kimse kötü adam değildi.

Hayır. Kötü adam, benim babamdı. Öz babam. Peki onun hikâyesi neydi? Ona bu kadar korkunç şeyleri yaptıran neydi? İlk defa bilmek istemiyordum. Duymak istemiyordum. Sadece bugün bir an önce bitsin istiyordum. Koşar adımlarla Holding bahçesini yarıladığımda bir ses yankılandı bahçede, tüylerimi diken diken eden bir ses; öyle ki ayaklarım yere yapışmışçasına mıhlanmıştım dikildiğim yol üzerine, bir rüzgâr bütün ağaçların dallarını kırarcasına savurmaya başladığında saçlarım uçuşurken omzumun üzerinden bakarak döndüm arkamı. Oradaydı. Koşuyordu arkamdan. "Ada!" diye bağırdı, öyle gür; öyle yalvarırcasına çıkıyordu ki sesi boğazından, öyle sesleniyordu işte bana; bir tek bana.

"Dur," diye fısıldadım kalbim avuçlarımda atarken, durmadı. "Dur!" Bu sefer bağırmıştım, aramızda birkaç metre kala kendini zor durdurabilmişti. Ağzımızdan verdiğimiz nefes buhar olup uçuyordu yüzümüzden yukarı, o da en az benim kadar dağılmış görünüyordu. Üşüdün mü? diye sormak istedim kızarmış burnunu ve dudaklarını gördüğümde ama gözlerine baktığımda teninden daha kızarık tarafları olduğunu fark etmiştim. Ağlamış mıydı? Üşüdün mü Varis? Haklıymışım, sen ısın diye kendimi seve seve yakarmışım ben.

"Ada," dedi yalvarırcasına bakan gözlerinin ardından, ikimizin de çektiği oksijen ciğerlerimize benzindi şimdi.

"Git n'olur..." Ellerimin tersiyle sildim gözyaşlarımı, yüzüne bakıyordum; yüzüne bakmak istemiyordum. Yüzünü görmek istemiyordum. "N'olursun git..."

"Ada," dedi bir kez daha, lafını böldüm.

"Ada değilmiş benim adım, neden yalan söylüyorsun?" diye sordum dudaklarımı birbirine bastırmaya çalışırken, göğsümdeki his gitmiyordu ve daha çok gözyaşı akıtacağa benziyordu. "Yoksa Ada lakabım mıydı başından beri? Öyle söylemiştin ya hani Alperlerin evinin önünde, Çisem'e Pamuk Prenses bana dört yanı sularla çevrili korkak kara parçası... Çok güzel bir lakapmış gerçekten Varis, çok anlamlıymış. Zekânı konuşturmuşsun yine ve ben hiçbir şey anlamamışım. Yine."

"Yapma," dedi bir adım ileri atarak.

"Gelme," dedim elimi kaldırarak. "Gelme, dur orada..." Yine görüşüm bulanıklaşıyordu. "Gitmeme izin ver," dedim titreyen bir sesle. "Bırak gideyim... N'olursun bırak!"

"Bırakamam..."

"Duydun mu? Ben yıkmışım senin üzerine 22 Aralık'ı, sen altında kalmışsın." Yutkunamadım. "Ben almışım elinden anneni, kuzenini... Milas'ın kardeşini ben öldürmüşüm. Kör sağır küçücük bir kız çocuğuymuş Varis... Nasıl bakarım ben yüzüne? Senin yüzüne nasıl bakacağım ben bir daha?" Gözlerimi sildim, hıçkırıklarıma engel olamıyordum. "Kumsal'la Alin'in babasını bile ben öldürmüşüm! Kemal Tanrısever! Duydun mu Varis? Alin bile haklıymış okul hayatımın içine etmekle! Az bile yapmış! Dahası, haksız yere çekiştirdiğim kız, çocukluk arkadaşımmış benim! Ablamla tanışmışım birkaç hafta önce, kıskanmışım onu senden! Annemle karşı karşıya geldik biliyor musun? İki saat ya oldu, ya olmadı... Kadının kalbi sıkıştı. Ben anlamadım. Bir insan annesinin gözlerinin içine bakıp da onu nasıl tanımaz Varis? Görüntüsünü, sesini nasıl unutur nasıl hatırlamaz?... Alena hasta o dedi, ben de inandım. Bir aptal gibi. Ama ben siz ne dediyseniz inandım zaten! Sen ne dediysen inandım ben!"

"Ben sana hiç yalan söylemedim," dedi başını iki yana sallarken. "Ben sana hiç yalan söyledim mi Ada?"

"Ada deme bana! Ada deme bana, Ada deme!" İki elimi birden boğazıma götürdüm nefes alamıyormuşçasına, gözlerimi kaçırarak biraz eğilmiş dileniyordum oksijen için. Varis'in yine bana doğru yürüdüğünü gördüm. "Gelme dedim!"

Durdu. "Yapma n'olursun, yapma," dedi ellerini saçlarından geçirip tutamları çekiştirerek. "Geçmişimi sikeyim, yapma bunu bana!"

"Ben senin anneni öldürdüm bu ellerle..." Ellerimi kaldırdım havaya, videoya göre sağ elimi kullanmıştım. "Sen nasıl tuttun bu elleri? Nasıl senin için yaratıldığımı söyledin?" Ellerimize bak Ada, ellerimize bak ve bana benim için yaratılmadığını söyle. "Sen nasıl dokundun bana? Nasıl öptün beni?"

"Senin suçun değildi," dedi, tıpkı bir süre önce yukarıda Filiz Doran'ın bana sarılırken söylediği gibi. Ama farklı hissettirmişti. Daha berbat hissettirmişti. Kafamı iki yana olumsuz anlamda salladım. "Senin suçun değildi," dedi bu sefer üzerime doğru yürüyerek. Birkaç adım geri gittim. "Gelme dedim!" diye bağırdım ona doğru ama bu umurunda bile olmamıştı. Beni belimden yakalayarak kaçmama engel olurken kolu tamamen kendine kafeslemişti bedenimi. Elini yanağıma yaslayarak zorla başımı kaldırdığında göz gözeydik. "Senin suçun değildi, sen yapmadın," dedi daha sakin bir sesle, gözyaşları benim tenime damlıyordu. "Senin suçun değildi, sen sadece yedi yaşındaydın," diye fısıldadı baş parmağı yanağımı okşarken. Buruşturduğum yüzümden akan gözyaşları tenimi gıdıklarken kafamı iki yana sallıyor, hayır diyordum ona. Ben yaptım. Babam bıraktı. Ben aldım kumandayı, ben bastım. "Senin suçun değildi. Senin suçun değil..."

Ellerimi koluna indirip onu ittirmeye çalıştım ama isteyince ne kadar güçlü olduğunu aklımdan çıkarmıştım. Elini çekmeye çalıştım yanağımdan, "Git," dedim güçsüz bir sesle. "N'olur bırak beni."

"Kaybettim seni," diye fısıldadı elinin tersiyle gözyaşlarımı silerken. Sıcak nefesi yüzüme çarpıyor, kış soğuğunda bile ısıtmayı başarıyordu tenimi. "Tarih tekerrür edecek demiştim. 22 Aralık 2006'da kaybettim, 22 Aralık 2018'de bir daha kaybettim. Kaybetmelere doyamadığım sevgilim... Bana gel ve bir daha gitme, olur mu?"

Çığlıklarla, bağırarak ittirdim onu bu sefer, gözlerimi kapatmıştım, sanki görmezsem duymayacaktım acısını şuramda; sanki duymamış olacaktım canımdan can götüren, canımı bana bırakan sözlerini. Hıçkırıklarım boğazıma dizilirken aramıza mesafe koydum, arkamı dönüp koşmaya başlamadan önce en son elimi bırakmıştı; en son parmak uçlarımız değmişti birbirine.

***

23 Aralık 2018, Çarşamba

Elle tutamadığımız duyguların boynumuza idam ipini geçirip bizi tavandan sarkıttığına şahit olabileceğimiz kanıtlanmamış, teoride bir şey olsa da hâlâ; mecazen kırıldığından bahsettiğimiz kalplerimizde aslında kılcal damarların çatlıyor oluşunu iddia eden bilim adamları, göğüs ağrımız için de bir tez atabilirdi ortaya sanırım. Bunu bir kitapta okumuştum, fiziksel olarak yaralandığında yaran görünürde olduğundan uygun bir tedavi yöntemi belirleyip buna göre bir yol izliyordu doktor ama yaran gözle görünmüyorsa, röntgen göstermiyorsa, açıp baksalar sorun yok deyip geri kapatacaklarsa... seni acınla yapayalnız bırakıyorlardı ortada. Çaresizlik böyle bir şeydi.

Belki de ben hep yalnızdım, yedi yaşında geçmişimi kaybettiğimden beri. Öyle bir geçmişti ki bu belki de değil geçmişimi, hayatımı kaybetmiştim ve haberim yokken yaşamıştım bunca zaman. Hâlâ tık yoktu kafamın içinde, hâlâ hatırlamıyordum ama hatırlamak ister miydim, işte onu hiç bilmiyordum.

Gece geldiğimde, taksiden inip karşıdan karşıya geçerek kendimi eve atana kadar sırılsıklam olmuştum; çarpıntım ve zihnimdeki bulanıklık hareketlerimi dahi yönetmeme izin vermemişti. Üzerimdekileri çıkartıp bir köşeye attıktan sonra kapımı kilitleyip suyun altına girmiş ve gözlerimi kapatmıştım dakikalarca, belki bir saate yakın... Buruş buruş olmuştu ellerim ben çıkarken. Hak etmiyordum bunu. Hak etmiyordum sıcak bir duş alıp yatağa uzanacak olmayı. Ben aslında hiçbir şeyi hak etmemiştim ama hayat yoluma çıkarmıştı bir kere.

Bir yastığa başımı koyup, diğer yastığı kendime çektiğim bacaklarımın ve kollarımın arasına alarak kan çanağı gözlerimle boşluğu izlediğim dakikaların birinde aşağıdan gelen kapı sesi susturmuştu içli ağlamalarımı. Nefesimi tutmuş, kapımın tıklanacağı o anı beklemiştim. Babam dakikalarca kapımın önünde beklemiş, defalarca kez kapıyı açmam için tıklatmıştı ama yerimden kımıldamamıştım. Alena gelmişti sonra, "Susmak istiyorsun biliyorum, sessizlik istiyorsun," demişti, haklıydı da. "Susalım o zaman, bunca zaman nasıl sustuysak... Biraz daha susalım." Sırtını kapıya yaslayıp yere oturduğunu fark etmiş, orada uyuduğunu ise sabah kapıyı açmaya çalıştığımda anlamıştım. Neredeyse düşüyor, kafasını çarpıyordu... Üzerine bir battaniye örtülmüştü ve başını yasladığı kapı kenarına ise bir yastık konulmuştu, muhtemelen bunu yapan babamdı.

Ben yanından geçip giderken uyanmıştı, yastığı da battaniyeyi de bırakıp ayaklanmış ve "Ada?" diye seslenmişti bana, ben merdivenlerin başındayken. Önce durmuştu adımlarım, ardından omzumun üzerinden dönüp ona bakmıştım. Hiç uyumamıştım bütün gece, sadece düşünmüş ve ağlamıştım. Kendime hâkim olamadığım, hıçkırıklarımın şiddetlendiği dakikalarda ise kulaklıklarımı kulağıma geçirip son ses açtığım gürültülü şarkılarla bastırmıştım yüzümü yastığa. Belki benim ağlamaya bile hakkım yoktu. Belki en çok benim ağlamaya hakkım yoktu. "Kahvaltı hazırlamak ister misin benimle? Babam birazdan uyanır," demiştim ona, önüme dönüp merdivenlerden inerken. Peşimden takip etmişti beni. "Baban hiç uyumadı ki Ada, salonda," demişti. "Senin baban," demiştim ona, koridorda. Gözleri dolarken dudaklarını birbirine bastırmış ve "Senin de baban," diye düzeltmişti lafımı. "Bizim babamız."

Haklıydı, babam salondaydı. Dizlerine bir battaniye örtmüş, oturur pozisyonda, kollarını koltuğun arkasına dayayarak boşluğu izliyordu, televizyon açıktı ve sesi kısıktı ama izlemiyordu bile ve muhtemelen hiç izlememişti de. Sadece düşüncelerinin sesini bastırması için bir çare olarak görmüştü. "Tarçınlı reçelli kurabiye ve tarçınlı yeşil çay yapacağım," demiştim salonun girişinde üçümüz karşılaştığımızda. "Sonra da okula gideceğim. Sınavlarım var. Teslim etmem gereken ödevlerim var."

"Ada emin misin? Bugün gitme istersen," diye sormuştu babam mutfağın girişinde, Alena da yanında, şaşkın gözlerle beni izliyordu. Babama kafamı sallarken "Eminim, neden olmayayım? Gideceğim," diye söylenerek un kavanozunu çıkarmıştım. Un, yumurta, yağ, şeker, reçel... Hepsini çıkartıp ellerimi yıkadıktan sonra genişçe bir kapta yoğurmuştum sessizce, babam ve Alena da sonuna kadar mutfağın girişinde, endişeli gözlerle beni izlerken dikilmişlerdi. Bir tepsiye yağlı kâğıt serdikten sonra kurabiyeleri dizmiş, fırına vermiş, ardından çay demlemiştim. Yeşil çay. Tarçınlı. Krep. "Krep yapalım mı kahvaltıya?" Sudan geçirdiğim kabın içine un, süt, biraz su, çok az tuz ve yumurta koymuş; bir tavayı yağladıktan sonra ısınması için kısık ateşte bırakmış, mutfak masasındakileri kaldırıp silmiştim. Sonunda Alena "Yardım edeyim," diyerek girmişti araya, babam da tavanın başına geçmiş krepleri hallediyordu. Bütün kahvaltılıkları hallettikten, çay demlendikten, kurabiyeler hazır olduktan ve üzerlerine reçel sürdükten sonra kahvaltı sofrasına oturduğumuzda kurabiyelerden birini tabağımın tam ortasına koymuştum. Yetmemiş gibi baharatlıklardan birinin içine tarçın doldurmuş, daha da dökmüştüm üzerine. Kimse anlamamıştı. Kimse anlamıyordu.

Kimse konuşmuyordu da.

"Belki de bugün evde kalıp dinlensen iyi olur, sınavlarının yarın başladığını biliyorum," diyerek sessizliği bölen Alena olsa da, lafını duymazdan gelerek masanın kenarına yasladığı bileklerine gözlerimi çevirmiş, titreyen ellerinden birini tutmuş ve "Belki bir gün birlikte lunaparka gideriz," demiştim gözlerimi Alena'nın boncuk mavilerinden, babamın gözlerine çevirerek. Alena babama, babasına bakmıyordu, bakamıyordu ama benim lafımdan sonra babam uzanıp Alena'nın diğer elini tutarak "Kızlarım da isterse gideriz," dediğinde, Alena sonunda başını kaldırıp bakmıştı ona. Yirmi sene. Yirmi sene, kızı olmadığını bilen iğrenç bir adama baba demişti o; hiçbir şeyden habersiz sevgi beklemişti belki de. Görememişti de, bunu biliyordum. Alena hiç konuşmasa da gözlerinden okunuyordu bu.

"Sence Aral okula gelir mi?" Okul formamı giyinirken Alena yatağımın üzerine oturmuş, durgun ve yorgun gözlerle ilerideki boy aynasından kendi yansımasını izliyordu. Üzerinde bir kot pantolon ve beyaz bir kazak vardı, saçları dağılmıştı ve gözlerinin altı çökmüştü. "Aral her şeyi biliyor, benden önce de biliyordu," demişti Alena. "Benim üvey, kendinin o aşağılık adamdan olduğunu uzun zaman önce bir telefon konuşmasına şahitlik ederek öğrenmiş. Bazen bana ters davranıyordu, tamam belki çoğu zaman... Bu yüzdenmiş. Kardeş olmadığımız için her ne kadar annelerimiz ortak olsa da, öfkelenmiş herkese. Daha sonra bir anlaşma yapmışlar, reşit olduğunda özgürlük vaad etmiş ona Yakut. Aral kabul etmiş ama daha sonra çalışma odasında eski fotoğrafları bulmuş ve Balamir Adin'in ofisine gitmiş, soyadını kullanarak. Yakut'un ofisine kamera ve ses kayıt cihazı yerleştirmiş Balamir'in isteği doğrultusunda. Senin okula geldiğin gün, fotoğraflardan hemen tanımış yüzünü. Varis'le tartışmışlar. Milas'la tartışmışlar. Seninle tanışmak için servise yazılmış, yanına oturmuş sanırım... Varis bunu bir tehdit olarak görmüş, Aral'a güvenmiyormuş. Sonra ortalık karışmış zaten... Dün orada yoktu çünkü yüzleşmeye yüzü de yoktu. Bugün okula gelecektir."

Alena dünün konusunu açtığı için ona hiçbir cevap vermeden banyoya yürümüş ve kapıyı kapatmıştım. Aynanın karşısında saçları birbirine geçmiş, gömleğini doğru düzgün ilikleyememiş, süveterinin yakası yamuk, gözlerinin altı mosmor; içi kıpkırmızı bir canavarla karşılaşmıştım. Belki de Varis'in, okulun ilk günü bende gördüğü de buydu; bir canavar. Bir canavar görmüştü okul koridorunda. Ondan annesini alan, kuzenini alan, arkadaşının babasını alan, bencilce her şeyi unutan ve mutlu bir hayat yaşayan bunca zaman; bir canavar. Canavardım ben.

Üzerimdekileri çıkarıp en baştan teker teker, düzgünce giyinmiş; saçlarımı taramış ve gözaltlarıma kapatıcı sürüp dişlerimi fırçaladıktan sonra çıkmıştım banyodan. Montumu giyinmiş, çantamı ve arabanın anahtarlarını almış, kapıya yönelmiştim. "Ben götüreyim seni," diyerek ayağa kalkmıştı Alena. "Ben süreyim. Lütfen." Kafamı sallayıp anahtarları ona atmıştım, aşağıdan montunu aldıktan sonra benimle çıkmıştı dışarı. Montumun cebinde ve çantamda küçük tarçınlı kurabiye paketleri vardı, kahvaltıda da yalnızca tarçınlı kurabiye yemiştim bir tane. Tarçın sanki yetebilecekmiş gibiydi onu benden uzak tutmaya... Sanki yetermiş gibi...

Sessiz geçen bir okul yolundan sonra otoparka girdikten sonra "Kaçta çıkıyorsun? Mesaj at, ben gelir alırım," demişti Alena, tek yaptığım kafa sallayıp çantamı aldıktan sonra çıkmak olmuştu arabadan. Otopark merdivenlerini çıkarken arkamı dönmeye, tanıdık bir araba görmeye öyle korkuyordum ki göğüs kafesimin içinde ezilmişti kalbim; bir günde, bir sene yaşlanmıştı. Koridoru aşıp giderken dinlenme koridorundaki televizyonun açık olduğunu, adliyeden canlı bağlanılan bir haberi izlediğini görmüştüm herkesin. *Ünlü iş adamı Yakut Doran'ın adı yolsuzluğa ve eski bir cinayet davasına karıştı!* başlığı atılmıştı ve kırmızı mikrofonlu, takım elbiseli bir adam yağmurun altında, elinde bir şemsiye tutarak nefessiz konuşuyordu. Çevresi de bir hayli kalabalıktı diğer muhabirler ve kameramanlarla.

Okul koridoru devamlı çakan şimşeklerle aydınlanıyor, sanki en öfkeli bulut okulun üstündeymiş gibi hırsla gürleyen gökle çalkalanıyordu. Cansız adımlarım merdivenlerden yukarı çıkmış, koridorda ilerlemiş, sınıfa atılmıştı. Herkes için sıradan bir gündü 23 Aralık. 23'ü, 22 Aralık gibi değildi tabii... İnsan nasıl, bir gün öncekiyle aynı kişi olmazdı? Nasıl değişirdi hayatı bir gecede? Bir gece bile sürmemişti, ne tuhaf... Bir saat, belki iki... Ve her şeyin, tüm hayatımın, adımın bile yalan olduğunu öğrenmiştim. Sırama geçip oturmuş, ilk ders için hazırlanmıştım yine de. Çisem son dakika koşarak girmişti sınıfa, arkasından da hoca... Ödevlerimizi teslim etmiş, dersin bitmesini beklemiştik. "Neyin var, iyi misin?" diye sormuştu bana Çisem. Ağrım var, göğsümde, çok ağrım var, diyememiştim. "Ne olursun sorma, sonra konuşuruz, olur mu?" demiştim bunun yerine. Çisem anlayışlı biriydi, bu yüzden kafasını sallamıştı yalnızca.

İkinci ders geçmişti ardından, üçüncü ders, dördüncü ders, beşinci ders... Öğle arası yemekhaneye inmemiştim. Otomatlardan bir şişe su alıp oturmuştum sınıfta, Çisem yaklaşan resitali dolayısıyla müzik hocasıyla toplantısı olduğundan yanımda değildi ve yalnızdım. Kapının tıklatıldığını duymuştum Fransızca notlarımın üzerinden geçerken, matematik değil. Matematik sınavım vardı yarın, ama matematik notlarıma dokunamıyordum. Hepsi onun formülleriydi. Aral "Girebilir miyim?" diye sormuştu göz göze geldiğimizde. "Sınıf burası, okul malı, tabii ki girebilirsin," demiştim.

"Ne çalışıyorsun?"

"Fransızca."

"Ama Fransızca haftaya Çarşamba değil mi? Yarın matematik sınavı var asıl."

"Matematik çalışmak istemiyorum. Tarçınlı kurabiye ister misin?" Çantamın içinden çıkartmıştım özenle paketlediğim kurabiyeyi, önümdeki sıraya bana dönük oturan Aral'a uzatmıştım. Alıp bakmıştı bir süre üzerine.

"Teşekkür ederim, sen mi yaptın?"

"Ben yaptım."

Ellerim sıramın iki yanında, kelimelerin üzerinden geçerken "Ada," demişti Aral. "Ne yapıyorsun?"

"Not çalışıyorum Aral. Sen ne yapıyorsun?"

"Hayır, onu sormuyorum ben. Ne yapacaksın Ada?"

"Sınavda mı? Çalıştığım kadarıyla kolları sıvayıp girişeceğim her zamanki gibi…"

"Ada…"

"Ne zaman Ada dese biri, beynimde şimşekler çakıyor Aral. Ada deme bana. Ben Ada olmayı bırakmak istiyorum, Ada olmak istemiyorum artık. Lütfen bana bir şey sorma, bir şey söyleme de. Konuşmak istemiyorum. Kimseyle. Bir süre böyle devam edelim."

Son dersten önceki teneffüste aşağı inmek zorunda kalmıştım, üst kattaki tuvaletler doluydu ve ben ellerim, defterimin üzerinde patlayan bir kalemin mürekkebine boyandığı için başka bir tuvalette yıkamıştım. Merdivenlerden çıkıp koridorun başına geldiğimde sabahtan beri olduğu gibi başım eğikti ama bir şekilde, bir enerji, bir his, bir farkındalık; sanki başımdan sarkan bir ip vardı ve kuklacım çenemi yukarı ittirmişti işte. Oradaydı, dolapların önünde, yanında Alper ve Reha da vardı ve konuşuyorlardı. O konuşmuyordu. Göz göze geldiğimiz bu tarafa ilerleyen adımları durdu, bu mesafeden bile görünüyordu gözlerinin kızarıklığı, omuzları çökmüştü; sanki bir gecede kilo vermişti. Bir gecede. Bir gecede olmuştu her şey. Gözlerimi kaçırıp yanından geçip merdivenlerden çıkacağım sırada eli bileğime dolanmış, beni temizlik odasından içeri çekmiş ve kapıyı da üzerimize kapatmıştı. Sırtım duvara yaslanırken odanın loş ışığı başına vuruyordu, gitmemem için iki yanımdan ellerini duvara yaslayıp kafeslemişti beni.

"Konuşmamız lazım," demişti ölü bir sesle. "Böyle olmaz Ada. Konuşmamız lazım."

"Ben susmak istiyorum," diye cevaplamıştım onu, gözlerinin içine, gözlerimde gördüğü hayaletlerle bakarken. Hiç olmadığım bir kız çocuğunun hayaleti. "Siz nasıl sustuysanız bunca zaman, sen nasıl sustuysan; ben de şimdi susmak istiyorum." Sırtımı duvardan kaldırıp kollarını iki yanına indirdim ceketinin kumaşına tutunarak. "Anlamadığımız şeyleri anlamış gibi yapacaktık ya hani, susalım ve konuşmuş gibi yapalım Varis."

"Yapma." Sesi, kokusu, varlığı; verdiği güven bile yerli yerinde duruyordu işte karşıma geçtiğinde. İki parmağı arasına hapsettiği çenemi kaldırıp yüzüme doğru eğilirken hafifçe, nefesi yüzüme çarpıyordu. Alnı alnıma dayanmıştı, dudakları birkaç santim ötemdeydi. "Yapma Ada, yapma," diye tekrar etmişti. "Bunu bize yapma."

"Ben yapacağımı yapmışım Varis, tam on iki yıl önce. Vereceğim zararı vermişim, daha ne yapabilirim ki?" Elini tutup çenemden çekerken öylesine yakın ama öylesine uzaktık; santimetreler vardı aramızda ama değmiyorduk birbirimize. Nasıl bencil bir varlıksam, hâlâ kollarına atılmak istiyordum o an bile. Ellerimi saçlarına daldırmak istiyordum, kokum kokusuna karışsın ben o olayım, onun gibi kokayım istiyordum. Alsın götürsün beni buradan, ben Ada olayım o Varis olsun istiyordum... Ama Ada'yı bırakmak zorundaydım. Ada'yı ayağımda sallayıp uyutmak, ninniler söylemek tatlı tatlı; sonra da bir mezara yatırmak zorundaydım. Ben başka birisiydim. O birini bulmak zorundaydım. Gözyaşlarımı kapıyı açıp odadan çıkana ve kendimi boşalmış koridora atana kadar tutabilmiştim bu yüzden ama kimsenin olmadığını anladığım ilk an, o ilk an, düşüvermişlerdi ardı ardına yanaklarımdan. Böyle olsun istememiştim. Böyle olsun istemezdim. İki yabancı olsaydık tüm hayatımız boyunca, annesi yaşıyor olsaydı, değmeseydi hiç ellerimiz, gözlerimiz, tenimiz birbirine; hep arasaydım onu, kimse dolduramasaydı göğsümdeki boşluğu... Ben buna yaşamak derdim yine de, yaşardım bir şekilde. O demezdi. Biliyordum.

Sen hep gidersin. Ben şu birkaç haftadan bunu öğrendim. Ada atlar, Varis atlar. Ama Varis kalır, Ada gider.

Senin bana, benim sana baktığım gibi bakman için daha kırk fırın ekmek yemen lazım.

En sevdiğim çiçek... Bana sormamıştın, Milaslardayken... Sen orkide demiştin ama bana sormamıştın.

Açelya.

***

25 Aralık 2018, Cuma

Belki de en zoru sessiz kalmak değil, kafanın içinde düşüncelerinle girdiğin savaştan sağ çıkabilmekti.

Çisem bir süre sonra soru sormayı bırakmıştı, zaten sınavlarla boğuşuyorduk bir yandan da. Alena sabahları beni okula bırakıyor, dönüşte alıyordu. İki gündür aynı kıyafetlerle evin içinde gezdiğinden ona dolabımı kullanabileceğini söylemiştim, tam da tahmin ettiğim gibi eşofman takımlarıma saldırmıştı uzun bir duş aldıktan sonra. Babam iki gündür evdeydi ve dışarı sadece market alışverişi için çıkmıştık dün akşam, üçümüz birlikte. Elimize bir alışveriş listesi tutuşturup meyve-sebze reyonunda kaybolmuştu babam, meyveleri ezik ve sebzeleri de çürük seçeceğimizi düşündüğünden paketli gıdaları almamızın daha mantıklı olduğunu dile getirmesine gerek yoktu elbette; ikimiz de biliyorduk. Alena babamla oturup uzun sohbetler etmiyordu ama yavaş yavaş konuşarak tanıyorduk birbirimizi. Benim bir tane babam vardı, o da Agâh Kandemir'di. Alena'nın da öyle. Babam, Aral'ı akşam yemeğine davet etmek istemişti ama Aral bu tür sohbetlerden kaçıyordu. O koca evde Filiz Doran ile birlikte tek başına kalmıştı. Alena ne o eve ne de Milas'ın yanına dönmüyordu. Sevgilisinin arkasından amcasıyla, Balamir Adin'le iş çevirdiği için suçlu hissediyordu ama bir yandan da Milas'ın da en az kendisi kadar suçlu olduğunu biliyordu. Çünkü o da tıpkı Varis gibi her şeyi biliyorken bir yabancı gibi davranmıştı uzun süre Alena'nın yanında. Akşam yemeğinde, Alena'nın telefonunu sabah ve akşamları kontrol ettikten sonra tamamen kapattığını öğrenmiştim. Yine tahminimce, annesi ve sevgilisinden kaçmak istiyordu o da bir süre. Belki o da benim gibi sessiz kalmak istiyordu.

Koridorda yine onunla karşılaşmıştım öğlen, yine karşılıklı yürüyorduk ama bu sefer iki yabancı gibi es geçmiştik birbirimizi. Canımı en çok yakan yanından geçerken bir umut elime değdirdiği eli miydi yoksa üzerime hiç değmeyen grilikleri mi bilmiyordum, tek bildiğim beni dinliyor ve sessiz kalıyordu. Onun cephesinde olayların nasıl gittiğini bilmesem de, benim cephemde hayatım tamamen durduğu için bunu düşünmemem gerekiyordu henüz. Sınıftan çıkmıştım öğlen, nakil belgemi müdür yardımcısından almak için; gözlerimi değdirmiştim ben üzerine defalarca kez onun yerine, sustuklarını yüzünden okumak için.

Okuyamamıştım. Başa dönmüştük. Ne gözlerinden, ne hareketlerinden; hiçbirini, hiçbir şeyi dışa vurmuyordu yine. Kimse, o kendini açmadığı sürece içeride ne olduğunu bilemezdi ve bilemeyecekti. Varis Adin kapalı bir kutuydu, karanlık bir odada tüm siyahlığıyla göze gelmeyen; ben o kutuyu açar gibi olmuştum, oda beni dışarı kusmuştu.

***

28 Aralık 2018, Pazartesi

Odamın hemen yanındaki, Pamuk Hala'nın ütü eşyalarını ve süpürgeyi barındırdığı oda boyanıp baştan aşağı temizlenince ne kadar güzel ışık aldığı çıkmıştı ortaya. Alena duvarları maviye boyamak istemişti çünkü maviyi seviyordu; tıpkı denizi, suyu, yüzmeyi sevdiği gibi. Beş kişiydik. Babam, Alena, ben, Pamuk Hala ve Mustafa Abi sıvayıp kollarımızı, duvarları ve tavanı boyamış, temizlemiş, ardından eşyaları yerleştirmiştik. Bir küçük kedimiz de olmuştu, beyaz bir kedi. Siyam kedisiydi Parazit, hâlâ cılızdı ve güçsüzdü miyavlayışları. Adını her söyleyişimde o gün otoparkta Alena'nın *Mini Cooper*'ına binişim geliyordu aklıma, camdan içeri eğilmişti. Islak, kirli yavru kediyi yüzüne doğru kaldırdığımda dudaklarında belirsiz bir gülümsemeyle "Uzak tut şu paraziti benden," demişti. Parazit iyi bir isimdi Alena'ya göre. Ben isminde değildim kedinin, onu bir daha yüzünde bir gülüşün iziyle bile olsa görme derdindeydim.

"Kedi mi ben mi?"

"Varis, saçmalama, seni seçsem başına bir şey geleceği yok..."

Başına gerçekten bir şey geleceği yokmuş sevgilim, benim geleceğim yokmuş başına...

***

30 Aralık 2018, Çarşamba

Sınavların bittiği gündü. Bütün okul rahat bir nefes alırken hafta boyunca duyuru panolarında piyano resitalinin posteri asılan Çisem o kadar mutlu ve heyecanlıydı ki yerinde duramıyordu. Öğle teneffüsünde yemeğini hızlıca yiyip kalktıktan sonra son prova için okulun büyük konferans salonuna geçmişti özel hocası ve okulun müzik hocasıyla birlikte, ben ise sınıfın pencelerinden birinin kenarına tünemiş yağan yağmuru seyretmiştim bütün gün. Ertesi günkü resitalde ne giyecektim mesela? Bunu düşünmeliydim, en yakın arkadaşım tüm dönem bunun için hazırlanmıştı. Sınavlar bitmişti, yılbaşı ve sömestr tatili birbirine bağlanmıştı bu sene, tatilde ne yapacaktım mesela? Evet evet, bunları düşünmeliydim. Sorgulandığı, evinde bir başına kaldığı için değil de yüzleşmeye cesaretim olmadığı için yanına gidemediğim annemi değil; gözlerinin içine bakmaya yüzüm olmadığı için tek kelime konuşmadığım ve kendimden uzaklaştırdığım sevgilimi değil; bu saatlerde arabayı çoktan bir sahil köşesine çekmiş, Milas'ın evinin kapısını çalan Alena'yı değil, ne zaman karşılaşsak 22 Aralık'ta öğrendiklerimin konusunu açacak diye korkudan kalp krizi geçirmenin eşiğine geldiğim Aral'ı değil... Süheyla anneyi düşünmemeliydim mesela. Ya da Azra'yı. Ya da Kemal Tanrısever'i. Kumsal'ı düşünmemeliydim, düşünürsem bir daha koridora çıkmam gerektiğinde karşılaşırdım onunla kesin.

Karşılaşmıştım ama. Çıkışta, herkes gidene kadar yirmi dakika oturup bekliyordum sınıfta bir haftadır. Bu sefer lavaboya giresim tutmuştu boş koridorlarda ilerlerken, aynanın karşısına geçip boş boş kendime baktıktan sonra ellerimi soğuk suyun altına tutmuş ve yıkamıştım. O sırada kabinlerden birinin kapısı açılmıştı ve Kumsal çıkmıştı içeriden. Gömleğinin yakalarını düzeltirken tam yanımdaki lavaboya yaklaştığında aynada göz göze gelmiştik, ikimizin yüzünde de hiçbir ifade yoktu. "Ne o, astın antrenmanları? Biz böyle anlaşmamıştık Kandemir," demişti alaylı bir tavırla, ellerini yıkarken. "Hani takımı hayal kırıklığına uğratmayacaktın? Maç vardı geçen hafta... Katılmadın." Önüme dönmüş, alt dudağımı sertçe ısırırken yüzümü lavaboya eğmiş, ellerimi durularken lavabo giderinden akıp giden suya gözyaşlarımı da eklemiştim. "Maç kaçırdığın için mi ağlıyorsun?" diye sormuştu Kumsal. "Ağla o zaman, çok haklısın ağlamakta. Çünkü bir sonraki antrenmanda canını çıkartacağım senin, bak gör..."

Musluğu güçsüz ellerimle kapatırken kolumdan çektiği gibi kollarıyla sarıp sarmalamıştı beni ardından "Ben gidiyorum Kumsal, nakil aldırıyorum," demiştim kesik nefeslerimin arasında. Kolları önce gevşemiş, sonra daha sıkı sarmıştı beni, saçlarımı okşamıştı. "Olur bazen öyle," demişti yumuşak bir sesle. "Ağla, tutma kendini. Ağlayacaksan doğru düzgün ağlayacaksın, katacaksan ortalığı birbirine ortalığın amına koyacaksın Ada. Ama sakın, sakın suçlu hissettiğin için ağlama. Senin bir günahın yok." Dakikalarca dilimin ucundaki özürle kalakalmıştım kollarının arasında, onu da ağlatmış bir de makyajını bozmasını sağladığım için azar işitmiştim, sonra kendim dönmüştüm eve. Alena yoktu bugün, alması gereken bir gönül vardı onun.

Benim kaç tane vardı peki?

***

31 Aralık 2018, Perşembe

22 Aralık'ın üzerinden geçen dokuz günün ardından kendimi kapalı bahçemde bulmuştum. Uzun zamandır girmeye

korkuyordum buraya, Mustafa Abi bakmıştı benim taş yoluna adım atmaya korktuğum serama. Üzerimde Çisem'in babasının Fransa'dan hediye olarak gönderdiği toz pembe, kısa, tül bir elbise vardı. Bilekte biten topuklu botlar ve dizlerime gelen uzun bir kaban giyinmiştim üzerime, saçlarım omuzlarımdan aşağı dökülüyordu kırık dalgalar hâlinde. Makyajımı da saçımı da Alena yapmıştı. Kendi siyah bir takım seçmişti. Çisem onu davet ettiğinde gergindi ama Alena bu fikre bayılmış ve hemen kombin yapmaya başlamıştı kafasında ikimiz için. Ona izin vermiştim, her şeyimi o hazırlamıştı; bundan hoşlandığını biliyordum, her ne kadar o sosyete hayatından nefret etse de iyi giyinmeyi biliyor ve seviyordu.

Üçüncü rafın sonundaki koyu kahverengi saksı yoktu. O saksıya babamın Küba'dan getirdiği çikolata çiçeğinin tohumlarını ekmiş, her gün biraz daha silinen bir umuda tutunmuştum onu yaşatmak için burada. Sabahları okul için çalacak alarmımdan iki saat önce uyanıp buraya geldiğimde içeri girmeden önce büyük ve derin birkaç nefes alıyordum, sırf o koyu kahve saksıya uzandığımda vanilya kokusunu duyabilmek için. Vazgeçmediğim çiçeğim. Yoktu. Mustafa Abi ölen çiçekleri çöpe atıyordu. Atmıştı.

"Resitalden sonra Bebek'te harika bir mekâna gideceğiz diye tutturdular, bence birinin evinde toplansak daha iyi, ne meraklılar böyle lüks kafa şişiren hesap geçiren mekânlara ya?" diye söylenerek içeri girdi Alena. Siyah omuzları düşük elbisesinin üzerine yine siyah bir kaban geçirmiş, saçlarının ön tutamlarını arkadan tutturmuş, hoş bir makyaj ve oldukça vahşi duran siyah bağcıklı botlarla tamamlamıştı kombinini. Onu ilk defa bu kadar siyah görüyordum ve muhtemelen bu ilki bu gece birçok insanla paylaşacaktım.

"Sen ne yapıyorsun burada?" Yanıma doğru yürüyordu. "Yine çiçeklerle mi konuşuyorsun yoksa?"

"Nereden biliyorsun çiçeklerle konuştuğumu?" Kaşlarımı hafifçe kaldırarak ona döndüm, bir elini masanın üzerine yaslamış ve yanımda durmuştu. Yaklaşık iki ay önce istemeden üzerine oturduğum, Varis'in ağzımdan laf almak için beni sıkıştırdığı masa. Anılardan sıyrılmak için kafa sallamak yetmiyordu, kafayı direkt koparmak lazımdı.

Derin bir nefes alarak kalçasını masaya yasladı Alena, hafifçe tebessüm etmişti. "Göl evinin arkasındaki tarlada türlü türlü çiçekler vardı eskiden, kelebeklerin peşinden koşar kaybolurdun orada... Üstün başın çamur... Annem kızmasın diye kulağından çekip eve döndürmek için almaya gelirdim seni, çiçeklerle konuşurken yakalardım her seferinde." Gözlerini etrafta gezdirdi. "Burayı gördüğümde aklıma o tarla geldi. Hatırlamasan da burayı oraya çevirmişsin gibi geldi. Konuşmak için bir sürü çiçek... Bir sürü arkadaş edinmişsin."

"Bana anlatır mısın?" diye sordum dudaklarımı birbirine bastırarak. "Gidince yani... İkimiz kalacağız ya. Bana anlatır mısın her şeyi?"

Alena'nın boncuk mavi gözleri üzerime çevrildiğinde yüzü bir tebessüme yarenlik ediyordu yine. Gözlerini kapatıp açtı, olumlu bir cevaptı bu. "Sen gazı versen... Ben sabaha kadar susmam Ada. Ama sen sessiz kalmak istiyorsun, ben de sessiz kalıyorum."

Ellerimi kabanımın ceplerine sokarak onun gibi masaya yasladım kalçamı, önümdeki saksıları izliyordum. "Milas da geliyor mu?"

"Evet. Birlikte gideceğiz. Sen de bizimle gelirsin diye düşünmüştük, Agâh'ı bürodan aramışlar, birkaç dosya işinin arasında kaybolmuş. Tabii kendi arabanı kendin de sürebilirsin ama..."

"Sorun değil, beraber gidelim." Sessizlik bir çığ gibi büyümeye başladığında, ne o sessizliği başlatan ne de durdurmak isteyen söz sahibi olabiliyordu artık; herkesi yutuyordu sessizlik. Acıyı götürmesine razıydım, pişmanlığı, keşkelerimi, bütün hatalarımı ama bütün mutluluklarımı, gülüşlerimi, güldürüşlerimi de alıp götürüyordu. Değer miydi? Değecek miydi?

"Hastayım ben," diye mırıldandım, birkaç adımda köşeye ayrılmış saksıya ilerleyerek. Elime aldım onu, Alena'nın karşısına geçtim. "Bu açelyalar gibi, onlar da hasta. Gün yüzü, güneş yüzü görmemiz lazım; toprağımızın yenilenmesi, nefes alması lazım... Saksı değiştirmemiz lazım bizim Alena." Başımı kaldırdığımda sonunda beni dikkatle dinleyen, anlayışla bakan gözlerini görebilmiştim. "Babam çok sever açelyaları. Benim adım da Açelya'ymış ya hani, bir bağlantı kurmayı denedim günlerce... Filiz... Sanki Agâh için yetiştirmiş beni, sanki hissetmiş beni onun büyüteceğini de adımı Açelya koymuş. Babam en çok açelya tohumu aldı buraya, en çok açelyaları sevdiğini söyledi. Açelyalar kavuşulmamış, imkânsız aşkların simgesi. Filiz Doran belki bir gün cevap verir bu kafamdaki bilinmeze, belki de ortadadır her şey..."

Alena'nın ufak bir tebessümle birbirine bastırdığı dudakları titriyordu, kafasını salladı gözlerini aşağıya çevirerek, ardından elimdeki saksıyı kenara koydu ve beni kendine çekerek kollarını etrafıma sardı. Belki de son zamanlarda bana herkesin yapabileceği en fazla buydu; sarılmak.

"Ada, oraya git..." dedi Alena fısıldar bir hâlde. "Tamam, nakildi taşınmaydı ama... Pişman olursun," dedi geri çekilirken gözlerimin içine bakarak. "Resitalden sonra ona git. Çünkü bizim gittiğimiz yere gelmeyecek."

Kurumuş dudaklarımı ıslatarak aşağı eğdiğim bakışlarımı tekrar yüzüne çıkardığımda gözlerim dolu dolu değildi ama bunca gün o kadar ağlamış, o kadar uykusuzluk çekmiştim ki artık her bir zerrem acıyordu. "Bana, bana gel ve bir daha gitme dedi, şimdi gelirsem ona olmaz, gideceğimi bile bile... Benim saksı değiştirmem lazım Alena," diye mırıldandım. "Benim saksı değiştirmem lazım, şimdi gidersem ona, elini keser dikenlerim sanki yeterince yaralanmamış gibi, sanki yeterince zarar vermemişim gibi bir de ellerini avuçlarını keserim ben... Bunu yapamam. Bunu kendime yaparım ama ona yapamam."

Kafasını salladı Alena, ellerini üzerimden çekerek yan dönüp parmaklarıyla makyajını bozmadan gözyaşlarını gözaltlarından silmişti. Her ne kadar kendi, Milas'la bir şeyleri halletse de benim bu hâlde kimseye yararım dokunmazdı. Dokuz gün. Tam dokuz gündür tutuyordum kendimi, kimseye açamıyordum içimi; konuşmak istesem dilim sökmüyordu, susunca da ağzım yanıyordu.

"Ne zaman gidiyoruz?" diye sordum çiseleyen yağmurun altında, dışarıya park edilmiş *Audi*'ye yürürken.

"Yarın sabah," dedi Alena. "Geceyi Çisem'le birlikte geçireceksen geçir, ben sabah seni uyandırmak için ararım..."

Kafamı salladım. Taş yolda bahçeden çıktıktan sonra Alena, *Audi*'nin ön koltuğuna ben ise arka koltuğa binmek için kapıları açmıştık. Aynı anda binip kapattık kapıları. Alena emniyet kemerini takarken ben dikiz aynasından Milas'la göz göze gelmiştim. Üzeri inceydi. Siyah bir ceket, siyah pantolon ve beyaz bir tişört giymişti. Yüzükler ve kolye takıyordu. Yeşil gözleri gözlerime anlam veremediğim bir duyguyla bakıyordu, onunla da hiç yüz yüze gelmemiştim ve belki de sorun buydu. Milas, ben senin kardeşini öldürdüm, sen bunu bile bile nasıl rahat kalabildin etrafımda?

"Çünkü senin suçun değildi Ada," dedi Milas düz bir sesle, gözlerini dikiz aynasından kaçırarak arabanın tekerleklerini ıslak asfaltta kaydırırken.

"Bir şey mi konuşuyordunuz?" diye sordu Alena.

"Ben değil, Ada. Lokasyon da kendi kafasının içi."

Alena arkaya dönüp bana bir bakış attığında buzdan gözlerimi yüzünde gezdirdim ve bir cevap vermedim, önüne dönerken Milas'a kaşlarını çatarak bakmış ve "Milas," demişti adını bastırarak.

"Efendim Alena?"

"Sadece süremez misin? Ada'nın en yakın arkadaşının piyano resitaline gidiyoruz, kimse kimseyle dalaşsın istemiyorum. En azından bu gece."

"Neden? Yarın sabaha gitmiş olacağınız için mi?"

"Bunu konuşmuştuk."

"Evet, konuştuk. Ama fikrimi sormadın."

"Senin fikrinin bir önemi yok."

"Öyle mi? Ben dış kapının mandalıyım yani, benim kendi sevgilimin şehir değiştirmesinde hiçbir söz hakkım olamaz. Nezaketen bile soramaz bana, sormasına gerek yok çünkü. Kimseye de söyleyemem, kimseyle paylaşamam tabii bu bilgiyi mazallah birileri çatkapı gelir kapıya dayanır falan... Üç maymunu oynamak zorundayım. Oyna Milas. Oynak Milas. Oyna amına koyayım oyna..."

Alena öfkeyle gülerken "Saçma sapan konuşma," dedi ön koltukta. "Okulu bıraktım ben, sınava yeniden hazırlanacağım kardeşimle birlikte farkında mısın? Üstelik sana sorsam ve hayır desen de bu hiçbir şeyi değiştirmezdi, ne yapacaktın sen de mi bizimle gelecektin? Benim kardeşimle baş başa zamana ihtiyacım var Milas."

"Benim sana yok mu Alena?"

Başımı geriye yaslayarak gözlerimi kapattım. Ne zaman böyle konuşmalara kulak misafiri olsam geriliyordum.

"Benim de sana Milas," dedi Alena daha kısık bir sesle, Milas'ın eline uzanıp kucağına çekerek. Gözlerim ne zaman açılmıştı benim? "Ama beni anla. Beni anlamalısın."

"İstanbul'da da kalabilirdiniz." Milas'ın gözleri yeniden dikiz aynasında benimkilerle kesişmişti.

Alena, konuşmayacağımı biliyordu bu yüzden cevap vermek için hareketlenmişti. "Agâh'ın memleketi Ayvalık, Ada'nın çocukluğu orada geçmiş. Ben de tanımak, görmek, bilmek istiyorum oraları. Havalar ısınsın, okulun bitsin sen de gelirsin. Tatillerde de gelirsin..."

Okulun tanıdık yokuşunu sessizlik içinde tırmanırken hava çoktan kararmıştı, bir daha aydınlık göremeyecektim bu yolları; bir daha Safir armalı forma giyemeyecektim, otopark merdivenlerinden çıkamayacaktım öfkeyle, havuz salonunda kapalı kalamayacaktım; atanım olmayacaktı suya, değdirenim olmayacaktı gri gözlerini gözlerime... Ben, ben olmayacaktım ne bu okulsuz, ne de onsuz.

Ben olmamaya yürüyordum.

Açelya Doran nasıl 21 Aralık 1999'da doğup 22 Aralık 2006'da öldüyse, Ada Kandemir de 22 Aralık 2006'da doğduğu gibi ölmüş olacaktı 22 Aralık 2018'de.

Milas, açık misafir otoparkına girerken arkamızdan gelen arabalar ve otoparktan araçlarından çıkan insanlar vardı ve hepsi bugün buraya Çisem'in piyano resitalini izlemek için gelmişlerdi. Milas arabayı park ettiğinde hiçbir şey söylemeden kapıyı açıp inecektim ki bir anda kapıları kilitledi. Doğrulduğum yerde kaşlarımı çatarak ona baktığımda omzunun üzerinden bana dönmüş, gözleri bakmasa da görüyordu biliyordum. "O da burada, haberin olsun."

"Varis geldi mi?" diye sordu Alena dehşet içinde.

"Ne bekliyordun? Evinde zırsarhoş olmasını mı?"

"Zırsarhoş ne be?"

"Zırıldayarak sarhoş olmak."

Bir kahkaha yükseldi Alena'nın boğazından, biraz özür dileyecekti ama ben onun kahkahasını seviyordum. Ben gülemesem de onun kahkaha atabilmesini seviyordum. "Ay özür dilerim," dedi koltukta arkaya, bana dönerek. "Birlikte girelim mi içeri?"

"Gerek yok, siz birlikte geçin ben sahne arkasında olacağım bir süre zaten," dedim kapıyı açarken.

Milas "Konuşabiliyormuş," diye söylenmişti ben çıkarken. Alena ise koluna bir tane geçirmişti.

Dışarısı soğuktu. Kabanıma sarılarak hızlı adımlarla okul bahçesinde yürümeye başladığımda arabalarından yeni çıkan davetliler binaya ilerliyordu. Giriş loş aydınlatmalarla süslenmişti ve konferans salonu soldaki koridorun sonundaydı. İçerisi yeni yeni doluyordu, resitalin başlamasına henüz bir saat vardı. Kırmızı halı döşenmiş geniş merdivenlerden sahneye inmeye başladığımda kalbimin gür sesi kulaklarımı, ritmi de göğsümü dövüyordu; o da burada mıydı? Ne yapacaktı? Bugün 2018'in son günüydü, herkesin çıkışta bir planı vardı ama ben doğruca eve gidecektim. Alena muhtemelen Milas'la kalırdı. Varis de onlarla mı takılırdı?

Sahneye kenardaki merdivenlerden çıkıp doğruca perde arkasından içeri girdiğimde koordinatörler sahneyi kontrol ediyorlardı. Piyano tam sahnenin ortasındaydı ama ışıklandırma açılmamıştı henüz. Sahne arkası odasının kapısını tıklatarak kapıdan içeri kafamı uzattığımda, Çisem'in makyajının bittiğini ve makyöz kızın toparlandığını gördüm. Ben içeri yürürken kız çantasıyla birlikte dışarı çıkmıştı. Etrafta büyük çiçek buketleri vardı. Kocaman bir gülümseme yerleştirdim yüzüme, ardından "Heyecanlı mısın?" diye sordu hemen önündeki makyaj masasına yaslanarak ona bakarken. "Makyajın efsane olmuş."

"Sağ ol, iki kere baştan yaptı kız beğenmedim diye... Badem göz diyorum anlamıyor! Siyah farla mavi gözlerimi ortaya çıkaracakmışmış. Bak bakayım çıkarmış mı?" Üzerime eğilerek gözlerini fal taşı gibi açtı.

Gülerek ittirdim onu göğsünden. Üzerinde de buz mavisi, yere kadar uzanan bir elbise vardı ve saçları tepeden sımsıkı toplanmıştı. "Çıkarmış çıkarmış," dedim kafamı sallayarak, kabanımı çıkartıp koluma asmıştım, içerisi sıcaktı. "Fıstık gibi olmuşsun. Parçayı dinlemek için sabırsızlanıyorum. Bütün dönem çalıştın ve bana hiçbir spoiler vermedin."

"Ee ilk olmak önemli, sen şimdi ucundan duysaydın bugün hissedeceklerini hisseder miydin? Muhtemelen hayır, çünkü ben ilk dinleyişimde bayıldığım şarkıları bokunu çıkarana kadar dinleyince gün içerisinde, ertesi gün o şarkı çalma listemden çıkarılmış oluyor genelde..."

Çisem heyecanını bastırmak istercesine konuşmaya dalarken yüzüme sabitlediğim bir gülümsemeyle dinliyordum onu. Böyle bir heyecanı en son ne zaman tatmıştım, bilmiyordum. Arkadaşım için mutluydum ama birkaç ay ondan ayrı kalacağım için üzgün hissediyordum. Okul değiştireceğimi biliyordu ama babamın şehir değiştireceğinden gideceğimi zannediyordu. Herkesle olduğu gibi onunla da her şeyi konuşmaya cesaretim yoktu henüz. Tatlı bir Ayvalık akşamı vardı hayalimde; Çisem terlik şort, dalgalı saçları ve elinde buzlu kahvesiyle sahil boyu benimle yürürken söyleyebilirdim ona. Annemi buldum! diyebilirdim, babam Agâh Kandemir benim, diyebilirdim ve öz olup olmaması umurumda değildi. Kimsenin değildi. Benim bir tane babam vardı, o da Agâh Kandemir'di. Ablamı buldum, erkek kardeşim bile varmış! Aral'la kardeş olduğumuzu duyduğunda yüzünde oluşacak ifadeyi çok merak ediyordum. Muhtemelen şokla ağzını ve gözlerini kocaman açacak ve bir süre etkisinden çıkamayacaktı. Benim adım aslında, Açelya'ymış Çisem...

Çisem'in anne babası ve Hollanda'dan gelen dedesi onu sahne almadan önce ziyaret etmek için kapıyı tıklattıklarında onlara alan tanımak için odadan çıktım. Okulun Müdür Yardımcısı ve Müdür, sahneden önce ufak bir konuşma yapacaklarından ve öğrencilerini tebrik edeceklerinden koridorda ellerinde kâğıtlarla hazırladıkları konuşmayı çalışıyorlardı. Ses ve görüntüden sorumlu kişiler ise etrafta dolanıyor, telsizlerle haberleşiyorlardı. Sahneye çıkıp kenardan aşağı inerken ister istemez heyecanlanmıştım çünkü koltukların neredeyse tamamı dolmuştu. Alena üçüncü sırada ayağa kalkıp elini kocaman sallamaya başladığında tebessüm ederek ben de ona el salladım, koltuğum hemen yanındaydı. Üstelik Aral da bizimle oturacaktı.

Merdivenlerden çıkarken "Lavaboya gidip geleceğim," diye fısıldadım kulağına, ardından koşar adım yukarı çıktım. Ben konferans salonundan dışarı çıkarken koridora yerleştirilmiş uzun masaların başında geceye davet edilmiş vakıf üyeleri ve okul yönetimindekiler sohbet ediyorlardı. Gözüm tanıdık bir suratı yakaladığında sertçe yutkundum. Balamir Adin'in de bu geceye davetli olduğunu bilmiyordum. Üstelik yanında Vakıf Başkanı da vardı ve hemen yanlarında, arkası dönük, çok güzel bir kadın dikiliyordu. Kadın Vakıf Başkanına dönerek güldüğünde düz saçlarını kulağının arkasına sıkıştırdığından yüzünü de görebilmiştim; yirmili yaşlarının başında, pek de yaş almamış birine benziyordu. Üzerinde koyu mavi kısa bir elbise vardı ve oldukça asil görünüyordu koyu kumral saçları ile. Muhtemelen vakfın bünyesinde, Safir'den mezun olmuş başarılı öğrencilerden biriydi çünkü mezunların çoğuna da davetiye gitmişti bu akşam için.

Çerçeveye biri daha girdi o sırada; muhtemelen koridorun genişlediği kısımdaki masalardan birinde başka bir sohbetteydi bunca zaman. Siyah, uzun bir ceketin altına siyah, boğazlı ince bir kazak ve altına da yine siyah bir pantolon giyinmişti. Kara bir melek gibiydi. Saçlarını biraz kısalttırmış ve tıraş olmuştu, yüzü her zamanki gibi sağlıklı ve pürüzsüz görünüyordu. Sanki birkaç gündür okulda gördüğüm insan yenilenmişti. İfadesi aynıydı ama babası, vakıf üyesi ve genç kadının olduğu masaya yürürken çene hatlarını sıkmış, gri gözler kararmış, sıfır mimikti suratı. Balamir Adin, oğlunun geldiğini fark ettiğinde gururla gülümseyerek elini Varis'in omzuna koydu, ardından Varis elini uzatarak Vakıf Başkanıyla el sıkıştı. Vakıf Başkanı gülerek yanlarındaki genç kadını gösterdiğinde kadın Varis'in uzattığı eli tutarak, diğer elini koluna koyup, uzanarak yanağına bir öpücük bırakmayı tercih etmişti yalnızca tokalaşmaktansa.

Başımı çevirdim ve derin bir nefes aldım. Ne bekliyordum, kadına yumruk atmasını mı? Medeni insanlar birbirlerini yanaklarından öpebilirlerdi, üstelik belki tanışıyorlardı da. Koluna da elini koydu Ada.

"Ada?"

Hemen yanımdan gelen sesle başımı çevirdiğimde Gökay, tıpkı Milas gibi rahat bir takımın içinde tişörtle karşımda dikiliyordu. Sarıya çalan uzun saçlarını arkadan bir lastikle toplamıştı. "Ne oldu? Sen de mi sıkıldın beklemekten?"

"Öyle oldu," diye homurdandım önüme dönerek. "Erken gelmişim. Bayağı erken."

"Sigaraya çıkacağım bahçeye, gelsene biraz hava alırız."

"Okul bahçesinde sigara içmek yasak."

"Öğrencilerin bahçede içmesi yasak. Çisem, piyano resitali için okul vakfından izin aldı. Bu gece buradaki herkes davetli, kimse öğrenci değil."

Seslice nefes vererek yan yan baktım Gökay'a. Haklıydı. "Tamam o zaman, gidelim," dedim çıkışı işaret ederken. Varis'in olduğu masadan geçecektik ama sırtı dönük olduğu için bizi görmeyecekti bile, zaten sohbet ne kadar koyuysa masadakilere dalmıştı. Gökay cebinden sigara paketini çıkartırken diğer eliyle çakmağını arıyordu, o sırada hemen yanından geçtiğim kadını süzüyordum ben de çaktırmadan;

benden biraz daha uzun ve çok daha güzeldi. Okul binasının kapısından, aralık soğuğuna çıktığımızda merdivenleri hızla inerek köşede kollarımı göğsümde birleştirdim mızmız bir kız çocuğu gibi. Bunu yapmaya hakkım yoktu. Hakkım yoktu çünkü bütün bunları yapan bendim.

"Birilerinin heyheyleri tepesinde," dedi Gökay dudaklarının arasına bıraktığı sigarayı yakarken ağzının içinden konuştuğunda. Paketi bana uzattığında, o sinirle bir dal alıp diğer elinden çakmağı da aldım ve sigarayı yaktım.

"Sen içer miydin be?"

"Bilmiyorum içer miyim, deniyoruz işte," diye homurdandım ucunu ateşe verdiğim sigaradan içime bir nefes çekerken. Öksüre öksüre, iki büklüm kaçırmıştım dumanı ağzımdan. Gökay bir kahkaha attı. "Nasıl içiyorsun bu zıkkımı ya?" diye söylendim sert bir sesle. "Efkâr falan da götürmez bu, aksine adamı daha da boğar!"

"Bu marka ağır zaten, sen içme bunu," dedi Gökay paketi çakmakla birlikte cebine atarken. "Şimdi öt bakalım, niye sokağa atılmış üç çocuklu kadınlar gibi konferans salonu kapısının önünde öyle bakıyordun Varis'e? Tartıştınız mı? Hayır yani bir dakika daha beklesem gelmesem yanına, masadaki o güzel kadını parçalayacakmış gibi bakıyordun da."

"Parçalayacak gibi miydim?" diye sordum yüz ifadesini süzerek. "Öyle göründüğümü bilmiyordum... Öyle düşünmüyordum."

"Ama haklısın öyle düşünmekte, kadında bir fizik var, var yani... *Miss Turkey*'e katılsa ilk elemelerde alır gibi."

Bir kez daha denediğim sigarayı kaldırım taşında söndürerek çöpün içine attım bir hışım. "Sana ne Gökay? Alıcı gözüyle bakmışsın madem git kendine al kadını boşa gitmesin gözlemlerin. Sigaranın tadı da bok gibi zaten! Bok gibi sigara içiyorsun Gökay!"

Gökay gülerek "Aa, sigarama bok atma, kadına sinirlenip sigarama bok atma Ada," dedi keyifli bir ifadeyle. "Ha bu arada, kadını tanımıyorsan ben hemen iki üç bilgi vereyim sana hakkında. Safir mezunu olduğunu tahmin etmişsindir zaten, vakıf bursuyla yurt dışında eğitime gitti ve şu an ekonomi ikinci sınıf. Yılbaşı tatili için burada. Balamir Adin'le de yakından tanışıyorlar çünkü Adin Holding'de yeri hazır kadının İstanbul'a döndüğünde."

"Yuh," dedim bastırarak, kabanımı Alena'ya bıraktığım için pişman olmuştum çünkü şimdi kollarımı kendime sarmış üşüyordum. "Ya sen ne yavşak bir herifmişsin ya kadının profilini çıkarmışsın iki dakikada? Linkedin hesabında bu kadarı yazmıyordur eğitim hayatı hakkında!"

"Profilini çıkarmama gerek yok," dedi Gökay önüne dönerken yarısı çoktan bitmiş sigarasından bir nefes çekti içine umursamaz bir tavırla. "Ablam."

Kaşlarım şaşkınlıkla havalanırken ağzım bir karış açık kalmıştı. "Niye söylemedin?!"

"Ablam olduğu gerçeği kendinden üç yaş küçüklere yavşadığı gerçeğini değiştirmiyor," diye homurdandı.

"Saçmalama, yok öyle bir şey."

"Lan yuh! Sen emin misin Varis'i sevdiğine? Hiçbir şey olmasa bile aynı masadalar diye insan bir kıskanır... Çekti öptü lan çocuğu? Yavşıyor diyorum, kardeşiyim ben. Niye inanmıyorsun?"

"O yavşasa da bir şey değişmez, isterse *Victoria's Secret* meleği gelsin yavşasın bir şey değişmez!" Gökay'a dönmüş, sesimi yükseltmiştim. "Sen niye beni ateşlemeye çalışıyorsun? Ablanla kavga mı edeyim mahalle kavgası mı görmek istiyorsun?"

"Ayar ver istiyorum Ada," dedi sigarasını ayağının ucunda söndürüp ezilmiş izmariti yerden eğilerek alırken. Çöpe attı ardından. "Ayar ver, gözümün önünde okul arkadaşıma sulanmasın istiyorum. Kıllanıyorum, kavga ediyorum sonra ablamla ama anlamıyor. Cesaret alıyor etrafındakilerin kibarlığından. O öyle biri."

Omuzlarım çöktü verdiğim nefesle, kaşlarımı çatarak bakıyordum Gökay'ın yüzüne. Aklımda olmayanı aklıma sokmuştu resmen. O kadın en fazla ne yapabilirdi ki? O kadın en fazla tokalaşırken selamlaşma ayağına yanağını öpebilirdi Varis'in, elini koluna koyabilirdi... Sonra çekerdi. Başka hiçbir şey yapamazdı. Gözlerimi kapattım birkaç saniyeliğine, soğuk havayı buyur ettim ciğerlerimden içeri. Hayır. Kıskanmıştım. Tabii ki kıskanırdım... Günlerdir gözleri gözlerime değmeyen adama dokunmuş da, öpmüş de, konuşmuştu da onunla! O kadın hiçbir şey yapmasa da ben yan yana durdukları için kıskanırdım, Gökay'ın harlamasına gerek bile yoktu ateşimi. Ama durdururdum kendimi, durduruyordum... Hakkım yoktu. Kendimi iyileştirmeden, bir enkaz olan bedenimi de ruhumu da üzerine bırakmaya hakkım yoktu benim. Cesaretim yoktu yüzleşmeye. Henüz yoktu.

Gökay'ın arkasından merdivenlerden çıktığımız sırada öfkeyle ayaklarımı izliyordum. Binadan içeri girdik, sola saptığımızda uzun kokteyl masaları da görünürdeydi. Balamir Adin hemen orada, Vakıf Başkanıyla koyu bir sohbetteydi ve yanlarındaki kadın, Gökay'ın ablası da Varis'e samimi bir şekilde otuz iki diş sırıtırken bir sohbet kurmaya çalışıyordu aralarında. Varis'in yüzünü göremiyordum, sırtı dönüktü. O an içimde harlanan ateşin dumanı çok yanlış yerlere esti. Gökay yanımdan geçip konferans salonuna yönelirken ben Varis'e fazla yaklaşmıştım. Ceketinin üzerinden arkasına, sırtına parmaklarımı dokundurduğumda elim kolundan kayıp gitmeden elimi yakaladı, ben ne olduğunu anlayamadan ise ileri attığım birkaç adımı geri yürümek zorunda kalmıştım çoktan. Kolu belime dolanırken avucunu karnıma bastırdı ve tam dudaklarının hizasına gelen şakağıma bir öpücük bırakırken "Sevgilim," dedi kısık bir sesle. "Niye üstüne bir şey almadan çıkıyorsun dışarı? Üşüteceksin bu ince elbiseyle."

Kalbimin gümbürtüsü koridorları aşarken aralık dudaklarımdan içeriye kaçan nefes ciğerlerimde asılı kalmıştı. Burnuma dolan kokusu beni afallatıyordu; belimdeki elinin üzerine elimi koydum bir an, aslında tutunmak içindi. Başımı kaldırırken Vakıf Başkanı ve Balamir Adin'in tüm bu sahneye seyirci olduğunu, hatta Vakıf Başkanı'nın anlamlı bakan gözlerini gülerek Balamir Adin'e çevirişini görmüştüm. Utanç boynumdan yanaklarıma sıçrarken gülümsemeye, en azından tebessüm etmeye çalışarak başımı omzumun üzerinden ona doğru çevirdim. Yüzü çok yakınımdaydı. Günler sonra ilk defa bu kadar yakındık. Gözleri bana eskisi gibi bakıyordu; filtresiz, perdesiz, canlı. Gri'nin Varis tonu. Vakıf Başkanı, Balamir Adin'le sohbetlerine devam ederken gülümseyerek "İki dakikadan bir şey olmaz..." diye mırıldandım.

"Gökay'la çıktınız değil mi hava almaya?" Ses, hemen karşımdaki, beline kadar gelen koyu kumral saçlarını düzleştirerek yüzündeki makyajda mükemmel bir iş çıkarmış genç kadına aitti. Gülümseyerek elini uzattığında bembeyaz, düzgün dişleri parıldıyordu resmen. "Ablasıyım ben, Hilal Mendere."

Varis'in elinin üstünden çektiğim elimi genç kadına uzattım, aslında genç kadın hitabı bile fazla yaşlı kalıyordu ona. Yalnızca üç yaş vardı aramızda. "Memnun oldum, Ada ben."

"Varis de senden bahsediyordu, merak etmiştim, tanıştığımıza ben de çok memnun oldum," dedi kız kafasını hafifçe yana eğerek gülümserken. O sırada konferans salonunda ses kontrolü yapılıyordu, bu da demek oluyordu ki birazdan başlayacaktı. "Geçelim o zaman salona isterseniz," dedi Hilal gözlerini benim üzerimden Varis'e, oradan da Vakıf Başkanı'na ve Balamir Adin'e çevirerek. Varis benden mi bahsediyordu?

"Tabii, buyurun," dedi Vakıf Başkanı salona geçen Hilal'in arkasından, Balamir Adin'e. Vakıf Başkanı daha yaşlı olmasına rağmen Balamir Adin'e saygıyla hitap ediyordu. Balamir, yanımızdan geçip giderken oğluna değil bana bakmıştı ve bakışlarında hiçbir ifade yoktu ama arkamızdan geçip giderken elini bir saniyeliğine omzuma koydu, ardından salona geçtiler. Koridordaki herkes de peşlerinden salona giriş yapmaya başlamışlardı.

Varis belimdeki elini indirip parmaklarını parmaklarıma geçirdiğinde önden geçerek koridorun sonuna doğru ilerlemeye başlamıştı, şaşkınlıkla arkasından ensesine baktım. "Nereye?" diye sordum başımı çevirip çoktan pas geçtiğimiz konferans salonu girişine bakarak. Doğu kanadı kapılarını da geçmiştik. Koridorun sonundaki revirin kapısını açtığında hiçbir şey söylemeden beni de kendiyle birlikte içeri çekti. Işıkları mekanik bir hareketle yaktıktan sonra kapıyı kapatmış ve beni kapıyla arasında sıkıştırmıştı. "Ben yapamıyorum böyle Ada," dedi ellerini iki yanımdan duvara yaslarken yüzünü yüzümle eşit hizaya getirmiş doğrudan gözlerimin içine bakıyordu. "Ben böyle yapamıyorum. Sen de yapma böyle. Konuşalım. Halledelim neyse. Böyle olmaz. Böyle yaşanmaz."

Gözlerimi kapattım yutkunurken gözlerini görmek istemiyordum. Yapamazdım. Bakamazdım. "Varis yapma."

"Neyi yapma Ada, neyi yapma?" Sesini yükseltmiş, doğrulmuştu. Gözlerimi açtığımda bir elini sıkıntıyla saçlarından geçirdiğini gördüm. "Ulan bir şey yapmıyorum ki zaten! Bir şey yapmadığımdan bu hâldeyiz!" Gözlerimi yakaladığında yeniden üzerime eğilmişti. "Bak sen, sen o küçük kafanın içinde kendini cezalandırdığını düşünüyorsun ama aslında beni cezalandırıyorsun Ada. Göremiyor musun bunu? Beni sensiz bırakıyorsun. Ben sana ne dedim? Seni terk etmek intihar olur dedim! Sen ne yapıyorsun şu anda beni uzaklaştırarak? Tam olarak ne yaptığını zannediyorsun? Sikerim geçmişini, davasını, bedelini! Sikerim, kumandasını da sikerim bombasını da! Benim annemi, Milas'ın kız kardeşini, Kumsal'ın babasını Yakut Doran öldürdü sen değil! Sen sadece yaramaz, küçük bir kız çocuğuydun Ada! Hepimizin olduğu kadar!"

"Sadece bunlar yok ki Varis! Sadece bunlar yok!" Elimi saçlarımdan geçirdim sıkıntıyla, yine acımaya başlamıştı gözlerim. "Anlamıyor musun? Ben sindiremiyorum, halledemiyorum içimde! On iki yıl bilmediğim, kör kaldığım geçmişim bir saatte atıldı önüme! Hangi birini düşüneyim, hangi birine üzüleyim, hangi birine içerleyeyim bilmiyorum! Kendimi kıskanmışım senden, gitmişim aptal gibi ablama baş sağlığı dilemişim kendi ölümüm için, erkek kardeşimle dönem başından beri arkadaşmışım! Ya siz benim alnıma adımı yazmışsınız adımı! Ben nasıl sindireyim bütün bunları bir anda?" Göğsünden ittirmeye çalıştım onu biraz mesafe için ama yalnızca nefes alabileceğim kadarını bırakıyordu bana. "Kızamıyorum bile hiçbirinize sakladığınız için, ben olsam hiç anlatmak istemezdim çünkü kendime! Cahil kalsaydım keşke, bilmeseydim Varis, öğrenmeseydim... Aptal ama mutlu olurdum. Korkak olurdum ama nefes alabilirdim derince, şimdi ciğerlerimi dolduran oksijen bile kesik kesik! Babam satmış beni, öz babam satmış şirketi için... Düşünebiliyor musun? Nasıl yapabilmiş bunu? Çıkıp karşısına hesap sormak istiyorum mahkemeden önce, adamın adını ağzıma almaya varmıyor dilim! Annem bomboş bir evde tek başına, karşısına çıkacak cesaretim yok daha benim! Ben ne yapayım Varis? Nereye gideyim? Söyle bana neresi benim evim!"

"Senin evin burası," dedi yumuşacık bir sesle, öfkemi bastırarak, alnı alnıma dayanırken gözlerimi kapatmıştım. Elimi kaldırıp sol göğsüne yasladığında avucumun altında güm güm atan kalbini ve sıcak tenini kazağının üzerinden hissedebiliyordum. "Senin evin burası," diye tekrar etti, bu sefer avucumu yüzüne yaslamıştı. "Burası," diye devam etti, parmaklarım dudaklarına değerken. "Burası..." Gözkapaklarına değdi parmaklarım. "Burası Ada..." İki elimi birden şakaklarına çıkarmış, kollarımı boynuna sarmıştı. "Benim evim sensin, senin evin burası."

Gözyaşları yanaklarımdan birer birer düşerken tenimi gıdıklıyordu, ıslanan kirpiklerimin arasından gözlerine baktığımda yeniden kan çanağına dönmüş grileri gördüm. Dokuz gündür kaçırdığı gözlerinin içine gizlediği enkaz, benim içimde tozu dumana katmış depremden çok da farklı değildi. "Benim evim sensin, senin evin burası," diye tekrarladım sözlerini titreyen sesimle, belimdeki ellerinden birini kaldırıp sol göğsüme yaslarken iki elimle. "Ama benim hava almaya ihtiyacım var Varis. Nefes almaya, düşünmeye, oturtmaya ihtiyacım var her şeyi kafama. Yapamıyorum. Yüzüne bakamıyorum. Gözlerine bakamıyorum. Olmuyor. Ne olursun beni anla..."

Elleri yanaklarıma yaslanırken baş parmaklarıyla gözyaşlarımı siliyordu. Dudaklarını alnıma bastırdığında gözlerimi kapattım kesik kesik aldığım nefeslerin arasında. Eğer hıçkırmaya başlarsam o zaman durduramazdım işte gözyaşlarımı. Halbuki benim en yakın arkadaşımın aylardır beklediği resitali birazdan başlayacaktı ve bizim bir an önce toparlanmamız gerekiyordu.

"Gidecek misin yani?" diye fısıldadı, çok kısık çıkmıştı sesi ama duymuştum. Bir eli boynum, yanağım ve saç diplerim arasında bir yerdeyken dudakları diğer tarafta şakağımın üzerine titriyordu. "Bırakıp gidecek misin beni Ada?"

Bu kadardı. Buraya kadardı gücüm, tutamıyordum kendimi. Dayanamıyordum daha fazla... Artçı depremler aslına nazaran hafif olur derler. 22 Aralık artçı bir depremmiş, devamı ilerleyen günlerde sallamaya devam edecekmiş göğüs kafesimi... Sağlam kemik bırakmayacakmış içeride, bükecekmiş belimi. Varis benim göğüs kafesimin içindeydi. Benim inşa ettiğim binalar sallandıysa, çatlak aldıysa, yıkıldıysa; Varis'in üzerine yıkılıyordu ve ben bunu görmüyor, bilmiyor, duymuyor değildim... Sesim çıkmıyordu sadece, çıkaramıyordum sesimi. Yetemiyordum. Olmuyordu. Yeterince güçlü değildim.

Varis'in kesik bir nefes aldığını duydum sessiz gözyaşlarımın arasında, şakağıma dudaklarını bastırdı. Yanağımdaki elinin baş parmağı tenimi okşuyordu. Diğer elinin kapıyı açtığını fark ettiğimde geriye çekildim. Varis o aradan çıkıp giderken boğazımdan kaçan hıçkırığın sesi duyulmasın diye elimi ağzıma kapatmıştım sertçe. O çıktığında kapı tekrar kapanırken sırtımı duvara yaslayarak aşağı kaydım ve nihayetinde oturdum taşa. Soğuktu. O kadar soğuktu ki her zerrem buz kesmişti. Varis gitmişti. Beni bırakıp gitmesinden korktuğum adamı bıraktığım yerdeydim. Beni alın buradan. Beni alın buradan. Beni alın, götürün buradan... Burada olmak istemiyorum. Burada olmak istemiyordum.

Buradaydım.

Dört duvar arası, bir çatının altında; koridorlarda konuşulanların ayağıma çelmeyi taktığı okulun ilk katının son odasında, yerde; soğuk zeminde, belki de ait olduğum yerde... Hiçbir şeyim yoktu o an, bırakıp gidiyordum ya burayı, onu; hiçbir şeyim yoktu. Yoktum ben. Yoktum ki ben. Ada Kandemir diye birisi yoktu. Bir bez bebeğe isim verir gibi konulmuştu ismim, bir elbise geçirmişlerdi üzerime ve dev gibi babamın elinden tutup koşturmuştum parklarda... Ben geride bırakabilmiştim geçmişi kafamın içinde bir yerlerde, herkes o günün hayaletleriyle yaşarken ben o hayaletlerden birisi olmuştum; izi kalmamıştı üstümde, ben iz olmuştum. Yok olmuştum. Paramparça olacaksak beraber olacağız. Olduk sevgilim. O zamana ihtiyacım var dese bile benim saatimi durduracak. İkimizin de durdu... İkimizin de saati durdu bugün, sevgilim... Tarih 31 Aralık 2018'di, saatler sonra 2019'a girecek olsak bile saatimiz durmuştu bir kere bizim. Bir daha, akrep yelkovanın üzerine devrilir miydi?

Kendimi toparlayabildiğim ilk an odadan çıktım, gözlerimin altını ellerimle silmiştim; umurumda değildi nasıl göründüğüm. Boş koridorda ilerlerken gözlerim çıkış kapısında asılı kalsa da ellerim konferans salonunun kapısını açtı. Bir melodi doldu kulaklarımdan içeri; genzime doldu, ciğerlerimi doldurdu, nefesim yoktu. Alacak nefes yoktu. Çisem oradaydı, sahnenin ortasına konmuş devasa piyanonun koltuğunda buz mavisi elbisesi ve siyah saçlarıyla oturuyor, dans ediyordu piyano tuşlarıyla; duramaz mıydı bir saniye, yalnızca bir saniye, gücüm yoktu dinlemeye.

Gözlerimi kapatırken yeniden süzüldü yanaklarımdan yaşlar, karanlıkta kimse fark etmedi. Ellerimle hemen arkamdaki kapının kolunu tutuyordum, avuçlarım yanıyordu soğuk demirinden, buz tutsam şimdi ısıtanım yoktu. Boğsam kendimi suda, boğulsam bu sefer gerçekten; kıvranıp saysam içimden bayılana kadar suyun içinde... Atlayanım yoktu. Kulaklarımı kapatmak istedim bu melodiye, kulaklarımı kesip atmak istedim, herkes nefesini tutmuş en yakın arkadaşımın parmaklarından dökülen sihri dinlerken ben ortalık yerde çığlık atmak istedim.

Köşeden, dikkatli ve yavaş bir şekilde merdivenlerden inerken bir el bileğimden tuttuğunda bir umut gözlerimi aşağıya, hemen yanımda oturan kişiye çevirdim; Gökay'dan başkası değildi. "Ada," diye fısıldadı kalkıp beni yerine oturturken ardından yanımda diz çöktü ve "Ne bu hâlin?" diye sordu dehşet içinde, kısık bir sesle. "Ada ne oldu?"

"Ön tarafa gitmem lazım," diye mırıldandım ardı ardına yutkunurken ayağa kalkmaya çalışarak. Hemen arkamızda oturanlar söylenmeye başlamıştı. Kısık bir sesle özür dileyerek Gökay'ın beni oturttuğu koltuktan kalktığımda "Tamam, tamam dur koluna gireyim," dedi Gökay ve koluma girdi merdivenlerden inerken. Alena, Milas ve Aral'ın oturduğu sıraya geldiğimde Alper ve Reha gözüme çarptı ama onlar daha uzaktaydı. Gözlerim Alena'yla kesiştiği an sorun çıkarmamak için Gökay'ın kolundan çıktım ve ayaklanan Alena'yı yerine oturtup yanına geçtim. Milas'ın yanındaki koltuk boştu. Varis yoktu. Gitmişti.

"Geçecek," diye fısıldadı Alena başımı eliyle omzuna yatırırken.

"Geçmesin..." Sesim çatlamıştı. N'olur geçmesin.

Çisem asil bir kızdı. Beline kadar gelen gür, siyah saçlarına verilmiş dalgalar buz mavisi elbisesinin açık bıraktığı omuzlarına dökülüyordu; tasarımı babasına aitti. Dik bir şekilde oturduğu koltuğun üzerinde gözlerini kapatıyor, açıyor; kafasının içinde bir yılan gibi sürünerek her yere değen düşünceleriyle boğuşuyordu. Müzik onun verdiği bir savaştı ve kazananı yoktu. Ben bir savaş vermeden kaybetmiştim.

Ve sırf kazanayım diye, başka bir tanesini başlatacaktım.

Dakikalar saniyelere dönüştü, zaman aktı. Çisem oturduğu koltuktan kalkıp kalabalığı selamlamak için eğildiğinde gözlerinde yaşlar vardı. Herkes ayağa kalkarak alkışlarken Alena koluma girdi ve ben de ayaklandım, avuçlarım birbirine tüm gücüyle çarparken ellerim acıyordu. Reha ıslık çaldı, Alper ayağa kalkmıştı, alkışlamıyordu bile. Yalnızca ona bakıyordu. En başından beri yaptığı gibi.

Bazı şeyler gün yüzü gibi ortadaydı ve biz nasıl göremiyorduk bu kadar içindeyken, oyunun dışında olduğunda şaşıyordu insan bu farkındalığa.

Yaklaşık yarım saat sonra dağılmaya başlayan kalabalığın içinde ailesinin yanında Çisem'i gördüğümde yanına koşar adım yürüyerek kollarına atıldım. Hiçbir zaman ilk sarılan ben olmamıştım ama bu gece, sırf kollarından ayrılmak istemediğim biri var ve o burada değil diye, sanki önüme gelen bir yabancıya bile sarılabilirdim ayakta duracak gücü almak için. "Tebrik ederim!" dedim gözlerimde yaşlarla geri çekilirken. "Harikaydın! Büyüledin hepimizi..."

"Teşekkür ederim Ada, teşekkür ederim ama," dedi Çisem kucağındaki koca buketi annesinin kollarının arasında bıraktıktan sonra beni elimden tutup bir köşeye çekerek. "Kızım senin bu hâlin ne? Ne oldu sana?"

Ben Alena değildim, yalnızca ölümüne korktuğumda gerçekten iyi bir oyunculuk sergileyebiliyordum. Çisem ise beni yüzümde maskeyle güpegündüz yakalabiliyordu tek bir bakışta. "Çok şey... Çok şey oldu Çisem. Ama bunları konuşmanın ne yeri ne sırası."

"Yeri de sırası da Ada, ben senin en yakın arkadaşınım unuttun mu? Düğünümde de olsa tırnağının ucu kırılsa söyleyeceksin bana, ağlayacaksın da istiyorsan!" Fısıldayarak bağırıyordu resmen kimse duymasın diye. "Gel sahne arkasına gidelim, üstümü değiştireyim. Bu gece yalnız kalamazsın. Aile yemeği var aslında yılbaşı gecesi diye ama ben ekecektim her türlü zaten..."

"Çisem," diye mırıldandım ellerimle yüzümü sıvazlayarak. "Benim onu bulmam lazım. Gitmeden önce onu bulmam lazım."

"Kimi Ada?"

"Onu bulmam lazım," diye fısıldadım kalabalığa doğru, Milas ve Alena çok da uzakta değillerdi. Aral'la konuşuyorlardı. Başka bir köşede Alper ve Reha okuldan bir grupla sohbet hâlindeydi.

"Ada sen nereye gidiyorsun ben zaten hiç anlamadım ki," diye mırıldandı Çisem. "Ama git. Ah be güzel kızım..." Ellerini omuzlarıma yerleştirdi. "Bana anlatacaksın değil mi bir gün Ada?"

Dudaklarımı birbirine bastırırken kafamı salladım. Çisem yüzüme uzanıp yanağıma bir öpücük bıraktı, ardından "Hafta sonu basacağım yeni evini, görürsün sen," diye homurdandı. "Nakilimi aldırmaya kalkarsam annem beni evlatlıktan reddedebilir ama onu bile deneyeceğim. Seni böyle bırakmayacağım."

"Saçmalama Çisem, Safir'in imkânlarını bırakamazsın," dedim sert bir sesle. Milas ayrılıyordu. "Gitmem lazım, sonra konuşalım, affet beni..." Çisem'in yanından ayrılırken gözlerim Milas'ı takip eden Alena'nın üzerindeydi. Merdivenlerdeyken ikisini de yakaladığımda Milas'ın önüne geçtim, bir merdiven yüksekteydim. "Varis nereye gitti?" diye sordum nefes nefese, merdivenlerden koşarak çıkmak iyi bir fikir değildi. Topuklu botlar ayağımı acıtıyordu.

"Gitti mi?" Milas şaşkınlıkla kaşlarını kaldırırken elini cebine atmış, telefonunu çıkarmıştı. "Bana haber vermedi..."

"Nereye gitmiş olabilir?" diye sordum elim ayağıma dolanırken. "Koltuğu Rehaların yanındaydı ama boştu resital boyunca, salona hiç girmedi bile..."

"Bir saniye." Bir numarayı arıyordu, telefonu kulağına yasladıktan birkaç saniye sonra karşı taraf açmıştı ki "Reşit Abi," dedi boğazını temizleyerek. "Eve gelen giden oldu mu?.. Amcam bizimle burada... Emin misin? Tamam bekliyorum..."

"Sakin ol," diye fısıldadı Alena, kabanımı giyinmem için tutuyordu bana. Kollarımı içinden geçirdikten sonra önüne çekti beni, düğmelerini ilikledi.

"Hah, tamamdır Reşit Abi sağ ol... Mutlu yeni yıllar sana da... Sağ ol abi." Milas telefonunu kapatırken beklenti dolu bakışlarım yüzünde geziniyordu. "Eve gitmiş. Başka nereye gidecekti zaten dallama herif?"

"Başka birçok yere gidebilirdi Milas," diye homurdandı Alena, bir yandan da Milas'ın ceketinin ceplerini karıştırıyordu.

"Kızım dur ne yapıyorsun?" Milas şaşkınca ellerini kaldırınca, Alena sağ cebinden zaferle araba anahtarlarını çıkardı ve bana uzattı.

"Al," dedi anahtarları avucuma koyarken. "Al git konuşacağın ne varsa konuş."

Milas "Süper, biz de eve emekleyerek döneriz artık," dedi kafasını sallayarak, Alena karnını kazağının üzerinden cimcikleyince inleyerek, yüzünü buruşturarak öne eğilmişti. "Ya ben taciz ediliyorum ama burada sen kardeşine yardımcı olacaksın diye? Erkeğe şiddete hayır ulan!"

"Çok teşekkürler Milas," dedim anahtarı elimde sallayarak, geri adımlarken.

"Hiç önemli değil, dikkatli sür." Bir anda abi moduna geçmiş, ciddileşmişti. "Dikkat et Ada."

"Ederim!" Konferans salonunu hızlı adımlarla terk ederken kimseye veda etmemiştim. Halbuki Çisem'le konuşacaktım, Alper ve Reha'ya bile veda etmeyi planlıyordum, Gökay'a da, belki görürsem bir yerde Kenan'a bile, Kumsal'a, hocalarıma, herkese... Hava soğuktu. *Audi*'nin kapısını açıp kendimi ön koltuğa attıktan sonra emniyet kemerimi bağlarken okul çıkışına sürdüm. Bu akşamki planlarına yetişmek için acele eden davetliler dışarıda bir kalabalık oluşturmuştu. Dağ yolundan aşağı dikkatlice sürerken kafam bomboştu. Otobana çıktım, hız limiti 80 km iken 120 km'yi gördüm. Ceza yemek umurumda bile değildi, zaten muhtemelen bir süre sürdüğüm tek şey bisiklet olacaktı Balıkesir'de, yani ehliyetim elimden alınsa bile umurumda değildi.

Tanıdık duvarları gördüğümde bahçenin girişinde durdurdum arabayı, demir parmaklıklar ardında bütün ihtişamıyla duruyordu ev. Kapıdaki korumalar plakayı tanıdıklarından dolayı muhtemelen benimle muhattap bile olmadan kapıyı açmışlardı, cam siyah filmle kaplı olduğundan içeriyi göremiyorlardı. Garajın önündeki üstü kapalı alana arabayı bıraktıktan sonra kapıyı açıp dışarı çıktım, ardından hızlı adımlarla kapıya yürüyordum. Mermere ayak bastığım an tok topuk sesi kulaklarıma ulaştı ve zile bastım; bir, iki, üç, dört... Açmıyordu. Kapıyı tıktıklıyordum ama ses seda yoktu.

"Bir problem mi var?"

Ses arkamdan gelmişti. Göğsüme çöken ağırlıkla döndüm arkamı, dudaklarım aralık ve gözlerim donuk bakıyordu karşımdaki adama; sakalları ve saçları beyazlamış, masmavi gözleriyle hemen önümdeydi işte Reşit Adalı. İsmimi bana veren adam. Geçmişimi silip atan, bütün belgelerimi hazırlayan adam. Hayatımı yalan eden ve hayatı boyunca susan adam. "Kapıyı açabilirim senin için," dedi Reşit Bey, elini cebine atmış ve bir anahtarlık çıkarmıştı. "Varis yaklaşık bir saat önce geldi. Bu sese kapıyı açmadıysa açmak istemediğindendir."

"Benim geldiğimi bilse açar," dedim omuzlarım aldığım derin nefeslerle inip kalkarken.

"Ne hâlde geldiğini görmedin çocuğum, annesi mezarından kalkıp gelse kapıyı açmaz o şimdi." Reşit Adalı önüme geçerken anahtarı deliğine soktuğunda iki kere çevirdi, ardından kapı açıldı. Aralık kapıdan dışarı sızan bir ışık yoktu, içerisi karanlıktı. "Mutlu yeni yıllar Ada," dedi Reşit yanımdan geçerken.

Bahçenin loş aydınlatmalı taş yoluna adımını attığında "Nasıl yaptınız bunu?" diye sordum ona. "Nasıl yapabildiniz?"

Adımları durmuştu. Omzunun üzerinden kafasını çevirip baktığında bakışları yerdeydi, sertçe yutkunmuş ve ağzından hırıltılı bir nefes çekmişti içine yaşlılığından dolayı. "Süheyla Hanım hayat dolu, başarılı, kibar bir hanımefendiydi. Yaşça küçük olduğundan benden, ben hizmetinde çalışıyor olsam bile onun olduğu odaya girdiğimde üslubuna dikkat eder ve her zaman konuşmadan önce tartardı sözlerini. Varis, Varis Bey, oğlu," dedi soğuk havaya sıcak nefesini üflerken. "Kendi prensiplerine göre, özgür yetiştirmek istedi oğlunu. Ve bir çocuğu olsun istemişti hep, Balamir Bey'le birlikte. Balamir Bey'i kaybetmek uğruna ondan bir çocuğu olsun istemişti. Anne olmak istemişti onun çocuğuna. Süheyla Hanım'ı üzdüler, Ada. Süheyla Hanım'ı öldürdüler. Onlar nasıl kıyabildilerse Süheyla Hanım'a, ben de yapmam gerekeni böyle yapabildim. Başım yastığa rahat yatmadım geceleri ama uyuyabildim." Artık bana bakıyordu. "Çocukluğunu hatırlıyorum senin, dalgalı uzun sarı saçları olan, boncuk yeşil gözlü küçücük bir kız çocuğuydun sen. Ne zaman bu eve gelsen renk getirirdin peşinde. Dört dönerdi yardımcılar da Süheyla Hanım da başında, sen de Varis Bey'in etrafında... Süheyla anne derdin Süheyla Hanım'a, hanımıma. Annen gibi severdin. Eminim o küçük kız çocuğu konuşabilseydi o zamanlar, ağzını açıp fikrini söyleyebilseydi, Süheyla annesi için her şeyi gözünü kırpmadan kabul ederdi. Ben buna sığındım geceleri başımı yastığa koyarken." Yutkundu. "Eğer öyle değilse de... Affet, affet, Açelya."

Titreyen dudaklarımı birbirine bastırmıştım, gözlerimden yaşlar akıyordu çeneme doğru. Buz kesmiş ellerimi yumruk hâline getirmiş sıkıyordum iki yanımda, tırnaklarım avuçiçlerime batıyordu. "Ederdim," dedim titrek bir sesle. "Hatırlamıyorum ben o küçük kız çocuğunu, hiç hatırlamayacağım, kalıcıymış kaybettiğim anılarım ama ederdim," diye devam ettim. "Canımı bile verirdim Süheyla Hanım'ı, Azra'yı, Kemal Bey'i geri getirebilmek için. Sadece birisi bile gelebilecek olsa içlerinden, kabulüm olurdu."

Daha fazla karşısında dikilemiyordum, beni zor ayakta tutan adımlarımı kapıyı ittirerek içeri attığımda Reşit Bey'i gözleri ıslak kaldırımları izlerken kapının ardında bıraktım ve kapıyı kapattım. Yağmur çiseliyordu. Arkamı döndüğümde ise koca bir karanlık kucakladı beni. Bahçedeki loş ışığın bir nebze olsun aydınlattığı koridorda, yüksek tavanda gezindi gözlerim. Ben buraya ilk kez Varis yaralandığında gelmemiştim, çok daha önceden koşturmuştum koridorlarında... Hatırlamıyordum. Açelya'nın izleri sinmişti belki duvarlarına, hatırlamıyordum. Düşmüştüm belki şu köşede, vazonun hemen yanında; virajları almada hiç iyi değildim ve hiç iyi olamamıştım çünkü her seferinde de koşardım heyecanlandığımda... Hatırlamıyordum.

Adımlarım beni varmaktan korktuğum yere yönlendirdi. Sağ koridora sapıp Varis'in odasına gidecektim ama hemen solumdaki büyük salonun girişinden bir ışık hüzmesi yayılıyordu etrafa. Girişte dikildiğimde şöminenin yanıyor olduğunu gördüm. İki yanındaki tek kişilik koltuklardan biri doluydu. Varis kabanını bir kenara atmış, rahat bir şekilde koltuğa oturmuş, bir kolunu yanındaki sehpaya uzatmış elinde düz bir viski bardağıyla ateşi izliyordu. Sehpanın üzerinde yarısından fazlası içilmiş kristal bir viski şişesi vardı ve sarı içki, şömineden yansıyan alevlerin ışığında altın gibi parlıyordu. Bir adım attım ona doğru, başı bana dönmedi. Bir adım daha... Adım seslerim salonun içinde yankılanıyordu ama umurunda değildi. Kabanımı çıkartıp bir köşeye attım, botlarımı da. Karşısına dikildiğimde tek yaptığı, şömine alevlerine diktiği gri gözlerini alevlerden çekmeden viski bardağını kafasına dikmek olmuştu. Ve tekrar doldurmak.

"Yeni yıla içerek mi gireceksin?" diye sordum stabil bir sesle. Kapıda gözlerimden süzülen yaşlar çoktan kurumuştu ve düz bir ifadeyle bakıyordum ona. Cevap vermedi. "Burada, yalnız başına..." İçerisi soğuktu, ısıtma sistemini kapatmıştı, yalnızca şömine yanıyordu.

Bana bakıp da "Sen varsın ya," demedi. "Bak, buradasın, gitsen de gelmenin bir yolunu buluyorsun her defasında bana," demedi. Hiç şey söylemedi. Bana bakmıyordu bile.

Bir adım daha attım ona, ardından bir adım daha yaklaştım. Çıplak dizim dizine değmişti, yaprak kımıldatmamıştı onda. "Kalktım buraya geldim Varis. Hiçbir şey söylemeyecek misin?"

"Sen sus dedin ya," dedi umursamaz bir sesle, başını da sırtı gibi geriye yaslamıştı ve artık gözlerimin içine bakıyordu. Gri gözlerine alevlerin yansıması vardı, aynı boş ifade onun da suratındaydı. "Sen sus dedin ya Ada, konuşmuş gibi yapalım dedin ya, ben de öyle yapıyorum."

"22 Aralık'ta olanlardan konuşmaya hazır değilim," dedim bariz geri manevra yaptığımı hissederken ama bütün verdiğim tavizler onaydı. Her zaman ona. Yalnızca ona.

"Başka konuşacak bir şeyimiz mi var?"

"Yok mu Varis?"

"Başka konuşacak bir şeyimiz olsaydı, sen benim kollarımda olurdun şimdi, burada bir yabancı gibi bakarken dikilmezdin karşımda," dedi düz bir sesle. "Ama sen dokuz gündür bunu yapıyorsun. Ne gözlerini değdiriyorsun üzerime ne sesini duymama izin veriyorsun... Sik gibi kaldım ortada, ne düşündüğünü bile bilemiyorum ki ona göre bir yol çizeyim, bir hamle yapayım, bir şey yapayım Ada...

Hiçbir şey yapamıyorum, yapmıyorum da, çünkü sen istemiyorsun. Sen istemiyorsun ya," kelimeleri yutuyor, elindeki viski bardağını umarsızca sallıyordu, "Benim aklımdan geçenin de, kalbime geçirdiklerinin de bir önemi kalmıyor. Sen istemiyorsan benim diyebileceğim hiçbir şey kalmıyor. De, demiyorsun da zaten. Sus diyorsun, ben de susuyorum Ada. Ya hep ya hiç. Ben de böyleyim. Ya her şeyden konuşuruz ya da sus pus oluruz."

"Sarhoşsun," dedim üzerine eğilirken viski bardağını almak için. Bardağı geriye çekip kolunu yukarı uzattığında üzerine düşmemek için koltuğun kenarından destek almak zorunda kalmıştım, ama o bunu bir fırsat bilerek diğer kolunu belime dolamış ve beni kucağına çekmişti. Viski bardağı yere düşüp kırılırken diğer eliyle dizimin arkasından tutmuştu. "Ne yaptın kırdın bardağı?" dedim dehşetle.

"Bardak umurumda mı sence?" diye söylendi, kayarak oturduğu için benden aşağıda duruyordu kafası. "Hem sen kırılan bir bardağı umursayamazsın, çok daha önemli şeyleri kırdın."

"Ne yapıyorsam, o önemli şeyleri kırmamak için Varis..."

"Ama kırdın," dedi doğrulurken, yüz yüze gelmiştik. Kolu belime sarılıydı ama yine de düşmemek için kol kaslarını saran kazağının üzerinden ona tutunmuştum. "Kıracaksın da, gidiyorsun," diye devam etti. "Sen gidiyorsun ya Ada..."

"Leş gibi içmişsin," dedim sert bir tavırla, lafını kesmiştim. "Kalk, duş al." Bacağımı çekip kucağından kalkarken ellerimi kollarından aşağı indirip ellerinden birini yakaladım, teması kesmediğimden kalkmama izin vermişti. Elinden çekerek onu koltuktan kaldırırken seslice nefes verdi, konuşmaya hâli kalmamış gibiydi. Onu salondan çıkardım, odasına giden yolda önden ilerliyordum. Odasının kapısını araladıktan sonra içeri girerken loş aydınlatmayı da açmıştım. Hiçbir şey söylemeden giyinme odasına geçtim, ardından banyonun kapısını açtım ve onu da kendimle birlikte içeri soktum. Kapı arkamızdan kapanırken elimi elinden çekmiş, karşısında dikiliyordum. Sarhoş gözleri yüzümde geziniyordu.

"Ağlamışsın," dedi grilikler gözlerimin çevresinde dolaşırken. Elini uzattı, gözaltlarıma değdi parmakları. "Anlamıyorum, giden sensin, ağlayan sen... Anlamıyorum Ada."

"Anlamış gibi yap Varis," diye mırıldandım elini tutup indirirken. "Belki bir gün anlarsın."

"Seni anlasam bile, sana hak vermeyeceğim. Çünkü ben yok olmak uğruna da olsa yanında kalırdım."

"Ben de kendimi yok etmek uğruna olsa kalırdım," dedim fısıltıyla. "Ama kalırsam başta sen olmak üzere herkesi inciteceğim. Düşünmem lazım. Yalnız kalmam lazım. Yalnız bırakılmam lazım Varis..."

"Şimdi tutuyor musun kendini?" diye sordu. "Şimdi düşünmüyor musun Ada?"

"Şimdi düşünmüyorum, düşünürsem parçalanmaya başlarım. Parçalarım da bu hâlde, bu hâlimle." Elini bıraktım. "Kimse deprem raporundan kalmış bir binadan ev almak istemez. O bina yıkılmadan da üzerine yeni ve sağlamı inşa edilemez. Kalırsam, yıkılırım; altımda kalırsın. Gidersem de yıkılırım ama bina boş olur kimse zarar görmez. Sağlamı inşa edilir üzerine."

"En bencil anında bile fedakârsın," diye fısıldadı yüzüme eğilirken arkamda duvara yer olsa bile geri gitmemiştim. Nefesi alkol kokuyordu ama bu beni rahatsız etmemişti, aksine daha da yakınımda istiyordum onu. "Keşke bencil olsaydın Ada," diye mırıldandı gözlerini kapatırken alnını alnıma yaslamıştı. Bir elini yanağıma yasladığında, dudakları kulağıma yakındı. "Keşke kalsan sevgilim, gitmesen..." Sıcak nefesiyle gıdıklanıyordum. "Sensiz nasıl geçer günler ben bilmiyorum. Eskiden biliyordum, şimdi dokundum sana; öptüm seni, kollarında uyudum... şimdi bilmiyorum."

Gözkapaklarım ağırlaşarak kapanırken kollarımı kaldırıp boynuna doladığımda yanağı yanağıma yaslanmıştı. Benim onu çekmemden cesaretlenerek elini belime koyup bedenimi kendine yasladığında boynuna bir öpücük kondurdum, gözlerim dolu doluydu. Çenesini öptüm ardından, yanağını... Dudaklarına geldiğimde birkaç santim bırakmıştı benimle arasında. Parmaklarım ensesinden yukarı tırmanarak saçlarının arasına karıştığında burnu burnumun hemen yanından yanağıma değmişti ama yine de dudaklarını benimkilere kenetlememişti. Bunun yerine belimdeki tutuşunu sertleştirirken üzerime doğru yürüdü ve sırtımı soğuk banyo duvarıyla buluşturdu. "Gitme," dedi dudaklarımın üzerine, ellerimi omuzlarından aşağı, kazağının üzerinden kaydırdım. Pantolonuyla kazağın arasından tenine değdiğinde parmaklarım, ikimizin de nefes alış verişleri yoğundu.

Öne uzanıp alt dudağını dudaklarımın arasına aldığımda bu anı bekliyormuş gibi bir eli enseme kaydı ve saçlarımı parmaklarının arasına doladı, acıtmıyordu, yalnızca beni kendine çekiyordu. Kazağını sıyıran ellerimi karın kaslarının üzerinden yukarı çıkardığımda öpüşü sertleşmişti, kazağı yukarı ittirdim, çıkarmaya çalıştığımı biliyordu. Belimdeki elini kaldırıp bir saniyeliğine geri çekildi, sırtına attığı eli kazağı tek hamlede üzerinden çıkartırken saçları dağılmıştı. Kazak banyo zeminiyle buluşurken ışığı bir saniye olsun görmeme izin vermeden dilini ağzımdan içeri kaydırdı, kontrol edemediğim ve etmek istemediğim ellerim bu sefer pantolonunun düğmelerini açıyordu. Parmaklarım soğuktu, alevden var olmuşçasına sıcak tenine, iç çamaşırının lastiğine değdiklerinde Varis ağzımın içine doğru boğuk bir şekilde inledi. Elleri hemen arkamdaydı, elbisenin fermuarını açıyordu. Saçlarımı geriye itip elbiseyi omuzlarımdan aşağı indirdiğinde kollarımı tüllerden çektim ve elbise banyo zeminine düştü. Sütyenimin kopçalarını zorlanmadan çıkardığında iç çamaşırımdan başka bir şey yoktu artık aramızda.

Sırtım duvara yaslıyken bel oyuğuma yasladığı elini tenime gömdü, bir eli bacağımı yakaladığında beni havaya kaldırmış ve kucağına almıştı. Bacaklarımı beline dolayıp omuzlarına tutundum, geniş duş kabinin kapısını açıp ikimizi de içeri sokarken bir ara beni aşağı eğdiğinde düşecekmiş gibi boynuna sarılmıştım, dudakları çenemde ve boynumda geziniyordu. Küçük bir kahkaha kaçmıştı aralık dudaklarımdan, dişleri tenime değdiğinde anlamıştım gülümsediğini. Çıplak sırtım buz gibi duvara yaslandığında bacağımın hemen yanındaki aparata uzandım, başta soğuk gelen su ılımaya başladığında ikimizin de başından aşağı dökülüyordu. Belki onun biraz daha fazla... Ben duvara yaslı olduğum için biraz şanslı olandım. "Siktir," diye fısıldadı soğuk suya karşı, başımı geriye atarak kahkaha attım. "Komik mi?" diye sordu bacaklarımı banyo zeminine indirirken, beni bedeniyle kafesleyerek, göz gözeydik. "Çok mu komik?"

"Komik..." dedim dudaklarımın arasından kaçan nefesim yüzüne çarparken. "Ben sana neyin komik olduğunu söyleyeyim," diye mırıldandı bir eli belimde, diğeri kalçamda; iç çamaşırımı sıyırken. Göğüslerimin arasından karnıma indirdiği elinin altında karnım öyle bir kasılmıştı ki nefesimi tutmak zorunda kalmıştım. "Ben sana neyin komik olduğunu söyleyeyim sevgilim," diye devam etti lafına, dudaklarımın etrafına; burnuma, yanağıma, çeneme indirirken öpücüklerini. Kendini bana yaslarken bir bacağımı kaldırıp kalçasına yaslamış, dudaklarını da boynuma gömmüştü. "Dişlerimin arasında ezmek için can attığım dudaklarının arasından dokuz gündür tek bir kelime duymamak komik," dedi eli karnımdan aşağı inerken. Gözlerimi kapatmış, aralanmış dudaklarımdan dışarı kaçan seslere engel olamıyordum. "Sarıp sarmalamak istediğim, kollarımın arasına almak istediğim bedenine dokuz gündür dokunamamış olmam komik." Bir elim omzunda, ona tutunuyordum; diğeri göğsünden, karnına inmiş, avucum karın kaslarına yaslıydı. Eli aşağıda hassas bir nokta bulmuş, bulduğunun farkında, durmuyordu. "Gözlerimin içine hep güvenle, sıcacık baksın istediğim çam yeşillerini dokuz gündür bir kez olsun yakalayamamış olmam komik." Gözlerim aşağıdaki temasıyla sonuna kadar açılırken başını kaldırıp yüzlerimizi hizaladığında dudakları konuşurken dudaklarıma değiyordu. "Gidiyor olman, sevgilim..." Omzundaki elimi kaldırıp kolumu boynuna doladığımda parmaklarım saçlarının arasında, kontrolsüzce çekiştiriyordum. "Gidiyor olman, çok komik."

"Gitme," diye fısıldadı dudaklarımın üzerine, eli bel boşluğuma yaslanırken. Çok az kaldı. "Gitmeyeceğini söyle," diye devam etti lafına, ben kollarının arasında, bedeniyle duvar arasında, elinin altında aklımı kaybederken. Çok az... "Söyle Ada." Sesi bu sefer fazlasıyla ciddi ve otoriter çıkmıştı, dudaklarımın arasında asılı kalan nefese sebep elini bir anda çektiğinde beynimde de, bedenimde olduğu gibi şimşekler çakıyordu. "Gitmeyeceğim de."

"Beni böyle bırakamazsın." Kesik nefeslerimin arasında, kararmış gözlerine bakarken saçlarının arasındaki elim ensesine inmişti. "Sen beni çok daha fena bir durumda bırakıyorsun Ada," dedi belimdeki elini yanağıma çıkarırken, baş parmağını alt dudağıma sürttü. "Yalnızca bırakmıyorsun da, bırakıp gidiyorsun."

Yutkunarak *"Yalanlar istiyorsan yalanlar söyleyeyim, incinirsin,"* diye fısıldadım Özdemir Asaf şiirinden alıntılayarak, birkaç saniyeliğine gözlerimi kapatmış, hemen ardından yeniden açmıştım. "Gideceğim," dedim kontrollü çıkarmaya çalıştığım bir sesle, onun böyle bu pozisyonda konuşmak bile beni nefes nefese bırakıyordu. "Senden değil..."

"Ama şehirden gideceksin," diye fısıldadı dudaklarıma karşı. "Gitmenin kademeleri olmaz, gidersen gidersin... Gitme Ada." Baş parmağı alt dudağımdan çeneme kayarken aynını alnıma yasladı.

İstediğimi, ağzımdan duymak istediği sözleri duymadan vermeyeceğinin farkında bir şekilde ellerimi omuzlarına koyduğumda, kesik nefeslerimin arasında bir elimi ensesine çıkardım ve onu kendime çekerken dudaklarımı bir kez daha dudaklarının arasına gömdüm. Beni öperken bilmediği, beklemediği bir şey vardı... Tırnaklarımı omuzlarından aşağı, tüm göğsü ve karnı, hatta kasıkları boyunca sürterek indirdiğimde kendine engel olamayarak inlerken kendini bana bastırdı, onu en başından beri aşağıda hissediyordum. Daha önce hiç öpmediği gibi, gerçekten de ezmek istercesine öperken beni ayrıldığında "Hile yok," dedi ama fazla dayanamayacağını biliyordum. İkimiz de nefes nefeseydik. Doğrularak kollarımı tekrar boynuna doladığımda sırtımı duvardan ayırmış, öpücüklerimi dudaklarından çenesine, boynuna, omuzlarına, göğsüne taşırmıştım. "Lütfen." Uzanıp dudaklarını öptüm. "Lütfen..."

Çenemi iki parmağı arasına sıkıştırıp önce başımı, sonra sırtımı yeniden duvara yasladığında kendinden uzaklaştırmıştı, yenildiğimi düşündüğüm an dudakları yanağıma sürtündü, "Ben hep sana yenileceğim değil mi?" diye fısıldadı hırıltılı bir sesle, boynuna doladığım kollarımdan destek alarak bacaklarımı kalçasına doladığımda gözlerim kapalı, alnı alnımda, nefesi yüzüme, dudakları dudaklarıma çarpıyordu. "Bir dahakine ikimizin de kazanacağı bir oyun oynayalım," dedim saçlarını çekiştirerek ama bir anda bileklerimden yakalayıp ellerimi başımın üzerinde yukarıya kaldırdı ve parmaklarını parmaklarıma geçirdi. "Hiçbir zaman ikimiz aynı anda kazanamayacağız," diye mırıldandı fısıldar bir sesle. "Ama aşkta kazanmak da, kaybetmek de olmaz."

"Ne olur?"

"Aşk olur, sevgilim." Anlık bir sızı hissettim, dudakları boynumdan çeneme, oradan yanağıma gelene kadar bir inilti kaçıyordu boğazımdan ki dudaklarımı kavrayışıyla boğuklaşarak yarıda kesildi. Göğsüm, göğsünün altında eziliyordu; ben, onunla duvar arasında eziliyordum. Ellerimi ellerinden kurtardığım gibi tutunmak istercesine boynuna sarıldım, aşağıdaki hareketiyle aynı anda dudak dudağa inlemiştik. Yavaş olmaya çalışıyordu ama kendine fazla engel oluyordu. "Kendini tutma," diye fısıldadım bir elim ensesinde, ihtiyaçla tenine sarılmışken.

"Siktir Ada," diye mırıldandı boğuk bir şekilde, bir kolu belime sarılmışken diğeri bacağımı sıkıyordu. "Siktir, siktir, siktir..." Kendiyle konuşuyordu. Hareketi sıkı ama kontrollüydü, tempolu ama yavaştı. "Âşığım, gitme," dedi dudaklarıma sert bir öpücük kondururken. Çenemi öptü, çenemin altını öptü, ıslak öpücükleri boynumu dolanıyordu. "Gitme..." Dokunuşu bir imzaydı bu gece, tenimden kesip atamaz ya da silemezdim. Ben zaten ne onun gözlerini zihnimden ne de sesini aklımdan silebilmiştim bunca zaman... Kesik iniltilerimin arasında bir elimi yanağına yaslayarak yüzünü yüzüme eşitledim ve "Âşığım, kalamam," diye fısıldadım dudaklarına doğru. Sanki bu onda bir yerlere ulaşmış gibi nefesimi keserek dudaklarımı esir aldığında bir yay gibi gerilen sırtıma nazaran başım duvara yaslıydı artık. Boğmak pahasına sıkıyordum boynundaki kollarımı, çekmek istemiyordum hiç, zaman dursaydı ve biz bu anda kalsaydık; ne biz buradan gidebilseydik ne de bu an geçebilseydi bizden...

Bütün güç bedenimden çekilirken üzerine asıldım, tırnaklarımı boynuyla omzu arasındaki bir yere istemsizce fazla bastırmıştım. "Ada..." Teri terime, nefesi nefesime karışırken ismimi zikrediyordu. "Ada..." Sanki kendine bir şeyler söylemeye çalışıyordu içimi kendiyle doldurmakla meşgul, ritimde kaybolmuştu. Hızlandı. Haz, sızıyı bastırıyordu. "Varis," diye fısıldadım boğuk bir ses boğazımdan kurtulup fayanslarda yankılanmadan hemen önce, dudaklarını çenem ve boynum arasında gezdirirken bir anda içimden çıktığında bacaklarımı indirdim; ayaklarım ıslak zemine değiyordu artık. Şaşkınlıkla gözlerimi açmış ona bakarken nefes nefese alnını alnıma yasladı, alnıma bir öpücük bırakmıştı.

Dudakları boynumdan omzuma öpücüklerini dizerken bir eli kolyeme dolandığında varlığını unuttuğumun yeni farkına varıyordum, yutkunarak elimi kolyeye dolanmış parmaklarının üzerine koydum. Ona üzerine ne yazdırdığını bildiğimi söyleyebilirdim ama *Küçük Prens*'in konusu açılırsa bana çok daha fazlasını anlatmasını isteyen tarafımı uyandırmış olacaktım, hiçbirini dinlemeye hazır değildim. Hiçbir şeye hazır değildim, adımı dudaklarından duymaya bile. Suyun altına girdiğimde yorgunluktan öldüğümü yeni fark ediyordum, en son ne zaman doğru düzgün bir uyku çektiğimi hatırlamayacak kadar uzun bir süredir boğuşuyordum uykunun fikriyle. Saçlarımın arasında şampuanla birlikte gezinen parmaklar sayesinde kapanan gözlerimle, alnımı göğsüne yaslamış ve orada uyumayı dilemiştim bir an. Dakikalar sonra bana mini elbise gibi olan bir havluya sarınmış, dolabını karıştırdığım gibi elime gelen koca beyaz kapüşonlu sweatshirtü başımdan geçiriyordum.

Başımdaki havluyu da çekip kenara bırakırken banyoya döndüğümde kurutma makinesini dolaplardan birinde bulmuştum. Fişe takıp çalıştırdığım gibi çıkan sese suratımı buruşturdum. Varis içeri girdiğinde altında yalnızca siyah bir eşofman vardı. Aynadan göz göze geldik, beni elimden tutarak kendine döndürdü ve kurutma makinesini elimden aldı. Ne yapacağını anladığım gibi gözlerimi kapattım ve serbest bıraktım kollarımı, yalnızca ayakta dikiliyordum. Anneni aldım. Eli ıslak saçlarımda gezinirken sıcağı kafamı yakmayacak bir açıda tutuyordu kurutma makinesini. Ben küçük bir erkek çocuğunun annesini aldım elinden. Yorgundum. Anneni aldım Varis. Anneni aldım ben senin. Annenin gidişinin açtığı boşluğa beni koyamazsın, kimseyi koyamazsın... O boşluk hiç dolmaz. Dolmayacak. Ne yapacağız? "Özür dilerim," diye fısıldadım bir mırıltıyla, gözlerimi açtığımda kaşlarını çatmış ciddi bir ifadeyle yalnızca saçlarımı kurutmaya odaklanmıştı ve sesten beni duymuyordu. Özür dilerim. Affet beni. Affetme beni.

Saçlarımın yeterince kuruduğuna inandığında kurutma makinesini kenara bıraktı, arada kendi kafasına da tuttuğundan kendi saçları çoktan kurumuştu. Eli elime dolanırken beni banyodan dışarı çektiğinde "Benim aslında eve gitmem gerekiyor," diye mırıldandım kısık bir sesle, giyinme odasının ortasında durmuştum. Elimi bırakmadan dönüp kollarını bacaklarımın altından ve sırtımdan geçirip beni kucakladığında yüzüme bakmamıştı. "Bu havada gidilmez," dedi düz bir sesle, kollarımı boynuna dolayıp başımı göğsüne yasladığımda yatağın karşısındaki büyük pencerelerden dışarıda şiddetle yağan yağmuru yeni fark edebilmiştim. Bir şimşek ışığı saniyelik odanın içinde parıldadığında Varis beni yatağın içine bıraktı, loş ışıklandırmayı kapatıp yanıma geldiğinde ben bacaklarımı toplamış yorganın altına giriyordum. Bu havada mı gittiler Varis?

Yağmuru sevmiyordu. Bu havada mı gittiler? Başımı önce yastığa koydum, ardından belime dolanan koluyla beni kendine çektiğinde ise göğsüne. Avucumu karnına yaslarken yanağım da çıplak teninin üzerindeydi.

Dudaklarını saçlarımın arasında hissettiğimde "Yağmur yağmasa, hava iyi olsa, aydınlık olsa, güneş çıksa gidebilir miydim yani?" diye sordum kısık bir sesle. Başını kaldırdı, ben de kaldırıp ona baktım; beni kımıdatmadan biraz aşağı kaydığında ne yaptığını anlamamıştım. "Güneşli günde de gidilmez," dedi, tanıdık bir şarkıdaki gibi. Kollarını belime dolamış, başını karnıma yaslamıştı bu sefer. Ensesindeki elimi saçlarının arasına daldırırken "Aslında hiç gidilmez," diye fısıldadı.

Gidilir sevgilim, diyemedim. Yalnızca senden gidilmez.

TEŞEKKÜRLER

İşte yine buradayız... Bir teşekkür sayfasında daha buluştuk. Az önce yine bir kitabın son sayfasını çevirdiniz. Nasıl hissettiriyor?

Kitaplar, başka dünyalara açılan kapılardır derler. İlk sayfasıyla kanatlanır uçar, son sayfasıyla düşeriz şayet çok kapıldıysak. Ki bir kitaba kapılmak çok değerli bir histir.

Çok değerli okurlarıma ve beni her zaman destekleyen ailem ile arkadaşlarıma çok teşekkür ederim.

Serinin son kitabı *Matem Çiçekleri*'nde görüşmek üzere!